KB181238

셰익스피어 4대 사극

헨리 4세 1부 | 헨리 4세 2부 | 헨리 5세 | 리처드 3세

셰익스피어 4대 사극

헨리 4세 1부 | 헨리 4세 2부 | 헨리 5세 | 리처드 3세

초판 1쇄 인쇄 · 2021년 12월 20일
초판 1쇄 발행 · 2021년 12월 27일

지은이 · 윌리엄 셰익스피어
옮긴이 · 이태주
펴낸이 · 한봉숙
펴낸곳 · 푸른사상사

주간 · 맹문재 | 편집 · 지순이 | 교정 · 김수란, 노현정 | 마케팅 · 한정규
등록 · 1999년 7월 8일 제2-2876호
주소 · 경기도 파주시 회동길 337-16 푸른사상사
대표전화 · 031) 955-9111(2) | 팩시밀리 · 031) 955-9114
이메일 · prun21c@hanmail.net
홈페이지 · http://www.prun21c.com

ⓒ 이태주, 2021

ISBN 979-11-308-1870-2   03840
값 23,900원

저자와 합의하여 인지는 생략합니다.
이 도서의 전부 또는 일부 내용을 재사용하려면 사전에 저작권자와
푸른사상사의 서면에 의한 동의를 받아야 합니다.

세계문학전집 10

헨리 4세 1부 | 헨리 4세 2부 | 헨리 5세 | 리처드 3세

셰익스피어 4대 사극

이태주 옮김

Shakespeare's 4 Great Histories

푸른사상
PRUNSASANG

영문과 때 셰익스피어를 나의 사명처럼 들고 온

불문과 학생 진영숙 내 아내와

나의 아들 딸 손자 손녀들 그 후손들을 위해

이 책을 내 삶의 흔적으로 남긴다.

셰익스피어 사극은 영국 왕조 시대 이야기입니다. 전쟁과 해외 원정이 끝날 줄 모르고 계속되면서 국민들은 폭력과 약탈, 기근과 질병으로 극심한 고통을 받고 있었습니다. 〈존 왕〉〈리처드 2세〉〈헨리 4세〉(2부작) 〈헨리 5세〉〈헨리 6세〉(3부작), 〈리처드 3세〉 등 영국 역사극은 반란과 폭동, 정치적 책략과 배신 등 왕권 쟁탈전이 되풀이되면서 평화와 질서가 유린되는 수난의 기록입니다.

영국과 프랑스 사이에 벌어진 백년전쟁은 1337년에 시작되었습니다. 그이후 오랫동안 양국 간에 전쟁이 계속되다가 1415년 8월, 헨리 5세는 2만 명의 병력을 이끌고 프랑스를 공략했습니다. 10월 25일 아쟁쿠르 격전에서 프랑스군을 대파하고 극적인 승리를 거두었습니다. 1429년 7월 17일 프랑스의 샤를 7세가 대승리를 거두면서 대관식을 거행했습니다. 이후, 프랑스는 1453년까지 영국이 확보했던 칼레를 제외하고 전 국토를 수복해서 백년전쟁에 종지부를 찍었습니다.

한편 영국은 장미전쟁이라는 내란에도 시달렸습니다. 흰 장미 요크 가문과 붉은 장미 랭카스터 가문이 30년 동안 혈전을 펼친 참담한 전쟁이었습니다. 1455년에 시작된 장미전쟁은 1485년 8월 보스워스 전투에서 요크 가문의 리처드 3세가 전사하고 랭카스터 가문의 헨리 7세가 승리하면서 종결되었습니다.

이 모든 영국사의 참극과 그 이후 세계에서 전개된 전쟁의 역사를 보면서 나는 왜 전쟁은 끝나지 않는가라는 의문을 갖게 되었습니다. 그 의문에 대한 해답을 얻기 위한 첫걸음으로 영국의 역사를 읽고, 셰익스피어 역사극을 이해하는 일을 시작했습니다. 그 과정에서 나는 전쟁은 예나 지금이나 같다는 것을 깨닫게 되었습니다. 과거는 정말이지 오늘과 내일을 비추는 거울이었습니다.

영국 역사극 가운데서도 〈리처드 3세〉와 〈헨리 4세〉(2부작)는 최고 걸작입니다. 전자는 정치적 배신과 잔혹성이 난무하는 드라마로 충격적인 명성을 얻었습니다. 1막 1장에서 보여준 리처드의 악마적 실체, 2장에서 벌어지는 앤 왕비를 농락하는 드라마는 셰익스피어의 천재적 극작술이 발휘된 명장면입니다. 온갖 만행을 저지른 리처드의 최후는 비참했습니다. 패전 직전 막바지에 몰린 리처드는 "말을 다오! 말이다! 말을 주면 왕국을 주겠다"라고 비명을 지르다가 죽었습니다. 후자는 비극과 희극의 심원한 주제를 다루면서도 희극의 재미를 안겨주는 역사극 특유의 매력을 창출한 작품입니다. 폴란드의 셰익스피어 학자 얀 코트는 셰익스피어가 표현한 세계를 현실 세계와 비교해서 해석하려고 한다면 〈리처드 3세〉부터 읽어야 한다고 주장했습니다. 셰익스피어의 세계는 우리 모두의 인생을 반영하고 있기 때문일 것입니다. 〈리처드 3세〉는 왕권 장악을 위한 투쟁으로 시작됩니다. 왕권을 장악하면 왕권 안정을 위한 투쟁을 계속합니다. 그 결과는 언제나 왕의 죽음과 새로운 왕의 즉위입니다. 새로운 왕은 왕권 투쟁을 통해 너무나 많은 잔혹 행위를 하게 됩니다. 그래서 기나긴 범죄의 쇠사슬을 질질 끌고 악몽 같은 여생을 살아갑니다. 그는 자신을 도왔던 측근들을 왕권 도발을 한다고 의심하며 살해합니다. 그리고 나서 그에게 반기를 든 적들을 차례로 죽입니다. 아무리 죽여도 적 모두를 죽일 수는 없습니다. 살아남은 적수 한 사람이 유형지에서 돌아옵니다. 그는 복수심에 불타 왕에게 도전장을 내고 피투성이 싸움 끝에 왕권을 탈취합니다. 그는 선왕에 항거하던 주변의 귀족들과 영주들의 지원을 받으며 정의와 질서의 상징으로 추앙받습니다. 그러나, 시간이 흐르면서 이들 간에 권력투쟁이 재현됩니다. 또다시 살인과 폭력과 배신의 역사가 시작됩니다. 역사의 수레바퀴가 한 바퀴 돌아가면서 새로운 비극의 역사가 다시 시작됩니다. 얀 코트는 이를 '역사의 악순환'이라고 개탄했습니다.

헨리 4세로 왕위에 오른 볼링브로크는 에드워드 3세의 아들 랭카스터 공작의 아들이었습니다. 에드워드 3세의 아들 에드워드의 아들은 리처드 2세였습니다. 리처드 2세는 랭카스터 공작의 영토를 몰수했습니다. 이에 불만을 품은 볼링브로크를 리처드 2세는 프랑스로 유배합니다. 그는 선친의 지위와 영토를 재탈환하기 위해 프랑스에서 군사를 이끌고 영국을 침공합니다. 허를 찔린 리처드 2세는 원정길에서 급히 돌아와서 전쟁을 했지만 기세가 꺾여 패배했습니다. 그는 포로의 몸이 되어 성탑에 유폐되었다가 볼링브로크가 보낸 암살범에게 살해당합니다. 헨리 4세는 그의 치세 동안 자신이 저지른 과거사 때문에 양심의 가책을 받습니다. "왕관을 쓴 머리는 편안한 잠이 오지 않는다"라고 그는 실토합니다. 그를 왕위에 오르도록 도왔던 북방의 영주들은 헨리 4세가 왕위에 오를 때 약속한 조건을 어겼다고 불만입니다. 북방의 영주 노섬벌랜드의 아들 홋스퍼는 반란을 주도합니다. 그러나 그는 헨리 왕자와의 결투에서 살해당합니다. 그래도 굴복하지 않고 요크 대주교, 노섬벌랜드, 헤이스팅스 등 북방의 영주들은 다시 반격을 시도합니다. 그러나, 이들에게 화전(和戰)을 제의한 헨리 4세의 아들 랭카스터 공작은 평화회담을 통해 휴전을 성사시켰는데, 반군이 해산된 시점을 노려 그는 화전의 약속을 어기고 반군의 지도자들을 모두 체포해서 처형합니다. 정치의 잔혹성, 권력의 행폐가 노정(露呈)된 반인도적 만행이었습니다. 〈헨리 4세 2부〉 4막은 화전을 둘러싸고 전쟁과 평화의 담론이 펼쳐지는 장면입니다. 귀담아 들어야 하는 중요한 내용이 쌍방의 대화 속에 담겨 있습니다. 음흉한 계략으로 전쟁에는 승리했지만, 헨리 4세는 이 모든 불법적인 잔혹 행위에 대해 고뇌의 세월을 보냅니다. 헨리 4세는 임종 때 왕자 헨리에게 과거의 일을 참회하면서 지혜롭고 영득한 왕이 되도록 덕담을 남깁니다. 그러나, 그도 왕이 되자 프랑스 원정의 길을 떠납니다. 그는 프랑스 전쟁터서 용맹을 떨쳤지만 질병으로 막사에서 사망했습니다.

나는 〈헨리 4세〉를 읽으면서 손에서 책을 놓을 수 없었습니다. 너무나 재미있고, 지혜롭고, 감동적인 작품이었기 때문입니다. 그 재미의 원천은 왕자와 폴스타프가 펼치는 드라마 때문입니다. 다양한 성격의 인물이 등장하는데 한 사람도 놓칠 수 없이 흥미롭습니다. 그들의 대사는 자극적이요, 유머러스하고, 감성적이며 본능적입니다. 극은 다층구조입니다. 폴스타프가 술집에서 진행하는 극중극은 그 좋은 예입니다. 두 사람의 관계가 재미있습니다. 왕권의 질서와 민중의 무질서입니다. 두 사람의 관계가 파탄으로 가는 2부 끝머리 장면은 생의 비극을 맛보게 합니다. 극중극에서 폴스타프와 왕자는 서로 다른 역할을 하면서 현실과 허구세계의 상반(相反)을 보여줍니다. 대중적 흥미를 고조시키는 교묘한 극작술이요, 연극적 카다르시스입니다. 그 재미에 본인도 압도당합니다. 폴스타프는 모순투성입니다. 꿈속에서 웃고, 현실에서 눈물짓는 인생 그 자체의 부조리와 모순입니다. 인간의 본능적인 욕망이 이스트치프 선술집에 모인 사람들로부터 분출합니다. 엘리자베스 시대 대중들은 그랬습니다. 노도와 질풍이었습니다. 전란 속 사람들은 모두 그러합니다. 우리도 남들도 그랬습니다.

왕자와 폴스타프의 대조적인 상황을 상징적으로 보여주는 장면은 〈헨리 5세〉 전편에서 거듭거듭 강조되는 헨리 왕의 원정 이야기와 2막 3장의 폴스타프 입종 장면입니다. 헨리 5세가 파죽지세로 프랑스를 쑥밭으로 만들고 있을 때, 폴스타프는 런던의 주막집에서 쓸쓸히 숨을 거두고 있습니다. 퀴클리는 폴스타프의 임종을 봅니다. 폴스타프는 "홑이불을 만지작거리면서 꽃을 따는 시늉을 하며 손끝으로 꽃을 따고 싱긋 웃었다"고 퀴클리는 전합니다. 폴스타프는 "하느님, 하느님, 하느님" 하면서 숨을 거뒀습니다. 님 하사가 물었습니다. "술을 저주했다면서요?" 퀴클리는 응답했습니다. "그랬습니다." 바돌프는 물었습니다. "여자도?" 퀴클리는 응답했습니다. "여자는 저주하지 않았습니다." 옆에 있던 소년이 말했습니다. "저주했습니다. 여자는 악마의 화신(化身)이라고 말했습니다." 퀴클리는 응수했습니다. "화신(化身)이 아니라 화신(花信)이다. 카네이션 꽃을 싫어했어."(incarnate와 carnation을 병치하는 셰익스피어 특유의 언어 사용—역자 주) 헨리 5세는 계속해서 프랑스에 총을 내밀었습니다. 폴스타프는 꽃을 만지며 사랑과 평화를 몽상했습니다. 그는 파란만장의 유랑아였습니다. 반문화(anti-culture), 반기성질서(anti-establishment)를 부르짖으며 '총보다 꽃'을 주장한 1960년대 미국의 히피 문화를 연상시킵니다.

〈리처드 3세〉와 〈헨리 4세〉(2부작)를 읽으면서 나는 얀 코트의 말을 상기합니다. "역사는 아무런 의미가 없다. 역사는 정지되어 있다. 잔혹한 순환을 되풀이하고 있다." 전쟁의 역사를 보면 얀 코트의 말이 옳습니다. 전쟁은 끊이지 않고 계속되고 있습니다. 역사는 마치 돌고 도는 수레바퀴처럼 정지되고 있는 듯합니다.

이 나라에서 한때, 셰익스피어 역사극 공연은 허락되지 않았습니다. 셰익스피어 역사극은 국가 원수들의 형장(刑場)이었기 때문에 불온한 책으로 간주되었습니다. 브레히트의 작품과 셰익스피어 사극 공연이 금지된 사건은 우리 연극사의 오점이요 수치였습니다. 문민정부 시대에 그 금기는 풀렸습니다. 나는 명배우 권성덕 씨를 만나 〈리처드 3세〉를 국립극장 무대에 올리자고 말했습니다. 그 당시 국립극단 단장이었던 그는 대찬성이었습니다. 나

는 즉시 번역에 착수했습니다. 〈리처드 3세〉는 김철리 연출로 국립극장 무대
서 막을 올렸습니다. 리처드 3세 역을 기대했던 배우 권성덕은 단장 일로 다
른 배우에게 주인공 역을 맡겼습니다. 마거릿 역을 맡은 여배우 이승옥은 연
습을 끝내고 집에 돌아와서 심야에 자주 나에게 전화를 했습니다. 작품이 아
주 마음에 든다고 하면서 작중인물의 성격에 대해서 나와 긴 대화를 나누곤
했습니다. 셰익스피어 대사가 이렇게 좋을 수 없다는 것이 이 배우가 자주 터
뜨리는 찬사였습니다. 이 공연은 한국 초연이 되었습니다. 나는 이 공연이
암담했던 시대와 공명하면서 우리의 존경심과 자부심을 반영한 기념비적인
무대였다고 생각합니다.

〈리처드 3세〉 공연 후, 나는 폴스타프에 심취해서 〈헨리 4세〉(2부작)와 〈헨
리 5세〉 번역을 했습니다. 나는 그 엄청난 일을 하면서 그지없이 행복했습니
다. 셰익스피어 번역은 고생스러운 일인데, 나는 조금도 권태롭지 않았습니
다. 폴스타프가 있었기 때문입니다. 왕궁과 선술집이라는 두 대조적이며 이
질적인 공간에서 두 가지 인생 장면이 너무나 흥미롭게 진행되었기 때문입
니다. 궁전 귀족들의 음산한 정치와 전쟁의 어둠은 왕자와 폴스타프의 자유
분방한 삶의 희열과 환락으로 무섭게 대조되는 인생의 양면입니다. 이윽고
헨리 5세가 된 왕자는 폴스타프를 배척하고 체포합니다. 폴스타프의 절망은
이만저만 하지 않았습니다. 그가 너무 가련하게 느껴졌습니다. 이 장면은 삶
의 비통한 현실입니다. 헨리 5세가 한 일은 지금까지 찬반 논란이 계속되고
있습니다. 〈헨리 4세〉는 내가 서울시극단장 시절에 연출가 김광보에게 부탁
해서 무대에 올렸습니다. 당시로는 획기적인 무대미술과 탁월한 연기술, 그
리고 정확한 작품 해석으로 관객의 박수갈채를 받은 명작무대였습니다.

셰익스피어 작품집을 새롭게 간행하게 되었습니다. 이 기회에 그동안 미
루었던 전폭적인 수정작업을 단행했습니다. 해묵은 번역이어서 손댈 곳이
많았습니다. 새롭게 번역하고 단장해서 셰익스피어가 새롭게 세상으로 나가

게 되어 감개무량한 느낌입니다. 힘써주신 푸른사상사의 한봉숙 사장님, 편집과 교정을 말끔하게 해주신 김수란 팀장과 편집진 여러분에게 깊은 감사의 뜻을 전합니다.

2021년 12월
옮긴이 이태주

헨리 4세 1부

The First Part of King Henry the Fourth

등장인물

헨리 4세

헨리_ 웨일스의 왕자, 왕의 아들

랭카스터 공 존_ 왕의 아들

웨스트모어랜드 백작

월터 블런트 경

토머스 퍼시_ 우스터 백작

헨리 퍼시_ 노섬벌랜드 백작

헨리 퍼시_ 홋스퍼 경, 노섬벌랜드 백작의 아들

에드워드 모티머_ 마치 백작

스크루프_ 요크의 대사교

미카엘 경_ 대사교의 친구

아치볼드_ 더글라스 경

오웬 글렌다워

리처드 버논 경

존 폴스타프 경

포인즈

개즈힐

바돌프

퍼시 부인_ 홋스퍼의 아내

모티머 부인_ 글렌다워의 딸

퀴클리 부인_ 이스트치프의 술집 여주인

장교, 여행객들, 귀족들, 관리들, 주장관, 급사들, 두명의 짐꾼, 종신들, 지배인, 나그네

장소

영국

제1막

제1장 런던, 궁전의 방

왕 헨리 4세, 랭카스터 공 존, 웨스트모어랜드 백작, 월터 블런트 경 및 기타 등장.

왕   계속되는 내란으로 나라는 기울고, 백성들은 심란하다. 흠칫 놀란 평화는 지금 숨 돌릴 시간을 얻었으니, 숨 가쁜 고통이지만, 해외에서 시작되는 새로운 전쟁에 관해서 이야기하는 여유를 갖자. 갈증 난 국토가 이 땅에서 태어난 아이들이 입술로 피를 빨아들이지 않도록 하자. 더 이상 전쟁의 발톱이 산야(山野)를 무참히 할퀴지 않도록 하자. 적을 쫓으며 달리는 군마의 발굽이 더 이상 가련한 들꽃을 짓밟지 않도록 하자. 이변을 감지한 흐르는 유성처럼, 원래는 한 뱃속 동성동본인데, 근자에 이르러 적대시하며 골육상잔의 격렬한 전투에 휘말렸다. 지금부터는 서로 일치단결하여, 대열을 정돈하고, 같은 길을 돌진하자. 친구끼리, 집안끼리, 동지끼리 서로 싸우지 말자. 망가진 칼집 속에 든 칼날 같은 전쟁이 더 이상 주인을 해쳐서는 안 된다. 그러니 경들이여, 성스러운 십자가의 군사로서 예수 분묘(墳墓)의 땅 예루살렘까지 진군해야 되는 영국군을 지금 당장 징집하려고 한다. 생각하면 천사백 년 전, 우리들 때문에 무참하게도 십자가에 못 박히신 우리 주 예수 크리스트가 친히 밟으신 그 성지로부터 이교도들을 축출하기 위해서, 우리들 영국군의 양팔은 어머니 태내에서 이미 만들어진 것. 물론 이 계획은 일 년 전에 이미 결정한 것이다. 지금 새삼스럽게 출전을 상의하려는 것은 아니다. 그 일 때문에 오늘 이렇게 모인 것도 아니다. 그러니 우선 웨스트모어랜드 백작, 먼저 소식을 전해주시오. 어젯밤 열린 의회에서, 이 중대한 원정 계획을 실행에 옮기도록 어떤 결정을 했습니까?

웨스트모어랜드 폐하, 그 안건에 관해서는 진지하게 토론을 했습니다. 그리고 군비와 역할 분담이 이루어졌습니다. 그러나 바로 그때 공교롭게도 웨일스로부터 급하게 사절이 당도하여 대단히 불행한 소식을 전했습니다. 헤리퍼드셔의 군대를 이끌고 악덕하고 무도한 글렌다워를 토벌하던 모티머 경이 패배해서 포로가 되고, 일천 명의 군졸들은 전멸했다는 것입니다. 그런데 웨일스 여인들이 병사의 시체들에 대해서 잔인하고 파렴치한 모욕을 가해서 군사들은 눈 뜨고 볼 수 없는 짐승처럼 변신되어 말로는 도저히 형언키 어려운 광경이었다 합니다.

왕 그렇다면 패전 소식으로 성지 원정 얘기는 중단되었단 말인가.

웨스트모어랜드 폐하, 황송하게도, 그 밖에 또 다른 문제까지 겹쳤습니다. 더욱더 불온하고 불길한 소식이 북방으로부터 전해졌습니다. 내용인즉 이렇습니다. 성가절인 구월 십사일에, 북방의 용맹한 홋스퍼, 즉 퍼시 경의 아들 해리와, 용감무쌍한 스코틀랜드의 장사(將士) 아치볼드가 홈던의 고지에서 처참한 유혈 격전을 치렀답니다. 그 싸움의 보고는 격렬한 포성 소리로 미루어 추측한 것입니다. 소식을 전한 자의 말을 빌리면, 그는 격전 중에 말을 타고 달려왔기 때문에 그 이후의 일은 알 수 없다는 것입니다.

왕 아, 그 일이라면, 여기 월터 블런트 경이 있소. 진실로 충성스러운 신하지요. 방금 홈던에서 여기까지 흙먼지를 뒤집어쓰고 달려왔는데, 아주 흥겹고 반가운 소식을 갖고 온 모양이오. 더글러스 백작은 패배하고, 스물두 명의 기사를 포함해서, 만 명의 스코틀랜드 용사들이, 홈던 평원에서 핏물에 엉켜 쓰러져 있는 것을 목격했다는 겁니다. 포로들 가운데는 패배한 백작의 장남인 파이프의 백작 모데이크, 그리고 애솔의 백작, 머레이, 앵거스, 그리고 멘티스 백작 등의 쟁쟁한 얼굴들이 있는 모양이오. 엄청난 전과를 올린 셈이오. 어떻소, 웨스트모어랜드 백작, 안 그렇소?

웨스트모어랜드　그렇습니다. 왕자의 자랑거리가 된 대승입니다.

왕　그렇소. 하지만, 왕자라는 말에 서글퍼지는구려. 그런 자식의 아버지가 된 행복을 누리는 경을 시기하지 않을 수 없구려. 장군의 명예를 안고 사람들 입에 오르내리는 아들을 둔 아버지, 숲속에서도 유난히 우뚝 꼿꼿하게 서 있는 나무 같은 아들, 운명의 여신이 그토록 사랑하며 보람으로 여기는 아들! 이와는 반대로, 나는 그의 찬사를 듣기만 해도, 내 아들 해리의 모습이 떠오르는구려. 그 녀석은 방종과 불명예를 얼굴 가득히 칠하고 다니죠. 밤이면 출몰하는 요정들이 우리 두 아이를 강보로 싸서 내 것을 퍼시로, 그의 것을 플랜태저넷으로 바꾸었으면 얼마나 좋을까 생각하지 않을 수 없어요. 하지만, 아들 생각은 이만 해둡시다. 그런데 웨스트모어랜드 공. 경은 젊은 퍼시의 불손을 어떻게 생각하오. 예컨대, 이번 싸움에서 사로잡은 포로들 얘긴데, 모두 자신의 수중에 넣고, 파이프의 백작 모데이크 외에는 한 명도 내주지 않겠다는 말을 전해왔소.

웨스트모어랜드　그 일은 백부가 시킨 일입니다. 우스터라는 인간 말입니다. 그는 사사건건 폐하에게 적대감을 품고 있습니다. 저 어린 홋스퍼를 우쭐대게 만들어서 폐하의 위엄에 거슬리고 있습니다.

왕　그 문제에 관해서는 직접 출두해서 답변하도록 명령했소. 이 문제 때문에 예루살렘 원정은 연기하는 수밖에 도리가 없어요. 그런데, 웨스트모어랜드 공, 이번 수요일에는 윈저에서 각의(閣議)를 열 예정이니, 여러 궁신들에게 연락해주시오. 그러나, 경은 급히 돌아와주기 바라오. 분이 치밀어 못 한 말이 있는데, 더 할 말도 있고, 할 일도 남아 있기 때문이오.

웨스트모어랜드　알겠습니다.

제2장　런던 태자 헨리의 방

태자 헨리와 존 폴스타프 경 등장.

폴스타프　이봐, 할, 지금 몇 시야?

왕 자　네 머리도 돌대가리 다 됐구나. 두주불사(斗酒不辭)라, 저녁식사 끝나면 옷 단추 풀고, 오후가 되면 의자에 벌렁 누워 곯아떨어지니, 이 때문에 정말로 묻고 싶은 일조차 몽땅 잊어버리고 있는 자네가 도대체 낮 시간과 무슨 관계냐는 말이다. 한 시간이 한 잔의 술이요, 일 분은 한 토막 닭고기, 시계 소리는 매춘부 지껄이는 소리고, 시계 문자판은 갈보집 간판, 게다가 태양도 붉은 옷을 걸친 색골 계집애라 생각하면 더 이상 바랄 게 뭐가 있어? 그러면 됐지, 자네가 실없이 낮 시간을 묻는 까닭이 뭐냔 말이야.

폴스타프　맞다 맞아, 자네 말이 맞아. 소매치기 전문인 우리들은 확실히 달과 칠성님 믿고 살아요. 포이보스(태양－역자 주)과는 연분이 없어. 그런데 말이다, 단짝 놈아, 네놈이 임금님이 되면, 거룩하신 폐하라고 말해주겠지만, 네가 어디 왕이 될 수 있겠는가, 가망 없지…….

왕　자　뭐? 가망 없다고?

폴스타프　없지. 돼지 꼬리만큼도 없어.

왕　자　이것 봐라, 제법 둘러치네. 딱 부러지게 말하라.

폴스타프　그렇다면 말해주지. 여봐, 단짝. 네가 왕이 되면, 우리들 밤손님 기사(騎士)들을 빈둥대는 낮 거리 도적으로 몰아세우지 말게나. 우리들은 달의 여신 디아나가 좋아하는 사냥꾼, 밤의 신사야. 그러니 이렇게 불러다오. 우리들은 달이 마음대로 조종하는 광대한 저 바다 같은 신분으로서, 고귀하고 정숙한 달의 여신에 봉사하는 몸, 그 달빛을 타고 훔치러 다니는 품행 방정한 신사들이다.

왕　자　그럴듯하게 말은 잘한다. 달님의 부하답게 우리들 운명도 바다와 같아서 달의 지배를 받아 썰물이 됐다 밀물이 됐다 하는 거란다. 그 증거는 금화로 가득 찬 돈주머니다. 월요일 밤 훔쳐서 가득했던 돈지갑이 화요일 아침에는 빈 주머니야. "내놔!"라고 위협해서 얻은 돈을 "술 가져와!"라고 고함지르면서 다 써버리는 거야. 지금은 사다리 밑바닥까지 썰물이지만, 곧 밀물이 되어 교수대까지 올라가게 될 거다.

폴스타프　말은 제대로 하는구나. 그런데, 여보게, 할, 주막집 주모는 어떠냐, 물 좋은 깔치 아닌가.

왕　자　시칠리아 명산의 벌꿀 맛이죠. 소매 없는 가죽 죄수옷은 어때? 아주 좋은 옷이지?

폴스타프　뭐, 뭐, 어째, 요 미친놈아! 네가 말장난으로 얼버무리려고 하느냐? 나와 가죽옷이 무슨 놈의 상관이냐?

왕　자　그렇다면, 나와 주막집 마나님과는 무슨 염병할 상관이란 말인가?

폴스타프　관계가 있지. 네놈이 항상 주모를 불러대면서 계산을 하지 않는가?

왕 자 내가 한 번이라도 술값 계산하라고 너를 부른 적이 있는가?

폴스타프 아니지. 그건 인정하마. 계산은 언제나 자네가 했지.

왕 자 술집만이 아니야. 어디서든지 돈만 있으면 내가 지불했어. 돈이 없으면 신용으로 외상이야.

폴스타프 그랬었구나. 신용이 통한 건 자네가 왕이 될 신분인 것이 알려졌기 때문이다……. 그건 그렇고 자네가 옥좌에 올라도 영국 땅에 교수대를 남겨둘 작정이냐? 법률이라는 낡아빠진 재갈을 갖고 우리들 용감한 기사들의 콧대를 눌러버릴 생각이냐? 왕이 되면 도적들의 목을 치지 말게.

왕 자 나는 그런 짓을 하지 않겠다. 자네한테 시키겠어.

폴스타프 나에게? 그건 멋진 생각이지. 맹세코 나는 명판관이 되겠다.

왕 자 벌써 오판을 범했네. 내 말은 자네가 교수형 집행리가 되면, 명인 (名人)이 될 것이라는 걸세.

폴스타프 아, 그런가. 할. 그것도 나쁘지 않네. 관가에서 일하는 것이나 그일이나 내 성미에 맞는 일이네.

왕 자 탄원거리가 있어서지.

폴스타프 사형수의 옷을 얻자는 탄원이야. 사형수의 의복을 착복했기 때문에 형리의 옷장은 가득 차 있네. 그건 그렇고 나는 어쩐지 우울하네. 수꽹이처럼, 질질 끌려다니는 곰처럼 말일세.

왕 자 아니면 늙은 사자처럼 말인가. 연인이 연주하는 비파(琵琶)처럼 말인가.

폴스타프 아니면 링컨셔에 있는 백파이프(스코틀랜드 고지인의 악기 이름─역자 주)의 저음처럼 말인가.

왕 자 아니면 울상이 된 산토끼처럼 말인가. 아니면 무어 지방 하수도의 음산한 풍경처럼 말인가.

폴스타프   참으로 끔찍한 비유로다. 너는 비유만 일삼는 얌전한 불한당 왕자로군. 할. 부탁이네. 싱거운 얘기는 집어치우게. 나는 마음속으로 빌고 있다. 너와 내가 타인으로부터 칭찬받을 일이 없을까 하고 말이다. 일전에 노상에서, 의회의 늙은 귀족한테서 너 때문에 욕을 실컷 먹었다. 물론 나는 그 말에 귀를 기울이지 않았지. 그런데도, 그 늙은이는 도도하게 설교를 계속했어. 잘난 체하면서 길 한복판에서 말이다.

왕 자   자네도 큰일 했군. "현인은 외치는데 듣는 자 없도다"가 되었으니 말일세.

폴스타프   형편없는 놈이네. 성경 말씀 흉내 내고 있으니. 너에게 걸리면 성자도 타락할 수밖에 없지. 할, 너는 나에게 해독을 많이 끼쳤어. 하나님, 제발 저 사람을 용서해주십시오. 할, 나는 너를 만나기 전에는 아무것도 아는 것이 없었지. 그런데 지금은 어떤가. 솔직히 말해 나는 악당들의 패거리가 되었어. 이런 생활은 청산해야 돼. 나, 이런 생활 그만두겠어. 나, 맹세하지만, 그만두지 않으면, 나는 악당이야. 기독교 나라 왕자를 위한 일이라도 나는 싫단 말이다.

왕 자   자, 내일은 어디 가서 지갑을 훔치나?

폴스타프   아, 어디라도 좋다. 젊은이, 나는 끝까지 따라붙겠다. 안 가면 나를 악당이라고 불러도 좋다. 공개적으로 모욕을 가해도 좋다.

왕 자   자네 속에서 개심(改心)의 좋은 본보기를 보았네. 기도하다가 일순간에 소매치기로 바뀌었으니 말일세.

폴스타프   할, 그건 나의 천직이야. 인간으로 태어나서 천직을 따르는 일이 죄악인가.

포인즈 등장.

포인즈가 왔네! 저놈한테 들어보면 알 수 있다. 개즈힐이 소매치기 준비를 끝냈는지 물어보자. 인간은 선행을 쌓아야지 천당으로 간다면, 저놈한테는 아무리 뜨거운 지옥의 불구덩이도 부족할 것이다. 착한 사람들에게 "정지!"라고 고함친 강도 가운데서 저런 대악당은 없었지.

왕 자 안녕하슈, 네드.

포인즈 안녕하십니까, 전하. 별일 없으신지요, 후회 선생님. 별고 없으신가요. 안녕하슈, 포도주 주당님. 그런데, 잭, 악마와 거래하는 일은 잘되고 있는가? 지난 금요일, 마데이라 술 한 잔과 닭고기 한 토막으로 영혼을 팔아넘기겠다고 약속 했었지?

왕 자 존 경은 반드시 약속을 지킨다. 악마에게 약속한 물건을 건네줄 것이다. "줄 것은 악마에게도 주어라"라는 속담이 있어. 그는 지금까지 속담을 배신한 적은 한 번도 없었네.

포인즈 그렇다면 자네는 악마와 약속을 지키면서 지옥에 떨어지네.

왕 자 아니면 악마와 약속을 어긴 죄로 지옥에 떨어지겠지.

포인즈 그건 그렇다 하고, 동지들, 동지들이여, 내일 새벽 네 시까지 개즈힐에 집합할 것! 헌납금 잔뜩 들고 캔터베리로 가는 순례자들과 런던으로 돈짐 지고 가는 상인들이 모여들고 있어. 사용할 복면은 갖고 왔는데, 말은 각자가 준비해야 돼. 개즈힐은 오늘 밤 로체스터에서 머물 예정이고, 내일의 만찬은 이스트치프에 예약해두었다. 이런 일은 잠자면서도 할 수 있는 쉬운 일이야. 함께 가기만 하면 돈지갑 속에 금화를 잔뜩 채워주마. 갈 생각이 없으면 집구석에 남아서 지갑 끈으로 목이나 매어라.

폴스타프　여봐, 네드, 나는 간다. 집에 남을 바에는 네놈을 고발하고 교수형 보내는 편이 낫겠지.

포인즈　뚱보, 너 가는 거지?

폴스타프　할, 너도 가겠지?

왕 자　나? 강도짓 하러? 내가 도적이 된다고? 안 되지.

폴스타프　자네는 명예도, 우정도 없고, 남자답지도 못해. 왕가의 혈통도 없는 놈이야. 동전 한 닢 훔칠 용기도 없으니 말이네.

왕 자　그렇다면 일생에 단 한 번 미친 수작에 끼어들어볼까나.

폴스타프　거, 말 한번 잘했다.

왕 자　하지만 나는 어떤 일이 있어도 집에 남겠다.

폴스타프　그렇다면, 맹세코 말하겠는데, 네가 왕이 되면 나는 반역자가 되겠다.

왕 자　상관 않겠어.

포인즈　존 각하, 전하는 나에게 맡겨두고 먼저 떠나요. 이번 일에 대해서 전하께 조리 있게 말해서 함께 가도록 하겠소.

폴스타프　너에게 설득의 힘과 말재주를 허락하고, 할에게는 사람 말 잘 듣고 배우는 귀를 허락해주시기를 하나님께 빌겠네. 네 말이 할의 마음을 움직이고, 할이 네 말 믿고, 진짜 왕자가 재미 삼아 가짜 도적이 되기를 기원하겠네. 지금은 시대가 나빠서 비행(非行)을 거들어주는 높으신 어른들이 없어. 자, 그러면 나는 가네. 이스트치프에서 만나세.

왕 자　잘 가시오. 늦봄에 피어난 노청년이여! (폴스타프 퇴장)

포인즈　자, 멋쟁이 전하, 내일 함께 떠납시다. 한 가지 재미있는 장난거리가 있습니다. 소생 혼자서는 할 수 없는 일이죠. 폴스타프, 바돌프, 피토, 개즈힐 네 사람에게 조금 전에 말한 나그네들의 돈을 털어내는 일이죠. 전하와 소생은 그 자리에는 나타나지 않고, 놈들이 물건을 수중에 넣었을 때. 전하와 소생이 놈들을 공격해서 돈을 털자는 것입니다. 이런 일도 할 수 없으면 제 목을 치십시오.

왕 자 출발할 때 어떻게 서로 떨어질 수 있는가?

포인즈 놈들보다 한 걸음 먼저 가거나 뒤져 가면 됩니다. 그들과 만나는 장소를 정하면 됩니다. 가고, 안 가고는 우리들 마음이죠. 그놈들에게 위험한 일을 시키고, 일이 잘 풀리면, 잘돼가는 순간 우리들이 덮치는 겁니다.

왕 자 하지만 우리들의 정체가 금방 탄로나지 않을까? 우리들의 말[馬], 우리들의 복장, 그 밖의 장비들을 보면 금세 알 수 있겠지.

포인즈 천만에, 말을 일부러 보여줍니까. 숲속에 매달아둘 텐데요. 복면도 놈들과 헤어진 뒤에 바꾸면 되지요. 그런데 말씀이야, 전하, 나는 놈들이 알고 있는 복장을 숨기기 위해 변장용으로 뻣뻣한 리넨 윗저고리까지 준비해뒀어요.

왕 자 그렇군, 그러나 상대는 만만치 않아요.

포인즈 녀석들 가운데 두 놈은 적에게 등을 보이기 위해 태어난 겁쟁이들이고, 세 번째 놈은 필요 이상으로 오래 싸우고 저항하면, 소생이 칼을 버려도 괜찮을 상대이죠. 이번 장난의 묘미는 밤중에 우리가 만날 때, 바로 이놈의 뚱보가 줄창 허풍을 떠는 일이죠. 정말이지 이 뚱보는 말하겠죠. 어림잡아 삼십 명은 상대해서 싸웠다. 이런 자세를 취하고, 이렇게 치고 들어갔으며, 이렇게 해서 위기를 모면했다라고 닥치는 대로 허풍을 떨면, 우리는 그의 주장을 반박하면서 뚱보 놈을 찍소리 못 하게 하는 일이 재미있습니다.

왕 자 그렇다면 나도 함께 가겠다. 필요한 것은 준비해두게. 내일 밤, 이스트치프에서 기다리겠다. 그럼 이만 가네.

포인즈 또 만나요, 전하.

왕 자 네놈들의 수작은 익히 다 알고 있다. 하지만 당분간은 너희들이 마음껏 놀도록 내버려두겠다. 나는 태양의 흉내를 내겠다. 때로는 험상궂은 해로운 먹구름이 하늘을 덮어 아름다운 태양의 빛을 사람의 눈으로부터 빼앗아가기도 하지만, 다시 본래의 모습으로 돌아가서 빛을 밝힐 필요가 있으면, 일시적으로 하늘을 덮은 듯했던 추악한 운무를 무찌르고 뛰어나간다. 세상 사람들은 태양을 안타깝게 기다리고 있었기 때문에 놀라운 눈초리로 태양을 우러러본다. 일 년 내내 매일매일이 휴일이라면, 노는 것도, 일하는 것도 똑같이 지루한 나날이 될 것이다. 간혹 찾아오는 휴일이기 때문에, 노는 날이 즐거운 것이다. 드물게 일어나는 일이 사람을 즐겁게 하는 법이다. 내 경우도 마찬가지. 이런 방종한 생활을 집어치우고, 돌려줄 약속도 하지 않았던 부채를 갚는다면, 예상하지 않았던 일이고, 기대하지 않았기 때문에, 더욱더 사람들을 기쁘게 하는 법이다. 검은 바탕에 박힌 황금 세공처럼, 나의 개심은 나의 비행을 배경으로 한층 더 빛나게 된다. 바탕의 배경이 있으면 없는 경우보다 더 아름답게 보이고 사람의 이목을 끄는 법이다. 내가 악행을 저지르는 것은 악행을 방편으로 삼기 때문이다. 사람들이 미처 생각도 하기 전에, 낭비한 시간을 보충하기 위해서다. (퇴장)

제3장 런던, 궁전

왕, 노섬벌랜드, 우스터, 홋스퍼, 월터 블런트 경, 그 외 등장.

왕   지금까지 나는 모욕을 당하고도 쉽사리 흥분하거나 격하지 않고 냉정을 유지하며 관용을 베풀었다. 경들이 이런 약점을 기회로 나의 인내심을 짓밟았는데, 알겠는가. 앞으로는 이런 허약한 처신은 버리기로 했다. 내 자신을 깨닫고, 제왕으로서 어울리는 강하고도 위엄 있는 태도를 견지할 것이다. 지금까지 나는 기름처럼 원활하고, 솜털처럼 유연했다. 이 때문에 존경받을 자격을 잃었다. 거만한 사람은 오로지 거만한 인간에게만 존경을 바치는 법이다.

우스터   황송하옵니다만, 폐하, 저의 집안에서는, 폐하로부터 그런 질책을 받을 사람은 없습니다. 폐하의 왕권이 이토록 강력해진 것은, 우리 집안 사람들 때문이 아닙니까.

노섬벌랜드   폐하 —.

왕   물러가라, 우스터. 너의 눈에는 위험한 기색이 엿보인다. 왕에 반역하는 마음이 보인다. 그대는 내 앞에 모습을 나타내기만 해도 오만불손하구나. 왕으로서 신하의 오만상 찌푸린 모습은 견딜 수 없다. 썩 물러가라. 그대에게 용무가 있으면, 대령하도록 전하겠다. (우스터 퇴장) (노섬벌랜드에게) 무슨 말을 하려고 했지요.

노섬벌랜드   네, 폐하, 실은 제 자식 해리 퍼시가 홈던에서 사로잡은 포로들은, 폐하의 명에 의하여 인도될 예정이었는데, 제 자식의 말에 의하면 결코 폐하가 들으신 대로 강한 어조로 명령을 거부한 것이 아닙니다. 따라서, 이 죄의 책임은 제 자식에게 있는 것이 아니라 악의나 오해 때문이라고 생각됩니다.

홋스퍼 폐하, 제가 포로 인도를 거부한 사실은 없습니다. 기억나는 것은, 전쟁이 한 고비 넘겼을 때, 악전고투로 목이 마르고 숨이 막혀 쓰러질 지경이어서, 칼을 지팡이 삼아 쉬고 있었습니다. 그때, 신사 한 분이 나타났습니다. 그는 신랑처럼 깔끔하게 옷을 차려입고 있었습니다. 턱은 갓 면도질해서 마치 수확기에 그루터기만 남은 밭과도 같았습니다. 그 사람은 화장품 장사처럼 향수 냄새를 풍기며, 집게손가락과 엄지손가락 사이에 향료통을 집어 들고는, 코에다 갖다 대고, 뗐다 붙였다 하는 것이었습니다. 이 때문에 코끝이 성난 탓인지, 이윽고 흥 하고 콧방귀를 뀌었습니다. 그런 다음 싱글벙글하면서 연상 얘기를 늘어놓았습니다. 그런데 병사들이 시체를 들고 지나갈 때면, 욕설을 퍼부었습니다. 이 무례한 상놈들아, 흉측한 시체를 운구하면서 귀하신 이 몸 앞에서 바람을 가르고 지나가다니, 몹쓸 놈들 하는 것이었습니다. 그런데 소생에게 말을 건넬 때에는 마나님 용어로 점잖게 나왔습니다. 그리하여 여러 가지 얘기를 나눈 끝에 포로를 폐하에게 넘기라는 것이었습니다. 소생은 그때 상처가 아픈 데다, 앵무새처럼 멋부리는 놈한테 시달렸기 때문에, 더 이상 고통을 참지 못하고 닥치는 대로 말했습니다. 포로를 데리고 가라 했는지, 데리고 가지 말라 했는지, 무엇이라고 했는지 통 기억이 나지 않습니다. 뭐니 뭐니 해도 그 사람이 화려한 옷매무새에 달콤한 향수 냄새를 풍기면서 시녀 같은 말투로 대포가 어떠니, 북이 어떠니, 부상이 어떠니 하고 지껄여대기 때문에, 소생은 그저 미칠 지경이었습니다. 그 사람은 계속해서 상처에 바를 약으로는 고래골이 최고라느니, 죄 없는 땅에서 해로운 초석이 총탄의 원료로 발굴되어, 비열하게도 용감한 병사들의 목숨을 빼앗았기 때문에, 가슴 아프다는 등, 그 비열한 대포만 없으면 나도 군인이 되었을 거라는 등, 밑도 끝도 없는 소리를 제멋대로 지껄이기 때문에 소생은 별생각 없이 아무렇게나 대답했습니다. 이런 사연이었으니, 폐하, 그 사람의 보고만 믿고, 폐하에 대한 저의 충성심을 조금도 의심하지 마시고, 소생을 문책하지 마십시오.

블런트   폐하, 여러 정황을 생각해보니 그 당시 해리 퍼시가 응답한 말은, 상대가 상대이니 만큼, 장소가 장소이니 만큼, 때가 때이니 만큼, 지금까지 진술한 여러 가지 일을 감안한다면, 그건 소멸된 것이나 다름없습니다. 더욱이나 본인 스스로가 부인하고 있으니, 새삼스럽게 그 말을 근거로 경에 대한 비난의 실마리로 삼는 것은 온당치 않은 듯합니다.

왕   하지만, 지금도 포로 인도에 응하지 않고 있지 않은가. 인도한다 하더라도 계속 조건을 내세우고 있다. 말하자면 내가 몸값을 지불하고, 그의 자형인, 그 어리석은 모티머를 즉각 인수하라는 것이다. 그놈은 부하의 목숨을 팔아넘긴 역적이다. 벼락 맞을 요술사 글렌다워를 토벌하러 그가 인솔해 간 그 병사들의 생명을 말이다. 듣자니 최근에 모티머는 글렌다워의 딸과 결혼까지 했다면서. 국고를 털어서 그 같은 반역자를 인수해야만 하는가? 배반자를 돈으로 사오라는 말인가? 자신을 버리고 적의 손에 몸을 팔아넘긴 비겁한 놈과 거래를 하란 말인가? 안 돼, 그런 놈은 산속 후미진 곳에서 굶어 죽여야 해. 그놈을 위해 단 돈 일 페니라도 쓰기를 바라는 자가 있다면, 내 편이라고 생각할 수 없어. 알겠는가. 반역자 모티머를 위해서는 몸값을 지불할 수 없다.

홋스퍼   반역자 모티머라고요! 반역이 아닙니다. 폐하. 다만 무운(武運)이 없어 패배했을 뿐입니다. 그것을 입증하려면, 무수한 상처가 입을 열면 되겠지요. 딱 벌어진 그 상처는 모두 사초가 우거진 고요한 세번강 가에서, 문자 그대로 일 대 일의 결투에서 입은 명예로운 상처입니다. 그는 거의 한 시간을 맹장 글렌다워와 격전을 벌였습니다. 두 사람은 세 번씩이나 휴식을 취하고, 세 번씩이나, 서로 합의하에 흐르는 세 번 강물에 목을 축였습니다. 그때 강물도 두 사람의 피투성이 얼굴에 질려, 몸을 떠는 갈대 사이로 살금살금 도망쳐 흘러 웅장한 전투로 흘린 피로 물든 강변 움푹한 곳에 물결치는 고개를 숨겼습니다. 그 일이 비열한 책략이었다면, 그토록 깊은 상처를 입고 일을 꾸몄을 리가 없습니다. 그리고, 모티머 경이 그토록 많은 상처를 스스로 찾아서 입었을 리도 없습니다. 반역자의 오명을 씌우는 일은 삼가주십시오.

왕 자네가 하는 말은 거짓말이다. 퍼시, 잘못되었어. 그놈은 글렌다워와 결투를 한 적이 없어. 알겠는가, 오웬 글렌다워와 맞서서 싸울 용기가 있었으면, 악마를 상대해서 홀로 싸울 수도 있었을 것이다. 그대는 부끄럽지 않은가? 좋다. 앞으로는 두 번 다시 모티머 얘기는 꺼내지 마라. 듣기 싫다. 포로들은 될 수 있는 대로 빨리 송환하도록 하라. 그렇지 않으면 너에게도 언짢은 일이 생긴다. 노섬벌랜드 공, 아들과 함께 떠나시오. 포로를 즉시 보내지 않으면, 응분의 조치를 할 것이다. (왕, 블런트, 궁신들 퇴장)

홋스퍼 악마가 나타나서 포로를 내놓으라고 아우성쳐도 내놓지 않겠다. 곧 뒤따라가서 그렇게 말하겠다. 이 목 한두 개쯤은 날려도 상관없다. 이 원한은 앙갚음하고야 말겠다.

노섬벌랜드 왜 그러느냐. 분통이 터지는가. 잠시 기다려라. 너의 숙부가 오신다. (우스터 다시 등장)

홋스퍼 모티머 얘기를 하지 말라고? 안 하고는 못 배긴다. 비록 영혼이 지옥에 떨어지는 한이 있어도 나는 악착같이 그를 싸돌겠다. 그를 위해서 이 혈관을 쥐어짜서, 나의 귀한 피 한 방울 한 방울 모조리 땅 위에 흘리겠다. 반드시 나는 짓밟힌 모티머를 하늘 높이 받들어 모시겠다. 저 배은망덕의 왕, 썩어빠진 볼링브로크에 뒤지지 않는 높은 왕위에 올려놓겠다.

노섬벌랜드 어떤가, 동생, 왕 때문에 네 조카가 광란 상태이다.

우스터 무엇 때문에 내가 없는 사이에, 그토록 격앙되어 있는가?

홋스퍼 왕이 우격다짐으로 포로를 내놓으라는 것입니다. 제가 처제를 위해 몸값을 재촉하자, 순식간에 뺨에서 핏기가 가시고, 제 얼굴을 분노의 눈으로 노려보았어요. 모티머의 이름을 듣기만 해도 몸을 부르르 떨었습니다.

우스터 그럴 만하지, 어쨌든 모티머는 선왕 리처드로부터 왕위 계승자로 지명되었으니 말이네.

노섬벌랜드 맞는 말이야. 그 선언은 나도 들었어. 비운의 왕 리처드가 — 왕에 대한 우리들의 죄를 신이여 용서하소서 — 막 아일랜드 원정에 출발하려던 참이었어. 왕은 원정 도중에 좌절하고, 귀국했는데, 폐위되자 곧 학살당했다.

우스터 그 일 때문에 우리 집안은 세상 욕설 뒤집어쓰고 누명을 썼지요.

홋스퍼 잠깐만, 그럼, 리처드 왕은 의제(義弟) 에드먼드 모티머를 왕위 계승자로 선언했습니까?

노섬벌랜드 그렇다. 내가 틀림없이 들었다.

홋스퍼 그렇다면 그의 친척인 왕이 그를 산속에서 아사(餓死)시킨다는 말도 무리가 아니네. 하지만 이래도 되는 겁니까? 은혜를 모르는 자의 머리 위에 왕관을 씌워준 여러분들이, 그놈 때문에 살인 교사(敎唆)라는 어마어마한 누명을 쓰다니. 그래도 괜찮은 겁니까. 앞잡이니, 천박한 도구니, 목 조르는 밧줄이니, 교수대의 사닥다리라느니, 사형 집행인이라느니 등 온갖 저주의 말을 뒤집어쓰고 있는데, 괜찮습니까? 아, 실례되는 말을 했지만, 용서하십시오, 음흉한 왕 밑에 있는 여러분의 지위, 신분이라는 것이 그렇습니다. 당신들 두 분이 오늘은 험담에 희생되지만, 후세에는 역사의 기록으로 남게 되지요. 훌륭한 혈통과 권력을 저당 삼고 부정을 위해 힘을 빌려주면서 ― 신이여, 용서하소서, 이 점은 두 분도 부정하지 못할 겁니다 ― 향기로운 장미나무 리처드를 뽑아버리고, 가시투성이 들장미인 볼링브로크를 그곳에 심어놓다니 될 일입니까. 당신들이 그토록 치욕을 감수하고 옹립한 그 사람으로부터 놀림당하고, 버림받고, 내동댕이쳐진다는 것은 더욱더 말하기가 수치스러운 얘기입니다. 하지만 아직도 때는 늦지 않았습니다. 잃어버린 명예를 다시 회복하시고, 다시 한번 세상 사람들의 존경을 얻게 되는 시간은 있습니다. 거만한 왕의 모욕과 조롱에 복수를 할 수 있을 것입니다. 그놈은 당신들을 어떻게 할 것인가 머리를 쥐어짜고 있어요. 그는 당신들의 잔학한 죽음으로 변상하려고 할 것입니다. 그렇기 때문에 저는 말합니다 ―.

우스터 알겠다. 더 이상 말하지 마라. 이번에는 내가 비밀의 책을 열어 보이겠다. 알아듣는 눈치 빠른 너의 불만스런 귀에, 중요하고도 위험한 얘기를 들려주겠다. 그것은 마치 도도히 흐르는 급류에 창 하나 걸치고 흔들다리로 삼아, 그 다리를 믿고 건너가는 위험스런 모험담이다.

홋스퍼 만약에 떨어지면, 볼장 다 보는 거지, 가라앉느냐 아니면 헤엄치느냐다! 위험이 동쪽에서 서쪽으로 가로지르면, 명예가 북에서 남으로 치닫게 해서 서로 격투를 벌이도록 만들어보자. 아, 이왕 할 바에는 토끼 한 마리 쫓는 것보다는 사자 한 마리 노리는 것이 더욱더 피 끓는 일이다!

노섬벌랜드 큰 공로 생각에 마음 들떠서 어쩔 줄 모르는구나.

홋스퍼 정말이지, 그런 일은 식은 죽 먹기입니다. 창백한 달의 얼굴에서 금 빛으로 빛나는 명예의 관을 빼앗는 일이나, 바다 밑으로 잠수해서 줄도 닿지 않는 바닥에서 물에 빠진 명예의 머리채를 휘어잡고 끌 어올리는 일은! 다만, 그렇게 얻어낸 명예를 경쟁 상대 없이 그 영 광을 모조리 독점할 수 있다면 말입니다. 인색하게 나누어 갖는 것 은 피합시다!

우스터 공상 속에 살고 있구나. 확실한 내용을 알 수 없어. 이보게, 해리, 내 말에 귀 좀 기울이게.

홋스퍼 실례했습니다.

우스터 너의 포로들 스코틀랜드 귀족들은…….

홋스퍼 내 손아귀에 넣어두겠습니다. 한 사람도 넘겨주지 않겠습니다. 넘 겨주면 왕의 영혼을 구한다 해도 절대로 넘기지 않겠습니다!

우스터 너는 금세 옆길로 빠지는구나. 내 말을 들으려 하지 않아. 포로들 은 붙들어두어라.

홋스퍼 물론, 그렇게 하겠습니다. 왕은 모티머의 몸값을 낼 기분이 아니라 고 말했어요. 하지만 나는 그가 잠들어 있을 때, 귀에다 대고 "모티 머!"라고 고함을 지르겠습니다. 아니야, 그것보다는 찌르레기 새 를 가르쳐서 "모티머"라고 울도록 하겠습니다. 그 새를 그에게 보 내, 그 소리를 들을 때마다 울화가 치밀도록 하겠습니다.

우스터 해리, 한마디만 들어보게.

홋스퍼 앞으로 나는 모든 일을 포기하고, 볼링브로크를 골탕 먹이는 일에 만 전념하겠습니다. 그런데 그 녀석 말입니다, 난폭하고, 으스대 고, 뽐내고 다니는 태자 해리, 그놈은 아버지의 사랑도 받지 못해,

불행한 일을 당하면, 오히려 아버지가 기뻐할 녀석이죠. 아니면 맥주 잔에 독이나 풀어서 죽일 놈이죠!

우스터 오늘은 이만 작별이다. 내 얘기는 네가 듣고 싶을 때까지 보류해두겠다.

노섬벌랜드 아니 글쎄, 말벌에 쏘인 사람처럼 벌컥 벌컥 화를 내고 수다스럽게 떠들기만 하네. 혼자 떠들기만 하고 남의 말을 전혀 듣지 않는군!

홋스퍼 아버님, 보세요, 저는 저 악독한 모사 볼링브로크 얘기를 듣기만 해도, 회초리와 곤봉으로 얻어맞고, 개미에게 몰린 느낌으로 악이 받쳐 안절부절못합니다. 선왕 리처드의 재임 중, 그게 어디였더라? 그렇습니다, 빌어먹을, 글로스터셔였지요. 놈의 숙부였던, 난폭자 요크 공의 성채였습니다. 그곳에서 나는 처음으로 미소 짓는 왕 볼링브로크에게 무릎 꿇고 절을 했습니다. 그래요, 부친과 놈이 레이번즈퍼그에서 돌아왔을 때였지요.

노섬벌랜드 버클리성이었다.

홋스퍼 그렇습니다. 그때, 그 개새끼는 꼬리를 흔들고 나에게 달콤한 칭찬과 아양을 떨며 반가워했어요! "지금은 그대 운명 꽃망울이지만, 앞으로 꽃피는 날에는", "내 친구 해리 퍼시", 또는 "사랑하는 조카"라고 했습니다. 그런 사기꾼은 악마가 씹어 먹어야 해! 신이여, 용서하소서! 숙부, 이야기하십시오. 저는 입 다물겠습니다.

우스터 더 계속하고 싶으면 하게나. 네 얘기가 끝날 때까지 기다리겠다.

홋스퍼 다 끝났습니다.

우스터 그렇다면 다시 한번 스코틀랜드인 포로 얘긴데, 그 사람들 몸값 없이 곧 석방하게. 그런 다음 더글러스 백작의 아들을 시켜 스코틀랜드에서 군사들을 모병하자. 자세한 것은 편지로 알려주겠다만, 여러 가지 이유로 그는 도와줄 것이다. (노섬벌랜드 백작에게) 그런데, 형님, 해리가 스코틀랜드에서 병력을 모으고 있을 동안, 형님께서는 고결하신 성직자이며, 만인의 존경을 받고 있는 대주교의 마음을 은밀하게 우리 품속에 넣어주시기 바랍니다.

핫스퍼 대주교라면, 요크 말씀입니까?

우스터 그렇다. 그는 왕에게 불만이 많다. 동생 스크루프 공이 브리스토에서 피살되었기 때문이다. 나는 억측만으로 이야기하고 있는 것은 아니다. 그럴는지 모르겠다가 아니라, 사실 그렇다고 믿고 있는 일을, 반추(反芻)하고, 계획하고, 확정지은 다음 말하고 있다. 지금은 그것을 실행에 옮길 기회가 우리 눈앞에 나타나기를 기다리고 있을 뿐이다.

핫스퍼 냄새가 납니다. 맹세코 그 일은 잘될 것입니다.

노섬벌랜드 너는 사냥감이 나타나기 전에 사냥개를 푸는 버릇이 있어.

핫스퍼 누가 뭐라 해도 이것은 멋진 계획이라 생각합니다. 그렇다면, 스코틀랜드의 우군(友軍)과 대주교의 사병들과, 모티머의 병력이 합류한다는 뜻이죠.

우스터 그렇다.

핫스퍼 그건 제대로 표적을 맞춘 겁니다.

우스터 왕위에 있는 자를 치는 것이니 무엇보다도 기선을 제압해야 한다. 그렇지 않으면 위험해. 우리가 아무리 얌전히 있어도, 왕은 언제나 입은 은혜를 생각해서 마음의 부담을 느끼고 있다. 어떤 방법으로든 마음의 빚을 갚지 않으면, 우리들이 불만을 갖고 있다고 멋대로 생각하게 되는 거야. 그 증거로 우리 집안 사람들에게 보내는 친근한 눈초리는 간 곳이 없고 남남으로 대한다면서.

핫스퍼 그렇습니다. 복수하지 않고는 견딜 수 없습니다.

우스터　일단 헤어지자. 해리. 앞으로의 일은 편지로 전하겠다. 그때까지는 더 이상의 망동을 해서는 안 된다. 곧 일이 터지겠지만, 때가 무르익으면, 내가 몰래 글렌다워와 모티머 경을 방문할 것이다. 너와 더글러스와 나의 군사들이 이미 짜여진 대로 합류하게 된다. 지금은 우리들 운명이 불확실하지만, 우리들 강력한 힘으로 우리들 운명을 힘껏 껴안도록 하자.

노섬벌랜드　작별이다, 동생이여, 우리는 성공할 것이다.

홋스퍼　잘 가세요, 숙부님, 시간이여 빨리 오너라. 전쟁터의 접전과 신음 소리로 우리들 사냥을 축복하는 그날이여. (일동 퇴장)

제2막

제1장　로체스터, 여관 안마당

짐꾼 1, 초롱을 들고 등장.

짐꾼 1　어어이! 새벽 넉 점이다. 네 시가 아니면 내 목을 쳐라. 북두칠성이 새 굴뚝 위까지 왔는데도 아직껏 말에 짐을 싣지 않았으니. 야, 이놈, 마부야!

마 부　(안에서) 갑니다, 갑니다.

짐꾼 1　여보게 톰, 부탁하네, 말안장이야. 힘껏 때려서, 말안장 앞머리에 털부스럭지 조금 넣어주게. 가엾게도 말 등이 벌겋게 닳았어.

짐꾼 2 등장.

짐꾼 2 완두콩도 대두콩도 곰팡이가 슬어 썩었으니, 이런 것 먹이다가는 말 창자 속에 구더기 슬겠네. 마부 로빈이 죽은 후, 이 여관도 콩가루 집안이 다 되었구나.

짐꾼 1 불쌍한 녀석, 귀리 값이 오른 다음부터는 한 번도 쨍할 날이 없었어. 죽은 원인이 바로 그것이라네.

짐꾼 2 그건 그렇고, 형편없는 여관이야. 런던에서 이 집만큼 벼룩이 떼거지로 쏘는 집이 또 어디 있겠나. 나는 벼룩에 물려 살가죽이 송어 점박이처럼 되었네.

짐꾼 1 송어 등처럼! 정말이지, 어떤 임금님도 나를 꺾을 수 없을 거다. 첫 닭이 우는 새벽이 시작된 이래로 나만큼 벼룩에 물린 사람 또 어디 있겠나.

짐꾼 2 그건 말이다. 우리에게 요강을 안 줬으니 그렇지. 모두들 난로에 싸버렸지, 뭐야. 그 오줌에서 벼룩이 생기는 거다. 미꾸라지에서 벼룩이 생기듯이 말이야

짐꾼 1 여보게, 마부 양반! 어서 오게나, 빨리 오라니깐, 이 양반아!

짐꾼 2 베이컨과 생강 뿌리 두 다발을 채링 크로스까지 배달해야 돼.

짐꾼 1 제기랄! 바구니 속 칠면조는 굶어죽게 생겼어. 여봐, 마부! 빌어먹을 자식, 네 눈엔 눈알이 박혔느냐? 너 귀머거리냐? 나 술 좋아하는데, 네놈의 골통 빠개는 것도 좋아할 것 같애. 싫다면 내가 못난 놈이지. 빨리 하라니깐, 이놈아! 네놈은 성의도 없어.

개즈힐 등장.

개즈힐 안녕하쇼, 짐꾼들. 지금 몇 신가?

짐꾼 1 두 시쯤 됐겠죠.

개즈힐 미안하지만, 자네 초롱을 좀 빌려주겠나? 마구간에 있는 내 말 좀 보러 가겠네.

짐꾼 1 안 될 말씀! 그 수작에 속을 내가 아니다.

개즈힐 그러면 자네 것을 빌려주게나.

짐꾼 2 네, 언제 드릴까요? 흥, 자네 것을 빌려달라고? 이것을 줄 바에는 자네 목 졸라 죽이는 것을 보는 일이 낫겠다.

개즈힐 그건 그렇고, 자네가 런던에 도착하는 것은 몇 시쯤 되나?

짐꾼 2 도착해서 촛불 들고 잠자리 들 만한 시간은 될 겁니다. 그건 그렇고, 여보게나 머그스, 그 양반들 깨울 시간 다 되었네. 모두들 함께 출발해야지, 귀중한 봇짐들을 들고 있는 모양일세. (짐꾼들 퇴장)

개즈힐 여보게! 지배인!

　　지배인 등장.

지배인 (무대 뒤에서) 네, 여기요. 소매치기 납신다.

개즈힐 지배인이나 소매치기나 마찬가지야. 네놈이 도둑질 계획을 짜니깐 말일세.

지배인 안녕하십니까, 개즈힐 어른. 모든 일은 어젯밤 말씀드린 대롭니다. 켄트의 산림지에 사는 지주가 삼백 마르크의 금화를 갖고 있습니다. 어제 저녁식사 때, 그 사람이 친구에게 그렇게 말하는 소리를 들었습니다. 그 친구라는 것이 회계 검사관인가 뭔가인 모양인데, 이놈이 또 말할 수 없이 엄청난 돈을 갖고 있답니다. 그들은 벌써 일어나서 버터로 구운 계란을 주문한 모양인데, 곧 출발할 겁니다.

개즈힐 알겠나. 만약에 그들이 성 니콜라스를 수호신으로 믿는 노상강도를 만나지 않는다면, 내 목을 치게.

지배인 그 목덜미는 싫습니다. 그건 교수형 집행인에게 맡기세요. 어른께서도 성 니콜라스 수호신을 믿고 계시죠. 다른 악당들처럼 말입니다.

개즈힐 어째서 나에게 교수형 집행인 얘기를 하는가? 만약에 내 목이 매달리면 교수대에는 뚱보 두 사람이 매달리게 돼. 내가 매달리면, 존경 영감도 매달리게 되지. 그 양반 깡마른 사람이 아니야. 그런데, 너 알겠니, 우리 속에는 네놈이 상상도 못 할 귀하신 몸이 계셔. 그분은 놀이 삼아 우리 편에 끼어들어서 우리 일을 빛내주고 있네. 만의 일 우리 일이 조사를 받게 되면, 이분의 체면 때문에 일이 잘 수습되도록 되어 있어. 우리는 거리의 부랑배들이 아니야. 곤봉을 휘두르며 푼돈을 강탈하는 좀도둑이 아니야. 콧수염 기른 뻘건 얼굴의 술주정뱅이가 아니야. 우리는 모두가 안락하게 살아갈 수 있는 고귀한 신분의 사람들이지. 모두가 고관대작들이야. 이런 분들은 입이 무거우셔. 입놀림보다는 주먹이 빠르신 분들이지. 마시는 것보다는 말하는 것을 좋아하는 분들이지. 기도보다는 마시는 것을 좋아하는 분들이지. 그런데, 이 말은 거짓말이다. 기도하는 것이 좋아서, 언제나 그들의 수호신인 국가를 위하여 기도를 하고 있다……라고 말하는 것보다는 뱃가죽을 위하여 기도를 하고 있다는 편이 낫겠네. 국가를 적당히 요리해서 짓밟고 먹어치우니깐 말일세.

지배인 아니, 국가를 요리해요? 나라가 그 사람들을 보호할까요?

개즈힐 하고말고. 하고말고. 높은 사람이 보호하고 있어. 우리는 안전하게 도둑질하네. 우리는 마술적인 은신술에 이용하는 양치(羊齒) 씨를 갖고 있기 때문에, 들키지 않고 다닐 수 있어.

지배인 그게 아닌데요. 들키지 않는 까닭은 윗사람 때문이 아니고, 야밤중

어둠 때문이죠.

개즈힐 좋아, 악수를 하자. 너에게도 전리품을 분배한다. 나는 약속을 지키는 정직한 사람이다.

지배인 아니올시다. 도둑인 당신이 거짓말하지 않고 주기 때문에 받아두겠습니다.

개즈힐 예끼 이놈. 그래, 인간은 모두 제 분수대로 이름이 있는 법이야. 마부에게 가서 마구간에서 말 끌어내라고 해. 잘 있거라, 멍청한 식충아. (퇴장)

제2장 개즈힐 근처의 대로

왕자 헨리와 포인즈, 피토 등장.

포인즈 자아, 빨리 숨어, 숨어라! 폴스타프의 말을 숨겨놨더니, 놈은 고무칠한 우단처럼 성깔을 부리네.

왕 자 숨어 있거라! (그들은 숨는다)

폴스타프 등장.

폴스타프 포인즈! 포인즈, 뒈져라, 이놈아, 포인즈!

왕 자 (앞으로 나서면서) 시끄러워, 이 망나니 개자식아! 왜 떠들고 지랄이야!

폴스타프 포인즈 녀석 어디 있어, 할?

왕 자 언덕 위로 올라갔어. 내가 찾아보마. (모습을 감춘다)

폴스타프 저 도적 놈들과 한 패거리가 되지 않았어야 했는데. 저 악당 놈이 내 말을 훔쳤는데 어디다 묶어놓았는지 알 수 있어야지. 더 이상 걷지 못하겠네. 일 미터만 더 걸으면 숨 막혀 쓰러질 것이다. 저 악당을 죽이고도 교수형을 면할 수만 있다면, 극락왕생을 이룰 것이다. 나는 지난 22년간 저놈과 손을 끊겠다고 시간마다 맹세했건만, 만나기만 하면 마술에 걸린 듯 저놈의 손을 잡게 되네. 저놈이 나에게 사랑의 비약을 먹였는지도 몰라. 그게 틀림없어. 달리 생각할 수 없지 않은가. 내가 약을 삼켰을 거다. 포인즈! 할! 두 놈들 모두 뒈져라! 바돌프! 피토! 나는 죽어도 다시는 노상강도질 않겠다. 내가 저놈들과 손을 끊고, 진실남(眞實男) 되는 일이 술 마시는 일처럼 간단하게 되지 않는다면, 나는 세상 나고 처음 있는 대악당이다. 산길 8야드는 나에게 70마일 길이야. 그런데 지독한 놈들, 알면서도 내 생각 조금도 안 하네. 동기 간의 정분이 없는 놈들은 싹 뒈져 버려야 해! (그들은 휘파람 소리를 낸다) 휴! 야, 악당 놈들아, 모두 죽어라, 죽어! 내 말을 달라, 이 고얀 놈들아, 내 말을 달라, 개자식들아!

왕 자 (그늘에서 나오면서) 뚱보, 조용히 해. 엎드려! 엎드려서 귀를 땅에 대는 거다. 길가는 나그네들의 발자국 소리가 들리는가.

폴스타프 엎드리는 것은 좋으나, 나중에 나를 일으킬 지레가 있는가? 어림도 없다. 비록 네 어버이 국고 속에 있는 돈을 몽땅 준다 해도 나는 이 몸을 단 한 치도 움직이지 않겠다. 도대체 무엇 때문에 나를 이토록 골탕 먹이느냐?

왕 자 헛소리 말라. 골탕 먹이는 게 아니다. 말이 줄행랑쳤을 뿐이네.

폴스타프 부탁하네, 왕자님, 내 말 곁으로 데려다주게나.

왕 자 뭐야, 요 악당 녀석아! 내가 너의 마부냐?

폴스타프 네놈은 왕자 훈장 노끈으로 목을 감고 뒈져야 해! 알겠는가, 내가 잡히기만 해봐라. 몽땅 불어버리겠다. 알겠는가, 또 있어, 네놈들 얘기를 노래로 만들어서 지저분한 가락에 띄우겠다. 그렇지, 그래. 안 하고 배겨낼 내가 아니다. 내가 마시는 포도주가 독약이라도 좋다. 네놈들 장난이 도가 넘었어! 나는 그게 싫어.

　　　개즈힐과 바돌프가 등장.

개즈힐 기다려. 움직이지 마!

폴스타프 기다리지. 움직이고 싶어도 움직일 수 없네.

포인즈 (피토와 함께 앞으로 나오며) 아, 저 사람은 망보라고 내세운 개즈힐이다. 목소리로 알 수 있지.

바돌프 상황은 어떤가?

개즈힐 얼굴을 가려야 해, 얼굴을. 복면을 써야 해. 국고로 갈 돈이 언덕을 내려오고 있어. 왕의 금고로 갈 돈이야.

폴스타프 엉뚱한 소리 말라. 요 악당아, 그건 선술집 금고로 갈 돈이다.

개즈힐 그만한 돈이면, 한평생 충분하지.

폴스타프 교수형 받을 만큼 충분하지.

왕 자 알겠는가, 너희들 넷은 이 오솔길을 지켜라. 나와 네드 포인즈는 더 낮은 곳에서 기다리겠다. 만에 하나 그놈들이 너희들을 피하더라도, 우리 손아귀에 들어오게 되어 있네.

피 토 그들의 숫자는 몇 명인가?

개즈힐 여덟이나, 열 명가량 된다.

폴스타프 그렇다면, 거꾸로 우리가 박살 나는 거 아니냐?

왕 자 겁나세요, 뚱보 선생?

폴스타프 나는 말라깽이가 아니다. 너희 할배는 그렇게 불렸다면서? 나는 결코 겁쟁이가 아니다, 할.

왕 자 그건 실험해보면 알지.

포인즈　여보게, 존, 네 말이 담 뒤쪽에 서 있네. 필요하면 가보게나. 거기 있네. 잘들 있게. 단단히 해야 하네.

폴스타프　교수형을 당해도 저 녀석만은 감쌀 수밖에 없어.

왕　자　네드, 변장 도구는 어디 있나?

포인즈　바로 여기 있죠. 숨어요, 숨어.

　　　王자와 포인즈 퇴장.

폴스타프　자, 제군들, 행운을 비네. 모두들 제자리에 가 있게나.

　　　나그네들 등장.

나그네 1　자, 여러분들. 말은 젊은 사람에게 맡기고, 우리들은 조금 걸어봅시다. 내리막이니 그 편이 훨씬 낫겠습니다.

도적들　멈춰라!

나그네들　우와, 사람 살려!

폴스타프　때려눕혀라, 이놈들 목을 따라! 이놈 뚱보 시골뜨기, 베이컨 식충아! 이놈들은 우리 젊은이들을 적수로 삼고 있네. 때려눕혀라, 깝데기를 벗겨라!

나그네 1　아아, 이젠 끝장이로구나. 목숨도 재산도 다 날렸네!

폴스타프　뭐야, 이 배불뚝이, 이젠 끝장이라고? 나불대지 마라, 요 뚱보 촌놈아, 네놈의 재산을 이곳에 갖다 놓고 끝장내게 하고 싶다. 오너라, 이놈, 베이컨 식충아, 해볼 텐가? 이놈들아! 젊은이들은 살아야 해. 네놈들은 재벌들이냐? 네놈들 죗값으로 벌 줄 테니 맛 좀 봐라.

　　　도적들은 나그네들의 돈을 강탈하고, 몸을 묶은 다음 퇴장한다. 왕자 헨리와 포인즈 변장하고 등장.

왕 자 도적들이 착한 사람들을 묶어놓았는가. 이번에는 나와 너희들이 도적들을 훔칠 차례가 되었다. 그러고 나서 런던으로 금의환향하면, 이 이야기로 일주일은 즐길 수 있다. 한 달은 웃으면서 지낼 수 있다. 죽을 때까지 농담거리로 만들 수 있다.

포인즈 숨어라, 숨어라. 놈들이 돌아온다. (그들은 숨는다)

도적들 다시 등장한다.

폴스타프 자, 제군들, 이것을 나누어 갖고, 날이 밝기 전에 말을 타고 가자. 왕자와 포인즈는 천하의 겁쟁이로 판명났다. 세상에는 정의란 없는 것이다. 특히 그놈의 포인즈 녀석은 들오리만큼의 용기도 없구나.

왕 자 그 돈 넘겨라!

포인즈 이 악당들아! (도적들은 도망친다. 폴스타프는 한두 번 대들다가 노획물을 내버리고 달아난다)

왕 자 쉽게 해치웠네. 자, 의기양양하게 말을 타고 가자. 도적들은 혼비백산 흩어지고, 줄행랑쳤다. 너무나 겁에 질려 저희들끼리도 마주보려 하지 않았다. 자기 편을 관리로 오해했어. 가자, 네드. 폴스타프 녀석 개기름 질질 흘리며 땀범벅이야. 덕택으로 그가 걸어간 메마른 땅은 기름진 옥토가 되었네. 웃음이 터지지 않았다면 동정만은 해줄 수 있었어.

포인즈 뚱보 녀석 아우성치는 꼴 좋았다! (두 사람 퇴장)

제3장 워크워스 성내

훗스퍼 혼자서 편지를 읽으면서 등장.

훗스퍼 "전하, 저로서는 전하 일가(一家)에 대한 존경의 뜻을 품고 기쁜 마음으로 그곳에 갔습니다." ……기쁜 마음으로 갔다? 그렇다면 왜 안 가지? 일가에 대한 존경의 뜻이라? 알겠다. 우리 집안보다 그의 오두막집이 더 좋다는 것인가. 또 뭐라고 쓰여져 있나? "당신이 뜻하신 계획은 위험천만한 것으로서……." 물론이지, 위험하다면, 감기도, 잠드는 일도, 술 마시는 일도 위험해. 하지만, 등신아, 이 쐐기풀 더미 속 위험을 헤쳐 나가야 우리는 평화의 꽃을 딸 수 있어. "계획은 위험천만하고, 열거한 동지들은 신뢰할 수 없고, 때는 무르익지 않았기에 강력한 상대에 맞서는 일은 너무나 경솔한 일인 줄 압니다." 그런가, 그렇단 말인가? 그렇다면, 여보게, 우리는 이렇게 말해주마. 너는 경솔한 겁쟁이요, 촌뜨기요, 거짓말쟁이다. 얼빠진 놈이다! 하느님에 맹세코 말하지만, 우리들의 계획은 훌륭했다. 이토록 신뢰할 수 있는 동지들은 일찍이 없었다. 훌륭한 계획, 믿을 수 있는 동지들. 성공은 의심할 여지가 없다. 훌륭한 계획, 좋은 친구들, 그런데 이 무슨 냉담한 겁쟁이 악한인가! 알겠는가, 요크 대사교(大司敎)가 이 계획을 지지하고, 행동 강령에 찬동하셨다. 이놈아, 네놈이 지금 여기에 있으면, 부인의 부채로 네놈의 머리통을 깨버렸을 거다. 이쪽에는 나의 아버님이, 나의 숙부가, 그리고 내가 있지 않는가? 에드먼드 모티머 경, 요크의 대사교, 오웬 글렌다워가 있지 않는가? 그 밖에도 더글러스 일가도 있지 않는가? 모두들 편지를 보냈다. 다음 달 9일까지 병사들을 이끌고 집결하겠다는 소식 아닌가? 이미 출동한 군졸들도 있지 않은가? 정말로 못난 이교도이며, 악한이며, 배신자가 아닌가! 아아! 인제 알겠다. 네놈은 골수에 사무친 두려움 때문에 심장이 얼어붙어 왕 앞으로 가서 우리들의 계획을 몽땅 털어놓을 작정이구나! 나는 이 몸을 둘로 쪼개어 서로 치고, 물고, 찢도록 놔두고 싶다. 크림 뺀 우유 같은 얼간이 놈한테 명예를 걸고 중대사를 털어놓고, 그놈을 동지로 끌어들였으니 말이야! 이놈, 뒈져버려라! 왕에게 고자질하겠으면 하라. 각오는 되어 있다. 오늘 밤 안으로 진격이다.

　퍼시 부인 등장.

아아, 케이트, 두 시간 뒤에는 출발이오.

퍼시 부인　아니, 여보, 왜 혼자예요? 지난 두 주일 동안 제가 어떤 실수를 했었기에, 저를 잠자리에서 멀리하셨나요? 제발 말해주세요, 무엇 때문에 당신은 식욕과, 쾌락과, 안면(安眠)을 잃으셨나요? 어찌해서 마냥 땅바닥만 보시고, 혼자 있을 때면, 갑자기 놀라서 벌떡 일어나시는지요? 생동감에 넘치던 얼굴은 어디로 갔는지요? 아내에게 줄 사랑의 보물도, 남편에게 줄 아내의 권리도 주지 않고, 어찌하여 무거운 사념 속에서, 깊은 시름에 빠져 있지요? 때때로 당신이 가벼운 잠을 자고 계실 때, 옆에서 깨어나 귀를 기울이면, 잠꼬대하듯 되풀이하는 것은 전쟁터 얘기뿐이었어요. 군마에 호령하며, "힘을 내라! 돌진이다!"라고 고함을 지르고, 돌격이며, 후퇴며, 참호며, 천막이며, 울타리, 교두보, 흉벽, 바실리스크포, 캐논포, 컬버린포, 포로의 몸값, 전사한 병사 등의 격렬한 전투 얘기만 하고 있어요. 이토록 당신의 마음속에는 전투가 진행되고 있기 때문에, 수면 중에도 마음이 산란해지지요. 이마에는 구슬 같은 진땀이

맺혀 있고, 그것은 방금 강물을 휘저어 만든 물거품 같았어요. 갑
작스럽게 중대한 명령을 받은 사람이 숨을 죽일 때 나타내는 그런
표정이 당신의 얼굴에는 보였습니다. 이 모든 것이 무엇을 말하는
징조입니까? 당신은 심상치 않은 중대한 일을 마음에 품고 계시는
듯해요. 말해주세요. 그것이 무엇인지. 저를 사랑하신다면.

홋스퍼 여봐라! (하인 등장) 길리엄스는 편지 갖고 출발했는가?

하 인 네, 한 시간 전에 갔습니다.

홋스퍼 버틀러는 주(州) 장관으로부터 그 말들을 끌고 왔는가?

하 인 방금 한 마리만 끌고 왔습니다.

홋스퍼 어느 말이냐? 귀를 자른 적갈색 말인가?

하 인 네, 그렇습니다.

홋스퍼 그 적갈색 말을 나의 왕좌로 삼겠다. 곧, 그 말을 타겠다. 아, 희망
이여! 버틀러에게 말해서 그 말을 뜰 안으로 인도하라. (하인 퇴장)

퍼시 부인 여보.

홋스퍼 무엇인가?

퍼시 부인 무엇 때문에 황급히 떠나십니까?

홋스퍼 말[馬]이다, 내 사랑인 그 말이 나를 몸살 나게 하고 있다.

퍼시 부인 맙소사, 정신이 나간 원숭이로군! 족제비도 당신 같은 발작을
일으키지는 않을 것입니다. 해리, 당신의 일이 무엇인지 알아야겠
습니다. 꼭 알아야겠어요. 틀림없이 동생 모티머가 왕위 계승권 때
문에 출동한 모양이군요. 그래서 그가 편지를 보내 당신의 지지를
요청했지요. 그러나 동생한테까지 ─ .

홋스퍼 걸어간다면, 나도 피곤할 것이다.

퍼시 부인 여보, 여보, 어리석은 앵무새 양반, 제가 묻는 이 질문에 대답하
세요, 해리, 정말이지 모든 것을 털어놓지 않으면, 당신의 손가락

을 부러뜨릴지도 몰라요.

홋스퍼 물러가라. 물러가라, 귀찮다! 사랑이건 무엇이건! 그렇다, 나는 당신을 사랑하지 않는다, 케이트, 지금은 인형을 쓰다듬고, 입술을 맞대며 희롱거리는 그런 때가 아니다. 코피를 쏟고, 대가리를 부수는 그런 세상이 되었다. 지금 유행하는 것은 그런 것들이다. 좌우지간, 내 말을 대령하라! 케이트, 아직도 나에게 용무가 있는가?

퍼시 부인 정말로 저를 사랑하지 않으십니까? 좋아요, 당신이 저를 사랑하지 않는다면, 나도 사랑하지 않겠어요. 나를 사랑하지 않아요? 진담인가요, 농담인가요?

홋스퍼 나를 전송해주시오, 말을 타면 그때 내가 맹세하리다. 당신을 무한히 사랑한다고 말하리다. 하지만 케이트, 들어요. 앞으로는 어떤 질문도 허락하지 않겠소. 내가 어디로 가는지, 무엇을 하러 가는지, 묻지 마오. 나는 가지 않으면 안 되는 곳으로 가야 하오. 말하자면 오늘 밤, 당신을 놔두고 가야 하오. 확실히 당신은 총명하오, 하지만 그 총명함도 해리의 아내라는 울타리를 넘으면 안 되오. 당신은 정숙하지요, 하지만 여자는 여자. 비밀 지키는 일은 당신 이상 따를 사람은 없소. 당신인들 모르는 일을 입 밖에 낼 수는 없기 때문이오. 케이트, 그 점에 관해서는 당신을 믿소.

퍼시 부인 그 점에 관해서만?

홋스퍼 그렇소. 어디까지나, 그 한도 내에서죠. 하지만 케이트, 내가 가는 곳에 당신도 가오. 오늘은 내가 가오, 내일은 당신이 가오. 케이트, 이만하면 만족하오?

퍼시 부인 그럴 수밖에 도리가 없지요. (퇴장)

제4장 이스트치프, 보어스헤드 선술집

왕자 헨리 등장.

왕　자 여보게, 네드, 답답한 방 안에서 나와서 내 농담이나 거들면서 웃어나 보세.

포인즈 등장.

포인즈 전하, 어디 있었지요?

왕　자 얼빠진 녀석 서너 명과 함께 육칠십 개 술통 속에 있었네. 내 스스로 몸을 낮춰 시골뜨기들과 함께 어울렸지. 선술집 급사 세 명과 의형제를 맺었네. 톰, 딕, 프랜시스라고 터놓고 이름을 부르면서 말이야. 녀석들 영혼을 걸며 맹세하면서 말했는데, 내가 신분은 태자지만 예절은 벌써 임금님 다 되었다는 거야. 솔직히 말해 폴스타프처럼 으스대는 멍충이는 아니고, 유쾌한 술친구들이야. 성미가 부드럽고, 용감하며, 기분 좋은 형님이라고 사실상 말했어. 내가 영국의 국왕이 되면, 이스트치프의 젊은이들은 모두가 나를 따를 거라는 거지. 그들은 술 마시는 일을 "딸기코 만들자"라고 한다네. 그리고 술 마실 때 한숨 돌리면, "에헴!" 하면서 "잔 비워라!" 성화야. 덕분으로 나는 십오 분도 지나지 않고 대단한 술꾼이 되었네. 앞으로는 한평생 어떤 술고래 땜장이를 만나더라도 그들의 은어를 섞어가며 맞상대 부를 수 있게 되었어. 네드, 자네는 나와 함께 이 일에 참가하지 못했으니 사나이의 명예를 잃은 꼴이 되었어. 하지만, 네드, 너의 달콤한 얼굴을 더욱더 달콤하게 만들기 위해서, 백포도주에 넣는 이 설탕을 주겠다. 조금 전에 보조 급사가 내 손에 쥐여준 것이네. 이들은 한평생 "8실링 6펜스입니다" 라든가, "어서 오십시오" 라든가, 목따는 소리로 "네 갑니다, 갑니다! 반월실(半月室) 손님에게 바스타드 포도주 1파인트 올려!" 라는 영어 이외에는 할 말이 없다는 거야. 그런데, 네드, 폴스타프가 올 때까지 시간을 보내기 위해, 자네는 옆방에 가 있고, 나는 보조 급사를 불러 무엇 때문에 설탕을 주었는지 알아봐야겠다. 그리고 너는 끊임없이 "프랜시스, 프랜시스!" 라고 불러대라, 그러면 "갑니다, 곧 갑니다" 라고 외칠 것이다. 자 숨거라. 내가 본보기를 보여주마. (포인즈 퇴장)

포인즈　(안에서) 프랜시스!

왕 자　잘한다.

포인즈　(안에서) 프랜시스.

　　　　보조 급사 프랜시스 등장.

프랜시스　갑니다, 갑니다. 랠프, 석류실(石榴室) 부탁하네.

왕 자　이리 오게 프랜시스.

프랜시스　네, 대령했습니다.

왕 자　프랜시스, 앞으로 몇 년 더 일하나?

프랜시스　네, 앞으로 오 년에다가, 그리고…….

포인즈　(안에서) 프랜시스!

프랜시스　갑니다, 갑니다.

왕 자　오 년이나! 양은 컵을 딸랑거리기에는 긴 세월이로구나. 그런데, 프랜시스, 너는 겁쟁이 만용을 부려 계약문서를 위반하여 도망칠 생각은 없는가?

프랜시스　거야, 영국 땅 천지에 있는 성경책에 맹세합니다만, 마음속에서 는 언제나…….

포인즈 (안에서) 프랜시스!

프랜시스 네, 갑니다.

왕 자 프랜시스, 너 몇 살이냐?

프랜시스 가만 있자…… 이번 미카엘 축제 때가 되면…….

포인즈 (안에서) 프랜시스!

프랜시스 곧 갑니다. 나으리, 잠깐만 기다려주십시오.

왕 자 아니, 내 말 들어봐라. 프랜시스, 네가 준 그 사탕은 일 페니짜리지?

프랜시스 사실은 이 페니짜립니다!

왕 자 아니다, 그 값으로 천 파운드 주겠다. 언제든지 원할 때 말하라. 내가 주마.

포인즈 (안에서) 프랜시스!

프랜시스 지금요, 지금요.

왕 자 아니, 지금 달라고? 지금은 안 돼. 내일 주마, 프랜시스. 안 되면, 목요일. 여보게, 프랜시스, 언제든지 네가 원할 때 말이다. 그런데, 프랜시스!

프랜시스 네, 나으리.

왕 자 너 이 가죽 조끼와 수정 단추, 짧게 깎은 머리와 호박 반지, 긴 갈색 양말과 양모 대님, 스페인 가죽 배낭에 입담 좋은 혀끝…… 이 모든 것을 훔칠 생각이냐?

프랜시스 나으리, 어느 분을 지칭하는 말씀입니까?

왕 자 그러냐, 그걸 모른다면 평생 이 가게에서 갈색 바스타드 술이나 퍼마시면 되겠다. 알겠는가, 프랜시스, 네 흰 조끼에 때 묻겠다. 설탕 산지인 바르바리에서는 사탕 값 일 페니가 천 파운드로 껑충 뛰지 않거든.

프랜시스 어찌된 영문인지 알 수 없네요?

포인즈 (안에서) 프랜시스!

왕 자 빨리 가봐라, 이놈, 부르는 소리가 들리지 않는가? (왕자와 포인즈가 교대로 부르는 바람에 프랜시스는 어느 쪽으로 가야 할지 몰라 당황하고 있다)

　　　이윽고 술집 주인 등장.

주 인 너, 거기 왜 서 있나? 안에서 부르지 않는가? 안방 손님한테 가봐라. (프랜시스 퇴장) 헌데, 나으리, 존 경이 대여섯 명의 친구들과 막 도착했는뎁쇼. 안으로 모실까요?

왕 자 잠시 내버려두게. 나중에 천천히 들여보내. (주인 퇴장) 포인즈!

　　　포인즈 다시 등장.

포인즈 왔습니다, 왔습니다.

왕 자 여봐라, 폴스타프가 도적들과 함께 여기 당도한 모양이다. 한바탕 놀아볼까?

포인즈 귀뚜라미처럼 놀아봅시다. 그런데 보조 급사를 그렇게 놀려대서 무슨 재미가 있습니까? 무슨 덕을 보자는 거죠?

왕 자 나는 지금 여러 가지 재미를 맛보고 있는 중이야. 그 옛날 아담의 시대로부터 오늘 밤 현재 열두 시, 갓 태어난 시간에 이르기까지 인간으로서 온갖 것을 맛보고 있는 중이다.

　　　프랜시스 재등장.

　　지금 몇 시인가, 프랜시스?

프랜시스 네, 지금은, 지금 말씀이죠? (퇴장)

왕 자 저놈은 앵무새보다도 더 말을 못 하는구나. 저것도 여자 뱃속에서 태어났다니, 원! 하는 일이란 계단 오르내리는 일뿐이고, 말주변은 계산서 읊어대는 일이야. 하지만, 포인즈, 나는 북방 나라 용감한 홋스퍼의 기분을 낼 수는 없구나. 그는 조반 전에 스코틀랜드인을 칠팔십 명 난도질하고 손을 씻으면서 부인에게 "이런 태평세월은 못 견디겠어! 내 팔뚝이 울고 있다"라고 말했다는 거야. 그러면 부인은 "해리, 오늘은 몇 명 죽였어요?"라고 묻는다는 거지. 그러면, 한 시간 뒤에 그는 "말에 약을 먹여"라고 말하면서, "열너댓 명 되겠지…… 보잘것없어"라고 대답하는 거야. 여봐라, 폴스타프를 불러와. 내가 퍼시 역을 하고, 그 먹충이 돼지는 모티머 부인 역을 시켜보겠다. "신바람 난다!"라고 그 주정뱅이는 외치겠지. 살찐 갈빗대를 불러들여. 비곗덩어리 말이다!

　　폴스타프, 개즈힐, 바돌프, 피토 등장. 프랜시스가 포도주를 들고 뒤를 따른다.

포인즈　야, 잘 왔다, 잭! 어디 가 있었나?

폴스타프　뒤져버려, 비겁한 놈들! 정말이다, 이놈들 지옥에나 떨어져라! 술을 다오. 이놈아(프랜시스에게). 이런 꼴을 당하고 오래 살기보다는 차라리 양말이나 짜고, 깁고, 밑바닥 대는 일 하는 게 낫겠다. 비겁한 겁쟁이들은 천벌을 받아야 해! 이 자식아(프랜시스에게), 술 달라고 했지! 용기는 티끌만큼도 남지 않았단 말인가? (술을 마신다)

왕　자　여보게, 태양이 핥아내는 버터를 본 적이 있는가? 은혜로운 태양의 달콤한 사랑의 키스로 녹아버린 기름 덩어리가 땀을 질질 흘리는 저 모습을 보아라.

폴스타프　(프랜시스에게) 요놈, 이 술에 석회를 넣었구나. 못된 놈 하는 일이 제대로 되는 게 없지. 하지만, 비열한 놈과 비한다면, 석회 넣은 포도주가 낫다. 악랄한 비겁자! 잭이여, 언제 죽더라도, 너의 길을 당당히 가거라. 사내다운 용기는 이 세상에서 사라진 지 오래되었다. 아니면, 나는 알을 깐 청어와 같다. 이 영국 땅에 목이 붙어 있는 선한 사람은 세 사람뿐이다. 그중 한 사람은 나이 든 비대한 사람이다. 아, 더러운 세상이다. 차라리 직조공이나 되어 찬송가든 무엇이든 노래나 부르며 살았으면 좋겠다. 정말이지, 비겁한 자는 죽어야 한다!

왕 자 왜 이러나, 털보 양반. 뭘 투덜대고 있지?

폴스타프 왕의 아들이라고? 목도(木刀)를 휘둘러서 네놈과 부하 놈들을 들오리 내쫓듯 모조리 이 왕국에서 쫓아내겠다. 그 일도 할 수 없다면 나는 두 번 다시 이 턱에 수염을 기르지 않겠다. 네놈이 왕자냐?

왕 자 뭐라고, 이 더러운 뚱보야, 왜 이래?

폴스타프 너, 겁쟁이지? 대답해봐. 거기 있는 포인즈도 대답해봐라.

포인즈 이 자식, 배불뚝이 녀석, 나를 겁쟁이로 만드네! 이놈 찔러 죽이겠다. (칼을 뽑는다)

폴스타프 내가 자네를 겁쟁이라고 불렀다고? 그게 아니다. 네놈이 지옥에 떨어지는 것을 보는 한이 있더라도, 네놈을 겁쟁이라고 부르고 싶지는 않다. 하지만 삼십육계 뺑소니 시합은 천 파운드 걸어도 좋다. (왕자 등 뒤에 숨으면서, 왕자 등을 보고) 등 뒤가 볼 만하네. 이 정도 등이면 누구한테 보여도 부끄럽지 않다. 그러니 누구한테도 등을 예사로 바쳐주지. 그런 짓을 후원이라 부를 수 있는가? 별난 후원도 다 있구나! 뒤가 아니라, 정면에서 나와 대항할 놈을 끌고 와! (프랜시스에게) 술을 다오. 오늘은 아직 한 잔도 입에 대지 않았다.

왕 자 거짓말 마라, 이 악당아! 조금 전에 마신 입술이 아직도 마르지 않았어.

폴스타프 어느 쪽이든 마찬가지다. (마신다) 뒈져버려라, 비겁한 자여!

왕 자 왜 이러는 거냐?

폴스타프 왜 그러냐? 우리 네 사람이 천 파운드를 후렸단 말이다. 오늘 아침에.

왕 자 그 돈 어디 있나, 잭, 어디 있나?

폴스타프 어디 있냐구? 강탈당했어. 우리 네 사람에 백 명이 달려들었으니 어쩔 수 없었네.

왕 자 뭐, 백 명이라고?

폴스타프 정말이지, 거짓말 안 보태고, 나는 두 시간 동안이나 그놈들 수십 명을 상대로 혈전을 벌였지. 이렇게 살아남은 것은 기적이야. 조끼가 찔린 것이 여덟 번이요, 바지는 네 번, 방패는 마구 찔리고 또 찔리고, 칼날은 톱날같이 되었다. 보아라, 이 칼의 증거를! 이토록 모질게 싸워본 일이 여태껏 없었다. 그런데 이 모든 일이 허사가 되었다. 뒈져버려라, 비겁한 자들아! 저 친구들한테 물어보아라. 저 놈들이 사실대로 말하지 않으면, 놈들은 악당들이다. 악마의 새끼들이다.

왕 자 말해보아라, 어떻게 되었는가?

개즈힐 우리 넷은 수십 명을 상대로…….

폴스타프 적어도 열여섯 명은 되었다.

개즈힐 그놈들을 묶었지요.

피 토 아니다, 아니다, 묶지는 않았어.

폴스타프 이 자식들아, 그놈들을 묶었어. 한 놈도 남기지 않고. 내가 헛소리하면 유대인이지. 진짜배기 유대인이야.

개즈힐 우리들이 분배하고 있을 때, 새로운 놈 예닐곱 명이 쳐들어 왔어…….

폴스타프 묶였던 놈들이 풀리더니, 새로운 패거리들이 가세했어.

왕 자 그래서, 그놈들 모두와 상대해서 싸웠단 말이냐?

폴스타프 모두라? 네가 말하는 모두가 무슨 뜻인지는 모르겠지만, 내가 상대한 놈들은 어림잡아 오십 명이야. 내 말이 거짓이라면, 나는 한 다발의 열무가 된다. 쉰두서너 놈이 가엾게도 늙은 잭한테 달려들었어. 이 말이 거짓이라면 나는 두 발 달린 인간이 아니다.

왕 자 설마 자네가 그들 몇 사람을 죽이지는 않았겠지?

폴스타프 아니야, 지금 와서 말해봤자 소용없지만, 그들 중 누 사람을 해치웠어. 틀림없이 두 녀석을 저 세상으로 보냈지. 고무칠한 옷을 걸친 두 악당을 처치했어. 알겠는가, 할. 내 말이 거짓말이면, 이 얼굴에 침을 뱉고, 나를 바보 새끼라고 불러도 좋다. 내가 잘하는 방어 자세, 너는 알지? 이렇게 자세를 취하고, 칼끝을 이렇게 겨냥했어. 그때 고무칠한 복장의 악당 네 놈이 나를 향해⋯⋯.

왕 자 네 놈이라고? 방금 둘이라고 했지.

폴스타프 네 놈이야, 할, 네 놈이라고 말했지.

포인즈 맞아요, 맞아. 넷이라고 말했어.

폴스타프 네 놈이 정면으로 나를 향해 돌진했어. 나는 침착하게 그놈들 일곱 개의 칼끝을 방패로 이렇게 받아넘겼어.

왕 자 일곱이라고? 방금 네 놈이라고 말했지?

폴스타프 고무칠한 복장의 악당이?

포인즈 그래, 고무칠한 복장의 악당이 넷이라고 말했어.

폴스타프 일곱 놈이야. 이 칼자루에 걸고 맹세하네. 내 말이 거짓이라면, 나는 악당이네.

왕 자 내버려둬라. 조금 있으면 또 불어날 테니.

폴스타프 내 말 듣고 있는가, 할?

왕 자 듣고 있지, 한마디도 놓치지 않고 듣고 있네, 잭.

폴스타프 잘 듣게나. 들을 만한 가치가 있으니. 그런데 말이다, 방금 말한 고무칠 복장의 악한들 아홉 명은 말이다…….

왕 자 봐라, 벌써 두 명이 늘었어.

폴스타프 그들의 칼끝이 부러져서…….

포인즈 걸친 바지가 흘러내려서…….

폴스타프 뒤로 물러가기 시작하자, 나는 그 틈에 완벽한 자세로 수족을 맞춰 당당하게 육박하여 전광석화로 열한 명 중 일곱을 처치했어.

왕 자 해괴망측한 일이로다! 두 놈의 고무칠 복장 악당으로부터 열한 명이 튀어나왔으니!

폴스타프 그러나 일이 엉망으로 꼬였어. 암록색 켄덜 천으로 만든 복장 차림의 고약한 세 놈이 등 뒤에서 덤벼들지 않겠나. 주변은 칠흑 같은 어둠이 깔려서 내가 내 자신의 손도 보이지 않았네, 할.

왕 자 거짓말이다. 너를 태어나게 한 아버지 같은 거짓말이로구나. 태산같이 커서 누구에게나 명백한 거짓말이로다. 이놈, 흙덩이 대가리, 식충이 바보 놈아, 더럽고 음탕한 기름통 같은 놈…….

폴스타프 뭐야? 너 미쳤나? 미쳤나? 사실이 아니란 말인가?

왕 자 캄캄해서 네 손도 보이지 않았다고 말하면서, 어떻게 암록색 켄덜 천 패거리를 볼 수 있었단 말인가? 그 이유를 말해봐라. 잭, 답변해봐!

포인즈 그렇다, 그렇다, 그 이유를 말하라. 잭, 그 이유 말이다.

폴스타프 아니, 나한테 답변을 강요할 셈인가? 어림도 없다. 나를 매달아 올려도, 어떤 고문기계에 걸어봐도, 강제로 입을 열 내가 아니다. 강요당하면서 내가 답변을 해? 밝힐 이유가 흑딸기만큼 가득히 널려 있어도, 나는 압력을 받고는 말할 수 없다.

왕 자 더 이상 거짓말 밝히는 죄를 짓고 싶지 않다. 이 용맹무쌍한 겁쟁이, 잠벌레, 말등만 상하게 하는 놈, 고깃덩어리⋯⋯.

폴스타프 뭐라고, 이 굶어 죽을 놈, 장어 껍질 같은 놈, 소 혓바닥 말린 놈 같으니. 이놈, 소 콩팥 같은 놈, 북어 대가리⋯⋯ 아, 너 닮은 것을 말하려니 숨이 막힌다! 너, 양복쟁이 자(尺) 같은 놈, 칼집 같은 놈, 활통 같은 놈, 가늘고 긴 쌍날칼 같은 놈!

왕 자 그 정도에서 한숨 돌리고 계속하면 좋겠다. 그리고 나서 엉터리 비유에 지치면, 내 말을 듣는 것이 좋겠다. 하고 싶은 말은 꼭 한마디뿐이다.

포인즈 잭, 잘 들어.

왕 자 우리 두 사람은 너희 네 사람이 네 사람의 나그네를 습격하고, 그들을 묶은 후 돈을 강탈하는 것을 보았다. 알겠는가, 그 후의 얘기를 내가 하면 너는 끽 소리 못 낼 것이다. 우리 두 사람은 너희 네 놈들을 덮쳤다. 한마디 고함 소리에 네놈들은 벌벌 떨고 금품을 내놓았어. 그래서 덥석 들고 왔다. 지금 이 집에 그 보물이 있다. 하지만, 폴스타프, 너는 그 몰골을 하고 용케도 잽싸게 달아났어. 살려 달라고 아우성치며 뛰고, 뛰면서 아우성치는 네 비명 소리는 송아지 울음소리 저리 가거라였네. 정말이지, 너라는 녀석은 참으로 비겁한 놈이야. 칼날을 일부러 톱니처럼 만들고, 전투하느라 그렇게 되었다고 뇌까리고 있으니! 자, 이제 어떤 속임수로, 어떤 책략으로, 어떤 구실로 이토록 명백한 치욕으로부터 몸을 숨길 것인가?

포인즈 말해봐, 잭, 이번에는 어떤 계략을 쓸 것인가?

폴스타프 실은, 그게 자네였다는 것은 너를 만든 조물주처럼 나도 알고 있었네. 하지만, 여러분, 내가 왕국의 계승자를 죽여도 됩니까? 명명백백한 왕자님에게 칼을 들이대도 되는 겁니까? 물론, 나는 여러분이 아시다시피 헤라클레스 못지않은 용사입니다. 그러나 본능이

란 무서운 것. 사자도 진정 왕자에게는 손을 대지 않습니다. 본능
이란 대단한 것입니다. 본능 때문에 나는 그때 겁났어요. 나는 나
자신과 여러분을 평생토록 다시 보기로 했습니다. 나는 용감한 사
자이고, 여러분은 진정한 왕자님이다라고 말입니다. 좌우지간, 나
는 기쁘다, 기뻐, 자네가 그 돈을 손에 넣었다니 말일세. 여봐라,
주모, 문을 닫아요! 오늘밤은 마시면서 새운다. 기도는 내일 하면
되는 거야. 아, 여러분, 멋쟁이들, 젊은이들, 황금 같은 마음씨를
지닌 양반들, 온갖 계급을 지닌 유쾌한 친구들이여, 오세요, 오세
요! 한바탕 마시고 흥겹게 놉시다! 즉흥연극이라도 해볼 거냐?

왕 자 좋다. 연극의 주제는 "폴스타프 줄행랑쳤다"로 하자.

폴스타프 할, 그 얘긴 그만해두자. 우리는 친구가 아닌가.

　　　　선술집 주모 등장.

주 모 아아니, 왕자님 아니세요?

왕 자 아아니, 이건 누구야, 주모님 아니세요?

주 모 실은 방금 궁전에서 오신 귀족 한 분이 현관에 나타나셨는데, 왕자
님을 뵙고 싶다는 거예요. 국왕께서 보내신 분이랍니다.

왕 자 그분에게 어울리는 품삯을 주어 우리 어머님한테 다시 보내버려
라.

폴스타프 어떻게 생긴 남잔데?

주 모 노인 양반이죠.

폴스타프 노인 양반이 이 밤중에 잠자리에서 기어 나오다니? 내가 나가서
접대할까?

왕 자 잭, 제발 부탁하네.

폴스타프 알았어. 내가 쫓아버리고 올 테니, 걱정 마.

왕 자　그런데, 너희들, 너무나 잘 싸웠다. 너, 피토, 너, 바돌프, 잘 싸웠다. 너희들은 확실히 사자들이다. 본능에 따라서 도망치고, 진짜 왕자에게는 손을 내밀지 않았다. 결코 손을 대지 않았다!

바돌프　나는 남들이 도망치기에 나도 도망쳤어.

왕 자　정말이지, 이것만은 진정으로 대답해다오. 폴스타프의 칼날이 왜 톱니처럼 되었는가?

피 토　그건 단도로 난도질한 것입니다. 그리고는 영국에 남아 있는 모든 진실을 두고 맹세한다면서, 이 톱니칼은 전투 중에 생긴 것이라고 왕자님에게 얘기해서 믿도록 만들겠다는 것입니다. 우리들에게도 그렇게 말하라고 권했습니다.

바돌프　맞습니다. 그리고는 긴 창 모양의 풀잎으로 우리들 콧구멍을 쑤셔 피가 나게 하고는, 그 피를 옷에 바르고 나서 나그네들의 피라고 말하도록 시켰습니다. 나는 지난 칠 년간 한 번도 해보지 못한 일을 하게 되었는데, 그놈의 끔찍한 속임수를 듣고는 얼굴이 붉어졌지요.

왕 자　이놈, 거짓말 마라. 너는 십팔 년 전에 술 한잔 마시고 도망치다 잡힌 적이 있어. 그런 일이 있은 후, 너는 툭하면 얼굴이 붉어지더라. 얼굴 콧등은 벌겋게 타오르고 허리춤에는 칼을 차고 있으면서 너는 뺑소니 쳤다. 그건 무슨 본능 때문인가?

바돌프　보세요, 왕자님, (자신의 붉은 코를 가리키며) 이 얼굴에 나타난 붉은 별똥별이 안 보입니까? 이 불타는 유성 말입니다.

왕 자　응, 잘 보인다.

바돌프　이것이 무엇을 나타내는 징조인지 아시죠?

왕 자　물론이지. 간장(肝臟)병과 싸늘하게 텅 빈 지갑이다.

바돌프　울화가 머리끝까지 치밀었다는 뜻입니다.

왕 자　아니다. 오랏줄이 목구멍을 감는다는 뜻이 된다.

　　　　폴스타프 다시 등장.

　　　여기, 말라깽이 잭이 오네. 홀쭉이 뼈다귀가 왔네. 어떻게 되었는
　　　가. 배때기에 솜을 쑤셔 넣은 양반아! 잭, 몇 년 되었는가, 자신의
　　　무릎을 볼 수 없게 된 것이?

폴스타프　내 무릎? 할, 내가 너의 나이였을 때, 허리가 독수리 발톱만 했
　　　지. 어르신네들 손가락 반지 속을 빠져나갈 정도였으니깐. 그런데
　　　한숨과 슬픔의 고통으로 방광처럼 몸이 부었어. 그건 그렇고, 흉측
　　　한 소문이 떠돌고 있네. 국왕으로부터 온 사람은 존 브레이시 경인
　　　데, 내일 아침 왕자께서 입궐하라는 분부가 내렸네. 북쪽의 미치광
　　　이 퍼시와, 웨일스의 미친놈, 악마 아메이몬을 몽둥이로 때리고,
　　　악마 왕 루시퍼의 마누라를 강탈하고, 마왕에게 웨일스 농부의 갈
　　　고리 십자가에 걸어 부하가 되겠다고 맹세한 놈, 이름이 뭐였더라,
　　　그놈 있지?

포인즈　그래, 맞아요, 글렌다워.

폴스타프　오웬, 오웬, 그래 그놈이야. 그리고 그놈의 사위 모티머와 늙은
　　　노섬벌랜드와 스코틀랜드인 가운데서 힘이 장사인 더글러스, 깎아
　　　세운 절벽을 말을 타고 오르는 놈……

왕 자　바람처럼 말을 타고 나르면서, 나르는 새를 권총으로 쏘는 놈이지.

폴스타프　바로 그놈이야.

왕 자　그런데 총알이 새를 비껴갔어.

폴스타프　여하튼 용기 있는 놈이야. 그런데 달리지는 않아.

왕 자　너는 줏대 없는 악당이네. 조금 전에는 그놈이 잘 달린다고 칭찬했
　　　었지!

폴스타프 멍청한 놈, 말을 타면 달리지만, 땅 위에 서면 한 발짝도 움직이지 못한단 말이다.

왕 자 잭, 그것도 본능 탓인가?

폴스타프 그렇다네. 본능 탓이야. 그런데, 그놈 이외에 모데이크란 놈도 있어. 그리고 푸른 모자를 쓴 스코틀랜드인 병사가 천 명이야. 우스터 백작도 어젯밤 몰래 적진으로 합세했다네. 그 소식을 듣고 자네 아버지 턱수염이 허옇게 세었어. 이렇게 되면 토지는 썩은 고등어 헐값으로 사들일 수 있어.

왕 자 그렇군, 이 상태로 유월까지 내란이 계속되면 구두징 살 돈으로 처녀를 마구 살 수 있겠네.

폴스타프 그래 맞다. 자네 말대로야. 우리도 장사 속이 알차겠어. 그런데, 말해보게나, 할. 자네 무섭지 않은가? 아무리 자네가 왕위 계승자라 할지라도, 이 넓은 세상에서 저토록 무서운 적수 셋을 골라잡을 수는 없어. 귀신 잡는 더글러스. 마귀 같은 퍼시, 천하 악당 글렌다워. 자네, 정말 무섭지 않은가? 겁에 질려 피가 얼어붙지 않는가?

왕 자 조금도 무섭지 않다. 나는 자네 같은 본능이 없는 모양이야.

폴스타프 알겠다. 그런데, 자네 내일 부친 앞에 가면 호되게 야단 맞을 거야. 친구 사이니깐 말해두지만, 미리 답변 연습해두게나.

왕 자 자네가 아버지라고 가정해서 나의 행적을 낱낱이 물어보게나.

폴스타프 내가? 좋아! 이 의자가 옥좌다. 이 단검이 왕홀(王笏)이다. 이 방석이 왕관이다.

왕 자 그 옥좌는 조립식 의자요, 황금의 왕홀은 납덩이 단검이며, 고귀한 금관은 가련한 대머리로구나.

폴스타프 성은(聖恩)의 불길이 아직도 그대 가슴에 남아 있다면, 내 말에 그대는 감동을 받을 것이다. 술 한 잔 다오. 한 잔 걸치고 눈을 벌겋게 만들어야 한다. 내가 낙루(落淚)한 것처럼 만들어야지. 나는 비탄 속에서 대사를 해야 하기 때문이다. 나는 캄비세스 왕(기원전 6세기 페르시아의 왕-역자 주)이 하는 식으로 대사를 읊어야지.

왕 자 자아, 이렇게 나는 절을 하겠습니다.

폴스타프 그러면 나는 이렇게 대사를 시작하겠다. 경들이여, 잠시 자리를 비켜다오.

주 모 어머나, 정말 재미있는 연극이 되겠어요.

폴스타프 왕비, 울지 마오. 눈물을 흘려도 소용이 없소.

주 모 어찌된 일이세요? 아주 위엄 있는 얼굴을 하고 있네.

폴스타프 경들이여, 슬픔에 잠긴 왕비를 모시고 나가시오. 눈물이 그녀 눈의 수문(水門)을 막아버리겠소.

주 모 정말이지, 내가 본 떠돌이 배우처럼 하네!

폴스타프 조용히 해, 대포집 술단지야. 술바가지 아낙네야. 그런데, 할, 나는 네가 뻔질나게 다니는 장소만이 아니라, 네가 사귀는 친구들 때문에 적잖이 놀라고 있다. 하기야 들국화는 밟으면 밟을수록 빨리 성장하지만, 청춘의 세월은 낭비하면 할수록 빨리 시들어버린다. 네가 내 아들임에 틀림없는 것은 네 모친의 증언도 있고, 나 자신이 짐작되는 바가 있기 때문인데, 무엇보다도 너의 괴상한 눈짓과 축 늘어진 얼간이 같은 아랫입술을 보면 그렇게 믿을 수밖에 없다. 그런데, 네가 내 아들이라면, 바로 그것이 큰 문젯거리가 된다. 즉, 내 아들인 네가 왜 세상 사람들로부터 손가락질 당하고 있느냐는 것이다? 이 세상을 밝히는 은혜로운 태양인 네가 탕아가 되어 놀고 지내는 일이 과연 올바른 일인가? 영국 국왕의 왕자가 도적이 되어 양민들의 재화를 털어서야 되겠는가? 새삼스럽게 묻고자 한다. 너도 들어서 알겠지만 이 나라에는 타르(역청)라는 이름의 물건이 있다. 이 물건이 섞이면 모든 물건이 오염된다. 네가 사귀는 친구도 그렇다. 알겠는가, 할, 나는 술에 취해서 이런 말을 하는 것이 아니다. 눈물을 머금고 말하고 있다. 농담 삼아 지껄이는 것이 아니다. 진정으로 말하고 있다. 입에 발린 소리가 아니다. 마음속 깊이에서 울부짖는 말이다. 그러나 말이다. 네 친구들 가운데는 꼭 한 사람 후덕한 분이 있는 것을 종종 목격하게 된다. 그분의 이름은 모르겠다만…….

왕 자 폐하, 어떤 풍채의 사람인가요?

폴스타프 당당하게 생긴 풍채 좋은 사람이다. 얼굴은 밝고, 눈길은 부드러우며, 몸가짐은 우아하고, 나이는, 그래, 오십 줄이지, 아니다, 육십에 가까운 듯하다. 응, 그래, 생각나네, 그 사람의 이름은 폴스타프라고 하더라. 그 사람에게 방탕한 기질이 조금이라도 있으면, 나는 속은 셈이 된다. 아니다, 해리, 그의 얼굴에 나타난 고결한 품성을 내가 잘못 볼 수 있겠는가? 열매를 보면 나무를 알 수 있듯이, 나무를 보면 열매를 알 수 있듯이, 나는 단호하게 말할 수 있다. 폴스타프에게는 미덕이 있다. 오로지 그 사람을 친구로서 사귀어라. 나머지 애들은 멀리해야 한다. 그건 그렇고, 이놈, 지난 한 달 동안 어디를 싸돌아 다녔는가?

왕 자 국왕이 된 것처럼 말하네? 자네가 왕자 역이고, 내가 국왕 역을 맡겠다.

폴스타프 내 왕위를 찬탈하려구? 만약에 자네가 말솜씨나 내용으로, 나의 위엄과 장중함을 반 정도만 보여주어도, 나를 집토끼나 산토끼처럼 거꾸로 매달도록 내버려두겠다.

왕 자 그렇다면 나는 이렇게 하겠다.

폴스타프 그렇다면 나는 이렇게 서 있겠다. 여러분, 누가 능숙한지 판정을 해주게.

왕 자 그런데, 할, 지금까지 어디 가 있었는가?

폴스타프 네, 폐하, 이스트치프에 가 있었습니다.

왕 자 왕자에 관한 갖가지 비난의 소리가 들리고 있다.

폴스타프 쌍, 그런 소리는 온통 거짓말입니다. 두고 봐라(주위 사람들에게), 젊은 왕자 역을 멋지게 해서 실컷 즐기도록 해주겠다.

왕 자 쌍이라니, 무엄한 놈! 앞으로는 두 번 다시 알현을 허락하지 않겠다. 너는 신의 은총으로부터 멀어졌다. 너는 마(魔)가 씌었다. 늙은 뚱보 모양을 한 술통 같은 악마가 너에게 찰싹 붙었어. 왜 그런 못된 놈하고 쏘다니느냐? 그 변덕쟁이, 속이 개나 돼지 같은 여물통, 수종(水腫)에 걸려 부은 꾸러미, 거대한 술 주머니, 창자를 쑤셔 넣은 의상 가방, 뱃속에 순대가 된 매닝트리 명물인 통째로 구워진 갈비, 늙은 어릿광대, 백발의 악역, 늙은 악당, 늦바람 난 허영덩어리. 어쩌자고 이런 놈을 친구로 삼느냐? 그놈은 술맛 보고, 폭음하는 재주밖에는 아무것도 없는 놈이야. 수탉을 썰어 먹는 것밖에는 아무 손재주도 없는 놈이지. 나쁜 일에만 머리를 쓰고, 악행이라면 물불 가리지 않고, 착한 일은 관심도 없는 놈 아닌가?

폴스타프 좀 더 알기 쉽게 말씀해주십시오, 폐하, 누구를 지칭하고 있나이까?

왕 자 젊은이를 타락의 길로 인도하는 저주받을 악당, 백발의 늙은 악마, 폴스타프 얘기다.

폴스타프 그 사람이라면 잘 알고 있습니다.

왕 자 자네가 알고 있다는 것을 나는 안다.

폴스타프 하지만, 그 사람이 나보다 더 나쁜 사람이라는 것을 제가 알고 있다고 말씀드리면, 저는 알고 있는 것 이상을 말씀드리는 것이 됩니다. 그 사람이 나이를 먹고 있다는 것은 정말로 속상하는 일이지만 백발이 그것을 증언하고 있습니다. 하지만 그 사람이 방탕한 오입쟁이라는 것은 실례입니다만 제가 분명히 부정합니다. 만일에 설탕 넣은 백포도주를 마시는 일이 나쁜 일이라면, 그런 악인들을 신이여, 구제해주십시오! 만일에 나이 들어 명랑하게 사는 일이 죄라면, 내가 알고 있는 선술집 늙은 주인들은 모두 저주받은 몸이 됩니다. 만일에 뚱뚱한 사람이 미움을 받게 된다면, 이집트 왕 파라오의 꿈에 나타난 여윈 소가 사랑을 받게 되겠죠. 이보다는, 아버님, 피토를 추방해주십시오. 바돌프와 포인즈를 추방해주십시오. 그러나 사랑스러운 잭 폴스타프, 친절한 잭 폴스타프, 충실한 잭 폴스타프, 용감한 잭 폴스타프, 나이를 먹고 있기 때문에 더욱더 용감한 잭 폴스타프, 그 사람만은 아버님의 아들인 할의 친구로 남겨두십시오. 그 사람만은 할 옆에서 추방하지 말아주십시오. 통통한 잭을 추방하는 일은, 이 지구를 추방하는 일입니다.

왕 자 그래도 좋다. 나는 그를 추방한다. (안에서 노크 소리. 주모, 프랜시스, 그리고 바돌프 퇴장)

　바돌프 후다닥 뛰어 들어온다.

바돌프 큰일 났네. 큰일 났어! 주 장관께서 무시무시하게 많은 포졸들을 거느리고 문전에 당도했습니다.

폴스타프 시끄럽다, 이놈! 연극을 끝까지 하자. 나는 아직도 폴스타프를 위해 할 얘기가 많다.

　주모 재등장.

주 모 큰일 났습니다. 왕자님, 야단났어요!

왕 자 무슨 일인가? 악마가 바이올린 활을 타고 나는 소동을 부리고 있네. 무슨 일인가?

주 모 장관께서 수많은 포졸을 거느리고 오셨습니다. 우리 가게를 수색한답니다. 안으로 들여보낼까요?

폴스타프 할, 듣고 있는가? 나 같은 진짜 금화를 위조라고 봐서는 안 돼. 너는 겉보기는 그렇지 않은데 사실은 무모한 데가 있단 말이야.

왕 자 너는 본능도 없는 타고난 겁쟁이다.

폴스타프 나는 네 주장을 부인한다. 네가 주 장관의 수색을 허락하지 않으면 좋다. 그렇지 않으면 들어오게 놔두라. 나는 죄수차(罪囚車)에 아주 어울린다. 그렇지 않으면 나의 성장에 저주가 있을 것이다! 내가 교수대에 매달려야지 남보다 먼저 저세상으로 가지…….

왕 자 벽걸이 뒤에 가서 숨어라. 나머지 사람들은 이층으로 가라. 모두들 진실한 얼굴을 하고, 깨끗한 양심을 보여주어야 한다…….

폴스타프 두 가지 모두 갖고 있는데, 유효기간이 지나 보일 수 없네. 그러니 숨을 수밖에 없구나. (모두 퇴장하고, 왕자와 피토만 남는다)

왕 자 주 장관을 모셔라.

　　　　주 장관과 인부 등장.

　　　　장관, 나에게 무슨 용무가 있는가?

장 관 왕자 전하, 실례를 용서하십시오. 실은 수상한 자들 몇 명을 이 집에서 쫓고 있습니다.

왕 자 어떤 모양샌가?

장 관 그중 한 사람은 누구나 알고 있는 뚱보입니다.

인 부 버터 덩어리 같은 놈이죠.

왕 자 그런 사람은 여기 없다. 내가 보증하마. 실은 내가 방금 심부름을 보냈다. 그런 이유이니, 장관, 내 약속하지, 내일, 그래 오정 때까지, 반드시 그 남자를 장관한테나, 또는 누구에게나 출두하게 해서 어떤 일로 고발되었는지 답변토록 하리다. 지금은 이 집을 떠나주게나.

장 관 알겠습니다. 무엇보다도 두 사람의 신사가 도적을 만나 삼백 마르크의 돈을 강탈당했다고 고발하고 있습니다.

왕 자 있을 수 있는 일이다. 만일에 그 남자가 강도질했다면, 반드시 책임은 묻도록 하겠다. 그러면, 잘 가게.

장 관 안녕히 주무십시오, 전하.

왕 자 벌써 아침이다.

장 관 그렇습니다. 새벽 두 시가 되었습니다. (장관과 인부 퇴장)

왕 자 이 기름 덩어리 녀석, 세인트폴 사원만큼이나 유명하구나. 그놈을 불러오너라.

피 토 폴스타프! 벽걸이 뒤에서 자고 있습니다. 말 같은 콧김을 내뿜고 있습니다.

왕 자 정말이지, 코 고는 소리가 엄청나구나. 호주머니를 뒤져보아라. (피토는 호주머니를 뒤져서 몇 장의 종이를 꺼낸다) 무엇이 있는가?

피 토 종이 쪽지뿐입니다.

왕 자 무엇인지, 읽어보라.

피 토 (읽는다)

일, 닭 한 마리	이 실링 이 펜스
일, 소스	사 펜스
일, 백포도주 두 갤런	오 실링 팔 펜스
일, 멸치 및 저녁식사 후 백포도주	이 실링 육 펜스
일, 빵	반 펜스

왕 자 이거 굉장하구나! 반 펜스의 빵에 한량없는 술이라니! 나머지 계산서는 숨겨두게. 나중에 천천히 읽도록 하겠다. 이놈은 아침까지 자게 내버려둬라. 날이 새면, 나는 궁정으로 입궐해야 한다. 모두들 함께 전쟁터로 나가야 한다. 너에게는 훌륭한 지위를 마련해주겠다. 이 기름 덩어리에게도 보병대장의 자리를 맡겨볼까. 이삼백 보만 걸어도 숨이 차서 죽을 거다. 탈취한 돈은 이자를 붙여서 반환토록 하겠다. 날이 새면 나에게로 지체 없이 오너라. 잘 자게, 피토.

피 토 안녕히 주무십시오, 왕자님. (퇴장)

제3막

제1장 웨일스의 뱅고어, 부주교의 저택

홋스퍼, 우스터, 모티머, 글렌다워 등장.

모티머 이 조건들은 공정하고, 당사자들도 모두 신뢰할 만하다. 우리의 거사는 시작이 잘 풀리고 있다.

홋스퍼 모티머, 그리고 글렌다워, 두 사람 모두 좌정하시오. 그리고 우스터 숙부도 앉으세요. 저런, 지도를 놔두고 왔네!

글렌다워 걱정 마라. 여기 있다. 사촌 퍼시, 앉아요. 착한 홋스퍼 사촌도 앉아요. 랭카스터 공작은 그대 홋스퍼의 이름을 들을 때마다 뺨이 창백해지고, 깊은 한숨을 쉬며 겁에 질려 그대를 천당으로 보내고 싶어 하는 모양이다.

훗스퍼 그리고 귀하를 지옥에 보내고 싶어 한답니다. 오웬 글렌다워의 이름을 들을 때마다 말입니다.

글렌다워 그건 당연한 일이다. 내가 태어난 날은 하늘에 온통 불꽃이 퍼지고, 불을 뿜는 별이 가득했다. 뿐만 아니라 내가 태어나면서 울어대는 소리에 지축이 겁을 집어먹고 몸을 부르르 떨었다.

훗스퍼 그런 일이라면 신기할 것이 못 됩니다. 같은 날, 같은 시각에 귀하의 어머니가 키우는 고양이가 새끼를 낳아도 지진은 일어났을 겁니다.

글렌다워 거짓말이 아니다. 내가 태어났을 때, 땅이 흔들렸다.

훗스퍼 그렇다면 대지와 나는 서로 의견이 다른 모양입니다. 귀하가 상상하는 것처럼 귀하를 겁내어 떨고 있었다면 말이죠.

글렌다워 하늘은 화염에 싸이고, 대지는 떨면서 흔들렸다.

훗스퍼 아, 대지가 흔들린 것은 불꽃에 휩싸인 하늘을 보았기 때문이요. 귀하가 태어나는 울음소리를 들었기 때문은 아닙니다. 우리가 사는 대자연은 병에 걸리면 때때로 기묘한 분출물을 쏟아놓지요. 지구는 뱃속이 꽉 차면, 복통을 일으켜, 고통을 겪어요. 말하자면 분별없는 바람이 태내에 가득 차면, 출구를 찾아 소동을 부리며, 할머니 대지를 마구 흔들어놓습니다. 교회의 뾰족탑이나 이끼 낀 성탑(城塔)을 전복시킵니다. 귀하가 태어났을 때도, 할머니 땅덩어리가 병에 걸려 고통을 겪으며 흔들렸습니다.

글렌다워 훗스퍼 사촌, 다른 자들로부터 그런 소리를 들으면 나는 그냥 두지 않겠네. 하지만 좋아요. 다시 한번 말해둔다. 내가 태어났을 때, 하늘에는 온통 불을 뿜는 별이 가득 차서, 산양의 무리가 산으로부터 도망가고, 가축들은 일제히 겁을 집어먹은 논밭을 향해 이상한 울음소리를 냈다고 한다. 이런 징조는 나의 비범함을 입증하고 있다. 그리고 지금까지 살아온 나의 반생을 돌이켜보면, 내가 보통 이상의 인간이었다는 것을 알게 된다. 단 한 사람이라도 있는가? 사방팔방 바닷물이 핥고 있는 영국, 스코틀랜드, 웨일스 땅 천지에, 나를 제자로 삼아 가르쳤다는 사람이 있는가? 단 한 사람이라도 있는가? 있으면 데려오너라. 말하자면, 여자의 태내서 나온 자로서 마법의 묘술과 비법을 나와 겨룰 수 있는 자가 있으면 나와 보아라!

홋스퍼　귀하만큼 웨일스어를 잘하는 사람은 한 사람도 없지요. 자, 식탁으로 갑시다.

모티머　그만해. 퍼시. 이 사람을 성나게 만드네.

글렌다워　나는 지옥의 밑바닥에서 악령을 불러낼 수도 있다.

홋스퍼　그런 일이라면, 나도 할 수 있어요. 누구나 할 수 있겠지요. 그러나 귀하가 부른다고 그들이 불려 나올까요?

글렌다워　내가 가르쳐주마, 퍼시. 악마를 불러내는 방법 말이다.

홋스퍼　나도 가르칠 수 있어요. 악마에게 창피를 주는 법 말입니다. 진실을 말해주면 거짓말 잘하는 악마는 부끄러워합니다. 귀하에게 그런 힘이 있다면, 악마를 호출해보시죠. 나는 맹세코 그놈에게 창피를 주어, 그놈을 쫓아버릴 겁니다. 귀하도 진실을 말해서 악마에게 창피를 주세요!

모티머　자, 부질없는 논쟁은 그만해둬요.

글렌다워　헨리 볼링브로크는 세 번씩이나 나에게 전쟁을 선포했어. 하지만 나는 세 번씩이나 와이강변과 세번강의 모래 밑바닥으로부터 그를 축출했어. 그놈은 아무 소득 없이 신발짝 내버리고, 비바람

맞으며 도망쳤지.

홋스퍼 신발도 없이, 빗속을 도망쳤다는 겁니까! 악마도 독감에 걸렸겠네?

글렌다워 자, 여기 지도가 있다. 우리 세 사람이 이미 정한 조약에 따라 영토를 나누어도 괜찮겠지?

모티머 이미 부주교께서 공정하게 세 사람의 영토를 분배했습니다. 영국은 트렌트강으로부터 세번강까지 즉 동남부 일대가 본인의 영토이고, 다음으로, 웨일스, 즉 세번강으로부터 서쪽으로 뻗친 지대인 비옥한 땅은 모두 오웬 글렌다워의 영토가 됩니다. 그리고, 퍼시, 그대는 트렌트강 북쪽 지대를 소유하게 된다. 세 통의 계약서는 이미 작성되었다. 나머지 할 일은 서로 인장을 누르고 문서를 교환하는 일뿐이다. 그 일은 오늘 밤 안으로 끝낼 수 있을 것이다. 그렇게 되면, 퍼시, 너와 나, 그리고 우스터 경은 출동이다. 예정대로 슈루즈베리에서 너의 부친과 예하(隸下) 스코틀랜드군과 합류한다. 의부(義父)인 글렌다워는 아직도 준비가 덜 되었다. 하지만, 이 주일 동안은 우리들이 그의 도움을 받지 않아도 될 것이다. (글렌다워에게) 그 정도 시간의 여유만 있으면 귀하께서도 주민과 동지들, 그리고 이웃 사람들을 소집할 수 있을 것입니다.

글렌다워 더 빠른 시간에 여러분들과 합세할 수 있어요. 부인들은 내가 모시고 갈 작정이요. 내일 두 사람은 아무 말 없이 출발하세요. 부부가 헤어지는 일은 쉬운 일이 아니기에, 작별을 알리면 눈물의 홍수가 시간을 밀어붙일 것이오.

홋스퍼 내 영토는 버턴으로부터 북쪽에 펼쳐져 있는데, 두 분의 땅과 비교해보면 동등하다 할 수 없소. 보세요, 여기 트렌트강이 우리 쪽으로 파고들어 우리 영토의 일급지(一級地)를 이토록 반달 모양으로

깎아버리고 있어요. 이건 너무한 짓이오. 그러기 때문에 이 지점에서 강물을 막을 생각입니다. 그렇게 되면 아름다운 은빛 트렌트강의 흐름은 새로운 수로를 만들어 직통으로 공평하게 흐르게 될 것입니다. 이토록 깊이 꼬부라들면서 풍요로운 강 유역 일대를 몰래 빼앗으면 나도 참을 수 없어요.

글렌다워 꼬부라들게 할 수 없다고? 꼬부라들기 마련이고, 꼬부라질 수밖에 없어요. 지형이 그렇게 되어 있어.

모티머 그런데, 봐요, 강물이 여기서 우리 쪽으로 파고들어, 그쪽 편에도 똑같은 이익을 주고 있지 않는가. 여기서 너의 영토를 빼앗아도, 저기서 똑같은 영토만큼 다시 챙기고 있는 셈이야.

우스터 그건 그렇다. 약간의 비용으로 여기에 수로를 열고, 반달 모양의 돌출부를 북쪽에 넘길 수 있다. 그렇게 되면 강줄기는 똑바로 순조롭게 흐르게 될 것이다.

홋스퍼 바로 그겁니다. 약간의 비용으로 할 수 있는 일입니다.

글렌다워 나는 강줄기를 바꾸고 싶지 않다.

홋스퍼 바꾸고 싶지 않다구요?

글렌다워 바꾸는 것을 허락할 수 없다.

홋스퍼 허락할 수 없다고 말하는 겁니까?

글렌다워 그렇다, 내가 말하고 있다.

홋스퍼 그렇다면 나에게 통하지 않는 웨일스 말로 하시라구요.

글렌다워 나도 자네만큼 영어를 썩 잘 하네. 영국 왕실에서 터득했기 때문이다. 그 당시는 어렸지만 하프 연주를 반주 삼고 수많은 영어 노래를 만들어서 영어를 아름답게 만드는 일에 공헌했다. 이런 예술적 일은 자네한테서 볼 수 없네.

홋스퍼 그렇습니다. 그런 재능이 없어서 기쁩니다! 그런 흔해 빠진 민요작가가 되는 것보다는 고양이로 태어나서 "야옹" 하고 우는 일이 더 낫겠어요. 차라리 놋쇠 촛대를 가는 선반(旋盤) 소리를 듣거나, 뻑 뻑한 수레바퀴가 끼익끼익거리는 소리를 듣는 것이 낫겠소. 그렇게 하면 신경을 곤두세우지 않아도 됩니다. 우쭐대며 읊어대는 시를 듣는 일은 질색입니다, 도대체 그 시라는 것은 비틀거리면서 걷는 지친 말 같은 것 아닙니까?

글렌다워　좋아. 트렌트 강줄기를 바꾸는 것이 좋겠다.

홋스퍼　아무래도 좋소. 상대에 따라서는 세 배가 되는 땅이라도 주겠소. 하지만 거래를 하는 일이라면 머리카락 한 가닥이라도, 아니 머리카락 구 분의 일만큼이라도 고분고분 응할 수 없소. 계약서는 작성되었습니까? 자, 출발합시다.

글렌다워　아, 달이 밝구나. 밤이라도 출발할 수 있겠다. 계약서를 급히 써서 갖고 오도록 하겠네. 그런데, 두 사람의 출발을 부인들에게 알립시다. 내 딸년이 그 소식 들으면 돌아버리겠네, 모티머를 일편단심 사모하고 있으니 말일세. (퇴장)

모티머　여봐, 퍼시, 내 장인어른께 그토록 맞서지 말게!

홋스퍼　그럴 수밖에 없어요. 쓸데없는 말로 나를 화나게 만드니 말이죠. 말하자면 두더지나 개미 이야기라든가, 마법사 멀린이 꿈꾸듯 예언한 얘기라든가, 참을 수 없어요. 또 용이라든가, 지느러미 없는 물고기라든가, 날개를 잘라낸 사자독수리, 털 빠진 까마귀, 누워 있는 사자, 뒷발로 서 있는 고양이 등 사람들을 어리둥절케 하는 알쏭달쏭한 말을 늘어놓고 있으니, 참는 것도 한계가 있지요. 실은 어제저녁, 저 양반은 연달아 아홉 시간을 자신의 부하라면서 악마의 이름을 늘어놓았습니다. 나는 그저 "아, 그래요"라고 받든가, "그렇군요"라고 맞장구쳤지만, 사실은 한마디도 듣지 않았습니다. 신물이 났습니다. 그 양반 따분하기란, 지친 말 타는 일이나 잔소리 많은 아낙네와도 같아요. 연기 나는 집에 갇히기보다도 더 참기 힘들었어요. 기독교 나라 여름 별장에서 천하의 산해진미를 맛볼 수 있다 해도 그 양반 말을 듣는 조건이라면, 차라리 풍차 오두막에서 치즈와 마늘만 먹고 사는 편이 더 낫겠습니다.

모티머 그렇지만, 그분은 훌륭한 신사야. 책도 많이 읽고, 신비로운 마술도 터득하고 있어. 사자만큼이나 용감하면서도, 언동이 그럴 수 없이 부드럽지. 마음이 풍성해서 무진장 보물을 간직하고 있는 인도의 광산 같아요. 퍼시, 이것만은 분명하게 말해두겠네. 그 양반은 너의 성격을 높이 평가하고 있어. 그래서 네가 맞대결하더라도 성깔을 죽이고 있을 뿐이야. 정말이다. 그토록 그분의 비위를 거슬리고도 아무런 질책(叱責)도 받지 않고 위험한 일을 겪지도 않는 것은 너 하나뿐인 것을 알고 있게. 그러나, 퍼시, 너무 자주 그러면 못써. 부탁하네.

우스터 너는 정말이지 일부러 사람들에게 덤비는 버릇이 있어. 여기 와서도 그분이 참기 어려운 갖가지 일을 너는 저질렀다고 봐야 해. 앞으로는 매사에 신중한 자세로 임하되, 너의 결점은 개선하도록 노력하게. 물론 그 일이 너의 권세, 용기, 기력을 입증하는 일이 되긴 하지만, 기껏해야 그 정도의 효험뿐이고, 대부분의 경우 사람들 눈에는 그 일이 거친 노여움, 무례, 자제심의 결핍, 오만, 불손, 자부심, 거드름 등으로 나타날 뿐이네. 그 가운데서도, 죄가 가장 가벼운 결점이라도, 귀족의 마음을 더럽히면, 인심을 잃게 되고, 다른 미덕이 넘치더라도, 결국은 오점으로 남게 된다네. 그렇게 되면 세상 사람들의 칭찬을 받을 수 없게 되는 것 아닌가.

홋스퍼 공부 잘 했습니다. 명심하겠습니다. 저의 예의범절이 여러분을 돕도록 기원합니다! 영부인들이 오셨네요. 작별 인사를 합시다.

글렌다워가 두 부인을 데리고 다시 등장.

모티머 이건 죽을 맛이로구나. 아내는 영어를 모르고, 나는 웨일스어를 모른다니.

글렌다워 내 딸이 울고 있네. 헤어지는 것이 괴로운 것이다. 자신도 병사가 되어 함께 전투장으로 가고 싶은 거야.

모티머 장인어른, 그녀에게 말해주십시오. 그녀와 퍼시 부인이 장인의 보호를 받고 뒤따라 온다고 말입니다.

글렌다워는 웨일스어로 모티머 부인에게 말하고, 부인도 웨일스어로 답한다.

글렌다워 그 애는 막 가고 있어. 심술궂은 고집쟁이, 아무리 말해도 듣지 않네.

여인은 웨일스어로 말한다.

모티머 그대의 눈동자만 보아도 나는 알고 있소. 넘치는 눈에서 흘러넘치는 눈물의 언어를 나는 잘 알고 있소. 남의 눈만 없으면 나도 그 눈물로 대답할 수 있을 터인데. (여인은 다시 웨일스어로 말을 한다. 키스한다) 이 입맞춤도 나는 잘 알고 있다. 그대도 알고 있을 것이다. 이것은 서로 마음이 통하는 언어이다. 그러나, 사랑이여, 나는 게으름을 피우지는 않겠다. 반드시 당신의 언어를 배울 것이다. 당신의 혀끝에 닿으면 웨일스어는 아름답게 울린다, 마치 아름다운 여왕이 여름 정자에서 홀로 비파에 맞추어 노래하는 황홀한 음악과도 같다.

글렌다워 여보게, 울지 말게. 눈물을 흘리면 딸은 미쳐버린다.

여인은 다시 웨일스어로 말한다.

모티머 아, 슬프다. 나는 아무것도 알 수 없다!

글렌다워 이렇게 말하고 있네. 바닥에 깔아놓은 난초 위에 몸을 눕히고 나의 무릎을 베개 삼아 머리를 얹으면, 그대가 좋아하는 노래를 불러, 그대의 눈꺼풀에 잠을 청해서, 기분 좋은 졸음으로 혈기를 누르고, 꿈인지 생시인지 모르는 경지를 헤매게 해드리리다. 바로 밤과 낮의 경계에서, 황금마차를 탄 태양의 신이 동녘 하늘에 나타나 천공을 나르려는 바로 한 시간 전의 그 몽환의 경지 같은 시간 속에서.

모티머 기쁜 마음으로 자리에 앉아서 그녀의 노래를 듣겠습니다. 그러다 보면 계약서의 문건도 작성되겠지요.

글렌다워 그렇게 해요. 악사들에게 연주를 시켜야지. 이곳에서 수천 킬로미터 떨어진 하늘에서 날고 있는 악사 요정들을 곧장 이곳으로 불러들여야겠다. 여기 앉아서 기다려주게.

홋스퍼 자아, 케이트, 당신도 자리에 눕는 일은 이력이 났지. 자, 어서, 무릎을 벌려요, 무릎을, 이 머리를 얹고 싶어.

퍼시 부인 어머나, 창피해라. (음악이 연주된다)

홋스퍼 맞다 맞아. 악마는 웨일스어를 알고 있구나. 악마들이 변덕스러운 것도 놀라운 일이 아니다. 정말이지 음악의 재능도 놀랍네.

퍼시 부인 그렇다면 당신은 음악의 천재가 되는군요. 제멋대로 변덕스럽게 살고 있으니 말이죠. 조용히 누워 있어요, 이 양반아, 저 여인이 웨일스어로 하는 노래를 들어봅시다.

홋스퍼 그보다 나는 우리 집 암캐 숙녀가 아일랜드 말로 짖어대는 소리를 듣고 싶어.

퍼시 부인   당신의 소중한 것을 잘라버릴까?

홋스퍼   안 돼.

퍼시 부인   그렇다면 잠자코 있어요.

홋스퍼   안 돼. 가만히 있는 것은 여자의 습성이지.

퍼시 부인   어머나, 어떻게 하면 좋아!

홋스퍼   웨일스 여인의 침대서 재워주면 되지.

퍼시 부인   뭐라고요?

홋스퍼   쉿, 그녀가 노래를 하네. (모티머 부인이 웨일스 노래를 부른다) 자, 케이트, 이번에는 당신이 노래를 해줘.

퍼시 부인   나는 절대로 안 해요.

홋스퍼   나는 절대로 안 해요! 정말 당신은 제과점 아낙네처럼 맹세하는 일 말고는 할 수 있는 일이란 아무것도 없군. "누가 뭐라 해도 싫다"느니, "이 목숨을 걸고 진정이다"라느니, "하느님께 물어봐도 좋다", "대낮처럼 확실하다"라느니 — 런던에서 한 발자국도 나가지 못한 하녀처럼 당신은 그런 빈약한 맹세의 말밖에 하지 못하는가. 케이트, 맹세를 할 바에는 귀부인답게 당당하게 큰소리로 말해봐, 누가 뭐라 하더라도, 그런 사탕발림 생과자 같은 허풍선이 맹세는 비로드 나들이 옷을 걸친 주일날 시민들에게 맡겨둬라. 자, 노래를 해다오.

퍼시 부인   노래할 수 없어요.

홋스퍼   노래 잘 하면, 금세 재봉사가 되지. 방울새 노래 선생 되지. 좋아, 계약서가 되면 나는 두 시간 안으로 출발이다. 그대도 오고 싶을 때 와도 좋다.

글렌다워   자, 모티머, 자네는 느려서 탈이야. 퍼시 군은 너무 덤벼서 탈이고. 지금쯤이면 계약서는 완성되었을 거다. 조인(調印)만 끝나면, 즉각 말을 타고 출진이다.

모티머 네, 서두르겠습니다. (모두 퇴장)

제2장 런던, 궁전

왕 헨리 4세, 왕자 헨리, 기타 등장.

왕 경들은 잠깐 물러가시오. 왕자와 단둘이서 얘기를 나누고 싶소. 하지만, 멀리는 가지들 마시오. 곧 이곳에 다시 와야 하기 때문이오. (귀족들 퇴장) 이 모든 것이 하늘의 뜻인지 아닌지는 알 수 없지만, 만일 나도 모르는 사이에 내가 하늘의 뜻에 어긋나는 일을 했다면, 하느님은 은밀한 심판으로서, 보복과 징벌의 채찍을 나에게 내렸다고 할 수 있다. 어찌 되었든 간에 너의 생활을 보고 있으면 하늘이 나의 죄를 벌하기 위해 너를 혹독한 보복의 도구로서 미리 너를 선정해두었다고 믿을 수밖에 없다. 그렇지 않다고 한다면 나에게 답하라. 네가 탐닉하고 있는 무절제하고 비열한 방탕과 천박하고, 저급하고, 음탕하고, 비천한 소행, 그리고 허황된 쾌락, 네가 교제하고 있는 떨거지들, 그런 것들이 어떻게 너의 고귀한 혈통과 양립될 수 있는가. 어떻게 그런 일들이 왕자로서의 심성과 조화를 이룰 수 있는가?

왕 자 황송하오나, 폐하의 꾸지람에 대해선 일일이 깨끗한 변명을 하고 싶나이다. 저에게 씌워진 대부분의 죄목은 의심할 여지없이 씻어낼 수 있다고 생각합니다. 다만 한 가지 일만은 저의 청원을 들어주십시오. 즉 억지웃음을 자아내며 아첨배들과 헛소문에 들떠 있는 비열한 녀석들이 경쟁하듯 부왕에게 거짓 이야기를 꾸며서 고자질하는 것은 단호하게 제가 반박하지 않을 수 없습니다. 물론 젊은 혈기 때문에 탈선하고 방종한 행동을 한 일은 있습니다. 그 죄는 정직하게 인정하고, 용서를 빕니다.

왕 용서는 하느님에게 빌도록 하라! 도대체 어떻게 된 거냐, 헨리! 도무지 알 수 없는 것이 네 마음의 행로이다. 조상들이 가신 길과는 전혀 다른 쪽으로 가고 있으니 말이다. 의회에서도 폭력을 행사해서 의석을 잃고, 그 자리는 네 동생 존이 차지했었지. 지금 궁신들은 물론이거니와 나와 피를 나눈 친척들도 너를 경원하게 되었다. 너의 장래에 대한 희망과 기대는 무참히 깨졌다. 국민 모두가 너의 파멸을 마음속으로 예견하고 있다. 예컨대 말이다, 내가 느닷없이 세상에 얼굴을 내밀고, 언제나 풀뿌리 대중들 앞에 몸을 드러내고, 내 몸이 흔해 빠진 싸구려 인간으로 보였다면, 한때 나에게 왕관을 안겨주었던 세상 사람들은 그 당시 왕 리처드에게 충성을 바치고 말았을 것이다. 그리하여 나는 허무하게도 추방의 세월을 보내야 하는 명성도 희망도 없는 야인에 지나지 않았을 것이다. 그런데 나는 좀처럼 모습을 드러내지 않았기 때문에 내가 나들이하면 사람들은 혜성을 쳐다보듯이 경이의 눈으로 나를 쳐다보았다. "아, 저 분이셔"라고 아이들에게 가르쳐주는 사람도 있었고, "어느 분이 볼링브로크이신가?"라고 묻는 사람도 있었어. 그러면 나는 하늘에서 훔쳐온 온갖 미덕을 얼굴에 나타내고, 겸손의 겉옷을 걸치고, 사람들의 가슴으로부터 충성의 맹세를, 그들의 입으로부터 환호의 외침을 빼앗듯이 수중에 넣을 수 있었던 것이다. 이 모든 일을 나는 선왕의 면전에서 해내었다. 이토록 언제나 나 자신을 신선한 존재로 만들어놓았기 때문에, 내 모습은 좀처럼 경배할 수 없는 법왕의 예복처럼, 사람들이 볼 때는 경이의 눈으로 바라보게 되고, 방문하는 일이 드물지만 나타나기만 하면 화려한 축제처럼 왕의 위엄을 유지할 수 있게 된 것이다. 그 경박했던 선왕은 어떠했는가. 천박한 어릿광대들과 불꽃을 터뜨리고 곧 꺼져버리는 꽃불 같은 재인들을 거느리고, 여기저기 뽐내면서 걸어 다녔지. 그 때문에 왕의 권위도 존엄도 바보들 틈에서 사라졌어. 위대한 이름도 그들의 조롱 섞인 웃음 속에서 더럽혀지고, 신분에 어긋나는 그들의 보호자였기에, 입이 더러운 소인배들과 험담을 나누며 희희낙락하고, 수염도 안 난 풋내기들을 상대로 농담 잡담 싸움에 끼어들었지. 이렇게 해서 그는 연일 시중 잡배들과 어울렸어. 세상 사람들은 매일 보게 되면 싫증이 나는 법이야. 매일 맛보는 꿀맛처럼 그 단맛을 잃게 되지. 약간의 단맛도 견딜 수 없는 단맛이 되고 마는 거야. 그래서 그가 모습을 드러내도 계절을 잃은 유월 뻐꾹새처럼, 듣는 자가 있어도 귀를 기울이는 자는 없고, 보는 자는 있어도 눈에 익어 싫증 난다는 사람들뿐이지. 빛나는 태양 같은 위엄 있는 인물을 기다리던 사람들 앞에 마침내 그가 나타났을 때 우러러보는 사람들의 열정적인 찬탄의 시선은 볼 수 없고, 졸린 듯이 눈꺼풀을 깔고, 그가 나타나도 몽롱하게 바라보든가, 기분이 언짢을 때 하필이면 원수 같은 놈이 나타났을 때 그런 눈짓으로, 식상한 놈에게 시선을 던지는 그런 눈짓으로 보게 된다. 지금의 너는, 해리, 바로 그런 입장에 놓여 있다. 천민들과 어울리면서 왕자의 특권을 내동댕이쳤다. 모든 사람들이 지금은 너의 모습을 매일 보고 식상해하고 있다. 내 눈은 다르다. 나는 네 얼굴이 보고 싶어서 굶주려 있다. 그런데 지금은 그 보고 싶은 눈도 어리석은 눈물에 가려 흐려져 있구

	나. 지금은 아무것도 보이지 않는다.
왕 자	인자하신 부왕 폐하의 은덕에 의지하여 말씀드립니다. 앞으로는 왕자의 신분에 맞도록 행동하겠습니다.
왕	그렇다. 내가 프랑스를 출발해서 레이번스퍼그에 상륙했을 당시의 리처드 2세가 바로 지금의 너와 같았다. 그리고 그 당시의 내가 지금의 해리 퍼시가 된다. 현재의 퍼시는 왕권을 상징하는 이 홀(笏)과 내 영혼에 걸고 말하지만, 왕위 계승자이지만 그 그림자에 지나지 않는 너보다 훨씬 더 왕좌에 합당한 자격을 갖추고 있다. 그는 아무런 권리도, 그리고 권리 비슷한 것도 갖고 있지 않지만, 내 왕국의 들판을 무장한 병마로 휩쓸고 짓밟으면서 이 사자의 턱을 향해 대적하려고 한다. 나이로 보면 너와 비슷한 축에 들지만, 연사의 귀족과 존경받는 사제(司祭)들을 이끌고, 혈전(血戰)의 전쟁터와 죽음의 격전장을 달리고 있다. 저 유명했던 명장 더글러스와의 결투에서 그는 불후의 영예를 획득했다! 더욱이, 그의 혁혁한 공적, 용감한 진격, 사방에 떨친 무용담은 그리스도를 주님으로 모시는 이 세상 모든 나라를 통해 그는 출중한 무인의 별이요, 누구와도 비교할 수 없는 용맹무쌍한 장군의 모범으로서 찬양을 받고 있다. 이 홋스퍼는 기저귀를 찬 유년의 군신 마르스이다. 이 어린 장사는 세 번이나 맹장 더글러스와 싸워서 그를 격파하고, 포로로 잡아서, 석방한 후, 결국에는 자기 편에 끌어들이는 일에 성공했다. 그리고 지금은 나에 대한 도전의 외침을 확산시켜 내 왕국의 평화를 뒤흔드는 폭풍을 일으키고 있다. 너는 이 일을 어떻게 생각하는가? 퍼시, 노섬벌랜드, 요크의 대사교, 더글러스, 모티머 등이 나에게 반역하여 서로 동맹을 맺고 군세(軍勢)를 결집했다. 그런데 나는 왜 이런 일을 너에게 말하는가? 해리여, 나의 적에 관한 이야기

를 나의 가장 가깝고도 무서운 적수인 너에게 하는 까닭은 무엇일까? 비열한 공포와 근성, 울분을 터뜨리는 발작으로 퍼시에게 붙어서 부왕인 나에게 칼을 들이대고, 개처럼 꼬리치며 그의 기분을 맞추면서 타락한 몰골을 천하에 드러내놓는 일을 넌 할 수 있겠지.

왕자 그렇게 생각지 마십시오. 그런 일은 절대로 없습니다. 부왕의 마음으로부터 그토록 저를 멀리 떼어놓은 중상모략자들은 신의 용서를 빌어야 합니다! 이 같은 수치에서 벗어나기 위해 저는 퍼시의 목을 베어 부왕께 보답하겠습니다. 영광스러운 승리의 날이 저물 때, 저는 당당하게 부왕께 당신의 아들임을 알리겠습니다. 그때 저의 의복과 얼굴은 피로 물들어 있을 것입니다. 그것을 씻어버리면 저의 치욕도 깨끗하게 사라질 것입니다. 그때가 언제가 되든, 그날은 명예와 명성을 한 몸에 담고 있는 기사의 모범이며, 모든 이의 칭찬을 받고 있는 용사 홋스퍼와 폐하에게 무시당한 이 해리가 전투장에서 충돌하는 날이 됩니다. 그때까지는 그의 투구에 영광이 쌓이고, 내 머리에는 치욕이 곱으로 쌓여도 좋습니다! 그때가 되면 북방의 그 젊은이가 손아귀에 넣은 혁혁한 영광과 이 몸이 받고 있는 불명예를 교환하게 될 것입니다. 부왕 폐하, 퍼시는 저의 대리인입니다. 저를 위해 온갖 영예를 사 모으고 있습니다. 때가 되면 저 자신이 정산을 요구하게 되겠지요. 그놈이 지금까지 수중에 넣은 영예를 티끌만 한 것까지 포함해서 모조리 내놓도록 할 것입니다. 내놓지 않으면, 그놈의 심장에 결산서를 내겠습니다. 이 일은 하느님의 이름으로 약속합니다. 그리고 하느님이 기뻐하시면 반드시 이 일은 성취될 것입니다. 부왕 폐하, 오랜 세월에 걸쳐 저의 부실한 행위가 남긴 상처에 대해서는 용서의 말로써 치유해주십시오. 그렇지 않으면 죽음으로 보답하겠나이다. 이 서약을 일언반구라도 어기면 이 목숨을 십만 번이라도 끊어 보이겠습니다.

왕 그 말은 십만의 반역자들 목숨을 끊는 것과도 같다. 그대에게 우리 군대의 지휘권과 최고의 신임을 부여한다. (블런트 경 등장) 어찌된 영문인가, 블런트 경? 매우 다급한 표정인데.

블런트 급박한 상황을 알려드리려고 왔습니다. 스코틀랜드의 모티머 경이 전하는 말에 의하면, 더글러스와 영국의 반란군이 이달 십일일에 슈루즈베리 들판에서 합류했답니다. 만일에 반역자들이 제각기 맹약을 지키게 되면, 우리나라 역사상 그 유례를 찾을 수 없는 강력하고 무서운 반란군이 됩니다.

왕 웨스트모어랜드 백작은 이미 오늘 출발했다. 내 아들 랭카스터 공존도 함께 갔다. 그 정보는 오 일 전부터 알고 있었다. 이번 수요일에는 해리, 너도 출진해야 한다. 목요일에는 이 몸도 전투장으로 간다. 합류 장소는 브리지노스이다. 그리고 해리, 너는 글로스터셔를 경유해서 진군하기 바란다. 지금까지의 제반 사정을 참작하면, 앞으로 열이틀째에는 전군이 브리지노스에 집결하게 된다. 할 일이 태산 같다. 오늘은 여기서 해산이다. 주저하고 태만하면, 인간은 호기(好機)를 잃게 된다. (일동 퇴장)

제3장 이스트치프, 선술집 보어스헤드

폴스타프와 바돌프 등장.

폴스타프 바돌프, 지난번 일이 있은 다음 살이 억수로 빠졌지? 여위고 줄어든 것 같은데? 보아라, 껍질이 늘어져서 할미 겉옷처럼 축 늘어졌네. 묵은 나는 사과처럼 주름살투성이야. 살점이 남아 있을 때 서둘러 참회를 하자. 기력이 쇠퇴하면, 참회하고 싶어도 체력이 달려 할 수 없어. 나는 교회 내부가 어떤 모양인지 다 잊어버렸어. 내 말이 거짓이라면, 나는 말라버린 후추요, 쇠퇴한 노인이다. 교회 내부 말인가! 아, 친구들, 나쁜 친구들이 나를 타락시켰다.

바돌프 존 양반, 왜 그렇게 화를 내는가? 안달하면 오래 살지 못해.

폴스타프 맞아, 그렇다. 네 말이 옳다. 음탕한 노래나 한 곡조 불러다오. 노래를 들으면 기분이 좋아진다. 나도 옛날에는 품행 방정한 신사의 표본이었다. 욕설을 삼가고, 노름이래봤자 겨우 일주일에 일곱 번 정도요, 유곽(遊廓)에는 겨우 한 달에…… 한 번……이 아니라, 한 시간에 네 번 정도 넘지 않고, 빌린 돈은 반드시 돌려주었어…… 서너 번 되지, 깨끗하고도 절제 있는 생활을 했었다. 그런데, 지금은 방탕하고 무절제한 생활을 하고 있어.

바돌프 그럴 수밖에 없지. 몸집이 도를 넘쳐 뚱뚱하니, 도에 넘치는 생활을 할 수밖에 없지.

폴스타프 네가 상판대기를 바꾸면, 나도 생활을 바꾸겠다. 너는 우리 함대를 지휘하는 기함(旗艦)이다. 선미에 등을 달고 있다 싶었더니, 네 빨간 코로구나. 그러고 보니 너는 "붉은 등불의 기사"로구나.

바돌프 여보게, 존 양반, 내 얼굴이 폐를 끼치고 있나?

폴스타프 천만의 말씀. 오히려 도움이 되네. 반지에 새긴 해골로 죽음을 기억하는 것처럼, 나는 너의 얼굴을 보고 지옥을 연상하네. 그리고 자색 옷을 입던 부자가 불꽃 가운데에서 괴로워한다는 성경 이야기도 회상하지. 네가 조금이라도 미덕을 갖추고 있으면, 내가 맹세할 때마다 너의 얼굴을 걸고 "하느님의 천사인 이 불꽃"이라고 말할 것이다. 하지만 너는 악마의 손에 넘어갔다. 네 얼굴 한가운데

등불이 없다면, 너는 완전히 암흑 지옥에 빠졌을 것이다. 지난밤, 네가 나의 말을 탈취하려고 개즈힐을 뛰어오르지 않았는가. 그때 나는 너를 도깨비불 아니면 꽃불인 줄로만 알았다. 네놈은 사실인 즉, 일 년 중 내내 꽃불 축제였지. 영원히 꺼지지 않는 꽃불이었다! 너 때문에 나는 횃불 값 천 마르크를 절약했지. 선술집에서 선술집으로 걸어 다니는 밤길을 비추는 횃불이 필요하지 않았기 때문이다. 하기야, 너에게 바친 술값을 생각하면, 유럽 최고의 양초집에 대금을 지불해도 돈이 남아돌 거야. 나는 지난 32년간, 네 얼굴에 있는 불 먹는 도마뱀을 기르기 위해 한시도 쉬지 않고 불같은 술을 마셨다. 하나님, 나에 대한 보상을 잊지 마시오!

바돌프 시끄러운 놈이네. 그렇게 걱정된다면 당신 뱃속에 내 얼굴 넣고 다니면 좋겠네.

폴스타프 맙소사! 그러면 내 가슴이 타버릴 거다.

　　술집 주모 등장

어쩐 일이요, 암탉 마님! 내 돈지갑 훔친 놈을 찾았습니까?

퀴클리 아 아니, 존 양반, 무슨 생각을 하십니까? 제가 이 술집에 소매치기를 기르고 있단 말씀입니까? 저는 찾아봤어요. 조사를 해봤죠. 우리 집 양반과 함께 한 사람, 한 사람, 하인에서 심부름꾼까지 이 잡듯이 훑어봤죠. 이 집에는 머리털 한 오라기도 잃어버린 것이 없답니다.

폴스타프 거짓말 마라. 바돌프는 병이 옮아 머리를 깎고 많은 머리털을 잃었어. 틀림없어, 내 주머니를 턴 놈이 있어. 야, 이 화냥년, 나를 우습게 보지 마라.

퀴클리 아 아니. 나보고 뭐라구? 내가 화냥년이냐? 아니지. 정말로, 나는 단 한 번도 이 가게에서 그런 말 들어본 적이 없어.

폴스타프 개소리 마라. 나는 너를 잘 알고 있어.

퀴클리 흥, 개뿔도 알고 있지 못하면서 수작이야. 나는요, 존 양반, 당신 일은 빠삭하니 알고 있습니다. 당신은 나에게 외상이 있어. 그래서 나에게 싸움을 걸고 얼렁뚱땅 모면하려고 하지. 그래, 그렇지. 나는 당신에게 셔츠 열두 벌을 사주기도 했어.

폴스타프 그래 맞았다. 싸구려 옥양목 셔츠. 몽땅 빵집 마누라한테 줬다. 그랬더니 그것으로 빵가루 훑치는 체를 만들었다더라.

퀴클리 그것은 한 자에 팔 실링 하는 고급이야! 그리고 존 양반. 그 밖에도 밥값이랑, 반주값이랑, 빌려드린 이십사 파운드랑 해서 제게 갚을 빚이 있어요.

폴스타프 그 속에는 이 사람 몫도 있어. 그 사람한테도 달라고 해요.

퀴클리 이 사람이라니요? 이 사람은 백수건달이야.

폴스타프 가난뱅이라구? 이 사람 얼굴 좀 봐요. 이 사람 코를 갖고 금화를 만들어요. 이 사람 뺨으로 금화를 만들어요. 나는 땡전 한 푼 내지 않겠다. 나를 풋내기 아이로 대우할 셈이냐? 이 주막집에서 편하게 쉬려고 했는데 소매치기를 당해야 한단 말이냐? 나는 사십 마르크짜리 할아버지 인장이 찍힌 반지를 잃었어.

퀴클리 맙소사, 왕자께서 몇 번이고 말씀하셨어. 그 반지는 구리로 만든 싸구려 물건이라고 하던데.

폴스타프 뭐라구? 그 왕자 녀석은 형편없는 얌체야. 정말 그렇게 말했다면 지금 여기 없으니 말이지 이 몽둥이로 개처럼 멍들게 패고 싶다.

왕자가 피토와 함께 갑옷을 걸치고 진군하듯이 등장. 폴스타프는 손에 든 몽둥이를 피리 불듯이 입에 갖다 댄다.

야, 할, 어떻게 됐나? 우리 모두 보조를 맞춰 하나 둘, 하나 둘 출
진인가?

바돌프　둘이서 줄 서서 감옥 행차냐?

퀴클리　왕자님, 제발 들어주세요.

왕　자　무엇인가, 퀴클리 주모? 바깥어른은 안녕하셔? 난 그 사람이 좋아.
좋은 사람이지.

퀴클리　여보세요, 왕자님, 제 소청을 들어주세요.

폴스타프　이 여자 제쳐놓고 내 이야기나 들어보소.

왕　자　잭, 무슨 얘긴데.

폴스타프　지난 밤, 저 벽걸이 뒤에서 잠에 곯아떨어졌을 때, 소매치기 당했
단 말입니다. 이 집은 보통 주막집이 아니라, 매춘굴이죠. 게다가
호주머니까지 털리는 곳이에요.

왕　자　무엇을 잃어버렸는가, 잭?

폴스타프　듣고 놀라지 마시유, 할. 사십 파운드의 액면가 증권 서너 장과
조부님 인장이 찍힌 반집니다.

왕　자　아, 그 싸구려 물건 말인가. 기껏해야 팔 펜스짜리 물건이지.

퀴클리　저도 그렇게 말했어요. 왕자님도 그렇게 말씀하셨다고요. 그랬더
니, 이 사람이 왕자님한테 험담을 늘어놓는 거예요. 원래 이 사람
은 입이 건 사람이죠. 끝내는 왕자님을 팬다는 거예요.

왕　자　설마 그렇게까지는 했겠어?

퀴클리　제 말이 거짓이라면, 서에게는 진실도 성실도 없다는 얘기죠. 아니
죠, 저는 여자라고 말할 수도 없겠습니다.

폴스타프　너에게 진실이 있다면, 갈보에게도 진실이 있겠다. 너에게 성실
이 있다면, 여우에게도 성실이 있겠다. 네가 여자라면, 로빈 후드
에 등장하는 평판 나쁜 메리앤도 시의원의 아내가 될 수 있겠다.

꺼져버려, 이 몹쓸 물건아!

퀴클리 무슨 물건인데? 뭔데?

폴스타프 무슨 물건? 하느님에게 너 같은 물건이 적은 것에 대하여 감사하는 거야.

퀴클리 나는 하느님에게 감사해야 될 그런 물건은 아닙니다. 분명히 말해두는데, 나는 정직한 사람의 아내지만, 당신은 기사(騎士)가 아니었으면 악당일 수밖에 없어.

폴스타프 당신은 여자가 아니었으면 짐승이었을 것이다.

퀴클리 짐승이라고? 어떤 짐승인데, 이 악당아!

폴스타프 어떤 짐승이냐고? 그거야, 수달이지.

왕 자 수달이라고, 존? 어째서 수달인가?

폴스타프 그거야 뻔하지. 이 여자는 물고기도 아니고, 네발 달린 짐승도 아니죠. 어느 족속에 넣어야 할지 모르니 수달이지.

퀴클리 그런 말을 하다니, 당신은 나빠. 당신이나 나머지 남정네들이 나를 함부로 다루고 있구나. 못돼 먹은 악당들아!

왕 자 주모, 당신 말이 옳아요. 저 사람은 욕설이 지나쳐.

퀴클리 그런데, 왕자님에 대해서도 심한 욕설을 한답니다. 지난번에도 왕자님에게 천 파운드 빌려줬다고 말했어요.

왕 자 보세요, 제가 댁한테 천 파운드 빌렸습니까?

폴스타프 천 파운드요? 할, 아니지, 백만 파운드죠. 왕자님에 대한 우정은 백만 파운드의 가치가 있다는 것이고, 당신이 나에게 그만한 우정의 빚이 있다는 것입니다.

퀴클리 아닙니다요, 이 사람은요, 왕자님을 이 새끼 저 새끼 하면서, 패주고 싶다고 말했어요.

폴스타프 바돌프, 내가 그렇게 말했는가?

바돌프   아, 그래, 존, 그렇게 말했지.

폴스타프   그 말은, 만약에 왕자님이 내 반지를 구리 반지라고 말하면, 그렇게 하겠다는 것이었지.

왕 자   실컷 말해주마. 네 반지는 구리 반지야. 그러면 네가 말한 대로 한번 말씀해보시게나?

폴스타프   그야 물론 그대도 알고 있으시겠지, 당신이 보통 사람이라면 몰라도, 왕자님이시니깐 이야기가 달라요. 나는 사자 새끼 울음소리를 겁내듯이 왕자님을 겁내고 있어요.

왕 자   왜 사자라고는 말하지 않는가?

폴스타프   사자처럼 무서워하는 것은 임금님뿐이다. 당신은 내가 임금님을 무서워하듯 당신을 무서워한다고 생각하는가. 천만에, 무서워한다면 어떤 재앙도 상관하지 않겠다. 이 허리띠가 끊어져도 상관치 않겠다.

왕 자   허리띠가 끊어지면 큰일이지. 네 창자가 무릎 주변에 흘러 넘치게 될 테니 말이네! 자네 가슴속에는 진실과 성실과 정직성이 없어. 내장과 횡격막으로 꽉 차 있어. 너는 정직한 부인한테 절도의 죄를 뒤집어씌우려고 하네! 이 뻔뻔스러운 뚱보 녀석아, 네 호주머니 속에 도대체 무엇이 들어 있었다는 거냐. 선술집 계산서, 매춘굴의 메모지, 헐떡이는 숨결을 진정시키는 얼음사탕 한 조각, 그 밖에 잃으면 손해 보는 귀중품이 있었다고 한다면, 나를 악당이라 불러도 좋다. 그래도 할 말이 있는가? 털린 것이 억울해서 못 참겠다는 거냐? 창피한 줄 알라!

폴스타프   들어주게나, 할. 아담과 이브는 죄악이 없는 낙원에서도 타락할 수밖에 없었다. 그렇다면 이 가련한 잭 폴스타프는 악덕이 판을 치는 이 말세에서 어떻게 하면 좋을까? 보는 바와 같이 나는 남보다

살점이 많아요. 그래서 남보다는 정도에서 벗어나기 쉽지요. 자네 얘기를 듣고 있으니, 내 주머니를 턴 사람이 바로 너로구나?

왕 자 그런 소문도 있는 모양이다.

폴스타프 주모, 당신의 혐의는 풀렸다. 용서하마. 자, 아침식사 준비를 해주세요. 남편을 사랑하고, 하인들을 보살피며, 손님들을 소중히 여기세요. 나는 정직한 얘기가 잘 먹히는 사람이요. 봐요, 금세 기분이 좋아졌지요. 물러가도 좋소. (퀴클리 퇴장) 그런데. 할, 왕궁의 소식을 들려다오. 강도짓거리는 어떻게 처리되었는가?

왕 자 아, 이 사람, 고깃덩어리 양반, 언제나 나는 그대의 수호신이다. 그돈은 변상되었다.

폴스타프 나는 변상이라는 말이 마음에 들지 않는다. 그건 이중의 고통이다.

왕 자 그러나 부왕과 화해를 했으니 무엇이나 할 수 있다.

폴스타프 그렇다면 네가 당장 해야 되는 일은 국고를 몽땅 터는 일이다. 손씻을 틈도 없이 즉시 해야 한다.

바돌프 즉시 합시다, 전하.

왕 자 자네가 할 일을 얻어왔네. 잭, 보병대장이다.

폴스타프 보병대보다는 기병대가 좋은데. 하여튼 좋아. 잘 훔치는 녀석은 없는가? 스물두어 살 된 젊은이는 없는가. 나는 지금 호주머니 사정이 너무 나빠. 그건 그렇고, 반란을 일으킨 자들에게는 감사를 하자. 그들이 해를 끼친 사람들은 착한 사람들뿐이다. 나는 그들에게 박수를 보낸다. 갈채를 보낸다.

왕 자 바돌프!

바돌프 전하?

왕 자 이 편지를 동생 랭카스터 공 존에게 전해주게. 이것은 웨스트모어랜드 백작에게. (바돌프 퇴장) 피토, 말이다. 말을 준비하게. 너와 나는 정오 때까지 삼십 마일을 달려야 한다. (피토 퇴장) 잭, 내일 오후 두 시에 템플 홀에 와주게. 기다리겠다. 그곳에서 너의 임무를 지시하겠다. 동시에 출진에 따르는 비용과 그 밖의 것을 전달하겠다. 지금 온 나라가 불붙고 있다. 퍼시는 콧대가 높다. 그놈을 때려잡든가, 우리가 몰사(沒死)하든가, 둘 중의 하나다. (퇴장)

폴스타프 명대사로다! 신나는 세상이다! 주모, 아침식사를 주시오, 아아, 나는 이 집에서 전투장의 북을 치고 싶다. (퇴장)

제4막

제1장 슈루즈베리 근처 반란군의 진영

홋스퍼, 우스터, 더글러스 등장

홋스퍼 잘 말했다, 더글러스 백작! 진실을 말하는 것이 외관(外觀)만을 장식하는 요즘 세상에서 아부라고 생각되지 않는다면, 더글러스 가(家)야말로 당대의 무인 집안에서 세계 어디 내놔도 부끄럽지 않다는 것을 말해두고 싶다. 나는 아첨을 떨지 못하는 사람이요, 아부의 말을 배척하는 사람입니다. 그런 내가 말하지만 내가 진심으로 탄복하고 있는 사람이 바로 당신이죠. 이 말이 거짓이 아니라는 것을 시험해보아도 좋소.

더글러스　귀하는 명예로운 왕이십니다. 어떤 강력한 인간을 만나더라도 나는 결투를 할 것입니다.

홋스퍼　그렇게 하시오.

　　　　사자(使者)가 편지를 들고 등장.

무슨 편지냐? 그래요, 지금 그 말씀에 감사하오.

사　자　부친으로부터 편지가 왔습니다.

홋스퍼　부친으로부터? 왜, 직접 오시지 않았는가?

사　자　중환으로 인해 오시지 못했습니다.

홋스퍼　제기랄! 병에 걸릴 여유가 어디 있담. 이 중대한 국가 변란 시기에? 그렇다면 부친의 군대는 누가 인솔하고 있는가? 누가 지휘하고 있는가?

사　자　그분의 뜻은 이 편지 속에 있습니다. 저는 모릅니다.

우스터　그렇다면 형님께서는 자리에 누워 계신가?

사　자　네, 소생이 출발하기 나흘 전부터 내내 그랬습니다. 그곳을 출발할 때에도 의사들이 모여서 무척 근심 걱정을 많이 하고 있었습니다.

우스터　아, 이왕 병에 걸릴 바에는 사태가 정상으로 돌아온 후라면 좋았을 것이다. 지금만큼 형의 건강을 소망하는 경우가 또 있겠는가.

홋스퍼　지금에야 병에 걸리다니! 지금에야 자리에 눕다니! 부친의 병은 우리들의 거사를 위한 생명의 피를 썩게 만들고, 이곳 진영의 공기마저 오염시킬 염려가 있다. 이 편지에 의하면, 내장의 질환이라고 적혀 있는데, 또 이렇게 적혀 있다. 동지들의 소집은 대리로는 불가능하고, 이토록 중요하고 위험한 일을 나 이외의 다른 사람이 맡는다는 것도 올바른 조치라 할 수 없다. 그렇지만 아주 대담한 지시를 내리고 있다. 비록 우리 연합군의 병력이 소수이긴 해도, 결단코 병력을 진격시켜 운명의 여신의 의중을 시험해보자는 것이다. 여기 적혀 있는 대로, 지금 이 시점에서 우리가 주저해서는 안 된다. 우리들의 의도는 이미 왕에게 전달되고 있다. 숙부님의 생각은 어떠십니까?

우스터 형의 병환은 우리들에게 큰 타격이다.

홋스퍼 생명을 위협하는 깊은 상처입니다. 팔 하나가 잘려나간 느낌입니다. 하지만, 사실은 그렇지 않습니다! 지금은 부친이 안 계시는 것이 뼈아프게 느껴지지만, 결과는 그렇게 심각한 것은 아닙니다. 우리들의 전 재산을 단 한 번의 도박에 걸어버리는 일이 좋은 일입니까? 그 많은 재산을 결과가 불확실한 승부에 내던지는 일이 옳은 일입니까? 그것은 좋은 일이 아닙니다. 그 일을 하게 되면, 우리들은 희망의 밑바닥을, 우리들 운명의 마지막 한계를 보고 마는 셈이 됩니다.

더글러스 반드시 그렇게 될 것이다. 부친이 뒤에 물러 있으면, 장래의 희망에 기대를 걸 수 있다. 그 희망에 의존하여, 지금 수중에 있는 것을 대담하게 투자할 수 있다. 만약의 경우 물러설 장소가 있는 것은 더없는 위안이 된다.

홋스퍼 그렇소. 숨을 집이 있는 셈이오. 도피처가 있는 셈이오. 만일 악마와 불행이 우리의 첫 시도를 악의에 찬 얼굴로 노려본다 해도 그렇소.

우스터 그렇다 하더라도, 그대의 부친이 오셨으면 좋을 뻔했다. 이번 거사는 일의 성질상 병력의 분산을 허락지 않는다. 그의 불참 이유를 확실히 모르는 자들은 이렇게 생각할 것이다. 노섬벌랜드 백작은 지혜와 왕에 대한 충성심으로, 그리고 우리들의 거사에 대한 혐오감으로 전투장에 오지 않았다. 생각해보라. 그런 억측은 또 다른 억측의 바람을 일으켜 반란의 파고(波高)를 썰물로 바꿔놓고, 우리들의 대의명분까지 의심하는 사태로 번지게 된다. 왜냐하면 귀하들도 잘 알고 있듯이, 우리 공격 쪽은 혹독한 비판이 닿지 않는 곳에 자리를 잡고, 이성의 눈이 들여다볼 수 있는 틈새를 모조리 막아놓지 않으면 안 된다. 그런데 형의 불참은 일부러 커튼을 열고 아무것도 모르는 자에게 지금까지 꿈에도 생각지 못한 공포의 정체를 보여주는 결과가 된다.

핫스퍼   과장이 지나치십니다. 나는 부친의 불참을 역이용해서, 이렇게 말하고 싶소. 그것은 부친이 이곳에 계시는 것보다 더 우리들의 거사가 빛나는 명성을 얻게 되고, 우리들의 용기를 불러일으키는 일이 될 것이다. 왜냐하면 부친의 도움 없이 왕국 하나를 상대해서 병력을 진군시킨다는 것은, 부친의 도움이 가세하는 경우에는 왕국의 전복이 필연적이라고 사람들이 믿기 때문이다. 우리들은 순풍의 돛단배다. 우리들의 사지도 건전하다. 더글러스. 그렇다. 만사형통. 스코틀랜드의 사전에는 공포라는 단어는 없다.

    리처드 버논 경 등장

핫스퍼   버논 아닌가! 어서 오시오!

버 논   잘 왔다고 말할 만큼 기쁜 소식이면 좋겠소. 웨스트모어랜드 백작이 칠천 병력을 이끌고, 이곳으로 진격 중이라는 소식입니다. 왕자 존도 함께 있습니다.

핫스퍼   아무 지장 없어요. 또 뭐가 있소?

버 논   그리고, 소문에 의하면, 왕이 몸소 출전하고 있답니다. 강력한 군비를 갖추고 이곳으로 향해 질주하고 있는지도 모를 일입니다.

핫스퍼   왕이 출전했다면 대환영이다. 그의 아들은 어떻게 하고 있나? 발

빠른 떠벌이 태자 말이다. 그리고 세상을 저버리고 날뛰는 그의 패거리들은 어디에 있는가?

버 논 　전원이 무장하고, 무기를 손에 들고 있습니다. 바람에 날갯짓하는 타조처럼, 방금 목욕을 마친 독수리처럼 깃털로 장식하고 있습니다. 금빛 갑옷에 몸을 둘러싼 이들은 마치 영웅의 모습을 닮았으며, 사기 충천함은 마치 오월의 들판을 가로지르는 바람 같습니다. 빛나는 모습은 한여름 천공을 지배하는 태양입니다. 어린 염소처럼 희롱대고, 들송아지처럼 난폭합니다. 투구를 눌러 쓰고, 넓적다리 가리개를 걸치며, 당당하게 무장을 한 해리 왕자의 젊은 마상(馬上)의 모습은 날개 달린 사신(使臣) 머큐리가 지상에 내려온 모습 그대로입니다. 또한 그의 모습은 마치 구름에서 내려온 천사가 천마 페가수스를 몰아 훌륭한 마술(馬術)을 보이고, 온 세상 사람들을 매혹하는 듯했습니다.

홋스퍼 　됐어, 그만하면 됐어! 그 상찬(賞讚)의 말은 학질을 일으키는 삼월의 태양보다 더 해롭소. 올 테면 오라! 희생양처럼 잘 꾸미고 오는구나. 뜨거운 피가 흐르는 너희들을 전쟁의 여신인 불꽃 눈의 벨로나에게 바치겠다. 제단에 앉아 있는 군신 마르스도 그놈들의 피로 귀밑까지 붉게 물들 것이다. 아, 나는 불타기 시작한다. 이토록 풍성한 노획물이 눈앞에 밀려오고 있는데도 아직 내 수중에 들어오고 있지 않다니! 달려라, 군마여, 내 채찍을 받아라. 내 말은 나를 태우고 천둥 번개처럼 태자의 가슴을 향해 돌진할 것이다. 그때는 해리가 해리와 맞상대하고, 준마(駿馬)와 타마(駝馬)가 격돌하며, 어느 한쪽이 시체가 되어 낙마할 때까지는 떨어지지 않을 것이다. 아아, 글렌다워가 왔으면 오죽 좋았겠는가!

버 논 　그 일에 관한 보고가 또 있습니다. 우스터를 지나갈 때 들었습니다만, 글렌다워가 병력을 모으려면 이 주일이 걸릴 모양입니다.

더글러스 뭐라구, 지금까지 들은 보고 가운데 최악이다.

우스터 그렇군, 불길한 소식이네.

홋스퍼 왕의 총 병력은 얼마나 되나?

버 논 삼만이 될 것입니다.

홋스퍼 사만이면 좋겠다. 부친과 글렌다워 군사가 오지 않더라도, 오늘의
결전은 우리들만의 군사로도 충분하다. 자, 급히 열병(閱兵)을 합시
다. 인생, 어차피 죽을 목숨이면 모두들 웃으면서 죽자.

더글러스 죽는 얘기는 그만해둡시다. 나는 죽음이 두렵지 않소. 적어도 앞
으로 반년 동안은 죽음의 손이 얼씬도 할 수 없다. (퇴장)

제2장 코벤트리 부근 가도(街道)

폴스타프와 바돌프 등장.

폴스타프 바돌프, 한 발 먼저 코벤트리에 가게나. 용건은 술병에 술을 가득
채워두는 일이다. 우리 군대는 코벤트리를 통과해서 오늘 밤 안으
로 서턴 코필에 도착한다.

바돌프 대장, 돈 좀 주소.

폴스타프 네 호주머니 돈 좀 풀어라.

바돌프 이번 술까지 해서 도합 십 실링이 됩니다.

폴스타프 그런가, 그렇다면 네 수고비도 받아두라. 이십 실링이 되더라도
모두 챙기게나. 화폐 주조의 책임은 내가 진다. 그리고 부관 피토
에게 마을 끝에서 나를 만나자고 전해주게.

바돌프   알겠습니다, 대장. 가겠습니다.

폴스타프   내 졸병들 꼴 좀 봐라! 이 일이 부끄럽지 않으면 나는 소금에 절인 성대(생선의 한 종류-역자 주)가 된다. 나는 국왕의 징병권을 악용했다. 덕택으로 나는 백오십 명의 병졸 대신에 삼백여 파운드의 금전을 꿀꺽했다. 징병의 대상은 유복한 집안이나 지주의 아들들이다. 두 번이나 이의가 없다고 선서하고 약혼한 총각들도 뒤지고 끌어냈다. 팔자 좋게 살아온 놈들, 싸움터의 북소리보다는 악마의 소리가 더 낫다고 하는 놈들, 총소리만 들으면 총상 입은 들오리보다 더 놀라는 놈들만 골라냈다. 그런 겁보들, 간덩이가 바늘 끝만큼도 없는 놈들을 노렸더니, 모두들 돈을 내고 징병을 피했다. 그 결과 내 부대는 기수, 하사관, 장교, 부관에 이르기까지 굶주린 개한테 상처를 빨리고 있는, 벽걸이에 그려진 나사로 같은 누더기 노비들뿐이다. 이들은 군인 생활을 하루도 해보지 않았던 놈들이지. 돈을 처먹고 쫓겨난 머슴들, 차남들의 차남들, 뺑소니 친 술집 급사들, 실직한 말구종, 태평성세의 식충들, 누더기 된 군기(軍旗)보다 십 배나 더 초라한 잡놈들이다. 이런 잡놈들이 돈으로 모면한 것들의 자리를 채우지 않으면 안 되었지. 이렇게 되면 누가 보아도, 돼지 치면서 쓰레기나 곡식 껍데기로 연명한 멍청이들을 내가 백오십 명이나 끌어낸 것을 알게 될 것이다. 여기 오는 도중 어떤 미친놈이 나에게 뇌까렸어. 당신, 정말이지, 잘도 했네. 교수대에서 끌어내린 송장들로 부대를 편성했으니! 이런 허수아비를 본 사람이 단 한 사람이라도 있을까? 이런 놈들을 끌고 코벤트리 거리를 행진하는 일은 죽어도 못 하겠다. 행진한다 하더라도 이들은 족쇄를 찬 것처럼 사타구니를 벌리고 어기적어기적 걷지 않겠나. 그놈들 대부분이 감옥에서 나온 것들이니 어쩔 수 없는 일이지. 부대 전체에 내복 한 벌 반밖에 없고, 그 반 토막 셔츠도 손수건 두 장을 이어서 만든 사환들이 입는 소매 없는 옷으로, 어깨에 걸치기만 하는 것이다. 한 벌의 내복을 실토하면 세인트올반스의 선술집 주인이던가, 아니면 데이븐트리의 딸기코 주막집 주인으로부터 훔친 것이었다. 그건 아무래도 좋다. 어차피 가는 곳마다 울타리에는 얼마든지 내복이 널려 있을 테니. 안 그런가?

　　　왕자와 웨스트모어랜드 백작 등장.

왕　자　여봐, 배불뚝이 잭! 어찌 된 영문인가, 털이불 잭?

폴스타프　아아니, 할 아닌가! 너야말로 어찌된 영문인가, 미친놈! 이 고장 워릭셔에서 대관절 무얼 하고 있는 거야? 아아니, 웨스트모어랜드 백작 아니십니까. 실례했습니다. 벌써 슈루즈베리에 도착했을 줄 알았습니다.

웨스트모어랜드　그렇다, 존 경, 나는 지금쯤 그곳에 도착했어야 하는 시각이다. 물론 자네도 그렇지. 내 부대는 이미 그곳에 도착했을 것이다. 왕은 우리 모두를 기다리고 계실 테니, 우리는 밤사이 서둘러 가지 않으면 안 된다.

폴스타프　제 문제라면 근심 걱정 거두십시오. 저는 크림을 축내는 도둑고양이처럼 빈틈이 없습니다.

왕　자　그럴 테지. 크림을 빨았더니 기름 덩어리가 되었으니. 그건 그렇고, 뒤에서 졸졸 따라오는 병졸들은 어느 부대원이냐?

폴스타프　내 부하들이오. 할, 내 부하요.

왕　자　저렇게 처참한 부대는 처음 봤다.

폴스타프　천만에, 창끝에 세우기에는 안성맞춤이다. 총알받이에도 쓸모가 있어. 총알 말이다. 묘지 구덩이를 채우는 데는 신분 계급이 필요

없어. 결국은, 죽을 운명이야, 인간은 결국 죽을 운명이야.

웨스트모어랜드 그렇지만, 존 경, 너무 초라해 보인다. 거지꼴들이야.

폴스타프 저 가난함이 어디서 왔는지 알 수는 없지만, 확실한 것은 저들의 초라함은 나로부터 전해진 것은 아니라는 것입니다.

왕 자 그렇긴 하다. 늑골에 손가락 세 개 정도 붙은 기름살을 초라하지 않다고 말한다면. 너도 서둘러야 한다. 퍼시는 이미 전쟁터에 나와 있다. (퇴장)

폴스타프 그렇다면 왕도 진지(陣地)에 오셨나요?

웨스트모어랜드 존 경, 그렇다. 우리들이 너무 지체하면 안 된다. (퇴장)

폴스타프 그런데 말씀이야, 전쟁은 꼬리에 붙고, 연회는 첫째로 간다. 이것이 엉터리 군인과 식충이 지키는 원칙이다. (퇴장)

제3장 슈루즈베리 근처 반란군의 진영

홋스퍼, 우스터, 더글러스, 버논 등장.

홋스퍼 오늘 밤 그놈과 싸운다.

우스터 그건 안 됩니다.

더글러스 오늘 밤을 놓치면 적이 유리해진다.

버 논 그렇게는 안 됩니다.

홋스퍼 왜냐? 적은 원군이 오는 것을 기다리고 있다.

버 논 우리도 그렇습니다.

홋스퍼 그들은 확실하지만, 우리는 의심스럽다.

우스터 조카, 내 의견을 따라 오늘 밤은 출동하지 마라.

버 논   제발 오늘 밤은 움직이지 마시오.

더글러스   그 의견은 잘못되었다. 겁에 질려 하는 소리 같은데?

버 논   더글러스, 헐뜯지 마라. 나는 목숨 걸고 말하고 있다. 나는 목숨 걸고 지키고 있다. 만약에 조심스럽게 숙고한 끝에 전쟁터에 나왔다면 나는 어떤 스코틀랜드인도 무섭지 않다. 이 점에 있어서 나는 당신이나 스코틀랜드인과 같으며, 내일 전쟁터에서 이 일은 확실해질 것이다. 둘 중에 누가 겁을 먹고 있는지 말이다.

더글러스   좋아, 오늘 밤이라도 좋아.

버 논   좋다.

홋스퍼   그렇다면, 오늘 밤이다.

버 논   보세요, 그건 서툰 일입니다. 나는 이 일이 도무지 이상합니다. 당신처럼 영도력이 있는 훌륭한 장군이 선견지명을 잃고 우리 군대가 직면하고 있는 장애를 모르고 있으시다니. 나의 조카 버논이 이끄는 기병대도 도착하지 않고 있으며, 귀하의 숙부이신 우스터의 기병대도 겨우 오늘에야 도착했습니다. 아직도 이들의 사기는 앙양(昻揚)되지 않고 있으며, 장거리 행진으로 피로가 쌓여 용기가 침체되어 있습니다. 인마(人馬) 모두가 이들이 지닌 반의 반 분의 기력도 없습니다.

홋스퍼   그것은 상대방 적들도 마찬가지가 아닌가? 예외 없이 강행군에 지쳐 의기소침하고 있다. 오히려 우리 군은 대부분이 충분한 휴식을 취하고 있다.

우스터   그렇지만 왕의 병력은 그 수에 있어 우리 군보다 우세하다. 부탁이다, 해리, 모두 도착할 때까지 기다려다오.

　　　　군사(軍使)의 도착을 알리는 나팔 소리. 기사 월터 블런트 경 등장.

블런트 국왕의 사자로서 친서를 휴대하고 왔습니다. 경청해주신다면 다행이겠습니다.

홋스퍼 잘 오셨소. 월터 블런트 경, 그대도 우리와 뜻을 함께하기를 원했다! 우리 가운데는 그대를 깊이 사랑하는 사람도 있다. 그들도 그대의 위대한 공적과 명성을 아까워하며, 마음속으로 유감스러워하고 있다. 지금 이렇게 우리 측에 가담하지 않고 적대행위를 하고 있으니 말이다.

블런트 나는 항상 당신들과는 적대적인 관계에 있소. 귀하들이 정당한 국왕에 대하여, 신하의 분수를 넘고, 불법적인 적대행위를 감행하고 있기 때문이오. 그건 그렇고 용건을 말하겠소. 국왕이 듣고 오라고 소생에게 하명하신 것은, 귀하들의 불평불만이 어디에 있으며, 무엇 때문인지, 이 평화로운 나라의 가슴속에 이토록 대담한 반역심을 불러일으키고, 충성스러운 민심에 부당한 잔인성을 가르치려고 하는 이유가 무엇인가 하는 점이오. 만약에 국왕이 귀하들의 공적을 잊으셨다면, 그런 일이 있은 것에 대해서는 국왕이 유감을 표하고 있습니다만, 여러분이 불만을 토로하면 국왕은 즉각적으로 여러분의 희망에 이자를 붙여 귀하는 물론이거니와 귀하에게 유인되어 길을 잃은 이들도 무조건 용서한다는 것입니다.

홋스퍼 왕은 친절하십니다. 우리는 왕이 언제 약속을 하며, 언제 이행하는지 잘 알고 있습니다. 나의 부친과 숙부, 그리고 나 세 사람이 그가 현재 몸에 걸치고 있는 왕권을 안겨주었습니다. 그에게 추종하는 사람이 불과 스물여섯 명, 세상으로부터 버림받고, 비참한 모습으로 천한 유랑자가 되어 남몰래 귀국했을 때, 해안에까지 나가서 반갑게 영접한 분이 저의 가친이셨습니다. 그때 그는 신에게 맹세하면서, 그가 귀국한 것은 랭카스터 공의 신분으로서 영토 반환을 청하고, 돌아가신 부왕을 계승하여, 당시의 국왕 리처드 2세에게 화해를 구걸하기 위해서였다고 말했습니다. 그는 순정의 눈물을 흘리며 충성의 맹세를 하면서 말했기 때문에 가친은 친절한 마음으로 측은하게 생각해서 후원을 약속하고 이를 이행했습니다. 가친 노섬벌랜드가 그에게 편드는 것을 보고, 온 나라의 귀족과 대감들은 신분의 고하를 막론하고, 한마음이 되어 그의 앞에서 모자를 벗고 무릎을 꿇었습니다. 그가 행차하는 곳이면 마을이건 촌락이건 서로 다투듯이 환영하고, 다리에서 그를 출영(出迎)하고, 샛길에서 그를 반기며, 그에게 선물을 바치고, 충성을 맹세하며, 그들의 자녀들을 시동으로 바치고, 현란한 무리를 이루어 그의 뒤를 따랐습니다. 그러나 그는 자신의 권력에 눈뜨자, 순식간에 지나친 행동을 하기 시작했습니다. 기력이 빠져 황량한 레이븐즈퍼그 해안에 상륙했을 때, 가친에게 했던 맹세를 스스로 어겼습니다. 현재 그의 행동을 보십시오. 국민들이 견디기 힘들다는 미명하에 숱한 포고령과 엄한 법령을 멋대로 폐지하고, 시대의 악습이라고 큰 소리로 비난하며 국가의 불행을 과장해서 개탄합니다. 그리하여 이것을 간판 삼아 겉으로 정의의 가면을 쓰고, 그는 능숙하게 민중의 마음을 낚아 올렸습니다. 나아가서는 선왕 리처드 2세가 아일랜드 원정에 오른 부재 시에 자신의 대리인으로 남겨두었던 충신들의 목을 쳤습니다.

블런트 그만하시오. 나는 그런 말을 들으려고 온 것이 아닙니다.

홋스퍼 그렇다면 요점을 말하겠소. 그 직후 그는 왕을 폐위시켰습니다. 그런 일이 있은 다음, 곧이어 그는 왕의 목숨을 빼앗았습니다. 그리고 그는 전 국민에 중세(重稅)를 부과했어요. 설상가상으로 그는 친척인 마치 백작을 웨일스인에게 인질로 넘겼습니다. 마치 백작은 권리를 가진 자가 정당한 자리를 확보할 수 있다면, 왕이 되어야 하는 인물이었소. 그는 그의 몸값을 지불하고 구출할 생각을 하지 않고 그를 방치해두었습니다. 그리고 또 있습니다. 내가 빛나는 무훈을 세웠기 때문에 나를 배척하고, 스파이를 사용해서 나를 함정에 빠뜨리려고 했습니다. 숙부 우스터를 질책해서 의회에서 축출하고, 화가 나서 가친을 궁정에서 내쫓기도 했지요. 맹세를 거듭거듭 어기고, 부정을 되풀이했습니다. 그 결과 우리들은 부득이 스스로의 안전을 위하여 거사를 하지 않으면 안 되었소. 우리들은 그의 왕위 계승권을 문제로 삼고 싶습니다. 아무리 보아도 정통에서부터 멀리 떨어져 있는 그의 왕위를 더 이상 지속시킬 수 없소.

블런트 귀하의 말을 그대로 왕에게 전달해도 좋겠지요?

홋스퍼 잠깐, 월터 경. 우리는 안에 들어가서 협의를 하렵니다. 귀하는 왕에게 돌아가서 인질을 보내도록 해주시오. 내일 아침 일찍 우리들의 의사를 전달하기 위하여 숙부를 왕에게 가도록 할 텐데 무사 귀환의 보증이 필요합니다. 오늘은 이만 작별합시다.

블런트 왕의 관대한 마음을 받아주시기 바랍니다.

홋스퍼 그렇게 되었으면 좋겠습니다.

블런트 그렇게 되기를 기원하겠습니다. (일동 퇴장)

제4장 요크, 대주교의 저택

요크의 대주교와 신부 마이클 등장.

대주교 부탁이네, 마이클 신부, 빨리 서둘러 이 봉서(封書)를 궁내장관 손

마이클 에 전달해주게. 이것은 조카 스크루프에게, 그리고 나머지는 제각기 전할 곳에 전달하게나. 그대가 이 편지의 중요성을 알게 되면, 급히 서두르게 될 것이다.

마이클 대사교님, 그 내용을 짐작할 수 있겠습니다.

대사교 그럴 것이다. 내일은 말이다, 마이클 신부, 일만 명의 인간들이 생사를 걸면서 그들의 운명을 시험하게 될 것이다. 왜냐하면 내일 드디어, 슈루즈베리에서 내 정보에 착오가 없는 한, 왕은 급히 모병(募兵)한 대군을 이끌고 해리 경과 격돌하기 때문이다. 그런데 마이클 신부, 내가 걱정하는 첫 번째 일은 노섬벌랜드 공이 병에 걸려 드러눕는 바람에 해리 경의 최대 병력이 약화된 일이고, 또 다른 걱정거리는 오웬 글렌다워가 예언인가, 무엇인가를 구실 삼아 모습을 나타내지 않기 때문에 크게 의존했던 군대가 참가하지 않는 일이다. 이렇게 되면 해리 퍼시 측은 너무나 열세에 몰려, 왕의 대군을 상대로 단숨에 승패를 결정할 수 없을 것이다.

마이클 아닙니다, 대사교님, 염려 놓으세요. 더글러스도 있고, 모티머 경도 있지 않습니까.

대사교 아니다. 모티머는 없다.

마이클 하지만, 모데이크, 버논, 해리 퍼시가 있고, 우스터 경도 있습니다. 이들 군세는 용감한 용사들과 명문의 귀족들로 구성되어 있습니다.

대사교 확실히 그렇다. 그러나 왕이 끌어모은 군사들은 전국에서 뽑힌 정예의 군사들이다. 태자 해리, 그의 동생 랭카스터 공 존, 웨스트모어랜드 백작, 무공을 떨친 블런트, 그 밖에도 역전의 용사, 무훈을 자랑하는 명장들이 서로 다투듯 그의 깃발 밑으로 모여들었다는 거야.

마이클 아닙니다, 그들은 더 큰 강적을 만난 셈이죠.

대사교 나도 그렇게 생각한다만, 그러나 조심해야 돼. 최악의 사태를 막기 위해서, 마이클, 급히 서둘러주게. 만일에 퍼시 경이 패하게 되면, 아마도 왕은 그의 병역을 해산시키지 않고 이곳에 쳐들어올 것이다. 우리들이 한통속인 것을 왕이 알고 있기 때문이다. 그 일에 대비해서 단단히 수비를 강화하는 것이 현명하다. 그러니, 급히 서두르라. 나는 지금부터 다른 동지들에게 편지를 쓰지 않으면 안 된다. 그러면, 마이클, 잘 가게. (퇴장)

제5막

제1장 슈루즈베리 근처 왕의 진영

왕, 왕자 헨리, 랭카스터 공 존, 기사 월터 블런트, 폴스타프 등장.

왕 핏빛 태양이 저 건너 우거진 언덕 위에서 얼굴을 내밀기 시작하는구나! 노여움에 병들어 태양도 아침 얼굴이 창백해 보인다.

왕 자 이 남풍은 태양의 마음을 전하는 나팔수의 역할을 하고 있는 듯합니다. 나뭇잎 사이로 불고 지나는 공허한 바람 소리는 다가오는 폭풍의 하루를 예언하고 있습니다.

왕 그 소리는 패자에 대한 동정의 소리로다. 승자에게는 어떤 바람도 불길하지 않다.

나팔 소리. 우스터와 버논 등장.

왕 아, 우스터 경! 아주 유감스러운 일이오. 경과 내가 이런 일로 연관
되어 서로 얼굴을 맞댄다니 말이네. 경은 나의 신뢰를 배반했소.
그리하여 나의 편안한 평화의 의복을 벗겨, 이 노구(老軀)에 불편한
갑옷을 억지로 입혔어요. 이 일은 잘못된 것이오. 우스터 경, 아주
유감스러운 일이오. 어떠시오? 가증스러운 전쟁의 단단한 매듭을
풀어 원래의 상태로 돌려놓을 생각은 없소? 경도 다시 올바른 생활
의 궤도로 돌아와, 아름다운 자연의 빛을 발산하고 있었던 과거의
그 별로 돌아오지 않으시겠소? 궤도를 벗어난 유성이 되지 마시
오. 미래의 사람들에게 닥치는 무서운 재난의 전조가 되지 마시오.
불길한 일을 알리는 역할을 맡지 마시오.

우스터 폐하, 말씀드리겠습니다. 저로서는 더 말할 필요 없이 얼마 안 되
는 여생을 조용히 지낼 수만 있으면, 그것만으로도 만족합니다. 제
가 분명히 해두려는 것은 오늘의 불화를 초래한 것은 제가 아니라
는 것입니다.

왕 경이 하지 않았다면 누가 했는가?

폴스타프 반란이 땅에 떨어져 있는 것을 발견했을 뿐인가.

왕 자 시끄럽다. 입 다물어, 수다쟁이!

우스터 그 원인은 폐하께서 저와 우리 일가를 냉대했기 때문입니다. 폐하,
이것만은 기억해주십시오. 우리 일가는 폐하의 최초이면서도 최고
의 친구였습니다. 폐하를 위하여 저는 리처드 왕의 궁정에서 궁내
의 요직을 내동댕이치고 밤낮으로 폐하 가시는 길에 따라가 손에
입맞춤을 했던 것입니다. 실례 말씀입니다만 그 당시 폐하는 지위
와 명성에 있어서 저를 따라갈 수 없었습니다. 폐하를 귀국시키고,

당시의 대세를 역행하면서 앞길을 열어준 것은 저와 저의 형, 그리고 형의 아들 해리 퍼시였습니다. 폐하는 돈카스터에서 서약을 했습니다. 그 서약에서 폐하는 국가에 대해서는 아무런 야심도 없고, 다만 새로 입수한 랭카스터 가의 영토였던 곤트의 상속권만을 요구할 따름이라고 말씀하셨습니다. 그 서약 때문에 저희들은 폐하를 도와드릴 것을 맹세했습니다. 그러다가 얼마 안 되어 행운이 폐하에게 소나기처럼 쏟아졌지요. 위대한 영광이 폐하의 몸에 홍수처럼 흘러들었습니다. 이 모든 일이 이루어진 것은 우리들의 협조, 선왕 리처드의 부재, 혼란한 시대에 번지기 마련인 부정, 용케도 고난을 참고 견디는 듯한 폐하의 모습, 선왕에게 불리하게 작용한 지체되는 아일랜드 토벌, 그리고 전국에 소문으로 퍼지는 선왕의 죽음, 이런 사정이 있었기 때문이었습니다. 이토록 유리한 조건이 겹치고 겹치면서 밀려올 때, 폐하는 기회를 놓치지 않고 주변 사람들의 간청을 받으면서 국왕의 대권을 손에 넣을 수 있었습니다. 말하자면 폐하는 돈카스터에서의 서약을 잊으신 겁니다. 그 결과 폐하는 당신을 키운 우리들에게 배은망덕의 새 뻐꾸기가 참새를 대우하듯 냉대했습니다. 새끼로서 태어나 자란 다음 우리의 둥지를 자기 것으로 만들고, 우리들의 먹이로 크게 성장하더니 잡아먹힐까 봐 두려워 폐하를 사랑하는 우리들의 접근을 막았습니다. 몸의 안전을 위하여 할 수 없이 폐하 곁에서 멀리 물러나서, 오늘의 거사를 일으키게 된 것입니다. 지금은 병사를 거느리고 폐하와 대치하게 되었습니다만, 그 원인은 폐하 자신이 자초한 일입니다. 우리들에 대한 무정한 대우와, 협박조의 태도, 그리고 귀국 직후 우리들에게 하신 맹세를 저버린 배신행위 때문에 갈고 닦인 칼을 받고 계십니다.

왕	경들은 이러한 일들을 일일이 나열하여, 광장의 십자가에 붙이거나 교회에서 낭독했소. 그렇게 해서 모반의 의상을 화려하게 걸치게 되었으며, 그 색깔은 화려해서 경솔하고 무절제한 자들이나, 궁핍한 불만분자(不滿分子)들이 보고 즐겼지요. 그들은 천지가 뒤바뀌는 혁명적 소란을 숨을 죽이고, 팔꿈치를 부비며 기다리고 있소. 예나 지금이나 어떤 폭동도 그 명분을 색칠하는 염료에 궁한 적이 없고, 혼란과 약탈과 파괴의 시대가 오기를 갈망하는 불만분자가 없었던 때도 없었소.
왕 자	이번 회전(會戰)으로 결판이 나면 양군이 똑같이 다수의 희생자가 나오게 됩니다. 왕자인 나는 헨리 퍼시를 칭찬하는 일에 있어서 남에게 떨어지지 않는다는 사실을 경의 조카에게 전해주십시오. 맹세코 하는 말이지만, 이번의 반란을 모의한 것을 제외하면, 그보다 더 훌륭한 장군, 그보다 더 용감한 용사, 그보다 더 활기찬 젊은이, 그보다 더 사나이다운 사나이가 찬란한 무공을 세우며 말세를 장식하면서 이 세상에 살고 있다고는 꿈에도 생각할 수 없습니다. 한편 내 자신은 말하기조차 창피한 일이지만 확실히 오늘까지 무인으로서의 수련을 게을리해왔습니다. 그도 나를 그렇게 생각하고 있는 듯합니다. 그러나 그런 내가 감히 부왕 앞에서 말하는 것은, 그가 나보다 나은 장군으로서의 명성과 명망을 이용하더라도 내가 개의할 일이 아니지만, 양군의 유혈을 피하기 위해서, 나는 홋스퍼와의 단신 결투를 통해서 운명을 결정하고자 합니다.
왕	해리, 생각하면 할수록 무모한 일인 줄 알면서도 나는 너의 제안에 찬성한다. 알겠는가, 우스터 경, 나는 국민을 사랑한다. 길을 잘못 들어 경의 조카 편에 가담한 이들도 나는 사랑한다. 그런 이유로서 나의 관대한 제의를 받아준다면 그도, 그리고 그를 따르는 자들도,

물론 그대도, 모두가 다시 나의 친구가 되며, 나도 그의 친구가 될 것이다. 이 사실을 그대의 조카에게 전하시오, 그리고 나는 이 제안에 대해서 그로부터의 답변을 듣고 싶다. 받아들일 수 없다고 한다면, 내가 할 수 있는 일은 부정한 자들을 토벌하는 일이 된다. 그일은 즉시 행동으로 옮겨질 것이다. 그러니 가보게. 답변이 무엇이 되든 각오는 서 있다. 나는 공정한 제안을 했다. 잘 생각해서 답변을 하라. (우스터와 버논 퇴장)

왕 자 절대로 수락하지 않을 겁니다. 더글러스와 홋스퍼의 양군이 합류한 이상 온 세상을 적으로 삼더라도 이길 수 있다는 자신감이죠.

왕 그럴 것이다. 그렇다면 각 부대장은 즉시 임전태세를 갖추어라. 응답이 오면 즉각적으로 공격해야 한다. 신이여, 저희들 정의의 군대에 힘을 주소서! (왕자와 폴스타프만 남고, 모두 퇴장)

폴스타프 여보게, 할. 싸움터에서 내가 쓰러지면, 내 몸을 타고 적과 싸우게나. 그것이 우정이라는 것이다.

왕 자 그 우정을 실천할 수 있는 사람은 콜로서스(거대한 동상-역자 주)나 할 수 있는 일이다. 기도를 끝내고 작별 인사나 해두게.

폴스타프 잠들기 전의 기도라면 문제가 없어, 할.

왕 자 바보야, 네 목숨은 하느님으로부터 빌린 거야. (퇴장)

폴스타프 지금 돌려줄 때가 아니지. 기한이 되기 전에 돌려준다니 천만의 말씀이다. 독촉도 안 받았는데, 뭣 때문에 이쪽에서 먼저 돌려줘야 하나? 좋아, 그건 별문제가 아니다. 여차하면 명예가 나를 밀어줄 것이다. 그러나 생각해보자. 만약에 그 명예 때문에 내가 찔리면 어떻게 되나? 그렇게 되면, 명예가 내 발을 원상태로 돌려놓는가? 아니다. 그렇다면 이 팔뚝은? 아니다. 상처의 아픔을 제거해주는 가? 아니다. 그렇다면, 명예는 외과 기술이 없는가? 없다. 그러면 명예란 무엇인가? 단어이다. 그러면 명예라는 단어 속에는 무엇이 있는가? 명예 말이다. 명예는 공기다. 깔끔한 결론이네. 그 명예를 가진 자가 누구인가? 지난 수요일에 죽은 놈이다. 그는 명예를 느끼는가? 아니다. 듣고 있는가? 아니다. 그렇다면 명예는 느낄 수 없는 것이로구나? 그렇다, 죽은 자에게는. 그렇다면 살아 있는 인간에게는 명예가 살아 있는가? 없다. 왜? 세상 악담이 살려놓지 않고 있기 때문이다. 그래서 나는 명예가 반갑지 않다. 명예는 묘석(墓石)의 명찰(名札)이다. 이것으로 나의 교리문답은 끝이다. (퇴장)

제2장 반란군의 진영

우스터와 버논 등장.

우스터 여보시오, 리처드 공, 왕의 관대한 제의를 조카에게 알려서는 안 됩니다.

버 논 알리는 것이 좋습니다.

우스터 그런 일을 하시면, 우리는 파멸할 수밖에 없습니다. 왕이 약속을 지키고, 호의를 베풀면서 우리를 예우한다고 생각하십니까. 있을 수 없는 일입니다. 왕은 우리를 여전히 의심하고, 그리고 또 다른 결함을 구실로 우리를 처벌할 기회를 엿볼 것입니다. 한평생 의구심에 찬 눈으로 우리를 감시할 것입니다. 배신자들은 신뢰를 회복해도, 여우처럼 울 속에 가두어 키우고, 귀여움을 받더라도, 조상 전례의 야성을 버리지 않을 것이라고 생각할 것입니다. 우리들이 침울해 있거나 명랑한 얼굴을 하더라도, 그 안색은 틀림없이 오해를 사기 마련입니다. 외양간에 있는 황소처럼 먹이를 주어 키우지만, 잘 먹고 살이 오르면 그때가 바로 죽는 날입니다. 조카의 죄는 아마도 잊혀질 수 있겠죠. 혈기왕성한 젊은이의 잘못으로 변명될 수도 있고, 격정에 사로잡힌 무분별한 성미의 홋스퍼라는 이름이 양해될 수도 있겠죠. 그렇게 되면 조카의 죄는 온통 나와 그의 부친이 뒤집어쓰게 되죠. 우리 두 사람이 그를 선동하고, 우리들의 병균을 얻어 그가 부정한 일을 했으니, 그 원천인 우리들이 모든 죗값을 갚지 않으면 안 됩니다. 그러니, 왕의 제안을 해리에게 알려서는 절대로 안 됩니다.

버   논   하고 싶은 대로 말하세요. 저는 맞장구를 치겠습니다. 조카가 오는군요.

  홋스퍼와 더글러스 등장.

홋스퍼   숙부께서 오셨군요. 인질로 잡은 웨스트모어랜드 공을 적진으로 보내시오. 숙부님, 어떻게 됐습니까?

우스터   왕은 즉시 개전(開戰)하고자 한다.

더글러스   그러면 웨스트모어랜드 공에게 응전의 뜻을 전합시다.

홋스퍼   미안하지만, 경이 직접 전해주시오.

더글러스   그럽시다. 쉬운 일이죠. (퇴장)

우스터   왕은 티끌만 한 자비심도 보여주지 않았다.

홋스퍼   자비를 청했습니까? 설마 그런 일이야 있었겠습니까!

우스터   나는 온건한 태도로 우리들의 불만을 토로하고, 그가 서약을 어긴 사실을 지적했다. 나의 말에 대해서 그는 맹세코 그가 서약을 어긴 일이 없다고 꾸며대면서, 우리들을 반역자, 역적이라고 부르면서 응징의 채찍을 들겠노라고 말했다.

더글러스 재등장.

더글러스 여러분, 무기를 들라, 무기를! 나는 방금 도전의 뜻을 헨리 왕의 면전에 내던졌다. 인질 웨스트모어랜드 공이 그 도전장을 들고 돌아갔다. 그 뜻을 알면 왕도 즉시 출동할 수밖에 없을 것이다.

우스터 왕자 헨리가 왕의 면전으로 나와 홋스퍼, 귀하에게 결투를 신청했다.

홋스퍼 아아, 이 싸움이 우리 두 사람의 승부로 끝나서, 나와 저 헨리 몬머스 이외에는 누구 하나, 오늘의 전투에서 숨을 거두지 않았으면 좋으련만! 말해주십시오, 말하세요, 그가 도전하는 모습은 어떠했습니까? 불손한 태도였나요?

버　논 그렇지는 않았습니다, 나는 지금까지 그토록 겸손한 도전의 언사를 들은 적이 한 번도 없습니다. 형제끼리 무술 연마를 위하여 연습 시합에 신청하는 일을 제외하고는 말입니다. 그는 우선 귀하에게 사나이로서의 온갖 경의를 표시한 다음, 왕자에게 어울리는 말로 귀하의 장점을 칭찬하고, 연대기라도 읽듯이 귀하의 무공을 열거한 후, 자신을 상찬하는 말은 귀하의 진가에 비하면, 칭찬의 말로서는 부족한 것이라고 말했습니다. 그리고 나서 그는 왕자답게 얼굴을 붉히면서, 자신을 책망하고 게으름 피웠던 청춘의 세월을 반성하고 있었습니다. 이 같은 그의 태도에는 가르치는 마음과 공부하는 마음을 동시에 몸속에 간직하고 있는 우아함이 보였습니다. 이 시점에서 그는 말을 끝냈습니다. 그러나 나는 이렇게 말하고 싶습니다. 만약에 그가 오늘의 전투를 극복하고 살아남는다면, 방탕한 생활 때문에 숱한 오해를 받긴 했지만, 그 누구와도 비할 수 없는 영국의 희망, 그 꽃이라 할 수 있습니다.

홋스퍼 리처드, 귀하는 그 바보한테 반한 모양이군. 왕자의 몸으로 그 녀석만큼 방탕한 사람을 들은 적이 없어요. 좋아요, 어떤 인간이든 밤이 오기 전에 나는 군인의 팔뚝으로 그 녀석을 꺼안고 싶습니다. 그도 나의 정중한 인사에 몸을 움츠릴 것입니다. 무기를 들라, 급히 무기를! 나의 동료인 장병 여러분, 제군들은 스스로 해야 할 일이 무엇인지 잘 생각해주게. 그렇게 하는 일이 웅변에 능하지 못한 나의 말보다는 더욱더 강하게 제군의 피를 용솟음치게 만들 것이다.

　　사자(使者) 등장.

사자 1 말씀드립니다. 방금 편지가 도착했습니다.

홋스퍼 그런 것 읽을 시간은 없다. 제군들, 사람의 일생은 얼마나 짧은 것이냐! 그 짧은 세월도 비참하게 지나면 길게 느껴진다. 비록 그 인생이 시계의 바늘 끝에 걸려 흘러가서, 한 시간이면 충분히 걸어갈 수 있는 하염없는 시간이라 하더라도, 우리가 살아가기 위해서는 왕을 짓밟고 살자. 죽으려면 왕족 일가를 무찌르고 용감하게 죽자! 우리들은 양심에 걸고 우리가 정의의 군대라고 말할 수 있다. 무기를 잡는 우리의 목적이 정당하기 때문이다.

　　사자 2 등장.

사자 2 말씀드립니다. 준비태세를 갖추십시오. 왕이 공격합니다.

홋스퍼 덕택으로 말을 덜게 되었으니, 왕에게 감사해야 하네. 하지만 한마디만 더하려 한다. 각자 최선을 다해 싸워라. 나는 칼을 뺀다. 그 칼을 붉은 피로 물들이겠다. 오늘의 일전에서 내 앞에 나타나는 최고의 적, 그의 피다. 자, 희망이다! 퍼시! 출진이다. 우렁차게 전투 나팔을 불어라. 그 소리를 신호로 모두들 서로 포옹을 하자. 이 가운데 어떤 사람은 결코 두 번 다시 이런 인사를 나눌 수 없을 것이다.

(나팔 소리. 일동 포옹하면서 퇴장)

제3장 슈루즈베리, 전쟁터

왕이 군사를 이끌고 지나간다. 전투를 알리는 북소리와 고함 소리. 이윽고 더글러스와 왕으로 변장한 기사 월터 블런트 등장.

블런트 이름을 대라, 전투 중에 나의 길을 막는 자는 누구냐? 어떤 명예를 얻으려고 나의 목을 노리는가?

더글러스 알려주마, 나의 이름은 더글러스이다. 전투 중에 너를 쫓는 이유는 네가 왕이라고 말해준 사람이 있기 때문이다.

블런트 그 말은 옳다.

더글러스 스태퍼드 공은 오늘 해리 왕으로 변장하고 있었기 때문에, 너 대신 목숨을 잃었다. 항복하여 포로가 되지 않는다면 너도 그렇게 된다.

블런트 나는 항복할 인간이 아니다. 이 건방진 스코틀랜드 놈아. 왕이 스태퍼드 공을 살해한 놈에게 복수할 것이다. (그들은 싸운다. 더글러스가 블런트를 죽인다)

홋스퍼 등장.

홋스퍼 아, 더글러스. 홈던에서도 이렇게 싸웠더라면, 나는 한 사람의 스코틀랜드인에게도 이기지 못했을 것이요.

더글러스 모든 것은 끝났다. 전쟁에 이겼다. 여기 쓰러진 사람이 왕이다.

홋스퍼 어디?

더글러스 여기.

홋스퍼 이것 말이야, 더글러스? 나는 이 얼굴을 잘 알아. 그는 용감한 기사였다. 그의 이름은 블런트이다. 왕과 똑같이 변장하고 전투장에 나와 있다.

더글러스 어리석은 놈, 네 영혼과 함께 꺼져버려라! 빌려 쓴 왕의 칭호에 비싼 대가를 지불했구나. 어째서 나에게 너는 왕이라고 말했는가?

홋스퍼 왕은 자신의 의상을 걸친 가짜 왕을 여러 명 출전시키고 있소.

더글러스 이 칼에 걸고 맹세한다. 왕의 의상을 걸친 모든 장병을 죽이겠다. 그의 의상실을 모조리 싹쓸이하겠다. 한 벌, 한 벌 모두 찢겠다. 왕을 만날 때까지 나는 계속한다.

홋스퍼 자, 가자! 우리 군대 장병들은 행운을 안고 싸우고 있다. (두 사람 퇴장)

경고의 나팔 소리. 폴스타프 혼자 등장.

폴스타프 런던에서는 술 마시고 총알처럼 잽싸게 도망칠 수 있었지만, 여기 총알은 달라. 총알이 별안간 대가리를 때리네. 가만 있자! 이게 누구냐? 월터 블런트 경이 아닌가? 이것이 명예라는 것이냐! 이건 허영이 아니다. 내 몸이 녹아내리는 납덩이처럼 뜨거워졌네. 게다가 몸이 무거워지네. 총알이 내 몸에 박히지 않도록 하느님 도와주소서. 저의 체중은 내장만으로도 어지간합니다. 내가 인솔한 누더기 졸병들은 모두 전사했다. 백오십 명 가운데 살아남은 자는 세 사람뿐이다. 그놈들 조차도 병신이 되어 거리 모퉁이에서 평생 거지 신세가 될 것이다. 누구냐?

왕자 등장.

왕 자 여기서 멍하니 서서 뭣 하고 있는가? 그 칼을 내놓아라. 수많은 명
장들이 승전을 알리는 적의 말발굽 밑에서 싸늘하고 굳은 시체로
뒹굴고 있다. 그들의 죽음은 아직도 한이 맺혀 있다. 부탁이다. 칼
을 다오.

폴스타프 오, 해리 왕자. 부탁이오, 숨 좀 돌립시다. 잔혹한 터키인 그레고
리도 오늘 내가 해낸 것만큼 살인을 하지 못했다. 나는 오늘 퍼시
를 혼내주었다. 그놈 걱정은 안 해도 좋다.

왕 자 그놈 걱정 없다고? 펑펑 살아서 널 잡아먹으러 올 것이다. 제발 부
탁이다, 칼을 다오.

폴스타프 안 돼. 퍼시가 살아 있으면, 이 칼이 필요하다. 이 권총은 주어도
좋다.

왕 자 좋아, 이리 다오. 아직도 주머니에 들어 있는가?

폴스타프 그렇다, 할, 이놈은 화상을 입을 만큼 강력하다. 도시 전체를 날
릴 만큼 강하다. (왕자가 꺼내 보았더니 술병이 나온다)

왕 자 미친놈, 희롱하며 장난칠 때냐? (폴스타프에게 술병을 내던지고 퇴장)

폴스타프 아니, 퍼시 놈이 살아 있으면 이 칼로 승부를 내자. 그놈이 내 앞
에 나타나면 그렇게 하겠다. 안 오면, 내가 일부러 그놈한테 갈 것
까지야 없지. 내가 그놈이 지지고 볶는 고깃덩어리는 아니잖아. 나
는 월터 블런트처럼 이빨을 허옇게 드러내고 뻗은 명예는 싫다. 나
는 목숨을 원한다. 목숨을 지킬 수 있으면, 그것으로 만족이다. 그
렇지 못하면, 반갑지 않은 손님처럼 명예가 다가올 뿐이다. 그것이
전부다. (퇴장)

제4장 전투장 다른 곳

다급함을 알리는 나팔 소리. 병사들이 진격해서 무대를 가로지른다.
왕, 왕자, 랭카스터 공 존, 웨스트모어랜드 백작 등장.

왕 부탁이다, 해리, 물러가게, 출혈이 심하다. 랭카스터, 너도 형과 함께 가라.

랭카스터 부왕 폐하, 소생은 상처를 입을 때까지는 그대로 있겠습니다.

왕 자 부탁입니다, 부왕이시여, 진격을 계속해주십시오. 왕이 물러서면 우리 편 장병들은 혼란에 빠집니다.

왕 나는 계속 진격하겠다. 웨스트모어랜드 백작, 해리를 천막까지 부탁하오.

웨스트모어랜드 그러면, 전하, 천막까지 모시겠습니다.

왕 자 모신다고? 나는 귀하의 도움을 필요로 하지 않는다. 이 정도 긁힌 상처로 태자 되는 몸이 처절한 전투장을 뒤로 하고 물러설 수 있는가. 피로 물든 귀족들의 시체들이 인마에 밟히고, 기고만장한 반란군이 제멋대로 학살을 자행하고 있다!

랭카스터 휴식을 너무 취했다. 웨스트모어랜드 백작, 우리들의 전투장은 저 앞에 있소. 자, 진격합시다. (랭카스터와 웨스트모어랜드 퇴장)

왕 자 아, 나는 오해하고 있었다, 랭카스터. 나는 네가 이토록 용기 있는 남자라고는 생각지 않았다. 존, 지금까지는 동생으로서만 귀여워했는데, 앞으로는 너를 나의 영혼이라 생각해서 존경하겠다.

왕 저 애가 퍼시와 칼싸움하는 것을 보았는데, 조금도 물러서지 않는 그의 용감한 전투 모습은 연소한 군사로서는 기대할 수 없는 솜씨였다.

왕 자 아, 이 소년이 전군의 사기를 불러일으키네! (퇴장)

　　더글러스 등장.

더글러스 또 다른 왕인가! 마치 히드라(그리스 신화에 나오는 머리 아홉 개 달린 뱀-역자 주)의 머리로구나. 잘라도 잘라도 계속 생기는구나. 나는 더 글러스이다. 왕의 문장(紋章)을 걸치고 있는 자는 모두 처치한다. 너는 누구냐, 왕의 의상을 걸치고 있구나?

왕 나는 왕이다. 안됐구나, 더글러스. 가짜 왕을 여러 명 만나고도 진 짜 왕을 지금껏 만나지 못했으니. 나는 두 왕자가 있다. 두 왕자는 퍼시와 너를 찾아 전투장으로 갔다. 다행히도 네가 이곳에 뛰어들 었으니 내가 상대해주겠다, 각오하고 덤벼라.

더글러스 너도 가짜인지 모르겠지만, 어딘지 진짜 같기도 하다. 좋아, 누구 든 너의 목숨은 내가 빼앗겠다. 간다. (둘은 싸운다. 왕이 위급해진다)

　　왕자 다시 등장.

왕 자 얼굴을 들라. 더러운 스코틀랜드 놈. 아니면 그 얼굴을 다시는 못 들게 만들어주겠다. 내 칼에는 용감한 셔리, 스태퍼드, 블런트의 영혼이 깃들어 있다. 그렇다, 너를 위협하고 있는 사람은 왕자 헨 리이다. 입 밖에 낸 것은 반드시 해내는 사나이다. (둘은 싸운다. 더글 러스는 도망친다) 기운을 내세요, 부왕이시여, 괜찮으십니까? 니콜라 스 고지 경이 원군을 청했습니다. 클리프턴도 원군을 청했습니다. 저는 클리프턴을 도우러 가겠습니다.

왕 기다려라, 한숨 돌려라. 너는 잃었던 명성을 다시 찾았다. 지금 막 위기를 구해주었으니, 너도 부왕의 목숨이 중요하다는 것을 입증 해주었다.

왕 자　아, 맙소사! 너무나 지독한 중상입니다. 제가 부왕의 죽음을 기다리고 있다는 소문 말입니다. 그것이 사실이었다면, 거만한 더글러스의 손이 부왕의 머리 위에 내리쳤을 때, 나는 가만히 있었을 것입니다. 그 손이 어떤 독약보다도 확실히 부왕의 목숨을 빼앗고 나에게 부친 살인의 수고를 덜어주었을 테니까요.

왕　클리프턴을 부탁한다. 나는 고지를 도우러 가겠다. (퇴장)

　　홋스퍼 등장.

홋스퍼　이 눈에 틀림이 없다면, 너는 해리 몬머스이다.

왕 자　내 이름을 속일 것 같은가?

홋스퍼　내 이름은 해리 퍼시다.

왕 자　그렇다면 나는 아주 용감한 반역자를 만난 셈이로구나. 나는 왕자 해리다. 알겠는가, 퍼시. 앞으로는 나와 영광을 나누어 가질 생각은 마라. 두 별이 한 궤도를 달릴 수는 없다. 그와 마찬가지로 두 사람이 영국을 나누어 통치할 수는 없다. 해리 퍼시냐, 왕자 해리냐, 둘 중 하나다.

홋스퍼　그럴 수밖에 없지, 해리, 지금은 우리 둘 중 하나가 결정되는 시간이다. 다만, 지금의 네가 나만큼의 용명(勇名)을 떨치기 바랄 뿐이다!

왕 자　이 자리를 떠날 때는 내 무공이 더욱더 빛날 것이다. 네 갑옷에 피어 있는 명예의 꽃봉오리를 따서, 내 머리를 장식하는 화관을 만들겠다.

홋스퍼　더 이상 너의 헛자랑을 용서할 수 없다. (둘은 싸운다)

　　폴스타프 등장.

폴스타프　　잘한다, 할! 싸워라! 이건 애들 장난이 아니구나.

　　　더글러스 다시 등장. 폴스타프와 싸운다. 폴스타프는 죽은 척하고 쓰
　　　러진다.

　　　더글러스 퇴장. 홋스퍼는 상처를 입고 쓰러진다.

홋스퍼　　오, 해리, 너는 나의 청춘을 앗아갔구나! 하염없는 인생 잃어도 아
깝지 않다. 그보다는 자랑스러운 영광을 너에게 빼앗긴 것이 원통
하다. 그 일이 살을 찢는 아픔보다도 더 내 마음을 괴롭힌다. 하지
만 마음은 목숨의 노예요, 목숨은 시간의 장난감이다. 그리고 시간
은 이 세상의 지배자라 하지만, 어차피 멈추어야 한다. 아, 남기고
싶은 얘기가 있지만, 죽음의 싸늘한 흙손이 내 혀를 누르고 있구
나. 아, 퍼시, 너도 이젠 흙이다, 죽음의 밥이다 — (죽다)

왕　자　　벌레의 밥이다. 퍼시, 조용히 잠들거라. 위대한 영혼이여! 대망도
잘못 엮으면 움츠러든다! 저 육체에 영혼이 깃들고 있을 때, 집어넣
기에는 왕국 하나도 좁아 보였다. 그런데 지금은 어떤가. 보잘것없
는 땅 한 뼘이면 족하다. 네가 죽어서 누워 있는 이 대지 위에는 지
금 너 같은 용사는 한 사람도 없다. 네가 예절을 느끼는 마음이 있
었다면, 나는 이토록 진정을 토로하지는 않았을 것이다. 하지만 적
어도 우정의 표시로 내 갑옷을 두른 목도리로 네 상처 난 얼굴을 덮
어주겠다. 이토록 마음이 담긴 의식을 집행하는 나 자신에 대해 너
를 대신해서 나에게 사례를 하마. 잘 가거라, 네가 받을 칭찬은 너
와 함께 하늘나라로 갖고 가라! 불명예는 너와 함께 무덤 속에서 잠
들라. 묘비명에 새겨두어서는 안 된다! (땅 위에 쓰러져 있는 폴스타프를
본다) 아, 내 옛날 친구, 이 큰 몸집 속에 작은 목숨 하나 끼워 넣을
수도 없었단 말인가? 잘 가거라, 가련한 잭이여! 너보다 나은 인간

을 잃었어도, 이 이상 더 섭섭하지는 않았을 것이다. 내가 아직도 공허한 방탕에 빠져 있었다면, 슬픔은 더욱 무거웠을 것이다. 오늘의 혈전에서 죽음의 먹이가 된 중요한 인물 가운데서 너만큼 무겁고 살찐 놈은 없을 것이다. 곧 너의 내장을 빼내어서 묻어주겠다. 그때까지는 퍼시 곁에서 피에 잠긴 채 누워 있거라. (퇴장)

폴스타프 (벌떡 일어나서) 내장을 빼낸다고? 오늘 나의 내장을 뽑는다면, 내일 소금에 절인 후 먹으면 되겠구나. 흥, 그때 죽은 체하지 않았더라면, 저 스코틀랜드의 거친 용사에게 결딴 났을 거다. 체했다고? 아니다, 나는 체하는 그런 인간은 아니다. 도시 죽는다는 것은 체하는 일이 아닌가? 인간의 목숨을 갖고 있지 않은 자들은 가짜 인간인 것이다. 죽은 척하고 있는 일은 가짜로 사는 일은 아니다. 그것이야말로 목숨을 가진 인간의 진정한 모습인 것이다. 용기의 최고는 분별력이다. 그 최고의 부분을 활용해서 나는 내 목숨을 지켰다. 그건 그렇고, (홋스퍼의 시체를 보고) 이크! 나는 이 총탄같이 사나운 퍼시 놈이 죽어 있어도 무섭다. 이놈도 죽은 척하고 있지만, 어기적어기적 기어서 일어나면 어떻게 하나? 죽은 척하는 연기가 이놈이 더 낫다면 어떡하나. 이놈을 무서워하지 않기로 하고, 내가 이놈을 죽였다고 말하자. 이놈도 나처럼 일어나지 않는다고 누가 보장하랴? 이 일에 이의를 제기하는 자는 목격자뿐이다. 그런데, 목격자는 아무도 없다. 그렇다면, 자, 받아라. (퍼시를 칼로 찌른다) 네 허벅지에 새 상처를 내자. 자, 가자. (그는 홋스퍼를 등에 짊어진다)

왕자 헨리와 랭카스터 공 존 다시 등장.

왕　자 눈부신 활동이었다, 존. 처녀 출진의 칼에 피가 잔뜩 묻었다.

랭카스터 아, 저기 있는 것은? 저 뚱보는 죽었다고 들었습니다만.

왕 자 그렇게 말했다. 이 눈으로 봤지. 저 사나이가 피를 흘리며 숨겨 있는 것을 보았어. 여봐, 살아 있었는가? 우리 눈을 어지럽히는 도깨비가 나타났나? 입을 열라. 귀로 듣지 않으면 눈으로 믿을 수 없다. 너는 눈으로 보이는 진짜 인간이 아닌 모양이다.

폴스타프 아니다. 나는 머리 두 개 달린 도깨비가 아니다. 나는 진짜배기 잭 폴스타프다. 내가 잭이 아니라면, 나는 거짓말쟁이다. 여기 퍼시가 있다! (그의 시체를 내려놓는다) 자네 아버지가 나에게 상을 주신다면, 그것으로 족하다. 주지 않는다면, 다음번에는 직접 퍼시를 죽이라고 하라. 아무리 봐도 나는 백작이나 공작은 될 것이다.

왕 자 여봐, 퍼시를 죽인 사람은 나다. 더욱이나 나는 네가 죽어 있는 것도 봤어.

폴스타프 뭐라고? 맙소사, 거짓말이 널뛰는 세상이 되었구나! 분명히 나는 숨을 헐떡이며 땅 위에 누워 있었다. 이놈도 그랬었다. 그런데, 우리 둘은 동시에 일어나 이곳 슈루즈베리 시계가 빙글빙글 돌아갈 정도로 오랜 시간 싸웠다. 이 말을 믿어주면 그것으로 좋다. 믿지 않으면 보훈처(報勳處)가 죄를 짓게 된다. 나는 이 목을 걸고 단언한다. 이놈 허벅지에 있는 이 상처는 내가 입힌 것이다. 이 일을 부정하는 놈이 있다면, 그놈한테 이 칼맛을 보게 해줄 것이다.

랭카스터 참으로 괴상한 이야기로구나.

왕 자 존, 이 사람은 정말로 괴상한 인간이다. (폴스타프에게) 그 짐을 네 등에 지고 따라 오너라. 거짓말이 너에게 도움이 된다면, 나도 너를 위해 멋진 말로 맞장구를 쳐주겠다. (퇴진의 나팔 소리) 저 소리는 퇴진을 알리는 신호이다. 승리는 우리들의 것이다. 여봐라, 존, 이 전쟁터에서 제일 높은 곳에 올라보자. 우리 군사들 가운데서 누가 살아남고, 누가 죽었는지 확인하고 싶다. (왕자와 랭카스터 공 퇴장)

폴스타프 나도 따라가겠다. 따라가야 상을 받는다 하니. 나에게 상을 주는 분들에게, 하느님, 담뿍 상품을 주도록 하세요! 내가 위대한 사람이 되려면, 내 몸집을 작게 만들어야 한다. 설사약을 먹고, 술을 끊고, 귀족들처럼 맑고 깨끗하게 살아야겠다. (시체를 들고 퇴장)

제5장 전쟁터 다른 곳

나팔 소리. 왕, 왕자 헨리, 랭카스터 공 존, 웨스트모어랜드 백작, 포로가 된 우스터, 버논 등장.

왕 이 같은 반역행위는 항상 응징을 받게 된다. 괘씸하다, 우스터, 나는 너희들에게 관대한 은사(恩赦)와 우정의 말을 보내지 않았던가? 그 뜻을 너희들은 왜곡해서 전달하였다. 내 집안사람 퍼시의 신뢰를 악용하였다. 그리고 오늘 전투에서 우리 측은 귀족 한 사람, 기사 세 사람, 그 밖에도 수많은 장병들이 전사했다. 너희들이 올바른 기독교인답게 양군 사이의 올바른 의사소통을 도와주었더라면 그들도 지금 이 순간까지 살아남아 있을 것이다.

우스터 제가 취한 행동은 나의 몸의 안전을 위해 불가피한 조치였습니다. 저는 당당하게 앞으로 있을 피할 수 없는 운명을 맞이하겠습니다.

왕 우스터에게 사형을 언도한다. 버논도 마찬가지다. 나머지 죄인들에게는 심사숙고한 후에 선고를 하겠다. (우스터와 버논 호송되어 퇴장) 그 이후의 전황은 어떤가?

왕 자 스코틀랜드에서 용명을 떨친 더글러스 경은 전세가 불리하고, 용장 퍼시는 살해되었습니다. 그의 군사들은 공포에 사로잡혀 있습니다. 나머지 패잔병들은 패주(敗走)를 계속하고 있다가, 급작스럽게 언덕에서 굴러떨어져 중상을 입은 결과, 추적한 우리 군사들에 의하여 체포되었습니다. 더글러스는 지금 저의 막사에 있습니다만, 그의 처분에 대해서는 저에게 일임해주시기 바랍니다.

왕 기쁜 마음으로 일임한다.

왕 자 그렇다면 랭카스터, 동생인 너에게 이 명예로운 은사(恩赦)의 역할을 맡기겠다. 더글러스한테 가서 오랏줄을 풀어주고, 보상금도 없이 자유롭게 석방하라. 오늘 그가 전투장에서 보여준 용기는, 비록 적수이지만 우리들에게 가르쳐준 바가 크다. 훌륭한 용사의 행위에는 존경을 표시해야 한다.

랭카스터 형님의 관대한 조치에 대해서 마음속으로 감사합니다. 그 따뜻하신 마음을 곧 전달하고 오겠습니다.

왕 그러면 나머지 일을 하기로 하자. 우선 병력을 양분하여 존과 웨스트모어랜드 백작 두 사람은 급히 서둘러 요크로 진격하게. 노섬벌랜드와 대사교 스크루프가 그곳에서 끊임없이 병력을 모으고 있는 중이다. 나와 왕자 해리는 웨일스로 향한다. 글렌다워와 마치 백작 양군을 공격한다. 이 나라의 반란도 근절되는 날이 임박했다. 그러기 위해서는 또 한 번의 타격을 가해야 한다. 오늘의 전투는 더할 나위 없이 훌륭했다. 그러나 완전한 승리를 거둘 때까지 돌진하자.

(모두 퇴장)

The Second Part of King
Henry the Fourth

등장인물

풍설(風說)_ 서사역(序詞役)

왕_ 헨리 4세

클래런스 공 왕자(제2왕자)

태자 헨리(제1왕자)_ 후에 헨리 5세

랭카스터 공 존 왕자(제3왕자)

글로스터 공 험프리 왕자(제4왕자)

헨리 퍼시_ 노섬벌랜드 백작

요크 대주교

모브레이 경

헤이스팅스 공

바돌프 경

트래버스_ 노섬벌랜드의 부하

모턴_ 노섬벌랜드의 부하

존 콜빌 경_ 기사

워릭 백작

웨스트모어랜드 백작

서리 백작

존 블런트 경

가워

하코트

대법원장

대법원장의 하인

포인즈

존 폴스타프 경

바돌프

피스톨

피토

폴스타프의 시동

로버트 섈로_ 지방판사

사일런스_ 지방판사

데비_ 섈로의 하인

팽_ 주장관의 집행리

스네어_ 주장관의 집행리

몰디_ 병사

섀도_ 병사

워트_ 병사

피블_ 병사

불카프_ 병사

노섬벌랜드 백작 부인

퍼시 미망인

퀴클리_ 주모

돌 티어시트

폐막사를 말하는 무용수

프랜시스와 그 일행, 귀족들과 그 종자들, 문지기, 급사들, 풍기단속 관리들, 시동, 하인들, 악사들, 종막의 무용수들 등

장소

영국

제1막

프롤로그 워크워스, 노섬벌랜드 백작의 성 앞

전체에 혀 모양의 무늬가 그려진 옷을 입은 풍설 등장.

풍 설 자, 여러분들, 귀를 여세요. 풍설이 한바탕 와자지껄하게 떠들 텐
데, 누가 귀를 막겠습니까? 해가 뜨는 동으로부터 해가 지는 서쪽
하늘까지, 바람 타는 파발마로 세상을 누비면서, 지상에서 일어나
는 온갖 소문을 전달하고 퍼뜨리는 것이 나의 임무예요. 악담과 중
상을 쉴 새 없이 혓바닥에 돌리며 굴리며, 세계 여러 나라 말로 옮
겨놓고 마냥 지껄이면서 사람들 귀에 엉터리 소식을 퍼뜨리는 것
이 나의 일이랍니다. 내가 평화를 속삭이면, 깊숙이 숨은 적대감이
평화의 미소 그늘에서 세상을 헐뜯습니다. 크게 부풀어 오른 이 세
상 태내(胎內)에서 나는 포악한 전쟁의 아이가 태어난다고 떠들면
서, 군인들을 집합시켜, 방위 준비를 하도록 만든 후, 실상 아무 일
도 없고, 아무 소동도 없다면, 이 풍설 아니면 누가 그런 일 할 수
있나요? 유언비어는 추측과 시의(猜疑)와 억측이 부는 피리 소립니
다. 그것은 대중이라는 백치의 괴물이, 무수한 머리를 흔들면서 항
상 잉잉거리며 투덜대고 쉽게 불어대는 잡소립니다. 잘 아는 친구
사이인데 나의 실체를 설명할 필요는 없겠죠. 그렇다면 왜 여기 풍
설이 등장했는가요? 헨리 왕의 승전을 보았기 때문입니다. 왕은
슈루즈베리의 혈전에서 젊은 영웅 홋스퍼와 그의 군대를 격파했어
요. 타오르는 반란의 불길을, 반역자의 피로 잡았습니다. 그러나

너무나 뻔한 사실을 내가 먼저 말해버렸으니, 이거 되겠습니까? 태자 해리 몬머스가 용감한 홋스퍼의 노기찬 칼을 맞고 쓰러졌으며, 왕은 분노한 반도(叛徒) 더글러스 앞에 엄숙하게 고개를 숙였을 뿐만 아니라, 왕의 죽음도 임박했다는 허튼소리를 퍼뜨리는 것이 나의 역할입니다. 실은 이 사람이 말씀이죠, 슈루즈베리의 전투장에서부터 시작해서 홋스퍼의 부친 노섬벌랜드 백작이 꾀병으로 누워 있는 낡은 성채에 이르기까지 마을이란 마을, 도시란 도시 방방곡곡에 이런 소문을 뿌리고 다녔답니다. 전령이 숨을 헐떡거리며 뛰어오는데, 들고 오는 소식은 몽땅 나로부터 들은 것이고, 풍설이 조작한 유언비어들이니, 달콤한 거짓말이지만, 그것은 불길한 소식보다 더 나빴다니깐요.

제1장 같은 곳

바돌프 경 등장.

바돌프 여봐라, 문지기 나와라!

문지기 등장.

백작은 어디 계신가?

문지기 누구시라고 여쭐까요?

바돌프 바돌프가 여기서 백작님이 오시는 것을 기다리고 있다고 전하게.

문지기 백작은 지금 전원을 산책하고 계십니다. 죄송합니다만 저 문을 두드려보세요. 백작님이 응답하실 겁니다.

노섬벌랜드 등장.

바돌프 백작님이 오시는군. (문지기 퇴장)

노섬벌랜드 무슨 일인가, 바돌프 경? 요즘에는 일 분마다 무서운 일이 이 세상에서 일어나고 있네. 정말이지 소란스러운 세상이 되어버렸어. 전란이 배를 가득 채운 말처럼 고삐가 풀려 날뛰고 있다. 앞을 가로막는 것은 무엇이나 걷어차고 있네.

바돌프 백작님, 슈루즈베리에서 확실한 소식을 갖고 왔습니다.

노섬벌랜드 낭보였으면 좋으련만!

바돌프 더 할 수 없는 낭보입니다. 왕은 거의 치명적인 중상을 입었고, 해리 왕자도 아드님 홋스퍼 전하의 무력에는 꼼짝 못 하고 즉사했답니다. 또한 블런트 가의 두 사람은 더글러스 공의 손에 몰사당하고, 왕자 존, 웨스트모어랜드 공, 스태퍼드 공 등은 도망치고, 해리 왕자의 측근인 살찐 돼지 폴스타프는 아드님의 포로가 되었습니다. 그토록 멋지게 싸우고, 끝까지 쫓고, 그토록 멋지게 승리한 것은 시저 이래 처음 있는 일입니다. 이 영광은 역사에 오래 기록될 것입니다.

노섬벌랜드 그 정보의 출처는 어딘가? 슈루즈베리 전투장에서 그대의 눈으로 직접 목격했는가?

바돌프 아닙니다. 전쟁터에서 돌아온 남자의 얘기를 들었습니다. 그 사람은 집안이 좋고, 명망이 있는 훌륭한 신사였습니다. 방금 말씀드린 정보는 사실이라고 다짐해주었습니다.

노섬벌랜드 아, 트래버스가 돌아왔구나. 그 사람은 정보를 수집하라고 지난 화요일 내가 보냈었다.

트래버스 등장.

바돌프 그 사람이라면, 제가 도중에 추월했습니다. 따라서 저에게서 들은 이야기 이상의 확실한 정보는 갖고 있지 않을 것입니다.

노섬벌랜드 여보게, 트래버스, 어떤 낭보를 갖고 왔는가?

트래버스 저는 존 엄프레빌 경을 만났습니다만, 낭보를 전해주고 저를 돌려보냈습니다. 그분의 말이 빨랐기 때문에 저를 앞질러 갔습니다. 그런데, 그 후에 한 신사가 숨을 몰아쉬면서 말을 몰아 달려왔는데, 제 곁에 오더니 피투성이가 된 말을 한숨 돌리고, 체스터로 가는 길을 물었습니다. 그래서 저도 슈루즈베리의 전황을 물어봤죠. 그 사람은 반란군의 대패배다, 젊은 해리 퍼시의 뜨거운 박차는 식었다, 이렇게 말했습니다. 그러고 나서 고삐를 잡고 말을 돌리더니 몸을 앞으로 꾸부리고, 허덕거리는 지친 말 옆구리를 뚫어져라 박차로 차더니, 쭉 뻗은 길을 삼킬 듯이 앞으로 향해 달려갔습니다. 그래서 더 이상 물어볼 수가 없었습니다.

노섬벌랜드 뭐야? 다시 한번 말하게! 젊은 해리 퍼시의 박차가 싸늘해졌다고? 불꽃 같은 박차가 얼음장 박차가 되었다고? 반군 쪽이 참패했다고 말했는가?

바돌프 백작, 제발 들어보세요, 아드님이 승리를 거두지 않았을 리 없습니다. 만일 그런 일이 있다면 나는 공작 영토를 비단실 한 줄과 바꾸겠습니다. 저 말을 믿어서는 안 됩니다.

노섬벌랜드 그렇다면 왜 트래버스가 만난 사람이 패전 이야기를 했겠는가?

바돌프 그 남자 말이죠? 그 남자는 병신 육갑 떠는 놈인데, 타고 온 말도 훔친 말임에 틀림없습니다. 그런 놈의 얘기는 엉터리 거짓말입니다. 여기 또 소식이 오고 있습니다.

모턴 등장

노섬벌랜드 헌데 이 사람의 얼굴은 책의 표지처럼 비극의 내용을 예고하고
있는 것 같다. 격랑 때문에 황폐해진 해안의 황량한 흔적과도 같은
얼굴이다. 말하라, 모턴. 그대는 슈루즈베리의 전쟁터에서 왔는가?

모 턴 네, 슈루즈베리에서 달려왔습니다, 각하. 전쟁터에서는 징그러운
죽음의 사신이 추악한 가면을 쓰고 우리 편을 위협하고 있었습니
다.

노섬벌랜드 내 아들과 동생은 어떻게 되었나? 너는 떨고 있구나. 너의 창
백한 안색은 혀끝보다도 더 너의 용건이 무엇인지 잘 말하고 있다.
틀림없이 너처럼 생기를 잃고 의기소침하며 망연자실한 가운데 슬
픔에 잠긴 송장 같은 얼굴의 남자가, 심야 프리아모스 왕의 침소에
서 침대 휘장을 들어 올리며 트로이성이 반쯤 타버렸습니다라고
보고했을 때, 프리아모스 왕은 그 말을 듣기 전에 이미 알아차렸을
것이다. 나도 네가 입을 열기 전에 이미 아들의 전사를 알아차렸
다. 너는 이렇게 말했을 것이다. "아들과 동생, 더글러스는 장렬하
게 싸웠습니다." 그런 무용담으로 낭보에 굶주린 나의 귀를 막아
놓고, 급기야는 내 귀를 완전히 틀어막으려는 듯, 지금까지의 칭찬
을 박살 내는 탄식과 함께 이렇게 맺었을 것이다. "동생, 아들, 그
리고 모두들 죽어갔습니다."

모 턴 더글러스 경과 아우님께서는 살아 계십니다. 그러나 아드님께서
는…….

노섬벌랜드 글쎄, 죽었다니까. 혹시나 하는 의심은 얼마나 성급하게 혀끝
을 놀리나! 너무나 무서워 듣고 싶지 않은 것이 실제로 일어났을
때는 상대방의 눈을 보기만 해도 본능적으로 그것을 알아차릴 수

있다. 하지만 모턴, 말하게나. 백작의 추측은 크게 틀렸습니다라고 호통을 치게나. 나는 너의 욕설을 즐거운 모욕으로 감수하겠다. 더욱이나 나를 모욕한 데 대하여 너에게 상을 주겠다.

모 턴 백작님의 판단에 대해서는 아무런 이의도 제기할 수 없습니다. 통찰하신 그대로입니다. 염려하신 그대로입니다.

노섬벌랜드 그렇다 하더라도 퍼시는 죽었다고 말하지 말게. 너의 눈 속에는 야릇한 고백이 엿보인다. 너는 고개를 흔들면서 진실을 말하는 것은 두렵거나 죄가 된다고 생각하고 있는 듯하다. 죽었다면 죽었다고 말하게. 아들의 죽음을 말하는 혀에 죄는 없다. 죽은 자를 살아 있다고 거짓말하는 것이 죄가 된다. 죽은 자를 죽었다고 말하는 것은 비난을 받을 수 없다. 하지만 슬픈 소식을 제일 먼저 갖고 오는 자는 손해 보는 역할을 하고 있다. 그의 말소리는 떠나는 친구를 보내는 조종(弔鐘)과도 같다. 슬픈 종소리처럼 귓속에 언제나 남아 있기 때문이다.

바돌프 저는 아드님이 돌아가셨다고 생각하지 않습니다.

모 턴 정말이지 제가 보지 않았으면 좋을 뻔했던 일을 백작님이 믿도록 강요하는 일은 괴로운 일입니다. ……저는 이 눈으로 보았습니다. 아드님은 피투성이가 되어 해리 몬머스를 상대로 싸우다 지쳐, 숨을 헐떡이며 힘없이 응수하고 있었습니다. 왕자의 질풍 같은 분노의 칼을 맞고, 불패를 자랑하던 퍼시도 어쩔 수 없이 쓰러져서 두 번 다시 일어나지 못했습니다. 그 결과, 간단히 말씀드리면, 가장 우둔한 시골뜨기까지도 용기의 불을 지펴주던 분의 전사 소식이 전군에 알려지자 용맹무쌍한 장군들까지도 불이 꺼지듯 사기를 잃었습니다. 원래 우리 군대는 아드님의 강철 같은 용기로 훈련된 군대입니다. 그것이 없어지자, 나머지 군사들은 모조리 둔하고 무거운 납덩이처럼 휘어져서 쓸모없이 되고 말았습니다. 원래 무거운 물체는 일단 힘을 받으면, 그만큼 맹렬한 속도로 날아가는 법입니다. 훗스퍼를 잃고 마음이 무거워진 아군은 무게가 공포의 바람을 타고 목표물을 향해 나르듯이 나르는 화살처럼 전쟁터에서 자신의 안전을 위해 도망쳤습니다. ……바로 그때였습니다. 우스터 경이 눈 깜짝할 사이에 적에 의해 체포당했습니다. 또한 용맹한 스코틀랜드 사람인 잔혹하고 능통한 칼잡이 더글러스도 가짜 왕을 세 사람이나 무찔렀습니다만 마침내 기력이 쇠진하여, 등을 보이는 자에게 영예를 주듯 자신도 허겁지겁 도망치다가 공포심에 발이 걸려 넘어져 잡힌 몸이 되었던 것입니다. 요컨대 왕이 대승을 거두었습니다. 재빠르게도, 백작님을 치기 위해 왕자 랭카스터와 웨스트모어랜드 백작의 지휘하에 토벌군이 오고 있다는 것을 보고드립니다.

노섬벌랜드   그 일에 대해서는 나중에 슬퍼하기로 하자. 독에도 약이 있는 법이다. 지금 그 흉보(凶報)를 접하니 건강한 몸이라면 병에 걸렸을 것이다. 그러나 병에 걸린 나는 오히려 다소 원기를 되찾았다. 이런 일은 흔히 있는 일이 아닌가. 열병에 걸려 수족의 관절이 망가져 힘 빠진 경첩처럼 된 중환자도 격심한 발작에 견디지 못하면 화약처럼 폭발하여 간호부의 팔에서 튕겨 나올 때가 있다. 내 팔다리가 지금 그렇다. 슬픔으로 몸이 쇠약해졌지만, 아픈 마음에 격려되어 평소보다 몇 갑절의 힘을 얻었다. 그러니 나약한 지팡이여! 너는 소용이 없다. 내가 지금 필요로 하는 것은 비늘 모양의 강철로 엮은 전투용 장갑이다. 환자용 두건은 필요 없다! 승리에 취한 왕후들이 노리는 이 머리를 너는 방어할 수 없다. 이 이마를 강철로 된 투구로 감싸다오. 자, 이제는 악의에 찬 세상이 보내는 어떤 역경의 시간이라도 오너라. 와서, 이 노섬벌랜드의 분노에 대적해보아라! 하늘도 무너져내려 땅에 부딪쳐라! 바다여, 자연이 정한 영역을 넘고 지상에 흘러넘쳐라! 질서는 없다! 이 세상은 끝없이 지리한 싸움의 장면을 연기하는 무대가 아니다. 연기자 각자에게 동생 죽인 카인의 심통을 불어넣자. 각자가 잔인무도한 행위를 감행하려는 결의를 굳히면, 이 피투성이 연극도 끝날 수 있으며, 어둠이 죽은 자들을 묻어줄 것이다!

바돌프 백작님, 흥분하시면 몸에 해롭습니다.

모 턴 백작님, 분별심을 잃고 명예를 잊으시면 안 됩니다. 당신 편에 드는 우리들 생사는 오로지 백작님 건강에 달려 있습니다. 일시적인 격정 때문에 건강을 잃게 되면 우리 모두가 파멸할 수밖에 없습니다. 백작님께서는 "싸움에 뛰어들자"라고 말씀하시기 전에 전쟁의 결과와 예상되는 승패에 관해서 이미 충분한 검토를 하셨습니다. 격정 중에도 아드님의 죽음을 예측하셨습니다. 아드님이 벼랑 끝을 아슬아슬하게 걸어가기 때문에 건너가는 일보다는 떨어질 확률이 많다고 알고 계셨습니다. 아드님의 몸은 상처도 받을 수 있고 흠집도 날 수 있다는 것을, 아드님의 기질은 위험이 크면 클수록 스스로 찾아서 뛰어드는 호탕한 성격이라는 것을 백작님은 알고 계셨습니다. 그럼에도 불구하고 백작님은 "가라"고 말씀하셨습니다. 이토록 숱한 위험을 충분히 알면서도 아드님의 고집스러운 행동을 말리지 못하셨습니다. 그렇다면 그 결과 일어난 일은 이미 예측한 일로서 그 이상도 이하도 아니지 않습니까?

바돌프 이번 전쟁에 투입된 우리 모두는 십중팔구 목숨을 건질 수 없는 위험한 바다에 도전한다고 생각했습니다. 그럼에도 군이 참전한 것은 눈앞에 놓인 이득 때문에 앞을 가로막는 위험을 잊어버렸기 때문입니다. 분명 우리는 좌절은 했습니다만, 다시 한번 더 전진합시다. 갑시다, 몸과 재산을 바쳐 모두들 일어납시다.

모 턴   때는 무르익었습니다. 그럴 수밖에 없는 것이, 백작님, 제가 들은 확실한 정보를 말씀드립니다만, 요크의 대주교는 장비를 갖춘 정예부대를 이끌고 참전하고 있습니다. 그는 육체와 정신의 힘으로 부하를 통솔하는 영도자입니다. 당신의 아드님은 병사들의 육체만으로, 말하자면 인간의 그림자, 그 형상(形相)만을 이끌고 전쟁터에 나타났습니다. 그것도 모반이라는 말 때문에 정신과 육체의 활동이 완전히 분리되어, 쓴 약을 삼키듯 억지로 강요당해 싸운 결과여서, 무기는 손에 들고 있었지만, 가슴속 정신은 모반이라는 말 때문에 얼어붙어 있었습니다. 그것은 마치 겨울 연못 속의 물고기 같은 것이었습니다. 그러나 대주교가 직접 출전한다고 하면 모반도 성전(聖戰)이 됩니다. 신과 양심에 부끄럽지 않은 마음내키는 거사라고 생각해서, 뒤따르는 병사들이 마음과 몸을 바쳐 싸워줄 것입니다. 더욱이나 폼프렛성 돌길에 흘린 리처드 2세의 피에 대한 복수라는 명분이 대주교의 군대에 붙어 다니기 때문에 하늘의 뜻이 되는 겁니다. 또한 볼링브로크의 압제하에서 피를 흘리고 허덕이는 조국을 방어하기 위한 싸움이라고 천하에 호소하면, 신분의 고하를 막론하고 대주교 깃발 아래로 사람들이 모여들 것입니다.

노섬벌랜드   그 말은 이미 들은 적이 있다. 실은, 방금 들은 슬픈 소식 때문에 모든 것을 잊어버렸을 뿐이다. 안으로 들어가자. 우리들의 안전을 지키고, 복수를 감행하기 위해 어떤 수를 써야 하는지 여러분의 지혜를 빌리고 싶다. 전국에 격문을 보내서 우군을 급히 끌어들이자. 동지들이 이토록 부족했던 때도 없었고, 이렇게 필요했던 때도 없었다. (퇴장)

제2장 런던, 거리

폴스타프 경 등장. 시동이 그의 칼과 방패를 들고 온다.

폴스타프 여봐, 꼬마 거인아. 의사는 내 오줌이 어떻다고 말하더냐?

시 동 의사 말씀은요, 소변은 건강한데, 소변 임자는 본인도 모르는 병이 수두룩하다는 겁니다.

폴스타프 어느 놈치고 나를 놀려대지 않는 놈이 없구나. 인간이란 몽땅 흙 덩이 대가리들뿐이야. 내가 생각해주든가, 나를 이용해 생각하지 않으면 단 한 가지도 웃을 일을 생각하지 못하거든. 나는 지혜가 풍부해. 뿐만 아니라 남들까지 지혜가 넘치도록 만들어주고 있지. 내가 지금 이렇게 걷고 있으니 나는 새끼들을 모조리 밟아 죽이고 한 마리만 남겨놓은 어미 돼지가 된 것 같다. 왕자 놈이 너를 나에 게 보낸 뜻을 알겠구나. 네 옆에서 내 몸이 커 보이도록 만들어서 나를 웃음거리로 만들 생각이야. 틀림없어. 너같이 못생긴 놈은 내 발꿈치에 붙어 다니기보다, 내 모자에 얹혀 다니는 게 더 낫겠다. 나는 마노(瑪瑙) 구슬 같은 놈을 데리고 다닌 적이 일찍이 없었다. 정말로 마노 보석이라면 금이나 은으로 장식해주겠는데, 너는 그 것도 아니니 어림도 없다. 싸구려 금속에 박아서 네 주인에게 돌려 주겠다. 보석이라고 속여서 말이다. 턱주가리에 아직 털도 안 난 너의 어린 왕자한테 말이다. 그놈 뺨에 설혹 수염이 난다 하더라 도, 내 손바닥에 먼저 나겠다. 그런데 그놈은 자기 낯짝이 용안(龍 顔)이라고 우쭐댄단 말이다. 신의 은총으로 수염이 생길 수도 있겠 지만, 지금은 어림도 없다. 아무리 용안이라고 뻐겨도 이발사는 그 상판 밀어주고 육 펜스도 받기 힘들어. 그런데도 제 아비 홀몸이 된 후에는 어른이 된 것처럼 허세를 부린단 말이다. 제멋에 겨워서 흥청대는데, 나는 딱 질색이다. 그런데, 덤블던 장인(匠人)은 내 반 코트와 바지에 대해서 말이 없던가?

시 동 네, 바돌프보다는 더 확실한 보증인을 세워달랍니다. 바돌프의 증서도, 나리의 증서도 받지 않겠답니다. 보증인이 마음에 들지 않는답니다.

폴스타프 그놈 지옥에 떨어져라! 개자식 아히도벨(성경에 등장하는 인물. 다윗의 모사였으나 압살롬의 반란에 가담함-역자 주)처럼 지옥에 떨어져서 혓바닥이 불이 되어 타버려라! 저주받을 악당! "지당한 말씀입니다"라고 주접을 까면서 신사 양반을 속이는 놈! 나보고 보증인을 세우라고! 그놈의 중대가리 청교도들은 요즘에 높은 구두만 신고, 허리띠에 열쇠 다발을 차고 다니거든. 정직하게 신용으로 외상거래하자고 하면 보증인을 들먹인단 말이야. 보증인 타령으로 내 입을 막으려고 한다면 차라리 내 입에다 쥐약을 털어 넣으라지. 나는 정직한 기사의 이름으로 맹세하지만, 그놈은 비단 이십이 야드쯤은 꼭 보내줄 줄 알았는데, 보증인을 세우라고 나불대다니! 그놈 자식, 잘 때도 감시 보초를 세우는 게 좋겠다. 보초가 없으면 여편네가 바람을 피울 테지. 하지만 서방은 눈이 어두워 여편네 부정(不貞)을 볼 수가 없어. 꼴 좋다. 그런데, 바돌프 녀석은 어디 있나?

시 동 스미스필드 마시장(馬市場)에 어르신네 말을 사러 갔습니다.

폴스타프 나는 그놈을 세인트폴 사원 경내에서 샀다. 그 녀석이 내 말을 사러 스미스필드로 갔단 말이지. 그 녀석이 매춘굴에서 내 아내를 구해주면, 나는 하인에다, 말에다, 여편네까지 갖추게 되니 남자 대장부로 손색이 없네.

대법원장과 그의 하인 등장.

시 동 아, 그 사람이 왔습니다. 바돌프 때문에 왕자로부터 구타당했던 사
람이죠. 그 일 때문에 벌 준다고 왕자를 감옥에 넣은 사람이죠.

폴스타프 여봐, 따라와. 저 사람은 만나고 싶지 않다.

대법원장 누구냐, 저쪽으로 가고 있는 사람이?

하 인 폴스타프입니다, 각하.

대법원장 강도죄 용의로 고발된 사람이지?

하 인 네, 그렇습니다. 하지만, 그 후 슈루즈베리 전투에서 공훈을 세워,
지금은 약간의 부대원을 이끌고 랭카스터 공 존 전하의 진영에 갈
예정입니다.

대법원장 음, 요크 공이라? 불러오너라.

하 인 존 폴스타프 경!

폴스타프 가서 나는 벙어리라고 말하라.

시 동 더 큰 소리로 말하세요. 주인은 귀가 들리지 않습니다.

대법원장 그럴 거다. 덕담에는 귀가 멀지. 상관없어. 가서 팔꿈치를 잡고
끌고 오너라. 꼭 할 말이 있다.

하 인 존 경!

폴스타프 뭔가? 새파란 악동이 구걸하고 있어? 지금은 전쟁 중이다. 일자
리는 어디나 있지? 임금님도 일손이 부족하셔. 적군들도 병정들이
모자라서 고생하고 있어. 임금님 곁에 서야지 다른 쪽에 붙으면 불
명예스러운 일이야. 하지만 구걸은 나쁜 놈한테 가담하는 것보다
더 불명예스러운 일이다. 비록 그 사람이 모반인이라는 악명 이상
의 이름을 갖고 있다 하더라도.

하 인 오해를 하고 계십니다.

폴스타프 내가 자네를 정직한 사람이라고 말했는가? 그렇다면 실례했네. 내가 기사이며 무인인 것은 제쳐두고라도, 내가 만에 하나라도 그런 말을 했다면 실언이었네.

하 인 실례입니다만, 당신이 기사이면서 무인인 것은 잠시 제쳐놓고서라도, 저를 정직하지 못한 인간이라고 말씀하셨다면, 대단한 실수를 하셨다고 감히 말씀드립니다.

폴스타프 감히 말씀드린다고! 타고난 기사요 무인인 나를 어디에다 제쳐 놓겠다는 거냐? 네가 할 수 있다면 내 목을 쳐라. 네 멋대로 할 수 있다면 너야말로 목을 잘라라. 너, 사람 잘못 봤어. 썩 꺼져버려!

하 인 어르신네, 우리 주인 양반이 말 좀 하고 싶답니다.

대법원장 존 폴스타프 경, 한마디 들어봐요.

폴스타프 아, 법원장 각하! 안녕하십니까. 외출하신 모습을 보니 기쁘기 한량없습니다. 각하께서는 몸이 편찮다고 들었습니다만, 의사의 권고로 산책 나오셨습니까? 각하께서는 아직도 몸은 청춘인데, 파고드는 나이라든가, 인생의 황혼이라든가, 그런 기미가 엿보입니다. 아무쪼록 건강에 유의하세요.

대법원장 존 경, 그대는 슈루즈베리 전투에 참전하기 전에 법정 소환장을 받았을 터인데.

폴스타프 네, 각하, 저도 들었습니다. 국왕 폐하께서는 지극히 언짢은 생각으로 웨일스에서 돌아오셨다고요.

대법원장 폐하에 관한 얘기가 아니다. 너는 소환장을 받고도 출두하지 않았어.

폴스타프 아, 그 얘기도 듣고 있습니다. 폐하께서는 그 빌어먹을 뇌졸중으로 쓰러지셨다고요.

대법원장 하루속히 쾌유하시기를 빌겠소! 그 일보다는 당신에게 할 얘기가 있어.

폴스타프 각하, 이 뇌졸중이라는 것은 일종의 혼수상태에 빠지는 병인데, 혈액의 악순환 때문에 지독하게 쑤시는 모양입니다.

대법원장 왜 그런 얘기를 끄집어내나? 그런 건 아무래도 좋아.

폴스타프 그 원인은 깊은 슬픔이나, 지나친 정신의 과로 때문이라 합니다. 그리스의 명의, 갈린의 저서에 적혀 있는 것을 읽었습니다. 말하자면 일종의 귀머거리 상태라 합니다.

대법원장 자네도 그 병에 걸린 듯하네. 내 말을 못 알아듣지 않나?

폴스타프 각하, 바로 그겁니다. 사실 저는 사람의 말에 귀를 기울이지 않고, 주의를 기울이지 않는 병에 걸려 고민하고 있습니다.

대법원장 족쇄를 채워 감옥에 처넣으면, 귓병도 낫겠지. 내가 그 의사 역할을 해볼까?

폴스타프 나는 「욥기」의 주인공처럼 가난하지만, 그렇게 참을성이 있는 것은 아닙니다. 덕망이 높으신 각하께서는 가난한 저에게 투옥이라는 처방을 하시지만, 인내심이 없는 환자의 소망으로서는 그런 난폭한 처방에 따를 수가 없습니다. 현인은 매사에 신중해야 하며, 위태로운 일에는 접근하지 않는 법이죠.

대법원장 법원으로 출두할 것을 명령한 것은 너의 사형을 청하는 고발이 있었기 때문이다.

폴스타프 제가 출두하지 않았던 것은 군사활동 법률에 능통한 변호사의 조언이 있었기 때문이죠.

대법원장 하지만 존 경, 너는 누명을 쓰고 있다.

폴스타프 이토록 큰 허리띠를 두르고 있는 저 같은 자는 더 작은 옷을 입을 수는 없습니다.

대법원장 수입은 형편없는데, 씀씀이가 큰 것이 의심스럽다.

폴스타프　수입은 좋으나, 뱃살이 덜 붙었으면 좋겠습니다.

대법원장　젊은 왕자를 탁한 길로 오도한 자가 너지.

폴스타프　젊은 왕자가 저를 오도했습니다. 이렇게 살쪘으니 혼자서는 움직일 수 없어요. 나는 눈 먼 거지요, 왕자는 나를 끄는 인도견(引導犬)이 됐어요.

대법원장　치유된 상처를 긁어 부스럼하고 싶지는 않다. 그대가 슈루즈베리 전투장에서 행한 주간 활동이 개즈힐에서 한 야간 활동을 말소시켰다고 생각한다. 그 소송 사건이 조용하게 끝난 것은 어수선한 시대 덕분이라고 생각해서 고맙게 생각하게.

폴스타프　각하, 그렇다면?

대법원장　만사 평온하게 마무리되었으니 그대로 놔두기로 했네. 잠자는 늑대를 깨우지 말게.

폴스타프　늑대를 깨우는 것은 여우 냄새를 맡는 것과 같습니다.

대법원장　뭐야, 내가 늑대냐! 너는 다 타버린 촛불이야.

폴스타프　기름을 담뿍 먹은 연회용 큰 양초입니다. 제 몸이 밀랍으로 되어 있는 것은 환하게 타고 있는 기름 덩어리 몸이 증명하고 있습니다.

대법원장　흰 수염이 보이니 점잖은 태도를 보여야지.

폴스타프　고기 맛을 잊을 나이가 아니죠.

대법원장　그대는 젊은 왕자를 악귀처럼 따라다니고 있어.

폴스타프　그렇지 않습니다. 나쁜 천사화폐(십 실링의 금화)는 무게가 가볍죠. 하지만 이 폴스타프는 무게를 달지 않아도 보면 압니다. 나는 묵직합니다. 하지만, 때로는 걸음걸이가 쉽지 않다는 것을 인정합니다. 뭐라 말해야 할까……. 이런 물질만능 장삿속 이기주의 시대에는 살기 힘들죠. 진정한 용기도 묵살되는 판이니깐요. 똑똑한 사람이 술집 급사가 되어 돈 계산하느라 두뇌를 낭비하고, 아무리 재능이 탁월한 사람도 이런 형편없는 시대에는 까치밥나무 열매 한 톨의 가치도 없어요. 도대체가 나이 드신 당신네 양반들이 우리들 젊은이들의 기분을 몰라주는 것이 문젭니다. 자기들 담즙의 쓴맛을 갖고 우리들 간장의 열기를 재려고 하거든요. 솔직히 말하면 우리 젊은이들은 방탕한 기질도 있습니다.

대법원장 자네는 여전히 젊은이들 명부 속에 이름을 얹고 있을 작정인가. 자네 얼굴에는 주름살로 늙은이라고 적혀 있는데? 눈은 축축하고, 손은 까실까실하고, 두 뺨은 누렇게 시들었어. 흰 수염에 다리는 오그라들고, 배만 불룩하게 나와 있지 않은가? 찢어진 목소리에, 숨을 몰아쉬는 자네는 이중턱에다, 머리는 단세포요, 오장육부 신체 구석구석이 노령으로 쪼그라들고 있네? 그런데도 여전히 젊다고 말할 수 있는가? 어림도 없다, 존 경!

폴스타프 아니올시다, 각하. 제가 태어난 때가 오후 세 시였습니다. 태어날 때부터 백발이 성성했고, 배불뚝이였습니다. 목소리가 쉰 것은 사냥터에서 사냥개 모느라 고함친 탓이요, 찬송가 때문입니다. 이 이상 더 저의 젊음을 주장하는 일은 삼가겠습니다. 사실상 제가 나이를 먹고 있는 것은 판단력과 이해력뿐입니다. 그래도 일천 마르크를 걸고 높이뛰기 시합을 하겠다는 사람이 있으면, 언제나 상대해 주겠습니다. 그 돈은 제가 빌려야 되겠죠. 왕자가 당신에게 한 방 올린 저 싸대기는 왕자로서는 무분별하고 부끄러운 일이었습니다. 그 일을 태연하게 받아들인 것은 각하의 훌륭하신 태도였습니다. 소생은 왕자를 꾸짖고 야단쳤습니다. 그 젊은 사자는 지금 후회하고 있습니다. (방백) 실은 삼베옷 걸치고 재 뿌리며 고행을 하는 것이 아니라 비단옷과 술독에 빠져 수행 중입니다.

대법원장 정말이지, 왕자는 더 좋은 친구가 있어야 해!

폴스타프 맞습니다, 왕자는 더 좋은 친구가 있어야 합니다! 저는 손을 뗄 수 없어요.

법원장 그런데 폐하께서는 자네와 왕자를 떼어놓았어. 들어보니, 자네는 랭카스터 공 존을 수행해서 요크 대주교와 노섬벌랜드 백작 토벌에 나서기로 돼 있다네.

폴스타프 그렇습니다. 그런 조치를 내려주신 각하께는 감지덕지하고 있습니다. 댁에 남아서 평화라는 이름의 여인과 입 맞추고 있는 여러분에게 말씀드리지만 무더운 날에는 전투를 하지 않도록 빌어주시기 바랍니다. 저에게는 내의가 두 벌밖에 없기 때문이죠. 땀에 젖으면 곤란합니다. 더운 날에는 술병만 만지고 싶어요. 그러면 흰 침을 뱉지 않을 겁니다. 위험한 일만 생기면 언제나 제가 끌려 나온단 말입니다. 저도 오래가지 못할 것입니다. 영국 사람의 나쁜 버릇이지요. 무엇이든 쓸 만한 것이 있으면 홀랑 써먹어버린답니다. 저를 노인 취급하려면 좀 쉬게 내버려두세요. 저의 용맹한 이름이 적군들에게 알려지지 않았어야 옳았어요. 이 몸은 영원히 움직이는 기계가 아닙니다. 닳고 닳아빠지는 것보다는 녹이 나서 삭아버리는 것이 낫습니다.

대법원장 정직하게, 열심히 살게. 무운을 비네!

폴스타프 각하, 군자금으로 일천 파운드 빌려주시겠습니까?

대법원장 한 푼도 없다. 땡전 한 푼도 없다. 고생을 참고 견뎌야지. 잘 가게. 내 친척인 웨스트모어랜드에게 안부나 전해주게. (법원장이 하인과 퇴장)

폴스타프 그런 안부 전할 바에는 나를 대망치로 퉁겨 날려 보내는 편이 낫다. 노인의 탐욕을 제거하지 못하는 것이나, 청년의 색욕(色慾)을 없애지 못하는 것이나 매일반이로구나. 늙은이는 통풍으로 신음하

고, 젊은이는 매독으로 고생한다. 그런데, 나는 어느 쪽도 저주할
수 없구나. 이놈, 시동아!

시 동 네?

폴스타프 호주머니에 돈 얼마 있나?

시 동 칠 그로트하고 이 펜스입니다.

폴스타프 가난병은 치료할 길이 없구나. 차입금으로 간신히 목숨은 부지
하고 있지만, 그 병을 완치할 수는 없구나. 여봐라, 이 편지를 랭카
스터 공에게 전하라. 이 편지는 왕자 앞으로 가는 거다. 이것은 웨
스트모어랜드 백작이다. 그리고 이 편지는 나이 든 정부 어슐라에
게 갖다 주어라. 그 여인에게는 이 턱부리에 흰 수염이 난 이후 일
주일에 한 번씩은 결혼 약속을 계속해왔다. 부탁한다. 내가 있는
장소는 알고 있겠지. (시동 퇴장) 에이, 이 통풍아, 에이, 이 매독아,
그들 가운데 한쪽이 내 엄지발가락을 짓누르고 있다. 절뚝거려도
좋다. 전투에서 입은 명예의 부상이라고 하면 된다. 연금을 받는
구실이 되지 않는가. 지혜가 있는 자는 무엇이나 이용한다. 병도
이용하면 도움이 되는 거다. (퇴장)

제3장 요크 대주교의 저택

대주교, 모브레이 경, 헤이스팅스 공, 바돌프 경 등장.

대주교 우리들이 거사를 하게 된 이유와 군비 전략에 관해서는 이상으로
알았을 것입니다. 그런데 여러 경들, 승패 여부에 관한 기탄없는
의견을 듣고 싶소. 우선 의전경(儀典卿)에게 묻겠는데, 어떻게 생각

하오?

모브레이 거사의 이유에 관해서는 저도 납득할 수 있었습니다. 다만 군비에 관해서는 자세한 설명이 있으면 좋겠습니다. 왕의 군대는 막강합니다. 그들 군대에 두려움 없이 대항할 만한 전력이 우리에게 있습니까?

헤이스팅스 이 명부에 의하면, 현재 우리 군에는 정병(精兵) 이만 오천이 소집되어 있습니다. 여기에 노섬벌랜드 백작의 지원군에 기대를 걸 수 있습니다. 백작의 가슴속에는 왕으로부터 받은 부당한 처우 때문에 분노의 불꽃이 활활 타고 있소.

바돌프 그렇다면, 헤이스팅스 공, 우리가 직면한 문제는 바로 이것입니다. 노섬벌랜드 백작의 원군이 오지 않는 경우에, 우리들은 현재 병력 이만 오천으로서 왕에 대항할 수 있는가 없는가 하는 것이죠.

헤이스팅스 원군이 있는 경우에만 대항할 수 있습니다.

바돌프 그렇습니다. 바로 거기에 난관이 있습니다. 만약에 원군 없이는 역부족이라 한다면, 지원군이 도착할 때까지 이 일에 너무 깊이 빠지지 않는 것이 상책입니다. 이토록 생사를 거는 혈전에 임할 때에는 지원이 불투명한 원군을 처음서부터 예상하고, 기대하고, 의지한다는 것은 절대 금물입니다.

대주교 그렇습니다. 바돌프 경. 슈루즈베리에서의 홋스퍼가 좋은 예가 됩니다.

바돌프 그렇습니다. 대주교, 홋스퍼는 다만 허망한 기대와, 허망스러운 약속만을 믿고 스스로 독려하면서 그가 생각했던 최소한도의 병력에도 미치지 못하는 적은 숫자로 큰 기대를 걸었다가 스스로 속은 것입니다. 그 결과는 아시다시피, 미친 사람 같은 망상에 사로잡혀, 눈 감고 전군을 궁지에 몰아넣었을 뿐만 아니라, 자기 자신도 파멸의 길을 걸었습니다.

헤이스팅스 그렇지만 한마디만 말한다면, 앞으로의 희망을 구체적으로 예상하고, 그려보는 것은 해롭지 않을 것입니다.

바돌프 아닙니다. 손해가 됩니다. 만일에, 목전에 임박했다기보다는 이미 시작된 이 전투가, 봄에 피어나는 싹을 보고 가을의 열매를 기대하는 하염없는 희망에 의존한다면, 그런 기대는 때아닌 찬 서리를 만나는 두려움이나 절망과도 같은 것이어서, 아무런 보장이 되지 않습니다. 말하자면 우리들이 집을 지으려고 할 때, 우선 대지를 측량하고 이어서 설계도를 만들지요. 집 전체의 형태가 정해졌을 때, 이번에는 건축 비용 견적을 내야 합니다. 그런데 비용이 우리들의 지불 능력을 상회하는 것이라면, 설계를 뜯어고쳐 방을 줄이든가, 아니면 건축 자체를 단념할 수밖에 없습니다. 그런데 이번 일은 나라 전체를 거의 무너뜨리고, 새로운 왕국을 세우려는 대공사입니다. 당연히 우리는 건축용 대지를 면밀하게 측량하고, 설계도를 빈틈없이 작성해서, 기초공사를 철저하게 하기 위해서 전원의 의견을 조정하고, 측량 기사들과도 협의를 합니다. 그리고 자신의 재산을 파악해서 여러 장애를 극복하면서 대공사를 수행할 재산이 있는지를 검토해야 합니다. 그렇지 않으면, 우리들은 다만 종이 위에서 숫자로만 무장하고, 병졸 대신에 병졸 이름을 나열하여 도상(圖上) 작전만을 펼치고 있는 꼴이 됩니다. 말하자면 건축 예산을 상회하는 큰 집을 설계하다 보니, 공사 중간에 계획을 포기하고, 전 재산을 투자하여 건축 중인 가옥을 벌거숭이로 남겨두어 비바람 엄동설한에 버린 채, 썩어서 폐허가 되는 것을 막을 수 없게 됩니다.

헤이스팅스 아닙니다. 우리들의 희망은 결실을 맺을 것입니다. 만약에 그 일이 유산된다 하더라도, 단 한 사람의 원군도 오지 않는다 하더라도, 우리들은 현재의 병력만으로도 충분히 왕의 군대와 대등하게 싸울 수 있는 힘을 비축하고 있다고 생각합니다.

바돌프 그렇다면 왕의 군대도 이만 오천을 넘지 않는다는 말입니까?

헤이스팅스 바돌프 경, 우리는 그 이하인지도 모르겠소. 왜냐하면 현재 세 곳에서 벌어지고 있는 난동 때문에 왕은 병력을 삼등분하였습니다. 군대 일부는 프랑스로, 또 다른 군대는 글렌다우어로, 나머지 삼분의 일 군대는 우리들과 대치하기 위해 있습니다. 이 때문에 왕권은 지금 세 갈래로 쪼개지고, 왕의 국고는 지금 바닥나 있습니다. 때리면 공허한 메아리로 울립니다.

대주교 왕이 분산된 병력을 하나로 통합해서, 전군이 대거 우리를 공격하는 일은 없다고 봐야 할 것입니다.

헤이스팅스 만일에 그런 일을 한다면, 왕의 배후는 무방비가 되며, 프랑스, 웨일스 양군으로부터 등을 물리게 됩니다. 그 일은 걱정 마세요.

바돌프 이곳으로 지금 왕의 군대를 이끌고 오는 자는 누구인가?

헤이스팅스 랭카스터 공작과 웨스트모어랜드 백작일 것입니다. 웨일스군은 왕 자신과 왕자 해리가 맡고 있을 것입니다. 하지만 프랑스군에 대해서는 누가 지휘권을 잡고 있는지 확실한 정보를 입수하지 못하고 있습니다.

대주교 그러면 출발합시다. 우리들이 거사한 이유를 천하에 밝혀야 합니다. 지금 백성들은 자신이 스스로 선출한 국왕에 대해 싫증을 느끼고 있습니다. 너무나 사랑한 까닭에 식상한 것입니다. 민심만을 토대로 한 집은 흔들리고 위태롭습니다. 아아, 어리석은 대중들이여, 너희들은 한때, 너희들이 원한 대로 볼링브로크가 왕좌에 앉기 전, 하늘을 울리는 환호 소리로 그에게 축복을 안겨주었다! 그러나 지금 그가 너희들이 원했던 영광에 안길 때, 얼마나 더러운 식성이냐, 벌써 식상해서, 스스로 욕지기를 내어 그를 토해내려고 하는구나. 그렇다면 너희들 개들아, 죽은 리처드 왕을 너희들의 탐욕스러운 가슴에서 토해내었다. 그런데도 지금 너희들은 토해낸 시체를 먹고 싶어서 찾아 헤매고 있다. 울부짖고 있다. 이런 놈들을 믿을 수 있는가? 리처드 왕이 살아 있을 때에는 그의 죽음을 원했던 놈들이, 지금은 그의 묘지에 뜨거운 연정을 바치고 있구나. 죽은 왕이 세상 칭찬을 한 몸에 받고 있는 볼링브로크 뒤를 따라 런던시를 한숨 지으며 끌려다닐 때, 그의 머리 위에 오물을 던졌던 너희들이, 지금은 "오, 땅이여, 저 임금을 돌려다오, 저 임금을 갖고 가자!"라고 아우성치네. 아, 저주받을 인간의 마음이여! 과거와 미래는 아름답게 보이지만, 현재는 추악해 보이는구나.

모브레이　그렇다면 전군을 소집합시다. 출진해야 되는 시간입니다.

헤이스팅스　인간은 시간의 노예이다. 그래서 시간의 명령을 들어야 한다.

(일동 퇴장)

제2막

제1장　런던, 거리

주모 퀴클리가 주장관의 집행리 팽 및 그의 시동과 함께 등장. 뒤따라 스네어 등장.

퀴클리 팽 나리, 고발하셨습니까?

팽 했습니다.

퀴클리 나리 부하는 어디 있나요? 그분은 센 사람이죠. 괜찮겠습니까?

팽 여봐, 스네어, 어디 있나?

스네어 여깁니다.

팽 스네어, 존 폴스타프 경을 체포해야 돼.

퀴클리 그렇습니다. 스네어 나리, 내가 고발했어요. 그 밖의 수속도 취했습니다.

스네어 우리들은 생명 걸고 하는 일입니다. 그놈은 툭하면 칼부림이죠.

퀴클리 아, 가엽게도, 그 사람 조심하세요. 그놈은 우리 집에서도 나를 찔렀어요. 갑자기 짐승처럼 달려들었지요. 그놈은 한 번 칼을 뺐다 하면 무슨 짓을 할는지 알 수 없어요. 악마처럼 닥치는 대로 찔러 대는 겁니다. 남자고, 여자고, 아이고 용서 없어요.

팽 그놈과 맞붙어 싸울때, 그놈이 찔러도 나는 문제없다.

퀴클리 나도 끄떡없어요. 나도 옆에서 편들어 드릴게요.

팽 한 방 먹이고, 내 손아귀에 잡히는 날이면······.

퀴클리 그놈이 도망치면 나는 끝장입니다. 정말입니다. 그놈이 나한테 진 빚은 무한정입니다. 팽 나리. 그놈을 잡아주세요. 스네어 나리, 그놈을 꼭 잡아주세요. 그놈은 파이 코너에 곧잘 갑니다. 마구(馬具)를 사기 위해서죠. 나리 앞에서 염치 불고하고 말씀드린다면, 안장 사러 간다는 겁니다. 그러고 나서 럼버트 거리의 명주 포목점인 표범 머리 간판을 건 스미스 씨 댁에 저녁식사 초대를 받곤 했죠. 내가 고발했다는 것은 온 세상이 알게 되었으니, 제발 그놈을 재판정에 끌어내주십시오. 백 마르크는 혼자 사는 가련한 과부에게는 힘겨운 차용금입니다. 그 일을 나는 참고, 견디고, 참고 참으면서 매일 연기되다가 오늘까지 속아왔습니다. 생각만 해도 부끄러운 일이죠. 이렇게까지 속이는 것은 여자를 바보 천치, 짐승 취급을 하기 때문이에요. 악당들의 수작을 참기만 하고 산다니 말이죠.

　　　　폴스타프, 바돌프, 그리고 시동 등장.

퀴클리　아, 그놈이 왔습니다. 빨간 코 악당 바돌프도 함께 왔어요. 자, 출동하세요, 팽 나리, 스네어 나리, 출동하세요, 제발, 제발 저를 위해 일을 해주세요.

폴스타프　왜들 야단이야? 왜 이렇게 법석을 떠느냐?

팽　존 경, 나는 당신을 주모 퀴클리의 고발로 체포하오.

폴스타프　썩 물러가라. 쌍놈아! 바돌프, 칼을 뽑아라! 저놈 목을 쳐라! 저 화냥년은 시궁창에 처넣어라!

퀴클리　나를 시궁창에 넣어? 네놈을 처넣겠다. 해보겠다고? 해보겠으면 해보아라. 이 잡놈 악당아! 살인이야! 살인! 이놈의 살인 악당 놈아! 신의 관리도, 왕의 관리도 죽일 참이냐? 어디 보자, 이놈의 살인 악당 놈아! 너는 살인자다. 남자 살인자다. 여자 살인자다.

폴스타프　바돌프, 저놈들을 내쫓아라!

팽　원군이다! 원군이다!

퀴클리　보세요, 원군을 한둘 모셔오세요. 해보겠으면 해봐라. 해봐라. 해봐, 이놈아! 악당 놈아!

시 동　물러가라, 이년! 잡년아! 왈패 년아! 꽁무니를 간지러주겠다!

　　　　고등법원장이 수행원들을 인솔하고 등장.

법원장　무슨 일인가? 진정들 하라, 진정해!

퀴클리　아, 법원장님, 제발 살려주세요. 제 편에 서주세요.

법원장 존 경, 어찌 된 일인가? 이 싸움판은 어찌 된 영문인가? 이 짓거리가 너의 지위, 나이, 임무에 알맞는 일인가? 이미 요크로 가고 있어야 했지? 그 남자를 놔주게. 왜 그토록 물고 늘어지는가?

퀴클리 오 존경하는 법원장님, 감히 말씀드립니다만 저는 이스트치프의 불쌍한 과부입니다만 저의 고발로 이 남자는 체포될 참입니다.

법원장 얼마나 빚을 졌는가?

퀴클리 얼마 정도가 아닙니다. 저의 전 재산입니다. 우리 집을 몽땅 털어 먹고 닥치는 대로 저 살찐 배때기 속에 쑤셔 넣었습니다. 그중 얼마간이라도 뺏어야 합니다. 아니면 매일 밤 꿈자리서 네놈을 말을 타고 혼쭐낼 테다.

폴스타프 상대 나름이지만 올라탈 일이라면 내가 능수다.

법원장 존 경, 어째서 이 지경이 되었는가? 꼴사납다! 이렇게 씹히고 볶이면 천하 군자라도 어쩔 수 없지. 하지만 가난한 과부를 어떻게 등쳐먹었기에 이토록 험한 수단으로 나오게 하는가? 그대는 창피하지도 않는가?

폴스타프 내가 빌린 돈이 모두 얼만가?

퀴클리 당신 약속이 진정이라면, 돈하고 당신 몸이요. 당신 나한테 맹세했지. 반 금박 입힌 술잔에 걸고, 우리 집 돌고래 방에서 원탁 테이블에 앉아 석탄 난로 앞에서, 강림제(降臨祭) 수요일 날에. 바로 그날, 당신은 왕자한테 머리를 얻어맞고 박살 났었죠. 임금님이 윈저 가수를 닮았다고 말했기 때문이었죠. 그때 내가 당신 머리를 씻어주었더니 당신이 결혼해서 나를 아내로 삼겠다고 맹세했었죠. 당신 그 말 부인할 수 있어요? 바로 그 순간 푸줏간 마나님 키치가 와서 나를 보고 여봐 내 친구 퀴클리, 식초 좀 빌려줘라고 말했었죠. 그녀가 참새우를 잔뜩 갖고 왔다는 말에 당신은 나도 좀 먹어봤으면

했어요. 나는 여보 새우는 상처에 나빠요라고 말했지요. 푸줏간 아
줌마가 계단 아래로 내려가자 앞으로는 저런 천한 여자와 상종하지
말라고 했어요. 내가 저런 여자로부터 마나님이라는 존댓말을 들을
날이 곧 온다나요. 그리고는 나에게 키스를 하면서 삼십 실링이라
도 좋으니 갖고 오라고 우쭐대며 말했어요. 자, 성경책에 손을 얹고
내 말이 거짓인지 말해봐요.

폴스타프　각하, 이 여자는 가련하게도 미친 여자입니다. 거리를 싸돌아다
니며 자신의 아이가 각하를 닮았다고 지껄여댑니다. 그동안 온전
하게 살아왔는데 가난 때문에 정신이 나가버렸습니다. 이 어리석
은 관리들에 대해서는 명예훼손의 손해배상을 청구하도록 허락해
주십시오.

법원장　존 경, 존 경, 진실을 거짓으로 꾸며대는 너의 행실을 나는 잘 알고
있다. 아무리 그럴듯한 얼굴을 꾸미고 뻔뻔스럽게도 수다스런 말
을 늘어놔도 나는 냉정한 판단력을 잃지 않는다. 너는 유혹에 약한
이 여인의 약점을 이용해서 재물은 물론이거니와 몸까지 빼앗았구
나.

퀴클리　네, 그렇습니다. 각하.

법원장　너는 잠자코 있거라. 이 여자에게 빌린 돈을 갚고, 그동안 저지른
죄과에 대해서도 보상을 하라. 한쪽은 주머니 돈을 털면 되고, 또
한쪽은 마음으로 참회하면 된다.

폴스타프　각하, 이토록 호되게 꾸중을 들으니 가만히 물러설 수 없습니다.
각하는 정당하고도 용기있는 직언을 염치없는 뻔뻔스러움이라고
말했습니다. 그저 허리를 굽실거리며 말이 없으면 성인군자라고
말합니다. 각하, 저의 신분은 잊지 않겠습니다만은, 다만 각하에게
무조건 복종하는 일은 할 수 없습니다. 어찌 되었든 이 관리들로부

터 저를 풀어주십시오. 저는 국왕 폐하의 명을 받들고 급히 가야하는 몸입니다.

법원장 마치 악행을 할 수 있는 권리를 가진 사람처럼 말하네. 그러나 자네의 명예를 생각해서 이 불쌍한 여자에게 충분한 보상을 해야 한다.

폴스타프 그렇다면, 주모, 이리 오시오. (주모를 구석으로 끌고 간다)

가위 등장.

법원장 아니, 가위가 아닌가, 무슨 일인가?

가 위 각하, 국왕 폐하와 해리 왕자가 곧 도착하십니다. 자세한 내용은 이 서신을 보시면 됩니다. (편지를 준다)

폴스타프 걱정 말게, 나는 신사이니깐!

퀴클리 전에도 그렇게 말했죠.

폴스타프 나는 신사이니깐 그 얘기는 그만둬라!

퀴클리 이 거룩한 대지를 두고 말합니다만 쟁반도 식당의 벽걸이도 모두 전당포에 넣어야겠어요.

폴스타프 술잔이야, 술잔만 있으면 술을 마실 수 있어. 벽에는 말이다, 간단한 그림이나, 방탕아의 풍자화나, 독일인이 사냥하고 있는 수채화 등이 파리똥 투성이의 벽걸이보다는 훨씬 낫다. 십 파운드가량 어떻게 안 될까? 툭하면 성깔을 부리는 당신의 버릇만 없으면, 당신은 영국 최고의 여자야. 어서 얼굴을 씻고 오게나. 고발은 취소하는 거다. 나한테 자꾸 억지를 부리면 못써. 내가 어떤 남자인지 모르겠냐? 아니, 이것 봐, 너는 어떤 놈한테 사주를 받았구나.

퀴클리 여봐요, 존 경, 팔 파운드로 해둡시다. 그 쟁반만은 잡히고 싶지 않아요. 네, 좋겠죠, 그렇게 합시다.

폴스타프 걱정 마라. 돈은 딴 데서 변통하겠다. 너는 평생 바보로 남는 거다.

퀴클리 할 수 없네, 내가 돈을 마련할게요. 내 윗옷을 잡히죠. 오늘 밤에는 식사하러 오시는 거죠? 그리고 계산 말끔히 끝내주시죠?

폴스타프 하고말고. (바돌프에게) 저 여자와 함께 가거라, 돈 받을 때까지 떨어지지 말고 꼭 붙어 다녀!

퀴클리 식사 때 돌 티어시트를 불러도 될까요?

폴스타프 좋고말고, 더 말할 필요 없지. (퀴클리, 바돌프, 관리들, 시동 퇴장)

법원장 아주 좋은 소식을 접했다.

폴스타프 각하, 무슨 소식입니까?

법원장 폐하께서는 간밤에 어디서 주무셨는가?

가 워 각하, 베이싱스토크입니다.

폴스타프 만사 무사하길 빕니다. 어떤 소식입니까, 각하?

법원장 폐하가 인솔한 군대는 전원 귀환하셨다는 소식이다.

가 워 아닙니다. 보병 천오백과 기병 오백은 랭카스터 공의 군대와 합류해서 노섬벌랜드 백작과 대주교 양군 토벌 작전에 참전할 예정입니다.

폴스타프 폐하는 웨일스로부터 귀환하셨습니까, 각하?

법원장 곧 답장을 보낼 터이니 가워, 이리 좀 와주게.

폴스타프 각하!

법원장 무슨 일인가?

폴스타프 가워, 함께 식사를 합시다.

가 워 고마우신 말씀입니다만 저는 법원장 각하의 심부름을 해야 합니다.

법원장 존 경, 언제까지 여기서 우물쭈물할 작정인가? 자네는 가는 도중

각 주에서 군인들을 징집해야 하는 임무가 있다.

폴스타프 가워, 함께 식사를 합시다.

법원장 존 경, 그런 무례한 태도는 누구한테서 배운 것인가?

폴스타프 가워, 이런 태도가 나에게 어울리지 않는다면, 이걸 내게 가르쳐 준 분이야말로 바보올시다. 각하, 이것이 검술의 묘수랍니다. 반 반씩 치고 헤어지는 겁니다.

법원장 지지리도 못난 놈, 자네는 바보천치야. (모두 퇴장)

제2장 런던, 왕자의 거실

왕자 헨리와 포인즈 등장.

왕 자 아, 정말이지, 형편없이 지쳤다.

포인즈 그렇습니까? 왕자처럼 고귀한 신분의 사람은 지칠 줄 모르는 것으로 알고 있었습니다.

왕 자 있고말고. 그걸 시인하는 것은 신분상 염치없는 일이지만. 맥주 한 잔 들이켜고 싶다고 말하면 천해 보일까?

포인즈 글쎄요, 왕자의 신분으로서 그렇게 허술하게 살면 안 되죠. 그런 천박한 음료수를 기억하면 되겠습니까?

왕 자 내 목은 왕자에 알맞게 만들어지지 못한 모양이다. 그 천박한 술, 맥주 생각을 지울 수 없으니 말이다. 사실상 이런 형편없는 일만 기억하고 있으니, 내 자신도 고귀한 신분에 염증이 날 지경이다. 너 같은 놈의 이름을 기억하고, 아침이 되면 다시 너의 얼굴을 기억하다니 참으로 정떨어지는 일이다! 네놈이 신고 있는 명주 양말이 몇 켤렌데,

지금 신고 있는 것과, 자네가 신고 있었던 복숭아빛 양말이 지금 퇴색해버렸다는 것도 기억한다니! 네놈이 입고 있는 내복 여분이 한 벌 있다는 것도 내 머리를 떠나지 않고 있으니 말이다! 그 일에 관해서는 나보다는 테니스 코트의 관리인이 더 잘 알고 있을 것이다. 왜냐하면 자네는 새 내복이 없으면 테니스 코트에 나타나지 않거든. 너 요즘에는 그곳에서 라켓을 쥐어보지 못했지. 창녀 집에 돈 다 털어 먹었기 때문이야. 그런데 그 누더기에 싸여서 옹아옹아 우는 아기들이 자라서 신의 왕국을 계승할는지도 모를 일이다. 산파들 말은 아이들에게는 죄가 없다는 거야. 덕택으로 낳고 기르자 해서 이 땅에는 사람들이 넘쳐 일가친척이 떼를 지어 다니게 되었다.

포인즈 참으로 어울리지 않네. 전쟁터에서 그토록 용맹을 떨친 분이 이런 실없는 소리를 지껄이다니! 부왕께서 병환으로 누워 계시는데 저런 허접쓰레기 같은 소리를 늘어놓는 왕자가 이 세상에 또 어디 있어요?

왕 자 여보게, 포인즈, 내 말 들어보게나.

포인즈 하십시오. 재미있는 얘기라야 합니다.

왕 자 너 정도의 천한 놈한테는 어울리는 얘기다.

포인즈 하세요. 무슨 말이라도 받아줄게요.

왕 자 내 아버지가 와병 중이라고 내가 슬픈 척하는 것은 어울리지 않는다. 달리 친구도 없으니깐 너를 친구라고 불러주지만, 이 일이 여간 슬픈 일이 아니다. 정말 슬프다.

포인즈 그렇게 보이지는 않는데요?

왕 자 그런가? 너는 나를 폴스타프나 너처럼 후회할 줄 모르는 순악당이라고 생각하느냐? 앞으로 두고 봐라. 인간의 진가는 죽을 때 정해진다. 분명히 말해두지만, 부왕의 중태를 생각하면 피눈물이 난다.

너 같은 악당을 친구로 사귀고 있기 때문에 슬픔을 밖으로 표현하지 못하고 있을 뿐이다.

포인즈 그렇다면?

왕 자 가령 내가 눈물을 보이면, 너는 나를 어떻게 생각하겠는가?

포인즈 정말이지 왕자 같은 위선자라고 생각하겠죠.

왕 자 누구나 그렇게 생각할 것이다. 누구나 생각하는 것을 네놈이 생각하다니 너는 행운아이다. 그렇게 생각해보니, 너만큼 상식적인 인간은 없는 듯하다. 확실히 누구나 나를 위선자라고 생각하겠지. 그런데 너는 어떤 이유로 그런 훌륭한 생각을 하게 되었는가?

포인즈 누구나 왕자님의 행실을 보면 그런 생각을 하게 되지요. 품행 불량인 데다가, 폴스타프와는 단짝이라…….

왕 자 너와도 단짝인데…….

포인즈 아니올시다. 저는 세상 평판이 좋은 편이죠. 제 귀에 들립니다. 제 귀에 들리는 거슬리는 소리는 기껏해야 차남이기 때문에 유산 상속을 할 수 없다는 것이고, 여차하면 쓸모 있는 사람이라는 정도입니다. 이 두 가지 일은 저로서도 어쩔 수 없는 일입니다. 아니, 그런데 저기서 오는 것이 바돌프가 아닙니까?

바돌프와 시동 등장.

왕 자 그런데, 내가 폴스타프에게 주었던 시동도 함께 오고 있네. 갈 때는 멀쩡한 사람이었는데, 지금 보니 그 뚱보 녀석 저 애를 원숭이 새끼로 바꿔놨네.

바돌프 전하, 안녕하십니까!

왕 자 바돌프 님도 별고 없으시지요!

포인즈 (바돌프에게) 이 바보야, 부끄러움을 알라, 그렇게 얼굴을 붉힐 필요가 있느냐? 얼굴 붉히는 이유를 알아보자. 너는 계집애 같은 군인이 돼버렸구나! 대폿잔 한 잔 깨는 일이 그렇게 부끄러우냐?

시 동 왕자님, 이 사람이 방금 술집 붉은 창살 너머로 저를 불렀는데요, 저는 어느 것이 창이고, 어느 것이 얼굴인지 알 수 없었습니다. 그러자 저는 간신히 이 사람의 눈을 발견했는데, 그 순간 저는 이 사람이 술집 마나님의 빨간 속치마에 구멍을 두 개 뚫고, 그 구멍으로 밖을 내다보고 있는 것이 아닌가 생각했습니다.

왕 자 이놈이 폴스타프와 함께 지내더니 말솜씨가 늘었구나.

바돌프 야, 뒷발로 서는 더러운 토끼야, 꺼져라!

시 동 꺼져라, 악독한 알타이아의 꿈이여, 꺼져라!

왕 자 여봐, 시동아, 꿈이라니, 들어보자. 말하라.

시 동 옛날에 그리스에 알타이아라는 여자가 있었는데, 불붙은 나무토막을 낳는 꿈을 꾸었다는 것입니다(칼리돈의 왕비 알타이아가 아들 멜라아그로스를 낳을 때 운명의 여신들이 나타나 불붙은 장작을 보여주며 그 불이 꺼지면 아들이 죽을 것이라고 예언했음–역자 주). 그래서 저는 그를 알타이아의 꿈이라고 부릅니다.

왕 자 멋진 해석이다. 일 크라운의 가치가 있다! 이 금화를 받아라, 시동아.

포인즈 아, 꽃이라면 꽃봉오리를 벌레가 파먹지 않도록 빌겠다! 나도 육펜스 주겠다. 이 동전이 너를 구하도록!

바돌프 너희들 셋 가운데서 이 시동을 목매달지 않으면, 교수대는 제 구실 못 한다.

왕 자 바돌프, 네 주인은 어떻게 지내고 있나?

바돌프 잘 지내고 있습니다. 전하가 이 고장에 오신다는 소식 듣고 이 편지를 당부하셨습니다.

포인즈 더럽게 예절 바르게 행동하네. 네 주인 노익장(老益壯)한 어른은 어떠신가?

바돌프 몸은 건강하십니다.

포인즈 정신 문제는 의사가 필요하다는 말인가. 당사자는 필요없다는 얘기지. 영혼은 아무리 병들어도 영원히 죽는 일은 없으니깐.

왕 자 (왕자는 편지를 읽는다) 이 혹뿌리 같은 사람을 내가 집 강아지처럼 따뜻하게 대했더니 기고만장해서 이렇게 편지까지 보냈으니, 어디 보자. (그는 편지를 포인즈에게 준다)

포인즈 (포인즈 읽는다) "기사 존 폴스타프는……." 그놈은 제 이름을 쓸 때마다 누구에게나 자신이 훈작사(勳爵士)인 것을 알리려고 한단 말이야. 마치 왕의 친척이나 되는 것처럼 행세하거든. 손가락이 찔려도 "큰일 났네, 왕이 피를 흘렸어"라고 말하곤 해. 모른 척하면서 "무슨 일이죠?"라고 물으면, 기다렸다는 듯이 돈 빌리는 사람이 재빠르게 탈모(脫帽) 하듯이 "나는 왕가의 피를 나누고 있습니다"라고 말하죠.

왕 자 맞았어, 그런 놈은 어떻게든 왕가의 친척이 되고 싶어 하지. 여차하면 노아의 아들 야벳까지 소급해서 혈연관계를 주장할 것이다. 하지만 우선 편지를 보자.

포인즈 (읽는다) "훈작사 존 폴스타프로부터 국왕 폐하의 아들이며 장남인 태자 해리 전하에게 문안 인사를 드립니다." 아니 이건 신분증명서 아닌가!

왕 자 괜찮으니 계속 읽어보게!

포인즈 (읽는다) "명예를 존중하는 로마인을 본떠서 간결하게 말하고자 합니다." 몸이 그래서 숨이 찰 테니, 간단히 말하지 않으면 안 되겠지. "소생은 귀하에게 경의를 표하며, 존경의 뜻을 품고, 고별사를 전달합니다. 포인즈와는 가깝게 지내지 않는 것이 좋습니다. 그는 귀하의 호의를 남용해서 귀하가 그의 여동생 넬과 결혼한다는 소문을 퍼뜨리고 있습니다. 틈이 나면 회개하기를 빌 따름입니다. 그럼 이만 작별을 고합니다. 귀하의 승낙 여부에 따라, 즉 귀하의 대우 여하에 따라 결정되는 것이지만, 일가족 전체와 함께, 형제자매와 함께, 전 유럽과 더불어 함께 살고 있는 귀하의 친구인 존 폴스타프 경으로부터." 전하, 이런 편지는 포도주에 적셔 그놈한테 먹이는 것이 좋겠습니다.

왕 자 놈에게 글을 먹이면, 녀석이 문자 그대로 식언(食言)한 셈이 되네. 그건 그렇고, 네드, 자네 진심인가? 내가 자네 여동생과 결혼한다는 사연 말이다.

포인즈 그렇게 되면 여동생이 얼마나 행운이겠습니까! 하지만 그런 말 한 적 없습니다.

왕 자 그래, 우리가 세상에서 이런 어리석은 장난을 하고 있는 것을 현명한 천사들이 구름 위에서 내려다보면서 우리를 비웃고 있을 것이다. 자네 주인은 런던에 있는가?

바돌프 네.

왕 자 그 늙은 돼지는 어디서 식사를 하나? 돼지우린가?

바돌프 이스트치프에 있는 단골집이죠.

왕 자 일행이 있는가?

시 동 늘 어울리는 주정뱅이 친구들이죠.

왕 자 여자도 함께 있는가?

시 동 여자들은 주모 퀴클리와 돌 티어시트입니다.

왕 자 어느 집 창녀냐?

시 동 점잖은 부인이죠. 주인 폴스타프 친척이라고 합니다.

왕 자 그렇군. 공동소유의 암소가 마을 전체의 황소와 친척이 되는 격이지. 어떤가 네드, 오늘 밤 식사 도중에 연놈들을 기습하자.

포인즈 저는 전하의 그림자입니다. 따라나서겠습니다.

왕 자 여봐, 너와 바돌프는 내가 런던에 와 있는 것을 주인에게 말하지 말라. 자, 입막이 돈이다. (돈을 준다)

바돌프 입 다물겠습니다.

시 동 저도 다물겠습니다.

왕 자 작별이다. 가거라. (바돌프와 시동 퇴장) 돌 티어시트라는 계집은 누구나 통행이 자유로운 고속도로 같은 여자가 아닌가.

포인즈 틀림없습니다. 세인트올반스와 런던을 이어주는 국도처럼 사람 출입이 심한 여자죠.

왕 자 오늘 밤은 남몰래 폴스타프 본성이 드러나는 현장에 들이닥칠 수 있을까?

포인즈 저는 가죽옷에 앞치마 두르고, 급사가 되어 그놈의 테이블에 술을 나르겠습니다.

왕 자 엄청난 타락이다! 주피터는 신으로부터 황소로 변신되었다. 나는 왕자에서 급사로 추락했는가! 지독한 타락이다. 하지만 할 수 없다. 제만사는 목적이 중요하다. 목적을 위해서는 바보짓도 할 수 있다. 네드, 따라오너라. (두 사람 퇴장)

제3장 워크워스, 노섬벌랜드 백작의 성

노섬벌랜드 백작, 백작부인, 퍼시 부인 등장.

노섬벌랜드 　사랑하는 아내여, 정숙한 며느리여, 이 험한 일은 내가 하고 싶은 대로 내버려둬라. 오늘의 험한 사태처럼 찌푸린 표정을 하고 더욱더 이 노섬벌랜드를 괴롭히지 말아다오.

백작부인 　저는 단념했습니다. 더 이상 아무 말도 하지 않겠습니다. 마음 내키는 대로, 현명한 판단에 따라 행동하십시오.

노섬벌랜드 　아, 사랑하는 아내여, 지금 나의 명예는 적에게 맡겨둔 상태다. 출전하지 않고서는 그 명예를 돌려받을 수 없다.

퍼시 부인 　그렇더라도 이번만은 출전하지 마십시오! 아버님, 아버님은 약속이라고 하시지만, 지금보다도 더 중요할 때도 약속을 깨뜨리신 적이 있습니다. 당신의 아들인 퍼시, 저의 남편 해리가 아버님의 원군을 고대하며 몇 번이고 몇 번이고 북쪽 하늘을 바라보고 있었지만, 오신다는 약속을 지키지 않으셨습니다. 그때는 누가 출진을 만류하였습니까? 덕분에 두 가지 명예를 잃었습니다. 아버님과 아드님의 명예 말입니다. 두 분의 명예가 다시 빛을 발산할 날이 올 것을 기원합니다! 아드님의 명예는 하늘을 눈부시게 비치는 태양처럼 그이에게 빛을 안겨주었습니다. 그리하여 그 빛 때문에 영국의 용사들은 궐기해서, 모두가 거룩한 싸움에 몸을 바쳤습니다. 말하자면 해리는 젊은 용사들이 자신의 모습을 비추는 거울이었습니다. 그이의 걸음걸이를 모방하지 않는 젊은이는 없습니다. 그이의 똑똑하지 못한 발음은 타고난 습성인데, 용사들의 독특한 언변처럼 유행하게 되었고, 천천히 말을 하는 사람들까지도, 그들의 장점을 버리고 그이의 언동을 흉내 내고 있습니다. 이토록 걸음걸이와 말하는 태도만이 아니고, 음식, 오락, 용사의 예법, 젊은이의 기분에 이르기까지, 해리는 세상 사람들이 우러러보는 거울이며 모범이며 교과서입니다. 그 해리를, 이 세상에 흔치 않는 인간의 기적인 그 해리를 아버님은 도와주지 않으시고 방치했습니다. 패배를 모르는 그이를, 고군분투하도록 내버려두어 불리한 상황에서 무서운 군신을 만나게 했습니다. 홋스퍼라는 별명 이외에는 아무런 방패도 없는 전쟁터에서 싸움을 계속하도록 아버님은 그이를 내버려두었습니다. 그이에게는 지키지 않았던 약속을 타인을 위해서는 지키시고 명예를 지키려고 하는 것은, 지금은 가고 없는 그이의 영혼에 채찍질하는 일이니, 그런 일은 절대로, 절대로 용납될 수 없습니다! 그 사람들에게는 가지 마십시오. 모브레이 경과 대주교의 군사는 강력합니다. 그때 우리 남편 해리에게 그 병력의 반만 있었더라도, 지금쯤 저는 홋스퍼의 목에 매달리면서 왕자 해리의 무덤 이야기나 하고 있을 겁니다.

노섬벌랜드   골치 아픈 아이로구나. 무슨 소리냐, 지나간 과오를 새삼스럽게 끄집어내어 한탄하고 있으니, 내 용기가 좌절된다. 하지만 나는 어떤 일이 있어도 지금 전쟁터로 가서 위기에 직면해야 한다. 그렇게 하지 않으면, 위기는 내가 대비하고 있지 않을 때, 다시 나를 기습할 것이다.

백작부인   우선 스코틀랜드로 피신하세요. 다른 귀족과 민병들이 힘을 시험하며 싸우는 것을 관망합시다.

퍼시 부인   그 사람들이 왕보다 더 유리한 입장을 회복하게 되면, 힘을 더 강화하는 강철의 늑골이 되어서, 그때 그들과 합류하세요. 지금 당장은 저들이 싸우도록 내버려두세요. 아드님이 그랬습니다. 그이만 전투를 하고, 저는 과부가 되었습니다. 제가 살아 있는 동안 이 눈에서는 눈물의 비가 내려, 남편을 기념해서 추억의 풀잎에 비를 뿌린 후, 그것이 싹을 피워 하늘까지 자라도록 하고 싶습니다. 하지만 그때까지 오래 살는지 알 수 없지요.

노섬벌랜드 자, 자, 함께 안으로 들어가자. 내 마음은 가득 찬 밀물과도 같다. 현재는 정지 상태로, 빠지지도 차지도 않는다. 할 수 있으면 대주교를 만나러 가고 싶은데, 여러 가지 사정 때문에 그렇게 할 수도 없구나. 하여튼 스코틀랜드로 가기로 하자. 그곳에서 나의 출진이 필요한 기회를 기다리기로 하자. (일동 퇴장)

제4장 런던, 이스트치프의 선술집 보어스헤드의 내실

　　　두 급사 등장(프랜시스와 또 한 사람)

프랜시스 너, 무엇을 들고 왔느냐? 주름투성이 사과 애플 존 아닌가? 존 경이 애플 존을 싫어하는 거 너 모르냐?

급사 2 그렇구나. 언젠가 왕자께서 애플 존 한 접시를 폴스타프 앞에 놓고, 존 경이 다섯 사람 더 있네라고 말한 다음, 경멸조로 모자를 벗고 "여기 여섯 번째로 말라빠지고 둥글게 시든 노훈작사에게 작별을 고하고 싶다"고 말 했더니 그 아저씨 벌겋게 화가 났었는데 지금은 잊어버렸겠지.

프랜시스 그러니 식탁보 덮은 채로 그냥둬라. 스니크 악단이 도착했는지 알아봐. 미스 티어시트는 음악을 좋아해.

　　　급사 3 등장

급사 3 서두르자! 식사 방이 너무 덥다. 손님들이 금세 온다네.

프랜시스 그건 그렇고. 왕자와 포인즈가 온다는 거야. 두 사람 모두 가죽옷에 앞치마 차림이라네. 존 경은 모르고 있다네. 아까 바돌프가 그렇게 말했어.

급사 3　얼씨구. 신바람나는 일이 벌어지겠다. 멋진 속임수로다.

급사 2　나는 스니크를 찾아볼게. (퇴장)

　　　　　주모와 돌 티어시트 등장.

퀴클리　정말이지, 아가씨는 기분이 좋은 모양이네요. 맥박은 엄청나게 잘 뛰고 있군요. 혈색도 봐요, 장미꽃처럼 빨갛네. 아가씨는 카나리 술을 과음한 것 같아! 그 술은 화끈하게 전신에 퍼져요. "이거 왜 이래"라고 말하기도 전에 온몸의 피를 끓게 만들죠. 그래, 기분은 어때요?

돌　훨씬 나아졌어요, 에헴!

퀴클리　그래요, 그건 잘 됐군요. 건전한 육체는 황금이죠. 아, 여기 존 경 이 오시네.

　　　　　폴스타프 노래하며 등장.

폴스타프　(노래하며) "아서 왕이 왕위에 오르고……" 여보게, 요강을 비워 라. (프랜시스 퇴장) "명군으로 추앙받아……" 아니 돌 양, 왜 그래?

퀴클리　술병 나서 구역질 나요.

폴스타프　그런 여자에게는 흔한 일이지. 남자 안 만나고 있으면 병난다.

돌　이 추잡한 뚱보 놈아! 위로의 말이 그것뿐이냐?

폴스타프　우리들이 뚱보가 되는 것은 네 탓이다, 돌 아가씨.

돌　나 때문이야? 어림도 없다. 처 먹고 병들면 그렇게 된다. 내가 만든 것이 아니야.

폴스타프　요리사는 나를 뚱보로 만들었지만, 너는 나를 병들게 했어. 돌, 우리들은 모두 너로부터 나쁜 병을 얻는다. 돌, 너 때문이야. 인정해라. 정숙한 아가씨, 인정해.

돌 그렇고말고. 우리한테 준 목걸이 금줄과 보석을 너희는 도로 강탈해간다.

폴스타프 (노래한다) "너의 진주와 반지. 그리고 브로치로구나······." 확실히 너를 상대해서 한탕 뛰면, 절뚝거리며 물러서는 것이 우리들이다. 창끝 세우고 성벽 향해 돌진하지만, 축 늘어져서 성벽 구멍으로부터 돌아와 의사의 치료를 받는 우리들이다. 그런 다음 우리들은 포탄을 잰 대포를 향하여 다시 돌진한다.

돌 목매 죽어라, 이 더러운 붕장어야, 뒈져라!

퀴클리 참말이지, 또 시작했네. 둘이 만나기만 하면 싸움이야. 두 사람은 닿으면 불꽃 튀는 부싯돌이네. 서로의 결점을 참아주지도 못하는가. 어떻게 돼먹은 것들이냐! 한쪽이 참아야지. (돌에게) 네가 참아야 해. 여자의 몸은 약한 배라 하지 않는가. 속이 빈 강정이지.

돌 약하고 속 빈 강정 같은 내가 꽉 찬 술통 같은 거대한 남자를 배 위에 놓고 견딜 수 있나요? 이 사람은 상선 한 척 분의 보르도산 포도주가 꽉 차 있어요. 나는 이토록 가득 찬 화물선을 본 적이 없어요. 잭, 하지만 화해합시다. 당신은 전쟁터에 나가는 몸, 두 번 다시 당신을 만날 수 있을지 없을지는 아무도 상관하지 않는 일일 테니 말이죠.

　　급사 1 등장.

급사 1 실례합니다. 기수 피스톨이 밑에 와서 여쭐 말씀이 있답니다.

돌 안 돼. 그런 허풍선이 악당 놈은 들여보내지 마라. 아가리 더럽기는 영국 최고다.

퀴클리 허풍쟁이라면 들여놓지 말라. 절대로 안 돼! 이웃사람들의 귀도 있어. 허풍쟁이는 넌덜머리난다. 나는 명사들 사이에서 평판이 좋은 사람이야. 문 잠가라. 허풍쟁이는 들어올 수 없어. 허풍쟁이 끌어 들이려고 내가 지금까지 살아왔나. 맙소사, 문 닫아라.

폴스타프　이것 봐요, 안주인!

퀴클리　존 경, 진정하세요. 허풍쟁이는 절대로 들어올 수 없어요.

폴스타프　이것 봐요, 그 사람은 내 기수야.

퀴클리　쯧쯧! 존 경, 말도 말아요, 당신의 기수고 뭐고, 허풍쟁이는 우리 집에 못 들어와요. 지난번에 나는 재판소의 대리관인 티시크 나리 에게 불려갔는데, 그분은 바로 전주 수요일에 일어난 일인데라고 말씀하면서 "실은 퀴클리"라고 시작하셨는데, 그때 옆에 덤 목사 님도 계셨어요. "술집 손님은 품행 방정한 신사들만 받아라" 면서 "너에 관해서는 좋지 못한 소문이 나돌고 있어"라고 말씀하셨어 요. 그렇게 된 까닭을 나는 알고 있죠, 그분 말씀은 "실은 너는 정 직한 여자로서 세상 평판도 좋으나, 손님에 대해서는 단단히 조심 하도록 명심하라"는 말씀이셨어요. "절대로 허풍쟁이는 받지 말 라"는 엄명이셨습니다. 그러니 단 한 사람도 들여놓을 수 없어요. 당신도 그분의 말씀을 들었으면 좋았을 거예요. 안 돼요. 허풍쟁이 는, 절대로.

폴스타프　주모, 그 사람은 허풍쟁이가 아니야. 얌전한 사기 도박사일 뿐이 다. 그놈은 얻어맞아도 강아지처럼 온순한 놈이야. 바아바리산 암 탉이 깃털을 세우고 덤벼들어도 도망칠 정도의 약질(弱質)이야. 불 러 올려.

급사 1 퇴장.

퀴클리　사기 도박꾼이라고 말했죠? 나는 정직한 사람, 사기 도박꾼은 참을 수 있어요. 그러나 허풍쟁이 깡패는 견딜 수 없어. 정말이지, 허풍쟁이 말만 들어도 구역질이 나. 만져봐요, 나 떨고 있죠? 정말이에요.

돌　　정말이네, 퀴클리.

퀴클리　그렇지! 정말 떨고 있어. 포풀라 나무 잎처럼 떨고 있어. 허풍쟁이 깡패는 절대 참을 수 없어.

　　　　　피스톨, 바돌프, 시동 등장.

피스톨　안녕하슈, 존 경!

폴스타프　잘 왔다, 피스톨! 자, 이 잔을 받아라. 그 술잔의 다음 목표는 이 집 주모다.

피스톨　주모 공격이라면 탄환 두 알로 하고 싶네요.

폴스타프　그 여자는 탄환 두 알로는 꼼짝 않는다. 저항력이 강해.

퀴클리　나는 그런 저항력이나 탄환을 마시지 않겠어요. 누가 뭐라 해도 약이 되든 독이 되든 그런 것은 마시지 않겠어요.

피스톨　그렇다면 도로시 양! 당신을 공격하겠다.

돌　　나를 공격해? 너 같은 사람은 싫다. 이 천박한 놈아. 뭣이 어째! 이 개딱지 같은 너절하고, 악독한 야바위꾼아. 이놈 내복도 안 입은 자식! 썩 꺼져라, 썩은 몸뚱어리, 꺼져라! 나는 네 주인장이 드시는 맛있는 음식이다.

피스톨　도로시 양, 나는 당신을 알아요.

돌　　꺼져라, 이놈의 소매치기 악당아, 더러운 좀도둑 꺼져라! 엉뚱하게도 내 물건을 훔치면 이 술에 걸고 네놈의 썩은 턱주가리를 이 칼로 도려내겠다. 가거라, 이놈 김빠진 맥주 같은 놈아! 한물 간 요술쟁이! 언제부터 그런 군복을 걸치고 있는가? 어깨에 별을 두 개씩이나 달고 있네. 정말 믿을 수 없어!

피스톨 잘도 지껄이네, 맹세코 너의 옷깃 장식을 찢어발기겠다.

폴스타프 그만해둬, 피스톨! 여기서 다 발산하면 어떻게 하나. 우선 피스톨 거둬들이고 물러가라.

퀴클리 그래요, 대장 나으리, 여기서는 안 되죠, 멋진 대장님.

돌 대장이라고! 이 천벌 받을 사기꾼아, 대장이라고 불리는 것이 부끄럽지 않나? 내 마음 같으면, 네놈이 아무 공로 없이 주제넘게 대장 이름을 함부로 쓰는 죄로, 대장들이 네놈을 지휘봉으로 두들겨 내쫓고 싶을 것이다. 네놈이 대장이야? 이 노예 같은 놈! 무슨 공로로? 매춘굴에서 매춘부의 옷깃 장식을 찢은 공로로 말인가? 이따위가 대장이야? 뒈져라, 이 사기꾼. 이놈은 곰팡이 핀 찐 자두와 말라버린 과자만 얻어먹는 놈이야. 이게 대장이야! 이런 악당들 때문에 "대장"이라는 말이 "차지한다"라는 음탕한 말이 됐지. 그 말도 나쁜 의미로 쓰기 전에는 아주 좋은 말이었어. 그러니깐 대장들은 조심해야 해요.

바돌프 여봐, 기수, 아래로 빠져.

폴스타프 돌 아가씨, 이리로 온.

피스톨 나는 싫어! 알겠어요, 바돌프 상사님, 나는 이년을 찢어놔야 직성이 풀리겠어요.

시 동 제발, 내려가세요.

피스톨 저년이 먼저 거꾸러지는 것을 봐야겠다! 이 손으로 저년을 지옥의 불꽃 연못과 암흑지옥의 구렁텅이에 거꾸로 처넣어서 고통을 받도록 하겠다. 만사형통이다! 개 같은 것들, 뒈져라! 악당들아, 꺼져라! 여기 칼이 있다. (그는 칼을 뽑는다)

퀴클리 대장님, 진정하세요. 밤이 깊었어요. 노여움을 거두세요.

피스톨 옳다, 이건 재미있다! 뭔가 잘못됐다. 시저와 칸니발(피스톨은 한니발을 잘못 말하고 있다-역자 주), 그리고 트로이의 영웅들을 실컷 먹고 하루에 삼십 마일밖에 못 가는 아시아 둔마(鈍馬)와 비교하느냐? 그런 놈들은 지옥의 파수견(把守犬)에게 던져버리고 청천벽력을 내리게 하라. 보잘것없는 일로 싸울 테냐?

퀴클리　대장님, 너무 심한 말씀이십니다.

바돌프　피스톨, 가거라. 이러다간 싸움판이 벌어지겠다.

피스톨　인간들 모두 개처럼 뒈져라! 왕관은 헌 바늘처럼 버려라! 여기에는 헬렌(창녀-역자 주)이 없는가?

퀴클리　어머나, 대장님, 여긴 그런 여자 없어요. 야단났네. 여자를 감추고 있는 줄 아시나 봐? 제발 진정하세요.

피스톨　나의 사랑하는 칼리폴리스, 실컷 먹고 살이나 쪄라! 자, 술이다. "내 몸은 불운해서 고통을 받더라도, 희망에 부푸는 내 마음이여," 어떤가. 수많은 적도 두려워하는 내가 아니다. 아니다, 불을 뿜는 총도 무섭지 않다! 술을 다오. 연인이여, 거기 눕거라. (칼을 테이블 위에 놓는다) 이것으로 모든 일이 끝나는가? 뒷풀이 즐거움은 없는가?

폴스타프　피스톨, 가거라, 나는 조용히 지내고 싶다.

피스톨　내 사랑하는 훈작사여, 그대의 주먹에 키스를 합니다. 우리들은 함께 밤하늘의 일곱 별을 보며 지낸 사이죠.

돌　제발, 그놈을 아래층으로 떨어뜨려버려요. 나는 저런 허풍쟁이 놈을 견딜 수 없어!

피스톨　계단에서 밀어내라고? 암말 같은 매춘부가 뭘 해?

폴스타프　그놈을 밑으로 굴려라. 바돌프. 동전 치기하듯 말이다. 쓸데없는 소리 하는 놈은 밀어내야 돼.

바돌프　자, 밑으로 내려가자.

피스톨 칼싸움을 원하는가? 피를 봐야 알겠는가? (칼을 집어 든다) 그렇다면 죽음이여, 내 가슴에 와서 깃들라. 이 슬픈 인생을 끝내다오! 잔혹하고 처참한 상처의 입으로 운명의 세 자매(클로토는 실을 들고, 라케시스는 실을 짜고, 아트로포스는 실을 끊었다 ─ 역자 주)가 짠 생명의 실을 절단하라! 자, 운명의 신 아트로포스여, 일을 시작하라!

퀴클리 아, 큰일이 벌어지겠네!

폴스타프 애야, 내 칼을 다오.

돌 부탁이야, 잭, 제발 칼을 뽑지 말아요.

폴스타프 (칼을 뽑으면서) 이놈, 내려가!

퀴클리 큰 소동이 벌어졌네! 이런 무서운 일이 벌어지면 이 장사 못 해먹어! (폴스타프는 피스톨을 칼로 밀어붙인다) 이러다간 살인 나겠다! 아이구, 아이구, 제발 칼을 집어넣어요. (바돌프는 피스톨을 밖으로 밀어낸다)

돌 잭, 부탁이에요, 진정하세요, 그놈은 갔어요. 아, 당신은 정말 용감하고 귀여운 악당이네요!

퀴클리 상처를 입지 않았어요? 사타구니 말이에요. 당신 배에 칼이 찔리는 듯했죠.

　　　　바돌프 다시 등장.

폴스타프 그놈 내쫓았는가?

바돌프 네, 그놈은 흠뻑 취했습니다. 어깨를 약간 찔렸더군요.

폴스타프 그 녀석 감히 나한테 덤비다니!

돌 아, 사랑스러운 나의 악한이여! 당신은 불쌍한 원숭이, 이토록 땀을 흘리고 있다니! 제가 당신의 얼굴을 닦아드릴게요. 이런, 밉살스럽기는, 이 뺨의 살점을 봐! 나, 당신을 좋아해요. 당신은 정말

강하죠. 트로이의 헥토르만큼 용감해요. 아가멤논이 다섯 명 달려들어도 끄떡없고, 아홉 용사들(헥토르·알렉산더·줄리어스 시저 등 세 명의 이방인, 여호수아·다윗·유다스 마카베우스 등 세 명의 유대인, 아서 왕, 샤를마뉴 대제, 고드프리 등 세 명의 기독교인-역자 주)이 다발로 덤벼도 열 배나 더 강하죠. 아, 나의 소중한 악당이여!

폴스타프 못된 자식! 담요에 싸서 내던지겠다.

돌 그렇게 하세요. 그러면 나는 당신을 이불에 싸서 눌러드릴게요.

악사들 등장.

시 동 악사들이 왔습니다.

폴스타프 음악이다. 연주하라! (음악) 돌, 내 무릎 위에 앉아라. 주둥이가 성가신 놈! 눈 깜짝할 사이에 줄행랑쳤구나.

돌 정말 그랬어요. 당신은 대성당이 움직이듯 일어나서 그놈을 쫓았죠. 나의 귀여운 바솔로뮤(성 바솔로뮤 축일은 새끼돼지 요리해서 먹는 날-역자 주)의 새끼돼지여. 당신 언제쯤 되면 낮에는 남자 상대로 칼 휘두르고, 밤에는 여자 상대로 창 흔드는 습관을 끝낼 수 있죠? 늙은 누더기 몸 꿰매고 천당 갈 준비는 언제 하죠?

왕자 헨리와 포인즈가 급사로 변장해서 살짝 등 뒤로 등장.

폴스타프 집어치워, 돌! 해골바가지 같은 소리 작작 해라. 내 죽음을 연상시키지 말라.

돌 그건 그렇고, 왕자님은 어떤 사람이죠?

폴스타프 천박한 철부지야. 아마도 요리사 견습생 정도 되겠나. 빵 귀퉁이를 썰어내는 것쯤은 할 수 있겠지.

돌 포인즈는 머리가 좋다면서요?

폴스타프　그놈 머리가? 지지리도 못난 멍청이야! 그 녀석 재치라고는 튜크
　　　　　스베리 겨자처럼 둔탁해. 그놈의 대가리에서 재치를 찾는 일은 나
　　　　　무 망치에서 재치를 찾는 것과 같아.

돌　　　그런데 왕자님은 왜 그 사람을 좋아하지?

폴스타프　왜냐하면 두 사람의 다리 길이가 같기 때문이야. 그리고 철환(鐵
　　　　　丸) 던지기 잘하고, 붕장어와 회향풀을 식충이처럼 처먹고, 건포도
　　　　　대신 불붙은 양초 끝을 술에 띄워 마시는 재주도 부릴 줄 알고, 아
　　　　　이들과 그네도 차고, 의자 뛰어오르는 유희를 하는가 하면, 멋지게
　　　　　맹세도 하고, 구둣방 간판의 그림처럼 맵시 있게 구두를 신고, 상
　　　　　대방을 분노케 하는 말을 하지 않기 때문에 싸움판을 벌이지도 못
　　　　　하지. 하지만 노는 일에는 능숙해. 말하자면 머리는 둔하지만 몸은
　　　　　튼튼해. 그러기 때문에 왕자는 그놈을 옆에 두고 지나고 있어. 왕
　　　　　자 자신도 그런 놈이야. 그 두 놈을 저울에 달아보라. 머리칼 한 오
　　　　　라기라도 더하면 저울은 한쪽으로 뒤집어지는 거야.

왕　자　(포인즈에게 방백) 이 못된 수레바퀴 통 녀석의 귀를 잘라버릴까?

포인즈　(왕자에게 방백) 저 잡년 앞에서 패줍시다.

왕　자　봐라, 저 시들어버린 늙은 놈, 마치 앵무새 머리 긁듯이, 저 잡년이
　　　　　그놈 대머리를 긁고 있네.

포인즈　이상한 일이에요. 써먹지도 못하면서, 색정만 오래 남는다니 말이에
　　　　　요.

폴스타프　키스해줘, 돌.

왕　자　금년은 토성과 금성이 대접근이로군. 역서(曆書)에는 무어라고 씌
　　　　　어 있는가?

포인즈　저것 보세요! 저 부하 놈 바돌프가 주인 마음 적힌 헌 수첩이라 할
　　　　　수 있는 정부 퀴클리 귀에 속살거리고 있네.

폴스타프 이번 키스는 시늉만 한 거지.

돌 일편단심 마음이었어요.

폴스타프 나 늙었어, 늙었어.

돌 나는 지금까지 반한 어떤 젊은이보다도 당신을 사랑해요.

폴스타프 속치마 사줄게. 어떤 감이 좋을까? 목요일에 돈 들어와. 모자는 내일이라도 사줄 수 있어. 여봐. 즐거운 노래를 불러보게나! 밤도 늦었으니 잠자리에 들자. 내가 전쟁터에 나가면 너는 내 일을 까맣게 잊겠지.

돌 그런 소리 마세요. 눈물이 나요. 당신이 돌아올 때까지 예쁜 옷을 입지 않고 있겠어요. 끝까지 두고 보시면 아시겠죠.

폴스타프 프랜시스, 술이다.

왕자, 포인즈 네, 갑니다. 갑니다. (앞으로 나온다)

폴스타프 와, 누구냐! 국왕 폐하의 자식이로군? 너는 의형제 포인즈로구나?

왕 자 이놈, 칠 대륙의 죄를 한꺼번에 짊어지고 사는 지구(地球) 같은 놈, 이게 얼마나 한심한 인생살이냐?

폴스타프 너보다는 낫다. 나는 신사인데, 너는 급사로구나.

왕 자 맞다. 나는 말이다. 술시중이 아니라, 주먹 따귀 갈기려고 왔다.

퀴클리 왕자님, 안녕하세요! 런던에 돌아오셨으니 반갑습니다! 반가운 얼굴 뵙고 기쁩니다! 정말이지, 웨일스로부터 오신 겁니까?

폴스타프 별 수 없는 미친 왕자 나으리. (돌을 지시하며) 이 들뜬 살점과 썩은 피에 걸고 말한다. 잘 돌아왔다. 환영하네.

돌 뭣이 어째? 이 얼빠진 뚱보야! 쓸개 빠진 놈!

포인즈 왕자님, 급히 서두르지 않으면, 놈은 몽땅 농담으로 돌려대고 보복을 피할 겁니다.

폴스타프 이 변변치 못한 비곗덩어리 놈, 너는 내 앞에서 나의 험담을 늘어

놓았다. 이 정숙하고, 깨끗하고, 예의바른 숙녀들 앞에서 말이다!

퀴클리 너그러우신 전하, 잘 말씀하셨습니다! 정말이지, 말씀 그대로의 귀

부인들입니다.

폴스타프 너 듣고 있었는가?

왕 자 당연하지. 너도 내가 있는 것을 알고 있었지. 개즈힐에서 도망칠

때도 나를 알고 있었어. 너는 내가 뒤에 있는 것을 알면서 나의 참

을성을 시험하느라 일부러 악담을 늘어놨어.

폴스타프 그런 게 아니고, 자네가 듣고 있는 줄은 전혀 몰랐네.

왕 자 일부러 한 악담은 실토하게 만들겠다. 그런 다음 어떤 일을 당할지

는 각오하고 있어라.

폴스타프 악담을 한 게 아니야, 할, 나의 명예를 걸고 말하네. 악담이 아닐

세.

왕 자 그럼 무엇인가. 요리사 견습생, 부엌에서 빵 써는 놈이고 어쩌고

해놓고서!

폴스타프 할, 악담이 아니네.

포인즈 악담이 아니라고?

폴스타프 악담이 아니래도, 네드. 절대로 욕을 한 것이 아냐. 내가 이년들

앞에서 일부러 왕자를 비방한 것은 (왕자를 향해) 애들이 왕자를 좋

아하면 큰일이다 싶어서 한 일이지. 말하자면 나는 친구의 욕을 하

면서 친구의 신변을 걱정하는 충성스러운 신하가 되고, 부하로서

의 임무를 다한 셈이니, 국왕 되시는 자네 부친의 감사를 받아야

마땅하네. 악담이 아니야. 할, 그게 아니야, 네드, 솔직히 말하지만

그건 악담이 아니야.

왕 자 어떤가. 정숙한 부인들을 모욕하면서까지 우리와 화해하려는 것은

순전히 겁에 질린 비겁한 근성 때문이 아닌가. 이 부인들이 못된 것들이라고? 네 주모들이 고약한 년이라고? 너의 시동도 나쁜 놈이라? 그리고 정직한 바돌프, 코끝까지 충성심으로 불타고 있는 성실한 바돌프가 악당 놈인가?

포인즈 대답하라, 이 시들어빠진 느릅나무야. 대답하라.

폴스타프 바돌프는 악마가 일찌감치 지옥에 처넣는 구제불능 악당이라고 점찍어놓은 놈이지. 낯짝을 보면 알지. 마왕 루시퍼(악마)의 가마솥이야. 술벌레를 구워 죽이는 곳이지. 이 시동은 한때 천사가 눈독을 들였는데, 입찰 결과 악마 손으로 넘어갔네.

왕 자 여자들은?

폴스타프 그중 한 명은 이미 지옥 화덕에서 타고 있네. 뿐만 아니라 가련한 남정네들도 타고 있어. 한 여자로부터 나는 돈을 빌렸네. 그 때문에 그 여자가 지옥에 떨어질지는 나도 알 수 없네.

퀴클리 떨어지겠어요?

폴스타프 글쎄, 그럴 리는 없겠지. 그에 대한 속죄는 끝났을 테니깐. 하지만 너에게는 다른 죄가 있어. 육식을 금지하는 사순절이 한창일 때 너는 가게에서 고기를 팔았어. 신의 법을 어긴 그 죄로 너는 지옥에서 울고불고 지나야 돼.

퀴클리 그건 어떤 술집에서도 하고 있는 일이에요. 긴 사순절 기간에 양고기 한두 점 판들 무슨 죄가 되나요?

왕 자 그런데 정숙한 부인이여⋯⋯.

돌 무엇입니까, 전하?

폴스타프 전하가 혀끝으로 정숙한 부인이라고 말할 때, 배꼽 밑에서는 딴소리 하고 있어. (피토가 문을 두드린다)

퀴클리 누굴까? 문을 두드리고 있네? 프랜시스, 보고 와.

피토 등장.

왕 자 피토가 아닌가! 무슨 일인가?

피 토 국왕 폐하가 웨스터민스터에 왕림하셨는데, 수많은 피곤한 급사들이 북쪽에서 달려왔습니다. 지금 여기 오는 도중에도 수십 명의 대장들을 만났습니다. 모두들 모자도 쓰지 않고 땀을 흘리며 뛰고 있는데, 술집이 있으면 문을 두드리고, 누구한테나 묻는 것이었어요. 존 폴스타프 경은 어디 계십니까.

왕 자 아, 포인즈, 나는 허송세월 보내고 있구나. 먹구름을 품고 불어오는 남풍 같은 소란스러운 폭풍이 우리들 방비 없는 머리 위로 내리덮치려고 하는데, 귀중한 시간을 부질없이 놀이판에서 낭비하고 있구나. 검과 외투를 갖고 오라. 폴스타프, 나는 간다. 잘 자게. (왕자, 포인즈, 피토, 바돌프 퇴장)

폴스타프 자, 오너라, 달콤한 밤의 시간이여, 그런데 그 시간을 즐기지도 않고 가야 하는가. (노크 소리) 또 문을 두드리네!

바돌프 다시 등장.

어떻게 됐는가?

바돌프 곧 궁정으로 가야 합니다. 문 밖에서 수십 명의 대장들이 당신을 기다리고 있습니다.

폴스타프 (시동에게) 악사들에게 돈을 주게. 잘 있게, 주모여. 잘 있게, 돌. 너희들도 이젠 알겠지. 나 같은 유능한 인사는 찾는 사람이 많아. 무능한 놈들이 잠들고 있을 때, 활기찬 사람들은 일을 해야 돼. 두 사람 모두 잘 있게. 급히 출전하지 않는다면, 가기 전에 다시 오겠다.

돌	아무 말도 할 수 없어요. 가슴이 터질 것 같아요. 나의 사랑스러운 잭, 몸조심하세요.

폴스타프 잘 있어, 잘 있어. (폴스타프와 바돌프 퇴장)

퀴클리 잘 가세요. 콩 꼬투리가 익을 무렵이면 나는 당신을 지난 이십구 년 동안 알고 지낸 셈이죠. 그러나 당신만큼 정직하고 진실한 남자 는 없었어요, 잘 가세요.

바돌프 미스 티어시트!

퀴클리 무슨 일이죠?

바돌프 미스 티어시트에게 우리 주인이 찾고 있다고 말해줘.

퀴클리 가라, 돌, 뛰어라, 뛰어라 돌, 급히 뛰어. 울지 말고. (돌에게) 빨리 가 봐라, 돌. (일동 퇴장)

제3막

제1장 웨스터민스터, 궁전

왕이 잠옷을 입고 시동을 거느리며 등장.

왕 서리와 워릭 두 백작을 불러오너라. 두 사람 모두 오기 전에 이 문 서를 숙독(熟讀)한 후, 깊이 생각을 해보고 오도록 전하라. 알겠는 가. 그러면 급히 서둘라. (시동 퇴장) 지금은 수천, 수만의 몹시 가난 한 백성들도 잠자리에 들었을 것이다. 아, 잠이여, 편안한 잠이여,

대자연의 부드러운 유모여, 내가 그대를 위협했기 때문인가, 내 두 눈꺼풀을 누르지도 않고, 망각 속에 내 오감을 잠재우지 않네. 잠이여, 너는 연기 자욱한 매운 오두막에서, 잠자리 불편한 짚이불에서도 팔다리 뻗고, 밤 파리 소리에도 끄떡 않는데, 고귀한 자의 향불 침실에는 찾아올 생각을 하지 않으니, 호화찬란한 천개(天蓋) 밑에서 감미로운 선율을 듣고도 잠을 이루지 못한단 말인가? 오, 게으른 잠의 신이여, 어째서 너는 비천한 자의 더러운 침상에서는 기쁘게 몸을 재우면서, 국왕의 잠자리는 야경(夜警)의 대기소나 화재의 감시탑처럼 불면의 장소로 만들고 있는가? 너는 저 아찔하게 높은 돛대 위에서 망을 보는 어린 선원의 눈도 감게 했지. 거세게 부는 바람과 휘몰아치는 파도 속에서도, 무서운 고개를 들고 구름을 삼키며, 죽은 자의 눈을 뜨게 할 정도의 폭음 속에서도, 너는 그 거대한 파도를 요람 삼아 편안하고 기분 좋은 잠으로 선원을 인도했었네. 잠이여, 편파적인 잠이여, 폭풍이 몰아치는 밤에, 뱃사공 소년에게 안면(安眠)을 주었던 네가 어째서 바람 한 점 없는 고요한 이 밤에, 그것도 너를 반기려는 온갖 수단을 강구한 국왕에게는 안면을 거부하는가? 행복한 백성들이여, 잠들고 있어라! 왕관을 쓴 머리에는 편안한 잠이 오지 않는다.

워릭과 서리 등장.

워 릭 밤새 안녕하십니까, 폐하.

왕 벌써 아침 인사 할 시간인가?

워 릭 한 시가 지났습니다.

왕 그렇다면 두 백작들이여, 밤새 잘 지냈는가? 내가 보낸 서신은 읽어보았겠지?

워 릭 읽었습니다, 폐하.

왕 그렇다면 우리 왕국이 지금 병으로 신음하며, 악성 질병이 도지고 있다는 것을 알았을 것이다. 그리고 그 병독은 심장을 위협하고 있다.

워 릭 아직은 그 병이라야 신체를 불편하게 할 정도의 것이죠. 의사의 처방을 지키고, 약을 조금만 복용하면, 순식간에 원래의 건강을 회복할 수 있습니다. 노섬벌랜드 공이라는 병환 정도는 쉽게 진정될 수 있습니다.

왕 아, 신이여, 인간이 운명의 책을 읽을 수 있다면! 그리고 산을 평지로 만들어, 견고한 땅덩이에 질린 나머지 대륙을 녹여서 큰 바다로 만드는 시간 흐름의 변전(變轉)을 예견할 수 있다면! 해신 넵튠의 허리띠로서는 너무나 넓은 모래 해안을 뒤로 제치고, 썰물이 저 멀리 바다로 물러가는 날을 미리 알 수 있다면! 또한 우연한 일이 어떻게 인간을 농락하고, 세상살이의 변화가 어떻게 인생의 술잔에 여러 가지 술을 채우게 되는가를 예측할 수 있다면! 아아, 만약에 이런 일을 예측할 수 있다면, 아무리 행복한 젊은이도 인생 항로에서 겪은 과거의 위험이나, 미래의 불행을 생각하고, 운명의 책을 덮어버릴 것이다. 무릎을 꿇고 죽음을 택할 것이다. 아직 십 년도 지나지 않았다. 리처드 2세와 노섬벌랜드가 절친한 친구로서 음식을 함께 나누면서 다정하게 지내다가, 이 년 후에는 전쟁터에서 맞서게 되었으니. 그런데 아직도 팔 년이 지나지 않았다, 그 노섬벌랜드가 나의 둘도 없는 심복으로서 형제처럼 나를 위해 온갖 정성을 다했다. 그는 나를 따르며 나머지 목숨마저 내던지려 했다. 그래, 나를 위하여 리처드 얼굴에 도전의 말을 퍼부었다. 그런데 그 당시 옆에 누가 있었던가. (워릭에게) 네가 있었지, 분명해, 네빌. 내 기억으로는 그때 리처드는 노섬벌랜드로부터 격한 말을 듣고, 눈에 잔뜩 눈물을 머금고 한 말이 지금은 올바른 예언이 되었다는 것을 알았네. 그는 이렇게 말했었지. "노섬벌랜드, 경은 종제(從弟) 볼링브로크가 나의 왕좌에 오르도록 사닥다리 역할을 하는가." 물론 나는 그 당시 그런 생각을 품고 있지 않았다. 다만 역사의 필연성으로 왕위가 고개를 수그리고 다가오기 때문에 나는 할 수 없이 왕관에 입을 맞춘 것이다. 그는 또한 이렇게 말했다. "때는 올 것이다. 이 추악한 죄가 부풀어 화농(化膿) 되어 고름이 터질 날이 올 것이다." 그는 계속해서 오늘의 정세를 판단하며 나와 노섬벌랜드의 우정에 파탄의 날이 올 것을 예언하고 있었다.

워 릭 사람의 일생은 각자의 역사 얘기로서, 지나간 세월의 특성이 기록되어 있습니다. 그것을 읽을 수 있다면, 아직 햇볕을 보지 못한 채 씨앗으로 생명을 이어가는 앞날의 일들을 정확하게 예언할 수 있습니다. 그것은 마치 시간이 따뜻한 열을 가해서 사건의 병아리를 부화시켜 탄생시키는 일과 같습니다. 리처드 왕도 이런 필연적인 이치에 따라 멋들어지게 추측을 했을 뿐입니다. 그 당시 왕에 대해서 배신을 한 노섬벌랜드이기에 그 씨앗이 자라 더 큰 배신으로 성장하는 것은 당연한 일이죠. 그 씨앗이 뿌리를 내릴 지면을 달리 찾지 못했으니 폐하 속에 뿌리를 박을 것이라고 추측을 한 것입니다.

왕 그렇다면 오늘의 사태도 필연적인 결과였구나. 그렇다면 우리들도 필연적인 일로서 이 일에 대처해야 한다. 이와 같이 말하고도 우리가 분기(奮起)하지 않으면 되겠는가. 소문에 의하면 대주교와 노섬벌랜드 연합군은 병력 오만 명이라지.

워 릭 그럴 리가 없습니다. 소문이라는 것은 메아리와 같아서 두려움이 겹치면 적의 병력을 배로 증가시켜 전합니다. 폐하께서는 이제 취침하십시오. 저는 맹세코 말합니다. 폐하가 이미 파견한 군대만으로도 승리를 거둘 수 있다고 믿습니다. 폐하를 더욱더 안심시키는 낭보(朗報)가 있습니다. 글렌다워가 죽었다는 확증을 입수했습니다. 폐하께서는 지난 이 주일 동안 건강이 좋지 못하신 것 같습니다. 이토록 깊은 밤 잠자리를 떠나 계시면 옥체에 해롭습니다.

왕 그대의 충고를 따르겠다. 이 내란을 하루속히 진압하고 나면, 그때에는 성지로 향하는 십자군 원정에 나서기로 하자. (일동 퇴장)

제2장 글로스터셔의 판사 샐로의 집 앞

샐로와 동료 판사 사일런스 등장. 병사 몰디, 섀도, 워트, 피블, 불카프, 그리고 하인들 등장.

샐 로 자, 자, 자, 악수합시다. 악수들 합시다. 일찍 일어나셨네, 정말이지! 어떻게 지내셨나, 사일런스?

사일런스 안녕하십니까, 샐로.

샐 로 나의 종매(從妹)인 자네 안사람 잘 있나요? 그리고 당신 딸이면서 내 딸인 참한 엘렌도 잘 있겠죠?

사일런스 그 앤 까마귀처럼 검정머리랍니다!

샐 로 정말이지, 내 종제뻘인 당신 아들 윌리엄은 훌륭한 학자가 되었겠지요? 아직도 옥스퍼드에 재학 중인가요?

사일런스 그렇습니다, 돈이 들어서 큰일이죠.

샐 로 그렇다면 곧 법학원에 들어가겠군요. 나도 한때는 클레멘트 법학원에 있었죠. 지금도 그곳서는 미친 샐로로 화젯거리랍니다.

사일런스 틀림없이 그 당시에는 정력이 넘치는 섈로였겠죠.

섈 로 정말이지, 여러 가지 별명이 있었죠. 그리고 여러 가지 일을 척척 해냈죠. 철저하게 해냈어요. 언제나 나와 함께 있었던 사람은 스태퍼드셔에서 온 꼬마 존 도이트와 까무잡잡한 조지 반스, 프랜시스 픽본, 그리고 코츠워드에서 온 윌 스퀼이 있었죠. 네 개의 법학원 전부 훑어보아도 이런 난폭한 사인조를 만나볼 수는 없을 겁니다. 솔직히 말해서 우리들은 어디에 쓸 만한 여자가 있는지 낱낱이 알고 있었어요. 그래서 우리는 언제나 자유롭게 최고의 여자를 수중에 넣을 수가 있었죠. 잭 폴스타프는 지금 존 경이지만 그 당시에는 꼬마 아이로서, 노퍽 공 토머스 모브레이 경의 시동이었어요.

사일런스 존 경이라면, 이곳에 곧 모병(募兵)하러 오게 되는 그 존 말인가요?

섈 로 바로 그 남자입니다. 나는 그 사람이 궁전 문 앞에서 스코간의 대가리를 까부수는 것을 본 적이 있어요. 아직도 이 정도밖에 안 되는 키였는데 말입니다. 그런데 바로 그날, 실은 저도 그레이 법학원 뒤에서 과일 장수 샘슨 스톡피시와 싸움질을 했었죠. 아아, 신이여, 정말이지 나는 방탕한 세월을 보냈습니다! 옛 친구들은 대부분 작고했습니다!

사일런스 우리도 머지않아 뒤따르게 됩니다.

섈 로 그렇습니다. 그렇습니다. 정말 그렇습니다. 정말이죠. 「시편」에서도 말하고 있듯이, 죽음을 피할 수 있는 사람은 하나도 없어요. 인간은 누구나 죽을 운명이죠. 스탬퍼드 시장에서는 소 한 쌍에 얼마나 하던가요?

사일런스 실은 그곳에 가보지 못했습니다.

섈 로 인간은 누구나 죽을 운명이죠. 그 마을에 살던 더블 노인은 아직도 건강하신가요?

사일런스 죽었습니다.

샐 로 저런, 저런, 죽었다니! 궁술의 명인이었는데, 죽었다니! 활 솜씨가 대단했어요. 폐하의 부왕이신 곤트의 존 어른께서는 그 사람을 무척 아끼셨는데, 그 사람이면 언제나 안심하고 큰돈을 걸었지요. 그런데 죽었다니! 이백사십 야드 떨어진 과녁을 중심에 적중할 수 있었고, 또 이백팔십 내지는 구십 야드만큼 멀리 화살을 쏴 보내기도 했는데, 보고 있으면 속이 다 후련했었지요. 암양 스무 마리의 시세는 얼마나 하던가요?

사일런스 물건 나름이지만, 좋은 암양이면 스무 마리에 십 파운드쯤 할 겁니다.

샐 로 더블 노인도 죽었구나!

사일런스 저기서 오는 두 사람은 존 폴스타프 경의 부하 같은데요.

바돌프가 부하 한 사람 거느리고 등장.

샐 로 안녕하십니까, 어르신네들.

바돌프 안녕하십니까, 실례입니다만 샐로 판사는 어느 분이신가요?

샐 로 내가 로버트 샐로지요. 이 주의 보잘것없는 향사(鄕士)로서, 국왕 폐하의 임명에 의해 치안판사를 지내고 있어요. 그런데 당신의 용건은 무엇이오?

바돌프 저희 대장으로부터 안부를 전합니다. 저희 대장 존 폴스타프 경은 아주 용감한 신사이며, 씩씩한 지휘관입니다.

샐 로 인사를 받으니 감사하오. 그분은 훌륭한 검객이죠. 그래 기사 양반은 어떻게 지내고 계십니까? 그리고 영부인께서는 어떻게 지내십니까?

바돌프　실례 말씀입니다만, 군인에게는 아내가 필요 없을 정도로 여러 가지 편의를 얻고 있어요.

샐 로　정말이지, 말씀 잘 하셨어. 정말이지 잘 말했어요. "편의를 얻고 있다"니! 좋은 말씀이야, 정말이지 좋은 구절이지. 언제 들어도 좋은 말씀이야. "편의"라, 그 말은 "편리"라는 말에서 비롯된 것이죠. 아주 좋은 낱말이에요, 좋은 말이죠.

바돌프　실례입니다만, 그 말은 저도 들은 적이 있습니다만, 저는 하늘에 맹세코 "편의"라는 말은 모릅니다. 하지만 저는 이 칼을 걸고 맹세합니다. 그 말은 군인다운 말이고, 명지휘관에 어울리는 말이라고 단호하게 주장하고 싶습니다. 편의가 주어진다는 말은, 결국 인간에게 이른바 편의가 주어지는 상태의 뜻으로서, 인간에게 이른바 편의가 주어진다고 생각하는 상태를 말하는 것입니다. 말하자면, 대단히 멋진 일이라는 것입니다.

샐 로　확실히 그렇습니다.

　　　폴스타프 등장.

아, 저기 존 경이 오셨네요. 손을 주십시오. 귀하의 손을 주십시오. 원기가 좋으십니다. 그 나이에 근력이 좋으시네요. 잘 오셨습니다, 존 경.

폴스타프　귀하도 아주 건강해 보입니다. 로버트 샐로 님. 이분은 슈어카드 님이십니까?

샐 로　아니, 이 사람은 내 사촌 사일런스입니다. 나의 동료이기도 합니다.

폴스타프　사일런스 님이시군요. 평화 유지를 위한 치안판사에 적절한 이름이십니다.

사일런스　잘 오셨습니다.

폴스타프　무척이나 덥습니다. 그건 그렇고, 여섯 명의 건장한 군인들을 집합시켰습니까?

샐　로　집합시켰습니다, 우선 좌정하십시오.

폴스타프　그러면, 그 사람들 만나봅시다.

샐　로　명부가 어디 있었나? 어디 있나? 명부가 어디 있나? 어디 보자, 어디 보자, 어디 보자. 그래, 그래, 그래, 그래, 그래, 그래, 그래. 이것이로구나. 라프 몰디! 호출하면 앞으로 나와. 알겠는가? 그렇게 하게. 어디 보자. 몰디는 어디 있는가?

몰　디　네, 여기 있습니다.

샐　로　어떻습니까, 존 경? 몸집이 단단하고, 젊고, 건장한 데다 집안도 좋습니다.

폴스타프　자네 이름이 몰디인가?

몰　디　그렇습니다.

폴스타프　몰디라…… 몸집이라……. 몸이 닳아빠지기 전에 빨리 써먹어야겠네.

샐　로　핫, 핫, 핫! 말씀 재미있습니다, 정말이지, 닳아버리면 써먹을 수 없죠. 정말이지 절묘합니다. 말씀 잘하셨어요. 존 경.

폴스타프　합격자 명부에 저 사람 이름을 적어두시오.

몰　디　저는 집에서도 아주 귀중한 존재입니다. 제발 사정을 봐주세요. 저 대신 밭일이나 부엌일 하는 사람을 쓰게 되면 어멈은 파산하게 됩니다. 저 같은 사람을 억지로 입대시키지 않더라도 군대에 써먹을 사람은 남아돕니다.

폴스타프　닥쳐라, 바보 녀석아. 너는 군인이 되어야 해. 몰디. 너 같은 놈은 이미 전쟁터에서 이슬로 사라져야 했어.

몰 디   사라진다고요?

샐 로   시끄럽다. 입 다물고 있어라. 여기가 어딘 줄 아느냐? 그러면, 존
         경, 다음 사람을 봅시다. 에에, 사이먼 섀도!

폴스타프 응, 그놈을 끌고 다니고 싶다. 그놈을 내 밑에 서도록 하시오. 섀
         도(그림자)라니 시원한 병정이 되겠네요.

샐 로   섀도는 어디 있는가?

섀 도   여기 있습니다.

폴스타프 섀도, 너는 누구의 자식이냐?

섀 도   네, 어머님 아들입니다.

폴스타프 어머님 아들이라! 그런가. 그렇다면 아버지 그림자인가. 그래,
         여자의 아들은 남자의 그림자이다. 간혹 그렇다. 그런데, 아버지의
         모습은 없구나!

샐 로   이 사람 마음에 드십니까, 존 경?

폴스타프 이름이 그림자(섀도)라 여름에는 쓸모 있겠다. 징집해라. 명부를
         채우려면 많은 그림자들이 필요해.

샐 로   토머스 워트!

폴스타프 어디 있는가?

워 트   여깁니다.

폴스타프 워트(사마귀)라 부르는가?

워 트   그렇습니다.

폴스타프 사마귀치곤 지저분한 몰골이다.

샐 로   징집할까요?

폴스타프 이놈의 누더기 옷이 등에 붙어서 몸 전체가 바늘 위에 서 있는 꼴
         이죠. 징집 불가.

샐 로   핫, 핫, 핫! 말씀 잘 하셨습니다. 그러면, 프랜시스 피블!

피 블 여깁니다.

폴스타프 피블인가, 어떤 장사를 하고 있나?

피 블 여자 옷을 만듭니다.

샐 로 징집할까요?

폴스타프 합격입니다. 이 사람이 남자 옷을 만든다면 귀하의 옷을 만들어 드렸을 겁니다. 너는 여자 속옷에 숱한 구멍을 뚫었듯이 적진을 뚫고 들어갈 자신이 있는가.

피 블 힘껏 해보겠습니다. 누구에게도 지지 않겠습니다.

폴스타프 잘 말했다. 피블! 용감한 피블! 너는 성난 비둘기처럼, 용맹스러운 쥐처럼 분투할 것이다. 이 재봉사를 징집하시오. 샐로 님, 깊이 푹 찍으세요, 깊숙이 찍으시오, 샐로 님(경박한 사람이라는 뜻—역자 주).

피 블 저어, 워트도 함께 갈 수 없습니까.

폴스타프 네가 남자 양복 전문이라면 그 사람 고쳐 만들어 군인답게 만들 수 있었을 텐데, 지금의 워트는 졸병이 될 수 없네. 그 사람은 천만 군인들의 지휘관 감이야. 이 정도로 해두자. 힘찬 피블(약한 자라는 뜻—역자 주).

피 블 됐습니다.

폴스타프 감사하다. 피블. 다음은 누구인가?

샐 로 목장의 피터 불카프!

폴스타프 소 치는 불카프, 어디 있는가?

불카프 여깁니다.

폴스타프 그렇구나, 소처럼 튼튼한 장정이로다! 물론 합격이다. 불카프(수송아지—역자 주)를 으르렁댈 때까지 단단히 찍으시오.

불카프 오, 맙소사, 대장님…… 제발…….

폴스타프 뭔가, 찍히기도 전에 벌써 으르렁대는가?

불카프   대장님, 저는 환자올시다.

폴스타프   무슨 병인가?

불카프   몹쓸 감기에 걸렸습니다. 예, 기침이 심합니다. 국왕 폐하 대관식 날에 축하 종을 치는 동안에 걸렸습니다.

폴스타프   오너라. 가운을 걸치고 전쟁터로 가면 되는 거지, 안 그래. 감기를 떼어주마. 그리고 네 친구들에게 명령해서 너를 위하여 종을 울리도록 해주마. 이것이 전부요?

샬 로   요청하신 수보다 두 명을 더 증원했습니다. 여기 네 명을 뽑아놓았습니다. 이쯤 해두시고, 안으로 들어가서 식사를 하시죠.

폴스타프   그러면 한잔 들어볼까. 식사시간까지 이곳에서 머뭇거릴 수는 없어요. 하여튼 샬로 님, 당신을 만나서 기쁩니다.

샬 로   오, 존 경. 기억나십니까, 세인트조지 들판의 풍차 오두막에서 하룻밤 지낸 일 말입니다.

폴스타프   인제 그 얘기는 그만하도록 합시다. 샬로 님, 그 얘긴 그만합시다.

샬 로   핫, 하, 즐거운 밤이었습니다. 그런데 제인 나이트워크는 지금도 살아 있습니까?

폴스타프   샬로 님, 그 여자는 살아 있습니다.

샬 로   그 여자는 나를 아주 싫어했습니다.

폴스타프   그랬어요. 그 여자는 샬로 님을 견딜 수 없다고 말했어요.

샬 로   제가 그 여자를 발끈하게 만들었습니다. 그 당시에는 어여쁜 여자였습니다. 지금도 여전합니까?

폴스타프   쪼그랑 할매가 되었어요.

샬 로   그렇겠죠. 할망구가 되었네요. 늙을 수밖에 없으니 늙었네요. 제가 클레멘트 법학원에 들어가기 전에 남편 나이트워크 사이에 로빈

나이트워크라는 아들이 생겼는데요.

사일런스　오십오 년 전 일입니다.

샐　로　여보게, 사일런스, 이 기사와 내가 보낸 세월을 그대도 보았으면 좋았을 것을! 핫, 하. 존 경, 안 그래요?

폴스타프　우리는 한밤중에 종소리를 들었지.

샐　로　그랬어요, 그랬어요, 그랬어요. 존 경, 정말이지, 종소리를 들었습니다. 우리들의 암호는 "한잔 빨자!"였습니다. 자. 식사를 합시다. 식사입니다. 아아, 그 세월이 그립구나! 자, 이쪽으로. *(폴스타프와 판사들 퇴장)*

불카프　바돌프 하사 나으리, 내 편을 들어주십쇼. 프랑스 금화로 영국 화폐 십 실링 은화 네 개를 바치겠습니다. 솔직히 말해, 군대 갈 바에는 목매다는 편이 낫겠습니다. 저 개인으로서는 아무래도 좋습니다만, 그러나 저는 마음이 내키지 않아요, 저 개인의 생각으로는 가까운 사람들과 함께 지내고 싶죠. 이것만 아니라면, 저 개인으로서는 아무래도 좋습니다.

바돌프　됐어, 물러섰거라.

몰　디　하사 나으리. 저의 늙은 어미 생각을 해서라도 제발 도와주십시오. 제가 군대에 가면 어머님을 돌볼 사람이 없습니다. 어머님은 연로하시고, 혼자서는 아무 일도 할 수 없습니다. 사십 실링 드리겠습니다. 부탁합니다.

바돌프　됐어, 물러섰거라.

피　블　저는 아무래도 좋습니다. 사람은 태어나면 한 번은 죽는 법이죠. 목숨은 하느님으로부터 빌린 거 아닙니까. 비겁한 마음은 버리기로 합시다. 죽을 운명이라면, 그것도 좋아요. 죽지 않을 운명이라면 그것도 좋아요. 나라 위해 목숨 바쳐 나쁠 건 없지. 될 대로 되어

라. 금년에 죽으면 내년에는 안 죽어도 된다더라.

바돌프 말 잘했다. 쓸 만한 놈이로군.

피 블 정말이지, 나는 비겁한 자가 되고 싶지 않다.

폴스타프와 판사들 등장.

폴스타프 자, 그러면 누구를 데리고 가나?

샐 로 네 사람 가운데서 고르세요.

바돌프 존 경, 잠깐만. (폴스타프 귀에다 대고) 실은 몰디와 불카프로부터 병역 면제조로 일금 삼십 실링을 받아놓았습니다.

폴스타프 알았다.

샐 로 자, 그러면 누구를 징집합니까, 존 경?

폴스타프 나를 위해 그대가 골라주게?

샐 로 좋습니다, 그렇다면 몰디, 불카프, 피블, 그리고 섀도를 징집합니다.

폴스타프 몰디와 불카프, 앞으로. 너 몰디는 병역면제가 될 때까지 집에 있거라. 너, 불카프. 병역 적령의 나이가 될 때까지 황소처럼 무럭무럭 자라거라. 두 사람은 필요없다.

샐 로 존 경, 존 경, 그러시면 손해가 됩니다. 이 두 사람은 군인으로 아주 적합합니다. 최상급 부하를 모처럼 대령시켰는데요.

폴스타프 샐로 님, 나에게 군인 뽑는 법을 가르칠 생각입니까? 수족, 근육, 체격, 골격, 큰 덩치 따위는 아무래도 좋다. 중요한 것은 근성이다. 샐로 님, 이 워트를 봅시다. 겉보기에는 지저분하지만 양은 망치 못지않게 빠른 동작으로 장탄도 하고 발사도 하는가 하면, 양조장 시동이 언덕을 쏜살처럼 내려오는 것보다도 더 빨리 전진도 하고 후퇴도 합니다. 그리고 이 반쪽짜리 여윈 얼굴의 섀도. 졸병으로는 그저 그만이오. 적의 표적이 되지 않아요. 이런 사람을 표적으로 삼고 적중시키려면, 그것은 마치 나이프의 칼날을 가늠하는 것과 같아요. 그리고 이 양장점 재단사 피블을 봅시다. 여차하면 줄행랑 치는 발빠른 솜씨는 이 사람을 당할 수 없어요! 전쟁에 필요한 것은 덩치 큰 사나이가 아니라, 홀쭉한 놈이야. 바돌프, 워트에게 소총을 주어라.

바돌프 알겠는가, 워트, 총을 들라. 워트, 전진, 하나둘! 하나둘!

폴스타프 이번에는 소총 조작법이다. 그래, 잘 한다! 그래, 좋다! 아주 좋다! 전쟁에서 필요한 것은 작고, 여위고, 늙고, 쪼그라진 대머리 사수(射手)이다. 잘했다, 워트. 이렇게 잘할 줄은 몰랐다. 자, 상금으로 육 펜스 주겠다.

샐 로 이 남자는 틀렸습니다. 총 만질 줄도 모릅니다. 지금도 기억합니다만, 제가 클레멘트 법학원에 있었을 때, 마일엔드 그린 연병장에서 아더 왕과 그 기사들로 가장한 사격대회가 있었죠. 저는 궁전의 어릿광대 다고넷으로 분장하고 참가했었죠. 그때 아주 민첩한 작은 남자가 있었는데, 소총을 이렇게 조준하고 닥치는 대로 차례 차례로 쏘아대는데, 쏘고는 물러서고, 또다시 나타나서 쏘곤 했습니다. 그런 명사수는 두 번 다시 만날 수 없을 것입니다.

폴스타프 이 사내들도 잘할 것입니다. 샐로 님. 그러면 실례하겠습니다, 사일런스 님(사일런스는 침묵이라는 뜻—역자 주). 당신과는 앞으로도 침묵의 대화를 나누고 싶소. 두 사람 모두 안녕히 계십시오. 감사합니다. 오늘 밤 안으로 십이삼 마일 가지 않으면 안 됩니다. 바돌프, 이 사람들에게 군복을 주어라.

샐 로 안녕히 가십시오, 존 경! 무운을 빌겠습니다! 하루빨리 평화가 오기를 빕니다! 돌아오는 개선의 길에 저희 집에 들러주십시오. 구정을 나눕시다. 함께 궁정에 입궐하도록 합시다.

폴스타프 샐로 님, 그렇게 되면 얼마나 좋겠습니까.

샐 로 그렇게 될 것이라고 약속합니다. 자, 이만 실례합니다.

폴스타프 잘 가시오. 두 분 양반들이여. (판사들 퇴장) 바돌프, 이놈들을 데려가라. (바돌프 신병들과 함께 퇴장) 귀로에는 이놈의 판사들을 털어줄 테다. 샐로 판사의 밑바닥이 보인다. 주여, 우리는 늙으면 이토록 거짓말하는 악덕에 빠지게 됩니까! 이 굶주린 판사 놈들은 기껏 하는 얘기들이 젊은 시절의 방탕한 얘기, 턴불 거리에서 여자 상대로 세운 공로담뿐이다. 그런데, 세 가지 얘기 가운데 한 가지는 거짓말인데, 그 얘기를 터키 왕에 조공 바치듯이 또박또박 우리 귀에 쏟아놓고 있단 말이야. 나도 기억하고 있지. 저놈이 클레멘트 법학원에 있었을 당시, 저놈은 먹다 남은 치즈 껍질로 만든 인형처럼 말라빠져서 벌거벗으면 기괴한 모양이었는데, 칼로 머리를 조각한 모양새가 마치 두 가랑이의 무와 흡사했어. 눈이 나쁘면 도무지 보이지도 않을 정도로 여윈 모습이었다. 말하자면 기아의 화신(化身)이었다. 그 주제에 음탕하기란 원숭이 같아서, 갈보들은 그를 정력 좋은 변강쇠라고 불렀지. 언제나 유행에 처지면서 수레 끄는 짐꾼의 콧노래를 듣고 외워 밑구멍이 빨리고 닳아버린 잡년들에게 불러주고는 자작의 즉흥시나 자장가라고 허풍을 떨었단 말이야. 그런데 이 외가지 칼 같은 어릿광대 같은 놈이 지금은 시골 향사가 되고, 곤트의 존 공작이 마치 자기 형제나 되듯이 말하고 있는 게 아닌가. 그놈이 공작을 만난 것은 경기장에서 꼭 한 번뿐이었다. 그때, 그놈이 경기 담당 부하들 틈에 끼여 들어가다가 대가리가 터졌지. 난 그 모습을 보고 공작님에게 한마디 했다. 곤트 님, 꽝 한 방 먹였군요. 그때부터 그놈은 여위고 말라붙어 옷 입은 채로 뱀장어 껍질 속에 갇힐 놈이 되었지. 오보에 케이스는 그에게는 호화로운 저택이요, 궁전이야. 그런데 지금 그는 토지를 갖고, 소를 치고 있으니. 두고 봐라, 개선하는 날, 나는 치고 들어갈 것이다. 그는 나에게 황금알 낳는 보물이다. 만약에 젊은 황어가 늙은 창꼬치의 미끼가 되는 것이 자연의 이치라고 한다면, 내가 셰로우 판사를 물어뜯어서 안 된다는 법도 없지. 때가 되면, 행운이 온다. (퇴장)

제4막

제1장 요크셔, 골트리 숲

요크의 대주교, 모브레이 경, 헤이스팅스 공 및 기타 등장.

대주교 이 숲의 이름은 무엇인가?

헤이스팅스 골트리 숲이라고 부릅니다.

대주교 여기서 병사들을 쉬게 하고, 척후병을 보내 적군의 병력을 탐지하도록 하시오.

헤이스팅스 이미 파견하였습니다.

대주교 잘했습니다. 이 거사에 참가한 동지 여러분들, 한 가지 알릴 일이 있습니다. 최근에 나는 노섬벌랜드 백작으로부터 한 통의 편지를 받았습니다. 그 속에 담긴 의미 내용은 비관적인 것입니다. 즉 그는 그의 신분과 집안에 알맞는 병력을 이끌고 스스로 출전하고 싶은 충심을 전하고 있는데, 문제는 그만한 병력을 모을 수 없다는 것입니다. 따라서 기운(機運)이 성숙할 때까지 일단은 스코틀랜드로 후퇴하기로 한다는 것입니다. 제발 여러분의 계획이 적군의 사생결단의 반격을 무찌르고, 최후의 승리를 얻을 수 있도록 마음속으로 빌고 있겠다는 말로 편지를 맺고 있습니다.

모브레이 그렇다면 우리들이 그에게 걸고 있는 희망은 땅에 떨어져 산산조각이 났다는 얘기로군요.

　　　전령 등장.

헤이스팅스 이봐, 무슨 소식인가?

전 령 삼가 말씀드립니다. 이 숲 서쪽의 일 마일 못 미치는 지점에 적군이 당당한 대형을 과시하면서 진군하고 있습니다. 그들이 차지한 지면의 넓이를 추측해보면 그들 병력은 약 삼만, 또는 그 숫자에 이른다고 봅니다.

모브레이 우리들이 예상한 병력입니다. 우리 군도 즉시 출동해서 적과 대진(對陣)합시다.

대주교 저토록 당당하게 무장한 장군은 누구인가?

　　　웨스트모어랜드 백작 등장.

모브레이 웨스트모어랜드 백작인 듯합니다.

웨스트모어랜드 우리 군의 사령관인 랭카스터 공 존 전하로부터 여러분들의 건강을 축복하면서, 마음속 깊이로부터 안부를 전합니다.

대주교 웨스트모어랜드 백작, 안심하고 말하시오. 여기 오신 용건이 무엇이오?

웨스트모어랜드 그렇다면, 대주교님, 지금부터 제가 말씀드리는 것은 각하에게만 들려드리는 내용입니다. 이번의 반역행위가 본래의 모습을 갖춘다면, 즉 혈기에 넘친 젊은이들에게 이끌리고 누더기 옷을 걸친 아이들이나 거지들에게 지지를 받는 볼꼴 사나운 오합지졸의 저주받을 폭동을 어김없이 보여주는 그런 양상이라고 한다면, 그런 고유의 형태를 갖고 진정 나타난 것이라 한다면, 거룩한 교주로서의 각하나 여기 계신 여러 공신들이, 아뿔사 이런 자태로 출전한다면, 이것은 비열하고 무모한 반란의 추악한 모습일 뿐, 여러 공신들의 아름다운 명성으로 성립된 반란은 아닙니다. 대주교 각하, 각하의 직권은 나라에 평화가 있을 때 유지되며 각하의 수염은 평화의 손에 의해 은빛으로 빛나며, 각하의 학식과 식견은 평화를 모태로 해서 함양되었으며, 각하의 순백의 법의는 티없이 깨끗한 순결의 표시가 되는 동시에 평화의 거룩한 사자인 흰 비둘기를 나타내고 있을 것입니다. 그런데 어찌하여 각하는 그토록 아름답고 고마운 평화의 복음을 버리시고, 소란스럽고 귀 따가운 전쟁의 아우성소리에 몸을 던지셨습니까? 어찌하여 각하는 성경 대신 가죽 표지를 닮은 정강이 보호대를 감으시고, 잉크 대신 피로, 펜 대신 창으로, 복음의 말씀 대신 전쟁터의 요란한 나팔 소리를 터뜨리려고 하십니까?

대주교 내가 왜 이 짓을 하는지 묻고 있구나? 그렇다면 간단히 대답하마. 우리들은 지금 너 나 할 것 없이 병에 걸려 있다. 포식과 방탕을 일삼은 까닭에 심한 열병을 앓고 있다. 이 병을 고치려면, 절개수술을 해서 독혈(毒血)을 뽑아내지 않으면 안 된다. 이 병 때문에 선왕 리처드도 돌아가셨다. 그러나 경애하는 웨스트모어랜드 백작, 나는 스스로 명의의 역할을 맡고 싶지는 않다. 평화의 적이 되어 장군들 틈에 끼여, 직접 행동에 나서려고 하는 것은 아니다. 다만 잠시 동안 무서운 전란의 양상을 보여주고, 행복에 겨워 식체를 앓고 있는 부패한 마음에 식이요법을 가해, 생명의 흐름을 저해하고 있는 나쁜 피를 빼내어, 혈관을 깨끗하게 씻어주고 싶을 뿐이다. 잘 들어다오. 나는 이번의 무장봉기가 초래하는 악덕과, 현재 우리들이 참고 견디는 악덕을 공평하게 저울질해봤다. 그 결과 우리들이 저지르는 피해보다는 현재의 악폐(惡弊)가 더욱더 심각하다는 것을 알게 되었다. 그래서 우리들은 시대의 움직임을 살펴본 다음, 평온한 생활을 버리고 시대의 격류 속으로 몸을 내던진 것이다. 현재의 악폐에 대한 우리들의 불만에 대해서는 이미 조목조목 모두 기록해놨으니, 때가 되면 공표하겠다. 그 내용은 한때 왕에게 진언하려고 했지만, 아무리 사정해도 들어주는 기회를 허락하지 않았다. 악폐 때문에 신음하는 우리들이 불만을 진정해도 우리들을 고생시키는 악폐의 원흉들의 수작 때문에, 왕의 알현을 바라는 청원 자체를 거부당한 것이다. 과거라 하지만 금세 지나간 지난날의 위기가 흘린 선혈이 지금도 이 땅에 생생한 흔적을 남기고 있다. 과거의 갖가지 비행과 현재도 발생하고 있는 비참한 사건들을 생각하면, 우리들은 이렇게 몸에도 맞지 않는 갑옷을 걸치고 궐기하지 않을 수 없다. 우리는 평화를, 한 조각 평화의 티끌도 파괴하고 싶지 않다. 다만 진정한 평화를, 그 이름에 합당한 가치 있는 평화를 우리 영국 땅에 확립하고 싶기 때문에 전쟁을 택한 것이다.

웨스트모어랜드 탄원이 거절된 때가 언제입니까? 왕으로부터 받은 냉대는 무엇입니까? 왕명으로 각하를 괴롭힌 귀족은 누구입니까? 그런 이유 때문에 각하는 잔학무도한 반역의 연판장에 날인하여 거룩한 신의 이름으로 모반의 칼을 휘두를 생각인가요?

대주교 동포 전체, 국가에 대해, 그리고 사사롭게는 내 동생에 대한 온갖 잔학한 처사 등이 전쟁의 원인이오.

웨스트모어랜드 그런 처사를 바로 잡는 일은 불필요합니다. 가령 있다고 하더라도 그것은 각하의 소임이 아닙니다.

모브레이 왜 안 되는가? 대주교와 우리들은 지금까지 겪은 과거의 상처와 무법 압제 때문에 고통을 받고 있다. 우리들은 부당하게도 명예를 더럽히고 있다. 그런데도 우리들이 이 일을 보고만 있으란 말인가?

웨스트모어랜드 아닙니다, 모브레이 경, 그것은 불가피한 시대의 정세 때문입니다. 그러니까 자신에게 해를 끼치고 있는 것은 왕이 아니라, 시대의 죄 때문이라고 말할 수 있습니다. 그런데 특히 당신의 경우는 왕의 처우에 대해서도, 지금 이 시대에 대해서도 원한의 원인을 발견해서 불평을 늘어놓을 이유가 없다고 봅니다. 분명 당신은 사람들로부터 존경을 받고 있는 부친 노퍽 공작의 영토를 모두 되돌려받지 않았습니까?

모브레이 선친께서는 어떤 명예를 잃었단 말입니까? 나는 지금 그것을 새삼스럽게 회복할 생각은 없습니다. 리처드 왕께서는 선친을 사랑하셨지만, 제반 사정으로 만부득이 부친을 추방하지 않으면 안 되었습니다. 그 당시 헨리 볼링브로크와 부친은 박차를 기다리며 울어대는 준마를 올라타 안장에 자리 잡고 가슴을 당당히 펴며, 상대방을 향해 창을 거머쥐며 투구 턱가리개를 내리고, 강철 틈새로 안광을 번쩍이며 우렁차게 울려퍼지는 나팔 소리의 신호에 맞춰 서로 대치하고 있었습니다. 그때, 아아 바로 그때에 볼링브로크의 가슴에 찍힐 창을 아무도 거부하지 못했을 그때에, 왕이 지휘봉을 내던지고 결투 중지를 명하셨지요. 왕은 그 지휘봉과 함께 자신의 목숨을 내버리신 겁니다. 그때에 왕은 자신과 모든 신하들의 목숨을 버리신 겁니다. 그들은 나중에 볼링브로크의 손에 불행히도 처형되든가, 아니면 전쟁의 이슬로 사라져갔습니다.

웨스트모어랜드 모브레이 경, 당신은 모르고 있는 모양입니다. 당시 해리 포드 백작 볼링브로크라 한다면, 영국 최고의 용맹스러운 장군이 었습니다. 승리의 행운이 누구의 것인지는 아무도 모르는 일이었 습니다. 가령 당신의 부친이 승리했다 하더라도, 당신의 부친은 승리자로서 코벤트리 시합장 밖으로 나갈 수는 없었을 것입니다. 왜 냐하면 이 나라 국민들은 모두가 당신의 부친을 증오하고 있었기 때문입니다. 국민들은 해리 포드 백작을 위해 사랑의 기도를 올리고 있었기 때문입니다. 그들은 왕 이상으로 볼링브로크에 대해서 사랑과 축복을 보내고 있었습니다. 그러나 이런 이야기는 저의 사명에서 빗나가는 일이 됩니다. 총사령관인 우리 전하의 명을 받고 제가 온 것은, 첫째 당신들의 고충을 듣기 위함이고, 둘째로는 전하 자신이 여러분들을 만나도 좋다는 의향을 전하기 위해서입니다. 그리고 당신들의 요구가 정당한 것이면, 그것을 듣고, 서로 간의 적대 관계를 깨끗이 청산하자는 말씀도 있었습니다.

모브레이 그런 제안은 강요된 것이다. 호의에서 비롯된 것이 아니고, 책략에서 나온 것이다.

웨스트모어랜드 모브레이 경, 그건 지나치게 오만한 생각이오. 이런 제안은 자비심이지, 공포심에서 나온 것은 아닙니다. 보십시오. 바로 코앞에 우리 군이 진을 치고 있소. 명예를 걸고 말합니다만, 전군의 사기는 충천하고 있소. 공포심 따위를 품고 있는 자는 한 사람도 없소. 우리 진영에는 당신들보다 더 용맹스러운 군사들이 넘쳐 있고, 우리 진영에는 무예가 탁월한 병사들이 줄줄이 서 있소. 우리들의 갑옷은 견고하고, 우리들의 명분은 더할 나위 없이 당당하오. 그러니 우리 군사들이 용감한 것은 당연지사입니다. 제발 우리의 제안이 강압적이라고 말하지는 마시오.

모브레이   절대로 협상을 인정할 수 없다.

웨스트모어랜드   그것은 스스로 잘못을 인정하는 일이다. 썩는 통에는 뚜껑을 달아라, 그런 속담 그대로이군.

헤이스팅스   한 가지 묻겠다. 왕자 존 전하는 부왕을 대신해서 결정권을 행사하도록 전권을 위임받고 있는가? 말하자면 우리들이 요구하는 조건을 듣고, 최종적으로 결정권을 행사하는 권한을 갖고 있는가?

웨스트모어랜드   그야 물론 총사령관 명칭 속에 포함되어 있다. 어째서 그런 어리석은 질문을 하는가.

대주교   그렇다면, 웨스트모어랜드 공, 이 편지를 갖고 가시오. 이 속에 우리들의 불만 사항이 모두 적혀 있소. 여기 기록된 모든 사항이 올바르게 개정되고, 이번 거사에 참여한 여기 있는 동지들, 또는 여기 없는 동지들 모두가 정식 수속을 밟은 후 무죄로 인정되고, 또한 우리들의 요구 사항이 우리들이 의도한 대로 즉시 이행되는 경우에는, 우리들은 왕을 공경하는 신하의 대열에 돌아가서 전력을 다해 평화 유지에 힘쓸 것이오.

웨스트모어랜드   이 서신을 즉시 총지휘관에게 전달하겠습니다. 그러면 여러분, 양군이 지켜보는 가운데 회담이 진행되기를 바라겠습니다. 그 결과 평화가 이룩될 것인가 — 그러길 바랍니다만 — 아니면 단판이 결렬되어 전쟁터에서 칼싸움을 벌일 것인가, 양단간에 결말을 보게 될 것입니다.

대주교   각하, 그렇게 합시다. (웨스트모어랜드 공 퇴장)

모브레이   어쩐지 좋지 못한 예감이 든다. 우리들의 강화(講和) 조건이 유지될 수 없을 것만 같다.

헤이스팅스   그런 걱정은 하지 마시오. 우리들의 주장대로 광범위하게, 그리고 절대적인 조건 속에서 평화가 성립된다면 그것으로 인해 이룩되는 평화는 바위산처럼 견고하게 영속될 것입니다.

모브레이 그건 그렇지만, 문제는 왕이 우리들을 어떻게 평가할 것인가에 달려 있다. 비록 사소한 중상모략을 귀에 담는다 하더라도, 아니, 아주 형편없는 이유밖에 없다손 치더라도, 반드시 왕은 이번 같은 출병을 생각해낼 것이다. 그렇다면 아무리 우리들이 순교자의 신념을 갖고 왕에게 충성을 바치더라도, 풍랑을 만나면 순식간에 알맹이도 껍질처럼 똑같은 무게가 되고, 선악의 구별도 없이 저 멀리 날아갈 것입니다.

대주교 아니올시다, 그렇게까지는 되겠소, 모브레이 경, 내 말 들어보시오. 왕은 이런 까다로운 불평불만에는 넌덜머리가 났습니다. 의심스러운 사람 하나 죽이면, 더욱더 의심스러운 인물이 두 사람 나타난다는 사실에 겨우 눈뜬 것이오. 그러기 때문에 왕은 비망록을 깨끗이 지우고, 과거의 손실을 되풀이해서 또다시 기억에 되살리는 기록이나 증거는 몽땅 기억으로부터 멀리할 것입니다. 아무리 세심하고 면밀하게 의혹의 씨앗을 근절하려고 해도 이 나라에서 의심스러운 것을 뿌리째 씻는 일이 불가능한 것을 왕은 몸소 깨달았소. 무엇보다도 적과 동지가 땅속 깊이에서 서로 뿌리를 감고 뒤엉켜 있소. 그 뿌리를 뽑으려고 하면, 우리 편의 뿌리까지 흔들린다는 것입니다. 말하자면 이 나라는 왕에게는 화난 아내와 같다는 것입니다. 분통이 터져 주먹다짐을 하려고 하면 수식 간에 아기를 들어 올려주먹 앞에 내세우죠. 왕은 불끈 쥔 주먹을 거두고, 그런 남편처럼 결심한 징벌을 중단합니다.

헤이스팅스 더욱이나 왕은 최근에 계속된 징벌로 곤장도 회초리도 몽땅 다 써버렸습니다. 이제 새로운 죄인을 앞에 두고 그를 벌할 도구가 바닥이 났습니다. 즉 왕의 권력도 지금은 이빨 없는 사자 같은 것, 덤벼들기는 하지만 물고 늘어질 힘이 없죠.

대주교 그 말이 맞아요. 그러니 안심해도 좋다는 겁니다. 의전경(儀典卿) 각하, 만약에 화해의 결말이 잘 되면, 우리들의 평화는 골절된 수족의 접합처럼 한 번 부러진 다음이니 더욱더 튼튼해질 것입니다.

모브레이 그렇게 된다면, 오죽이나 좋겠습니까. 웨스트모어랜드 공이 돌아왔습니다.

　　　　웨스트모어랜드 공 다시 등장.

웨스트모어랜드 왕자님이 이곳에 오셨습니다. 양군 중앙 지점에서 전하와의 회담을 요청합니다.

모브레이 그렇다면 요크 대주교 각하, 출발하십시오.

대주교 앞으로! 먼저 가서 왕자를 뵙기로 하자. 갑시다. (일동 퇴장)

제2장 숲의 다른 곳

　　　　한쪽에서 부하를 거느린 모브레이, 대주교, 헤이스팅스 등이 등장. 다른 쪽에서 랭카스터 공, 웨스트모어랜드, 장교들 및 시종들 등장.

랭카스터 잘 오셨소, 모브레이 경, 그리고 대주교님 안녕하십니까. 그리고 헤이스팅스 공을 비롯해서 여러 경들을 만나니 기쁩니다. 그런데 요크 대주교, 당신은 선남선녀의 무리들이 종소리에 따라 모여들고, 당신의 성경 말씀 강의에 경건하게 귀를 기울이는 그런 자리에 좌정하는 모습이 훨씬 어울리는 것이라고 생각됩니다. 이토록 철

갑으로 몸을 감싸고, 우렁차게 군고(軍鼓)를 울리면서 반역자들을 고무하며, 말씀을 칼로 바꾸고, 목숨을 죽음으로 바꾸는 일은 어울리지 않습니다. 만약에 이 자리에 나라의 임금으로부터 두터운 신임을 받고, 그의 총애가 비추는 햇살로 성장한 사람이 있다고 합시다. 그 사람이 왕의 보살핌을 남용한다면, 왕이라는 위대한 권위의 그늘에 숨어 있기에, 얼마나 큰 피해를 만들어내겠습니까! 대주교님, 당신의 경우가 바로 그렇습니다. 당신이 얼마나 깊이 하느님의 가르침에 정통하고 있는지에 대해서 모르는 사람은 없을 것입니다. 우리들에게는 당신은 신의 대리인이요, 우리들에게는 당신의 말씀은 상상 속의 하느님 그 자신의 목소리입니다. 말하자면 하늘에 계신 신의 마음을 우리들 우매한 인간에게 가르치고 전하는 일, 그것이 당신입니다. 그런데, 아아, 누가 믿겠습니까? 당신이 그 거룩한 지위를 악용해서 마치 간신이 군주의 이름으로 부정을 행하듯이, 신의 은혜로운 사랑을 남용하고 있는 일을. 당신이 하는 부끄러운 일을 누가 믿겠습니까? 당신은 신에 대한 열정이라는 위선의 깃발 아래서 신의 대리인이신 부친의 국민들을 모아서 대군을 편성하고 신의 평화와 부친의 평화를 위협하는 폭동을 일으켰습니다.

대주교   랭카스터 공에게 말합니다. 나는 부친의 평화를 위태롭게 하려는 것은 아닙니다. 얼마 전에 웨스트모어랜드 공에게 전한 대로, 누구나 알고 있는 일이지만, 혼란스러운 시대 상황 때문에 우리들 신변의 안전을 위해 이런 궤도를 벗어난 행동을 하게 된 것입니다. 우리들이 하고 싶은 이야기를 자세히 써서 왕에게 제출했지만 치욕적으로 거부당했습니다. 그러기 전쟁이라는 히드라가 탄생한 것입니다. 우리들의 공명정대한 요구가 인정되면, 이 괴물도 죽음을 초래하는 눈을 감고 잠자리에 들 것입니다. 광기의 저항을 거두고, 얌전하게 폐하의 발목에 기대어 고개를 숙일 것입니다.

모브레이 인정하지 않으면, 우리들은 최후의 한 사람까지 운명을 걸고 싸울 것입니다.

헤이스팅스 그리고 비록 우리들이 여기서 패배의 고배를 마신다 하더라도, 우리들의 뒤를 따르는 우군이 있습니다. 그들이 패배하더라도, 또 그들의 뒤를 따르는 우군들이 있을 것입니다. 이렇게 해서 전쟁은 또 다른 전쟁을 부르고, 영국 땅에 사람이 태어나는 동안 이 내란은 자손만대로 이어져 나갈 것입니다.

랭카스터 헤이스팅스, 그대는 경박하지 않은가. 먼 앞날의 일까지 예측해서 말하다니 너무 경박하지 않은가.

웨스트모어랜드 그보다는 전하, 이들이 요구하는 조건을 어느 선에서 인정하시려는지 솔직한 답변을 주십시오.

랭카스터 조건에 대해서는 이론(異論)의 여지가 없다. 모두 수용토록 하겠다. 그리고 우리 왕가의 명예를 걸고 말하겠는데, 부친의 뜻이 지금까지는 오해되어 전달되었다. 또한 측근들이 부친의 마음과 그 권위를 너무 멋대로 해석한 문제가 있었다. 대주교님, 여러 불만스러운 문제점에 대해서는 조목조목 시정토록 하겠다. 나의 영혼을 걸고 반드시 시정토록 하겠다. 이것으로 별 이의가 없으면, 병졸들을 해산해서 고향으로 돌아가도록 하시오. 우리 군도 즉시 해산하겠다. 그전에, 우리 양쪽 군대가 여기 모여서 사이좋게 건배하고 껴안기로 하자. 사랑과 우정을 되찾은 기쁨의 표시를 눈으로 확인하고, 그것을 고향에 갖고 가는 선물로 삼자.

대주교 반드시 개정하겠다는 전하의 맹세를 받아들이겠습니다.

랭카스터 서약을 했으니, 반드시 실행을 할 것이다. 우선, 대주교님, 각하의 건강을 위해 축배를 듭시다.

헤이스팅스　대장, 이 화친의 소식을 전군에 전하게. 급료를 지불하고 모두 고향으로 돌려보내라. 모두들 기뻐할 것이다. 자아, 급히 가거라.

(대장 퇴장)

대주교　웨스트모어랜드 공, 당신을 위해 축배를 듭시다.

웨스트모어랜드　각하를 위해서도 건배를. 이 화친을 위해 제가 얼마나 심혈을 기울였는가를 아신다면, 각하도 기분 좋게 건배를 하실 겁니다. 물론 이후에도 더욱더 존경의 뜻을 전하겠습니다.

대주교　그 말씀 믿고 의심치 않겠습니다.

웨스트모어랜드　감사합니다. 모브레이 경, 당신의 건강을 위해 건배합시다.

모브레이　아주 행복한 순간에 나의 건강을 축복해주셨는데, 지금 갑자기 기분이 울적해졌습니다.

대주교　사람이란 나쁜 일이 일어나기 전에는 기분이 좋아지고, 좋은 일이 일어나기 전에는 기분이 무거워진다네.

웨스트모어랜드　그러니 밝은 표정을 짓는 것이 좋겠습니다. 갑자기 울적해진 것은 "내일은 신바람 나는 일이 있다"는 뜻이니깐요.

대주교　실은 나의 기분도 무척 유쾌합니다.

모브레이　그것은 나쁜 징조이군요, 당신의 말씀대로라면. (안에서 환성 소리)

랭카스터　저 환성 소리를 들으시라! 화친이 전해진 모양입니다.

모오브레이　이것이 승전의 함성이었다면 좋았을 것을.

대주교　아니다. 화친도 일종의 승리가 아닌가. 쌍방이 정정당당하게 칼을 접었지만, 어느 쪽도 패배하지 않았기 때문이다.

랭카스터　웨스트모어랜드 공, 급히 우리 군사들에게도 해산 명령을 내리시오. (웨스트모어랜드 퇴장) 대주교님, 양군 병사들이 우리 앞을 행진토록 합시다. 적대하던 병사들을 사열하고 싶습니다.

대주교 그러면, 헤이스팅스 공, 해산하기 전에 이곳을 행진토록 전해주시오. (헤이스팅스 퇴장)

랭카스터 오늘 밤은 제경(諸卿)들과 함께 숙박토록 하겠다.

웨스트모어랜드 다시 등장.

왜 우리 군사들은 해산하지 않고 있는가?

웨스트모어랜드 대장들은 전하로부터 대진 명령을 받았기 때문에, 직접 지시하기 전에는 움직이지 않겠다는 것입니다.

랭카스터 군인의 본분을 잊지 않았구나.

헤이스팅스 다시 등장.

헤이스팅스 대주교 각하, 우리 군은 이미 해산했습니다. 멍에를 벗어난 수송아지처럼 동서남북으로 흩어졌습니다. 그들은 방과 후의 초등학교 아동처럼 제각기 집으로, 놀이터로 서둘러 가고 있습니다.

웨스트모어랜드 좋은 소식이다. 헤이스팅스 공, 그것을 들은 이상 반역자들이여, 대역죄로 너를 체포한다. 대주교 각하, 그리고 모브레이 경, 두 사람 모두 대역죄로 포승(捕繩)을 받아라.

모브레이 이것이 공명정대한 방법인가?

웨스트모어랜드 너희들의 폭거가 공명정대한 일인가?

대주교 이렇게 해서 서약을 파기하는가?

랭카스터 서약 따위는 하지 않았다. 나는 다만 너희들의 고충을 듣고, 개정할 것은 개선한다고 말했을 뿐이다. 그 일은 명예를 걸고, 기독교도답게 기필코 이행할 것이다. 하지만 너희들 반역자들은 모반을 기도하고 실행한 이상, 그 행위에 상응하는 벌을 받아야 한다고 각오를 해야 한다. 너희들이 군사행동을 한 것은 어리석은 일이었다. 출전하자마자 어리석게도 해산한 것은 우직한 일이었다. 우리는 우렁차게 나팔 소리를 내면서 사방으로 흩어진 적들을 토벌하겠다. 오늘 무혈의 승리를 거둔 것은 오로지 신의 은총이다. 이 반역자들을 끌고 가라. 가는 곳은 단두대이다. 그곳은 반역자들의 목숨을 끊는 적절한 잠자리가 된다. (일동 퇴장)

제3장 숲의 다른 부분

위기를 알리는 나팔 소리. 양군(兩軍)의 돌격. 폴스타프와 콜빌 등장하여 서로 만난다.

폴스타프 이름을 대라. 너의 신분은 무엇인가? 출신은 어딘가?

콜 빌 나는 훈작사 콜빌 오브 더 데일이다.

폴스타프 알겠다. 너의 이름은 콜빌, 너의 신분은 훈작사, 그리고 너의 고향은 데일이로구나. 이름은 콜빌이라도 괜찮은데, 신분은 반역자이고 고향은 토굴 감옥이다. 그러니까 여전히 깊은 계곡의 뜻인 "데일"을 고향이라 해두자.

콜 빌 귀하는 존 폴스타프 경이 아닌가?

폴스타프 그 이름에 합당한 사나이다. 자아, 항복하겠는가, 아니면 땀 좀 빼야 하는가? 만약에 내가 땀을 흘리면, 그것은 너의 애인들의 눈물이 된다. 그 눈물은 너의 죽음을 애도하고 있다. 그러니 공포심을 흔들어 깨워 벌벌 떨면서 나에게 자비심을 비는 편이 낫겠다.

콜 빌 (무릎을 꿇고) 당신은 틀림없이 존 폴스타프 경입니다. 그렇게 생각하고 항복하겠습니다.

폴스타프　내 뱃속에는 수많은 혓바닥이 있다. 그 혓바닥은 제각기 내 이름 선전하는 일을 능사로 삼고 있다. 내가 만약에 보통 크기의 배를 갖고 있다면, 나는 정말이지 유럽에서 가장 민첩한 사나이가 되었을 것이다. 내 배가, 내 배가, 내 배가 나를 망쳤다. 아, 장군님이 오시네.

　　랭카스터의 존, 웨스트모어랜드, 블런트 및 기타 등장.

랭카스터　열전의 고비도 지났다. 이젠 더 이상 추격할 필요가 없다. 웨스트모어랜드 공, 군대를 불러들이시오.

　　웨스트모어랜드 공 퇴장.

여보게, 폴스타프. 지금까지 어디를 헤매고 있었는가? 일이 끝났으니 이제야 얼굴을 내미는가? 그런 게으름을 끝내지 않으면, 어느 때고 너는 교수형 받을 것이다. 교수대 받침대가 너 때문에 부러질지 모르지만.

폴스타프　그런 꾸지람은 저에게 보약이 됩니다. 용기의 보답은 비난과 질책이라고 알고 있습니다만, 전하는 저를 제비나 화살이나 또는 탄환쯤으로 생각하고 계십니까? 이 늙은 몸집을 마음 내키는 대로 빨리 움직일 수 있겠습니까? 저는 있는 힘을 다해 여기까지 죽으라고 달려왔습니다. 백팔십 두의 말을 갈아타고, 온몸이 흙투성이가 되어 순수하고 청결한 용맹심을 발휘해 적군의 용사, 데일의 존 콜빌 경을 생포해왔습니다. 하지만 그런 얘기는 자랑도 안 됩니다. 그는 나를 보자마자 항복했습니다. 제가 말할 수 있는 것은 결국 로마의 매부리코 사나이 시저가 이미 한 말입니다. "왔노라, 보았노라, 이

겼노라" 이것입니다.

랭카스터 그것은 너의 공로라기보다는 그의 기사도 때문이지.

폴스타프 그건 모르겠습니다. 여하튼 그 사람이 여기 있으니 인도합니다. 그건 그렇고, 오늘의 논공 업적에는 저의 공훈도 기록해주시기 바랍니다.

랭카스터 잘 가게, 폴스타프. 내 신분이 허락하는 한 너의 공훈에 관해서는 실제 이상으로 잘 보고하겠다. (폴스타프를 남겨두고 모두 퇴장)

폴스타프 저 사람이 그만한 지혜가 있으면 야, 공작령 이상의 재산을 가진 셈이게? 사실 저 건실한 젊은이는 나를 싫어하는 것 같아. 도대체 웃는 것을 본 적이 없어. 하지만 그건 대수롭지 않아. 문제는 술을 못 마신다는 거야. 저런 점잔 빼는 놈들 가운데서 쓸 만한 인재를 본 적이 없지. 싱거운 음료수나 축내고 있으니 피가 냉해지기 때문일 거다. 생선만 먹어대니 남성 히스테리에 빠져들지. 그래서 결혼하면 계집애만 줄줄이 낳는 거라나. 그런 놈들은 대부분 멍청이거나 겁쟁이들이야. 우리도 술기운으로 확 달아오르지 않으면 저런 애가 되고 말 걸. 좋은 셰리술은 이중의 효과가 있단 말씀이야. 첫번째로, 머리에 치밀어 오르지. 그러면 머릿속에서 흐물흐물 괴어있는 팁팁한 독기를 증발시키고, 머리를 홀가분하게 만들어준단 말이야. 그렇게 되면 머리는 쌩쌩 돌아가는 거야. 창조력이 생기지. 이 힘이 목소리가 되어 혀로 옮겨지면 기상천외의 기지가 발휘되는 거야. 셰리술의 두 번째 효능은 피를 따뜻하게 하는 일이네. 전에는 냉냉하게 고여 있던 피가 간장을 창백하게 만들어 이 때문에 사람이 무기력해진다는 얘기야. 그런데 셰리주 한 잔 걸치면, 순식간에 온몸의 오장육부가 벌겋게 달아올라 구석구석에 술기운이 돌고 얼굴빛을 환하게 만들어주는 거란다. 얼굴은 몸의 불꽃이야. 신체라고 하는 소왕국에 즉시 무장 경보를 내리지. 그러면 활기찬 평민들과 몸체 안에 있는 국민인 전신의 정기(精氣)들이 그들의 사령관인 심장에 집결하는 거야. 수행원들에 둘러싸여 의기양양해진 사령관은 마음이 부풀어 무슨 일이나 용감하게 해낸다네. 이런 용기가 바로 셰리술에서 오는 거다. 따라서 무술도 그것을 작동시키는 술이 없으면 무용지물이란다. 학문도 마찬가지. 술이 거나해져서 발동이 걸려야지 순조롭게 활용되는 것. 그렇지 않으면 악마가 숨겨놓은 황금 더미와 같은 거다. 헨리 왕자가 용감한 것도 술 때문이다. 본성은 원래 아비를 닮아서 냉혈한이었지. 메마르고, 헐벗고, 쓸모없는 돌짝밭에 특급주 영양 많은 셰리술을 열심히 퍼부으면서 땅을 갈고 비료를 주는 노력 끝에 지금은 뜨거운 열혈한(熱血漢)이 되었어. 내게 자식들이 천 명 있다고 한다면, 내가 가르치고 싶은 첫 번째 가훈은 싱거운 술을 멀리하고, 독주를 퍼마시라는 것이다.

바돌프 등장.

어떻게 됐나, 바돌프?

바돌프 군대는 해산하고 흩어졌어요.

폴스타프 가도록 내버려둬라. 나는 글로스터셔를 돌아서 가련다. 그곳의 양반 로버트 섈로 집에 들를 작정이다. 그놈 호주머니를 이 손으로 실컷 주물러놓았으니, 이번에 가기만 하면 그놈의 돈은 내 것이 되겠지. 자, 가자. (두 사람 퇴장)

제4장 웨스트민스터, 예루살렘 방

왕 헨리, 왕자 클래런스 공 토머스, 글로스터 공 험프리, 워릭 및 기타
등장.

왕 그런데 제경들, 만약에 우리들 집 앞에서 선혈을 흘리고 있는 이
내란이 하느님의 보호로 무사히 수습될 수만 있다면, 그때에는 젊
은이들을 인솔해서 성지 원정의 길에 나설 생각이며, 나는 앞으로
신의 이름으로 된 전쟁 이외에는 두 번 다시 칼을 빼지 않을 생각
으로 있소. 이미 함정은 출항 준비를 끝내고, 병력은 집결하고, 부
재자는 대행자에게 일을 위임하고 있소. 여기까지는 만사 내 뜻대
로 진행되었소. 다만 내 건강이 시원스레 회복되지 않고 있기 때문
에, 아직까지 준동(蠢動)하는 반도(叛徒)들이 완전히 복종할 때까지
는 행동을 주저하고 있을 따름이오.

워 릭 건강 회복도, 반란 진압도 폐하의 소원대로 되는 날이 눈앞에 다가
왔습니다.

왕 글로스터 공 험프리, 너의 형 태자 해리는 지금 어디 있느냐?

글로스터 윈저에 사냥하러 간 듯합니다.

왕 누가 동행하고 있는가?

글로스터 그건 알 수 없습니다.

왕 동생 클래런스 공 토머스는 함께 가지 않았는가?

글로스터 아닙니다. 클래런스 공은 여기 있습니다.

클래런스 부왕 폐하, 소자에게 무슨 일이십니까?

왕 아니다. 토머스, 그냥 건강하게 있으면 족하다. 그런데 너는 어째
서 형과 함께 있지 않는가? 형은 너를 사랑하고 있는데, 토머스, 너

는 형을 등한시하는 듯하다. 해리는 동생 가운데 너를 가장 아끼고 있다. 이 일을 잘 생각해두라. 내가 없으면 국왕인 그와 다른 형제들 사이에서 중요한 역할을 하는 것은 그다음 동생인 너의 몫이 된다. 그러니 무관심하지 마라. 냉담한 태도를 보이거나, 그의 의사를 무시하거나, 그의 사랑을 무뚝뚝하게 받아들이기 때문에 너에 대한 호의가 식으면 안 된다. 그는 이쪽에서 잘해주면 마음이 부드러운 사람이다. 가련한 것을 보면 눈물도 흘리고, 자비심은 태양처럼 관대해서 아낌없이 손을 벌리고 내놓는다. 다만 한 번 화가 나면, 부싯돌처럼 불꽃을 튀기고, 겨울 하늘처럼 변덕이 심하고, 새벽에 부는 싸늘한 바람처럼 격렬해진다. 그러기 때문에 그의 기질은 충분히 주의하고 조심해야 한다. 그의 잘못을 나무랄 때는 명랑하고 즐거운 시간을 택해 정중하게 말해야 한다. 그러나 기분이 언짢을 때는 잠시 멋대로 놔둔 다음, 육지에 올라온 고래가 발버둥치며 지쳐버리는 시간이 있듯이, 그의 격정이 자연스럽게 진정되는 것을 기다려야 한다. 이것을 잊지 마라, 토머스, 그렇게 하면 너는 친구들을 지키는 방벽이 되며, 가족들을 감싸고 결합시키는 황금의 테가 될 것이다. 이토록 한 집안의 피를 모으는 그릇은, 비록 반란의 독을 쏟아붓는 사람이 있어도 — 반드시 그런 일을 하는 사람이 나타나는 법인데 — 그런 독약을 주입할 틈을 주지 않는 법이며, 화약을 써도 그 그릇은 금이 가고 피를 쏟는 일이 없을 것이다.

클래런스 알겠습니다. 앞으로는 형님을 사랑하고, 소중히 여기겠습니다.

왕 토머스, 윈저에 함께 갔으면 좋을 뻔했다.

클래런스 윈저가 아닙니다. 형님은 런던에서 식사를 하신답니다.

왕 누구와 식사를 한다고 하느냐, 알고 있는가?

클래런스 포인즈라든가, 늘 어울리는 패거리들입니다.

왕　　비옥한 땅일수록 잡초가 무성하다. 해리는 나의 젊은 모습 그대로 인데, 그의 훌륭한 모습도 잡초에 덮여서 자취를 감췄다. 나의 슬픔 은 죽은 후에도 이 세상에 남아서 계속될 것이다. 나의 심장은 피의 눈물을 흘리지 않을 수 없다. 이윽고 내가 조상들과 함께 지하에서 잠드는 날이 올 때, 너희들은 너무도 무질서한 세계와 썩어빠진 시 대를 보게 되겠지, 그 일은 눈앞에 선하게 보인다. 왜냐하면 그의 방 탕한 행동을 누를 수 있는 장치가 없고, 격정과 뜨거운 피가 그의 상 담역이 되고 있는 실정에서, 그가 마음껏 쓸 수 있는 돈과 헝클어진 마음이 함께 손을 잡기만 하면, 아아, 그렇게 되면 그의 욕망은 한없 는 날개를 펴고, 길을 막는 어떤 위험이나 타락의 구렁텅이에도 뛰 어들 것이기 때문이다!

워 릭　　폐하, 그런 생각은 잘못되었습니다. 전하께서는 지금 친구에 관해 서 공부를 하고 있습니다. 이 일에 숙달되려면 외국어 공부를 할 때 와 마찬가지로 천한 말도 듣고 보고 배워둘 필요가 있습니다. 그러 나 한번 배우고 난 후, 그 말이 천박한 말인 것을 알게 되면 멀리한 다는 사실을 폐하께서는 알고 계십니다. 전하께서도 때가 되면 천 한 말을 버리듯이, 주변의 천박한 친구들을 멀리하게 될 것입니다. 그리하여 그 기억이 앞으로는 사람을 판단하는 기준이나 척도가 되어 전하에게 큰 도움이 될 것입니다. 그야말로 전화위복입니다.

왕　　그러나 썩은 고기에 집을 만든 벌은 좀처럼 그곳을 떠나지 못한 다.

　　　웨스트모어랜드 등장.

　　누구냐? 웨스트모어랜드가 아닌가!

웨스트모어랜드　　폐하의 건강을 축원하면서 동시에 새로운 낭보를 보고할 수 있게 된 것을 마음속으로 기쁘게 생각합니다! 존 왕자께서는 폐하의 손에 삼가 입을 맞추고 인사를 드립니다. 모브레이, 대주교 스크루프, 헤이스팅스, 그리고 여타 인간들이 폐하의 이름으로 처형되었습니다. 지금 이 순간부터는 반역자의 칼은 모조리 모습을 감추고, 평화의 신은 곳곳에 올리브의 가지를 펼치고 있습니다. 어떻게 해서 이 같은 승리를 쟁취했는지 그 내력에 대해서는 이 서신에 자세히 적어놓았으니 폐하께서는 천천히 읽어주시기 바랍니다.

왕 아아, 웨스트모어랜드, 그대는 여름의 새로다. 어두운 겨울이 끝날 무렵 일찍 날아와서 밝은 아침이 튼 것을 알리는 한 마리 새로다.

　하코트 등장

또 다른 소식이 왔구나.

하코트 신이여, 온갖 적으로부터 폐하를 지켜주소서. 그리고 앞으로 폐하에게 칼을 드는 자가 나타나면, 지금 보고드리는 반역자들처럼 즉시 멸망하소서! 노섬벌랜드 백작, 그리고 바돌프 경 두 사람은 영국과 스코틀랜드 연합군을 이끌고 왔습니다만 요크셔의 주장관에 의해 격파되었습니다. 그 전투의 경과에 대해서는 자세하게 이 서면에 적어두었습니다.

왕 반가운 소식이 답지하고 있는데 내 마음이 괴로운 것은 웬일인가? 행운의 여신은 양손에 가득히 선물을 들고 오지 않는 모양인가. 반가운 소식을 전하는 것도 반드시 추악한 글씨로 써야 하는가? 여신은 식욕을 일으키지만 음식물을 주지 않는다. 이것이 건강하지만 가난한 사람의 운명이다. 그런가 하면 한편으로는 음식물을 대접해놓고 식욕을 뺏어간다. 이것이 부자의 운명이다. 넘치는 재화를 소유하면서도 그것을 즐기지 못한다. 나는 지금 이처럼 반가운 소식을 접하면서도 즐겁기는커녕 눈이 어두워지고, 머리가 어지럽기만 하다. 아, 내 곁으로 누가 오너라! 나는 지금 몹시 아프다.

글로스터 폐하, 정신 차리세요!

클래런스 괜찮으십니까, 폐하!

웨스트모어랜드 폐하, 힘내세요, 정신 차리세요.

워 릭 왕자님들, 침착하세요. 폐하께서는 요즘에 이런 발작을 자주 하십니다. 조금 떨어져서, 시원하게 바람을 쐬도록 해주세요. 곧 회복하실 것입니다.

클래런스 아닙니다. 이런 고통을 오래 견디지는 못하십니다. 끊임없는 근심 걱정이 생명을 에워싸는 육체의 벽을 파손했기 때문에 생명이 투명한 벽을 뚫고 밖으로 뛰어나오려고 합니다.

글로스터 나는 국민들이 수군거리는 소문이 걱정입니다. 그 소문에 의하면, 최근에 아버지 없는 아이와 기형아들이 숱하게 탄생한다는 것입니다. 게다가 일기도 불순해서 한 계절이 몇 달씩이나 잠들고 있다가, 갑자기 껑충 뛰어 앞으로 달려간다는 것입니다.

클래런스 이상하게도 템스강이 세 번씩이나 범람해서 그동안 물이 빠져나가지 않았다는 것입니다. 색 바랜 연대기라 할 수 있는 늙은이들 얘기에 의하면, 이와 똑같은 일이 증조부 에드워드 3세가 병사하기 직전에 일어났었다는 것입니다.

워 릭 제발 작은 소리로 말하세요. 폐하가 듣겠습니다.

글로스터 이번의 졸도로 돌아가실 것만 같아요.

왕 부탁이다. 나를 일으켜다오. 나를 다른 방으로 조용히 데려가다오.

(일동 퇴장)

제5장 다른 방

왕은 병상에 누워 있다. 클래런스, 글로스터, 기타 사람들 다시 등장.

왕 제발 조용히 해다오. 조용히. 다만 이 피곤한 마음에 부드럽게 속
삭이며 잠으로 인도하는 음악만은 좋다. 워릭. 악사들을 불러서 옆
방에서 연주하도록 하라.

왕 이 머리맡에 왕관을 놓아라.

클래런스 눈빛이 흐려진다. 안색이 변하고 있다.

워 릭 조용히, 조용히!

왕자 헨리 등장.

왕 자 클래런스는 어디 있는가?

클래런스 여기 있습니다. 형님, 슬픔에 가슴이 내려앉습니다.

왕 자 어떻게 된 영문인가. 바깥은 갠 날인데, 집안은 소낙비로구나! 부
왕께서는 어떠신가?

글로스터 이미 중태이십니다.

왕 자 승전의 소식은 들으셨는가? 폐하께 말하라.

글로스터 소식을 듣는 순간 건강이 악화되었습니다.

왕 자 기쁨에 넘쳐 실신하셨다면, 약 없이도 회복되겠구나.

워 릭 조용히 하십시오. 전하께서도 목소리를 낮추세요. 부왕께서는 잠
에 드시려고 합니다.

클래런스 그러면 우리들도 일단 별실로 물러가기로 하자.

워 릭 전하께서도 함께 가시죠.

왕 자 아니다. 나는 계속 부왕 곁에 있겠다. (왕과 왕자를 남기고 일동 퇴장)

어째서 왕관을 머리맡에 놔두고 계실까? 잠자리 벗으로는 아주 귀찮은 존재인데. 아, 번쩍거리는 불안의 원천이여! 황금의 걱정거리! 너는 수면의 대문을 활짝 열고, 얼마나 많은 불면의 밤을 맞이하였는가! 그 왕관을 껴안고 잠을 자다니! 하지만 그 잠은 조잡한 잠자리 모자를 쓰고 코를 골며 하룻밤을 지나는 사람들의 잠에 비하면 턱없이 편하지도 않고, 깊은 수면이 되지도 못할 것이다. 아아, 옥좌여! 너는 그곳에 앉는 자를 괴롭히며, 한여름 날 중장비를 걸친 병사처럼 신변의 안전만은 보장하지만 몸을 태우는 고통을 벗어날 수 없게 만들고 있다. 입 언저리에 깃털이 붙어 있네. 숨결이 없으니 움직이지 않구나. 숨이 있다면 저 가벼운 깃털이 움직이겠지. 폐하여! 부왕이시여! 기나긴 잠에 드셨는가. 이 같은 잠이 옛날부터 지금까지 얼마나 많은 영국 왕의 머리로부터 황금의 관을 탈취해 갔는가. 제가 부왕께 바칠 수 있는 것은 피를 이어받은 아들의 눈물과 깊은 슬픔뿐입니다. 부왕이시여, 가족의 정과 사랑과 진심으로 그것을 아낌없이 바칩니다. 제가 당신으로부터 받는 것은 이 왕관입니다. 그것을 왕이신 당신의 핏줄로서 제가 이어받습니다. (왕관을 머리에 얹고) 보세요, 제 머리 위에 자리한 이 왕관을. 이 왕관을 신은 지켜주실 겁니다. 비록 온 세상의 힘이 거대한 하나의 완력이 된다 하더라도 저로부터 이 정당한 혈통의 영예를 강탈할 수는 없을 것입니다. 저는 이것을 저의 자손에게 전하겠습니다. 부왕이 저에게 주신 것처럼. (퇴장)

왕   워릭! 글로스터! 클래런스!

워릭, 글로스터, 클래런스, 기타 사람들 다시 등장.

클래런스 부르셨습니까?

워 릭   무슨 일이십니까, 폐하? 어떠십니까?

왕   어째서 나를 혼자 두고 가버렸는가?

클래런스 형님을 곁에 두고 갔습니다. 부왕 곁에 앉아서 간호하셨기 때문
        입니다.

왕   태자 해리가? 어디 있는가? 얼굴을 보고 싶다. 여기에는 없구나.

워 릭   문이 열려 있습니다. 이 문으로 나가셨습니다.

글로스터 우리들이 머물고 있던 방은 통과하지 않으셨어.

왕   왕관은 어디 있는가? 누가 왕관을 내 머리맡에서 갖고 갔는가?

워 릭   저희들이 물러날 때 왕관이 있었습니다.

왕   해리가 갖고 갔구나. 왕자를 찾아오라. 너무나 성급했구나. 내가
        잠든 것을 보고 죽었다고 생각했는가. 워릭, 그 녀석을 찾아라. 꾸
        짖고 데려오라. (워릭 퇴장) 그의 이런 행적이 나의 병을 악화시킨다.
        그리고 나를 죽게 만들 것이다. 알겠는가, 아들이란 애물단지로다.
        황금이 목적이 되면, 부자지간도 순식간에 골육상쟁의 아귀다툼이
        된다! 이런 일 때문에 어리석게도 아이를 감싸던 아비들은 근심 걱
        정으로 잠을 잃고, 마음고생으로 머리가 깨지고, 노동으로 뼈를 깎
        는 아픔을 삼킨다. 결국은 이런 일을 당하려고 그들은 부정한 수단
        을 써가면서 더러운 돈을 모아 쌓아두었단 말인가? 이런 일을 당하
        려고 그들은 애들에게 문무(文武) 양쪽의 갖가지 기예를 습득시키
        느라 고생하였는가. 마치 꿀벌이 꽃과 꽃으로 날아다니면서 달콤
        한 꿀을 모으고, 다리에 밀랍을 붙이고, 입에는 꿀을 품고 벌통에
        오지만 수고한 보람도 없이 살해당하는 처참한 꼴이로구나. 그토
        록 애써 모은 재산이 죽어가는 아비에게 쓴맛을 남기는구나.

        워릭 다시 등장.

어디에 갔는가? 해리는? 그의 편을 드는 병마가 내 목숨을 탈취하는 시간도 못 참는가?

워 릭 폐하, 전하께서는 옆방에 계셨습니다. 뺨에 흐르는 뜨거운 눈물을 닦고 계셨습니다. 깊은 슬픔에 잠긴 왕자를 보면, 사람의 생피만을 마시는 폭군도 흘러 넘치는 눈물로 더러운 칼날을 깨끗하게 씻었을 것입니다. 전하는 곧 오십니다.

왕 그런데 왕관을 갖고 간 이유는 무엇인가?

　　왕자 헨리 다시 등장.

아아, 왔구나. 이 곳에 오너라. 해리. 나머지 사람들은 물러가라. 우리 둘만 남아서 얘기를 나누겠다.

　　워릭과 기타 사람들 퇴장.

왕 자 두 번 다시 말씀을 들을 줄 몰랐습니다.

왕 그랬으면 좋겠다는 생각이 있기 때문이다. 내가 이 세상에 너무 오래 있었기 때문에 넌덜머리가 났을 것이다. 옥좌가 비는 것을 참지 못하고, 때가 여물기 전에, 내 명예를 빼앗아 그것을 몸에 걸치려고 했으니! 어리석은 젊은이로다! 왕관은 너를 짓누르는 무거운 짐이 될 것이다. 잠시 동안이다. 조금만 더 기다려라. 나의 왕권은 지금 숨을 몰아쉬며 미풍에도 흐트러질 듯이 간신히 모양을 유지하고 있는 비구름이다. 구름은 비가 되어 흘러내린다. 내 인생은 끝나고 있다. 네가 훔쳐간 왕관은 두세 시간만 지나면 아무 탈 없이 네 것이 될 텐데, 임종에 이르러 너는 내가 생각한 대로의 인간임이 입증되었다. 네가 사는 방식으로 보아 너는 나를 사랑하지 않는다고 알고 있었다. 지금 너는 그것을 확인시키면서 나를 보내고 있다. 네 가슴은 수많은 비수를 품고 있다. 그것을 너는 돌 심장으로 갈고 갈아서 이제 반 시간이면 죽을 운명인 내 목숨을 난도질하려는가. 예끼 이놈! 겨우 반 시간도 못 참아주느냐? 그렇다면 빨리 가서 네 손으로 나의 무덤을 파라. 그리고 나의 죽음이 아니라, 네가 왕위에 올랐다는 것을 알리기 위해 즐겁게 종을 치고 울려라. 내 관에 흐르는 눈물은 모조리 향유로 변해 너의 머리 위에 뿌려서 대관식을 완성하고, 나는 잊혀진 망자의 흙 속에 버려두어라. 너에게 생명을 주었던 이 몸은 벌레가 파먹도록 내버려두라. 내가 임명한 공무원들을 모두 파직하고, 내가 공포한 법령은 모조리 폐기하라. 질서를 우습게 아는 시대가 왔기 때문이다. 헨리 5세가 즉위하신다! 번영하라, 허영이여! 타도하라, 군주의 권위여! 왕을 보좌하는 궁신들이여, 물러가라! 영국의 궁전에는 각지에서 올라온 무능한 잡놈들만 모여라! 이웃 나라들이여, 너희들 나라의 인간 쓰레기를 청소해서 이곳에 보내라! 욕설을 하고, 술을 퍼마시고, 춤을 추고, 밤새우며 떠들고, 강도질과 학살을 하며, 구식의 범죄를 새로운 방식으로 해내는 악당들이 있으면, 기뻐하라. 그들은 이미 너희들을 괴롭히지 않을 테니, 기뻐하라. 영국은 그들의 죄를 미화해서 그들에게 관직과 명예와 권력을 주려고 한다. 헨리 5세는 지금까지 쇠사슬에 매어 있던 방종이라는 미친 개를 풀어주고, 온갖 장소에서 순진한 사람들을 물어뜯게 내버려두려고 한다. 아아, 계속되는 내란으로 병들고 쇠약해진 가련한 왕국이여! 나의 노력에도 불구하고 너의 혼란을 수습하지 못했는데, 혼란 그 자체인 그가 이 나라를 통치하게 되면, 너는 어떻게 될 것인가? 아, 다시 황야로 돌아갈 수밖에 없구나. 원시의 주민인 늑대가 와글거리던 그 황야로!

왕 자 (무릎을 꿇고) 아아, 용서하십시오, 부왕이시여! 이 눈물이, 넘쳐흐르는 이 눈물이 제 말을 막고 있기 때문에, 부왕의 비통하고 엄하신 질책을 길게 듣기 전에 미리 막을 수 없게 되었습니다. 왕관은 여기 있습니다. 영원히 왕관을 쓰시는 신이여, 이것을 오랫동안 부왕 곁에 간직하도록 해주세요! 제가 이것을 귀중하게 생각하는 것은 부왕의 명예와 명성의 표시가 되기 때문입니다. 그 이외의 야심은 없습니다. 그렇지 않으면 저는 두 번 다시 무릎을 꿇고 일어서지 않게 될 것입니다. 이토록 겸손한 저의 자세는 제 진심이 외형(外形)의 자세를 취하도록 명하였기 때문입니다. 하느님을 증인으로 삼고 말씀드리겠습니다. 제가 조금 전에 이 방에 와서 부왕의 숨이 끊어진 것을 알고, 저의 심장은 얼어버린 듯했습니다! 만약에 제 말이 거짓이라면, 저는 차라리 현재의 방탕한 생활을 하면서 죽는 편이 낫겠습니다. 제가 스스로 변하고자 하는 결심을 세상이 냉담한 눈으로 본다면 저는 이 세상을 더 오래 살아갈 생각이 없습니다! 부왕을 만나러 왔을 때, 목숨이 다하셨구나 생각하고는 저도 숨이 끊어지는 아픔으로 왕관에 대해서 마치 살아 있는 사람에게 말하듯이 비난을 퍼부었습니다. "너 때문에 생긴 심뇌(心惱) 때문에 부왕은 몸을 망쳐 생명을 단축하게 되었다. 때문에 너는 최고의 황금이면서, 동시에 최악의 황금이 된다. 너보다 순도가 낮은 황금도 먹는 약으로 목숨을 건지는 일에 사용되는 것은 값진 일이다. 그런데 순도가 높기 때문에 존중되는 너는 주인의 목숨을 빼앗고 마는구나." 이렇게 저주를 퍼부으면서, 부왕이시여, 저는 이 왕관을 머리 위에 얹어보았습니다. 말하자면 목전에서 부왕을 죽인 원수에게 그 아들이 도전하는 심경으로 말입니다. 그 순간, 만약에 저의 피가 기쁨에 들끓고 있었다면, 제 가슴이 자만심으로 부풀어 올랐다면, 아니면 저의 반항심이나 허영심이 반가워하면서 왕관이 베푸는 권위와 권력을 즐겁게 맞이하고 있었다면, 신이여, 제 머리 위에서 영원히 이 왕관을 멀리하소서. 그리고 존경심과 공포심에 떨면서 엎드려 있는 저의 몸을 가장 비천한 신하처럼 무릎을 꿇게 해주소서!

왕 아아, 내 아들아, 네가 이 왕관을 갖고 간 것도 하느님의 뜻이다. 그토록 현명하게 변명하면서 아버지의 사랑을 더 받도록 하기 위해서로구나! 이리 오너라, 해리, 내 침상 곁에 와서 앉아라. 잘 듣거라. 이것이 아마도 나의 마지막 훈계가 될 것이다. 하느님은 알고 있지만, 내가 이 왕관을 얻은 경위는 순리에 어긋나는 부정한 경로를 밟았다. 그리고 나 자신이 잘 알고 있지만 이 왕관을 머리에 얹고 있을 동안은 인생이 무사태평하지 않았다. 너에게는 이 왕관이 평화롭게, 민심을 얻으면서 정당하게 양도되도록 하겠다, 이것을 얻었을 당시의 오점은 나와 함께 땅속으로 묻힐 것이다. 나는 이 영예를 폭력으로 쟁취한 것으로밖에 생각되지 않는다. 사실상 이것은 숱한 사람들이 협력했기 때문에 얻은 것이라고 공공연히 비난하는 사람도 적지 않았다. 그런 주장은 날이 갈수록 증폭되어, 항쟁이 되고 유혈사태로 진전되어 평화로워야 하는 이 세상을 흔들어놓았다. 이 대담한 반도들을 너도 알다시피 나는 목숨을 걸고 모조리 멸망시켰다. 나의 치세는 이 한 가지 주제를 연기하는 드라마였다. 그러나 지금 내가 죽으면 주변 상황은 돌변한다. 내가 무리를 해서 얻은 것도, 너에게는 정정당당하게 양도된다. 말하자면 너는 정당한 계승자로서 이 왕관을 머리에 얹게 된다. 하지만 너는 나보다 더 견고한 입장에 있다 하지만, 안심해서는 안 된다. 상처는 아직도 생생히 남아 있기 때문이다. 너는 내 편인 사람들을 너의 친구로 받아들여야 한다. 그러나 그들은 이제 방금 독침이나 이

빨을 뽑은 사람들이다. 그들의 혹독한 노력 때문에 나는 왕위에 앉았지만, 동시에 이들의 힘에 의해 다시 폐위되는 두려움도 있었다. 그것을 피하기 위해서 나는 그중 얼마간을 죽였다. 또한 그들 중 많은 부하를 이끌고 성지 원정 십자군에 참가하는 계획도 세웠다. 무사안일의 세월 속에 그들을 내버려두면, 그들의 눈은 나의 왕위를 노리는 위험에 빠지기 때문이다. 그러니 해리, 변덕이 죽 끓듯이 하는 놈은 해외 원정을 시켜 마음의 여유를 주지 말라. 이국 땅에서 전쟁에 몰두하게 되면, 과거의 원망스러운 추억은 기억에서 사라지게 된다. 아직도 할 말이 많지만, 숨이 차서 더 이상 말할 기력이 없구나. 아아, 신이여, 이 왕관을 쟁취한 경과에 대해서는 용서하소서! 이 왕관을 계승하는 너의 세상이 태평성대(太平聖代)가 되게 하소서!

왕 자 부왕이시여, 이 왕관은 부왕이 쟁취하고, 머리에 얹으시고, 지키면서, 저에게 양도한 것입니다. 그렇다면 이 왕관은 정당하게도 저의 소유가 됩니다. 저는 이것을 지키며 보존하는 데 혼신의 노력을 기울일 것입니다. 비록 전 세계를 상대로 싸운다 해도 말입니다.

　　　랭카스터의 존, 워릭과 기타 사람들 등장.

왕 보아라, 여기 랭카스터의 존이 왔구나.

랭카스터 부왕에게 건강과 평황와 행복이 넘치기를 기원합니다!

왕 내 아들, 존, 네가 행복과 평화를 갖다주었다. 하지만 건강은 슬프게도 젊은 날개를 펴고 이 노쇠한 몸으로부터 사라져 갔다. 너의 얼굴을 봤으니, 나의 이 세상일은 끝났다. 워릭은 어디 있는가?

왕 자 워릭 백작, 부르십니다!

워릭과 기타 사람들 다시 등장.

왕 내가 기절했던 그 방에는 특별한 이름이 있는가?

워 릭 폐하, 예루살렘이라는 이름이 붙어 있습니다.

왕 하느님을 찬양하자! 그 방을 나의 임종의 자리로 삼자. 나는 일찍부터 죽을 때는 예루살렘이라 생각했다. 나는 그곳이 어리석게도 성지(聖地)인 줄만 알았다. 그 방으로 데려가다오. 그곳에서 잠들고 싶다. 해리가 죽는 곳도 그 예루살렘이다. (일동 퇴장)

제5막

제1장 글로스터셔, 섈로의 집

섈로, 폴스타프, 바돌프, 그리고 시종 등장.

섈 로 안 됩니다. 오늘 밤에는 출발할 수 없습니다. 여봐, 데비는 없는가!

폴스타프 제발 용서하시오, 로버트 섈로씨.

섈 로 나는 용서할 수 없습니다. 당신을 용서할 수 없습니다. 절대로 용서할 수 없습니다. 용서란 있을 수 없습니다. 당신을 용서할 수 없습니다. 여봐, 데비!

데비 등장.

데 비　무슨 일이십니까?

샐 로　데비, 데비, 데비, 데비; 어디 보자, 데비; 어디 보자, 데비; 어디 보자 ― 아, 알겠다, 요리사 윌리엄이다. 가서 오라고 해. 존 경, 당신을 용서할 수 없습니다.

데 비　실은 말씀입니다, 어르신네, 저어 이 영장 말씀인데요, 이것은 집행될 수 없습니다. 그리고 또 한 가지, 어르신네, 둔덕에는 밀을 심어야죠?

샐 로　그래, 붉은 밀을 심어라. 데비, 요리사 윌리엄은 어떻게 됐나? 새끼 비둘기는 없는가?

데 비　있습니다요, 대장장이의 청구서가 왔습니다. 편자와 댕기 대금이죠.

샐 로　계산해주어라. 존 경, 용서할 수 없습니다.

데 비　그런데 말씀이에요, 두레박의 고리가 한 개 필요합니다. 그리고 어르신네, 윌리엄의 봉급은 정말로 지불 중지입니까? 전날 힌클리 시장에서 그 사람이 잃어버린 술값 대금 때문이죠?

샐 로　그놈이 변상해야 돼. 데비, 비둘기 몇 마리와 식용 암탉 두 마리, 양고기 큰 살점 한 덩어리, 그리고 맛있는 후식 약간을 준비하라고 요리사 윌리엄에게 일러둬.

데 비　저 군인 양반은 오늘 밤 주무시고 갑니까?

샐 로　그렇다, 데비. 잘 대접해야 돼. "주머니 속의 쌈짓돈보다 왕실의 친구"가 낫다. 부하들도 잘 대접해야 돼. 데비. 소문난 악당 패거리들이야. 등뒤에서 씹는 놈들이지.

데 비　그 사람들 벼룩에 물린 만큼은 심하지 않을 겁니다. 놈들 속옷이 더럽게 구멍이 난걸요.

샐 로　말 잘한다. 데비. 자 빨리 서둘러라. 데비.

데 비 어르신네, 한 말씀 드리겠습니다. 힐에 사는 클레멘트 퍼크스에 고소당한 원코트에 사는 윌리엄 비저에 대해서 잘 부탁드립니다.

샐 로 하지만 비저를 고소한 사람들이 많아, 데비. 그 비저란 놈, 내가 알기로는 천하에 고약한 악당이라면서.

데 비 그놈이 악당인 것은 판사님 앞에서 제가 시인합니다. 하지만 어르신네, 아무리 악당이라도 친구가 부탁하면 특별한 배려를 해주어야 마땅하죠. 선한 사람은 선하기 때문에 자신을 변호할 수 있지만, 악당은 그렇게 할 수가 없어요. 저는 지난 팔 년 동안 어르신네를 충실하게 모셨습니다만 적어도 삼 개월에 한두 번 선인과 법정에서 싸우는 악인을 도와주지 않는다면 판사 어른을 모시는 체면이 서지 않습니다. 그 악당은 저의 친구입니다. 판사님, 어르신네여, 부탁입니다. 살려주세요.

샐 로 좋다. 잘 봐주겠다. 식사 준비를 철저히 하라, 데비. (데비 퇴장) 존 경은 어디 가셨나? 자, 자, 자, 신발을 벗으시고, 바돌프 님, 손을 이리 주세요.

바돌프 만나뵈니 반갑습니다.

샐 로 감사합니다, 친절하신 바돌프 님. (시종에게) 잘 오셨습니다. 용감한 존 경, 이쪽으로 오십시오.

폴스타프 곧 따라가겠습니다. 로버트 샐로 씨. (샐로 퇴장) 바돌프, 말을 보살펴라. (시종 퇴장) 내 몸이 쪼개지면, 샐로 닮은 수염 난 도사의 지팡이가 네 다스나 생길 거다. 그런데 깜짝 놀랄 일은 저놈과 하인들의 마음이 어쩌면 그토록 꼭 닮았느냐는 것이다. 하인들은 저놈을 본뜨다 보니 얼빠진 판사처럼 행동하게 되고, 저놈은 하인들과 어울리다 보니 판사 껍질을 뒤집어쓴 하인처럼 되는구나. 닮은 부부 꼴이라더니 저것들이 닮은 주종 관계로구나. 놈들은 어울려 살기 때문에 기질이 찰떡궁합으로 결합되어 어리석은 기러기 떼와 같이 사이좋게 몰려다니는구나. 섈로 판사에게 부탁할 일이 있으면 우선 하인 놈들 비위를 맞춰야겠네. 너희들만큼 주인 양반의 신용을 얻고 있는 사람들은 없다고 아첨 떨면서 말이야. 하인 놈들에게 부탁할 일이 있으면, 섈로 판사를 부추기면 되지. 당신만큼 하인들을 잘 주무르는 주인은 본 적이 없다고 방정을 떨면서 말이야. 영리한 태도나 어리석은 행동은 전염병처럼 서로가 서로에게 옮겨다니지. 그러니 인간은 친구 잘 골라야 해. 그렇다. 저 섈로 놈을 쑤셔서 해리 왕자에게 들려줄 웃기는 얘기를 만들어보자. 해리 녀석은 유행이 여섯 번 바뀔 동안, 말하자면 법정이 네 번 열리는 동안, 소송이 두 개나 처리되는 동안, 그렇게 긴 시간을 웃음이 멈추지 않아 혼쭐이 날 것이다. 그래, 약간 맹세를 해가면서 거짓말하고, 진지한 얼굴로 농담을 하면 상대는 어깨 쑤시는 줄도 모르고 허둥대는 애송이들이니 얼씨구 좋다 하겠지! 아, 해리 녀석, 막판에는 마구 처박아 둔 젖은 외투처럼 얼굴이 주름투성이가 되어 웃어댈 것이다!

섈 로 (안에서) 존 경!

폴스타프 지금 가네, 섈로 씨, 지금 가요. (퇴장)

제2장 웨스트민스터, 궁전

워릭과 대법원장 등장.

워 릭 안녕하십니까, 대법원장 각하. 어디로 가시는 길입니까?

대법원장 폐하의 용태는 어떠신지요?

워 릭 아주 좋아지셨습니다. 마음의 고통은 모조리 사라졌습니다.

대법원장 설마 돌아가신 것은 아니죠?

워 릭 자연의 길을 다 걸어가셨습니다. 이 세상사에 관한 한 더 이상 생존하지 않으십니다.

대법원장 저를 불러 수반을 명하셨으면 좋았을 것을. 폐하가 살아 계실 때 충성을 다한 소생이기에, 앞으로 어떤 박해를 받을지 알 수 없구나.

워 릭 확실히 젊은 왕은 각하에게 호의를 갖고 있지 않으신 듯합니다.

대법원장 그건 잘 알고 있습니다. 그러니 소생은 어떤 사태가 벌어져도 달게 맞이할 각오가 되어 있습니다. 하기야, 소생이 이미 마음속에 그리고 있는 상황보다 더 무서운 일이 일어나리라고는 생각지 않고 있습니다.

> 랭카스터, 클래런스, 글로스터, 기타 사람들 등장.

워 릭 저기 돌아가신 헨리 왕의 왕자들이 슬픔에 잠겨 이곳에 왔습니다. 아, 신왕 해리가 저 세 분 중 가장 못한 왕자의 기질이라도 타고났으면 얼마나 좋을까! 그렇게 되면 지금 비열한 인간에게 굴복해야 할 숱한 귀족들이 그들의 지위를 확보할 수 있으련만!

대법원장 오 하느님, 모든 일이 뒤죽박죽 될까 봐 두렵습니다.

랭카스터 안녕하십니까, 워릭 백작.

글로스터 안녕하십니까.

클래런스 안녕하십니까.

랭카스터 말을 잊어버린 인간들처럼 우리는 만나고 있구나.

워 릭 말은 알고 있지만, 우리들의 화제가 너무나 슬픈 것이어서 말수를 줄이고 있습니다.

랭카스터　우리들을 슬프게 하는 부왕의 영혼에 평화가 임하도록 기원하자!

대법원장　그 슬픔이 넘치지 않도록 우리들에게도 평화가 깃들도록 기원합시다!

글로스터　대법원장, 확실히 귀하는 소중한 친구를 잃었습니다. 슬픔에 잠긴 그 얼굴은 절대로 빌려온 것이 아닙니다. 당신의 본심이 드러난 것이라 생각됩니다.

랭카스터　어떤 총애를 앞으로 받을 것인지에 대해서는 아무도 알 수 없지만, 당신의 앞날이 아주 비관적이라는 것은 확실해요. 안 된 일이지만 잘 되도록 기도를 할 수밖에 도리가 없어요.

클래런스　어찌 되었든 존 폴스타프 경의 비위를 맞춰야 합니다. 당신의 성격과는 어긋나는 일이긴 하지만 말입니다.

대법원장　왕자님들, 제가 한 일은 공정한 판단에 의해 양심에 따라 한 일이었습니다. 그것은 명예로운 일이었습니다. 이제 와서 거지처럼 비굴하게 죄도 없으면서 용서를 비는 그런 자세를 보여주고 싶지는 않습니다. 만약에 진실과 곧은 결백성이 제가 살아가는 인생에 방해가 된다면, 돌아가신 전왕에게 돌아가서 그분의 뒤를 쫓게 만든 자가 누구인가를 알리겠습니다.

워　릭　저기 왕자님이 오십니다.

　　　헨리 5세가 시종들을 이끌고 등장.

대법원장　만수무강하소서. 신이여, 폐하를 수호하소서!

왕　왕권이라는 이 화려한 의상은 여러분이 생각하는 것처럼 입기가 편한 옷이 아닙니다. 동생들이여, 너희들의 슬픔에는 불안감이 뒤섞여 있는 듯하다. 그러나 이곳은 영국의 왕실이다. 터키의 궁정이 아니다. 형제를 죽인 아무라스가 아무라스의 뒤를 계승하는 것이 아니다. 헨리가 해리를 계승하는 것이다. 하지만 슬퍼하라, 동생들이여. 그렇게 하는 일이 너희들에게는 어울린다. 너희들이 슬퍼하는 모습은 왕자로서 훌륭해 보인다. 나도 너희들과 마찬가지로 슬픔의 감정을 가슴속에 간직하고 있다. 그러니 마음껏 슬퍼하라. 그러나 동생들이여, 그 슬픔은 우리 형제들이 함께 나누고 있는 것이다. 그것을 제멋대로 혼자서 간직하려고 하지 마라. 나는 하늘에 맹세코 말한다. 너희들은 걱정하지 마라. 앞으로는 내가 너희들의 아버지가 된다. 형이 된다. 나를 사랑하면 너희들의 고통을 내가 맡아주마. 지금은 돌아가신 부왕을 위해 눈물을 흘리자. 나도 울겠다. 그러나 지금 살아 있는 이 헨리 왕은 눈물 한 방울 한 방울을 행복의 한 시간 한 시간으로 바꾸어놓겠다.

왕자들 우리가 원하는 것은 바로 그것입니다.

왕 너희들은 나를 이상한 눈으로 쳐다보고 있다. 특히 대법원장은 그렇다. 내가 그대를 좋아하지 않는다고 생각하는 모양이지.

대법원장 저는 믿고 있습니다. 폐하께서 올바르게 판단하시면, 폐하가 저를 미워할 정당한 이유가 없다는 것을 말입니다.

왕 있을 수 없다! 이윽고 국왕이 되는 큰 앞날을 지닌 왕자가 너로부터 받은 모욕을 어떻게 잊을 수 있겠는가? 그렇다! 영국 왕의 제일 계승자를 욕하고, 야단치며 난폭하게 투옥한 일이 아무렇지도 않은 일인가? 망각의 강 레테에서 씻고 잊어버릴 일인가?

대법원장 그 당시 저는 부왕을 대리하고 있었습니다. 말하자면 저는 국왕의 대권을 대행하는 자리에 있었습니다. 저는 국가의 안전과 질서를 지키고, 국법의 시행에 전념하고 있었습니다. 그런데 폐하는 저의 지위와 법의 힘과 재판의 권위, 그리고 심지어는 제가 대행하고 있는 국왕의 대권까지도 잊어버리고, 장소 불문, 법정의 자리에서 저를 구타하셨습니다. 그래서 저는 부왕에 대한 죄를 범했기 때문에, 저의 권력을 행사해서 왕자님을 투옥했습니다. 이 일이 법에 어긋나는 일이라 생각하시면, 이렇게 생각해주십시오. 이미 왕관을 머리에 쓰고 계시는 오늘, 만약에 폐하에게 왕자가 있다고 합시다. 그가 폐하의 명령에 어긋나게 행동한다면? 거룩한 법정에서 재판의 권위를 끌어내렸다고 한다면? 국법의 집행을 방해하고, 폐하의 평화와 안전을 지키는 정의의 칼날을 무디게 하는 일을 저질렀다면? 더욱이 폐하의 대리이며 분신인 사람을 걷어차고, 조롱하는 일이 있다면? 그래도 폐하는 만족해야 합니까? 폐하 이 일을 자신의 문제로 생각해주십시오. 만약에 폐하가 부친이 되고, 왕자가 있어서, 그 왕자가 왕가의 권위를 더럽히고, 거룩한 국법이 마구 무시당하고, 국왕 자신도 모독당하는 것을 상상해보십시오. 그때 제가 폐하의 편에 들어, 폐하의 권력을 대행하면서 조용히 왕자를 타일렀다면 어떻게 하시겠습니까? 이 부분을 냉정하게 생각하셔서 저에 대한 조치를 강구하시기 바랍니다. 지금은 국왕이 되셨으니, 왕의 입장에서 말씀해주십시오. 지금까지 저의 행위와 직무와 인격, 그리고 폐하의 권위에 손상되는 일이 있었는지 말입니다.

왕　대법원장, 옳아요. 경의 말에는 잘못이 없소. 그러니까 앞으로도 법을 심판하는 직무를 수행해주시오. 그대의 명예가 차츰 높아지고, 나에게도 아들이 생겨, 나와 마찬가지로 경에게 무례한 짓을 한 후에, 경에게 복종하는 날이 올 때까지 오래 살아남으시오. 나도 그때까지 살아남아서 부왕의 말씀을 되풀이하고 싶소. "나는 행복한 사람이다. 나의 아들에 대해서도 겁을 먹지 않고 정의를 행하는 강직한 신하를 거느리고 있으니. 또한 왕자라는 신분이면서도 스스로 자진해서 법의 심판에 자신을 맡기는 아들이 있었으니, 그에 못지않게 행복하다.″경은 나를 감옥에 보냈다. 그 보답으로 나는 그대가 지금까지 몸에 지녀온 깨끗한 정의의 칼을 그대 손에 쥐여주고 싶다. 경이 나에게 했던 것처럼, 대담하고, 공정하고, 불편부당의 정신으로 이 칼을 사용하도록 명심하시오. 자, 악수합시다. 지금은 내가 젊기 때문에 나의 부친처럼 처신해주시오. 그대의 말을 듣고 나는 나라를 다스리겠소. 현명하고 노련한 그대의 지시에 따라서 나의 의사를 조절하고 행동을 결정하겠소. 그리고 형제들이여, 나의 말을 믿어다오. 부탁이다. 부왕은 나의 방탕한 행동을 몰고 무덤 속으로 가셨다. 나의 방탕한 마음은 무덤 속에서 부왕과 함께 매장되었다. 나는 앞으로 부왕의 정신을 계승하여 진지하게 살아가겠다. 나에 대한 세상의 예상을 뒤엎고, 예언을 깨버리며, 나의 겉모습을 보고 나를 결정했던 세상의 악평을 말살하겠다. 지금까지 나의 피는 허황된 생각으로 들떠서 옆길로 쏠렸지만, 오늘부터는 그 흐름을 바꾸어 정상의 길로 돌아가겠다. 양양한 이 나라의 큰 강줄기에 합류하여 위풍도 당당하게 왕권의 위엄을 지니고 흘러갈 것이다. 그러니 우선 국회를 소집하고 싶다. 그리하여 국가의 수족이 되는 훌륭한 고문관들을 선출하고 싶다. 그렇게 하면 우리나라의 국위가 선양되어 최고의 선정을 베풀고 있는 나라들과 같은 수준이 될 것이다. 그리고 전쟁이 일어나건, 평화가 오건, 아니면 두 가지 모두 동시에 밀어닥쳐도 끄떡없이 헤쳐나갈 수 있을 것이다. 이 일에 있어서도 법원장이 나의 길을 인도해야 합니다. 대관식이 끝나면 앞서 말한 대로, 즉시 국회를 소집한다. 나의 뜻에 신이 동의하신다면, 왕족도, 귀족도, 누구든 해리의 행복한 세월을 단 하루만이라도 단축해달라고 기원하는 자

는 없을 것이다. (일동 퇴장)

제3장 글로스터셔, 섈로 집의 정원

폴스타프, 섈로, 사일런스, 데비, 바돌프, 시동 등장.

섈 로 자, 내 정원을 봐주세요. 이 정원에서 내가 직접 접목한 피핀 사과
의 작년 초생치를 먹읍시다. 회향풀이나 기타 것도 한두 쟁반 올릴
테니 들어보세요. 자, 사일런스 군, 자네도 오게. 취침은 먹고 난
다음으로 하십시다.

폴스타프 정말이지 당신은 호화로운 저택을 갖고 계시네요. 훌륭합니다.

섈 로 오두막, 오두막, 오두막입니다. 거지 판잣집이죠. 존 경, 그저 공기
하나는 좋습니다. 데비, 밥상 차려라. 밥상 차려. 그래, 수고했다.
데비.

폴스타프 이 데비는 여러모로 쓸모가 있네요. 하인도 되고, 집사도 되고요.

섈 로 착한 머슴이조, 착한 머슴. 아주 착한 머슴이죠. 아이구, 존 경. 만
찬 때, 나는 과음했나 봐요. 착한 머슴이죠. 자, 앉으세요, 앉으세
요. 자네도 앉게.

사일런스 아, 알겠습니다.(라고 말하더니 노래를 부른다)
먹고 놀고 떠드는 것은
하나님 덕일세,
고깃값 헐한데 계집 값은 비싸니,
총각 놈은 바람 나서 여기저기 헤매고,
어허라 놀아보세,

즐겁게 놀아보세.

폴스타프 　재미있는 사람이다! 사일런스 군, 답례로 너의 건강을 위해 축배를 들겠다.

샬　로 　데비, 바돌프 씨에게 술을 드려라.

데　비 　손님, 앉으세요. 곧, 술을 대령하겠습니다. 우선 앉으십시오. 머슴 양반도 앉으시고. 즐겁게 노세요. 식사가 부족하면, 술로 채우죠. 못난 점은 참아주세요. 반갑습니다. (퇴장)

샬　로 　바돌프 씨, 즐겁게 노세요. 그리고, 거기 있는 꼬마 병정 나으리, 즐겁게 노세요.

사일런스 　(노래한다)

　　　놀자, 놀자, 즐겁게 놀자.

　　　아내가 전부냐,

　　　꼬마도 키다리도 여자는 말괄량이,

　　　남자끼리 술잔 들면 유쾌한 세상,

　　　축제 술이다 마셔보자,

　　　즐겁게 마시고 놀아보자,

폴스타프 　사일런스 씨가 이토록 유쾌한 사람인 줄은 미처 몰랐네.

사일런스 　저 말입니까? 저도 간혹 이렇게 놀아봅니다

　　　데비 다시 등장.

데　비 　(바돌프에게) 손님께 드리려고 사과 한 쟁반 들고 왔습니다.

샬　로 　데비!

데　비 　네, 판사님! (바돌프에게) 곧 오겠습니다. (사일런스에게) 포도주 한 잔 드릴까요?

사일런스 　(노래한다)

좋은 포도주 한 잔이면 족하지,

님을 위해 축배를 들자.

유쾌한 마음으로 천년만년 살자.

폴스타프　잘하네요, 사일런스 씨.

사일런스　즐겁게 놉시다. 달콤한 밤이 옵니다.

폴스타프　사일런스의 건강과 장수를 위해 건배를 합시다.

사일런스　(노래한다)

그 잔을 채우면 받으리라,

밑바닥까지, 밑바닥까지 마시리라.

샬　로　바돌프, 잘 오셨소. 원하는 것이 있으면 무엇이든 말하세요. 주저
마시고 말하세요. (시동에게) 잘 왔네. 꼬마 도둑아. 정말 잘 왔네. 바
돌프 씨를 위해, 그리고 런던의 모든 멋쟁이들을 위해서 건배를 합
시다.

데　비　죽기 전에 런던을 보고 싶네.

바돌프　내가 런던에서 너를 만나면 ― 데비?

샬　로　틀림없어, 뒷병으로 부어라 마셔라겠지! 안 그래요, 바돌프 씨?

바돌프　두 되 들이 병으로 마시겠죠.

샬　로　잘 말했네. 이놈은 당신한테 붙으면 안 떨어져요. 결코 등을 돌리
고 도망칠 사람이 아니죠. 진국이요, 순종이죠!

바돌프　나도 그 사람 옆에 바싹 붙어 있겠습니다.

샬　로　야, 멋진 말씀이네. 실컷 마시고 기분 내십시오. (안에서 문을 두드리
는 소리) 누가 왔나? 문을 두드리네? 여보게, 가보게나. (데비 퇴장)

폴스타프　(사일런스가 큰 잔으로 마시는 것을 보고) 옳거니, 이것은 화답의 술잔
이로군.

사일런스　(노래한다)

이것은 화답의 술잔,

주선(酒仙)의 작위를 주시오,

주신 바커스 만만세!

어떻습니까?

폴스타프 훌륭하다.

사일런스 훌륭합니까? 그렇다면 이 늙은이도 쓸 만하네요.

데비 다시 등장.

데 비 (폴스타프에게) 실례합니다, 각하. 피스톨이라는 분이 오셨습니다. 궁정에서 소식을 전하러 왔습니다.

폴스타프 궁정에서! 불러들이게.

피스톨 등장.

피스톨, 어떻게 된 영문인가?

피스톨 존 경, 안녕하십니까!

폴스타프 피스톨, 무슨 바람이 불어서 여기까지 왔는가?

피스톨 나쁜 바람이 아닙니다. 좋은 소식이죠. 대장께서는 지금 왕국 최고 의 인물들 틈에 끼게 되었습니다.

사일런스 그렇고말고요. 크기로 말할 것 같으면, 제일 크지요. 바슨의 퍼프 씨 다음으로는 말이죠.

피스톨 퍼프라, 내가 푸우 불어주고 싶다. 비겁한 놈, 겁쟁이 놈! 존 경, 저 는 당신의 피스톨, 당신의 친구입니다. 숨 가쁘게 말을 타고 달려 온 것은 반가운 소식을 알리고, 황금시대가 온 것을 전하기 위해서 입니다.

폴스타프 부탁이다. 세상에서 통하는 말로 말해다오.

피스톨 세속적인 것은 안 돼. 이 세상 저속한 말로 됩니까! 이 소식은 아프리카 보물 같은 것인데.

폴스타프 천박한 아시리아의 기사 양반, 그 반가운 소식을 말해주세요. 아프리카 왕 코페튜아가 귀기울일 테니.

씨일런스 (노래한다)

로빈 후드를 따르는

스칼렛과 존.

피스톨 야, 이 똥개들아, 헬리콘 님에게 대항할 참이냐? 모처럼 반가운 소식을 와장창 조롱할 참이냐? 그렇다면 좋다. 피스톨이여, 네 머리를 복수의 여신의 무릎에 얹고, 이 원한을 풀도록 하라.

샐 로 여보세요, 당신은 초면인데요.

피스톨 초면인 것을 슬퍼하라.

샐 로 실례했습니다. 만약에 당신이 궁정에서 소식을 듣고 왔다면, 길은 두 갈래밖에 없습니다. 즉시 알리거나 은폐하는 일입니다. 나는 국왕 폐하의 임명을 받고 관직에 있는 몸입니다.

피스톨 어느 국왕이란 말인가? 무식한 놈. 말하라, 안 하면 죽인다.

샐 로 물론 국왕 헨리입니다.

피스톨 헨리 4세인가, 5세인가?

샐 로 물론 4세 폐하입니다.

피스톨 그렇다면 너의 관직은 누더기가 되었다! 존 경, 당신의 귀여운 어린 양이 왕이 되었습니다. 거짓말이 아니라, 진담입니다. 피스톨이 거짓말을 하거든 스페인의 허풍쟁이처럼 이렇게 나를 모욕해도 좋소.

폴스타프 뭐야? 늙으신 폐하는 돌아가셨는가?

피스톨 틀림없이 돌아가셨어요! 제 말은 사실 그대로입니다.

폴스타프 바돌프, 출발이다! 말 안장을 올려라. 섈로 판사, 원하는 관직을 말해보시오. 반드시 마련해주겠소. 피스톨, 너에게도 두 곱 세 곱으로 명예를 안겨주겠다.

바돌프 아 기쁜 날이로구나! 훈작사 정도의 감투로는 만족할 수 없어.

피스톨 어떤가, 대단한 소식이지?

폴스타프 사일런스 씨를 침대로 모셔라. 섈로 님, 아니 섈로 경, 당신은 소원 성취하게 되었소. 내가 운명의 신의 집사(執事)가 되었기 때문이죠. 자, 구두를 신으시고, 밤새 말을 달리는 겁니다. 피스톨, 너는 착한 놈이다! 바돌프! 급히 서둘라! (바돌프 퇴장) 자, 피스톨, 더 자세히 말해다오. 그리고 자네가 어떻게 하면 더 출세할 수 있는지 생각해두게. 자, 구두를 갖고 오라, 구두다! 섈로 님, 젊은 국왕께서는 나의 도착을 고대하고 있을 겁니다. 누구의 말이라도 상관없다. 강제로라도 끌어내라. 영국의 법이 내 손아귀에 있다. 내 친구들은 축복을 받았구나. 딱하게 된 것은 저 대법원장이다!

피스톨 놈의 허파를 독수리에게 먹여라! "즐거웠던 나의 인생은 어디로 갔는가?"라고 놈들은 노래를 부르고 있겠지. 즐거운 인생은 지금 우리들 수중에 와 있다. (일동 퇴장)

제4장 런던, 거리

풍기 단속 관리들이 주모 퀴클리와 돌 티어시트를 끌고 등장.

퀴클리 안 돼, 이 악당아! 차라리 나를 죽여라. 네놈 목도 성할 것 같으냐. 이놈이 나를 끌어당겨 내 어깨뼈가 다 빠졌네.

관리 1　순경이 저 계집을 인도했는데, 실컷 매를 맞겠지. 저년 때문에 요즘
　　　　에도 남자 한두 명이 목숨을 잃었다는데.

돌　　거짓말이다, 이 순경 놈아! 이 소 밥통 같은 놈 악당아. 내 뱃속에
　　　　있는 아기가 유산되면, 네놈의 어미를 치고 박는 편이 나을 거라고
　　　　네놈은 생각하게 될 것이다. 뻔뻔스러운 희멀건 쌍통아!

퀴클리　오 하나님, 존 경이 와줬으면 얼마나 좋을까! 그렇게 되면 여기 있
　　　　는 놈 누군가가 피맛을 봤을 거다. 하지만 돌 뱃속의 아기는 유산
　　　　시켜주소서.

관리 1　그렇게 되면, 또 방석이 열두어 개 필요하게 된다. 지금은 열한 개
　　　　뿐이지. 임신한 척 보이기 위해서 말이다. 이리 와. 둘 다. 같이 가
　　　　자. 명령이다. 그 사나이는 죽었다. 피스톨과 네가 몰매질한 그 사
　　　　람 말이다.

돌　　이 봐, 향로 뚜껑에 붙은 여윈 인형 같은 말라깽이야, 이 일로 네놈
　　　　을 호되게 매질 당하도록 해줄 테다. 청색 옷 입은 병신 순경아! 더
　　　　러운 놈, 평생 빌어먹을 간수 놈아! 네놈이 매를 맞지 않는다면, 나
　　　　는 속치마를 입지 않겠다.

관리 1　자, 가자, 여장부 수행 도사님, 갑시다!

퀴클리　오 하느님, 진리가 폭력을 제압하다니! ('폭력이 진리를 제압하다니'를
　　　　급한 나머지 역으로 말하고 있다—역자 주) 하지만 고통은 행복의 씨앗이
　　　　라 하지 않는가.

돌　　자, 가자, 이 악당아. 재판소로 가자.

퀴클리　가자, 이 굶주린 개새끼야.

돌　　야, 이 죽은 귀신아, 뼈다귀 귀신아!

퀴클리　해골 바가지 같은 놈아! 가자, 홀쭉이 놈아, 말라빠진 늑대야!

관리 1　좋아, 가자. (일동 퇴장)

제5장 웨스트민스터 사원 부근

하인 둘이 땅에 골풀을 뿌리면서 등장.

하인 1 골풀을 더 뿌리자. 더 뿌리자!

하인 2 나팔 소리가 두 번 들렸네.

하인 1 대관식이 끝나기 전에 벌써 두 시가 되겠네. 자 서두르자, 서둘러.
(퇴장)

나팔 소리. 왕과 그 일행이 무대를 가로지르면서 통과한다. 그들 뒤를
따라 폴스타프, 샬로, 피스톨, 바돌프, 그리고 시동 등장.

폴스타프 로버트 샬로 씨, 내 곁에 붙어 계세요. 왕에게 인사를 시켜드릴
테니. 이곳을 지나면 나는 왕에게 눈짓을 던지겠소. 그러면 왕이
어떤 표정을 지을 것인가 잘 살펴보세요.

피스톨 신이여, 대장님의 허파에 축복을!

폴스타프 피스톨, 너는 이리 와서 내 뒤편에 서 있거라. (샬로에게) 시간이
있었으면 당신한테 빌린 천 파운드로 멋진 옷을 지어 입었을 텐데.
하지만 그건 큰 문제가 아니야. 이 허름한 옷이 급히 보고 싶어서
상경한 증거가 될 것이다.

샬 로 그렇습니다.

폴스타프 이 몸이 보여주는 것은 진정한 애정이다……

샬 로 그렇습니다.

폴스타프 충성심이다……

샬 로 그렇습니다, 그렇습니다, 그렇습니다.

폴스타프 밤을 낮으로 알고 달리면서, 주저하거나, 망설이거나, 옷을 갈아

입을 시간도 아끼면서…….

샐 로 그렇습니다. 그것이 제일 중요한 점입니다.

폴스타프 여행길 먼지를 뒤집어쓴 채, 보고 싶은 일념으로 땀범벅이 되어, 일편단심으로 모든 일을 잊은 채, 이 세상에서 절실한 것은 오로지 왕을 뵙는 일이라 생각해서 온 것처럼 보이겠지.

피스톨 같은 말씀입니다. 서로 떼놓을 수 없는 말씀입니다. 전체가 부분이요, 부분이 전체입니다.

샐 로 정말 그렇습니다.

피스톨 대장님, 당신의 간장에 불을 붙여서, 당신을 격분케 할 일이 있습니다. 당신의 돌, 꿈속의 트로이의 헬렌이 현재 투옥되어 더러운 감옥에서 신음하고 있습니다. 그녀는 혐오해 마지않는 더러운 손에 끌려갔죠. 머리칼 대신 독사를 기르는 무서운 복수의 여신을 불러내는 한이 있더라도 그녀를 구출해내야 합니다. 피스톨은 허위 사실을 유포하지 않습니다.

폴스타프 내가 구해주겠다. (안에서 환성과 나팔 소리)

피스톨 노도(怒濤)와 같은 환성과 하늘을 찌르는 나팔 소리.

왕과 그 일행이 등장한다. 일행 중에는 대법원장도 있다.

폴스타프 할 왕 만세, 할 폐하 만만세!

피스톨 명성이 충천하는 할 왕께 신의 가호가 있기를 빕니다.

폴스타프 만세, 어린 나의 친구여!

왕 법원장, 저 어리석은 자를 제재하시오.

대법원장 너 정신 나갔나? 무슨 말인지 알고 하는가?

폴스타프 나의 왕! 나의 두목! 여보게, 나는 자네한테 말하고 있다네!

왕 나는 자네를 모른다. 늙은이, 기도나 하게. 백발이 성성한데 어릿광대 바보짓은 보기 싫다! 나는 오랫동안 자네 같은 사람을 꿈꾼 적이 있다. 살이 찌고, 부푼 늙은 추물(醜物)을 꿈꿔보았지만, 잠을 깨고 보니 그 꿈이 싫어졌다. 앞으로는 몸을 줄이고, 덕을 살찌우게. 폭음 폭식을 삼가라. 너의 무덤 아가리가 다른 사람보다 세 배나 더 크게 입을 벌리고 있다. 어리석은 재담으로 나의 말에 응답하지 마라. 나를 옛날의 나로 착각하면 큰 잘못이다. 하느님도 알고, 국민들도 안다. 나는 다시 태어났다. 과거의 나를 버렸다. 동시에 과거의 친구들도 버릴 생각이다. 만약에 내가 옛날의 내가 되었다는 소문이 돌면, 그때에는 돌아오게나. 그대를 옛날의 친구로서, 나의 방탕했던 시절의 스승으로서, 나를 키운 어버이로서, 반갑게 맞겠다. 그때까지는 죽음의 고통을 누르고, 자네를 버리겠다. 이미나는 옛날 악우(惡友)들에게도 말했지만, 내 신변 십 마일 이내에 접근하면, 즉시 사형을 당하게 되어 있다. 그러나 목숨을 부지할수당만은 지급토록 하겠다. 먹는 일이 궁해지면 또다시 악행을 저지르게 되기 때문이다. 물론 너희들이 뉘우치는 정성을 보이면, 각자의 능력, 재능을 참작하여, 등용의 길을 열어주겠다. (법원장에게) 법원장, 내가 지시한 일들이 잘 실행되도록 책임을 지고 살피고 배려하라. 자, 그러면 출발이다. (왕은 일행과 함께 퇴장한다)

폴스타프 샬로 씨, 나는 당신에게 천 파운드의 빚을 졌지요.

샬 로 그렇습니다. 그 돈만은 제가 갖고 집에 돌아가도록 해주세요.

폴스타프 샬로 씨. 그 일은 어렵게 됐소. 그러나 걱정하지 마시오. 왕이 은밀하게 나를 부를 것이오. 이봐요. 그 양반도 체면이 있지, 사람들앞에서 그렇게 할 수밖에 없었겠죠. 당신의 출세에 관해서는 염려놓으시오. 내가 반드시 당신을 궁정의 중신으로 기용하리다.

샬 로 저에게 무게를 달아주신다 이 말씀인데, 당신의 윗저고리를 걸치

고, 틈새에 짚을 박아 넣으면, 근수가 좀 나가겠죠. 여하튼 존 경,
천 파운드의 반이라도 돌려주실 수 없습니까?

폴스타프 걱정 마시오. 나는 약속을 지키는 사람이오. 방금 들은 말은 왕이
진심으로 한 말이 아닙니다.

샬 로 존 경, 왕의 본심은 당신을 목매달겠다는 겁니다.

폴스타프 적을 겁내지 말라. 식사나 하러 가자. 여봐, 부관, 피스톨, 가자.
바돌프도 오라. 밤이 되면 즉시 왕이 나를 부를 것이다.

랭카스터 공 존, 대법원장 등장. 뒤에 관리들이 따르고 있다.

대법원장 존 폴스타프 경을 플리트 형무소로 연행하라. 그의 부하들도 함
께 끌고 가라.

폴스타프 법원장 각하, 각하!

대법원장 지금은 답변할 수 없다. 곧 너의 얘기를 듣겠다. 모두들 끌고 가
라.

피스톨 "비운으로 나는 깔앉아도, 내 마음은 희망에 넘쳐 떠오른다." (랭카
스터 공과 대법원장을 남기고 일동 퇴장)

랭카스터 왕의 조치는 훌륭했다고 생각합니다. 과거의 패거리들에게 살아
갈 생활비는 주고, 그들의 생활이 세상 사람들에게 받아들여질 때
까지 추방한다는 의견이신 모양인데.

대법원장 그렇습니다.

랭카스터 그리고 새로 국회를 소집한다면서요?

대법원장 그렇습니다.

랭카스터 그렇다면, 금년 안으로, 지금까지 내란으로 향하던 칼과 용기를
프랑스로 갖고 갈 모양입니다. 소문의 새가 그렇게 짖어대고 있어
요. 그 새소리의 음악은 왕을 기쁘게 하고 있습니다. 자, 가봅시다.

(두 사람 퇴장)

에필로그

무용수가 등장해서 말한다.

무용수 우선 저의 걱정을 말하고, 다음에는 저의 인사를, 그리고 끝으로는 저의 말씀을 전하겠습니다. 저의 걱정은, 여러분들이 만족하셨는지입니다. 저의 인사는 저의 의무입니다. 그리고 저의 말씀은 여러분들에게 용서를 비는 일입니다. 만약에 여러분들이 멋진 말을 기대한다면, 여러분은 저를 망치는 일이 됩니다. 오늘 제가 말씀드리는 것은 제 자신이 만든 얘기입니다. 어떤 말을 하더라도 제 말이 저를 망칠 것은 뻔한 일입니다. 하지만 이미 시작한 일이니 해보겠습니다. 여러분도 아시다시피, 저는 얼마 전에 재미없는 연극을 보여주고, 이곳에 나와서 여러분의 용서를 빌고, 다음에는 재미있는 연극을 보여드리겠다고 약속했습니다. 그래서 저는 이 연극으로 그 빚을 갚으려 했습니다. 그러나 불행하게도 이 연극이 마음에 차지 않았다고 한다면, 저는 망하고 채권자인 여러분은 손해를 보게 됩니다. 약속한 대로 저는 이곳에 나와서 여러분의 너그러운 자비심을 구할 뿐입니다. 전액을 지불할 수 없으면, 약간만 면제해주셔서 다소라도 갚아드리고, 세상의 관례에 따라 두고두고 무한정으로 갚아드리겠습니다. 물론 이 혓바닥의 진술만으로는 안 된다고 말씀하시면, 이 다리를 움직여 춤을 추어드리겠습니다. 그렇지만 그것은 너무나 소홀한 지불이 되겠습니다. 춤을 추고 빚을 갚는다니 말입니다. 그렇지만 양심이 살아 있는 한, 될 수 있는 데까지는 보상을 하겠습니다. 하고말고요. 여기 계신 부인들은 저를 용서한 것 같습니다. 만일 신사들이 용서할 수 없다고 말한다면, 신사들이 부인들에게 이의를 제기하는 전대미문의 사건이 됩니다. 끝으로 한 말씀 더 드리겠습니다. 손님들이 기름기 많은 고기에 물리지 않으셨다면, 이 작품의 작가는 존 경의 이야기를 더 계속하고, 프랑스의 카트린 공주의 이야기도 즐기도록 해드리겠습니다. 제가 알고 있기는 폴스타프가 프랑스에 가면, 아마도 땀을 너무 흘려 죽게 될 것입니다. 그렇지 않으면, 혹시 여러분의 혹평 때문에 그전에 죽을지도 모르죠. 실제로 존 경 올드캐슬은 순교자로 생을 마쳤습니다. 하지만 그는 폴스타프와는 별개의 인물입니다. 저의 혀도 지쳤습니다. 저의 다리가 지쳤을 때, 저는 여러분들에게 작별 인사를 드리겠습니다.

등장인물

왕_ 헨리 5세

글로스터 공작_ 왕의 동생

베드퍼드 공작_ 왕의 동생

엑서터 공작_ 왕의 숙부

요크 공작_ 왕의 사촌 동생

솔즈베리 백작

웨스트모어랜드 백작

워릭 백작

캔터베리 대주교

일리 주교

케임브리지 백작

스크루프 공

토머스 그레이 공

토머스 어핑엄 경_ 영국군 장교

가워 경_ 영국군 장교

플루엘렌 경_ 영국군 장교

맥모리스 경_ 영국군 장교

제이미 경_ 영국군 장교

베이츠_ 영국군 병사

코트_ 영국군 병사

윌리엄스_ 영국군 병사

바돌프 소년

전령

샤를 6세_ 프랑스의 왕

루이 태자

부르고뉴 공작

오를레앙 공작

부르봉 공작

프랑스의 대원수
람뷔르_ 프랑스의 귀족
그랑프레_ 프랑스의 귀족
몽조이_ 프랑스의 사자
영국 왕에게 파견된 사절들

이사벨_ 프랑스의 왕비
카트린_ 찰스 왕과 이사벨 왕비의 딸
알리스_ 왕녀의 시중을 드는 귀부인
이스트치프_ 주막의 마누라. 전에는 퀴클리 주모라 불렸고, 현재는 피스톨
의 아내

귀족들, 귀부인들, 장교들, 병사들, 시민들, 사자(使者)들, 종자(從者)들
코러스　설명역

장소

영국, 후에 프랑스

프롤로그

코러스 등장.

코러스 오, 시의 여신 뮤즈여, 창조의 빛나는 하늘 끝까지 불꽃을 뿜어내
는 그대여, 나에게 영감을 안겨다오. 무대에는 하나의 왕국이 서
고, 왕후 귀족들은 배우가 된다. 장엄한 무대의 관객들은 제왕들이
된다! 그러면, 무공(武功)을 떨친 헨리는 군주답게, 군신 마르스의
모습으로 등장하며, 그의 발목에는 굶주림과 칼과 불이 혁대 줄에
매인 엽견들처럼 어명을 기다리며 웅크리고 있다. 하지만 여러분,
용서하세요, 우둔하고 평범한 배우들이, 이토록 초라한 무대에서,
그토록 장엄한 주제의 연극을 펼치는 것을. 투계장(鬪鷄場) 같은 이
오두막이 과연 프랑스의 광막한 전쟁터를 수용할 수 있습니까? 이
O자형의 목조 가옥 속에 아쟁쿠르의 하늘을 놀라게 만든 갑옷 입
은 수많은 용사들로 채울 수 있습니까? 용서하세요! 이 O의 문자
가 숫자로 말하면 영(零)이지만, 끝자리에 붙으면 백만을 나타낼 수
도 있지요. 그리고 백만에 대하여 영의 존재인 우리들은 한결같이
여러분의 상상력에 의지할 수밖에 없습니다. 제발 상상해주십시
오. 이 오두막 건물 속에서 지금 영국과 프랑스의 두 강대국이 맞
서고 있다는 것을. 우뚝 솟은 양국 해안의 절벽이 험난한 해협으로
갈라진 전선(前線)인 것을. 우리들이 부족한 점을 여러분은 상상으
로 메우시고, 한 사람의 배우가 천 명의 연기를 한다고 생각하세
요. 따라서, 여기, 수만 대군이 있다고 생각하세요. 우리들이 말[馬]
이라고 말하면, 늠름한 말발굽이 땅에 자국을 남기는 말들의 모습
을 눈앞에 그려보세요. 국왕들을 아름답게 장식하는 것도, 그들을

자유롭게 다른 장소로 옮기는 것도, 시간을 초월하는 것도, 수년 동안 계속되는 사건들을 모래시계의 한 시간으로 단축시키는 것도, 여러분의 상상력입니다. 그동안의 사정은 설명역인 제가 해설해드리겠습니다. 이 연극을 너그러운 마음으로 보시고, 관대한 평가를 해주십사, 코러스가 된 이 몸이 엎드려 비나이다. (퇴장)

제1막

제1장 런던, 왕궁의 대기실

캔터베리 대주교와 일리 주교 등장.

캔터베리 내 말해주리다, 일리 주교, 그 법안이 다시 제출되었소. 선왕 통치 11년째에 우리들의 반대를 무릅쓰고 간신히 통과되었던 그 법안 말이오. 그 당시에는 세상 물정이 소란하고 혼란스러워 그 법안의 심의를 중단하지 않을 수 없었지요.

일 리 그렇다면, 대주교님, 어떻게 하면 그 법안을 저지할 수 있습니까?

캔터베리 그 점을 잘 생각해야 합니다. 우리들 의사를 뒤집고, 그 법안이 통과되면, 우리들 소유의 땅 대부분을 잃게 됩니다. 내 말은 경건한 신도들이 유언으로 교회에 기증한 토지가 전부 몰수되는 셈이죠. 토지 총액은 이렇게 평가됩니다. 우선 왕의 체면을 유지하기 위한 백작 15인과, 기사 1천 5백 명, 그리고 향사 6천 2백 명을 그

돈으로 부양할 수 있습니다. 또한 문둥병 환자, 노령자, 육체노동에 부적합한 병약자를 구제하기 위해서 충분한 설비를 갖춘 양로원을 백 동 세울 수 있습니다. 게다가 왕에게 해마다 1천 파운드의 돈을 헌납할 수 있어요. 법안에는 그렇게 되어 있습니다.

일 리 우리들 재산이 탕진되었다면서요.

캔터베리 통째로 몽땅 사라졌습니다.

일 리 방지책은 없습니까?

캔터베리 국왕 폐하는 관대하고 공정한 분이시죠.

일 리 그리고 교회를 진심으로 사랑하고 계십니다.

캔터베리 젊을 때의 행적은 전혀 예상을 뒤엎는 일이었어요. 부왕이 숨을 거두자 왕자의 방탕한 성품이 숨을 거두고 잠잠해졌지요. 바로 그 순간, 자성하는 마음이 천사처럼 생겨나서, 국왕의 죄 많은 아담의 결함을 제거하고, 그분의 옥체를 성스러운 영혼이 숨 쉬는 낙원으로 변하게 했습니다. 그토록 갑작스럽게 지혜로운 학자가 탄생한 일은 일찍이 없었으며, 그처럼 돌연하게 개준의 정이 넘쳐서, 휘몰아치는 소용돌이처럼 밀려오는 악행을 밀어낸 일도 없었어요. 머리 아홉짜리 뱀 히드라의 재난 같은 것이 폐하의 경우처럼 일시에 사라진 예도 드뭅니다.

일 리 국민들은 폐하의 변신 때문에 축복을 받았습니다.

캔터베리 폐하께서 신학에 관해서 말씀하시는 것을 들으면, 감탄하다 못해 성직자가 되셨으면 좋았을 것이라는 생각을 하게 되지요. 또한 폐하께서 국사에 관해서 논하는 것을 듣게 되면 밤낮으로 그 일을 연구하신다는 느낌이 들어요. 전쟁 이야기를 폐하로부터 들으면, 무시무시한 전쟁이 아름다운 음악처럼 들립니다. 정치 문제도 폐하의 손에 닿으면, 절대 풀 수 없을 것만 같던 고디아의 매듭 같던 난제 중의 난제도 양말대님 풀 듯 쉽게 풀어집니다. 그렇기 때문에 폐하가 입을 열면 자유분방하던 바람결도 잔잔해지며, 무언의 경탄 속에 사람들은 감미로운 그의 말씀에 귀를 기울이죠. 이토록 제반 이론에 정통한 것은 일상생활의 체험과 실천에서 배운 탓이지만, 폐하께서 어떻게 이 모든 것을 습득하셨는지 신기한 일이 아닐 수 없습니다. 그 전에는 부질없는 놀이에 빠져 있었고, 친구들은 온통 무식하고 경박한 건달들이었는데, 부어라 마셔라 헛소동에, 어리석은 소란만 피우는 나날이 흘렀고, 학문에 전념하는 모습은 누구 한 사람 본 적이 없으며, 대중들이 모이는 곳을 떠나 홀로 조용히 지나는 일이 없었기 때문이죠.

일 리 딸기는 쐐기풀 밑에서 숨어 자라듯이, 잘 익은 열매는 질 낮은 과실 옆에서 성장할 때 더욱더 잘 성숙할 수 있습니다. 그와 마찬가지로, 폐하도 젊은 때에는 방탕의 베일 속에 숨어서 인생에 대한 깊은 통찰력을 쌓고 있었을 것입니다. 그것은 마치 여름철의 풀처럼 밤에는 급성장하고, 사람들 눈에 띄지 않으면서도 힘을 키워나간 것과 같습니다.

캔터베리 그랬을 것입니다. 지금은 기적이 없어요. 일이 성취되려면 그만한 원인이 있어야 한다는 것을 인정해야 합니다.

일 리 그건 그렇다 합시다. 대주교님, 평민 의원들이 제출한 법안에 관해서 말씀드립니다만, 수정의 가능성은 있습니까? 폐하께서는 찬성이십니까 반대이십니까, 어느 편이신가요?

캔터베리 어느 편도 아니신 모양이요. 하지만 우리들 적수들인 제안자들보다는 우리들 편에 가담하시려는 심정 같아요. 왜냐하면 우리들 종교회의의 결정에 따라, 폐하께 제안한 적이 있어요. 즉 임박한 현실적인 문제에 대해서 내가 폐하께 자세히 설명을 했어요. 즉 프

랑스 토벌 문제에 관해, 지금까지 종교회의가 역대 선왕들에게 헌
납한 어떤 액수보다도 더 엄청난 거액의 돈을 폐하께 기증하겠다
고 제의했어요.

일 리　그 제안을 폐하는 어떻게 받아들였습니까?

캔터베리　기분 좋게 받아들였습니다. 다만 충분한 시간이 없었기 때문에,
폐하가 듣고 싶었던 공작령에 대한 폐하의 명백하고도 정당한 권
리, 증조부이신 에드워드 3세로부터 계승된 프랑스 왕권에 대한
제반 권리에 대해서 자세한 설명을 할 수 없었지요.

일 리　그렇다면 방해를 받았습니까?

캔터베리　바로 그 순간, 프랑스 왕의 사신이 알현을 요청했어요. 지금 이
시간, 폐하는 그의 말을 듣고 계십니다. 벌써 네 시가 되었지요?

일 리　그렇습니다.

캔터베리　그러면, 안으로 들어가서, 사신의 용무를 알아봅시다. 물론 나는
그 프랑스 사신이 한마디도 하기 전에 말의 내용을 쉽게 짐작할 수
있습니다.

일 리　따라나서겠습니다. 저도 간절하게 듣고 싶습니다. (두 사람 퇴장)

제2장　왕궁, 알현실

　왕 헨리, 글로스터 공작, 베드퍼드 공작, 엑서터 공작, 워릭 백작, 웨
스트모어랜드 백작, 종자들 등장.

왕　캔터베리 대주교는 어디 계신가?

엑서터　지금 이곳에는 안 계십니다.

왕   숙부님, 불러오세요.

웨스트모어랜드   프랑스의 사신도 부를까요?

왕   아니다. 나중에 하자. 그의 말을 듣기 전에, 나와 프랑스 왕에 관해 깊이 생각한 다음 결심해야 되는 중요 사항이 있다.

캔터베리 대주교와 일리 주교 등장.

캔터베리   신과 천사들이 신성한 옥좌를 보호하사, 폐하로 하여금 오래 그 자리에 머물도록 해주옵소서!

왕   고맙소. 조속히 박식한 대주교에게 알고 싶은 것은 공정하고 종교적인 견지에서 보아, 프랑스에서 통용되는 소위 살리크 법령이 나의 주장을 저해하는 것인지에 대해서입니다. 친애하는 대주교, 특히 부탁하고 싶은 것은, 결코 법조문의 해석을 멋대로 왜곡하지 말라는 것입니다. 또한 내심 사실을 알고서도 어리석게도 허위에 입각한 주장을 내세워, 부정한 권리를 날조해서 강변(强辯)하지 말라는 것입니다. 왜냐하면 신은 알고 계시지만, 대주교의 권고에 의해 우리들의 진퇴는 결정되고, 그 때문에 지금 건강하게 살고 있는 수많은 사람들이 피를 흘리게 되기 때문입니다. 그러니 신중하게 답변해주시오. 이 몸을 생사의 위험에 드러내놓는 일도, 잠드는 무기를 깨우게 하는 것도, 귀하의 말에 의해 결정납니다. 신의 이름으로 명하오. 신중하게 답변하시오. 이토록 양 대국이 싸우면, 유혈극이 벌어질 것은 뻔한 노릇입니다. 그러나 죄 없는 피 한 방울, 한 방울은 부당한 주장으로 칼날을 세워, 짧은 인생을 마감케 하는 사람에 대한 한이 되고 원성이 되기 때문입니다. 이 엄숙한 간청을 마음에 삭여서 답변을 해주시오. 당신의 말씀은 세례로 원죄가 깨끗해진 것처럼 당신의 양심에 의해 깨끗하게 씻어진 것이라 생각해서, 내가 귀로 듣고, 가슴에 삭여서, 마음속에 믿고 간직하리다.

캔터베리 그렇다면 폐하, 그리고 위대한 옥좌에 자신의 목숨과 충성을 바치는 귀족 여러분, 잠시 귀를 빌려주십시오. 프랑스 왕권에 대한 폐하의 요구를 거부하는 한 가지 장벽은, 파라몽 왕이 전하는 다음의 한 줄 조문입니다. "살리크 나라에서는 여자의 상속을 금한다." 프랑스인들은 부당하게도 살리크 나라를 프랑스령이라 해석했으며, 파라몽 왕은 여자의 왕위 계승을 금한 이 법의 제정자가 되었습니다. 하지만 이 법을 기록한 사람들은 살리크라는 나라가 독일의 자르강과 엘베강 사이에 있다고 주장하고 있습니다. 그 지방에서는 샤를마뉴 대왕이 색슨족을 정복하고, 약간의 프랑스인을 남겨 정착케 했습니다. 그들은 독일 여사들의 부정한 행실을 경멸한 나머지 이 법령을 만들었습니다. 즉 "살리크 나라에서는 여자의 상속을 금한다"였습니다. 이 살리크 나라는 앞서 말한 대로, 독일령, 엘베강과 자르강 사이에 있으며, 오늘날에는 마이젠이라고 부르고 있습니다. 말하자면 이 살리크 법은 프랑스 왕국을 위해서 제정된 것이 아닙니다. 그리고 프랑스인들이 살리크 나라를 점령한 것은 이 법의 제정자인 파라몽 왕이 죽은 후 421년이 지난 후였습니다. 왕이 사망한 것은 기원 426년이었고, 샤를마뉴 대왕이 색슨족을 정복하고 프랑스인을 자르 지방 건너에 정착시킨 것은 805년입니다. 그리고 이 나라 역사학자들이 기록한 바에 의하면, 실더리크를 폐위시킨 페펭 왕은 클로데르 왕의 딸인 블리딜드의 후손이라 해서 프랑스 왕관의 상속권을 요구했다고 합니다. 샤를마뉴 직계로 유일한 남성 계승인인 로렌 공작 샤를의 왕관을 빼앗은 위그 카페도, 자신의 주장을 정당화하기 위해서 — 실은 날조된 것입니다만 — 자신은 대머리 샤르망 왕의 딸 랑가르의 상속자라고 주장하고 있습니다. 샤르망 왕은 샤를마뉴 대왕의 아들 루이 왕의 아들입니다. 또한 왕위 찬탈자인 카페의 유일한 상속자인 루이 9세는 프랑스 왕관을 차지하고 내심 불안했습니다. 그러나 자신의 조모가 아름다운 왕비 이사벨이 앞서 거명된 로렌 공작 샤를의 딸 에르망가르의 직계인 것을 알고, 처음으로 안심했습니다. 그 결혼으로 샤를마뉴 대왕의 피가 프랑스 왕관과 다시 맺어진 것을 알게 된 것이지요. 이상 설명드린 것으로 여름 태양처럼 명백해진 것은 왕 페팽의 주장도, 위그 카페의 요구도, 루이 9세의 확신도, 모두가 여자의 상속 권리와 칭호를 시인하고 있다는 것입니다. 그리고 오늘날에 이르기까지 계속 대(代)를 잇는 프랑스 왕들도 이 사실을 인정하고 있습니다. 그럼에도 불구하고 그들이 살리카 법을 내세워 여자 상속에 의한 폐하의 왕위 계승권 요구를 거부하는 것은, 그들이 폐하와 폐하의 조상들로부터 약탈하고 있는 부정한 권리를 정면에서 당당하게 주장하지는 못하고, 가소로운 구실을 내세워서 얼버무리려고 하는 수작입니다.

왕 그렇다면 나의 요구는 양심에 비추어 부끄럽지 않구나.

캔터베리 폐하, 그렇지 않다면, 그 죄는 제가 뒤집어쓰겠습니다! 성경에도 "사람이 죽어, 남자가 없으면, 딸이 상속하라"고 적혀 있습니다. 폐하, 자신의 권리를 주장하시고, 피 어린 깃발을 바람에 날리고, 위대한 조상들을 회상해보십시오. 권리 주장의 원천인 증조부 에드워드 3세 폐하의 묘소를 참배하고, 그분의 영령과 조부님이신 에드워드 흑태자의 영령에게 기도하옵소서. 흑태자는 프랑스 땅에서 프랑스 대군을 무찌르는 비극을 연출했습니다. 그때 무운이 충천하는 부왕 에드워드 3세는 언덕 위에 서서 아들 사자가 프랑스 귀족의 피를 소탕하는 모습을 웃는 얼굴로 보고 계셨습니다. 아아,

영국군은 참으로 용맹스러웠습니다. 반도 안 되는 병력으로 오만한 프랑스 전군의 병력과 맞서고, 나머지 반수의 병력은 할 일 없이 수수방관하고 있었습니다!

일 리 용맹하신 선열들을 회상하시면서, 동시에 그 무공을 폐하의 억센 팔로 이 세상에 재현할 수 있으시도록! 폐하는 그의 후계자이시며, 같은 옥좌에 앉아 계십니다. 선조들의 용명(勇名)을 드높인 피와 용기는 폐하의 혈관을 흐르고 있습니다. 용맹무쌍하신 폐하께서는 지금 바야흐로 인생의 춘삼월, 젊음이 넘치는 아침을 맞이했습니다. 웅대한 계획을 실천에 옮기는 기회가 무르익었습니다.

엑서터 전 세계의 국왕, 제왕들은 한마음으로 폐하가 피를 이어받은 조상들처럼 사자들처럼 궐기하는 것을 기대하고 있습니다.

웨스트모어랜드 폐하에게는 그만한 명분도, 자력도, 무력도 충분히 겸비하고 있다고 그들은 믿고 있으며, 사실 갖추고도 있습니다. 폐하만큼 부유한 귀족, 충성스러운 국민들에게 둘러싸인 영국 왕은 달리 그 예가 없습니다. 그들의 육체는 여기 영국에 있지만, 마음은 이미 아득히 멀리 프랑스의 전쟁터로 가고 있습니다.

캔터베리 아, 폐하, 그들의 육체가 피와 칼과 불로써 폐하의 권리를 확보하도록 따라가게 해주십시오. 이 일을 지원하기 위해서, 우리들 교회 신도들은 폐하를 위해서 거액의 자금을 헌납하겠습니다. 성직자들이 지금까지 그 어느 조상들에게도 헌납한 일이 없는 막대한 액수의 돈을 모아서 바치겠습니다.

왕 우리들은 프랑스를 침공하기 위해 무장을 할 뿐만 아니라, 스코틀랜드 방면의 방어를 위해서도 병력을 할애하지 않으면 안 된다. 그들은 기회가 왔다고 기뻐하며 우리들 배후로부터 침입할 것이다.

캔터베리 폐하, 그런 절도 같은 침입자에 대해서는, 이미 배치된 국경 수비

	대만으로도 격퇴할 수 있는 충분한 방어벽이 될 것입니다.
왕	내가 말하고 싶은 것은 약탈을 목적으로 하는 비적(匪賊)들이 아니다. 스코틀랜드가 총력을 기울여 습격해 오는 것을 두려워하는 것이다. 그들은 언제나 조심해야 되는 이웃이었다. 역사를 읽으면 알지만, 우리 증조부가 군대를 끌고 프랑스로 원정 갔을 때에 스코틀랜드는 우리나라의 허술한 방어를 틈타, 제방의 틈새에 밀려드는 격류처럼 넘치는 대군으로서 병사 그림자 한 사람 없는 수확을 마친 들판 같은 이 나라 국토를 짓이기고, 치열한 공격으로 성을 포위해서, 도시를 습격했다. 방어력이 없었던 영국은 그때마다 악착같은 이웃의 횡포에 치를 떨고 있었다.
캔터베리	영국은 공포에 떨기는 했어도 피해는 전혀 입지 않았습니다. 우리나라가 그런 전례를 남겼으니 들어보십시오. 용사들을 프랑스로 보낸 다음 울면서 슬퍼하는 과부처럼 된 영국은, 그래도 조국을 끝까지 수호했을 뿐만 아니라, 스코틀랜드 왕을 길 잃은 짐승처럼 체포해서 울 속에 집어넣어 프랑스로 호송했습니다. 포로가 된 왕 때문에 에드워드 왕의 명성은 높아지고, 이 나라 역사는 바닷속 진흙뻘이 난파선의 숱한 재화로 가득 차듯이, 칭찬의 말로 장식되었습니다.
웨스트모어랜드	옛 격언에는 핵심을 찌르는 것이 있습니다. "프랑스를 손에 넣으려면, 스코틀랜드를 먼저 쳐라." 독수리 영국이 먹이를 찾아 나서면, 빈 보금자리에 족제비 같은 스코틀랜드가 몰래 기어들어 와서 소중한 알을 빼 먹고, 고양이 없는 쥐새끼처럼, 먹고, 씹고, 찢고, 흐트러놓습니다.
엑서터	고양이는 집에만 있어야 한다는 얘긴데, 그건 억지 결론이 아니겠습니까. 왜냐하면, 귀중품을 지키려면 튼튼한 자물쇠가 있고, 좀도

둑을 잡는 데는 교묘한 덫이 있기 때문입니다. 무기를 든 자가 해외에서 전투에 참가하고 있는 동안, 사려 깊은 사람들은 본국에서 자위책을 강구하면 됩니다. 국가는 상·중·하의 계급으로 분할되어 있지만, 그것은 이른바 음악처럼 하나의 화음을 이루어 자연스러운 조화의 소리를 내는 것입니다. 그것이 정치입니다.

캔터베리 그래서 하늘은 인간이라는 소왕국을 여러 가지 기능에 따라 분할해서, 각 부분이 끊임없이 노력하도록 만들고, 활동을 시킵니다. 각 부분의 노력의 목표, 활동의 목적은 복종에 있습니다. 꿀벌도 마찬가지입니다. 그들은 자연의 법칙에 입각해서 질서 있는 행동이 무엇인가를 인간세계에 알려주고 있습니다. 그들에게는 한 사람의 왕이 있고, 여러 종류의 관리가 있습니다. 어떤 사람은 행정관으로서 본국에 머물면서 행정 일을 보고, 또 다른 사람은 상인이 되어 외국에 나가 무역에 종사하고, 또 다른 사람은 군인이 되어 가시로 무장해서, 여름철 우단 같은 꽃봉오리를 습격하고, 전리품으로 살판나는 행진곡을 연주하면서, 왕이 본진(本陣)으로 개선합니다. 왕은 왕으로서의 직무에 바쁩니다. 콧노래 부르면서 황금 지붕을 이어가는 석수들, 얌전하게 꿀을 버무리는 시민들, 좁은 문으로 무거운 짐을 싣고 밀려드는 가난한 노동자들, 하품 짓는 게으른 놈을 언짢은 기침을 뱉으면서 창백한 옥리(獄吏)에게 인도하는 슬픈 눈의 판사들, 이 모든 사람들을 감독하고 있습니다. 제가 하고 싶은 말은 이것입니다. 수많은 것이 사방팔방으로 움직여도, 한 가지 목적으로 결속되어 있으면 좋다는 것입니다. 수많은 화살이 서로 다른 위치에서 발사되어도, 하나의 표적에 모이기만 한다면, 수많은 길이 사방팔방으로 접근해서 하나의 마을에서 만나기만 한다면, 수많은 강물이 흘러서 결국은 큰 바다에서 만나기만 한다면,

수많은 선이 쭉 뻗어 해시계의 중심에서 만나기만 한다면, 수백수천의 행동도 제각기 동시에 개시되면서, 아무런 지장 없이 잘 진행되어 마침내 하나의 목표에 도달되기만 한다면, 그러면 좋습니다. 폐하, 그러니 프랑스로 출진해야 합니다. 이 행복한 영국을 사등분해서, 그 사분의 일을 끌고 진격하십시오. 그것으로도 프랑스 온 땅을 뒤흔들어놓기에는 충분합니다. 만일에 우리들이 나머지 사분의 삼의 병력으로서도, 영국의 문지방을 저 들개로부터 지키지 못한다면, 우리들은 기쁜 마음으로 저들의 이빨에 찢기어, 국민 모두가 무용(武勇)과 경륜의 명성을 잃어도 할 말이 없습니다.

왕 프랑스 태자의 사신을 불러들여라. (몇 사람의 종자들 퇴장) 이제야 나의 의심은 풀어졌다. 앞으로는 신의 가호와, 우리 왕국의 힘찬 기둥인 제 경들의 도움으로, 우리들의 영토인 프랑스를 굴복시키든가, 아니면 콩가루로 분쇄하든가, 둘 중에 하나만 남았다. 프랑스와 프랑스에 귀속되는 왕국만 한 공작령에 대해서 절대적인 통치권으로서 군림할 수 없으면, 차라리 이 몸의 뼈를 하찮은 단지에 넣어 묘지에 봉안하지 않고 묘비명 없이 내던져버리는 편이 낫겠다. 우리의 역사가 우렁찬 목소리로 나의 무훈을 자랑하지 못한다면, 나의 묘석(墓石)은 혀가 뽑힌 터키인 노예처럼, 아무 말도 못 한 채, 숭배하는 자 없이 방치되어야 마땅하다.

프랑스의 사신들 등장.

자아, 프랑스 태자의 의견을 들어보자. 듣자하니 이번 사절은 국왕이 보낸 것이 아니라, 태자로부터 파견된 사절이라는데.

사 신 폐하, 황송하오나, 저희가 맡은 전갈의 말씀을 숨김없이 아뢰올까 합니다. 아니면, 저희 태자의 뜻을 저희들이 완곡하게 전하면서 저희 사명을 다하는 것이 좋겠습니까?

왕   나는 폭군이 아니오. 한 사람의 기독교도로서의 국왕이오. 국왕이 지녀야 하는 덕목에 나의 감정은 신하처럼 얽매어져 있소. 죄수들이 감옥에 묶여 있는 것과 같소. 그러니 태자의 의견을 솔직하게 있는 그대로 전하시오.

사 신   그러시다면 간단히 말씀드리겠습니다. 폐하께선 지난번에 사신을 보내시어, 증조부 에드워드 3세의 권리를 내세우면서 약간의 공작령을 요구하셨습니다. 그 일에 대해, 저희 태자의 답변을 말씀드리겠습니다. 폐하의 생각은 너무나 유치하고 미숙하기에 충고를 받아야 마땅하다는 것입니다. 우리 프랑스 땅에는 허튼 춤 추어서 얻을 수 있는 땅은 한 치도 없다는 것을 깊이 깨달아달라는 요지입니다. 그래서 태자의 기질에 맞는다고, 이 보물 상자를 주었습니다. 앞으로는 절대로 폐하의 공작령 요구를 듣지 않겠다는 뜻입니다.

왕   숙부, 보물은 무엇이오?

엑서터   테니스 공입니다.

왕   태자가 나에 대해서 던진 농담은 재미있었습니다. 이 선물과 사신들의 노고에 감사합니다. 언제고 이 공에 어울리는 라켓이 준비되는 대로, 프랑스의 코트에서 한 게임해서, 그의 부왕 왕관을 궁지에 몰아 때려 눕히겠습니다. 태자에게는 악수(惡手)를 만났다고 전해주시오. 나의 라켓은 강렬한 공을 쳐서, 프랑스의 코트를 구멍투성이로 만들어 누더기로 만들겠습니다. 그렇게 전하시오. 태자가 나의 방랑시대의 일들을 조롱하는 기분은 알겠소. 그러나 내가 왜 그런 세월을 보냈는지에 대해서 그는 모르고 있어요. 나는 이 소박한 영국의 옥좌를 중요시하지 않았습니다. 그러기 때문에 나는 이 왕좌를 떠나, 밖으로 나가 거칠고 방탕한 생활에 빠져 있었습니다.

집을 나와, 마음껏 놀고 있을 때가 아주 즐거웠던 일은 인간이면 누구나 마찬가지일 것입니다. 태자에게 꼭 전해주시오. 내가 프랑스 국왕에 취임할 때는 위용을 갖추어, 이 나라, 이 배는 돛마다 바람을 품고 당당하게 출범할 것입니다. 실은 그 일 때문에 나는 한때 권위를 내동댕이치고, 매일 노동으로 살아가는 품팔이 노동자의 고생을 했습니다. 하지만 프랑스 왕좌에 오를 때에는, 태양 같은 영광에 휩싸여 그 때문에 프랑스인들은 눈이 부시어 앞을 못 보고, 태자의 눈도 흐려져 나를 우러러볼 수 없게 될 것입니다. 농담을 즐기는 태자에게 전하시오, 그의 조롱은 테니스 공을 포탄으로 바꾸어놓았다고 말입니다. 포탄과 더불어 날아가는 파괴적인 복수심 때문에 그의 영혼은 통한의 아픔을 맛보게 될 것이라고 전하시오. 그의 조롱은 수천의 아내를 조롱해서 그녀들로부터 사랑하는 남편을 빼앗고, 어머니를 조롱해서 아들을 빼앗을 것이며, 성곽을 조롱해서 무너뜨릴 것입니다, 아직도 태어나지 않는 아기들까지도 태자의 조롱을 저주하게 될 것입니다. 하지만 모든 것은 하느님 마음속에 있으니, 나는 신에게도 호소합니다. 태자에게도 전하시오. 신의 이름으로 나는 군대를 프랑스로 보냅니다. 그리고 온 힘을 다해서 복수를 감행한 후에, 신이 인정한 정당한 권리를 수중에 넣을 것입니다. 자아, 얌전히 돌아가서 태자에게 전하시오. 그의 농담은 그의 얄팍한 지혜를 보여주었을 뿐이었다고 말이오. 그 농담으로 웃는 자보다는 오히려 수천 명의 사람들이 더 울게 될 것입니다. 이 사신들을 안전하게 보내주어라. 잘 가시오. (사신들 퇴장)

엑서터 재미있는 사절입니다.

왕 어느 때고 이 일을 부끄러워하면서 얼굴 붉힐 날이 올 것이다. 제경들이여, 앞으로는 시간을 낭비 말고 원정 준비에 힘을 써주게.

지금 내 머릿속에는 프랑스밖에 없다. 물론 이 대업을 인도하는 신의 은혜를 모를 리 있겠는가. 즉시, 프랑스 원정을 위한 장병을 소집하라. 또한 우리 장병들의 날개를 더욱더 강화시키는 것이 있으면, 생각나는 대로 시급히 준비하도록 하라. 신의 가호로, 우리들은 저 태자를 부왕의 면전에서 질타하게 될 것이다. 정의로운 이 전쟁이 추진될 수 있도록, 우리들 마음에 도전의 불을 피우자. (일동 퇴장. 나팔 소리)

제2막

코러스 등장.

코러스 이제 영국의 젊은이들은 불꽃처럼 타오르고, 나들이용 비단옷을 장 속에 묻어놨다. 지금 번창하는 것은 갑옷 제조업자들, 사람들 가슴속에는 명예만이 뭉클하다. 너 나 할 것 없이 논밭 팔고 군마 사네, 영국의 머큐리처럼 날개 달린 말굽으로, 기독교도 국왕들을 거울삼아 따르려고. 지금 이들 머리 위로 찬연히 희망은 빛나고, 해리 왕과 그의 충신들에게 약속한 눈부신 제왕의 왕관과 귀족들의 보관(寶冠)에 가리어 칼집 속에서 칼끝은 보이지도 않는다. 한편 프랑스는 펼쳐놓은 정보망에 힘입어, 무서운 전쟁 준비 소식을 접하고, 공포에 떨면서 비열한 방책을 강구하여, 영국의 계획을 좌절시키려고 했다. 오, 영국이여! 작은 육체 속에 위대한 정신을 간직하고 있는 나라여! 그대의 자손들 모두가 조국을 사랑하고 위한다

면, 너는 명예를 위해 얼마나 큰일을 할 수 있겠는가! 그러나, 보아
라. 프랑스 왕은 그대의 약점인 배반자의 무리를 발견하고, 그들의
공허한 가슴속에 부정한 금화를 가득 채워 주었다. 썩어빠진 놈들
삼적(三賊)은, 첫 번째가 케임브리지 백작 리처드요, 두 번째가 마
섬 경 헨리 스크루프, 그리고 세 번째가 노섬벌랜드의 기사 토머스
그레이 공이 된다. 프랑스 금화를 먹고 죄를 지었다! 공포에 질린
프랑스 왕에게 배반의 약속을 했다. 이들 죄 많은 역도들이 약속을
실행에 옮겼으면, 사우샘프턴에서 왕이 프랑스 원정의 첫발을 내
딛기도 전에 헨리 왕은 살해당했을 것이다. 여러분, 잠시만 기다리
세요. 줄거리를 뛰어넘고 연극을 보여드리겠습니다. 매수의 돈은
지불되었습니다. 배반자들은 실행을 약속하고, 왕은 런던을 출발
합니다. 장면은 이윽고 사우샘프턴으로 바뀝니다. 여기에 극장 무
대가 있습니다. 객석에 여러분이 앉아 있습니다. 그곳에서 프랑스
로 여러분을 안전하게 모신 다음, 다시 영국으로 돌아가도록 하겠
습니다. 도중에 건너가는 좁은 해협은 주문(呪文)을 걸어 파도를 잠
재워 주겠습니다. 이 연극 때문에 멀미하는 관객이 있으면 안 되
죠. 하지만 왕이 출발할 때까지는 무대는 런던입니다. 그 이후에
여러분을 모시는 곳이 사우샘프턴입니다. (퇴장)

제1장 런던, 거리

님 하사와 바돌프 중위 등장.

바돌프 여봐라, 님 하사, 잘 만났다.

님 하사   안녕하십니까, 바돌프 중위님.

바돌프   이것 봐, 기수 피스톨과는 아직도 화해하지 않았는가?

님 하사   저로서는 상관하지 않습니다. 저는 뭐라 말하지 않습니다. 때가 무르익으면, 미소를 지을 것입니다. 일 돼가는 거 봐서죠. 저는 싸움패는 아니니깐요. 그러나 여차하면 저도 칼 뽑죠. 이 칼은 별것 없지만, 어떻습니까? 치즈도 구워 먹고, 다른 사람의 칼처럼 추위도 탑니다. 제가 하고픈 말은 이것뿐입니다.

바돌프   아침 식사 살 테니 두 사람 화해하면 어떤가? 우리 셋이 사이좋게 친구 되어 프랑스로 가자. 좋겠지, 님 하사?

님 하사   나는 살고 싶을 만큼 살아갈 작정입니다. 이 일만은 확실합니다. 만일에 오래 살지 못하면, 최선을 다해 살아갈 생각입니다. 이것이 저의 마지막 도박이요, 마지막 결심입니다.

바돌프   하사, 피스톨이 넬 퀴클리와 결혼한 것은 확실하다. 확실히 그 여자는 자네한테 잘못했어. 자네가 먼저 결혼 약속했다면서.

님 하사   나는 잘 몰라요. 일은 될 대로 되는 거죠. 인간은 잠들 때가 있어요. 그런 때에도 목피리라는 게 있죠. 그리고 칼에는 날이 있다고들 하지요. 만사 되는 대로 되는 거죠. 인내란 지친 말 같은 것이지만 질질 다리를 끌면서도 가긴 가거든요. 끝장은 나고야 마는 거죠. 나는 모르겠어요.

　　피스톨과 주모 퀴클리 등장.

바돌프   기수 피스톨이 마누라 데리고 왔다. 하사, 참아주게. 여어, 주인 영감!

피스톨   뭐라고, 이놈이, 날 주인 영감이라고? 이 손에 맹세코 말하지만, 그렇게 부르지 말라. 앞으로는 넬도 하숙집을 하지 않을 거다.

퀴클리 그래요, 오랜 기간 사람을 묶게 하지 않을 거예요. 바느질감 일해서 풀칠하는 부인들을 열두 서너 명 묶게 해도 금세 매춘굴이라는 오해를 받아요. (님과 피스톨은 칼을 뽑는다) 아, 큰일 났네, 뽑았어, 어떡하나! 틀림없이 간통죄 겸 살인죄가 칼로 결판날 거다.

바돌프 여봐, 소위! 하사! 이러지들 마라.

님 하사 뒈져라!

피스톨 네놈이나 뒈져라! 아이슬란드 똥개야! 귀가 발딱 선 이 개새끼야!

퀴클리 님 하사, 용기를 내서 칼을 집어넣어요.

님 하사 저리 가자. 너와 단둘이서 결판내겠다.

피스톨 "단둘이서"라고 이 개새끼가? 에에이, 지독스러운 살모사 놈! "단둘이"라는 말은 흉측스러운 너의 쌍통에, 너의 이빨에, 목구멍에, 증오하는 허파에, 위장에, 아니 더러운 그 식도에, 그대로 반납이다! 알겠는가, 그 "단둘이"라는 말이 오장육부에 스며들도록 너에게 되돌려주마. 피스톨 님의 물건은 서 있다. 방아쇠만 당기면 불을 뿜는다.

님 하사 난 마귀가 아니다, 그런 주문(呪文)으로는 어림도 없다. 너를 늘씬하게 때려눕히고 싶다. 피스톨 이놈, 더러운 입을 놀리면 이 칼로 네 몸뚱어리를 깨끗하게 손질해주겠다. 저쪽으로 가서 승부를 한다면, 네 창자를 깨끗하게 찔러주겠다. 내 기분 알겠지.

피스톨 아, 저주할 허풍선이. 천벌받을 흉악범! 무덤 아가리가 입을 딱 벌리고 너를 기다리고 있다. 자, 각오하고 칼을 뽑아라.

바돌프 기다려, 내 말을 들어라. 먼저 칼을 대면, 칼 손잡이가 들어갈 정도로 찌르겠다. 군인의 명예를 걸고 싸우겠다. (칼을 뽑는다)

피스톨 그 위대한 맹세에 나의 분노도 진정되었다. 너의 주먹과 앞발을 잡아보자.

바돌프 너의 용기에 감복했다.

님 하사 언제고 간에 너의 목줄기를 끊어놓겠다. 내 기분 알겠지.

피스톨 아니, 내 목줄을 끊는다고? 프랑스 말로 "쿠프르 아 고르주(Couple a gorge)!"라고 말한다. 내, 다시 도전하겠다. 크레타의 강아지야, 내 마누라를 수중에 넣겠다고? 웃기지 마라. 그보다는 네놈이 병원으로 가서 더러운 성병 환자 욕조에서 크레시다와 같은 화냥년 문둥병 환자 돌 티어시트를 끌어내어 네 마누라 삼거라. 퀴클리는 내 아내다. 세상에 하나밖에 없는 아내다. 이만하면 됐어, 됐다.

　　폴스타프의 사동 등장.

사 동 피스톨 아저씨, 마나님, 모두들 저희 어른한테로 급히 오세요. 몸이 편찮으셔서 자리에 누워 계십니다. 바돌프 아저씨는 이불 속에 얼굴 넣어서 난로가 돼주세요. 주인 어른께서 몹시 아파요.

바돌프 저리 가거라, 이 고얀 놈!

퀴클리 폴스타프 양반 얼마 안 가서 까마귀 밥이 될 겁니다. 왕이 그의 마음을 박살냈어요. 여보, 빨리 다녀오세요. (퀴클리와 사동 퇴장)

바돌프 자, 화해하자, 우리들은 함께 프랑스로 가야 한다. 서로 목덜미 찢겠다고 칼 들이댈 필요가 뭐 있나?

피스톨 홍수는 넘치는 것이 좋다. 악마는 아우성쳐야 한다.

님 하사 내가 내기해서 딴 팔 실링, 너 낼 테냐?

피스톨 내는 놈은 미친놈이다.

님 하사 지금 받아야겠다. 기분이다.

피스톨 그래, 사내답게 해결하자. 덤벼라! (두 사람 칼을 뺀다)

바돌프 이 칼에 걸고 말한다. 먼저 손댄 자는 내가 죽인다. 이 칼에 걸고 맹세한다.

피스톨　칼에 걸고 한 맹세는 꼭 지키겠지.

바돌프　님 하사, 나와 친구가 되려면, 지금 친구가 돼라. 되고 싶지 않으면, 원수가 돼라. 자아, 칼을 집어넣어.

님 하사　내 팔 실링을 달라. 내가 내기에서 딴 거다.

피스톨　육 실링이라면 지금 당장 현금으로 줄게. 술도 한잔 살게. 이러면 화해가 되었지. 나와 님은 둘도 없는 친구. 나는 님 덕분에 살고, 님은 피스톨 덕분에 산다. 그렇지? 나는 영내에서 주보 상인이 되어 돈 좀 벌어야겠다. 자, 악수.

님 하사　육 실링 지금 줄래?

피스톨　그럼, 당장 현금이지.

님 하사　그렇다면 받자는 것이 내 기분이다.

　　　　퀴클리 다시 등장.

퀴클리　여러분들이 어머니 품에서 태어난 아이라면, 급히 존 경한테 가보세요. 불쌍하게도! 일발열(日發熱)인지, 삼일열(三日熱)인지 불덩이 같은 열에 시달리고 있어요. 불쌍해요! 어서들 가보세요.

님 하사　왕이 그분한테 기분 나쁘게 해서 그래. 그 일 때문이야.

피스톨　그렇다. 님. 정말이지 그렇다. 폴스타프의 심장은 찢어질 대로 찢어져서 더 이상 심장이라 할 수 없어.

님 하사　왕은 훌륭해서. 훌륭한 왕이 될 수밖에 없어. 왕도 때로는 기분 때문에 변덕스럽게 달릴 수 있어.

피스톨　자, 모두들, 우리 기사님, 폴스타프를 애도하러 가자. 우리들은 살 날이 아직 까마득해. (일동 퇴장)

제2장 사우샘프턴, 회의실

엑서터, 베드퍼드, 웨스트모어랜드 등장.

베드퍼드 그 역적 놈들을 신임하시다니, 폐하도 대담하십니다.

엑서터 가까운 장래에 일망타진될 것입니다.

웨스트모어랜드 그들의 태연한 태도는 놀랍습니다! 마치 신의가 그들의 가슴에 자리 잡고, 충성이 왕관을 쓰고 있는 듯했습니다.

베드퍼드 폐하는 이미 그들의 의도를 충분히 파악하고 계셨습니다. 그들이 예상치 않았던 밀고자 때문이죠.

엑서터 폐하와 침식을 함께한 스크루프가 넘치는 은혜를 받으면서도, 외국의 돈에 눈이 멀어, 폐하의 생명을 없앨 흉계를 꾸미다니!

나팔 소리. 헨리 왕, 스크루프, 케임브리지, 그레이, 종자들 등장.

왕 바람도 잔잔하니 승선합시다. 케임브리지 공, 그리고 마셤 공, 그리고 그레이 공, 의견을 말해보시오. 지금 내가 인솔하고 있는 병력이면 프랑스의 견고한 방어벽을 능히 돌파해서, 이 병력을 소집했을 때 생각했던 소기의 목적을 달성할 수 있을 것인가?

스크루프 염려 놓으십시오. 폐하, 각자가 최선을 다하고 있습니다.

왕 그 점에 대해서는 걱정하지 않는다. 그 이유인즉, 나를 수행하는 충신들 중에는 나와 한마음, 한 몸이 되지 않은 사람이 한 사람도 없기 때문이다. 뒤에 남겨두고 가는 사람들 가운데서도, 우리 군대의 승리와 정복을 기원하지 않는 사람이 한 사람도 없기 때문이다.

케임브리지 폐하만큼 두려움과 사랑을 받는 국왕은 지금까지 없었습니다. 지금 우리는 폐하의 따뜻한 선정 덕으로, 마음에 슬픔을 지니거나 불안을 품은 국민이 한 사람도 없습니다.

그레이 그렇습니다. 부왕의 적수들까지도 괴로운 한을 달콤한 사랑의 마음으로 바꾸어, 성심성의 폐하에 대한 충성을 맹세하고 있습니다.

왕 그 때문에 나는 크게 감사하고 있다. 각자 움직이는 일의 가치와 그 중요성에 따라, 그에 합당한 포상을 잊을 정도라면, 차라리 이 손의 움직임을 잊는 편이 낫겠다.

스크루프 그렇기 때문에, 저희들은 몸을 강철처럼 단련해서 희망과 성공을 길이며 폐하께 봉사하려 합니다.

왕 그렇게 알고 있소. 엑서터 숙부님, 어제 나를 비난해서 투옥된 자를 석방해주시오. 술이 좀 과해서 그런 모양이니 반성한 다음에는 용서해주어야지요.

스크루프 그것은 관대하신 조치입니다만, 지나친 방심이 아닐까요? 벌을 주어야 합니다. 폐하, 용서해주면 그것이 선례가 되어 똑같은 범죄가 발생합니다.

왕 그래도 자비를 베풉시다!

케임브리지 자비와 더불어 벌을 주는 것도 중요합니다.

그레이 폐하, 징벌의 맛을 담뿍 맛보게 한 다음, 목숨을 살려줍시다. 그것도 대단한 자비를 베푸는 것입니다.

왕 아아, 제경들이 나에게 바치는 푸짐한 마음과 사랑이 이 가련한 죄인에 대한 징벌의 호소가 되다니! 술자리서의 사소한 잘못도 안 된다면, 계획을 세우고, 앞날을 예상하고 저지른 대역죄가 나타났을 때에는 어떤 눈으로 봐야 할 것인가? 여하튼 그 사람은 방면하자. 비록 케임브리지, 스크루프, 그레이 등 제경들이 내 신변의 안전을 위하여, 충성스러운 마음으로 그 사람의 처벌을 원한다 할지라도 말이다. 프랑스의 문제로 돌아가자. 전날 나의 부재 중에 책임자로 임명

된 자가 누구인가?

케임브리지 폐하, 제가 그중의 한 사람입니다. 그 임명장을 오늘 받도록 하라는 분부였습니다.

스크루프 저에게도 같은 지시였습니다.

그레이 저에게도 분부하셨습니다, 폐하.

왕 그렇다면, 케임브리지 백작 리처드, 이것이 귀하의 것이오. 마섬경 스크루프, 이것이 귀하의 것이오. 그리고, 노섬벌랜드의 훈작사 그레이, 이것이 귀하의 것이오. 그것을 읽으면 알 것이다. 나는 제경들의 진가를 잘 알고 있다. 웨스트모어랜드 공, 엑서터 숙부님, 오늘 밤은 배를 타야 한다. 그런데, 제 경들 어찌 된 일인가? 임명장에 무엇이라 쓰여 있는가? 그토록 갑자기 실성한 표정이니? 무슨 변화인가! 얼굴빛이 백지처럼 되었구나. 무엇을 읽었는가? 그토록 얼굴이 핏기를 잃고 있으니, 무슨 일인가?

케임브리지 삼가 저희 죄를 고백하고, 이 몸을 폐하의 자비에 맡기겠나이다.

그레이 저도 폐하의 자비심에 기대겠습니다.

스크루프 저도 그렇게 하겠습니다.

왕 그 자비심은 얼마 전까지 내 마음속에서 숨 쉬고 있었지만, 너희들의 충고를 듣고, 숨통이 끊어졌다. 너희들도 수치심이 있으면, 자비심을 입 밖에 내지 마라. 너희들 입으로 말한 그 이유들이 주인에게 덤벼드는 개마냥, 너희들을 괴롭히고 있을 것이다. 내 피붙이가 되는 공작들이여, 귀족들이여, 잘 보아라, 이것이 영국의 괴물이다! 여기 있는 케임브리지는 제 경들도 알다시피 내가 마음속으로 아꼈던 인물이다. 그래서 그에게 도움이 되는 명예가 있으면, 무엇이나 기쁜 마음으로 아낌없이 그에게 주었다. 그러나 이 사람은 몇 푼 안 되는 돈 때문에 경솔하게도 배신의 길로 달렸다. 프랑

스 왕의 음모에 가담해서, 이곳 사우샘프턴에서 나를 살해하려고
했다. 이 음모에는, 이 훈작사 케임브리지 못지않게 나의 은혜를
입고 있었던 그레이도 똑같이 가담했다. 아아, 하지만 그대에게는
무엇이라 말해야 하는가, 스크루프? 너같이 잔인하고 배은망덕한
피도 눈물도 없는 비정한 인간! 그대는 내 가슴속에 간직한 비밀의
열쇠를 갖고 있었다. 내 마음속 구석구석을 알고 있었다. 너는 나
를 이용하면, 내 몸을 금으로 바꿀 수 있는 권력을 손에 넣을 수 있
었을 것이다. 그런 네가 적국에 매수당해 나의 손가락 하나라도 해
치려는 흑심을 일순간이라도 가슴속에 불꽃처럼 일으킬 수 있는
가? 이 일은 흑백으로 떠오를 만큼 너무도 뚜렷한 사실인데도, 내
눈이 차마 그것을 믿을 수 없음이 너무도 이상하다. 반역과 암살은
언제나 한통속이다. 서로 악의 목적을 위해 협력하는 두 마리의 악
마이다. 만약에 그 두 마리 악마가 한 악마 속에 나타나도 놀랄 일
이 아니다. 하지만 너는 너무나 인륜에 어긋나기 때문에 너의 반역
과 암살의 흉계에 놀라지 않을 수 없다. 너를 선동해서 자연에 역
행하는 행위를 감행케 한 교활한 악마는 지옥에 있어서도 특히 우
수하다는 평판을 얻을 것이다. 다른 악마들은 인간을 배신해서 유
인할 때는, 타락한 지옥의 죄악을 음폐하기 위해서 천국을 연상케
하는 장식물을 번쩍이는 빛과 형상으로 꾸며서 그럴듯한 구실을
만든다. 그러나 너에게 주문을 걸어 유인한 악마는 반역의 이유 한
가지 주지 않고, 오로지 반역자라는 이름만을 주고 무작정 너에게
명령을 한 모양이다. 만약에 너를 유혹한 악마가 사자 걸음으로 세
계를 한 바퀴 돈다면, 광대한 지옥에 돌아가서 악마의 무리들에게
단언할 것이다. "저 영국인만큼이나 쉽게 영혼을 탈취할 수 있는
것은 없다." 아아, 너는 신뢰의 아름다움을 질투의 독으로 오염시

켰다! 이 세상에 충신이 있었다면, 바로 네가 충신이었다. 근엄한 학자로 보이는 사람이 있었다면, 바로 네가 그 사람이었다. 고귀한 집안의 출신이었다면, 바로 네가 그 사람이었다. 신앙 깊은 사람이 있었다면, 바로 네가 그 사람이었다. 폭음 폭식을 삼가고, 희로애락의 격정에 흐르지 않으며, 언제나 냉정한 마음씨를 갖고, 혈기로 길을 어긋나지 않으며, 온후 중용(中庸)의 태도를 지니고, 행동할 때는, 눈만이 아니고 귀도 작동시키며, 눈과 귀가 파악한 것을 맑은 판단력으로 비추어보고 확신하는 사람이 있었다면, 너야말로 그렇게 선택된 인물이었다. 따라서 너의 이 같은 타락은, 아무리 원만한 인격도, 아무리 최고의 재능을 타고난 인간도, 조금은 의심해야 된다는 일종의 오점을 남겼다. 나는 너를 위해 눈물을 흘리겠다. 나는 너의 반역이 아담 이후의 두 번째 인간의 타락이라 생각한다. 이들의 죄악은 명백하다. 체포하라. 그리고 국법에 의해 처단하라. 신이여, 이들의 죄를 사하여주십시오!

엑서터　케임브리지 백작, 리처드, 대역죄로 체포한다. 마섬 공 헨리 스크루프, 대역죄로 체포한다. 노섬벌랜드의 훈작사 토머스 그레이, 대역죄로 체포한다.

스크루프　신은 우리들의 음모를 폭로했습니다. 나는 나의 죄를 죽음 이상으로 더 후회합니다. 나의 죄는 나의 몸으로 대가를 치릅니다만, 폐하여, 나의 죄를 용서하소서.

케임브리지　저는 프랑스 왕의 금화에 유혹된 것이 아니라, 이것을 하나의 계기로 삼고 이전부터 세운 계획을 조급하게 실행했을 뿐입니다. 하지만 지금은 하느님께 이 일이 저지된 것을 감사하고 있습니다. 이 일을, 처형을 받는 순간의 고통 속에서도 기뻐하며, 신과 폐하의 용서를 빌겠나이다.

그레이 큰 위험을 안고 있는 반역이 폭로된 것을 보고 충신이라면 당연히 기뻐하겠지만, 그래도 지금 이 저주받을 계획이 실행 직전에 저지되는 것을 보고 저는 기쁩니다. 저의 목숨이 아니라, 저의 죄를 용서하소서.

왕 신이 너희들에게 자비를 베풀기를 빌겠다! 선고한다. 너희들은 국왕인 나의 몸을 해치려고 모의하여, 이미 선전포고한 적과 공모한 후, 그의 금고로부터 나의 목숨을 끊기 위한 공작금을 받았다. 그리고 너희들은 국왕을 살인자의 손에 팔아넘기고, 그 귀족들을 노예가 되는 굴욕의 몸으로 타락시키려 했으며, 국민들을 압제와 굴욕 속에 얽매이도록 하고, 왕국을 일시에 황폐시키려 했다. 내 일신에 관해서는 복수의 뜻이 없지만, 이 왕국의 안전에 관해서는 중대한 일이 아닐 수 없다. 나라의 전복(顚覆)을 꾀한 너희들은 국법에 따라 처단해야 한다. 그래서, 너희들 가련한 죄인들은 즉시 사형장으로 가야 한다. 신이 그의 자비심으로 죽음의 고통을 견디는 힘과, 무서운 죄를 회개하는 마음을 주시도록 빌자! 이놈들을 끌고 가라. (케임브리지, 스크루프, 그레이 경호를 받으며 퇴장) 자, 그러면, 제경들, 프랑스로 출발하자. 이 원정은 제경들이나, 나에게 있어서, 영광에 가득 찬 것이 될 것이다. 무운이 우리에게 있어서 연전연승이 될 것을 의심치 않는다. 우리의 앞길을 막았던 위험한 반역은 신의 은총으로 백일하에 드러났는데, 이것이 신이 우리를 돕는 증거가 된다. 이제 우리 앞에 놓인 장해는 모두 제거되었다고 확신한다. 자, 출발이다. 동포 여러분! 우리 장병들은 신의 인도를 받아, 원정의 길에 나서려고 한다. 힘차게 바다로 가자. 군기를 올려라. 프랑스 왕이 못 되면 영국의 왕을 포기한다. (나팔 소리. 일동 퇴장)

제3장 런던, 선술집 앞

피스톨, 퀴클리, 님 하사, 바돌프, 그리고 소년 등장.

퀴클리   여보, 나도 스테인즈까지 함께 가요, 네?

피스톨   안 돼, 사나이 이 마음이 찢어지네. 님, 기운을 내라. 인마, 용기를 내라. 폴스타프, 왕초가 죽었다네. 안 울 수 있나.

바돌프   왕초와 함께 있고 싶다. 천당이든 지옥이든!

퀴클리   지옥이 아니야. 틀림없이 아서의 가슴에 안겼을 거다(퀴클리는 「누가복음」 16장 19–31절의 "아브라함의 가슴"을 잘못 말하고 있다–역자 주). 임종이 깨끗했어. 세례 받은 아기처럼 맑은 얼굴을 하고 가셨어. 밤 12시와 새벽 1시 사이, 밀물과 썰물이 마주치는 바로 그 시간에 가셨어. 그이가 홑이불을 만지작거리면서 꽃을 따는 시늉을 하고, 손끝에 딴 꽃을 보고 싱긋 웃는 모습을 보고, 난 벌써 안 되겠다는 것을 알았어요. 그인 코가 펜촉처럼 뾰족해지면서 푸른 들판이 어쩌고 중얼거렸지요. "어떠세요, 존 경?" 내가 물었어요. "왕초, 기운 내세요!" 나는 고함질렀죠. 그랬더니, 그 양반 "하느님, 하느님, 하느님!" 서너 번 웅얼댔습니다. 그래서 나는 그분을 위로하기 위해서, 하느님 생각하지 마세요, 아직 일러요라고 말했어요. 그랬더니 발에다 이불을 더 덮어달라고 하지 않겠어요? 그래서 나는 침대 속에 손을 넣고 발을 만져보았더니, 마치 돌처럼 싸늘하게 굳어 있었답니다. 그래서 무릎을 만져보았죠. 싸늘하더군요. 그래서 또 그 위로 만져봤더니, 구석구석이 냉돌이에요.

님 하사   술을 저주했다면서.

퀴클리   그랬답니다.

바돌프 여자도?

퀴클리 여자는 저주하지 않았습니다.

소 년 저주했습니다. 여자는 악마의 화신(化身)이라고 말했습니다.

퀴클리 화신(化身)이 아니라 화신(花信)이다. 카네이션 꽃을 싫어했어. 분홍 빛이 싫었던 거야. (incarnate와 carnation의 말장난-역자 주)

소 년 언젠가 대장님은 여자 때문에 악마에게 붙들려서 지옥에 갈 거라고 말했어요.

퀴클리 여자를 꼬집는 경우도 있었어. 하지만 그때에는 벌써 정신이 오락가락해서 무슨 말을 하는지 알 수 없었지. 바빌론의 매춘부인가 뭐라고 말하고 있었지.

소 년 바돌프 아저씨 빨간 콧등에 벼룩이 붙은 것을 보고, 검은 악마가 지옥 불에 타고 있다고 한 말 기억나세요?

바돌프 그 불꽃을 계속 태워준 알코올 공급자도 이젠 돌아가셨다. 왕초에게 봉사해서 얻은 보물은 이 빨간 코뿐인가.

님 하사 자, 출발해볼까. 임금님이 사우샘프턴에서 출발하신다.

피스톨 좋아, 출발하자. 사랑하는 아내여, 다시 한번 그 입술을. 내 가재(家財)와 동산(動産)을 잘 보살피게. 장사는 요령이야. "현금 박치기"가 좌우명이다. 아무도 믿지 말라. 맹세는 지푸라기, 약속은 뺑튀기다. 손님 돈은 붙들고 자빠지거라. 경계심이 최고다. 울지 마라. 눈 더럽힌다. 전우들이여, 무기를 잡아라. 프랑스로 향해 출발이다. 전우들이여, 말거머리처럼, 피를 빨고, 빨고 빨자.

소 년 적의 생피는 몸에 해로운데요?

피스톨 그녀의 부드러운 입술에 닿고, 출발이다.

바돌프 안녕히 계세요, 아주머니. (키스한다)

님 하사 나는 키스 못 하겠어. 내 기분이 그래. 잘 있어요.

피스톨 집을 지켜, 마누라야, 쏘다니지 말고. 명령이다.

퀴클리 잘 가요. 잘 가세요. (일동 퇴장)

제4장 프랑스, 왕궁

나팔 소리. 프랑스 왕, 태자, 베리 공작, 브르타뉴 공작, 군사령관, 기타 등장.

프랑스 왕 영국군이 전력을 다해 이 나라를 쳐들어오고 있다. 우리 군은 충분히 경계해서 당당하게 격파할 수 있는 방위태세를 갖추어라. 따라서 베리, 브르타뉴, 브라반트, 그리고 오를레앙 공작들은 즉시 출진하라. 그리고 태자, 너는 급히 서둘러서 용감한 장병과 방위에 필요한 군수품을 갖고, 전선 각 도시의 성벽을 견고하게 방어하며, 보강토록 조치하라. 영국 왕은 소용돌이에 빨려드는 물처럼 억센 힘으로 밀려오고 있다. 한때, 영국군의 전력을 무시했기 때문에 우리가 전투에서 치명적인 피해를 입은 적이 있다. 만전을 기하라.

태 자 존경하는 부왕이시여, 적에 대해서 무장하는 일은 당연한 조치입니다. 전쟁이나 동란이 지금처럼 다급한 문제가 되지 않더라도, 전쟁을 예상해서 방비, 모병, 출전 준비를 갖추어둔다면, 평화의 시대가 계속된다 하더라도 나라가 허약해지지 않을 것입니다. 우리들은 프랑스의 나약한 지방을 살피는 것이 합당하다고 생각합니다. 그 일도 전혀 불안한 기색 없이 태연스럽게 해야 합니다. 영국군들은 성령강림제의 모리스 춤 추느라고 바쁘다는 소식이라도 들은 듯이 말입니다. 폐하, 지금 영국에서는 참으로 어리석은 자가 왕이 되었다는 소식입니다. 경박하고, 경솔하고, 천박하고, 변덕스러운 철부지 풋내기가 왕이 되었으니 염려하실 것 없습니다.

군사령관 어어, 잠깐 태자 전하! 전하께서는 그 왕을 잘못 아셨습니다. 최근에 돌아온 사신들에게 물어보십시오. 그는 왕자의 위엄을 유지하며 사신들의 말에 귀를 기울였답니다. 주변에 가득한 탁월한 고문관들은 겸허한 태도로서 이의를 제기하면 왕은 결연한 태도로 최종 결정을 한다는 것입니다. 그렇다면, 한때 그가 보여주었던 방탕한 생활도 로마인 브루터스처럼, 남루한 둔재(鈍才)의 의상으로 예지(叡智)를 감춘 덮개에 지나지 않았습니다. 그것은 마치 싹을 피우고, 꽃을 피우는 화초 뿌리에 정원사가 거름을 주고 덮는 것과 같습니다.

태 자 사령관, 그렇지 않습니다. 가령 그렇게 생각하더라도 신경 쓸 것 없습니다. 방어에 관한 한 적을 겉보기보다는 강력하다고 생각해 두는 것이 유리합니다. 그렇게 하면 방비력도 더욱더 완벽해질 수 있으니깐요. 군비를 아껴서 방비가 소홀하면, 헝겊 한 조각 아끼다 옷 한 벌 다 버리는 꼴이 됩니다.

프랑스 왕 그렇다면, 제 경들, 영국 왕 해리를 강적이라 생각하고, 그를 대적해서 격퇴할 수 있는 강력한 진지를 구축하라. 그들의 동족들은 우리의 피맛을 보고 있다. 우리들이 익숙한 이 땅에서 우리를 괴롭히던 잔혹한 엽견(獵犬)의 피를 해리는 계승하고 있다. 잊을 수 없는 그 굴욕의 날을 다시 한번 상기하라. 그날, 크레시의 전투는 치명적인 패전이 되었다. 우리 귀족들은 모두 악마 같은 별명을 지닌 웨일스의 흑태자 에드워드의 손에 잡혔었다. 산처럼 웅장한 그의 부왕은 높은 산정(山頂)에 우뚝 서서 금빛 햇살을 왕관처럼 받으며, 용감한 아들의 움직임을 바라보고 있었다. 하느님과 프랑스의 부친들이 이십 년 동안 키우고 가꾼 젊은이들, 그 자연의 걸작들이 잘리고 파괴되는 것을 빙그레 웃고 보고 있었다. 해리는 승리한 그 나무줄기에서 뻗어 나온 하나의 가지이다. 그의 천성의 힘과 억센 운명의 힘을 얕보면 안 된 다. 충분한 경계가 필요하다.

사자 등장.

사 자 영국 왕 해리의 사신들이 방금 도착했습니다. 폐하를 뵙고 싶다고 간청하고 있습니다.

프랑스 왕 곧 만나자. 이곳으로 안내하라. (사자와 몇 사람의 귀족들 퇴장) 제 경 들, 일이 무섭게 몰아쳐 오는구나.

태 자 돌아서서 추적을 피하세요. 겁먹은 사냥개는 쫓는 사냥감이 무서 워서 멀리 도망치면 더 짖어댑니다. 폐하, 영국군을 일격에 분쇄해 서 폐하가 어떤 나라의 원수(元首)인가를 알려줍시다. 자신을 소중 하게 여기는 일은 자신을 소홀하게 여기는 일처럼 죄가 되는 일은 아닙니다.

귀족들이 엑서터와 그 일행을 동반하고 등장.

프랑스 왕 영국의 사신들인가?

엑서터 그렇습니다. 영국 왕이 폐하께 드리는 말씀을 전합니다. 영국 왕은 폐하가 전능하신 신의 이름으로 즉시 퇴위하시어, 지금 몸에 걸치 고 있는 차용된 영예를 버리시기를 바라고 있습니다. 이 모든 것이 영국의 국왕과 그의 자손들에 속한 것임은 모두가 인정하고 있는 사실입니다. 그 영예라는 것은 프랑스의 왕관은 고래로부터 확립 된 관례에 따라, 그 왕관에 귀속된 광범위한 권리를 포함하고 있습 니다. 영국 왕의 요구가 먼 옛날로부터 전해오는 벌레 먹은 고대 자료에서 수집했거나, 오랜 세월 동안 망각의 먼지를 뒤집어쓰고 있었던 고문서에서 긁어모은, 부정 부당한 것이 아니라는 것을 폐하가 아시도록 여기 계보마다 구석구석 진실을 밝히고 있는 기억할 만한 족보를 영국 왕이 보내오니 혜람하실 것을 강력하게 요청하나이다. 그리고 현재의 영국 왕이 유명한 조상 가운데서도 가장 유명한 에드워드 3세의 직계인 것을 아시게 된다면, 정통한 계승자로 태어난 왕의 손에서 부당하게 찬탈된 왕관과 왕국을 즉시 인도해줄 것을 명하고 있습니다.

프랑스 왕　그 명령에 복종하지 않으면 어떻게 되나?

엑서터　피를 흘리더라도 복종하도록 만들 것입니다. 비록 폐하가 왕관을 가슴속 깊이 감춘다 하더라도, 그 가슴을 도려내어 반드시 찾아내고야 만다는 것입니다. 영국 왕은 주신(主神) 주피터처럼, 천둥소리와 지진 소리를 동반하고, 폭풍우가 되어 쳐들어와서, 말로 되지 않으면, 칼로서 일을 처리하려고 합니다. 영국 왕은 자비로운 신의 이름으로 명령하고 있습니다. 즉시 왕관을 인도하시고, 굶주린 전쟁이 아가리를 벌리고 잡아먹으려고 하는 가련한 민중들을 구제하도록 하십시오. 그렇지 않으면, 폐하의 머리 위로 이 전쟁 때문에 남편을 잃은 미망인의 눈물과 부친을 잃은 고아의 울음소리, 사랑하는 약혼자를 잃은 처녀의 슬픔, 전사자들이 흘리는 피가 한꺼번에 쏟아질 것입니다. 이상이 영국 왕의 요구요, 경고요, 사신이 전하는 취지입니다. 또한 태자가 이 자리에 있으면, 확실히 전해야 되는 전갈이 있습니다.

프랑스 왕　나는 이 요구를 심사숙고해서, 내일 영국 왕에 대한 신중한 답장을 전달토록 하겠다.

태 자　내가 태자이니, 영국 왕의 전갈을 받도록 하겠다.

엑서터　조소와 도전, 경멸과 모멸, 그 밖에도 위대한 영국 왕이 전하는 합당한 말로서, 왕은 전하에게 인사를 하며 다음과 같이 전한다. 전하의 부친이 우리의 요구를 모두 받아들이고, 전하가 지난번에 영국 왕에게 보낸 독살스러운 조소를 거둬들인다면 모를까. 그렇지 않으면, 전하 자신에게 모든 책임을 지우게 될 것이다. 그렇게 되면 프랑스 온 땅의 동굴과 구덩이가 대포 소리로 메아리치면서, 전하의 조롱을 되돌려보내고, 그 허물을 꾸짖게 될 것이다.

태 자 비록 부친께서 긍정적인 답변을 하시더라도, 그것은 나의 의사에 어긋나는 것이라고 전하시오. 나는 영국과 한판 승부를 벌이고 싶소. 그 때문에 나는 놀기 좋아하는 젊은이에게 어울리게, 나는 파리에서 유행하는 테니스 공을 선물로 보냈소.

엑서터 그 답례로 파리 루브르 왕궁이 대포알로 박살 날 것이다. 유럽 최고의 풍치를 자랑하는 그 왕궁도 어쩔 도리가 없을 것이다. 그리고 영국 왕의 젊을 때 모습과 오늘의 모습은 너무나 차이가 나기 때문에 국민들도 깜짝 놀라 경탄에 마지않는다는 것을 태자는 보게 될 것이다. 지금 영국 왕은 분초도 아끼고 있다. 영국 왕이 프랑스에 계시면, 그 사실을 패전의 아픔으로 실감하게 될 것이다.

프랑스 왕 내일 충분히 우리의 답장을 받게 될 것이다. (나팔 소리)

엑서터 될수록 빨리 우리를 보내주시오. 그렇지 않으면 지연되는 일에 불만을 품은 영국 왕이 직접 이곳에 올 것이다. 영국 왕은 이미 이 땅에 상륙하셨다.

프랑스 왕 곧 예의를 다한 답변서를 갖고 돌려보내겠다. 그런데 이 중대사를 결정짓는 일에 하룻밤이라니 너무나 짧다. 숨 돌릴 겨를도 없구나. (일동 퇴장)

제3막

프롤로그

코러스 등장.

코러스 이렇게 해서 우리들의 무대는 상상의 날개를 타고, 인간의 생각이 미치지 못하는 빠른 속도로 날아갑니다. 영국 왕이 군비를 갖추고 사우샘프턴 부두에서 승선하는 모습과 장엄한 함대가 떠오르는 태양의 빛을 받으며, 비단 기치(旗幟)를 휘날리면서 떠나는 광경을 여러분은 상상해보세요. 보세요, 지금 선원들이 돛대의 밧줄을 타고 올라갑니다. 들으세요, 혼란스러운 소음을 진정시키려고 선장이 호각소리로 명령하는 소리를. 보세요, 마포(麻布)의 돛은 살며시 파고드는 미풍을 머금고 이랑진 바다 위로 파도를 가르며 거대한 선체를 늠름하게 끌고 가네요. 지금 여러분들은 해안에 서서, 해안 도시가 춤추듯 서 있는 경치를 멀리서 보고 있다고 상상하세요. 왕의 함대가 위풍당당하게 아르플뢰르 항구를 향해 항진하는 모습을 여러분은 마음속에서 보고 계십니다. 자, 여러분, 그 뒤를 쫓아서 함대 후미에 마음을 묶고 우리도 영국을 출발해봅시다! 할아버지들, 노파들, 전력을 잃은 사람들, 그리고 아직 몸에 전력이 없는 아기들만이 지키고 있는 영국을 한밤중에 떠납시다! 여러분 아시겠죠, 턱주가리에 수염 한 톨이라도 나 있는 사람들은 선발된 정예부대 일원으로 모두가 기쁜 마음으로 프랑스 원정에 참전했습니다. 그리고 여러분, 상상력을 더욱 발동시켜, 포위전을 마음속에 그려보세요. 전차에 실린 대포는 포위된 아르플뢰르에 죽음을 뿜는 포구(砲口)를 돌리고 있습니다. 프랑스 궁정에서 돌아온 사신들 보고에 의하면, 프랑스 왕은 공주 카트린을 영국으로 시집보내, 지참금으로 보잘것없는 두세 개 공작령을 첨가한다는 것입니다. 하지만 영국 왕 해리는 이 제안을 탐탁지 않게 여겼으므로, 눈치 빠른 포격수는 무서운 대포에 불을 당겼습니다. (전투 개시의 나팔 소리, 대포들이 일제히 발사된다) 이렇게 해서 눈앞에 있는 모든 것은 파괴되었습니다. 여러분, 제발 우리들 무대에 호의의 눈을 돌려주세요. 부족한 부분은 여러분의 상상력으로 보완해주세요. (퇴장)

제1장 프랑스, 아르플뢰르의 성문 앞

경고의 나팔 소리. 왕 헨리, 엑서터, 베드퍼드, 글로스터, 그리고 성공격용 사다리를 지닌 병사들 등장.

왕 다시 한번, 저 성벽의 돌파구를 향해 돌격이다. 제군, 다시 한번 돌격이다. 그 일이 여의치 않으면 영국 병사들의 시체로 저 구멍을 메워라. 평화 시에는 자숙과 겸양만큼 남자에게 어울리는 미덕은 없다. 그러나 일단 포성이 우리들 귓전을 스쳐 지나갈 때면, 호랑이의 행동을 배워야 한다. 근육을 단단히 조이고, 혈기를 돋우어 순한 마음을 냉혹한 분노의 표정으로 바꾸어야 한다. 성벽 틈새로 적을 노려보는 대포처럼, 눈알을 현란하게 부라리며 응시하라. 그 눈 위로 눈썹을 덮어라. 깎아지른 듯 솟아오른 벼랑이, 거친 파도로 침식 당해 생겨난 토대 위로, 보기에도 무섭게 뻗쳐 나온 눈썹이다. 자, 이를 악물고 콧구멍을 열어 숨을 힘껏 들이켜라, 온몸의 힘을 쥐어짜라! 전진, 전진, 용감한 영국의 귀족들이여, 백전백승의 부친으로부터 이어받은 무공을 잊지 마라. 너희 부친들은 한 사람 한 사람 알렉산더 대왕이 되어, 이 땅에서 아침부터 밤까지 분전 분투해서, 근처에 적의 그림자가 보이지 않을 때까지 칼을 칼집에 넣지 않았다. 그 부친으로부터 태어난 아들이라는 증거를 보여다오. 그렇지 않으면 모친에게 불명예를 안기게 된다. 지금이야말로 비천한 사람들에게 모범을 보일 때가 된 것이다. 전투하는 법을 가르치는 때가 되었다. 그리고 영국의 향사들이여, 영국 땅에서 태어나 자란 너희들의 사지(四肢)를 갖고, 여기 프랑스 땅에서 실컷 영국의 정신을 보여주어라. 조국의 이름에 부끄럼이 없는 사람이 되어다오. 나는 그것을 의심치 않는다. 너희들 빛나는 용감한 눈을 보면, 비겁한 자는 한 사람도 없구나. 너희들은 가죽끈에 매달린 그레이하운드 같다. 사냥감이 나왔다. 조바심쳐라. 돌격하면서 고함쳐라, "신이여, 해리 편에 서주시오. 영국의 수호신 세인트 조지여, 영국을 구하소서!" (일동 퇴장. 돌격 나팔. 대포 발사)

제2장 같은 곳

님 하사, 바돌프, 피스톨, 소년 등장.

바돌프　돌진, 돌진, 돌진, 돌진, 돌진! 돌파구로, 돌파구로!

님 하사　여보, 분대장, 좀 기다려 줘요. 총알이 콩알 볶는다. 내 목숨은 하나밖에 없어. 너무나 맹렬한 기분이야. 내 본심이야.

피스톨 옛 노래는 본심 넘치는 기분이 가득해. (노래한다)

탄환이 날아온다. 사람이 죽는다.

칼과 방패는

피투성이 들판에서

불멸의 영광을 차지한다.

소 년 아아, 런던의 선술집에 있는 편이 좋았다! 맥주 한 잔과 안전이면, 명예를 다 내놓겠네.

피스톨 나도 그래. (노래한다)

소원대로 된다면

마음대로 해보련만

나는 간다 런던의 선술집.

소 년 (노래한다)

참새가 가지에서 지저귀듯이

그것은 본능이 하는 일이라네,

충성이 하는 일은 아니라네.

영국군 장교 플루엘렌 등장.

플루엘렌 개자식들아, 돌파구로 진격이다! 진격이다, 이놈들!(이들을 독려한다)

피스톨 제발, 위대한 공작님, 흙으로 빚은 이 가련한 인간에 자비를 베푸세요! 성깔을 죽이시고, 위대하신 공작님, 화를 내지 마십시오. 화내지 마세요. 화내지 말고 관대하게 행하세요!

님 하사 이게 무슨 기분이야! 대장 각하 때문에 기분 잡쳤다. (소년만 남기고 일동 퇴장)

소 년 내가 나이는 어려도, 저 세 허풍쟁이들 정체는 다 알겠다. 나는 저 사람들의 사동이지만, 저들이 다발로 온다 해도 나를 섬기지 못할

것이다. 사실이지, 저 광대들은 뭉쳐봐야 한 사람의 사내 구실도
못해. 우선 바돌프를 보자. 저놈 간덩이는 희멀겋고, 얼굴은 뻘겋
지. 그래서 뻔질나게 어디나 낯짝은 잘 내밀지만, 겁쟁이라 싸움은
못 해. 다음은 피스톨이다. 저놈은 사람 죽이는 혓바닥과 말 없는
칼을 갖고 있어. 그래서 말은 누더기 헌신짝이지만, 칼날은 언제나
서 있지. 마지막으로 님이다. 그 사람 말수는 적지만 최고로 용감
한 사람이라고 들었는데, 겁쟁이라는 말을 들을까 봐, 기도조차 안
한다지. 그러나 별볼일 없는 말수도 별거 아닌 적선(積善)과도 같아
요. 깨는 것은 원수의 골통이 아니라 자신의 대갈통이라, 그래서
취하면 기둥에 부딪쳐요. 저들은 무엇이든 훔치는데, 그것을 진리
품이라고 말하죠. 바돌프는 악기 케이스를 훔치고 육십 킬로나 멀
리 운반해서 단돈 삼 펜스 반으로 팔아넘겼다는 거야. 님과 바돌프
는 좀도둑질 의형제인데, 칼레에서 석탄 부삽을 훔친 적이 있어.
그 일을 보고 나는 저놈들이 지저분한 일을 하는 패거리들이라고
생각했죠. 저들은 나에게 남의 호주머니를 자신의 손수건이나 장
갑이라고 생각하라는 거야. 하지만 남의 호주머니에서 나온 것을
내 호주머니에 옮겨놓는 일은 나에게 어울리지 않지. 나쁜 짓 하는
소매치기야. 저 사람들과는 손을 끊고, 더 좋은 주인을 찾아 봉사
해야겠다. 저들의 고얀 짓에 속이 뒤틀리네. 토할 것 같다. (퇴장)

플루엘렌 등장, 영국군 장교 가워 뒤따라 등장.

가 워   플루엘렌 대위, 빨리 갱도로 가야 해. 글로스터 공작이 부르시네.
플루엘렌 갱도라! 갱도는 맙소사다, 공작에게 못 간다고 말해줘. 그 갱도는
        군사학적으로 돼먹지 않았어. 깊이가 부족해. 그건 말이다, 적은
        말이다, 공작에게 말해줘. 우리 갱도 지하 사 야드에 말이다, 역갱

도를 파고 있어. 제기랄, 맹세코 말하지만, 적절한 지시를 내리지 않으면, 우리 군은 모조리 날라가네.

가 워 이 포위작전의 지휘관은 글로스터 공작이지만, 실제 명령은 어느 용감한 아일랜드인이 맡고 있다.

플루엘렌 맥모리스 대위지. 안 그런가?

가 워 그렇다.

플루엘렌 맙소사! 그놈은 바보다. 세계 최고의 바보다. 그놈의 수염에다 대고 나는 증명할 수 있어. 알겠나, 그놈은 병법을 몰라. 로마의 병법 말이네. 강아지만큼도 몰라.

　　　　맥모리스와 영국군 장교 제이미 등장.

가 워 그놈이 왔다. 스코틀랜드 대대의 대장 제이미 대위와 함께 오네. 플루엘렌. 제이미 대위는 무서운 맹장이다. 틀림없어. 고대 군사학 경험도 많고, 지식도 풍부해. 그의 지식은 내가 알지. 맹세코 말하지만, 그 사람은 로마 고대 병법에 관한 논쟁에서는 단연 으뜸이야.

제이미 플루엘렌 대위, 안녕하십니까?

플루엘렌 안녕하시오, 제이미 대위.

가 워 어떻게 되었소, 맥모리스 대위! 갱도 공사는 중지되었나요? 공병 대는 손을 놓았습니까?

맥모리스 맹세코 말하지만, 갱도 파기는 서툴렀습니다. 공사는 중지되었습니다. 이미 철수 나팔도 불었습니다. 이 손과 돌아가신 어버이 영혼에 두고 맹세합니다만, 그 공사는 실패입니다. 그래서 중단했습니다. 맹세코 말하지만, 한 시간이면 저 도시를 날릴 수 있어요. 갱도는 완전 실패입니다. 이 손을 두고 맹세지만 완전한 실패였습니다!

플루엘렌 맥모리스 대위, 한 가지 부탁이 있는데, 당신과 토론할 수 있는지
요. 그게 말하자면, 병법, 특히 로마 병법에 관해서 말입니다. 말하
자면 토론형식으로, 우호적인 토론형식으로 말입니다. 나의 학설
을 충족시켜보려는 생각이지만, 말하자면 만족시키려고 하는 것입
니다. 내 학설과 병법에 관해서 말입니다. 내 주장을 충족시키려는
목적 때문인데, 바로 이것이 요점이죠.

제이미 그거 좋겠네요, 정말 좋겠네요, 두 사람 대위들도 다 좋겠네요. 기
회가 닿으면 토론에 참가하고 싶소이다. 정말 해보렵니다.

맥모리스 정말이지, 맹세하지만, 토론할 시간이 없소. 게다가 날씨는 더럽
게 덥네요. 날씨도, 전쟁도, 국왕도, 공작도 모두 뜨거워요. 토론할
때가 아닙니다. 우리 군은 이 도시를 포위해서 공격 중이고, 나팔
소리는 돌파구의 공격을 명령하는데, 맹세코 말하지만, 우리들은
입만 놀리고 있을 뿐이지 아무런 행동이 없어요. 이건 우리 모두의
수치입니다. 맹세코 말하지만, 가만히 있는 것은 수치입니다. 이
손에 맹세코 말하지만, 이것은 수치입니다. 적의 목줄도 끊어야 하
고, 해야 될 일이 산적해 있는데, 맹세코 말하지만, 이래서는 안 되
는 겁니다!

제이미 미사에 맹세코 말하지만, 이 눈이 잠들기 전에, 전투 좀 해야지. 그렇
잖으면 땅속에 묻혀서 죽어야 해. 나는 용감할거야. 내 기분을 단적으
로 요약하면 이렇습니다. 두 사람의 전쟁 토론을 정말 듣고 싶다는 겁
니다.

플루엘렌 맥모리스 대위, 미안한 말씀이지만, 틀렸으면 정정하시오. 당신
네 나라 사람들은······.

맥모리스 우리나라 국민이라고? 우리 아일랜드인이 어쨌다는 거야? 악당
이요, 사생아요, 악한이요, 불한당이란 말인가? 우리나라 사람들

이? 어째서? 우리나라 사람을 이러쿵저러쿵하는 거냐?

플루엘렌   보세요, 맥모리스 대위, 당신이 내가 말하는 것을 곡해하면, 아마
도 당신은 나에 대한 대우를 소홀하게 하는 셈이 됩니다. 알겠어
요? 나도 방법에 있어서나, 가문에 있어서나, 그리고 그 밖에도 여
러 가지 특성에 있어서 당신에게 뒤지지 않습니다.

맥모리스   당신이 나 같은지 아닌지에 대해서는 관심이 없습니다. 맹세코
말하지만, 나는 당신 모가지를 잘라내고 싶어요.

가 워   두 사람이 오해를 하고 있네.

제이미   저런, 말도 안 되는 잘못이야. (진두 담판을 알리는 나팔 소리)

가 워   시내에서 진두 담판을 알리는 나팔 소리가 울리고 있다.

플루엘렌   맥모리스 대위, 보다 나은 기회를 갖게 되면, 내가 군사학을 습득
하고 있다는 걸 보여주겠습니다. 내 말은 이것뿐입니다. (일동 퇴장)

제3장 같은 곳, 성문 앞

시장과 시민들은 성벽 위에, 영국군은 그 아래에 등장. 헨리 왕 그 종
자들과 등장.

헨리 왕   시장은 어떻게 결심했는지 알아봅시다. 이번이 내가 허용하는 최
후의 진두담판이오. 따라서 항복하고 나의 자비심에 몸을 맡기든
가, 아니면 자멸을 두려워하지 않는 사람처럼 당당하게 도전해서
나의 극렬한 공세에 맞서보시오. 나는 군인인 까닭에 — 군인이란
이름이 가장 어울린다고 생각하기 때문에 — 일단 포격을 시작하
면 아르플뢰르 시가가 잿더미로 파묻힐 때까지 파괴합니다. 중도

에 손을 놓는 법은 없소. 자비의 문은 철저히 닫겠소. 우악스럽고 앙칼진 마음을 다진 군인들은 정이고, 용서고 아랑곳 없이, 잔인한 손이 시키는 대로, 지옥의 아가리 활짝 열고, 꽃 같은 처녀와 새싹 어린이들을 들풀 자르듯이 쓰러지게 할 것이다. 하지만 나에게는 이 모든 일이 무슨 상관인가. 하느님도 눈을 돌리는 전란이, 악마의 왕자처럼 불꽃의 옷 속에 몸을 감추고, 연기에 그은 얼굴로 파괴에 수반되는 온갖 잔학한 행위를 한다 한들, 나에게는 무슨 상관이란 말인가? 비록 너희들 순진무구한 처녀들이 미친 듯 설치는 정욕의 손에 폭행 당한들, 그 원인이 너희들에게 있는 이상 나에게는 무슨 상관인가? 방자한 악랄함이 성난 힘을 몰아 언덕을 뛰어내릴 때, 그것을 제어하는 고삐가 없기 때문에, 무작정 약탈을 일삼는 병사들에게 명령을 내려 못 하게 하려는 것은, 바다로 나간 고래 보고 해변으로 오라고 소환장 보내는 것과 같다. 그것은 무의미하고 헛된 일이다. 그러니 아르플뢰르의 시민들이여, 너희들 도시에 사는 사람들을 가엽게 여긴다면, 우리 병사들이 내 지휘하에 엄격하게 통솔되고 있는 이 시점에, 냉정하고 자비로운 바람이 살인, 약탈, 폭행의 독기 품은 더러운 먹구름을 불어서 날려보내고 있는 이 시점에, 여러분의 시민들을 아껴주기 바라네. 알겠는가, 그렇지 않으면 잠시 후에는 앞뒤 가리지 않는 저돌적인 병사들이 피에 물든 손으로 울부짖는 처녀들의 머리칼을 움켜잡고 그들을 더럽힐 것이다. 늙은 아비의 흰 수염을 잡고 존경스러운 머리를 벽에다 부딪치게 해서 박살 낼 것이다. 미친 유대인 엄마들이 무서운 비명소리로 구름을 찢는 동안, 피에 굶주린 헤롯왕의 살인마들이 갓 태어난 아기들의 알몸을 창끝에 꿰어차게 될 것이다. 자, 화답을 듣자. 항복하고 이런 재난을 피할 것인가? 아니면, 방어하면서 죄를 짓고 자멸하고 말 것인가?

시장과 수행원들 등장.

시 장 우리들의 희망은 오늘 사라졌습니다. 원군을 청했던 태자로부터 이런 대군으로 포위된 도시를 구할 수 있는 군비가 아직 준비되고 있지 않다는 답변이 왔습니다. 따라서 위대한 왕, 당신의 자비심에 이 도시와 시민들의 목숨을 맡깁니다. 성문으로 입성하십시오. 우리들의 생명, 재산을 자유롭게 처분하십시오. 우리들에게는 방어할 힘이 없습니다.

헨리 왕 성문을 열어라! 엑서터 숙부, 아르플뢰르에 입성하십시오. 당분간은 성 안에서 머물면서, 수비를 강화하고, 프랑스의 공격에 대비하십시오. 시민들에게는 자비를 베풀도록 합시다. 나 자신은, 겨울도 다가오고, 병사들 간에 환자들이 생겨 그 수가 늘어나고 있기 때문에, 일단 칼레로 철수합니다. 오늘 밤은 숙부의 객으로 아르플뢰르에서 일박하도록 합시다. 내일 아침 행군을 시작하겠소. (나팔 소리. 왕과 그 일행이 성내로 진군한다)

제4장 루앙, 프랑스 왕궁의 방

공주 카트린과 시중드는 귀부인 알리스 등장. (4장은 프랑스어로 되어 있다–역자 주)

카트린 너는 영국에 가본 적이 있기 때문에 영어를 잘 하겠지.
알리스 약간 합니다.

카트린 부탁이야, 가르쳐줘. 나도 배워야겠어. 영어로 '손'을 뭐라 말하는
가?

알리스 손이요? '핸드(hand)'라고 말하죠.

카트린 핸드? '손가락'은?

알리스 손가락이요? 그건 잊어버렸어요. 하지만 곧 생각날 겁니다. 손가
락이요? '핑거(finger)'입니다. 그렇습니다. '핑거'입니다.

카트린 손은 '핸드', 손가락은 '핑거', 나는 공부 잘하는 우등생이네. 영어
를 두 마디나 벌써 공부했어. '손톱'은 뭐라 말하는가?

알리스 손톱이요? '네일(nails)'입니다.

카트린 네일이라. 들어봐. 이만하면 되겠는가? 핸드, 핑거, 네일.

알리스 아주 잘하셨어요. 공주님, 아주 훌륭한 영어입니다.

카트린 말해줘. 영어로 팔은 무엇인가?

알리스 '암(arm)'입니다.

카트린 팔꿈치는?

알리스 '엘보(elbow)'입니다.

카트린 엘보. 지금까지 배운 것을 전부 암기해보겠다.

알리스 그건 어렵겠죠. 공주님.

카트린 해볼 테니, 들어봐. 핸드, 핑거, 네일, 암, 빌보.

알리스 엘보입니다.

카트린 그렇구나! 잊어버렸네. 엘보. 목은 뭐라 하나?

알리스 '넥(neck)'입니다.

카트린 넥. 턱은?

알리스 '친(chin)'이죠.

카트린 친. 목은 넥. 턱은 친.

알리스 실례 말씀입니다만, 공주님 발음은 토박이 영국인처럼 정확합니다.

카트린 나는 신의 도움으로 틀림없이 영어를 말할 수 있게 될 거다. 그것도 순식간에 하게 될 거다.

알리스 배우신 것, 금세 잊으신 것 아니죠?

카트린 말해볼까? 핸드, 핑거, 메일.

알리스 네일입니다. 공주님.

카트린 네일, 암, 일보.

알리스 황송합니다만 엘보입니다.

카트린 그렇다면, 엘보, 네크, 친, 발은 무엇이라 말하는가? 윗저고리는?

알리스 발은 '풋(foot)', 윗저고리는 '가운(le count)'입니다.

카트린 훗, 가운! 아아! 무슨 발음이 그렇게 고약하고, 천박하며, 점잖지 못하고, 상스러울까. 귀부인이 입에 담을 수 없는 말이다. 프랑스 귀족들 앞에서는 절대로 입 밖에 내지 않겠다. 맙소사! 풋, 가운! 여하튼 오늘 배운 것을 다시 한번 복습해보자. 핸드, 핑거, 네일, 아암, 엘보, 네크, 친, 풋, 가운.

알리스 아주 멋지네요, 공주님.

카트린 한번에 이 정도면 충분해. 식사하러 가자. (두 사람 퇴장)

제5장 같은 곳. 왕궁의 다른 방

프랑스 왕, 태자, 부르봉 공작, 프랑스 대원수(육군사령관), 기타 등장.

프랑스 왕 영국 왕이 솜강을 건넌 것은 확실하다.

군사령관 그를 상대해서 공격하지 않으면, 폐하, 우리들은 프랑스에 살고 있을 필요가 없습니다. 모든 것을 포기하고, 야만인들에게 우리들의 포도밭을 넘겨주겠습니다.

태 자 아아, 신이여! 우리 프랑스인으로부터 갈라진 잔가지가, 우리 조상들의 정욕의 씨앗으로부터 생긴 떨거지들이, 천한 양생의 나무에 접을 붙이고 성장해서, 구름을 뚫고 뻗는다고 해서 원조 나무를 내려보고 깔본다니, 이런 일이 있어도 된단 말인가!

부르봉 노르만인이지만, 놈들은 사생아 노르만인이다, 노르만의 사생아들이다! 이 목숨에 걸고 말하지만, 그들에게 아무런 저항도 하지 않고 진격을 허용하면, 나는 공작령을 팔고, 지구 구석에 있는 알비온 섬, 더러운 농장이나 사겠습니다.

군사령관 전쟁의 신이여! 그들은 어디서 이토록 용감한 기질을 얻었나요? 그들이 사는 땅의 기후는 춥고, 음산하며, 안개가 깊어서, 태양도 악의를 품은 듯 창백한 얼굴에 상을 찌푸리며 농작물을 말라 죽이고 있습니다. 거품 섞인 물, 지친 말이나 먹을 약물인 맥주로 그들의 싸늘한 피를 뜨거운 용기로 바꿀 수 있겠습니까? 포도주로 생기를 돋우는 우리들의 피는 서리를 맞은 듯 차가워야 합니까? 우리들은 우리나라의 명예를 위해, 초가지붕에 주렁주렁 달린 고드름 꼴이 되지는 맙시다. 저 냉혈한들도 우리들의 비옥한 땅에서 용기의 땀을 흘리고 있습니다. 아니, 가난한 땅이라 하는 편이 낫겠습니다. 이 땅의 양반들이 이런 문약한 모습들이니.

태 자 신앙과 명예를 걸고 말하지만, 우리나라 여성들은 우리를 바보 취급하면서 우리 같은 겁쟁이들은 상대하지 않고, 젊은 영국 병사들에게 몸을 맡기고, 프랑스를 용감한 사생아의 신천지로 만들고 싶다고 말하고 있다.

부르봉 여성들은 이렇게도 말하고 있습니다. 우리들은 영국 댄스 교습소의 선생이 되어, 높이 뛰고, 빠르게 돌고 도는 람볼타나 코란토를 가르치는 것이 좋겠다. 왜냐하면 우리들의 특기가 높이 뛰고 빨리 도망가는 것이기 때문이다.

프랑스 왕　전령 몽조이는 어디 있는가? 즉시 그를 영국 왕에게 보내어 도전장을 내던지고 오너라. 제경들! 기금이야말로 일어설 때가 되었다. 칼보다 더 갈고 닦은 명예심을 갖고 전쟁터로 달려라. 프랑스군 최고사령관 샤를 델리브레, 그리고 오를레앙, 부르봉, 베리, 알랑송, 브라반트, 바르, 부르간디, 자크 샤티롱, 랑부르, 보드몽, 보몽, 그랑프레, 루시, 폴콘브리지, 푸아, 레스트랄, 부시칼트, 세롤레 대공작, 왕후, 남작, 귀족, 훈작사, 제위들에게 고한다. 제경들의 높은 지위를 위하여, 이 막심한 치욕을 씻어버려라. 아르플뢰르 시민들의 피로 물든 군기를 들고, 우리 국토를 유린하고자 하는 영국 왕 해리를 저지하라. 알프스산이 저 아래 낮은 골짜기 지대에 눈사태를 퍼붓듯이, 영국군을 향해 돌진하라. 해리의 머리 위에 철퇴를 가하라. 제 경들에게는 그 힘이 있다. 그를 포로로 잡아 개선의 전차에 태워, 여기 루앙으로 끌고 오라.

군사령관　왕의 명령이다. 유감인 것은 해리의 군사들이 소수인 점이다. 더욱이나 진격하는 동안 병사들이 병에 걸리고 굶주려 있다. 해리는 우리 군대를 보면 즉시 기력이 꺾여, 공포의 도가니 속에 빠져, 승리의 의욕을 버리고, 배상금을 바치겠다고 간청하게 될 것이다.

프랑스 왕　그러기 위해서도, 군사령관, 몽조이를 급히 영국 왕에게 파견하여, 그가 배상금을 얼마 지불할 것인지 우리가 알고 싶어 한다고 전하라. 태자는 나와 함께 루앙에 머물도록 하자.

태　자　아닙니다, 폐하, 부탁입니다. 출전을 허락해주십시오.

프랑스 왕　자중하라. 태자는 나와 함께 있으라. 자, 군사령관, 그리고 제 경들, 이제 출발하는 시각이 되었다. 내가 기다리는 것은 단 한 가지.

영국 왕 항복의 보고이다. (일동 퇴장)

제6장 피카디의 영국군 진영

가워와 플루엘렌 등장.

가 워 야, 플루엘렌 대위 아닌가! 다리에서 오는 길인가?

플루엘렌 다리에서는 굉장한 공을 세웠다네.

가 워 엑서터 공은 무사한가?

플루엘렌 엑서터 공은 아가멤논에 뒤지지 않는 용맹무쌍한 영웅이다. 나는 내 영혼과 마음과 충성, 그리고 목숨과 재산과 정력의 모든 것을 바쳐 공작을 존경하네. 그분은 신의 가호로 상처 하나 받지 않으시고, 비할 데 없는 용기를 발휘하여 병법의 비술(秘術)을 써서 그 다리를 끝까지 사수하셨다. 그 다리에는 또 한 사람의 기수 장교가 있었는데, 그 사람은 내 양심에 걸어서 말하는데, 마크 안토니만큼 용감한 군인이다. 아직까지 전혀 세상에 알려지지 않은 인물인데, 나는 그의 혁혁한 공로를 이 눈으로 직접 보았다.

가 워 그 사람의 이름은 무엇인가?

플루엘렌 기수 피스톨이라는 이름이다.

가 워 나는 그 군인을 모르겠네.

피스톨 등장.

플루엘렌 저 사람이야.

피스톨 아, 플루엘렌 대위. 부탁이 있습니다. 엑서터 공작께서 대위님을 무척 좋아하시죠?

플루엘렌　신에게 감사할 일이지만 나는 공작의 총애를 다소 받고 있는 셈이야. 나는 그만한 가치가 있다고 생각해.

피스톨　실은 건실하고 용맹무쌍한 군인 바돌프에 관한 일입니다. 그 사람은 지금 잔혹하고 변덕스러운 운명의, 말하자면 끊임없이 굴러가는 눈먼 운명의 자갈돌 위에 있는 신의 무정한 수레바퀴…….

플루엘렌　아, 잠깐, 기수 피스톨, 운명의 여신이 눈을 감싸는 맹인의 모습으로 그려지는 것은 운명은 눈이 멀었다는 뜻을 나타내기 위해서다. 또한 수레를 돌리는 모습으로 그려지고 있는 것은, 거기에 중요한 교훈이 담겨 있는데, 운명은 돌고 돌아가는 것, 변동이 심한 것, 변하기 쉬운 것, 다양한 것이라는 뜻을 나타내기 위해서다. 또한 운명이 굴러가는 돌을 밟고 서 있는 것은, 시인의 멋진 표현이 되는 것이오, 또한 멋진 교훈을 알리는 일이 된다.

피스톨　운명은 바돌프의 적입니다. 운명은 그에게 싸늘한 얼굴을 보여주고 있어요. 성화(聖畵) 한 장 훔쳤다고 교수형이라니요. 지나칩니다. 이런 사형은 어림도 없다! 교수대의 밧줄은 개목에 매달아요. 인간의 목을 조르는 데 쓰는 것은 부당합니다. 그러나 엑서터 공은 사형을 선고했어요. 그 싸구려 그림 때문이죠. 대위께서 변호해주시면, 공작께서는 귀를 기울일 것입니다. 그 서푼짜리 밧줄과 당찮은 책망 때문에 바돌프의 목을 조르지 않도록 대위님이 말 좀 해주십시오. 목숨만 건져주시면 사례하겠습니다.

플루엘렌　네 말뜻은 잘 알아들었다.

피스톨　그렇다면 기쁘기 한량없습니다.

플루엘렌　여보게, 기수, 이것은 기뻐할 일이 아닐세. 알겠는가. 그 사람이 내 형제라고 해도, 나는 공작이 처형해주길 바라기 때문이다. 군율은 엄하게 지켜야 한다.

피스톨 당신을 경멸한다. 절교다!

플루엘렌 좋아.

피스톨 개똥이나 먹어라! (퇴장)

플루엘렌 좋아.

가 워 아니, 이건 이름난 사기꾼 아닌가. 지금 생각났는데, 저놈은 매춘 굴의 뚜쟁이, 소매치기다.

플루엘렌 그러나 한 가지 분명한 것은, 그는 다리 위에서 화창한 여름날에 들을 수 있는 용감한 말을 했어요. 그래. 나는 괜찮아. 그가 내게 한 말도 좋아. 때가 오면 알게 될 것이다.

가 워 저놈은 바보요. 얼간이요. 건달이다. 때로 전쟁에 나가는 것은 군 복 입고 런던에 돌아가서 멋 부리려는 목적 때문이지. 저런 놈은 항상 지휘관 이름을 잘 기억하고 있어. 그리고 누가 어디서 공을 세웠는지 줄줄이 외우고 있지. 어떤 보루(堡壘)에서, 어떤 돌파구에 서, 어떤 방위선에서, 누가 멋지게 혈로(血路)를 개척하고, 누가 적 탄에 쓰러지고, 누가 체면을 잃고, 당시 적군의 상황은 어떠했으며 등등의 이야기를 군사용어를 써가며 줄줄 읊어대는 거야. 새로운 맹세의 말로 양념 쳐가며, 장군 같은 수염을 기르고, 전쟁 때가 묻 은 군복을 입고 말하기 때문에 맥주병이 줄 서 있는 자리서 알코올 로 머리를 적시고 있는 사람들 귀에는 굉장한 효과를 발휘해. 그러 니 당신은 시대의 치욕같은저런 건달들을 알아보는 눈을 길러야 지. 그렇지 않으면 엉뚱한 실수를 하게 됩니다.

플루엘렌 가워 대위, 확실하게 말해두지만, 나도 저 사람이 당당하게 세상 에 나서는 인간이 못 된다는 것쯤은 알고 있어요. 저 사람의 허물 을 찾는 날에 나는, 그에게 내 마음을 털어놓겠네. (북소리) 저 북소리는…… 왕의 행차시다. 다리의 전황을 보고해야겠다.

군고(軍鼓)와 군기를 앞세우고 헨리 왕, 글로스터, 병사들 등장.

폐하, 만수무강 하소서!

왕 플루엘렌! 다리에서 왔는가?

플루엘렌 그렇습니다, 폐하. 엑서터 공작께서는 용감하게도 다리를 점령하셨습니다. 아시겠습니까, 프랑스군은 나 살려달라고 도망쳤습니다. 용감한 격전이었습니다. 무엇보다도 적군이 다리의 지배권을 장악했었는데, 퇴각할 수밖에 없다 보니, 지금은 엑서터 공작이 다리를 점거하고 있습니다. 폐하, 제가 말씀드리고 싶은 것은 공작은 용감한 장군이라는 점입니다.

헨리 왕 플루엘렌, 우리 편에서는 누구를 잃었는가?

플루엘렌 적군의 손실은 아주 큽니다. 그런데 제가 말씀드릴 것은, 공작은 단 한 사람의 병정도 잃지 않았다는 것입니다. 교회 절도죄로 처형될 사람을 제외하면 말입니다. 그 병사는 바돌프인데, 그렇게 말씀드리면 폐하도 아시는지 모르겠습니다만, 그 얼굴은 온통 여드름이요, 혹이요, 부스럼입니다. 그래서 얼굴이 언제나 벌겋죠. 입술에서 코로 입김을 불면, 코는 석탄 불꽃처럼 빨갛게 되거나 퍼렇게 됩니다. 그러나 그 코가 처형되면 그 불꽃도 꺼지게 되겠죠.

헨리 왕 그런 범죄자는 모조리 처형해야 마땅하다. 분명하게 엄명을 내렸지만, 이 나라를 진격하는 동안에 마을 사람으로부터 한 가지 물건도 징발해서는 안 된다. 돈을 지불하지 않고 물건을 강탈해서는 안 된다. 프랑스인을 한 사람이라도 모욕적인 언사로 경멸해서는 안 된다. 관용과 잔혹이 한 나라를 두고 서로 다툰다면, 전자가 이기게 되어 있다.

나팔 소리. 몽조이 등장.

몽조이　옷차림으로 저의 직무를 알아보시겠는지요.

헨리 왕　알겠다. 전령이지. 무엇을 전하러 왔는가?

몽조이　우리 임금의 뜻입니다.

헨리 왕　말하라.

몽조이　프랑스 왕은 다음과 같이 언명한다. 영국 왕 해리에게 전하라. 나는 죽은 것처럼 보였는지 모르지만, 실은 자고 있었다. 호기(好機)를 얻고 싸우는 것은 경솔하게 싸우는 것보다 훌륭한 장군이다. 영국 왕에게 전하라. 나는 아르플뢰르 항구에서 그에게 타격을 가할 수도 있었지만, 상처가 곪아 터질 때까지 무리하게 건드리지 않는 것이 좋다고 생각했다. 이제 기회는 무르익었다. 나의 발언은 절대적이다. 영국 왕은 그의 어리석음을 뉘우치고, 자신의 약점을 인식하고, 나의 인내심을 경탄해야 할 것이다. 따라서 배상금을 생각해 두라. 우리가 입은 손실, 우리가 잃은 병사들, 우리가 당한 굴욕을 보상해야 한다. 이것을 배상하려면, 그는 왜소하기 때문에, 변상의 무게를 감당하지 못하고 기어야 할 것이다. 나의 손실과 우리 신하들이 흘린 피를 보상하려면, 그의 금고는 너무나 가난하기 때문에, 그의 전군의 피를 갖고도 부족하다. 나의 굴욕을 보상하려면, 그 자신이 내 발밑에 엎드려도 아무런 도움이 되지 않을 것이다. 마지막으로 도전의 말을 영국 왕에게 전한다. 영국 왕은 신하를 배반하였다. 따라서 그들의 멸망도 아울러 선언되었음을 알린다. 이상이 프랑스 왕의 말씀입니다. 이것으로서 저의 임무도 끝났습니다.

헨리 왕　그대 이름은 무엇인가? 직무는 알고 있다.

몽조이　몽조이라고 합니다.

헨리 왕 그대는 임무를 훌륭히 해냈다. 곧 돌아가서 프랑스 왕에게 전하라. 나는 지금 스스로 원해서 그와 싸울 생각은 없다. 다른 어려움이 없으면, 나는 지금 칼레로 돌아가고 싶다. 우리보다 유리한 입장에 있는 적에게 이렇게 실토한다는 것은 현명하지 못한 일이지만, 사실 우리 병사들은 질병으로 쇠약해지고, 그 숫자도 줄어들었다. 지금 남은 그 소수가 같은 수의 프랑스 병사보다 더 우수하지는 못하다. 그들이 원기 왕성했을 때는, 전령관, 영국 병사 한 사람은 프랑스 군인 세 사람에 맞먹을 수 있었다. 이런, 하느님, 용서하소서. 실없는 허세였어요! 프랑스의 바람이 이런 악습을 내 몸속에 불어넣었나 봐요. 반성해야 합니다. 가서, 당신의 왕에게 전하시오. 나는 여기 있다. 나의 보상금은 이토록 보잘것없는 허약한 육체뿐이다. 나의 병력은 기껏해야 병약한 일개 친위부대뿐이다. 동시에 이 말도 전하시오. 비록 프랑스 왕과, 그에게 뒤지지 않는 이웃나라 왕이 내 가는 길을 막는다 하더라도, 나는 신의 인도로 진군할 것이다. 몽조이, 이것을 받아두게. 수고 값이요. 가서 그대의 왕에게 신중히 생각하시라고 말하시오. 나는 가는 길이 있으면 간다. 우리가 방해를 받으면, 그대의 황토 땅을 붉은 피로 적시겠소. 돌아가시오, 몽조이. 나의 답변을 요약하면, 이렇다. 우리 군의 현황으로 보아, 자진해서 전투하려고는 않지만, 우리 군의 현황 때문에 전투를 피하고 싶지도 않다는 것이다. 가서 전하시오.

몽조이 그렇게 전하겠습니다. 이것은 고맙게 받겠습니다. (퇴장)

글로스터 설마 지금 당장 처들어오지는 않겠지요?

헨리 왕 알겠는가, 동생. 우리는 하느님 손에 있지, 그들 수중에 있는 것은 아니야. 다리로 향해 진군이다. 밤이 다가온다. 오늘 밤은 강 저편에서 야영을 하고, 내일 아침 일찍 출발하자. (일동 퇴장)

제7장 아쟁쿠르 근처 프랑스군 진영

프랑스 군사령관 람뷔르 공, 오를레앙 공, 태자, 기타 등장.

군사령관 아, 내 갑옷은 세계 제일인데, 빨리 날이 새면 좋겠다!

오를레앙 당신의 갑옷도 좋습니다만, 나의 말도 칭찬해주시오.

군사령관 유럽 최고의 명마이죠.

오를레앙 아침은 밝아오지 않는가?

태 자 오를레앙 공과 군사령관께서는 말과 갑옷 얘기를 하고 계십니까?

오를레앙 이 두 가지에 관해서 전하가 세계 어느 군주보다도 더 좋은 것을 갖고 계십니다.

태 자 무슨 밤이 이렇게 길어! 나의 말은 네 발로 달리는 어떤 것과도 바꾸지 않겠다. 꿈같은 얘기지만 내 말은 창자가 머리털로 된 테니스 공처럼 날아간다. 코에서 불을 뿜고 하늘을 나는 천마 페가수스다! 그 말을 타면 나는 날아오르는 매가 된다. 공중을 달리다가 발이 땅에 닿으면 대지는 노래를 한다. 그 소리는 최저의 것이라도 머큐리의 피리보다 더 아름다운 음악이다.

오를레앙 털색은 밤색이죠.

태 자 기질은 생강처럼 매운 데가 있어요. 그 말은 페르세우스의 애마 페가수스라 해도 좋다. 그 말은 지(地), 수(水), 화(火), 풍(風) 4원소 가운데서 불과 바람으로 되어 있어. 흙이나 물 같은 둔중한 원소는 티끌만큼도 없어. 그것은 오로지 기수가 안장에 올라탈 때까지 기다리는 시간에만 볼 수 있다. 그것만이 말이라는 이름을 가질 수 있는 거지, 나머지는 모두 동물에 지나지 않아.

군사령관 비할 데 없이 우수한 명마입니다.

태 자   말 중의 왕자이다. 그 울음소리는 군주의 호령이고, 그의 위용은
타의 복종을 끌어낸다.

오를레앙   잘 알았어요, 그 정도로 해둡시다.

태 자   종달새 우짖는 아침서부터 양이 잠드는 밤까지 나의 승마를 계속
칭찬하지 못하는 인간은 지혜라고는 서푼어치도 없는 것들이다.
저 말은 바다처럼 풍부한 시의 주제이다. 바닷가 모래알 하나하나
가 혓바닥이 된다 해도 나의 말을 다 말할 수 없을 것이다. 그 말은
군주들의 화제요, 그 말을 타는 것은 군주들의 기쁨이다. 우리들이
잘 알고 있는, 아니면 아직도 알지 못하고 있는 세계의 사람들이
그들의 일을 제쳐놓고 칭찬할 수밖에 없는 명마이다. 나는 한때,
그 명마를 찬양하는 시를 쓴 적이 있어. 그 시는 이렇게 시작하지.
"아아, 자연이 만든 기적이여 —."

오를레앙   그렇게 시작되는 시를 들은 적이 있습니다. 애인에게 바치는 사
랑의 시였습니다.

태 자   그것은 내가 승마에 바친 시를 모방한 것이지. 나의 말은 나의 연
인이야.

오를레앙   전하의 애인은 태우는 일이 능숙하군요.

태 자   나를 잘 태운단 말이지. 그것은 한 사람에게 성의를 다하는 연인의
칭찬할 만한 미덕이 아닌가.

군사령관   그런데 어제는 애인이 전하의 허리를 마구 흔들어대는 것 같던
데요.

태 자   그대의 연인이 그랬었겠지.

군사령관   제 말은 안장도 달지 않는걸요.

태 자   그렇다면 할머니가 되어 얌전해졌구나. 사령관은 아일랜드 경기병
(輕騎兵)처럼 프랑스식 헐렁바지는 벗어버리고, 바싹 붙는 속바지

를 입고 탄 거야.

군사령관 전하는 마술에 능하신 모양입니다.

태 자 그러니까 내 충고를 들으라. 그대처럼 벌거숭이 말을 타는 사람은 주의하지 않으면 진흙탕 늪 속에 낙마하게 된다. 나는 그 말을 연인으로 삼고 행복하다.

군사령관 난 차라리 애인으로 말괄량이를 갖겠습니다.

태 자 봐, 사령관, 내 애인은 가발 쓴 매춘부가 아니라 순결한 여인이다.

군사령관 그런 자랑이라면, 돼지를 애인으로 가져도 되겠네요.

태 자 "개는 자신이 토한 것으로 되돌아가고, 돼지는 씻어도 다시 흙탕물 속에 떨어진다." 성경에 있는 말 그대로 써먹을 데가 많네.

군사령관 하지만 저는 말을 애인 대신 써먹지는 않습니다. 또한 빗나가는 속담의 사용을 즐기지 않습니다.

람뷔르 군사령관, 오늘 밤 군막에서 보았던 그 갑옷에 달린 장식은 별인가, 태양인가?

군사령관 별입니다.

태 자 그 별 몇 개는 내일 떨어지지 않겠는가?

군사령관 그래도 빛나는 영광은 꺼질 줄 모릅니다.

태 자 그럴지도 모르지. 좌우지간, 사령관의 장식별은 필요 없이 많아요. 좀 줄이는 것이 영광에 도움이 되겠는데.

군사령관 그 점에서는 전하의 말에 해당됩니다. 자랑을 좀 줄이더라도 말이 달리는 데는 지장이 없겠죠.

태 자 안 그래요. 그 말에도 어울리는 칭찬을 더 해주지 못하는 게 안타까울 뿐이오! 언제 날이 새나? 내일 아침에는 일 마일 정도 말을 달리고, 가는 길마다 영국 병정의 피로 물들게 할 것이다.

군사령관 저는 그렇게 말하고 싶지 않습니다. 나중에 창피한 일을 당할지 모르기 때문이지요. 하지만 빨리 날이 새면 좋겠습니다. 영국 놈들 모가지를 잘라야죠.

람뷔르 나와 내기합시다. 포로 이십 명으로?

군사령관 그보다 먼저 자신이 포로가 될 염려가 있다.

태 자 한밤중이다. 무장을 해야지. (퇴장)

오를레앙 전하는 아침이 밝기를 고대하시네.

람뷔르 영국군 잡아먹기를 기다리신다.

사령관 죽이면 모두 잡아드시겠지.

오를레앙 내 사랑하는 귀부인의 하얀 손에 걸고 맹세하는데, 전하는 용감하신 분이야.

군사령관 그 귀부인의 발에 걸어 맹세하면 어떻겠소. 그런 맹세를 귀부인이 발로 찰 수 있도록.

오를레앙 전하의 눈부신 활동은 프랑스 최고가 아닌가?

군사령관 행위는 활동이지. 전하께서는 항상 행위를 하고 있어요.

오를레앙 해로운 일은 안 하셔.

군사령관 내일도 사람을 해치지 않고 명성만은 유지하실 겁니다.

오를레앙 전하는 용감하셔.

군사령관 공작 이상으로 전하를 잘 아시는 분이 그렇다고 말하는 것을 나도 듣고 있습니다.

오를레앙 그 사람은 누구죠?

군사령관 그는 그렇게 말했습니다. 이 사실은 누가 알아도 좋다고 말씀하셨어요.

오를레앙 그렇겠지. 세상이 다 아는 미덕인데.

군사령관 다 알고 있는 것은 아닙니다. 전하의 용기를 알고 있는 사람은 항상 구타당하는 하인뿐이죠. 그것은 숨은 용기라는 것입니다. 사람 눈에 띄면 사라집니다.

오를레앙 "악의는 말이 고울 수 없다."

군사령관 그 속담에 이렇게 응답하죠. "친구 사이에도 아첨 있다."

오를레앙 그 속담을 이렇게 받죠. "악마에게도 제 몫을 주라."

군사령관 잘 말했소. 말하자면, 친구인 태자가 악마라는 뜻이죠. 그 속담에 덧붙이겠어요. "악마여 꺼져라."

오를레앙 "바보는 활을 먼저 쏜다"는 속담처럼, 사령관이 한 수 위입니다.

군사령관 공작의 화살은 표적을 벗어났습니다.

오를레앙 벗어난 것은 이번만이 아니죠.

　　　　사자 등장.

사　자 군사령관 각하에게 말씀드립니다. 영국군이 우리 진지로부터 천오백 보 지점에 야영의 진을 쳤습니다.

군사령관 누가 그 거리를 측정했는가?

사자 그랑프레 공입니다.

군사령관 용감하고 노련한 신사이다. 빨리 날이 새야 하는데! 아, 영국 왕 해리, 불쌍한 사람이여! 우리들처럼 날이 새는 것을 고대하고 있지는 않겠지.

오를레앙 영국 왕, 얼마나 처량하고 우둔한 놈인가! 머리 나쁜 놈들 대동하고, 낯선 이곳까지 꺼덕꺼덕 무턱대고 오다니.

군사령관 머리가 영리한 놈들은 도망쳤을 것이다

오를레앙 그 지혜는 없어. 머리에 지성이라는 투구가 있다면, 그토록 무거운 투구를 썼겠는가.

람뷔르 그래도 영국에는 아주 사나운 동물들이 득실댄다는데, 그놈들의 맹견 마스티프는 대단하다면서.

오를레앙 얼간이 같은 개들이지. 그놈들은 러시아 곰 아가리 속에 눈 감고 뛰어들어, 썩은 사과처럼 골통이 으스러진단 말입니다. 그놈을 칭찬할 바에는 사자 입술에서 조반 드시는 벼룩 보고 용감하다고 말하는 편이 낫지요.

군사령관 그렇습니다. 영국 놈들이 지혜와 여편네를 고향에 남겨두고, 무턱대고 쳐들어오니, 놈들에게 대량의 쇠고기와 강철 무기를 주면, 늑대처럼 먹고, 악마처럼 싸울 겁니다.

오를레앙 그런데 딱한 것은 쇠고기가 동이 났다는 사실이야.

군사령관 내일이면 알게 됩니다. 놈들은 음식 삼키는 뱃속이지, 당차게 싸울 뱃심은 아닙니다. 자, 바야흐로 무장할 시간이 되었다. 갑옷을 입자.

오를레앙 새벽 두 시. 열 시가 되면 일이 끝나고, 각자 백 명씩 영국 놈들 포로를 잡게 될 것이다. (퇴장)

제4막

프롤로그

코러스 등장.

코러스 다시 여러분의 상상력에 호소합니다. 지금은 스며드는 속삭임과 사람들이 응시하는 밤의 어둠이 광대무변한 우주를 가득 채우고 있습니다. 진영에서 진영으로 밤의 어두운 회랑을 통하여, 양군의 웅성거리는 소리가 들립니다. 양군의 보초들은 각자의 위치에서도 상대방의 비밀스러운 속삭임을 거의 들을 수가 있습니다. 모닥불은 모닥불을 비추고, 창백한 불꽃을 통해, 서로가 상대방의 적갈색 얼굴을 볼 수 있습니다. 군마는 군마를 위협하며, 높고 자랑스러운 울음소리가 야반의 잔잔한 고요를 찢는군요. 천막에서는 장비병이 장도리 두들기며 기사들이 입을 갑옷 만들기에 못질하는 일손이 바쁘고, 전투 준비하는 소리는 무섭게 사방에 울려 퍼지고 있습니다. 농가의 수탉이 울고, 시계 종소리가 잠에 취한 새벽 시간 세 시를 알립니다. 병력의 숫자에 자신을 얻고 들떠있는 오만한 프랑스군은, 거만하게도 영국군을 깔보며 주사위를 굴리면서, 더럽고 추악한 마녀가 다리를 절며 느릿느릿 가는 듯한 밤의 더딘 걸음을 꾸짖고 있습니다. 죽음의 선고를 받은 영국군 장병들은 제단에 바친 희생양처럼, 모닥불 옆에 꼼짝 않고 앉아서, 내일 불어닥칠 일신의 위험을 곰곰이 생각하고 있습니다. 야윈 볼과 전투로 닳아버린 옷은 달빛을 받고 떠올라 한 사람 한 사람이 무서운 유령 같습니다. 이 초라한 군대를 이끄는 국왕이 보초로부터 보초로, 천막으로부터 천막으로 순찰하는 모습을 보는 사람은 누구나 "신이여, 국왕 폐하의 머리 위에 찬양과 영광을 주세요!"라고 부르짖지 않을 수 없습니다. 이토록, 국왕은 지금 전군의 장병을 돌보고 다닙니다. 부드러운 얼굴에는 미소를 띠고, 장병들의 인사를 받으며, 형제여, 친구여, 동포여라고 부르고 있습니다. 왕에 어울리는 그의 얼굴에는 강력한 적군에게 포위당한 불안한 기색은 전혀 없습니다. 또한 꼬박 밤샘한 피로가 극도에 달했는데도, 늠름한 표정, 굳건한 자세, 정다운 위용을 보니, 기력을 잃고 창백하던 병사들은 그로부터 위안을 얻습니다. 그의 관대한 눈초리는 태양을 닮았기에, 풍성한 은혜를 베풀면서 싸늘한 공포를 녹이고 있습니다. 자, 높고 낮은 관객 여러분, 그날 밤 국왕 해리의 모습을, 미숙하지만 여기 그려 놓은 것을 관람하세요. 지금 무대는 전쟁터로 옮아가지 않으면 안 됩니다. 전쟁터라 하지만, 아, 슬프게도 초라하고 보잘것없는 칼 너댓 자루로 가소로운 싸움을 하면서 아쟁쿠르의 이름을 더럽히고 있습니다. 부족한 모방의 연기로 진정한 전쟁을 상상하면서 관람 하시기 바랍니다. (퇴장)

제1장 아쟁쿠르의 영국군 진영

헨리 왕, 베드퍼드, 글로스터 등장.

왕 글로스터, 확실히 우리는 큰 위험에 처했다. 그러니 더욱더 용기를 내야 돼. 안녕하시오, 베드퍼드. 전능하신 신이여! 악한 것 속에도 선한 정기(精氣)가 있다. 중요한 것은 사람이 그것을 잘 살펴 건져내 는 일이다. 지금도 우리의 나쁜 이웃 때문에 우리들은 일찍 일어나 있다. 이 일은 건강에도 좋고 시간을 절약하니 좋긴 하다. 적수(敵手) 들은 우리들 마음 바깥에 있는 양심이며, 고마운 신부이기도 하다. 그들은 우리 모두에게 최후의 시간을 준비하도록 독려하고 가르치 고 있다. 이렇게 해서 우리는 잡초에서 꿀을 따고, 악마 자신을 우리 의 교훈으로 삼을 수 있다.

어핑엄 등장.

안녕하세요, 토머스 어핑엄 경. 그대 백발 머리에는 프랑스의 딱딱한 초지(草地)보다는 부드러운 베개가 더 어울리지 않는가요.

어핑엄 아닙니다, 이 잠자리가 더 마음에 들어요. 왜냐하면 이 잠자리는 국왕과 같은 침소이기 때문이죠.

왕 다른 예에 따라서 현재의 고통을 환영하는 것은 좋은 일입니다. 그렇게 하면 마음이 편하지요. 마음이 생기를 찾으면, 지금까지 죽은 것이나 다름없었던 신체의 각 기관이 잠들었던 무덤을 파헤치고, 껍질을 벗고 신선한 활력으로 활기차게 활동을 개시합니다. 토머스 경, 그 외투 좀 빌려주시오. 그리고 동생들은, 둘이서 진중의 제경들을 찾아서 나 대신 아침 인사를 하고, 즉시 나의 막사로 오라고 전해주게.

글로스터 알겠습니다.

어핑엄 저는 옆에 있을까요?

왕 아니오. 토머스 경도 내 동생과 함께 영국의 제경들을 방문하시오. 나는 조용히 마음속으로 생각해야 될 일이 있소. 잠시만 혼자 있게 해주시오.

어핑엄 폐하에 신의 축복이 내리시기를! (왕을 남기고 일동 퇴장)

왕 고맙소, 당신의 말 기쁘게 생각하오!

　　　피스톨 등장.

피스톨 거기 가는 사람 누구요?

왕 우리 편이다.

피스톨 명백히 말하라, 그대는 장교인가? 아니면 비천하고 평범한 일반 병사인가?

왕 난 하사관이오.

피스톨 억센 장창(長槍)을 끄는가?

왕 그렇소. 당신은?

피스톨 신성로마제국의 제왕에 못지않은 신분이오.

왕 그렇다면 왕보다 더 높은 사람이로구나.

피스톨 우리 왕은 완벽한 쾌남이요, 활기찬 젊은이요, 명성이 빛나는 인물
입니다. 가문 좋고, 완력이 강하죠. 나 같으면 왕의 신발에 입을 맞
추겠소. 마음속 깊이에서 왕을 사랑하오. 헌데 당신 이름 뭐요?

왕 해리 르 로이.

피스톨 르 로이? 콘월 출신이군.

왕 아니오, 웨일스요.

피스톨 플루엘렌을 아시나요?

왕 알죠.

피스톨 그 사람에게 말해다오. 세인트 데비 날(3월 1일–역자 주) 모자에 부추
(웨일스의 국장–역자 주) 달고 있으면 머리통 까준다고 말하시오.

왕 당신도 그날은 모자에 단검을 꽂지 말아야지, 그 칼로 머리통이 깨
지면 안 됩니다.

피스톨 자네는 그 사람 친군가?

왕 그 사람 친척이기도 합니다.

피스톨 엿 먹어라!

왕 달갑게 받겠습니다. 잘 가시오!

피스톨 내 이름은 피스톨이다.

　　　　플루엘렌과 가워 등장.

가 워 플루엘렌 대위!

플루엘렌 납니다. 제발 부탁입니다, 작은 소리로 말하세요. 이 넓은 세상에

서 고래(古來)의 정당한 병법이 지켜지지 않고 있는 것은 놀랄 일이
다. 폼페이 장군의 병법을 잠깐 연구해보면 알겠지만, 정말이지 폼
페이의 영내에서는 와글와글 나불대는 잡담은 없었어. 알겠나, 전
쟁의 법도, 전쟁에 대한 태도, 전쟁의 형식, 규율, 절도 등이 전혀
지금 같지는 않았어.

가 워   하지만 적군들도 시끄러워. 밤새껏 그들의 소리를 들을 수 있어요.

플루엘렌   적들이 바보고 멍청이고 나불대는 건달들이라 해서, 우리도 바
보고 멍청이고 나불대는 건달들이 돼야 한다고 당신은 말해요? 양
심껏 대답 하시오.

가 워   작은 소리로 말할게.

플루엘렌   그렇게 좀 해줘. 빈다, 빌어. (가워와 플루엘렌 퇴장)

왕   좀 이상한 데는 있지만, 그 웨일스인은 용기도 책임감도 있는 사람
같아.

세 사람의 병사, 존 베이츠, 알렉산더 코트, 마이클 윌리엄스 등장.

코 트   여봐, 존 베이츠, 저기 허옇게 밝아오니 동트는 것인가?

베이츠   그래요. 그러나 아침이 빨리 와야 되는 이유는 없지 않나?

윌리엄스   하루의 시작을 보지만, 하루의 끝은 볼 수 없을 거다. 거기 누구
요?

왕   친구다.

윌리엄스   대장은 누구냐?

왕   토머스 어핑엄.

윌리엄스   그 사람은 명지휘관이요, 인정 많은 사람이야. 그런데. 토머스 경
은 우리 군의 상황을 어떻게 생각하고 있을까?

왕   모래톱에 좌초한 선원들이 다음 조수에 밀려갈 것을 기다리는 상

황이랍니다.

베이츠 그런 생각을 왕에게 보고하지 않았는가?

왕 말할 성질이 못 되는 것 같아요. 나 같은 사람이 말할 정도의 것이 니깐. 왕도 나 같은 인간에 지나지 않아요. 왕도 제비꽃을 내가 맡 는 것처럼 맡을 테니깐. 하늘도 내가 보듯이 볼 거 아니겠소? 오관 (五官)의 움직임도 인간의 조건 그대로일 것이고, 국왕의 표시를 떼 고 벌거숭이가 되면 평범한 인간에 지나지 않아요. 그의 감정은 우 리들보다 더 높이 솟구치지만, 일단 내려앉는다 하면 우리와 같은 날개로 내려와요. 그러니 왕도 우리들처럼 무서워할 이유가 있으 면, 의심할 여지없이 우리들과 똑같이 그 공포를 맛볼 것입니다. 다만, 우리는 왕에게 무서워할 이유를 주면 안 돼요. 왕이 무서워 하는 모습을 군인들이 보면, 전군의 사기가 저하되기 때문이에요.

베이츠 겉으로는 용기를 보여주지만, 틀림없이 마음속으로는 이런 추운 밤에도 템스 강에 목을 담그는 편이 낫겠다고 생각하겠지. 나도 그 랬으면 좋겠어. 어떤 위험을 무릅쓰고도 왕의 곁에 있고 싶어. 그 래야 이곳을 빠져나갈 수 있지.

왕 내 양심을 걸고 말하지만, 왕은 지금 있는 이곳 이외에는 어느 곳 도 가고 싶지 않다고 생각해요.

베이츠 그렇다면 혼자서 이곳에 오시면 좋겠어. 배상금을 물고 귀국하면 많은 우리 병사들 불쌍한 목숨이 살아날 수 있기 때문이지.

왕 혼자 이곳에 왔으면 하는 것은 왕이 싫어서 하는 소리가 아니지요. 남의 속을 떠보느라고 그런 말 하는 거지요. 나는 왕의 곁에서 죽는 것이 최고의 소망입니다. 이번 전쟁은 정의의 싸움이며, 대의명분 이 있기 때문입니다.

윌리엄스 그건 우리가 알 바 아니다.

베이츠 우리가 알 필요 없는 거지. 우리는 왕의 신하인 것을 알면 족하다. 왕의 대의명분이 잘못돼도, 우리가 신하로서 복종했다면 죄는 면죄되는 것이야.

윌리엄스 그러나 대의명분이 떳떳하지 못하면, 왕 자신이 무거운 짐을 지게 될 거다. 최후의 심판일에는 전쟁터에서 잘린 팔다리와 모가지들이 우르르 왁자지껄 모여들어 "우리는 그런저런 장소에서 죽었다"라고 고함을 지를 것이다. 어떤 병정은 욕을 퍼붓고, 어떤 병정은 외과의를 부르고, 어떤 병정은 고향에 두고 온 가난한 아내 이야기를, 어떤 병정은 빌려 쓴 차용금 얘기를, 또 어떤 병정들은 작별도 못 하고 헤어진 아이들 얘기를 요란하게 떠들어댈 것이다. 전쟁터에서 죽은 자들은 제대로 죽은 목숨들이 아니다. 피를 흘리는 것이 목적인데, 전쟁에 무슨 자비가 있겠는가? 만일에 이들이 기도나 참회가 없는 참담한 죽음을 맞는다면, 이런 결과를 빚어낸 왕은 중대한 죄를 짓게 된다. 왕의 명령에 복종하고 신하의 의무에 충실하면 전쟁의 죄를 면할 수 있다.

왕 그렇다면, 만약에 아버지의 분부로 사업차 여행길에 나선 아들이 배 조난으로 참회도 못하고 죽는다면, 당신의 논법으로 한다면, 아들의 죄는 그를 보낸 아버지가 지게 되는 셈이네요. 그리고 또한, 주인의 명령으로 얼마간의 돈을 운반하던 하인이 도중에 도적들의 습격을 받아, 그 또한 죄를 용서받지 못하고 죽었을 때, 그를 지옥에 떨어뜨린 것은 주인이 됩니다. 그러나 이 논법은 잘못이에요. 왕은 병사 한 사람 한 사람의 목숨을 책임지지 않고 있소. 아버지도 아들에 대해서, 주인도 하인에 대해서 그들의 죽음에 책임을 지지 않고 있소. 그들이 일을 맡길 때는 그들이 죽어달라는 것이 아니었기 때문이오. 그리고, 아무리 왕의 대의명분이 깨끗한 것이라

하더라도, 전쟁으로 일을 결판낼 때는, 병사들이 청렴결백하다고 말할 수는 없어요. 어떤 사람은 치밀하게 계획한 살인을 범하고 있을지도 몰라요. 어떤 사람은 거짓 맹세로 처녀의 정조를 빼앗고 있는지도 모르죠. 또한 강도 약탈로 온화하고, 평화로운 가슴에 피를 흘리게 한 자가 전쟁에 참전해서 그 죄를 감추려고 하는 그런 사람도 있을 것입니다. 그런 사람들은 법망을 뚫고, 징벌을 피하고 있지만, 비록 사람들 눈을 피하고는 있지만, 신의 손으로부터 도망갈 수 있는 날개는 없소. 전쟁은 그들에 대한 신의 채찍이오. 전쟁은 그들에 대한 신의 복수요. 그래서 그들은 국왕의 법을 어긴 벌을 국왕의 전쟁으로서 받게 됩니다. 그들은 사형의 무서운 곳으로부터 목숨을 건졌지만, 안전하다고 생각했던 곳에서 목숨을 잃게 된 셈이죠. 그런 사람이 참회도 하지 않고 죽어 지옥에 떨어졌다 해도, 왕에게는 아무런 책임도 없는 것입니다. 그들이 지금 벌을 받는 것은 과거의 죄 때문이기에, 그것에 대해서는 왕은 아무 책임이 없다는 것입니다. 신하 한 사람, 한 사람이 바치는 의무는 왕의 것이지만, 신하 한 사람, 한 사람의 영혼은 자신의 것입니다. 따라서 전투장의 병사는 병상에 누운 환자와 마찬가지로, 한 사람, 한 사람이 자신의 양심의 먼지를 깨끗하게 씻어내야 합니다. 그렇게 죽으면, 죽음은 그에게 혜택이 됩니다. 만약에 살아남는다면, 그런 마음의 준비를 위해 얻은 잃어버린 시간은 축복을 받아야 합니다. 죽음을 피할 수 있었던 사람은 모든 죄를 참회하고, 신에게 모든 것을 맡겼기 때문에 신이 그 일을 좋게 본 탓으로, 신의 위대함을 보여주기 위해, 또한 다른 사람에게 마음의 준비가 얼마나 중요한가를 가르치기 위해, 자신을 살려둔 것이라고 생각해도 죄가 되지 않을 것입니다.

윌리엄스 확실히 그렇소. 죄를 보듬고 죽는 사람은 죄를 뒤집어쓰지 않으면 안 됩니다. 왕에게 그 책임은 없어요.

베이츠 나도 왕에게 나의 책임을 묻고 싶지 않습니다. 나는 왕을 위해 전력을 기울여 싸울 결심입니다.

왕 내가 들은 얘긴데, 왕은 절대로 배상금을 지불하지 않으시겠다는 겁니다.

윌리엄스 그렇게 말한 것은 사실이지만, 그것은 우리를 더 열심히 싸우게 하는 방책이었습니다. 그러나 우리들 목이 잘려나간 다음에 보상금을 내고 자유로워진들 우리가 알 턱이 있나요.

왕 내가 살아남아서 그것을 알게 되면, 두 번 다시 왕의 말을 신용하지 않겠습니다.

윌리엄스 앗, 그건 멋진 반격입니다! 장난감 공기총에서 발사되는 탄환이죠. 가련한 졸병이 제왕에게 불만을 터뜨리는 겁니다. 하지만 차라리 공작 날갯죽지로 부채질해서 태양의 표면을 얼게 하는 것이 더 나을지 모릅니다. 두 번 다시 왕의 말을 믿지 않겠다는 거죠! 여보세요, 그런 어리석은 말은 하지 마세요.

왕 좀 지나친 말입니다. 이런 때가 아니라면, 화를 낼 텐데.

윌리엄스 살아남거든, 결투를 합시다.

왕 찬성이오.

윌리엄스 다음에 만나면 어떻게 알아보나요?

왕 표식을 주면 모자에 달고 다니겠소. 당신이 그것을 알아보면, 즉시 상대해주겠소.

윌리엄스 여기 내 장갑이 있습니다. 당신 것을 주시오.

왕 자, 여기.

윌리엄스 나도 이것을 모자에 달고 다니겠소. 내일 이후 당신을 만났을 때,

"이것은 내 장갑이다"라고 말하면, 귀쌈을 한 대 갈겨주마.

왕 살아남아서, 그 장갑을 보면 반드시 도전하리다.

윌리엄스 스스로 목매다는 것과 같군.

왕 반드시 도전하리다. 당신이 비록 왕 옆에 있다 하더라도.

윌리엄스 그 말 잊지 마시오. 잘 가오.

베이츠 친구처럼 지내요. 영국 동지들이여, 바보처럼 굴지 말고, 친구처럼 지내요. 싸움 상대는 프랑스 놈들로도 충분합니다. 그런 계산도 못 합니까.

왕 확실히 프랑스군은 일 크라운에 대해 이십 크라운을 걸고 영국군을 패배시킬 수 있다는 내기를 걸고 있는 모양이다. 어깨 위에 크라운을 얹고 다니니깐(크라운[금화]을 머리[頭]라고도 해석한다—역자 주), 프랑스 금화를 잘라내도 영국서는 큰 죄가 되지 않는다. 내일은 왕도 크라운을 자르려고 나설 거다. (병사들 퇴장) 왕의 책임이라! 우리의 목숨도, 영혼도, 빚도, 고생하는 아내도, 자식도, 그리고 우리들의 죄까지도 모두 왕의 책임이다! 나는 무엇이나 책임을 져야 한다. 이런 가혹한 조건은 왕이라는 거룩한 자리와 쌍둥이 형제가 된다. 자신의 아픔만을 느끼는 어리석은 자의 험담도 들어야 한다. 일반 서민들이 누리는 무한한 마음의 편안함을 왕 자신은 버려야 한다! 그런데 왕이 갖고 있지만 서민이 지니지 않고 있는 것이라고는, 의식(儀式), 형식적인 의식 이외에 도대체 무엇이 있단 말인가? 의식이라는 우상인 그대여, 그대는 무엇인가? 그대는 어떤 종류의 신이냐? 왕을 숭배하는 자들보다, 그대가 이 세상 고통을 더 많이 겪어야 하다니? 그대의 재산은 얼마인가? 너의 수입은 얼마나 되는가? 아, 허례허식이여, 그대의 가치만이라도 가르쳐다오! 숭상의 본질은 무엇인가? 그대는 지위요, 계급이요, 격식 이외에 무엇이란 말인가? 그대는 타인의 마음속에 외경(畏敬)과 두려움을 불어넣는다. 그대는 두려움을 사고 있으니, 두려워하는 사람보다 더 불행하다. 그대가 가끔 마시고 있는 것은 달콤한 존경의 잔이 아니라, 아첨의 독배로다! 아, 거룩하고 위대한 국왕이여, 병에 걸려서 의전(儀典)에게 치료를 명령해보아라! 아첨 떠는 혀끝에서 쏟아지는 공허한 말속에 불같은 열기가 뿜어난다고 생각할 수 있는가? 허리를 굽히고 머리를 수그리면, 병이 물러나는가? 그대는 거지의 무릎을 꿇게 할 수는 있어도, 그의 건강한 무릎과 바꿔치기 할 수는 없다. 그대 거만한 꿈이여, 국왕의 안면을 희롱하는 그대여, 나는 그대의 정체를 발견한 유일한 왕이다. 대관식 때 바르는 성유(聖油)도, 왕홀(王笏)도, 왕옥(王玉)도, 제왕의 표시가 되는 보검도, 보장(寶杖)도, 왕관(王冠)도 금과 진주로 아로새긴 왕의(王衣)도, 왕명 앞에 늘어놓는 아첨 떠는 긴 존칭도, 왕이 앉는 옥좌도, 이 세상 암벽을 때리는 영화의 파도도, 이 모든 것을 전부 합쳐서 호사스러운 잠자리에 깔더라도, 결코 제왕을 편안한 잠자리에 유인할 수 없다. 초라한 노예가 고생해서 번 빵으로 배를 채우고, 마음 편하게 푹 잠드는 그런 단잠을 찾을 수는 없다. 노예들은 지옥의 무서운 밤을 보지 못한다. 마부처럼 해돋이에서 일몰까지 태양신 포이보스 앞에서 구슬땀 흘리며, 밤에는 낙원의 단잠을 즐기고, 날이 새면 다시 일어나 히페리온 태양신이 천공을 달리는 말을 타도록 도우면서, 한평생 가는 계절을 쫓고, 유익한 노동에 몸을 바치며, 무덤으로 간다. 그런 비천한 백성들은, 의식 따위는 아랑곳하지 않고, 낮에는 기를 쓰고 일하며, 밤에는 자고 지나는데, 그들이 제왕보다 더 행복하지 않는가. 노예들은 나라의 평화스러운 국민으로서 평화를 향수(享受)하고 있다. 그들의 투박한 머리로는 짐작도 할 수 없겠지만, 제왕은 그들의 평화를 유지하기 위해서, 백성들이 자는 시간에도 밤잠을 설치며 국사에 골몰한다.

어핑엄 등장.

어핑엄 폐하, 귀족 제경들은 폐하의 모습을 뵈올 수 없자, 염려한 나머지, 진중(陣中)을 샅샅이 뒤지고 있는 중입니다.

왕 어핑엄, 그들을 나의 천막으로 소집하게. 나는 한 발 먼저 가 있겠네.

어핑엄 알겠습니다. (퇴장)

왕 아, 전쟁의 신이여! 병사들의 마음을 강철처럼 단련시켜라. 그들에게 공포심을 심지 마라. 만일 적병의 수가 그들의 용기를 빼앗아가면, 그들의 계산 능력을 즉시 제거해다오. 오늘만은 안 됩니다, 신이여! 오늘만은 저의 부친이 왕관을 차지하기 위해 저지른 죄악을 잊어주세요! 나는 리처드 2세의 유해를 극진히 다시 매장하고, 부친이 억지로 짜낸 피보다 더 많은 회오(悔悟)의 눈물을 흘렸습니다. 또한 오백 명의 빈민에게 연봉을 주기도 합니다. 그들은 하루에도 두 번 시든 손을 하늘로 치켜 올리고, 피의 숙청을 용서하라는 기도를 올립니다. 나는 또한 두 개의 예배당을 지었습니다. 그곳에서는 근엄한 신부들이 고인이 된 리처드 왕을 위해 항상 미사를 올리고 있습니다. 아니, 그 이상의 것도 하렵니다. 비록 무엇을 한들, 용서를 구하는 후회의 정이 하염없이 싸인다 하더라도 말입니다.

글로스터 등장.

글로스터 폐하!

왕 그 목소리는 동생 글로스터로구나. 알겠다, 너의 용건을. 함께 가

자. 승리의 날을, 우리 편과 그밖의 모든 것이 우리를 기다리고 있다. (두 사람 퇴장)

제2장 프랑스군의 진지

태자, 오를레앙, 람뷔르, 보몽, 기타 등장.

오를레앙 햇살이 갑옷을 금빛으로 물들이고 있소. 제경들이여, 일어나시오!

태 자 군마를 타라! 내 말은 어디 있는가! 마부! 내 말, 이랴!

오를레앙 아, 장하도다!

태 자 자, 진격이다! 물을 넘고, 언덕을 넘어 진격이다!

오를레앙 바람을 넘고, 불을 지나 진격이다!

태 자 하늘을 뚫고 가자, 오를레앙.

군사령관 등장.

아, 군사령관!

군사령관 군마들이 용솟음치는 울음소리를 들으십니까!

태 자 말을 타고, 뱃가죽이 찢어지도록 박차를 가하라. 뜨거운 피를 뿌려서 영국 놈들 눈을 멀게 하고, 넘치는 용기로 물리치자!

람뷔르 놈들의 눈에서 말의 피눈물이 흘러나게요? 그렇다면 놈들의 눈물을 어떻게 보죠?

사자 등장.

사　자　영국군은 전투 준비가 끝났습니다.

군사령관　말을 타시오, 제경들, 즉시 말을 타시오.! 저 굶주리고 지쳐버린
적군을 보시오. 제경들의 아름다운 갑옷 모양을 보면, 그들은 즉시
혼을 빼앗겨 인간의 껍질만 남게 될 것입니다. 우리 군은 전군이
부산하게 움직일 일은 없습니다. 그들의 쇠약한 혈관을 쥐어짜도
우리 장병의 칼끝에 묻힐 만한 피 한 방울 나오지 않습니다. 따라
서 오늘 프랑스 장병들이 칼을 뽑아도, 할 일 없이 다시 칼을 꽂아
야 합니다. 그러니 그들에게 콧김이라도 불어서, 우리들의 용맹한
숨결로 그놈들을 쓰러뜨립시다. 이 일에는 아무도 이의를 제기할
사람이 없을 텐데, 할 일 없이 우리 군대 주변에서 서성대고 있는
마부나 농부들만으로도 넉넉히 이 못난 적군을 전쟁터에서 쓸어낼
수 있을 것입니다. 우리들은 이 산기슭에서 한가롭게 앉아서 손 놓
고 구경만 하면 됩니다. 그러나, 이렇게 되면, 무인으로서의 명분
이 서지 않아요. 그러니 어떻게 하면 될까? 아주 조금만 해봅시다.
그것으로 끝입니다. 자, 나팔수에게 명해서 승마 신호를 우렁차게
불라고 전하라. 우리 군이 당당하게 진격하면 대지를 흔들게 되고,
영국군은 놀라서 주저앉고 항복할 것이다.

　　그랑프레 등장.

그랑프레　프랑스의 제경들이여, 왜들 이렇게 늑장을 부리시오? 저 섬나라
에서 온 썩은 송장들은 이곳에 뼈를 묻고자 환장들 했는지, 상쾌한
아침의 초원에 어울리지 않는 모습을 보여주고 있습니다. 누더기
가 된 그들의 군기는 초라하게 축 늘어져 있고, 그 군기를 프랑스
의 바람은 업신여기듯이 이리저리 밀고 댕기며 놀리고 있어요. 군
신 마르스도 거렁뱅이 꼴이 된 적들을 보고 기가 죽었던지, 녹이

슨 면갑(面甲) 틈으로 맥없이 내다보고 있습니다. 기병들은, 승마 인형의 촉대(燭臺)처럼 손에 횃불을 들고 꼼짝없이 앉아 있고, 불쌍한 군마들은 고개를 수그리고, 배와 엉덩이 살이 빠진 채, 죽은 듯한 뿌연 눈에서는 눈곱이 덕지덕지, 생기를 잃은 입에는 씹어먹던 풀에 더러워진 이중 재갈이 움직이지 않고 매달려 있어요. 시체 처리반인 까치들은 이들 위로 날면서 때가 오기를 몸부림치며 기다리고 있습니다. 어떤 언어로 표현해도, 풀 죽은 저 군대의 모습을 생생하게 묘사하는 일은 불가능합니다.

군사령관　그들은 기도를 끝내고 지금은 죽음을 기다리고 있습니다.

태　자　어떤가, 그들에게 음식과 새 군복을 보내고, 굶어 죽는 말에게는 먹이 건초를 보낸 다음 전투를 하는 것이?

군사령관　군기의 도착을 기다리고 있었는데, 됐다, 출진이다! 나팔수의 군기를 빌려 급한 대로 씁시다. 자, 자, 갑시다. 출격이다! 해는 중천에 떴다. 기다리는 것은 시간의 낭비다. (일동 퇴장)

제3장　영국군 진영

글로스터, 베드퍼드, 엑서터, 어핑엄 부하들을 대동하고 등장. 솔즈베리와 웨스트모어랜드도 등장.

글로스터　왕은 어디 계시냐?

베드퍼드　폐하 스스로 적군을 시찰하러 나가셨습니다.

웨스트모어랜드　적은 전투부대 육만여 명의 대부대입니다.

엑서터　한 사람당 다섯이오. 게다가 적들은 모두 쌩쌩한 신병들이오.

솔즈베리 신이여, 우리를 도우소서! 적은 너무나 우세합니다. 제 경들에게 도 신의 가호가 있으시길 빌겠소. 저는 부대로 돌아갑니다. 천국에 서 만날 때까지 다시 뵙지 못할 것 같아서 미리 작별 인사 드립니 다. 베드퍼드 공작, 글로스터 공작, 엑서터 공작, 나의 친척 웨스트 모어랜드 백작, 용사 여러분들, 건투를 빕니다!

베드퍼드 잘 가시오, 솔즈베리, 무운을 빌겠소.

엑서터 잘 가시오, 백작. 오늘은 용감하게 싸우시오. 이런 말 하는 것도 실 례이지요. 당신은 용감한 충성심 덩어리이니깐. (솔즈베리 퇴장)

베드퍼드 정말로, 정이 많고, 용맹하고, 모든 점에서 귀공자에 흡사한 인물 이야.

왕 헨리 등장.

웨스트모어랜드 지금 이곳에, 본국에서 오늘의 전투에 참전하지 않는 병사 일만의 병력이 있다면!

왕 누구냐, 그렇게 소망하는 사람은? 웨스트모어랜드 백작인가? 그 건 그렇지 않아요, 백작. 만약에 전사하는 운명이라면, 조국에 대 한 손실은 우리로서도 충분하오. 만약에 이겨서 살아남는다면, 소 수가 되면 될수록 명예의 분배는 커집니다. 그러니 부탁이오. 병력 이 더 있으면 좋겠다고 바라지 마시오. 하느님께 맹세하지만, 나는 황금에 대한 욕심은 없소. 누구나 내 비용으로 먹고 마신들 조금도 개의치 않소. 사람들이 내 옷을 입어도 상관치 않아요. 그런 외면 적인 것을 구하는 욕심은 나에게 없소. 그러나 명예를 탐하는 것이 죄라면, 나는 이 세상에서 가장 죄가 많은 사람이오. 그러니 백작 이여, 제발 본국으로부터의 지원군을 바라지 마시오. 나는 이 커다 란 명예를 반드시 얻을 것이라고 믿고 있는데, 한 사람이라도 더

늘려서 내 몫을 줄이고 싶지는 않소. 부탁이오, 한 사람의 지원군도 더 바라지 마시오. 그보다는 웨스트모어랜드, 전군에 포고문을 발표하시오. 이번 전투에서 용기가 없는 자는 퇴거해도 좋다. 그런 자에게는 귀국의 허가증을 주고, 가는 여비도 주겠다. 우리들은 함께 죽는 일을 겁내는 자들과는 함께 죽고 싶지 않다. 오늘은 10월 25일, 성 크리스피안의 제일이다. 오늘을 살아남고 귀국하는 자는, 이날이 오면 발돋움을 하고 서서, 크리스피안의 이름을 들을 때마다 고개를 높이 들 것이고, 이날을 넘고 노령에 이르는 자는, 해마다 이날이 오면, 이웃들에게 그 전날 밤 잔치를 베풀고 말할 것이다. "내일은 크리스피안의 제일이다." 그리고 소매를 걷고, 상처를 보이며, "성 크리스피안 날에 입은 상처다"라고 말할 것이다. 노인은 잘 잊는다. 그러나 다른 것은 다 잊어도, 그날 세운 공로만은 덤을 붙여 기억할 것이다. 그리고 우리들 이름은 매일매일 인사말처럼 되풀이되며 친근해질 것이다. 왕 해리, 베드퍼드, 엑서터, 워릭, 탤벗, 솔즈베리, 글로스터 등의 이름은 넘치는 잔을 비울 때마다 새삼스럽게 기억될 것이다. 아버지는 아들에게 우리들 이야기를 가르칠 것이다. 오늘부터 세계가 끝나는 날까지, 성 크리스피안의 제일이 오면 반드시 우리들 얘기가 기억될 것이다. 소수이지만, 우리들의 행복한 소수집단은 형제들이다. 왜냐하면 오늘 우리 함께 피를 흘리면, 우리는 형제가 되기 때문이다. 아무리 비천한 신분의 사람도, 오늘부터는 귀족의 대열에 선다. 그리고 지금 조국, 영국의 따뜻한 잠자리에서 단잠을 자는 귀족들은 훗날, 이곳에 오지 않았던 자신을 저주하게 되고, 우리들과 함께 성 크리스피안 제일에 참전한 용사들이 무공담을 펼칠 때마다 그들은 남자의 체면을 잃었다고 생각할 것이다.

솔즈베리 재등장.

솔즈베리 폐하, 급히 전투준비를 해야 합니다. 프랑스군은 이미 당당하게 대열을 짜고 진격을 개시할 기색입니다.

왕 준비는 되어 있다. 우리들 마음의 준비만 되면 된다.

웨스트모어랜드 지금 겁을 집어먹는 자는 죽는 편이 낫다!

왕 본국으로부터의 지원군은 더 이상 바라지 않지요?

웨스트모어랜드 신의 뜻입니다! 저는 폐하와 단둘이서 남의 도움을 받지 않고 이 위대한 싸움에 뛰어들 생각입니다.

왕 그렇다면 이곳에 있는 오천의 장병들은 필요 없다는 말씀이군. 한 사람의 지원병을 바라는 것보다 더 기쁜 말씀이오. 제경들, 부서(部署)들은 알고 있으시겠지. 신의 가호를 빌겠소!

나팔 소리. 몽조이 등장.

몽조이 다시 영국 왕의 뜻을 받들고자 왔습니다. 이제 파멸이 확실해진 이상, 먼저 보상금을 지불하실 용의가 있으신지요? 국왕께서는 지금 낭떠러지 가장자리에 서 계십니다. 이대로라면 심연으로 빨려들 수밖에 없습니다. 우리 군사령관은 자비심을 베풀어 장병들에게 참회의 기회를 드린답니다. 그들의 영혼이 이 전투장에서 조용히, 편안하게 빠져나갈 수 있도록 말이죠. 그들의 육체는 가련하게도 이곳에 쓰러져서 썩지 않으면 안 되니 말입니다.

왕 누가 보낸 사신이냐?

몽조이 프랑스군 사령관입니다.

왕 전과 똑같은 답변을 갖고 가라. 이 몸을 죽이고, 이 뼈를 팔라고 전하라. 아, 어찌해서 저들은 가련한 자들을 이토록 조롱하지 않으면 안 되는가? 사자가 살아 있을 동안에 사자를 판 자가 사자를 잡으러 갔다가 사자에게 먹혔다는 얘기가 있다. 우리들 대다수의 육체는 고국 땅에 묻힐 것이다. 그리고 묘비에는 틀림없이 오늘의 공로가 새겨진 비문이 동판에 기록되어 남을 것이다. 그리고 남자답게 이곳에서 산화한 용사의 유골은, 비록 프랑스의 분토(糞土)에 매장되더라도, 그 명성은 널리 세상에 전달될 것이다. 태양은 반드시 그들을 비춰서, 그들의 명예를 피어오르는 증기처럼 하늘로 치솟게 할 것이다. 그들의 몸이 흙으로 변해 악취가 대지를 덮으며, 프랑스 온 땅에 전염병을 퍼뜨릴 것이다. 알겠는가. 우리들 영국군의 용기는 전사하더라도, 나르는 총탄이 부서지면서 다시 해독을 끼치는 것처럼, 죽어서 땅에 돌아가더라도 다시 살상력을 발휘한다. 나는 자랑스럽게 말한다. 돌아가서 군사령관에게 전하라. 우리는 노동하는 전사들이오. 축제용 군대가 아니오. 화려한 의복과 장식은 우중 강행군으로 더럽혀져 있지만, 그리하여 깃털 하나 붙어 있지 않지만 — 이것도 좋은 일이다, 도망가려 해도 깃털이 없으니깐 — 이토록 초라한 모습이 된 것은 계속되는 전투 때문이다. 그러나 우리들 정신은 화려하게 장식되어 있다. 저 초라한 병사들은 말하고 있다. 밤이 오기 전에 천당의 새 옷을 입든지, 그렇지 않으면 프랑스 병사의 화려한 새 옷을 벗겨 벌거숭이로 만들어 놈들의 군인직을 박탈하겠다라고 말이네. 만일에 그렇게 되면, 신의 뜻이겠지만, 그것으로 나의 배상금도 쉽게 조달될 것이다. 하지만 전령관, 배상금 때문에 오는 것은 삼가게. 헛수고가 되는 거야. 내가 지불할 수 있는 것은, 맹세하지만 이 팔다리뿐이네. 그것도 내가 내놓고 너희들이 입수할 때쯤 되면, 부스러기 이상의 값이 있겠는가. 군사령관에게 그렇게 전하라.

몽조이 알겠습니다, 폐하. 그러면 실례하겠습니다. 두 번 다시 배상금으로 오는 일은 없겠습니다. (퇴장)

왕 프랑스 왕의 배상금 때문에 한 번 더 오게 될 것이다.

요크 등장.

요 크 폐하, 무릎 꿇어 간절히 청합니다. 저를 최전선의 지휘를 맡게 해 주십시오.

왕 좋다. 부탁한다. 용감한 요크여. 자, 장병들이여, 진격이다. 신이 여, 오늘의 승패를 당신의 뜻에 맡깁니다! (퇴장)

제4장 전쟁터

위기를 알리는 나팔 소리. 양군의 돌격. 피스톨, 프랑스 군인, 소년 등 장.

피스톨 항복하라, 개새끼!

프랑스 군인 (프랑스어로) 당신은 점잖은 신분의 신사죠.

피스톨 "칼리티 칼미 쿠스튜르 므!" 너는 신사냐? 네 이름은 무엇이냐? 말 해봐라.

프랑스 군인 (프랑스어로) 오 신이여!

피스톨 오, "시뇨르 듀(오 신이여)"라는 이름의 신사인가 보다. "시뇨르 듀" 양반, 내 말 잘 들으슈. "시뇨르 듀"는 내 칼 받고 죽어야 될 운명이 오. 사는 길은 한 가지, "시뇨르"가 나에게 엄청난 배상금을 바쳐 야 돼.

프랑스 군인 (프랑스어로) 오, 자비심을! 저를 불쌍히 여기세요! (프랑스 군인이
말하는 moi는 프랑스어로 "나를" 의미한다. 피스톨은 "moi"를 동전을 달리
해석한다. O,prenez misericorde! ayez pitie de moi! ― 역자 주)

피스톨 "모아"라고 했으니 동전을 뜻한다. "모아"는 어림도 없다. 사십
"모아"면 받겠다. 그렇지 않으면, 붉은 피가 솟는 창자를 목구멍으
로 끌어내겠다.

프랑스 군인 (프랑스어로) 당신의 완력에서 벗어나는 일은 불가능합니까?

피스톨 뭐, "동 브라"라고? 개새끼! 이놈의 빌어먹을 음탕한 양 새끼가!
"브라스(brass)"라 ― 놋쇠를 준다는 거냐!

프랑스 군인 오, 용서하세요!

피스톨 "돈네 모아"라고? 동전이라면 어떤 액수라도 좋다는 거냐? 무슨 말
인지 모르겠다. 여봐, 꼬마야. 프랑스어로 이놈 이름이 무엇인지 물
어봐.

소 년 당신 이름이 무엇이죠?

프랑스 군인 "페르"입니다.

소 년 페르 씨라고 합니다.

피스톨 페르 씨! 이 페르니아 놈의 페르멧 머리를 펠트 모자처럼 때려눕힐
까? 이놈한테 프랑스어로 그렇게 말해.

소 년 페르니아, 페르멧, 펠트 등의 프랑스어는 모릅니다.

피스톨 각오하라고 말해. 모가지를 잘라버리겠다.

프랑스 군인 이 사람, 뭐라고 말하고 있나요?

소 년 이 사람은 당신보고 각오하라고 말하라는 겁니다. 이 병정은 당장
당신의 목을 자르겠다고 합니다.

피스톨 위이 위이. 목을 베겠다는 거다, 이 시골뜨기야. 금화를, 멋진 금화
를 내지 않으면, 이 칼로 목을 벤다.

프랑스 군인 제발, 살려주세요! 저는 고결한 가문 출신입니다. 목숨만 살려주세요. 그러면 금화로 이백 장 드리겠습니다.

피스톨 나의 노여움도 사라졌다. 이놈한테 금화는 이 손으로 받겠다라고 말하라.

프랑스 군인 꼬마 아저씨, 이 사람이 뭐라고 말합니까?

소 년 포로는 절대로 용서하지 않는다고 이 사람이 맹세한 일에 반대되는 일이긴 하지만, 그럼에도 불구하고 당신이 약속한 금화 때문에 당신을 자유롭게 사면하겠다는 겁니다.

프랑스 군인 이렇게 무릎 꿇고 천 번도 절합니다. 당신처럼 용감하고, 호탕하고 고귀한 신분의 영국 기사를 만난 것을 행복하게 생각합니다.

피스톨 꼬마야, 통역해.

소 년 그는 무릎 꿇고 천 번이나 절을 올린다고 합니다. 그리고 당신처럼 용감하고, 호탕하고, 고귀한 신분의 신사를 만난 것을 행복이라고 생각한다는 것입니다.

피스톨 사람 생피를 마시는 나다. 자비를 베풀자. 따라오라.

소 년 대장을 따라가세요. (피스톨과 프랑스 군인 퇴장) 저런 텅 빈 심장에서 저런 우렁찬 소리가 나올 줄은 미처 몰랐네. "텅 빈 통이 큰소리 낸다"라는 속담이 옳아. 바돌프나 님만 하더라도, 몽둥이 칼로 발톱이 깎이고, 비명을 지르는 옛날 연극에 나오는 악마 같은 이놈 피스톨보다 열 배나 낫다. 그런데, 두 사람은 교수형을 당했지. 이놈도 닥치는 대로 훔치면 그런 꼴 당할 거다. 나는 마부들과 우리 편 짐을 지켜야 돼. 그 일을 프랑스군이 알면, 큰 수확을 올리게 되지. 우리 아이들밖에 지킬 사람이 없으니까. (퇴장)

제5장 전쟁터 다른 장소

군사령관, 오를레앙, 부르봉, 태자, 람뷔르 등장.

군사령관 제기랄!

오를레앙 어찌 된 일입니까! 패전이다, 끝장났다.

태 자 뒈져라! 모든 것은 파멸이다. 모든 것이! 굴욕과 영원한 오명이 우
리들 갑옷 위로 조롱하듯 자리 잡고 있다. 아아, 저주받을 운명이
여! 여보게, 도망가지 말라. (짧은 나팔 소리)

군사령관 우리 군은 참패했소.

태 자 아아, 끝없는 치욕이여! 자결합시다. 저것들이 우리가 내기를 걸었
던 그 군대인가?

오를레앙 우리가 배상금을 내라고 전령을 보냈던 그 왕인가?

부르봉 치욕이다. 영원한 치욕이다. 치욕 이외의 아무것도 아니다. 이젠
명예의 전사를 합시다. 다시 한번 적진으로 진격합시다. 부르봉을
따르지 않는 자는 가도 좋다. 모자를 손에 들고, 천한 뚜쟁이처럼,
방 밖에서 망이나 보면서, 들개보다 못한 천한 영국 놈에게 사랑하
는 딸이 겁탈 당하는 것을 가만히 보고 있으라.

군사령관 우리를 사지에 추락시킨 파멸이여, 지금은 우리 편에 서다오! 자,
목숨을 걸고 돌격이다.

오를레앙 우리 군에는 아직도 살아 있는 자가 다수 있다. 새로운 작전 지시
로 적절한 조치를 강구하면, 충분히 영국군을 압도할 수 있을 것이
다.

부르봉 작전 지시를 기다릴 시간 없다! 나는 돌격이다. 목숨은 짧을수록
좋다. 그렇지 않으면, 치욕이 길어진다. (일동 퇴장)

제6장 전쟁터 다른 장소

헨리 왕이 중신들과 포로들과 함께 등장. 엑서터와 기타 등장.

헨리 왕 동포들이여, 잘 싸웠다. 그러나 싸움은 아직도 끝나지 않았다. 프랑스군이 전쟁터에 남아 있기 때문이다.

엑서터 요크 공으로부터 폐하에게 안부 전합니다.

헨리 왕 숙부는 살아 계신가? 나는 그분이 한 시간 사이에 세 번 쓰러지고 세 번 일어나서 싸우는 것을 보았다. 갑옷에서 박차까지 온통 피투성이였다.

엑서터 그 상태에서 지금 그 공작은 누워 계십니다. 풀밭이 피로 비옥해지고 있습니다. 그리고 그 옆에는 그의 전우가 되어 명예의 부상을 함께 입은 서퍽 백작도 누워 계십니다. 서퍽 백작이 한발 먼저 돌아가셨습니다. 만신창이가 된 요크 공이 피바다에 몸을 적시고 서퍽 백작 곁에 왔을 때, 그의 턱수염을 잡고 안아서 일으킨 후, 얼굴에 딱 벌린 입을 통해 피를 뿜어대는 상처에 입을 맞추고, 큰소리로 외쳤습니다. "기다려라, 서퍽, 나의 영혼도 지금 너의 영혼을 따라 천당으로 가고 있다. 그러니 기다려라. 우리는 친구가 아닌가. 함께 날개를 펴고 날아가자. 이 영광스러운 싸움터에서 함께 기사도를 발휘해서 싸웠으니 함께 가세." 이 말을 듣고 저는 요크 공 옆으로 달려갔습니다. 그를 격려하자, 공작은 생긋 웃으시면서 한 손을 내밀며, 저의 손을 간신히 잡으시고 말했습니다. "엑서터 공, 폐하에게 안부를 전하시오." 이렇게 말한 후, 서퍽 쪽으로 향해, 그의 목을 상처투성이 손으로 감고, 입술에 입을 맞추었습니다. 이렇게 해서 그는 죽음의 신과 한 몸이 되었습니다. 피로서, 고결하게 산화(散華)하는 우정의 유서를 봉인했습니다. 아름답고 뭉클해지는 그의 태도에 저는 하염없이 눈물을 흘렸습니다. 사나이로서 창피한 일인 줄 알면서도, 어머니로부터 물려받은 이 눈에서 눈물이 흐르게 놔두어야 했습니다.

왕 나는 너를 탓하지 않는다.

제7장 전쟁터 다른 장소

플루엘렌과 가워 등장.

플루엘렌 어린이를 죽이고, 하물까지 박살 내다니! 이것은 확실히 군사법 위반이다. 정말로 전대미문의 학살이다. 너의 양심에 걸어 말해보라. 그렇게 생각지 않는가?

가 워 어린이는 한 명도 살아남지 못했다. 전쟁터에서 도망친 야비한 놈들이 이런 잔혹한 살육을 했다. 뿐만 아니라, 이놈들은 우리 국왕의 천막을 태우고, 그 속에 있는 것을 몽땅 털어서 갔다. 그래서 당연하게도 폐하는 포로 놈들의 목을 쳤지. 국왕 헨리는 명군이셔!

플루엘렌 가워 대위, 그건 폐하가 몬머스에서 태어나셨기 때문이다. 알렉산더 머시기라는 왕이 태어난 도시 이름이 뭐라던가?

가 워 알렉산더 대왕이지.

플루엘렌 아니, "태"라는 말은 크다는 뜻이지? 그러니 큰 대 자나, 대왕이나, 위대한 왕이나, 거대한 왕이나, 아니면 장대한 왕이나 표현은 다르지만 결국 같은 뜻이 아닌가?

가 워 알렉산더 대왕이 태어난 곳은 틀림없이 마케도니아다. 그의 부친

이름은 마케도니아의 필립이라고 알고 있어.

플루엘렌 그래, 나도 알렉산더가 태어난 곳은 마케도니아라고 알고 있어. 알겠소, 대위. 세계지도를 보면, 마케도니아와 몬머스는 서로 비슷한 것이 있다는 것을 알게 되지. 마케도니아에는 강이 있어. 몬머스에도 강이 있어. 몬머스의 강은 와이강이지. 마케도니아에 있는 강 이름은 무엇인지 잊었네. 하지만, 그건 좋다. 두 강은 오른쪽 손가락과 왼쪽 손가락이 닮은 것처럼 똑같고, 양쪽 강에는 똑같이 연어가 있어. 그리고 알렉산더의 생애를 자세히 조사해보면, 몬머스의 해리의 생애와 비슷한 것을 알 수 있네. 사물에는 반드시 유사점이 있는 법이야. 알렉산더는 신이 알고 자네가 알듯이, 화가 나서 분개하고, 격노하여 분노하고 성깔을 부리고, 기분이 상해서 울적해지고 화가 치밀어, 취한 나머지 두뇌가 멍해져서, 알겠는가, 주석(酒席)에서 분을 못 참고 친구인 클레이토스를 죽였다.

가 워 해리 왕은 그 점에서 닮지 않았네. 친구를 한 사람도 죽이지 않았거든.

플루엘렌 여봐, 말 끝내기 전에 새치기해서 말허리를 꺾으면 못써. 나는 다만 유사점, 비교점을 얘기하고 있을 뿐이야. 알겠는가. 말하자면 알렉산더는 주석에서 술에 취해 친구 클레이토스를 죽였다. 해리 몬머스도 똑같이, 맑은 정신으로 올바르게 판단한 후, 배불뚝이에다 조끼를 꼭 끼게 입은 뚱보 기사를 추방했다. 그 사람은 농담과 악담이 능란한 조롱의 명인이었다는데, 나는 그 이름을 잊어버렸네.

가 워 존 폴스타프 경.

플루엘렌 맞다, 맞아. 하여튼 몬머스에는 인물이 계속 태어나네.

가 워 폐하가 오셨어.

나팔 소리. 헨리 왕, 부르봉 공작이 포로들과 함께 등장. 워릭, 글로스터, 엑서터, 그리고 기타 등장.

왕　　프랑스에 온 이래로, 오늘 이 순간처럼 화가 난 적이 없다. 전령, 나팔을 들고 저 언덕에 있는 적의 기병이 있는 곳까지 달려가라. 놈들한테 싸울 의지가 있으면, 내려들 오라고 말하라. 없으면, 전쟁터에서 사라지라고 말하라. 눈 뜨고 볼 수 없다. 어느 쪽도 아니라면, 우리가 쳐들어가겠다. 놈들을 옛날 아시리아의 석궁(石弓)에서 날아가는 돌보다 더 빨리 눈 깜짝할 사이에 퇴출시키겠다. 그리고 우리들에게 잡힌 포로들은 모조리 목을 치겠다. 우리가 자비를 베풀 놈들은 한 사람도 없다. 가서 전하라.

　　　몽조이 등장.

엑서터　프랑스의 전령이 왔습니다.

글로스터　전과 달리 눈빛이 겸손합니다.

왕　　웬일인가? 왜 왔는가, 전령? 배상금이라면 이 뼈를 보내기로 했지. 또 배상금 때문에 왔는가?

몽조이　아닙니다, 위대하신 폐하시여. 저는 폐하에게 자비를 간청하러 왔습니다. 이 처참한 전쟁터를 돌아보고 우리 전사자들을 찾은 다음, 귀족과 평민을 식별한 후, 매장하도록 허락해주십시오. 우리 쪽 수많은 귀족들은 비참하게도, 용병들이 흘린 핏물 웅덩이에 잠겨 쓰러져 있습니다. 그리고 평민들은, 귀족들이 흘린 피바다 속에 더러운 수족을 적시고 있습니다. 그리고 상처 입은 말들은 엉겨 붙은 피 속에 발굽 돌기를 세우고, 성을 내며, 죽은 주인을 차면서 그들을 다시 한번 죽이고 있습니다. 위대하신 왕이시여, 싸움터를 안전하게 순회하며 시체를 치울 수 있도록 허락해주십시오!

왕   전령, 승리가 우리의 것인지 아닌지 아직 알 수 없다. 전령, 거짓말이 아닌 것이, 너희들 기병들이 지금도 숱하게 들판을 달리고 있는 것이 보이지 않는가.

몽조이   승리는 폐하의 것입니다.

왕   그렇다면 승리는 하느님 때문이지, 나의 힘 때문이 아니다. 저기 서 있는 성 이름은 무엇인가?

몽조이   아쟁쿠르라 합니다.

왕   그렇다면 오늘의 전투를 성 크리스피안 날에 싸운 아쟁쿠르 전투라 명명하자.

플루엘렌   황공하오나, 역사책에서 소생이 본 바로는, 고명하신 증조부님과 종조부님, 웨일스의 에드워드 흑태자께서도 이곳 프랑스 전쟁터에서 가장 혁혁한 전과를 올렸습니다.

왕   그렇소, 플루엘렌.

플루엘렌   폐하께서 말씀하신 그대로입니다. 만약에 폐하가 기억하신다면, 그때 우리 웨일스 군대는 부추가 무성한 들판에서 전공을 세웠습니다. 그때 몬머스 모자에 부추를 달았습니다. 폐하께 말씀드리고 싶은 것은 지금까지 부추는 그 당시 공적의 표시가 되고 있다는 사실입니다. 폐하께서도 성 데비 날에는 당당하게 모자에 부추를 달 것이라고 소생은 확신하고 있습니다.

왕   나도 기념할 만한 명예의 표시를 모자에 달기로 하겠다. 그대도 알고 있듯이 나도 웨일스인이다.

플루엘렌   와이 강의 물로 몽땅 씻어내도 폐하의 몸에서 웨일스의 피를 씻어낼 수는 없습니다. 이것만은 단언할 수 있습니다. 신이여, 그 피를 오래 간직하시도록 폐하께 축복을 내려주소서!

왕　고맙소, 동향인이여.

플루엘렌　예수 크리스트에게 맹세합니다만, 저는 폐하와 같은 고향 사람
이고, 이 사실을 누가 알아주건 말건 상관하지 않습니다. 저는 이
사실을 전 세계에 공포합니다. 저는 폐하 때문에 부끄러울 일이 아
무것도 없습니다. 신에게 영광을, 폐하가 정직한 인간이기에!

　　　　월리엄스 등장.

왕　신이여, 나를 언제까지나 선인으로 남게 하소서! 전령들이여, 이
사람과 함께 전쟁터로 가서, 쌍방의 전사자들 수를 조사해서 보고
하라. 저 사람 이리 오라고 하라. (전령들, 몽조이와 함께 퇴장)

엑서터　병사, 폐하가 부르신다.

왕　병사, 너는 어째서 모자에 장갑을 꽂고 있는가?

월리엄스　폐하, 황송합니다만, 이것은 어떤 사나이와의 약속입니다. 그놈
이 살아 있으면 나와 결투를 하게 되어 있습니다.

왕　그 사람은 영국 사람인가?

월리엄스　황송합니다만, 그놈은 어제 나에게 폭언을 퍼부은 악당입니다.
만약 그놈이 살아남아서 이 장갑을 제 것이라고 말하면, 나는 그놈
의 귀쌈을 갈겨준다고 약속했습니다. 만약 그놈의 모자에서 내 장
갑을 보면, 그놈은 살아 있는 동안 틀림없이 모자에 장갑을 꽂겠다
고 무인답게 맹세했기에, 지금도 꽂고 다닌다고 생각합니다만, 그
놈을 보면 싸대기 올릴 작정입니다.

왕　플루엘렌 대위, 그대는 어떻게 생각하나? 이 병사는 맹세를 지키
겠는가?

플루엘렌　당연한 말씀입니다. 아니면, 황송하게도 저의 양심에 걸어 맹세
합니다만, 그 자는 비겁한 놈이며, 악당이겠죠.

왕   그의 상대는 졸병 한 사람으로서는 감당 못 할 거물급 귀족인지도 몰라.

플루엘렌   비록 그의 상대가 악마의 왕 사탄만큼 거물급이라도, 아시겠습니까, 폐하, 맹세나 서약을 지키는 일은 중요한 일입니다. 만약에 맹세를 지키지 않는다면, 아시겠습니까, 폐하, 제 양심에 걸고 말씀드립니다만, 그의 명성은 순식간에 떨어지고 진흙발로 신의 땅, 이 땅덩이를 밟은 어떤 악당보다 더 나쁜 대악당입니다. 네, 정말입니다!

왕   그 사람을 만나면 반드시 너의 서약을 이행하게.

윌리엄스   폐하, 반드시 하겠습니다.

왕   너는 누구 부하냐?

윌리엄스   가워 대위의 부하입니다. 폐하.

플루엘렌   가워는 훌륭한 대장입니다. 병법을 터득하고, 병서에 통달한 사람입니다.

왕   병사, 그를 이곳에 호출하라.

윌리엄스   알겠습니다, 폐하. (퇴장)

왕   플루엘렌, 나 대신 자네가 이 물건을 모자에 꽂아주겠는가? 프랑스의 장군 알랑송과 싸울 때, 함께 쓰러진 순간 내가 그의 투구에서 빼앗은 장갑이다. 이것을 보고 도전하는 놈은 알랑송 편이며, 우리 적이다. 그런 놈을 만나면 꼭 잡아오너라. 내 부탁이다.

플루엘렌   폐하는 저에게 신하로서 바랄 수 있는 최고의 영예를 주셨습니다. 아, 저는 그 사람을 만나고 싶습니다. 그놈도 두 다리 걸친 인간이겠죠. 그놈이 이 장갑을 발견한 것을 통절하게 후회하게끔 혼쭐내주겠습니다. 이것뿐입니다. 단 한 번이라도 좋으니, 그자를 만나도록 신의 은총을 빌겠습니다.

왕	그대는 가위를 아는가?

플루엘렌   저의 절친한 친구입니다.

왕	그를 찾아서 내 막사로 데려오게.

플루엘렌   알겠습니다. (퇴장)

왕	워릭 백작, 그리고 동생 글로스터 공작, 미안하지만, 곧 저 플루엘렌 뒤를 쫓아가게. 내가 표시로 건네준 장갑 때문에 뺨을 맞는 일이 벌어질지도 모를 일이야. 저 장갑은 그 병사의 장갑이다. 내가 꽂고 다니겠다고 약속한 물건이다. 워릭, 뒤를 쫓게. 그 병사가 그를 때리면, 아무래도 그의 솔직한 태도로 보아 반드시 약속을 지킬 듯한데, 그렇게 되면 위험한 돌발사건이 날 수도 있어. 플루엘렌은 용감무쌍한 사람이니, 화가 나면, 화약처럼 불을 뿜고 폭발할 사람이야. 얻어맞으면, 즉시 반격할 사람이야. 뒤따라가서, 두 사람 사이가 무사히 끝나도록 처리해주게. 엑서터 숙부님은 저와 함께 가십시다. (퇴장)

제8장   헨리 왕 막사 앞

   가워와 윌리엄스 등장.

윌리엄스   틀림없습니다. 대위님을 훈작사로 서훈할 생각으로 호출한 겁니다.

   플루엘렌 등장.

플루엘렌   신의 뜻이다. 폐하의 뜻이다. 가워 대위, 빨리 왕에게 가게. 자네가 상상도 못할 좋은 일이 있을 모양이다.

윌리엄스 여보세요, 이 장갑을 아시나요?

플루엘렌 이 장갑을 아느냐고? 그래 장갑은 장갑이지.

윌리엄스 나는 그 장갑을 알고 있다. 그러니 이렇게 해줄 테다. (때린다)

플루엘렌 이것 봐라! 이놈, 반역자, 이 세상에도, 프랑에도, 영국에도 없는 대악당 반역자!

가 워 그만둬, 대위! 어떻게 된 영문인가, 이 악당아!

윌리엄스 서약을 어길 줄 아는가?

플루엘렌 방해하지 말게, 가워 대위. 반역자는 때려서 알아차리도록 해야 돼.

윌리엄스 나는 반역자가 아니다.

플루엘렌 거짓말! 폐하의 이름으로 이놈을 체포한다. 이놈은 적장 알랑송 일당이다.

워릭과 글로스터 등장.

워 릭 이게 무슨 일들인가, 무슨 소동들인가?

플루엘렌 아, 워릭 백작, 방금 신의 은총으로, 아시겠습니까, 여름날 전염 병처럼 퍼지기 쉬운 모반이 발각되었습니다. 폐하가 오셨네.

헨리 왕과 엑서터 등장.

왕 이건 어찌 된 영문인가?

플루엘렌 폐하, 여기 있는 이놈은 그 반역자, 악당입니다. 이놈이 폐하가 알랑송의 투구에서 뺏은 장갑을 보고 쳐들어 왔습니다.

윌리엄스 폐하, 이것은 저의 장갑입니다. 한쪽은 제가 지니고 있습니다. 이 것을 교환했을 때, 상대방은 모자에 꽂겠다고 약속했습니다. 그리고 저는 이것을 보면, 주먹질하겠다고 말했습니다. 저는 저의 장갑을 모자에 꽂고 있는 이 사람을 만났기 때문에, 약속대로 주먹다짐을 했습니다.

플루엘렌 황송하게도, 폐하 어전에서 말씀드립니다만, 이놈은 극악무도한 거지 같은 더러운 악당입니다. 폐하가 저를 위해 증거를 대고, 증인이 되시고, 증언하셔서 이 장갑이 알랑송 것이고, 폐하가 저에게 주셨다는 것을 말씀하시기를 희망합니다. 폐하의 양심으로 제발 입증하십시오.

왕 병사, 그 장갑을 다오. 봐라. 여기 한 짝이 있다. 네가 때린다고 약속한 사람은 바로 나였다. 병사는 나에게 지독한 폭언을 했어.

플루엘렌 황송합니다만, 폐하, 군법이 있는 한, 이 죄에 대해서 이 사람의 목을 쳐야겠습니다.

왕 나를 만족시킬 만한 회답이 있는가?

윌리엄스 폐하, 모든 죄는 사람의 마음에서 생깁니다. 하지만, 저의 마음에서 폐하의 노여움을 초래할 만한 죄가 생긴 일은 절대로 없습니다.

왕 자네가 우리들에게 폭언한 것은 사실이지.

윌리엄스 그 당시, 폐하는 폐하의 모습이 아니었습니다. 저에게는 보통 병사로 보였습니다. 밤의 장막과 폐하의 복장과, 비천한 사람 같은 태도가 증인이 됩니다. 폐하가 그런 모습으로 받은 모욕은 폐하 자신이 초래한 것이지, 저의 죄는 아니다라고 생각해주십시오. 그 당시, 폐하가 제가 생각한 보통 병사였다면, 저는 아무 죄도 없는 것입니다. 그러니 폐하, 저를 용서하여주십시오.

왕 숙부님, 이 장갑을 금화로 가득 채워서 이 사람에게 주십시오. 갖도록 하게, 병사여. 그 장갑을 명예의 표시로 모자에 꽂고 다녀라. 내가 도전하지 않고 있으니 말이네. 금화를 이 사람에게 주세요.

그리고 대위, 그대도 이 사람과 화해를 하게.

플루엘렌 이날과 태양을 두고 맹세합니다만, 이 사람은 뱃속에 담력이 있는 사람입니다. 여기 자네한테 줄 십이 펜스가 있네. 신을 섬기고, 싸움과 말다툼, 분쟁과 불화는 제발 피하도록 하게. 그래야만 자네 신상에 이롭다는 것을 나는 보장할 수 있어.

윌리엄스 당신한테 돈 받을 생각은 없소.

플루엘렌 나의 호의인데 받아요, 당신의 구두 수선비는 될 터이니. 부끄러워 마시오. 구두가 엉망이구려. 알겠소, 이 동전은 좋은 돈이오. 아니면, 바꿔주겠소.

영국군 전령 등장.

왕 아, 전령인가. 전사자 수는 파악했는가?

전 령 네, 프랑스군 전사자 총수입니다. (종이 쪽지를 준다)

왕 숙부님, 신분이 높은 포로 중에는 누가 있습니까?

엑서터 프랑스 왕의 조카 오를레앙 공작 샤를, 부르봉의 공작 존, 그리고 부시칼트 경입니다. 그 밖의 귀족, 남작, 훈작사, 준훈작사 들은 평민을 제외하고도 천오백 명이나 됩니다.

왕 이 서류를 보면 전쟁터에서 쓰러진 프랑스군 장병은 그 수가 일만 명, 그 가운데서 공작이나 군기를 소유하고 있는 귀족은 백이십육 명, 훈작사와 준훈작사, 그리고 신분이 있는 신사를 합치면 팔천사백 명, 그 속에는 바로 어제 서훈된 사람이 오백 명 포함되어 있어요. 즉 적군이 낸 일만 명의 전사자 가운데 용병은 천육백 명밖에 안 됩니다. 나머지는 모두 공작, 백작 등의 귀족이요, 훈작사, 준훈작사 등 신분 있는 신사들입니다. 전사한 귀족들 명단 속에는 다음과 같은 이름이 있습니다. 프랑스 육군사령관 샤를 델라브레, 프랑스 해군대장 사티웅의 자크, 석궁대장 람뷔르 공, 프랑스 왕실 총감 용감한 기샤르 도팽 경, 알랑송의 공작 존, 브라반트의 공작 아토니 ― 이 사람은 부르고뉴 공작의 동생입니다 ― 그리고 바의 공작 에드워드, 중간층의 백작으로는 그랑프레, 루시, 포콘베르, 푸아, 보몽, 마알, 보드몽, 그리고 레스트랄. 너무나 훌륭한 귀족들이 나란히 함께 전사했습니다! 그런데 우리 영국군 전사자 수는? (전령이 또 다른 종이 쪽지를 준다) 요크의 공작 에드워드, 서퍽의 백작, 리처드 케를리 경, 준훈작사 데비 갬, 이름 있는 전사자는 이뿐이다. 다른 전사자를 포함해도 총수는 불과 이십오 명이니, 아, 이것은 신이 도와주신 은혜로다. 결코 우리들만의 힘으로는 안 되는 일이지. 오로지 신의 힘 덕분이다! 기습전법이 아니고, 당당하게 정면에서 맞서서 싸운 전투인데, 이토록 한쪽에는 대손실을 입히고, 다른 쪽은 경미한 손실인데, 이런 일이 일찍이 역사 속에 있었는가! 신이여, 승리의 영광은 오로지 당신 것입니다.

엑서터 신기한 일입니다!

왕 가자, 위엄을 갖추어 마을까지 행진이다. 전군에 고하라. 오늘 이 빛나는 영광은 오로지 신에게 돌려야 하는 것인데, 이 승리를 자신의 것으로 가로채며 자랑하는 자는 사형이다.

플루엘렌 황송합니다, 폐하, 몇 명 죽었는지 입 밖에 내도 죄가 됩니까?

왕 그건 괜찮다. 그러나 대위, 그 경우에는 반드시 신이 우리를 도왔다는 말을 첨부해야 한다.

플루엘렌 네, 양심에 걸고 맹세합니다만, 신은 우리를 위해 큰일을 했습니다.

왕 신에게 감사의 의식을 올리자. 성가 〈우리 힘이 아니다〉를 노래하자. 〈신을 찬양하자〉를 노래하자. 전사자들을 정성스럽게 매장하고 나서, 칼레로 향해, 영국으로 향해, 귀국의 길을 가자. 프랑스에서 이토록 행복한 마음으로 영국으로 돌아간 사람도 드물 것이다.

(일동 퇴장)

제5막

코러스 등장.

코러스 이 이야기를 아직도 읽지 않으신 분을 위하여 실례를 무릅쓰고 감히 줄거리를 전달해드리겠습니다. 하지만, 이미 읽으신 분에게는 이 이야기에 쌓인 긴 세월, 방대한 수량, 사건의 경과 등을 사실대로 이 무대에 재현할 수 없는 것을 용서해주시기 바랍니다. 우선, 우리들은 국왕 헨리를 칼레로 모십니다. 괜찮으시지요. 그곳으로부터 여러분은 상상의 날개를 타고, 영불해협을 눈 깜짝할 사이에 건너가려고 합니다. 보세요. 영국 해변에는 남녀노소들이 총출동하는 환영의 인파들이 내는 환성과 박수 소리가 국왕의 웅대한 행차를 예고하는 듯한 우렁찬 파도 소리를 지우고 있습니다. 이렇게 해서 국왕은 상륙하셔서 위풍당당하게 런던으로 행진하였습니다. 인간의 상상력은 빠르기도 해서, 국왕은 어느새 런던의 교외, 블렉히스에 도착하신 것으로 상상하십시오. 그곳에서 귀족들은 상처투성이 국왕의 투구와 구부러진 칼을 앞세워서 장안을 누비고 가기를 희망했지만, 국왕은 거절했습니다. 허영심과 자만심을 멀리해야 한다는 국왕의 굳은 결심 때문입니다. 승리의 전공(戰功)과 영광은 모두 자신의 것이 아니라, 신에게 바쳐야 하는 것이라고 생각했기 때문입니다. 자, 여러분, 상상의 풀무에 바람을 잔뜩 넣어 런던 시민들이 모이는 광경을 보세요. 시장과 그의 동료들은 대례복으로 몸을 감싸고, 마치 고대 로마 원로원 의원들처럼 졸졸 따라붙는 평민들을 거느리며, 개선하는 시이저를 출영하러 빠른 걸음으로 가고 있습니다. 예컨대 계급은 국왕 헨리보다 못하지만, 시민의 사랑을 똑같이 받고 있던 우리들의 장군이(1599년 3월 27일 아일랜드의 타이론 반란군을 진압하기 위해 영국을 떠났던 엘리자베스 여왕의 충신 에식스 공이 동년 9월 반란군 진압에 실패하고 돌아온 고사를 언급하고 있음—역자 주) 여왕 폐하 명을 받들어, 아일랜드 토벌을 끝내고, 반역자를 칼끝에 꽂고 개선했더라면, 얼마나 많은 태평한 시민들이 그를 환영하러 뛰어나왔겠습니까! 그러나 그보다 나은, 훨씬 더 나은 이유로, 시민들은 국왕 헨리를 환영했습니다. 이렇게 해서 국왕은 런던에 한동안 계십니다. 프랑스 국민들이 국상(國喪) 중이라 편안히 계십니다. 드디어 신성로마제국 황제가 프랑스 왕을 대신해서 내방하고, 양국 간의 화평을 도모했기 때문에, 그리고 그 밖에도 여러 가지 일이 있었습니다만 생략하기로 하고, 국왕 헨리가 다시 프랑스로 돌아가는 시점까지 이야기를 진전시키려 합니다. 이렇게 시간의 경과를 여러분에게 알려드리는 것이 저의 역할입니다. 도중의 생략은 용서해주시고, 여러분의 상상력과 여러분의 눈을 프랑스로 향해주시기 바랍니다.

제1장 프랑스, 영국군 진영

플루엘렌과 가워 등장.

가 워 응, 그건 그렇고, 어째서 너는 오늘도 모자에 부추를 달고 있는가? 성 데비의 제일도 이미 지나버렸어.

플루엘렌 세상만사에는 이유와 원인이 있는 법이다. 알겠는가,

가 워 나는 친구로서 자네에게 말하는데, 그 악독하고 더럽고, 거지처럼 지저분한 허풍선이 놈 피스톨 말이다. 너만이 아니고 온 세상이 그놈 보고 별 볼일 없는 자식이라고 딱지를 붙이고 있는데 말이다, 그놈이, 알겠는가, 어제 말이다, 나한테 빵과 소금을 갖고 와서 날 보고 부추를 먹으라는 거야. 딱하게도, 그 자리는 싸움판 벌일 곳이 못 되어 당장 넘어가긴 했지만, 나는 용감하게 이 부추를 꽂고 그놈을 다시 만나게 되면 본때를 보여줄 참이다.

피스톨 등장.

가 워 여기 온다. 칠면조 수놈처럼 우쭐대네.

플루엘렌 그놈이 우쭐대건, 수놈이건 상관없다. 이놈, 피스톨 기수 놈아! 너, 이놈, 더럽고 치사한 악당 놈, 신의 자비를 빌라!

피스톨 핫! 거지 같은 트로이 놈! 내가 운명의 신이 되어 네놈 목숨을 끊어줄까? 미친놈! 꺼져라. 부추 냄새는 질색이다.

플루엘렌 이 악랄하고 징그러운 놈아, 나의 소망이요 간청이다. 이 부추를 처먹어라. 왜냐하면, 알겠는가, 너는 부추를 싫어하기 때문이다. 너의 입맛도, 식성도, 식욕도 부추와는 맞지 않기 때문이다. 그러기에 너보고 이걸 먹으라는 거다.

피스톨 웨일스 왕 용맹스런 캐드월라더 놈이 염소 떼 다 준다 해도 못 먹겠다.

플루엘렌 요것이 염소 한 마리 값이다. (때린다) 이놈아, 이걸 처먹어라!

피스톨 천한 트로이 놈, 너 죽었다.

플루엘렌 옳으신 말씀이다. 신이 원하면 누구나 죽는다. 하지만 그때까지는 살아다오. 이 악당아, 살아서 이 부추를 먹어다오, 요건 양념이다.(그를 때린다) 너는 어제 나를 시골뜨기 산적(山賊)이라고 말했지. 오늘, 나는 너를 납작하게 짓이겨놓겠다. 소원이다. 이걸 먹어다오. 부추로 놀리면, 먹을 줄도 알아야지.

가 워 대위, 그 정도로 해두게. 이 사람 기절하겠다.

플루엘렌 좌우지간 나는 이놈에게 부추를 먹일 참이다. 아니면 이놈의 머리를 나흘 동안 내리 눕히겠어. 여봐, 부탁이다, 이것을 씹어다오. 이 부추는 너의 상처와 너의 피투성이 대갈통에도 특효약이다.

피스톨 내가 씹어야 해?

플루엘렌 그렇다. 의심할 여지없이. 의문의 여지 없이. 애매한 점도 없이. 그렇게 해야 돼.

피스톨 이 부추에 맹세해서, 나는 반드시 복수를 하겠다. 나는 이 부추를 먹고, 부추를 먹고, 맹세한다 — .

플루엘렌 제발 먹어다오. 부탁이다. 부추에 양념 좀 쳐줄까? 맹세를 늘어놓기에는 부추가 모자라는 모양인데.

피스톨 몽둥이는 치워. 내가 먹을 테니.

플루엘렌 이 지긋지긋한 악당 놈아, 이것이 너에게 보약이 되어 달라고 마음속으로 빌겠다. 부탁이다. 한 가지도 버리지 말라. 껍질은 상처 입은 대갈통에 좋다. 앞으로 부추를 다시 만날 기회가 있으면, 부탁이다, 제발 부추를 업신여겨라, 내 부탁은 이것뿐이다.

피스톨 알겠다.

플루엘렌 알겠는가. 부추 맛 좋지? 자, 이거 받아두게. 대갈통 치료비 사 펜스다.

피스톨 사 펜스라!

플루엘렌 정말이지, 그것 받아두게나. 안 받으면, 내 호주머니 속에 있는 부추를 아가리에 처넣겠다.

피스톨 보복하기 위해 사 펜스 받아둔다.

플루엘렌 너한테 빌린 것이 있으면 언제나 이 몽둥이로 갚아주마. 너는 장 작 장수처럼 되겠구나. 나로부터 몽둥이 찜질 받으니 말일세. 잘 가게. 하느님이 너를 보호하고, 너의 대갈통을 고쳐주시기를 빌겠 다. (퇴장)

피스톨 지옥을 총동원해서라도 이 복수는 하고야 말겠다.

가 워 적당히 해두게, 이 겁쟁이 놈아. 너는 명예를 존중한 나머지, 옛 용 사를 기념해서 몸에 붙이고 다니는 조상 전래의 풍습을 비웃는가. 그러면서도 자네가 한 말을 한 가지라도 실행에 옮기는 용기는 없 단 말인가? 네가 저 대위를 우롱하고 비웃는 것을 나는 여러 번 보 았다. 그 대위가 영국 사람처럼 영어를 말할 수 없기 때문에, 영국 사람처럼 몽둥이를 휘두르지 못한다고 생각하겠지. 큰 착각이야. 앞으로는 저 웨일스인의 곤봉 덕택으로 훌륭한 영국인의 근성을 갖도록 노력하게. 잘 가라. (퇴장)

피스톨 에이, 말괄량이 운명이여, 나를 속였구나? 여편네 넬도 프랑스병 매독으로 병원에서 죽었다는 소식이 왔다. 그러니 상봉의 꿈도 깨 졌다. 몸은 늙고, 팔다리가 시들어 곤봉으로 녹초가 된 명예를 되 찾을 길이 없구나. 이렇게 된 이상 나는 매춘굴에서 남의 지갑 털 면서 살 수밖에 없다. 영국으로 숨듯이 스며들어 훔치면서 살아가

자. 몽둥이 상처에는 고약을 바르고, 그 상처는 프랑스에서 받은 명예의 부상이라고 떠들어대자. (퇴장)

제2장 프랑스 왕궁

한쪽 문으로 헨리 왕, 엑서터, 베드퍼드, 글로스터, 워릭, 웨스트모어 랜드, 귀족들 등장. 다른 쪽 문으로 프랑스 왕, 왕비 이사벨, 카트린 공주, 알리스, 귀부인들, 부르고뉴 공작, 기타 종자들 등장.

헨리 왕 평화를 위한 이 모임에 화평함을 기원합시다! 형님과도 같은 프랑스 왕과 누님 같은 프랑스 왕비에게 건강과 행복한 나날을 빕니다! 한없이 아름다운 카트린 공주에게는 기쁨과 마음으로부터 우러나는 경의를! 그리고 이 모임이 성사되도록 힘써주신 프랑스 왕가를 계승한 부르고뉴 공작에게도 감사의 인사를 드립니다! 더욱이나 이 자리에 왕림하신 기라성 같은 프랑스 귀족 여러분에게 건강을 빕니다!

프랑스 왕 존경하는 형제의 나라 영국 왕을 뵙고 이렇게 기쁠 수가 없습니다. 영국의 귀족 제경들도 잘 오셨습니다.

프랑스 왕비 형제의 나라 영국 왕이시여, 지금 우리들이 용안을 뵙고 얻는 기쁨에 못지않게 이 좋은 날의 은혜로운 회합이 좋은 결과를 얻기 바랍니다. 국왕의 눈은 지금까지 그 눈을 보아온 프랑스인에게는 한 번 보면 사람 죽이는 괴물 바질리스의 힘을 갖고 있었습니다. 그런 눈초리의 독기가 무서운 힘을 잃고, 오늘 이 좋은 날, 슬픔과 전쟁이 사랑으로 변하기를 기원합니다.

헨리 왕　그러기 위해서 우리는 여기 왔습니다.

프랑스 왕비　영국의 귀족 여러분들 잘 오셨습니다.

부르고뉴　프랑스와 영국의 위대한 국왕 폐하! 저는 두 폐하에게 똑같은 애정으로 봉사하고 있습니다. 제가 지혜를 짜고, 고통을 감내하며, 갖은 노력 끝에 거룩하신 두 폐하를 판결과 회담의 이 자리에 모셔 온 것은 누구보다도 두 폐하께서 잘 알고 계십니다. 저의 노력이 이토록 결실을 맺었으니, 두 폐하께서 사이좋게 대면하여 인사를 나눈 이상, 양 폐하 면전에서 다음과 같은 질문을 해도 책망하지 마시기를 부탁드립니다. 도대체 어떤 장해가 있었기에, 어떤 방해가 있었기에, 예술의 모태이며, 풍요로움과 기쁜 탄생의 근원이 되는 "평화"가 가련하게도 벌거숭이가 되고 상처를 입은 채, 세계 최고의 정원인 우리 비옥한 프랑스 땅에 그 아름다운 얼굴을 보이지 않게 되었습니까? 슬프게도 평화는 오랫동안 프랑스로부터 추방되어, 그 곡식은 알알이 땅에 떨어져 방치되고, 농작물이 산처럼 쌓인 채 썩어가고 있습니다. 우리들 마음을 즐겁게 북돋아주는 포도는 따기도 전에 시들고, 정돈된 울타리는 멋대로 머리가 죄수처럼 자라서 어지럽게 잔가지를 뻗치고 있습니다. 손을 못 본 들에는 독보리, 독인삼, 악취를 뿜는 독초들이 자라고 있지만, 야생 잡초를 솎아낼 보습은 녹슬고 있습니다. 한때 점박이 앵초, 오이풀, 푸른 토끼풀들이 곱게 자라던 평탄한 목장도 지금은 낫질을 못 하고 손을 보지 않아 황폐해져서 추악한 수영이나 거친 엉겅퀴, 잡풀, 가시풀이 멋대로 뻗어서 아름다운 경치를 망치고 목장을 버려 놓고 있습니다. 이토록 포도밭과 유원지와 목장과 울타리가 본래의 기능을 잃으면 황야가 되듯이, 우리들의 집과 우리 자신, 우리 아이들도 나라에 어울리는 학문을 잊고, 여가가 없다는 구실로 학문을 태만하여, 피 흘리는 이외의 생각을 하지 않는 병사처럼 야만스러워졌습니다. 그들은 악담을 퍼붓고, 험상궂은 표정을 짓고, 남루한 옷을 걸친 채, 하는 일 모두가 부자연스러운 인간이 되어버렸습니다. 이런 모습을 버리고, 원래의 상태로 돌아가는 일이 이 모임의 목적입니다. 그래서 제가 알고 싶은 것은, 도대체 이 일을 방해하는 것이 무엇인가, 그리고 평화의 여신이 지금의 불행을 제거하고, 잃었던 우리의 행복을 찾아주지 못하는 이유는 무엇인가입니다.

헨리 왕 부르고뉴 공, 평화를 잃었기 때문에 공작이 지적한 대로 숱한 불편함이 생겼는데, 만약에 평화를 원한다면, 그 평화는 우리들의 정당한 요구를 전적으로 수용할 때, 얻을 수 있을 것입니다. 우리가 요구하는 내용과 세목은 서면으로 공작에게 전달했습니다.

부르고뉴 이미 프랑스 국왕에게 전달했습니다. 그 회답은 아직 얻지 못했습니다.

헨리 왕 그렇다면, 공작이 그토록 갈망하는 평화는 왕의 회답 속에 있구려.

프랑스 왕 실은 요구 사항을 급히 눈여겨봤을 뿐입니다. 영국 왕에게 부탁합니다. 즉시 위원을 선출해주십시오. 위원들과 동석해서 충분히 검토한 후, 즉시 회답을 드리겠소.

헨리 왕 그렇게 합시다. 그러면, 숙부님 엑서터, 동생 클래런스, 동생 글로스터, 그리고 워릭, 헌팅턴 여러분이 왕과 동행하시오. 요구 사항의 비준, 추가, 변경 등은 일체 그 권한을 위임합니다. 여러분의 탁월한 예지로서 나의 존엄성을 지키고, 우리들의 요구 내용과 그 밖의 것까지 합해서 모든 사항들을 유리하게 처리해줄 것이라고 믿고, 나는 기쁘게 결정을 따르겠소. 누님도 동행하시겠소, 아니면,

저와 함께 이곳에 계시겠소?

프랑스 왕비 형제인 폐하, 나는 여러분을 따라가겠습니다. 만일에 협상 내용이 난항을 거듭하면, 여인의 의견도 도움이 될 것입니다.

헨리 왕 다만 카트린 공주만은 우리와 함께 남아주시오. 공주는 우리가 요구하는 중요한 요구 조건 가운데서도 첫 번째 항목에 속합니다.

프랑스 왕비 기꺼이 허락하지요. (헨리 왕, 카트린, 알리스만 남고 일동 퇴장)

헨리 왕 아름다운 카트린이여, 이 군인에게 가르쳐주시오. 여인의 귀에 파고들어, 그녀의 부드러운 가슴에 사랑을 호소할 수 있는 그런 말을?

카트린 폐하는 저를 놀리시는 겁니다. 저는 영어를 못합니다.

헨리 왕 아, 아름다운 카트린, 당신이 프랑스 마음으로 나를 진정 사랑한다면, 영어가 아무리 서툴다 하더라도 나는 기쁜 마음으로 듣겠습니다. 케이트, 당신은 나를 좋아합니까?

카트린 미안해요, 나는 "좋아한다"는 말을 몰라요.

헨리 왕 케이트, 천사는 당신과 비슷하오, 당신은 천사를 닮았소.

카트린 (공주는 계속 프랑스어로 말한다─역자 주) 이분은 뭐라고 말하고 있는 거야? 내가 천사를 닮았다고?

알리스 (프랑스어로) 그렇습니다. 그렇게 말씀하시네요.

헨리 왕 그렇습니다, 당신이 천사를 닮았다고 말했습니다. 카트린, 그렇게 말한 것을 부끄러워하지도 않겠소.

카트린 어머나! 남자들이 하는 말은 모두 거짓말이야.

헨리 왕 뭐라고 말했어요? 남자들 말은 온통 거짓말이라고요?

알리스 네, 남자들 말은 허위로 가득 찼습니다. 공주님은 그렇게 말합니다.

헨리 왕 그렇게 말하는 것을 보니 공주는 벌써 훌륭한 영국 귀부인이오.

케이트, 나의 사랑의 고백은 당신이 듣기에 꼭 알맞은 것이고, 영어를 몰라서 오히려 좋았습니다. 만약 영어를 잘 알고 있었으면, 당신은 내가 논밭을 팔아서 왕관을 사들인 평범한 왕이라 생각할 것입니다. 나는 사랑의 말을 넌지시 할 줄 몰라요. 솔직 담백하게 "나는 당신을 사랑합니다"라고 말할 뿐이지요. 그러기 때문에 "정말로 나를 사랑합니까"라고 당신이 밀고 들어오면, 나는 사랑의 말이 궁색해집니다. 부탁입니다. 답변해주세요. 손을 마주 잡고 언약을 맺읍시다. 나를 사랑합니까?

카트린 실례입니다만, 저는 잘 모르겠어요.

헨리 왕 당신을 위해 시를 쓰고 춤을 추라면, 케이트, 나는 끝장이오. 시를 쓰자니 말도 모르고, 운율도 서툴러요. 춤을 추자니, 장단을 맞출 실력도 없지요. 완력을 쓰는 일이라면, 나는 해낼 수 있습니다. 개구리뜀을 뛰거나, 투구를 입은 채로 안장에 뛰어오르거나 해서 여인을 차지할 수 있다면, 자랑하는 것은 아니지만, 나는 즉시 아내를 맞이할 수 있습니다. 또한 연인을 위해서 싸우라면, 도살자처럼 덤벼들 것이고, 연인을 위해서 말을 뛰게 하라고 하면 곡예하는 원숭이처럼 말 등을 타고 달리면서 결코 떨어지지 않을 것입니다. 하지만 케이트, 하느님에게 맹세코 말하지만, 나는 상사병에 걸려서 창백한 얼굴로 한숨을 짓고, 숨 막히듯이 가슴속 아픔을 고백하며 멋진 글로 사랑을 선언할 수도 없어요. 다만 솔직하게 맹세할 뿐입니다. 그 맹세도 강요당해야 하는 것인데, 맹세한 이상 강요해도 파혼은 하지 않습니다. 이런 성격의 남자를 당신이 사랑할 수 있다면, 케이트, 얼굴은 새삼스레 태양에 그을리게 하지 않아도 검고, 거울에 비추어봐도 자랑할 게 하나도 없는 남자의 얼굴을 사랑한다면, 케이트, 당신의 눈으로 양념을 쳐서 나를 봐주시오. 솔직한 군인으로서 말합니다. 이런 남자라도 당신이 사랑할 수 있다면, 나의 아내가 되어주시오. 아니면, 나는 죽겠소. 진정 당신에게 이렇게 말합니다. 그러나, 맹세코 당신의 사랑때문에 죽는 것은 아닙니다. 그러나 나는 당신을 사랑하오. 사랑하는 케이트여, 당신이 살아 있는 동안에, 솔직하고 성실한 남자를 남편으로 맞이하시오. 그런 남자는 당신을 배반하지 않아요. 다른 곳에서 여자를 설득할 만한 재주도 없는 사람이기 때문이죠. 자신의 마음을 노래로 만들어 여인의 마음을 사로잡는 입담 좋은 남자들은 동시에 교묘한 말솜씨로 여자로부터 도망칠 수 있어요. 그런 웅변은 허튼소리죠! 그의 노래는 유행가입니다. 날씬한 다리도 언젠가는 시들어요. 곧은 허리도 언젠가는 구부러지고, 검은 수염은 희끗희끗 바래져요. 곱슬머리는 벗겨지고, 아름다운 얼굴은 주름투성이가 되며, 팽팽하던 눈은 푹 꺼집니다. 그러나 케이트, 성실한 마음만은 태양이나 달처럼 불변입니다. 아니, 달이 아니라, 늘 빛나고 변함없는 태양이죠. 늘 올바른 궤도를 달리는 태양입니다. 그런 남자를 남편으로 삼으려면, 나를 택하시오. 나를 택하는 것은 무인을 택하는 일입니다. 무인을 택하는 것은 왕을 택하는 일입니다. 내 사랑에 대해서 뭐라고 답변을 하시겠소? 말해주오, 나의 사랑, 케이트, 아름다운 사랑의 답변을!

카트린 프랑스의 적을 사랑할 수 있습니까?

헨리 왕 케이트, 안 됩니다. 프랑스의 적을 사랑할 수는 없습니다. 그러나 나를 사랑하면서 당신은 프랑스의 친구를 사랑하는 것입니다. 나는 프랑스를 너무나 사랑하는 나머지, 프랑스 마을 하나까지도 놓치고 싶지 않습니다. 프랑스를 몽땅 나의 것으로 만들고 싶어요. 그러니 케이트, 프랑스가 나의 것이 되면, 나는 당신의 것이오. 프랑스는 당신의 것이요, 당신의 것은 내 것이 되는 것입니다.

카트린 무슨 말씀인지 모르겠어요.

헨리 왕 모르겠다고? 그렇다면 프랑스어로 말하겠소. 내 프랑스어는 신혼한 아내가 남편 목에 매달려서 떨어지지 않는 것처럼, 내 혓바닥에 붙어서 떨어지지 않겠지만. 그렇다면, 에……(프랑스어로-역자 주) "내가 프랑스를 소유할 때, 그리고 당신이 나를 소유할 때", 그런 다음 뭐라고 말하나? 프랑스의 성자들이여, 도와주소서, "그때 프랑스는 당신의 것이 되고, 당신은 나의 것이 된다." 아아, 케이트, 이 이상 더 프랑스어를 말하는 것보다는 왕국 하나 정복하는 편이 더 편할 것 같아요. 나는 프랑스 말로 당신 마음을 사로잡을 수는 없을 듯하오. 웃음거리가 될 뿐이오.

카트린 실례입니다만, 당신이 말하는 프랑스어는 저의 영어보다 나은 듯합니다.

헨리 왕 그럴 리는 없소. 당신이 말하는 영어와 내가 말하는 프랑스어는 서툴지만, 진실을 전하고 있는 점에서는 같은 수준이오. 그러나 케이트, 이 정도 영어는 알고 있겠죠. "당신은 나를 사랑합니까?"

카트린 모르겠어요.

헨리 왕 케이트, 당신이 모르면, 누가 알겠소? 내가 물어보자. 봐요, 당신이 나를 사랑한다는 것을 나는 알고 있소. 밤이 되어, 당신이 방에 돌아가면, 시녀에게 나에 관해서 물어볼 겁니다. 그리고 케이트, 당신은 틀림없이 시녀에게 당신이 마음속으로는 사랑하는 나의 장점을 겉으로는 일부러 나쁘다고 말할 것입니다. 그러나 착한 케이트여, 나를 조롱하는 것도 한도가 있소. 당신을 사랑하는 나의 마음에는 한도 없고 끝도 없소. 당신의 나의 것이 되면, 그렇게 된다는 것을 나는 의심하지 않지만, 케이트, 나는 당신을 힘껏 싸워 쟁취한 것이 됩니다. 그러기 때문에 당신은 틀림없이 훌륭한 용사를 낳아줄 겁니다. 그러니 어떻소, 당신과 내가 각기 모국의 수호신인 성 데니스와 성 조지의 힘을 빌려, 프랑스와 영국의 피를 반반씩 이어받은 사내아이를, 말하자면, 콘스탄티노플로 원정 가서 터키 왕의 수염을 휘어잡고 포로로 잡아 오는 사내아이를 낳아봅시다. 어떻소, 아름다운 백합꽃 공주님이여?

카트린 모르겠어요.

헨리 왕 모르겠소? 모르면, 나중에 알게 됩니다. 지금은 약속만 하면 됩니다. 자, 케이트, 약속해주시오. 그런 사내아이의 프랑스 몫인 반은 당신이 노력해서 만들 것이라는 약속 말입니다. 영국의 몫인 나머지 반은 젊은 국왕인 내가 맡겠습니다. 자, 답변은 무엇입니까? 이 세상에서 가장 아름다운 카트린, 나의 친애하는, 거룩한 여신이여!

카트린 폐하는 프랑스에서 가장 정숙한 처녀를 속이기에 충분한 거짓 프랑스어를 하고 계십니다.

헨리 왕 거짓 프랑스어는 아무래도 좋아요! 내 명예를 걸고 진정한 영어로 말하겠소. 케이트, 나는 당신을 사랑하오. 똑같은 명예를 걸고, 당신이 나를 사랑한다고 말할 것이라고 단언할 수는 없소. 그러나 아무리 봐도 나의 볼품없는 얼굴을 젊은 여성들이 좋아할 리는 없지만, 당신이 나를 사랑할 것이라는 염치 좋은 기분에 빠져들고는 싶소. 이 얼굴 때문에 부친의 야심이 원망스럽습니다! 부친은 나를 낳을 때, 내란만을 생각하고 있었습니다. 그래서 나는 철판처럼 딱딱한 얼굴로 태어났습니다. 그래서 젊은 여성들에게 사랑을 고백하면, 여인들은 겁부터 냅니다. 그러나 케이트, 나는 나이를 먹어감에 따라 얼굴이 훨씬 볼 모양 있게 될 것입니다. 나의 위로는 미의 파괴자인 노령도 나의 얼굴만은 더 이상 손상시킬 수 없다는 것입니다. 만약에 당신이 지금 나를 남편으로 맞는다면, 당신은 최악의 상태에 놓여 있는 나를 받아들이는 셈이 됩니다. 그러나 나를 계속 남편으로 받아들이면, 당신은 점점 좋아지는 남편을 갖게 됩니다. 그러니 답변해주시오. 아름다운 케이트여, 나를 남편으로 삼겠소? 처녀의 수줍음은 지금 아무 소용이 없소. 여왕이 된 기상으로 가슴 속 마음을 토로하시오. 나의 손을 잡고, 이렇게 말하는 겁니다. "영국 왕 해리, 나는 당신의 것입니다." 그 말로서 당신이 나의 귀를 축복해주시는 시간에 나는 우렁찬 목소리로 말할 것입니다. "영국은 당신 것이다. 아일랜드도 당신 것이다. 프랑스도 당신 것이다. 그리고 이 헨리 플랜태저넷도 당신 것이다." 헨리 자신이 스스로 말하는 것은 어색하지만, 나는 국왕으로서 최고의 존재는 아닐지 모르나, 친구로서는 최고의 남자가 된다는 것을 보장합니다. 자, 파격적인 음악으로 대답하시오. 당신의 목소리는 음악이요, 당신의 영어는 파격이기 때문입니다. 모든 사람의 여왕이시여, 카트린, 당신의 마음을 서툰 영어로 털어놓으세요. 나를 남편으로 삼겠소?

카트린 부왕께서 좋으시다면, 그러겠습니다.

헨리 왕 부왕은 좋다고 말할 것이오. 케이트, 부왕은 좋다고 말할 겁니다.

카트린 그렇다면, 저도 좋습니다.

헨리 왕 그 말에 당신의 손에 입을 맞추고, 당신을 나의 왕비라 부르겠소.

카트린 놔주세요, 폐하. 놔주세요, 정말이지, 폐하께서 천한 하녀의 손에 입을 맞추시다니요. 당신의 존엄을 더럽히지 마세요. 용서하세요, 부탁입니다. 나의 위대하신 폐하.

헨리 왕 그렇게 말한다면, 당신의 입술에 키스를 하자, 케이트.

카트린 부인이나 처녀가 결혼 전에 키스하는 것은 프랑스의 습관이 아닙니다.

헨리 왕 여보 통역 부인, 뭐라고 말합니까?

알리스 프랑스 부인에게는 그런 습관이 없다는 것입니다. 그런데 "베제(입맞춤의 프랑스어-역자 주)"를 영어로 뭐라고 하던가요? 저는 모르겠는데요.

헨리 왕 키스.

알리스 폐하는 저보다 더 잘 아시네요.

헨리 왕 프랑스 처녀에게는 결혼 전에 키스하는 습관이 없다고 말하는가?

알리스 그렇습니다.

헨리 왕 아, 케이트, 까다로운 습관도 위대한 왕자에게는 굴복해야 합니다. 사랑하는 케이트, 그대와 나는 한 나라의 보잘것없는 습관의 울타리에 갇힐 몸이 아닙니다. 우리들은 풍속 습관을 만들어내는 창조자예요. 케이트, 우리들의 지위에 뒤따르는 자유의 특권이 온갖 비방자들의 입을 막아줄 것입니다. 그것은 당신이 이 나라의 옹졸한 습관에 얽매어 나의 키스를 거부하더라도 내가 당신의 입을 막는 것과도 같소. 그러니 얌전하게 나의 말을 들어주시오. (그녀에게 키스한다) 케이트, 당신의 입술에는 마술이 묻어 있는가요? 프랑스 고관들의 혀보다는 당신의 달콤한 입술의 감촉이 훨씬 더 많은 웅변을 하고 있어요. 그것은 또한 국왕들이 연서한 청원서보다도 더 강렬하게 영국 왕 해리의 마음을 사로잡고 있습니다. 아, 그대의 부친이 오시네.

　　프랑스 왕, 왕비, 부르고뉴, 기타 귀족들 다시 등장.

부르고뉴 폐하, 공주님께 영어를 가르치고 계십니까?

헨리 왕 공작, 나는 공주에게 이 목숨 다 바쳐 사랑한다는 것을 가르치고 있어요. 그것이 훌륭한 영어가 되겠죠.

부르고뉴 공주님은 그 가르침을 받을 만한 소질이 있습니까?

헨리 왕 나는 말이 거칠고 성격이 상냥하지 못하오. 그래서 말씨도 마음도 아부할 줄을 모릅니다. 그 때문에 공주님 마음속에 사랑의 혼을 불러일으켜 사랑 본래의 모습이 되살아나게 할 수 없어요.

부르고뉴 솔직하게 농담으로 응수해도 용서하십시오. 폐하께서 주문(呪文)으로 사랑을 불러내려면, 둥근 원을 그리지 않으면 안 됩니다. 그 원 속에 사랑이 본래의 모습이 되려면, 큐피드가 벌거벗은 맹인으로 나타나게 됩니다. 순결한 처녀의 장밋빛 수줍음을 지닌 공주의 마음속에 나체의 맹인이 나타나는 것을 그녀가 거부해도 무리는 아닙니다. 이 일을 공주님에게 인정토록 강요하는 것은 어려운 일입니다.

헨리 왕 그러나 사랑은 눈이 멀었어요. 억지를 쓰게 됩니다. 그러기에 눈을 감고 말을 듣지요.

부르고뉴 스스로 하는 일이 무엇인지 모르면, 용서받을 수 있습니다.

헨리 왕 그렇다면, 공작, 공주에게 눈 감고 승낙하는 법을 가르쳐주시오.

부르고뉴 네, 공주님이 승낙하도록 한쪽 눈 감고 신호를 하리다. 폐하께서 저의 의도를 공주님에게 전달하신다면 말입니다. 처녀들은 귀엽게 키우고, 여름의 성숙기를 지나면, 팔월 말 바솔로뮤 축제 때는 날파리처럼 눈뜬 맹인이 된답니다. 그렇게 되면 조종하기 쉬워지죠. 그전까지는 쳐다만 봐도 도망쳤습니다.

헨리 왕 그 비유는 나보고 무르익는 여름철까지 기다리라는 뜻이로군요. 여름이 끝날 무렵에는 파리를 잡을 수 있다는 말이죠. 그때가 되면, 맹인이 되어 있을 테니.

부르고뉴 네, 사랑은 사랑하기 전에는 눈이 멀게 되니깐요.

헨리 왕 그렇소. 여러분은 나를 눈멀게 한 사랑에 감사하시오. 내 길을 가로막아 선 아름다운 프랑스 여인 때문에 숱하게 많은 프랑스 도시를 볼 수 없게 되었으니.

프랑스 왕 폐하는 사시경(斜視鏡)을 통해서 세상을 보는 듯합니다. 프랑스 도시가 처녀 모습으로 보인다니 말입니다. 그것도 그럴 수밖에 없는 것이, 우리 도시들은 처녀의 성벽으로 견고하게 몸을 감싸고 있기 때문에 한 번도 전쟁이 뚫고 들어오지 못했습니다.

헨리 왕 케이트를 내 아내로 주겠습니까?

프랑스 왕 그렇게 하죠.

헨리 왕 좋소. 처녀의 도시들이 공주의 시중을 들고, 길을 가로막았던 처녀가 내 욕망의 길 안내를 해준다면, 일은 끝났소.

프랑스 왕 나는 도리에 어긋나지 않는 여러 조항들에 대해서는 이미 승낙을 해주었소.

헨리 왕 그런가, 영국의 제 경들이여?

웨스트모어랜드 프랑스 왕은 각 조항을 승낙했습니다. 우선 공주님 건과 그 밖의 조항에 대해서 이미 제시한 조건으로 결재하셨습니다.

엑서터 단, 한 가지 조항만은 아직도 승인을 안 했습니다. 폐하의 요구는 프랑스 왕이 임관서를 수여할 때, 반드시 폐하의 이름을 첨부해서 프랑스어나 라틴어로 "프랑스의 정통 왕위계승자이신 친애하는 아들 영국의 국왕 헨리"라고 써야 한다는 조건입니다만, 이것이 아직도 승인을 받지 못하고 있습니다.

프랑스 왕 그 조건을 내가 거부하고 있는 것은 아닙니다. 다만 폐하의 직접적인 요구를 듣고 결정하겠다는 뜻입니다.

헨리 왕 그렇다면, 사랑과 새로 맺어진 혼인 관계의 이름으로 그 조항도 똑같이 승인해주실 것을 부탁합니다.

프랑스 왕 공주를 아내로 맞으시오. 내 아들이여. 그녀의 혈통에서 내 자

손을 얻으시오. 지금은 상대방의 행복을 시기한 나머지 창백한 얼굴로 해협 너머로 서로 대결하고 있는 프랑스와 영국의 왕국이 서로가 증오심을 버리고, 사랑으로 맺어진 인연이 서로의 가슴속에 깊은 우정과 기독교도에 어울리는 화해의 마음을 심어서, 영국과 프랑스 양국에 피비린내 나는 칼싸움을 두 번 다시 보이지 않도록 기원합니다.

　　일동 아멘.

헨리 왕 　자, 케이트, 환영하오. 여러분 증인이 돼주시오. 나는 지금 공주를 나의 왕비로 삼으며 입을 맞춥니다. (화려한 나팔 소리)

프랑스 왕비 　모든 혼인을 이룩해주시는 하느님, 두 마음을 하나로, 두 영토를 하나로 맺어주십시오! 남편과 아내는 몸이 두 개지만 사랑하는 마음은 하나입니다. 두 왕국도 두 부부처럼 되기를 바랍니다. 축복받은 이 결혼의 잠자리를 위협하는 악의의 간섭과 무서운 의혹이, 굳게 맺어진 양국 사이에 끼어들어, 일심동체로 다져진 사랑의 끈을 단절하지 못하도록 해주소서. 영국인은 프랑스인으로서, 프랑스인은 영국인으로서, 서로가 화목하게 껴안게 하소서. 신이여, 아멘이라 말하소서.

　　일동 아멘.

헨리 왕 　결혼 준비를 합시다. 부르고뉴 공작, 우리들의 맹약을 약속하기 위해서 귀족 일동이 서약하는 그날, 혼례식을 올리도록 합시다. 그날 나는 케이트에게, 케이트는 나에게 사랑의 맹세를 합니다. 우리들의 맹세가 지켜지고, 영원히 번영을 누리도록 합시다. (나팔 소리. 일동 퇴장)

에필로그

코러스 등장.

코러스 여기까지 작가는 조잡 미숙한 펜을 긁어 숨 가쁘게 이야기를 전개
시켰습니다. 이 작은 공간에 위대한 사람들을 가두어두고, 영광스
럽던 생의 과정을 난도질해서 서술했습니다. 짧은 시간이었습니다
만, 그 짧은 시간 속에서 영국의 별 헨리 5세는 찬란한 빛을 뿜었습
니다. 운명으로 단련된 칼로, 세계 최고의 프랑스 정원을 수중에
넣고, 자손에게 세계를 지배하는 권한을 남겼습니다. 아들 헨리 6
세는 어린 몸으로 부왕을 계승하여, 프랑스와 영국 두 나라의 왕이
되었습니다. 그러나 그를 둘러싸고 많은 사람들이 정권 싸움을 벌
여, 프랑스를 잃게 되고, 영국에는 유혈이 흥건했습니다. 그 내력
을 저희 무대는 간혹 보여드렸지요. 그러니, 애호하는 마음으로 이
연극도 전작처럼 잘 받아주세요. (퇴장)

리처드 3세

King Richard The Third

등장인물

리처드, 글로스터 공작_ 후에 리처드 3세

클래런스 공작_ 리처드의 형(나중에 그의 망령)

로버트 브라큰베리 경_ 런던탑의 간수장

헤이스팅스 공_ 시종장(나중에 그의 망령)

앤 부인_ 헨리 6세의 아들 에드워드의 미망인(나중에 리처드 3세의 왕비)

트레셀_ 앤의 시종

버클리_ 앤의 시종

호위병

신사

엘리자베스 왕비_ 에드워드 4세의 왕비

리버스 공_ 엘리자베스의 동생(나중에 그의 망령)

그레이 공_ 엘리자베스의 아들(나중에 그의 망령)

도싯 후작_ 엘리자베스의 아들

버킹엄 공작_ (나중에 그의 망령)

스탠리_ 더비 백작

마거릿 왕비_ 헨리 6세의 미망인

윌리엄 캐츠비 경

두 암살자들

런던탑의 간수

에드워드 4세

리처드 랫클리프 경

요크 공작부인_ 리처드, 에드워드 4세, 클래런스의 어머니

소년_ 클래런스의 아들

소녀_ 클래런스의 딸

세 시민들

요크 대주교

요크 공작_ 에드워드 4세의 작은아들(나중에 그의 망령)

사신(使臣)

왕자 에드워드_ 에드워드 4세의 큰아들(나중에 그의 망령)
추기경 부처_ 캔터베리 대주교
런던 시장
헤이스팅스_ 문장원(紋章院)의 관리
사제
토머스 본 경
존 모턴_ 일리의 주교
노퍽 공작
로벨 경
공증인
두 사람의 주교_ 샤아 그리고 펜커
심부름꾼
제임스 티렐 경
네 사람의 사신들
클리스토퍼 어즈위크_ 사제
윌트셔의 사법 집행관
리치먼드 백작_ 후에 헨리 7세
옥스퍼드 백작
제임스 블런트 경
월터 허버트 경
설리 백작
윌리엄 브랜던 경
에드워드의 망령_ 헨리 6세의 아들
헨리 6세의 망령
호위병들, 무장한 병사들, 신사들, 귀족들, 시민들, 시종들 다수역

장소

영국

제1막

제1장

글로스터 공작 리처드 혼자서 등장.

리처드   이제 불안했던 겨울이 가고 요크 가문의 태양 에드워드 때문에 찬란한 여름이 왔다. 우리 집안을 휘덮고 있던 먹구름도 깊은 바다가 삼켜버렸다. 우리들 머리에는 승리의 꽃다발이 감기고 상처투성이 투구는 기념품처럼 벽에 걸려 있다. 맹렬한 진군 나팔 소리는 흥겨운 잔치 노래로 변하고, 무서웠던 행군의 발걸음은 경쾌한 춤으로 바뀌었다. 험상궂던 전쟁의 얼굴은 찌푸린 주름살을 펴고, 지금은 무장한 군마를 버린 채, 겁에 질린 적병을 안심시키고 있다. 귀부인들은 침실에 처박혀, 음탕한 노랫가락에 넋을 잃고 있구나. 나는 타고난 성품때문에 주색잡기와 거리가 멀어, 거울 앞에서 얼굴을 비치지도 못해. 태생이 삐뚤어진 나는 뽐내며 걸어가는 바람둥이 미녀들 앞에 보란 듯이 나서지도 못해. 나는 태어나면서 몸매의 아름다운 균형을 잃었다. 사기꾼 같은 자연에 속아서 흉한 꼴이 되어, 병신 모습에 미숙아로 태어나, 생동감 넘치는 이 세상에 밀려났으니…… 이 몸이 절룩대며 꺼득 꺼득 걸어가면, 개마저 으르렁대고 짖어댄다. 그러니 나는, 한가로운 피리 소리에 취하고 있는 이 화평시대에, 아무런 낙도 없고, 즐겁게 시간 보낼 재주도 없다. 고작 하는 일이 양지 마당에 내 그림자나 쳐다보고, 내 병신 꼴을 노래로 불러보는 일이다. 나는 말재주 부리며 놀아나는 바람둥이가 될 처지도 못되니, 악당이나 되어 이 세상 부질없는 쾌락을 미워하고 저주하겠다. 이미 흉계는 꾸며 놓았다. 서막은 위태롭다. 주정하듯 예언하고, 중상모략하며 해몽까지 곁들여, 두 형님들, 에드워드 왕과 클래런스 공작이 서로 증오하고 싸우도록 만들겠다. 내가 간악하고, 영악하며, 배신을 떡 먹듯 하듯, 에드워드 왕이 마음이 곧고, 의리를 지킨다면, 형 클래런스는 오늘이라도 당장 감옥에 잡혀들어 갈 것이다. G를 두문자로 가진 자가 왕위 계승자를 죽일 것이라는 예언이 형님과 관계가 있듯이 퍼뜨려 놓았거든. 맙소사. 흉계는 마음속 깊이 간직해야 돼. 클래런스가 오는구나.

　클래런스와 브라큰베리가 호위병과 함께 등장

　형님, 안녕하십니까. 무장 경호원을 대동하시니, 웬일이십니까?

클래런스　왕께서 이 몸의 안전을 걱정하시어 이렇게 호위병을 붙여 런던 탑까지 가도록 했네.

리처드　무엇 때문에요?

클래런스　내 이름이 조지이기 때문이다.

리처드　당치도 않은 말이군요. 그건 형님의 죄가 아닙니다. 그런 일이라면, 형님 이름을 지어준 사람을 혼내주어야죠. 왕께서는 런던 탑에서 형님이 개명하도록 바라시는 모양입니다. 도대체 어찌된 영문인지 얘기나 해주십시오.

클래런스　해주고말고, 알기만 한다면야, 리처드. 하지만 나도 모르니 딱하네. 다만 한 가지, 왕께서는 요즈음 예언이나 꿈 해몽에 귀를 기울이셔서, 알파벳 스물여섯 자 가운데서 특히 G자를 고르셨단다. 그런데 어떤 마술사가 예언한 것이 바로 왕의 후계자는 G자로 시작한다고 해서 왕께서 내가 바로 그 사람이라고 생각하셨어. 내가 아는 것은 이것뿐이다. 그래서 그런 헛소문에 마음이 심란해져서 왕은 나를 투옥시킨 거야.

리처드 그게 그렇게 된 거로군요. 남자란 여자 치마폭 밑이라. 왕이 형을 감옥에 넣은 것이 아닙니다. 그레이 공의 미망인이며, 지금은 왕의 아내이신 엘리자베스, 바로 그 여자입니다. 왕을 선동해서 이렇게 만든 장본인은 바로 그 여자입니다. 그녀의 동생 앤서니 우드빌과 함께 왕을 충동질해서 오늘 바로 출옥되는 헤이스팅스 공을 런던 탑에 보낸 사람도 바로 그 여자입니다. 클래런스 형님, 우리도 안전하지 못해요, 절대로 안전하지 못해요!

클래런스 안전한 사람은 한 사람도 없어. 왕비 측근이나, 왕과 쇼어 부인 사이를 은밀하게 내통하는 자 이외에는 아무도 없어. 헤이스팅스 공도 이번에 풀려나려고 쇼어 부인에게 허리를 굽신거리며 간청했다는 거야.

리처드 그 여신에게 허리 굽혀 읍소했기 때문에, 시종장 헤이스팅스 공도 출옥하게 된 겁니다. 제 생각으로는 저희들도 왕의 비위를 거스르지 않기 위해서는, 그 여인의 하인이 되어 고마워하면서, 떡고물이라도 챙길 수밖에 없어요. 심술궂은 쇼어 부인과 왕비는 왕으로 등극하신 형님 덕분에 귀부인 세도를 누리고 있으며, 이 나라를 주둥이 하나로 주름잡고 있습니다.

브라큰베리 죄송합니다만, 임금님의 엄한 분부시라 어쩔 수 없는데요, 폐하의 엄명에 의해 신분 여하를 막론하고, 누구든 클래런스 공과 사담을 못 하게 되어 있습니다.

리처드 그렇군요, 그러시다면 브라큰베리 경, 우리들 사담에 가담하시구려. 반란의 음모를 꾸미는 것이 아닙니다. 우리들 얘기는 임금님이 어질고 덕이 많으셔서, 왕비께서는 나이에 비해 아름다우시고, 남을 시기하는 일이 없다는 겁니다. 쇼어 부인께서는 쭉 뻗은 다리가 아름다우시고, 입술은 앵두 같아, 귀여운 두 눈에, 구변은 청산유수라는 얘깁니다. 게다가 왕비 친족들은 태생부터 귀족들 몸이시라, 얼쑤 좋다는 얘기였지요. 그런데 이 말이 잘못 되었나요?

브라큰베리 아, 그런 말씀이시라면, 저와는 관계가 없습니다.

리처드 관계가 없다, 그 말씀이지, 쇼어 부인과는 말이지? 그 부인과 관계를 맺으려면 은밀하게 해야 돼. 물론 한 사람의 예외는 있지만.

브라큰베리 그 한 사람이 누구시죠?

리처드 쇼어 남편이지, 이 사람아. 자네, 누구라고 말하고 싶었나?

브라큰베리 용서하십시오, 결례를 무릅쓰고 가야겠습니다. 클래런스 공작과의 대화도 이 정도로 끝내주십시오.

클래런스 너의 입장은 이해하겠다. 네 말을 따르겠다.

리처드 우리들은 왕비의 신하들이니, 복종해야 돼. 형제여, 잘 가시오. 나는 형님에게 도움 될 일이 있으면, 왕한테 갑니다. 예컨대 저 미망인 왕비를 형수라고 부르는 일이 형님에 도움이 된다면 말이오. 하지만 형제에 대해서 이 같은 행패라니, 상상할 수 없는 상처를 이 동생은 받았습니다. (울면서 클래런스를 껴안는다)

클래런스 너만이 아닐세. 내 마음도 쓰리고 아프다.

리처드 형님을 오래도록 감옥에 두지는 않겠습니다. 반드시 구해내겠습니다. 아니면 제가 대신 들어가지요. 그때까지 참고 견디십시오.

클래런스 참고 견디겠다. 잘 있거라. (클래런스, 브라큰베리, 경호원 등 퇴장)

리처드 가거라. 두 번 다시 돌아오지 못할 황천길이다. 바보 천치 같은 클래런스, 하지만 나는 형을 좋아해. 그러기 때문에 막 바로 형을 천당으로 보내는 거야. 천당에서 그 선물을 받아주기만 한다면야. 누가 오고 있네? 막 출옥한 헤이스팅스 공이로구나.

헤이스팅스 공 등장.

헤이스팅스 글로스터 공작, 안녕하십니까?

리처드 시종장 나으리, 당신도 건강해 보이니 반갑소. 잘 나오셨소. 바깥 공기가 당신에게는 최고의 성찬이겠소. 옥중에서는 어떻게 지내셨소?

헤이스팅스 참고 견디었습니다. 공작님, 죄수들의 운명이 아닙니까. 하지만 공작님, 이제부터는 오래도록 살아남아서 저를 투옥해준 분들께 은혜를 갚겠습니다.

리처드 한심한 얘기였습니다. 독수리는 새장에 갇혀 있는데, 솔개니 말똥가리 따위가 마음 놓고 먹이를 집어삼키고 있었으니.

리처드 새로운 소식이라도 있소?

헤이스팅스 바깥 소식보다는 집안 소식이 괴로워요. 왕의 병환이 악화되어 몸이 쇠약해지셨고, 마음도 울적해지셔서 주치의들도 걱정이 태산 같다는 것입니다.

리처드 정말이지, 그 얘기는 가슴 아프네. 오랜 세월 무절제한 생활을 했기 때문이야. 그 결과 몸이 극도로 쇠약해졌어, 건강을 해친 거지. 생각만 해도 슬퍼진다. 침상에 누워 계신가?

헤이스팅스 그렇습니다.

리처드 먼저 가보게나. 곧 뒤따라갈 테니. (헤이스팅스 퇴장) 명줄이 다 됐구나. 하지만 지금은 죽을 때가 아니다. 클래런스를 천당으로 보낼 때까지는 살아 있어야 돼. 하여튼 만나러 가자. 클래런스에 대한 왕의 증오심을 거짓말 칼날에 세워 집요한 설득력으로 증폭시켜야 한다. 내 마음 속에 숨어 있는 음모가 실현되면, 클래런스의 목숨은 오늘로 끝장이다. 그 이후에 에드워드 왕이 하느님 품으로 돌아만 가면, 천하는 내 것이다! 워릭 집안의 막내딸 앤을 아내로 맞이하겠다. 그 부인의 남편과 부친 헨리 6세는 내가 죽였다. 그래서 어쨌단 말인가? 남편 겸 부친이 되어주는 일이, 그 여인에 대한 나의 보상이 아닌가. 이렇게 해주는 일도 사랑 때문이 아니다. 다른 한 가지 음모가 있기 때문이다. 그 일이 실현되려면, 앤과 결혼하지 않으면 안 돼. 하지만 지금은 시기 상조, 클래런스는 숨을 쉬고 있고, 에드워드는 왕위에 앉아 있다. 이들 둘이 뒈져버려야 나는 내 몫을 챙길 수 있다. (퇴장)

제2장 런던, 다른 거리

위병과 함께 헨리 6세의 영구가 무대에 등장. 상주인 앤이 트레셀, 버클리, 그리고 그 밖의 신사들과 함께 등장.

앤 내려놓아요, 그 거룩하신 영구를 내려놓아요. 관 속에 모셨다 해서 그 거룩함이 손상되겠느냐. 나는 당분간 이곳에서 어지신 랭카스터의 때 이른 죽음을 슬퍼하고 있겠다. 아, 싸늘한 죽음으로 변한 거룩한 왕의 모습이여. 랭카스터 집안의 파르스름한 잿더미, 왕가의 혈통을 이어받은 분의 핏기 없는 시신. 이 가련한 앤이 당신의 영혼을 불러내는 것을 용서하세요. 시아버지에게 상처를 입힌 그 손에 칼 맞아 돌아가신 에드워드의 아내, 이 앤의 한 맺힌 사연을 들어주소서. 보세요, 당신의 목숨이 빠져나간 상처에 하염없이 흐르는 눈물의 향유를 붓고 있습니다. 저주받으라, 이토록 무참한 상처를 입힌 그 손이여, 저주받으라, 이토록 잔학한 행위를 음모한 그 마음이여. 저주받으라, 이토록 피를 흘리게 한 잔혹한 그 피여. 이토록 목숨을 빼앗고, 우리를 처참하게 만든 악당들에게, 무서운 재앙이 내려라. 살모사, 독거미, 두꺼비, 아니 이 세상의 온갖 독벌레에게 내리는 저주보다도 더 큰 재앙이 내려라. 그 악당에게 아이가 생기면, 태어나면서부터 발육이 안 된 기형아, 칠푼 반팽이가 되어, 그 흉측한 괴물을 보고 기대에 부푼 어미도 질겁을 하고 놀라게 하라. 겉모습만이 아니다. 아비의 뒤틀린 근성까지도 이어받게 만들어라. 그 남자가 아내를 갖게 되면, 그 계집은 남편을 잃게 하라. 이 몸이 남편을 잃고, 시아버지를 잃게 된 고통보다도 더 큰 욕을 보게 해달라. 갑시다, 거룩한 시신을 모시고 처트시로 갑시다. 세인트폴에서 그곳으로 이장해야겠어. 하지만 고단하면 쉬시오. 그동안 나는 왕의 유해를 슬퍼하고 애도하겠소.

　　리처드 등장.

리처드　멈춰라. 영구를 내려놔.

앤　어떤 마술사가 악당을 불러왔는가. 이 신성한 장례식을 훼방 놓으려고 왔느냐.

리처드　이놈들, 시체를 내려놓지 못할까. 거역하는 놈은 정말이지 모조리 송장으로 만들 테다!

호위병　비켜주시오. 영구를 모셔야겠습니다.

리처드　들개 같은 놈. 썩 물러서지 못할까! 그 창끝을 내 가슴에서 떼어놓아라, 그렇지 않으면, 이 발길로 걷어차 짓밟아주겠다. 거지발싸개 같은 놈. 무례한 놈.

앤　아니, 떨고들 있는가? 모두들 무서운가? 하지만 책망은 하지 않겠다. 너희들도 사람인데 어찌하랴. 사람 눈으로 악마는 참기 어렵지. 꺼져버려라, 무시무시한 지옥의 앞잡이! 네놈이 이 시체를 마음대로 할 수는 있겠지만, 이 분의 영혼만은 손댈 수 없다. 그러니, 꺼져버려라.

리처드   아름다운 성자여, 화를 내지 마시오.

앤   더러운 악마여, 제발 우리를 방해하지 마시오. 너는 이 즐거운 지상의 낙원을 지옥으로 바꾸었어. 이곳을 저주의 소리, 슬픔의 소리로 가득 채웠다. 너의 비인도적인 잔인한 소행이 보고 싶으면, 학살의 표본인 이 결과를 보아라. 아, 모두들 보아라, 죽은 헨리 왕의 상처를 보아라. 아문 상처가 다시 입을 열고 피를 토하고 있어요. 얼굴을 붉히고 부끄러워하라, 이 더러운 병신아, 네가 모습을 나타낸 이후로, 싸늘히 식은 혈관이 다시 선혈을 뿜고 있다. 너의 잔학무도한 소행이 이토록 소름 끼치게 낭자한 유혈을 초래했다. 오, 신이여, 피를 흘리게 한 악당에게 죽음을 주소서! 오, 땅이여, 이 피를 삼키는 땅이여, 그 악당에게 죽음을 주소서! 하늘이 벼락을 쳐서 그를 죽이든가, 땅이 입을 벌리고 이놈을 산 채로 삼키거라. 지옥의 마수에 걸려 쓰러진 이 거룩한 왕의 피를 삼키고 있는 땅이여!

리처드   부인이여, 당신은 악에는 선을 베풀고, 저주에는 축복으로 대응하는 자비의 법도를 모르시군요.

앤   악당이여, 너는 하느님의 법도 인간의 법도 알지 못하는구나. 아무리 흉악한 짐승도 동정심은 있다.

리처드   나는 그런 것은 모른다. 그래서 짐승은 아니다.

앤   희한한 일이로군, 악마가 진실을 말한다니!

리처드   천사가 화를 낸다니 그것이 더욱더 이상한 일이지. 비할 바 없이 성스러운 여인께 청원하리다. 내게 씌워진 죄목을 낱낱이 해명하여 나의 무죄를 밝히도록 해주시오.

앤 천하에 더러운 악당에게 청원이 있다. 너의 온갖 악행이 모조리 밝혀져서 너에게 저주가 내렸으면 좋겠다.

리처드 말로서는 다할 수 없는 아름다운 그대여, 나에게 변명의 기회를 주시오.

앤 상상할 수 없을 만큼 악독한 자여, 목매어 뒈지는 일 이외에 또 다른 변명이 있을까.

리처드 절망하는 일은 스스로 죄를 인정하는 일입니다.

앤 절망의 길은 스스로 죄를 용서받는 일이요, 타인에게 잔악한 살인을 행한 너에게 적절한 복수를 하는 일이 된다.

리처드 내가 살인자가 아니라고 한다면?

앤 그렇다면 아무도 죽지 않았겠지. 그런데, 그들은 죽었어. 악마 같은 네가 죽였어.

리처드 나는 당신의 남편을 죽이지 않았소.

앤 그렇다면 그는 살아 있겠네.

리처드 아니오, 그는 죽었소. 에드워드의 손에 살해됐소.

앤 더러운 목구멍으로 거짓말하는구나. 헨리 왕의 왕비 마거릿이 봤어. 네 칼이 내 남편의 피로 김을 뿜고 있는 것을. 그 칼로 왕비의 가슴도 겨눴지. 네 형제가 칼끝을 막아주었기 때문에 살아났지만.

리처드 왕비의 독설 때문에 충동적으로 한 짓이오. 죄 없는 나에게 그들의 죄를 뒤집어씌우니깐 그렇죠.

앤 너를 충동한 것은 너의 잔인한 마음이다. 너는 피비린내 나는 학살만을 생각하고 있어. 왕을 살해한 것도 네놈이지?

리처드 그렇소.

앤 실토하는군. 이 고슴도치 같은 놈아. 그렇다면 하느님도 나의 저주를 인정하시겠지. 지옥에 빠져라, 지옥에. 돌아가신 왕은 우아롭고, 온화하고, 후덕한 분이셨다.

리처드 천당에 가실 분이시군.

앤 천당에 계셔. 네놈은 갈 수 없는 천당이지.

리처드 내 도움으로 천당에 가셨으니 나에게 감사해야죠. 그분은 지상보다는 천당이 더 잘 어울리시죠.

앤 너에게 알맞은 곳은 지옥뿐이야.

리처드 다른 한 곳이 있습니다. 말씀드릴까요?

앤 토굴 속의 감방이지.

리처드 당신의 침실.

앤 너의 침실에는 항상 불안감이 감돌 것이다.

리처드 당신과 함께 잠들 때까지는 불안하겠죠.

앤 그렇게 되길 바라네!

리처드 그렇게 되겠죠. 하지만, 앤 부인, 앙칼진 재치 싸움 그만하고, 좀 더 부드럽게 이야기해봅시다. 어떻습니까, 플랜태저넷 집안의 두 사람, 헨리와 에드워드에게 때 이른 죽음을 초래한 진범이야말로 살인의 하수인보다 더 비난을 받아야 하지 않습니까?

앤 네가 진범이요, 하수인이 아닌가.

리처드 당신의 아름다움이 원인이었습니다. 당신의 아름다움이 나의 잠을 설치게 만들고, 당신의 품에 안겨 한 시간만이라도 살 수만 있다면 이 세상 모든 남자들을 죽여도 좋았습니다.

앤 살인자여, 그런 줄 알았더라면, 이 손톱으로 그 아름다움을 내 뺨에서부터 찢어낼 것을.

리처드 그 아름다움이 망가지는 것을 어찌 이 눈으로 볼 수 있나요. 내가 당신 곁에 있는 한 그 아름다움은 손상되지 않을 것입니다. 온 세상이 태양의 은혜로 살아가듯이, 나는 당신의 아름다움으로 살아가죠. 당신은 나의 빛이요, 생명입니다.

앤 검은 밤이 그대의 세월을 어둡게 하고, 죽음이 너의 목숨을 덮어라.

리처드 자신을 저주하지 마시오. 당신은 빛이며 생명인데.

앤 그건 내가 바라는 것. 그래야만 원수를 갚을 수 있으니.

리처드 참으로 부질없는 싸움입니다. 당신을 사랑하는 사람에게 복수를 하다니요.

앤 이 싸움은 옳고도 당연한 것, 남편을 죽인 자에게 복수를 하니까.

리처드 당신으로부터 남편을 빼앗아 간 사람이 한 짓은 당신에게 더 좋은 남편을 주기 위해서였습니다.

앤 그보다 더 나은 남편은 없어.

리처드 있어요, 살아 있어요, 당신을 더 사랑하는 남자가.

앤 말해보라.

리처드 플랜태저넷.

앤 내 남편이었지.

리처드 같은 이름이지만, 더 훌륭한 사람이죠.

앤 그런 사람이 어디 있어?

리처드 여기요. (앤, 그에게 침을 뱉는다) 왜 침을 뱉죠?

앤 그 침이 독침이었으면 좋을 뻔했다.

리처드 어여쁜 입에는 독이 없습니다.

앤 너처럼 더러운 독사는 이 세상에 존재하지 않는다. 내 앞에서 꺼져버려라. 내 눈이 더러워진다.

리처드 부인이여, 당신의 눈이 나를 사로잡았습니다.

앤 이 눈이 바실리스크(신화 속 괴물. 숨결만 스쳐도 생물을 죽인다―역자 주)

의 눈이라면, 너를 노려보고 죽일 수 있을 텐데.

리처드 그렇게 됐으면 좋았을 것이다. 단숨에 죽을 수 있으니. 지금 이 순간에도 그 눈이 나를 산송장으로 만들고 있어요. 당신의 눈은 내 눈으로부터 짠 눈물을 끌어내어, 어린애 같은 눈물방울을 맺히게 한다오. 이 눈은 단 한 번이라도 한 맺힌 눈물을 흘린 적이 없어요. 열일곱 살이었던 형이 러틀랜드 악마 같은 클리퍼드의 칼에 찔려 신음 소리를 내고 있을 때도 아버지 요크도 형님 에드워드도 울었지만 나는 울지 않았어요. 또한 당신의 용맹하신 부친이 어린이처럼 우리 아버지의 슬픈 죽음의 사연을 털어놓았을 때, 스무 번이나 흐느끼며, 울며 얘기가 중단되고, 듣고 있던 모두가 비에 젖는 나무처럼 눈물로 뺨을 적셨지만, 그때에도 사나이다운 내 눈에는 눈물이 보이지 않았어요. 그런 슬픔에도 끌어내지 못했던 눈물을 당신의 아름다움은 내 눈을 눈물로 흐리게 만들었소. 나는 우리 편이건 적이건 탄원 같은 것은 한 적이 없어요. 이 혓바닥은 남에게 아양 떨며 달콤한 말을 지껄인 적이 없지요, 하지만 지금 당신의 아름다움은 눈물로 앞을 보지 못하게 되었어요. 자존심을 버리시오. 나는 지금 탄원합니다. 혀는 마냥 떠들어 댑니다. (앤은 경멸하듯 그를 바라본다) 당신 입술에 멸시를 가르치지 마세요, 부인이여, 그 입술은 입맞추기 위해서 생겨난 것이지, 경멸을 위해 있는 것은 아닙니다. 복수심에 불타는 당신의 마음이 용서할 수 없다면, 날이 시퍼렇게 선 이 칼을 빌려드리리다. 이 칼로 진정한 내 마음을 깊이 찔러, 당신에 대한 그리움이 가득 찬 이 마음을 끌어낸다면, 당신의 일격을 맞기 위해 이렇게 가슴을 드러내고, 무릎을 꿇고 죽여줄 것을 간청하나이다. (무릎을 꿇고, 가슴을 펼치자, 앤은 그 가슴에 칼을 댄다) 주저하지 마시오, 헨리 왕을 살해한 사람은 나요, 하지만 나에게

그 일을 시킨 것은 당신의 아름다움이요. 자, 서두르시오, 왕자 에
드워드를 찌른 것은 나요, 하지만 나에게 그 일을 시킨 것은 천사
같은 당신의 얼굴이요. (앤은 칼을 내린다) 칼을 집어 드시오, 아니면
나를 끌어안으시오.

앤   일어나요, 위선자. 나는 네가 죽었으면 좋겠지만, 너를 처형하고
싶지는 않다. (리처드가 일어난다)

리처드   그러면 나더러 자결하라고 명하시오. 자살하겠소.

앤   이미 명령을 했다.

리처드   그건 홧김에 한 말이죠. 다시 한번 말하세요. 그러면 즉시 당신을
사랑한 나머지 당신을 사랑한 사람을 죽인 이 손이, 당신에 대한
사랑 때문에, 당신을 사랑한 사람을 죽일 것입니다. 어쨌든 당신은
두 사람을 죽게 만든 공범자요.

앤   네 마음속을 알고 싶다.

리처드   그것은 내 말 속에 나타나 있습니다.

앤   마음도 말도 거짓이라면.

리처드   그렇다면 진실한 남자는 이 세상에 없다는 거죠.

앤   그 칼을 치우라.

리처드   우리는 화해한 거죠.

앤   나중에 알게 될 거다.

리처드   기대해도 되죠.

앤   기대감을 갖는 것은 좋은 일이죠.

리처드   이 반지를 드립니다.

앤   받는다고 주는 것은 아니에요.

리처드   아, 나의 반지가 당신 손가락을 감고 있어요. 그와 마찬가지로 당
신의 가슴도 나를 감고 있겠죠. 반지도 마음도 간직하세요. 마음도

반지도 당신 것이니깐. 그리하여 모든 것을 바친 이 남자의 소원을 한 가지만 들어주시면, 이 남자의 행복은 영원히 보장됩니다.

앤   그 소원은 무엇인가요?

리처드   이 구슬픈 장례 행사는 당신 이상으로 애도의 뜻을 지니고 있는 소생에게 맡기시고, 당신은 지금부터 곧장 나의 집, 크로스비 궁전으로 이사 가십시다. 나는 선왕의 유해를 처트시 사원에 정중히 모시고 장례식을 엄숙하게 맞춘 다음 매장을 하고, 그 묘비에다 나의 참회의 눈물로 적신 후, 집으로 돌아와서 다시 뵙겠습니다. 지금 당장은 말로 다 할 수 없는 사연이 있습니다. 제발 이 소원을 들어주세요.

앤   좋아요, 그렇게 하세요. 당신이 그토록 참회하고 있으니, 나는 무척 기뻐요. 트레셀, 버클리, 같이 가자.

리처드   작별 인사를 해주세요.

앤   그것은 내 입으로 말할 수 없어, 하지만 당신에게 배운 대로 아첨하는 흉내를 내서, 이미 작별 인사를 했다고 생각하세요.

     앤, 트레셀, 버클리 퇴장.

리처드   자, 관을 들라.

호위병   처트시로 향합니까?

리처드   아니다. 화이트프라이어즈로 간다. 거기서 기다리고 있거라.

     리처드만을 남기고 퇴장.

이런 슬픈 상황에서 구혼을 받은 여인이 있을까? 이런 슬픈 상황에서 구혼을 받아들인 여인이 있을까? 저 여인을 내 것으로 차지해야지. 하지만 영원히 내 곁에 놔두고 싶지는 않다. 어떠냐, 남편과 그 부친을 살해한 이 몸이 극도로 증오심에 가득 찬 여인을 손아귀에 넣었다. 저 여인은 입으로는 저주의 말을 퍼붓고, 눈에는 눈물을 글썽이고 있었다. 옆에는 증오심의 증거인 시체가 피를 흘리고 있었다. 하느님과 양심과 그 밖의 장해물이 그쪽에 있어 나를 거역하지만 나는 친구도 없이 있는 것이라곤 악마의 마음과 위선의 얼굴뿐, 그런 내가 그 여자를 내 것으로 만들었으니, 기적이 아닌가! 저 여인은 벌써 잊었는가. 훌륭한 왕자 에드워드가 삼 개월 전 튜크스베리 전투에서 성나고 미친 내 칼끝에 찔려 죽은 남편을? 그토록 이목구비가 수려한 남자, 대자연의 은혜를 흠뻑 받은 젊고, 씩씩하고, 슬기로운 남자, 왕가의 기품을 타고난 남자, 그런 남자는 이 세상에 두 번 다시 태어나지 않는다. 아름다운 왕자의 꽃 같은 생명을 피어나자 곧 따버린 나를, 그리고 독수공방 슬픈 잠자리로 그녀를 몰아버린 나에게 그녀가 눈을 돌리다니? 몽땅 합쳐봐야 에드워드 손톱에 낀 때만큼도 못한 나를? 절름발이 생김새가 추악한 나를? 내 영토를 빈털터리 동전 한 닢으로 보았으니, 그동안 나는 나 자신을 잘못 알고 있었어! 분명히 그 여자의 눈은 내 눈과는 달리, 내 모양이 멋진 청년으로 비치고 있는 것 같다. 좋아, 분발하자. 거울부터 하나 사두자. 양복쟁이 이삼십 명 고용해서 내 몸에 맞는 옷치장 공부를 시켜야지. 모처럼 내 모양이 마음에 들었으니, 다소 돈이 들더라도 멋진 모습을 유지하자. 좌우간 저 녀석을 무덤 속에 쳐넣고, 슬픔의 눈물을 흘리며 여인 곁으로 달려가야지. 거울을 살 때까지, 아름다운 태양이여 빛나라, 걸어가며 내 그림자를 볼 수 있도록. (퇴장)

제3장 궁중

왕비 엘리자베스, 동생 리버스, 왕비 아들 그레이 등장.

리버스 걱정 마십시오, 전하께서는 곧 건강을 회복하실 겁니다.

그레이 염려스러운 침울한 얼굴은 되려 병을 악화시킵니다. 밝은 표정으로 즐겁게 위로하세요.

엘리자베스 그분이 돌아가시면, 나는 어떻게 되는가?

그레이 별일 있겠습니까. 어른 한 분 잃게 되는 거죠.

엘리자베스 그분을 잃으면 온갖 재앙이 밀려오네.

그레이 하늘은 왕비에게 어엿한 아들을 주셨습니다. 임금님이 가시더라도 위안이 되시겠죠.

엘리자베스 아, 그 애는 너무 어려. 성인이 될 때까지는 글로스터 공작이 후견인이야. 그 사람은 나를 싫어해. 여러분도 미워하지.

리버스 섭정의 건은 정식으로 결정이 난 겁니까?

엘리자베스 그럴 작정인데 아직도 정식 결정은 아니야. 하지만 그렇게 될 공산이 커요, 만약에 왕이 서거하면.

버킹엄 공작과 더비 백작 스탠리 등장.

그레이 버킹엄 공과 더비 공께서 오시는군요.

버킹엄 왕비께서는 안녕하십니까.

스탠리 왕비께서 건재하시면 더할 나위 없습니다.

엘리자베스 고마운 말씀. 하지만 더비 백작, 리치먼드 백작 미망인께서 그대의 인사말에 동의해주실까? 하지만 더비 공, 그분은 지금 공의 부인이죠, 나를 싫어하지요. 하지만 걱정하지 마시오, 그 여자가 오만불손하게 놀아도 나는 공을 미워하지 않아요.

스탠리　제발 부탁합니다. 그녀를 함정에 빠지게 하려는 중상모략입니다. 믿지 마십시오. 비록 그녀에 대한 비난이 근거가 있는 얘기라 할지라도 그녀의 허약한 성품 때문이라고 관용을 베푸세요. 그녀 성품은 악의에서가 아니라 주책없는 버릇에서 생긴 것입니다.

리버스　스탠리 공, 오늘 임금님을 만나 보셨습니까?

스탠리　방금 버킹엄 공작과 소신이 뵙고 나오는 길입니다.

엘리자베스　회복될 기미는 보입니까?

버킹엄　네. 희망찬 것입니다. 원기 왕성하셨습니다.

엘리자베스　만수무강하시기를! 폐하와 얘기를 나누셨습니까?

버킹엄　네, 그랬습니다. 폐하께서는 글로스터 공작과 왕비님 동기 되시는 분들, 그리고 그분들과 시종장 헤이스팅스 공 간의 불화를 걱정하시어, 화해시키려는 생각으로 어전으로 모이라는 분부를 내리셨습니다.

엘리자베스　모든 일이 잘 풀렸으면 좋겠다. 하지만 그렇게 되기는 힘들겠지. 내 신세도 이제는 내리막길에 접어든 듯하다.

　　　리처드와 헤이스팅스 공, 도싯 후작 등장.

리처드　모두들 나를 모함하고 있어. 더 이상 참을 수 없네! 도대체 그자들이 누구냐? 내가 잔인해서 그들을 싫어한다고 폐하께 고자질한 자들이 도대체 누구란 말이냐. 폐하 귀에다 그런 유언비어를 쏟아부은 자들은 사실상 폐하를 섬길 줄 모르고 있다. 나는 아양을 떨 줄 모른다. 달콤한 말솜씨도 없다. 사람들 앞에서 알랑대며 눈치를 보고, 미소를 지으며 배신하는 일은 못 해. 프랑스식으로 굽실대거나, 원숭이처럼 아첨하는 짓거리도 할 수 없어. 그래서 나를 고약한 놈으로 본단 말이냐. 남에게 나쁜 짓 안 하고 수수하게 산다는 것이 이토록 어려운가. 이 사나이의 진실한 마음이 교활한 아첨꾼 때문에 피를 봐야 하는가!

그레이   여기 있는 누구에게 그런 말을 하십니까?

리처드   예절도 성실성도 없는 너에게 하는 소리다. 내가 언제 너에게 상처를 입혔나? 언제 너에게 부당한 짓을 했어? 너에게 말이다. 너 말이다. 네놈의 일당 말이다. 염병할 놈들 같으니! 폐하께선 말씀이야 — 네놈들보다는 이 몸이 더 걱정하고 있다 — 폐하께서는 네놈들 고자질 때문에 한시도 마음 편할 날이 없어.

엘리자베스   글로스터 공작, 당신은 무언가 오해를 하고 있어요. 폐하께선 누구로부터 선동을 받고 있는 것이 아니라, 어디까지나 스스로의 느낌에 따라 하시는 말씀이죠. 아마도 당신이 평소 나 자신이나 내 형제나 우리 아이에게 행하는 태도를 보시고 마음속에 도사린 당신의 증오심을 알게 된 거죠. 그래서 우리를 불러들인 겁니다. 당신의 악랄한 저의를 파악하시고 그것을 제거하기 위해 불러들인 거죠.

리처드   그뿐인가. 독수리도 날개를 쉬지 못할 높은 곳에 굴뚝새 따위가 미끼를 찾아 서성대고 있으니 말세야, 말세. 상놈들이 양반이 되고, 양반이 상놈으로 바뀌었으니 말세야, 말세.

엘리자베스   그만해요, 그만해. 말하고 싶은 뜻은 알겠어요. 당신은 나와 내 친구가 잘 되는 것을 질투하고 있지요. 나는 앞으로 당신의 신세만은 지고 싶지 않아요.

리처드   하지만 나는 당신의 신세를 지고 있어요. 당신 때문에 형 클래런스는 투옥되고, 나는 폐하의 눈밖에 나고, 귀족들은 멸시당하고 있죠. 반면에 매일같이 승진 발표가 있어 새 귀족들이 탄생하는데,

그 벼락 귀족들은 이삼 일 전에는 형편없는 잡종들이었어요.

엘리자베스   아무런 걱정 없이 행복했던 환경에서 근심으로 가득한 이 높은 자리에 나를 끌어올린 하느님께 걸어서 단언하지만, 왕을 선동해서 클래런스 공작을 모함한 사람은 내가 아닙니다. 정반대로 나는 그분을 열성적으로 변호했습니다. 글로스터 공작, 나에게 그런 흉측한 의혹을 뒤집어씌우다니, 염치없고 부당한 모욕을 참을 수가 없소.

리처드   그렇다면 헤이스팅스 공의 투옥에 대해서도 당신은 모르겠다고 시치미를 뗀단 말입니까.

리버스   시치미를 뗄 수 있죠, 공작, 왜냐하면······.

리처드   뗄 수 있다고? 리버스 공, 그 일 모르는 사람 없어요. 왕비가 할 수 있는 것은 더 많아요. 당신을 출세시킨 후에도, 모르는 일이라고 시치미를 뗍니다. 당신들 당신이 잘나서 출세했다고 말할 수도 있지만. 왕비가 못 할 일이 있습니까? 무엇이든 할 수 있습니다.

리버스   무엇이든 할 수 있다고요?

리처드   무엇이든 할 수 있지요. 독신의 아름다운 청년과 결혼해서 왕비도 될 수 있었습니다. 여기에 비하면 당신 할머니는 시집 복이 더럽게 없었지요.

엘리자베스   글로스터 공작, 나는 지금까지 오랫동안 당신의 노골적인 비난과 격한 조롱을 참고 견뎠어요. 이젠 더 이상 참을 수 없어요. 지금까지 받은 부당한 모욕을 낱낱이 폐하께 일러바치겠습니다.

　헨리 6세의 미망인 마거릿 왕비 등장.

왕비로서 이 같은 모욕과 조롱을 참고 살아가느니 차라리 시골 하녀가 되는 것이 낫겠어. 영국 왕비로서 누리는 기쁨은 보잘것없는 것이야.

마거릿 (방백) 그 보잘것없는 기쁨도 더욱더 줄어들었으면 좋겠다. 너의 영예, 신분, 지위는 원래 내 것이었어.

리처드 왕에게 일러바치겠다고 나에게 협박하는구려? 말하세요. 몽땅 털어놓으세요. 사양하지 마세요. 내가 지금 하고 있는 말은 어전에서도 할 수 있어요. 런던 탑에 끌려가도 할 수 없죠. 지금이야말로 털어놓을 때입니다. 내가 한 고생은 잊혀지고 있어요.

마거릿 (방백) 악마 같은 놈! 네 고생은 기억하고 있다. 네놈은 남편 헨리를 런던 탑에서 죽였고, 아들 에드워드를 튜크스베리에서 죽였다.

리처드 당신이 왕비가 될 때까지, 당신의 남편이 왕이 될 때까지, 나는 왕의 일이라면 궂은일 가리지 않고 몸이 콩가루가 될 때까지 뛰었지. 오만불손한 왕의 적수들을 잡초 뿌리 뽑듯 쓸어버렸지. 한편 왕의 지지자들에게는 아낌없이 상을 베풀었지. 형을 왕의 혈통으로 만들기 위해 나는 피를 흘렸어.

마거릿 (방백) 왕이나 너의 피보다 더 고귀한 피도 흘렸다.

리처드 그동안 줄곧 당신과 당신의 남편인 그레이 공은 랭카스터 가와 한편이었다. 리버스 공, 당신도 그랬었지. 그레이 공은 마거릿의 장군으로 세인트올반스에서 살해되었지. 잊었다면 상기시켜드리죠. 옛날의 당신은 무엇이었고, 지금은 무엇인지. 그리고 옛날의 나는 무엇이었고, 지금의 나는 무엇인지.

마거릿 (방백) 옛날의 너는 살인자 악당이었고, 지금도 너는 변함이 없다.

리처드 가련하게도 클래런스는 장인 워릭을 배반했고, 그리고 자신의 맹세도 깨뜨렸다. 하느님 용서하소서.

마거릿 (방백) 천벌이나 받아라!

리처드 이 일은 형 에드워드에게 왕관을 씌워주기 위해서였다. 그 보답이 가련하게도 런던 탑 옥살이 신세가 되다니. 에드워드처럼 내 심장도 돌이 되었으면 한다. 아니면, 왕의 심장이 내 것처럼 부드럽고 인자한 것이었으면 한다. 어린애처럼 어리석은 나에게 이 세상은 살 만한 곳이 못 돼.

마거릿 (방백) 그렇다면 이 세상을 버리고, 서둘러 지옥으로 가거라. 악마여, 그곳이 네 땅이다!

리버스 글로스터 공작, 혼란이 거듭되던 난세 시절에는 우리들이 적이었다고 당신은 책망하지만, 우리들은 당대의 정통을 이어받은 임금님을 따랐을 뿐이오. 만약에 당신이 왕이었다면 우리는 그 왕을 따랐을 것입니다.

리처드 내가 왕이었다면? 차라리 길거리의 행상꾼이 되었으면 좋았을 것이다. 왕은 어림도 없다. 내 마음과는 거리가 멀다.

엘리자베스 왕이 되어도 기쁠 것이 없다고 생각되지요. 그렇습니다. 일국의 왕비가 되어도 기쁨이 없는 나의 입장을 이해하실 겁니다.

마거릿 (방백) 왕비가 맛보는 기쁨이란 보잘것없다는 건 당연한 일이지, 나야말로 그런 왕비였어, 기쁨이란 없었지. 아아, 나는 더 이상 참을 수 없다! (앞으로 나선다) 에이, 이 해적 같은 놈들, 나로부터 빼앗은 것을 나누어 가지려고 싸움판을 벌인 모양이군. 네놈들 가운데 내 얼굴을 떨리지 않고 볼 수 있는 자가 있느냐? 나를 왕비로 섬기면서 신하답게 고개를 숙이겠는가, 아니면 왕위를 빼앗은 네놈 역적들이 두려움에 벌벌 떨겠는가? 음, 점잖은 악당! 뺑소니칠 것 없다.

리처드 주름투성이 더러운 마녀, 무엇 때문에 나타났어?

마거릿 네놈이 저지른 추악한 죄과를 늘어놓기 위해서다. 이 일이 끝날 때까지 네놈을 보낼 수 없다.

리처드 너는 추방당했지, 여기서 발각되면 사형이야.

마거릿 추방당한 신세, 그 쓰라림을 생각하면 이곳에 남아서 차라리 사형을 받는 편이 낫겠다. 나는 받을 빚이 있다. 리처드, 너에겐 아들과 남편, 그리고 엘리자베스에게는 왕국을, 그리고 너희들 모두에게는 충성심을 받아내야 한다. 내가 삼키고 있는 이 슬픔은 원래 너희들 것이었고, 너희들이 가로챈 이 즐거움은 원래 나의 것이었다.

리처드 아버님의 저주가 네게 내린 때문이야. 그분의 늠름한 이마 위에 너는 종이 왕관을 씌우고, 비웃고 조롱했어. 그 때문에 그분은 피눈물을 흘렸지. 그리고는 눈물을 닦으시라고 귀여운 러틀랜드의 죄 없는 피가 묻은 헝겊을 내주었지. 그때 겪은 그분의 사무친 원한이 너에게 내린 저주가 된 거다. 우리가 한 일이 아니다. 하늘이 너에게 천벌을 내렸어.

엘리자베스 하느님은 공정하셔, 죄 없는 자의 원한을 풀어주지.

헤이스팅스 어린아이를 죽이다니 참으로 끔찍한 일이야. 듣도 보도 못 한 잔혹한 행위지.

호위병 그 흉측한 소식을 듣고는 더없이 잔인한 인간도 눈물을 흘렸어.

도 싯 복수를 장담하지 않았던 사람은 한 사람도 없었지.

버킹엄 그곳에 있었던 노섬벌랜드 공도 눈물을 흘렸지.

마거릿 어허라! 내가 나타나기 전에는 너희들끼리 물고 뜯고 서로 험구 악담하더니, 이젠 내게 달려들어 증오심을 퍼붓고 있구나? 너의 부친 요크의 무서운 저주가 천심을 흔들어 헨리 왕이 죽고, 에드워드 왕자도 죽고, 둘이 몽땅 왕국을 잃어버려, 나마저 추방된 몸이 되었는데, 이 모든 것이 그 어린 생명의 대가란 말이냐. 저주가 하늘의 구름을 뚫고 하늘에 닿는 것이라면, 검은 구름이여, 들끓는 나의 저주를 위해 활짝 길을 열어라! 너희들 왕은 전사가 아니면 과식으로 뒈져라. 우리들 왕은 그가 왕위에 오르기 위해 살해되었다.

너의 아들인 현재의 왕자 에드워드도 나의 아들인 그전의 왕자 에드워드처럼 불시에 밀어닥친 때 이른 죽음의 희생이 돼라. 지금 왕비인 너는, 한때 내가 왕비였듯이 영광은 비껴가고 늙어 비틀어져서 수치스럽게 오래 살아라. 오래 살아남아 너의 아들의 죽음을 개탄하고, 내가 지금 너를 보듯이 너의 권위로 몸치장한 새 왕비의 출현을 목격하게 될지어다. 네가 죽기 훨씬 이전에 행복했던 세월은 사라지고, 길고 한 많은 슬픔의 세월을 살고 산 다음, 어머니도 아니고, 아내도 아니고, 영국의 왕비도 아닌 채 죽어라. 리버스, 도싯, 그리고 너희들 모두 다, 그리고 너 헤이스팅스, 내 아들이 처참하게도 단검에 찔려 숨질 때, 보고도 못 본 체했지. 예에라, 이놈들, 네놈들은 하나같이 제 명대로 살지 못할 거다. 불의의 사고로 횡사할 운명들이다.

리처드 저주의 악담은 그만해두라, 이 밉살스러운 마귀할멈아.

마거릿 너도 예외는 아니다, 기다려, 개 같은 놈. 들거라. 만약에 지독한 재난이 하늘에 있어 내가 마음껏 쓸 수 있다면, 네놈의 죄업이 쌓이는 걸 기다려, 한창때에 네놈에게 분노의 재앙을 쏟아붓고 싶다. 이 가여운 세상의 평화를 좀 먹는 네놈의 머리통에 말이다. 양심의 벌레한테 좀 먹히고, 살아 있는 동안 자기 편 사람을 배신자로 오해하고, 배신자를 반대로 자기 편이라 생각하라. 너의 사나운 눈은 결코 단잠을 이루지 못하리라. 눈을 감으면, 지옥의 흉측한 마귀들이 무리를 지어 너를 악몽에 사로잡히게 할 것이며, 공포 속에 떨게 만들 것이다. 너는 악마의 낙인이 찍힌 괴물이다. 너는 이 땅을 짓밟는 멧돼지다. 너는 타고난 태생이 개백정 같은 놈이다. 지옥의 아들이다. 태내에 있을 때부터 너는 어머니를 슬프게 만든 불효자이다. 태어나기 전부터 너는 아버지의 미움을 산 불효자이다. 가문을 더럽히는 누더기 같은 망나니, 이 추악한······.

리처드 마거릿!

마거릿 리처드!

리처드 왜 그래?

마거릿 나는 너를 부르지 않았어.

리처드 미안하이. 지금까지 나를 싸잡아 욕하는 줄 알았어.

마거릿 욕을 했지. 답변 마라. 말참견 말고 끝까지 내 저주의 소리를 들거라!

리처드 저주는 끝났다. 내가 마거릿이라고 불렀지.

엘리자베스 네가 너 자신을 저주한 꼴이 되었네.

마거릿 흥, 내 헛된 운명을 닮은 허깨비 같은 왕비여, 흉측한 독거미에게 사탕발림 말을 뿌리다니. 사나운 독거미에게 너는 겹겹이 감겨 있어! 어리석은 자로다, 자신을 찌르는 단검을 스스로 갈고 있으니. 얼마 안 있어 너는 나에게 도움을 청할 것이다. 독을 품은 곱사등이 두꺼비를 저주해달라고 부탁할 것이다.

헤이스팅스 가짜 점쟁이야, 미친 지랄 같은 저주는 그만두어라. 참을 만큼 참았다. 더 이상 주접떨지 마라.

마거릿 못된 것들, 너희들이 나의 분통을 터뜨리고 있어.

리버스 대접을 잘 받으려면, 네 할 일이 뭣인지 배워야 돼.

마거릿 나를 잘 대접하려면, 너희들이야말로 자신의 분수를 알아야 해. 내가 왕비요, 너희들은 신하가 된다는 것을 알겠지. 나를 제대로 대접해서 신하의 본분을 깨닫기 바란다.

도 싯 아무리 말해도 소용없습니다. 상대방은 미친 사람이에요.

마거릿 닥쳐라. 얼간이 후작. 건방진 녀석. 방금 찍은 서푼짜리 동전 같은 귀족은 쓸모가 없어, 세상에서 통용이 안 된다고. 너 같은 벼락치

기 귀족에게 작위를 잃는다는 것이 얼마나 비참한가를 알려주고
싶다. 높이 치솟은 나무는 그만큼 강풍에 시달리기 쉽다. 하지만
일단 넘어가면 박살이 난다는 것을 알아야 해.

리처드　명언이다. 지당한 말씀이야. 후작, 명심해줘요.

도 싯　나만이 아니고 공작에게도 해당됩니다.

리처드　해당되고말고. 그 이상 사람에게도 맞는 말이야. 나는 높은 집 가
문에서 태어났어. 우리 집안의 독수리는 삼나무 꼭대기에 둥지를
지어 바람과 노닐며 태양을 조롱할 정도야.

마거릿　그리고 태양을 가로막아 세상을 어둡게 만들지. 아아, 아아! 나의
태양, 나의 아들 에드워드도 지금은 어두운 저세상, 그 빛나는 광
선도 너의 증오심 때문에 구름에 덮여 영원한 암흑의 세계에 갇히
게 되었다. 너의 독수리가 우리들 보금자리를 빼앗아 둥지를 쳤지,
그것을 보고 계시는 하느님은 그대로 놔두지 않는다, 피를 흘리며
얻은 것은 피를 토하며 잃을 것이다.

버킹엄　그만, 그만, 제발 고정들 하시오. 자비심을 가져요.

마거릿　자비심이고, 염치고 다 없다. 나를 무자비하게 학대했지. 너는 염
치도 없이 희망의 불꽃인 내 남편과 아들의 목숨을 소멸시켰다. 내
가 받은 자비는 모욕뿐이다. 나의 삶은 나의 수치였다. 그 수치심
속에서 내 슬픔의 불꽃이 미친 듯 이글대고 있다.

버킹엄　그만하시오, 진정해요.

마거릿　아, 버킹엄 공작, 그 손에 입 맞추고 싶어요. 당신에 대한 호의와 우
정의 표시지요. 당신과 당신의 가족들에게 행운이 있기를 빕니다.
당신이 걸치고 있는 의복에는 우리 랭카스터 집안의 피가 묻어 있
지 않습니다. 당신은 내 저주의 대상이 아니에요.

버킹엄　여기 있는 분들 모두가 그렇습니다. 저주의 말은 공기 속으로 가서

뱉은 사람의 입으로 다시 돌아가지요.

마거릿 나는 그렇게 생각지 않아요. 저주는 하늘로 날아올라 편안하게 잠 드신 하느님을 깨우신답니다. 오, 버킹엄, 저기 있는 저 개새끼를 조심하세요. 저놈은 꼬리를 치다가도 물어뜯는 짐승이에요. 물어 뜯으면 독이 흘러 죽음을 당하지요. 그러니, 조심하세요. 가까이 가면 안 됩니다. 저 사나이는 죄와 죽음과 지옥의 낙인이 찍혀 있어요, 추종자들이 빠짐없이 그에게 대령하고 있소.

리처드 버킹엄 공, 저 늙은이가 뭐라 씨불여대고 있는 거요?

버킹엄 별 볼일 없는 얘깁니다.

마거릿 흥, 나의 친절한 충고를 무시하네? 접근하지 말라고 했는데 저 악 마에게 아첨을 해? 아, 언제 어느 때이건 당신은 저놈 때문에 마음 이 찢겨, 슬픔 속에서 오늘의 일을 회상할 것이다. 그때 당신은 불 쌍한 마거릿이 예언자였다는 것을 알게 되지. 너희들 멋대로 살아 라, 너희는 그의 증오의 대상이다. 그는 너희들의 증오의 대상이 될 것이다. 너희들 모두가 하느님의 증오의 대상이다. (퇴장)

버킹엄 그녀의 저주 때문에 머리칼이 곤두설 지경이다.

리버스 나도 그래. 왜 저 여인을 자유롭게 내버려둬야 하나.

리처드 나는 그녀를 비난하지 않겠다. 정말이지, 그녀는 지독한 시련을 겪 었어. 나도 후회하고 있어. 그녀를 괴롭히는 데 한 가닥 했거든.

엘리자베스 나는 그녀에게 아무것도 한 것이 없어.

리처드 하지만, 당신은 그녀가 받은 고난 때문에 이득을 보고 있소. 나는 어떤 사람에게 열성을 다해 충성을 바쳤다. 그러나 그 사람은 지금 냉정하게도 그 일을 잊고 있어. 그래, 클래런스가 좋은 본보기가 돼. 훌륭한 대우를 받고 있지. 감옥에 갇혀서 뼈를 가는 고통의 밥 을 먹고 있으니. 이 지경으로 만든 놈들, 하느님 제발 그들을 용서해주십시오.

리버스 기독교도에 어울리는 결론이로군. 우리를 해친 놈들에게 축복을 빌다니.

리처드 나는 늘 그렇게 하고 있다. (방백) 신중하게 대처하기 때문이지. 지금 여기서 저주를 퍼붓다가는 나에게 화가 미치는걸.

　　　캐츠비 등장.

캐츠비 왕비님, 폐하께서 부르십니다. 공작님과 여러분도 함께 오시랍니다.

엘리자베스 알겠다, 캐츠비. 여러분들, 가십시다.

호위병 모시겠습니다. (리처드만 남기고 모두 퇴장)

리처드 일은 내가 저질러놓고, 법석을 떨거든. 이것이 내가 하는 방식이야. 그렇게 해서 이 몸이 저지른 무서운 죄를 타인에게 뒤집어씌우는 것이다. 클래런스를 어둠 속에 처넣은 것은 나인데, 순진한 녀석들 앞에서는 눈물을 흘려 보인다. 더비, 헤이스팅스, 버킹엄, 이들은 내 말에 홀랑 넘어가. 나는 왕을 선동해서, 형님을 모함한 자들은 다름 아닌 왕비와 그 일족들이라고 일러바쳐. 내 말을 믿거든. 이때 그들은 나에게 들이닥치면서 리버스, 도싯, 그레이를 죽이라고 성화를 부리지. 그 순간 나는 긴 한숨을 내뱉고, 성경 말씀을 인용해서, 악을 선으로 갚으라는 것이 하느님의 가르침이라고 말해줄 참이야. 나는 성경책에서 훔친 낡은 옛말을 누더기로 짜깁기해서 악을 행하는 내 벌거벗은 알몸에 입히는 거다. 악마를 연기하고 있는 바로 그 순간 나는 성자로 보이는 거다. (두 암살자들 등장) 아, 잠깐. 암살자들이 왔네. 용감하고 믿음직스러운 너희들, 그 일을 해치우러 가는 길인가?

암살자 1   그렇습니다. 그 사람 있는 곳에 출입할 수 있는 영장을 받으러 왔습니다.

리처드   맞다, 맞아. 여기 준비해놓았네. 일이 끝나면 나의 그로스비 저택으로 오게. 명심하라. 신속하게 죽여라. 마음을 독하게 먹어. 애걸복걸해도 듣지 마라. 클래런스는 달변이야. 그 말에 귀 기울이면 동정심이 생겨.

암살자 2   무슨 말씀을 그렇게 하십니까. 저희들은 말솜씨에 정신을 빼앗길 위인들이 아닙니다. 주둥이 놀리는 놈은 행동을 못 하죠. 저희들은요 혓바닥을 날름대는 것이 아니라 이 두 손을 쓰는 겁니다.

리처드   멍청이들이 눈물을 흘릴 때, 너의 눈은 맷돌이 되어 짓누르는 거야. 자네들, 멋쟁이야. 자, 빨리 가서, 어서 해치우게.

두 암살자들   네, 알겠습니다. (일동 퇴장)

제4장 런던 탑

클래런스와 간수 등장.

간 수   오늘은 안색이 좋지 않습니다?

클래런스   아, 어젯밤은 무서운 밤이었다. 소름끼치는 광경의 연속이었지, 흉측한 악몽이었다. 충실한 기독교도로서 하는 말이지만 다시는 그런 밤을 두 번 다시 지나고 싶지 않다. 비록 그런 밤 하루를 보내면 숱하게 행복한 나날을 즐길 수 있다 해도 말이다. 맙소사, 끔찍하게도 무섭고 불쾌한 밤이었다.

간 수   어떤 꿈이었습니까, 말씀해주십시오.

클래런스 어찌 된 영문인지, 나는 런던 탑을 탈출했어, 배를 타고 부르고뉴로 가는 모양이었다. 그 배에 함께 타고 있었던 동생 글로스터가 나를 선실 밖으로 유도해서 둘은 갑판 위를 산책했지. 그곳에서 영국의 강기슭을 돌아보면서, 요크와 랭카스터 양가의 장미전쟁 동안 우리 두 사람이 겪었던 수많은 고난에 관해서 얘기를 나누었다. 이윽고 우리는 갑판의 미끄러운 발판에 왔는데, 그 순간 웬일인지 글로스터가 무엇에 발이 걸려 갑자기 넘어질 뻔했어, 그는 나에게 기대려고 몸을 부딪쳐왔는데, 나는 굽이치는 파도 속에 나뒹굴어 빠져버렸지. 아아! 나는 익사하는 고통을 몸으로 느꼈어. 귓전을 때리는 사나운 파도 소리를 들었어. 눈앞에 어른거리는 추악한 죽음의 광경을 보았어! 수천 개나 되는 난파선의 무서운 잔해며, 수만이나 되는 시체들, 물고기에 뜯긴 시체들을 본 듯했어. 산더미 같은 금덩어리, 거대한 닻, 그득히 쌓인 진주, 값을 알 수 없는 보석, 값을 치를 수 없는 귀금속이 바닷속에 질펀하게 깔려 있는 것을 보았지. 죽은 사람의 해골 눈에 보석이 가짜 눈처럼 박혀서 사방에 흩어진 뼈조각을 비웃고 있었지.

간 수 죽음을 앞두고, 바닷속 경치를 그토록 여유 있게 볼 수 있나요?

클래런스 아마도 그랬던 모양이야. 나는 여러 번 마음 모질게 먹고 죽으려고 했지. 그러나 심술궂은 파도는 내 영혼을 육체 속에 가둬두고, 광대무변한 허공에 빠져나가는 것을 막고 있었지. 내 가슴은 짜부라질 듯한 내 영혼을 부둥켜안고 헐떡이면서 찢어질 듯 터질 듯 바닷속에 영혼을 토할 것만 같았다.

간 수 그런 고통을 겪으면서도 깨어나지 않았습니까?

클래런스 깨어나기는커녕 꿈은 죽음 다음에도 계속되었다. 아, 그런데 내 영혼에 폭풍이 불었어. 아마도 나는 시인들이 곧잘 쓰고 있는 침울

한 나룻배 사공에 안내되어 그 서글픈 황천의 나루를 건너간 모양이야. 영원한 밤의 나라로 끌려갔어. 그곳 그 낯선 곳에서 나를 제일 먼저 만난 사람이 바로 나의 장인인 워릭 경이었다. 그는 버럭 소리를 지르면서 "배신자 클래런스, 너의 거짓 맹세에 대해서 어둠의 나라는 어떤 벌을 줄 것인가?" 하고 말하면서 사라지더니, 이번에는 천사 모습을 한 사람의 모습이 나타나서, 피에 물든 눈부신 금발을 날리며 날카롭게 빽 고함을 질렀지. "더러운 배신자, 맹세를 어긴 위선자 클래런스, 튜크스베리 들판에서 나를 찔렀지! 복수의 여신이여, 이놈을 실컷 괴롭혀다오!" 이 목소리를 듣고 흉측한 악마의 무리가 순식간에 나를 포위했지. 악귀들은 내 귓전에 증오의 소리를 질러 댔어. 그 고함 소리에 나는 치를 떨며 잠에서 깨어났다. 그 후 한동안 나는 여전히 지옥에 있다고 생각했지. 그 악몽은 그토록 무섭게 내 마음에 공포를 심어주었어.

간 수 무서운 생각을 할 수밖에 없었겠죠. 듣기만 해도 소름이 끼치는데요.

클래런스 아, 간수, 내가 이토록 영혼의 고통을 맛보는 죄를 범한 것도 모두가 에드워드 왕 때문이었다. 그 보답이 이것인가! 오, 하느님, 내 마음속 깊이에서 우러나오는 기도로서도 용서받을 수 없다면, 그리하여 끝내 저에게 벌을 주신다면, 제발 노여움은 저 혼자에게만 내려주시고, 가엾은 처자식일랑 용서하소서. 간수, 내 옆에 있어다오. 부탁이다. 마음이 무겁다. 잠이나 청해보련다.

간 수 알겠습니다. 편히 쉬십시오.

　　　　간수장 브라큰베리 등장.

브라큰베리 슬픔은 시간의 걸음을 변하게 만들고, 잠자는 시간을 방해한다.

그리하여 밤을 아침으로 만들고, 한낮을 밤이 되게 한다. 왕후귀족은 명예 때문에 작위를 갖지만, 겉으로 보이는 명예는 안으로는 고뇌뿐이다. 손으로 만져볼 수 없는 환상 때문에 잠을 못 이루는 숱한 근심 걱정을 느껴야 한다. 그러기 때문에 작위를 지닌 귀족과 무명의 천민이 다른 점은 아무것도 없다. 그저 겉으로 보이는 명예가 있을 뿐이다.

두 암살자 등장.

암살자 1 야, 누구냐?

브라큰베리 너야말로 누구냐? 뭣들 하러 왔어? 여길 어떻게 들어왔나?

암살자 1 나는 클래런스와 할 말이 있어 왔다. 그리고 내 발로 걸어왔다.

브라큰베리 너무 간단한 대답이로군.

암살자 2 따분하게 늘어놓는 것보다는 간단한 게 낫지. 영장을 보여라. 말해봤자다. (브라큰베리는 영장을 읽는다)

브라큰베리 이 영장에 의하면 클래런스 공작을 너희들께 인도하라는 말씀인데, 이것이 무슨 뜻인지 나는 따지지 않겠다. 나는 이 일과 무관한 것으로 해두겠다. 공작은 저기서 주무신다. 열쇠는 여기 있다. 나는 지금 임금님을 뵙고, 내 역할을 너희들께 넘겨준 자초지종을 알려드리겠다.

암살자 1 거 좋겠습니다. 현명한 일이죠. 그럼 잘 가시오. (브라큰베리 퇴장)

암살자 2 자고 있을 때 찌를까?

암살자 1 그건 비겁한 짓이야. 깬 다음에.

암살자 2 뭐라고, 눈 뜰 때라, 최후의 심판 날까지 눈을 뜨겠나.

암살자 1 그러니 그날이 오면 자고 있을 때 우리들이 찔렀다고 할 거 아닌가.

암살자 2 '최후의 심판' 하니깐 양심이 근질근질해진다.

암살자 1 아니, 너 겁나나?

암살자 2 죽이는 것은 겁나지 않다. 영장이 있는데. 죽이면 지옥행이야. 지옥 가는 길 막아주는 영장은 없나?

암살자 1 너, 결심이 서 있는 줄 알았는데.

암살자 2 서 있지 — 저 양반 살려두자고.

암살자 1 그렇다면 글로스터 공작한테 가서 그렇게 보고하겠다.

암살자 2 잠깐만. 내 깊은 자비심도 변하겠지. 언제나 내 결심은 스물 헤는 시간을 넘지 않아.

암살자 1 자, 이젠 변했는가?

암살자 2 응, 아직도 양심의 찌꺼기가 조금 남아 있네.

암살자 1 일이 끝났을 때의 포상을 생각하라.

암살자 2 그래, 해치우자. 포상을 깜빡했군.

암살자 1 그래, 양심은 어디로 갔나?

암살자 2 글로스터 공작의 호주머니 속이다.

암살자 1 그렇다면, 글로스터 공작이 보상금 주려고 주머니 끈 풀 때 네 양심은 날아가지?

암살자 2 나가면 어때? 가려면 가라지. 그까짓 것 누가 껴안겠어.

암살자 1 다시 양심이 너한테 돌아오면 어떡하지?

암살자 2 쫓아버리지. 양심과 관계를 갖는 것은 위험천만해. 양심은 사람을 겁쟁이로 만들어. 물건을 훔치려고 하면, 안 된다고 그래. 악담을 하려고 해도 안 된다고 말하지. 옆집 아낙네와 동침하려면 즉시 냄새를 맡아. 창피해서 얼굴이 붉어지면서 내 속셈이 드러나거든. 요컨대 양심은 방해꾼이야. 언젠가, 나는 금화가 꽉 차 있는 주머니를 발견했는데, 양심 때문에 돌려줬지. 양심을 애지중지하면 거지가 되지. 그러기 때문에, 어느 마을에서도 그놈만은 위험인물로 취급하는 거야. 그래서 추방이야. 누구나 편안하고 유복하게 살려면, 그놈을 쫓아내고 자신만을 의지해서 살아가려고 하지.

암살자 1 제기랄, 그놈이 지금 내 귀밑에 와서 속삭이네. 공작을 죽이지 말라고 쑤셔대고 있어.

암살자 2 마음을 악하게 먹어. 그놈의 꼬임에 빠지지 마라. 그놈 속임수에 넘어가면 나중에 회한의 한숨을 쉬게 된다.

암살자 1 결심이 단단히 섰어. 이놈에게 넘어갈 리 없지.

암살자 2 명예를 존중하는 자의 말투로다. 자, 해치우자.

암살자 1 그 칼자루로 정수리를 내리갈겨라. 그런 다음 옆방 포도주 통에 처넣자.

암살자 2 오, 멋진 생각이다! 술에 담근 과자가 되겠는데.

암살자 1 쉿! 눈을 떴다.

암살자 2 해치워!

암살자 1 기다려, 말을 건네보자.

클래런스 브라큰베리? 어디 있나? 포도주 한 잔 다오.

암살자 2 드리고말고요. 공작님, 곧 대령하겠습니다.

클래런스 너는 누구냐?

암살자 2 당신과 똑같은 인간입죠.

클래런스 나와는 다르겠지. 나는 왕가의 혈통이다.

암살자 1 우리와는 다릅니다. 우리는 충성을 다하고 있습니다.

클래런스 너의 목소리는 우렛소리처럼 요란한데. 네 모습은 얌전한 평민이로군.

암살자 1 이 목소리는 임금님의 말씀을 전하지만, 이 얼굴은 제 것입니다.

클래런스 너의 말투가 음산하고 불길하다. 너의 눈초리는 위협적이다. 너의 얼굴은 왜 그토록 창백하냐? 누구 명령으로 이곳에 왔는가? 무엇하러 왔는가?

암살자 1, 2 무엇하러 왔느냐고? 죽……죽이……죽이려…….

클래런스 나를 죽이려?

암살자 1, 2 네, 그렇습니다.

클래런스 그 일을 내게 떳떳하게 말할 용기가 없는 것을 보니, 그 일을 당당하게 할 만한 용기도 없는 듯하네. 도대체, 내가 어디서 너희들께 죄를 지었나?

암살자 1 당신이 죄를 지은 상대자는 내가 아니라 왕입니다.

클래런스 왕이 나의 상대라면 다시 화해하면 되겠다.

암살자 2 그런 건 안 됩니다. 공작. 죽을 준비를 하십시오.

클래런스 너희들은 순진 결백한 사람을 죽이기 위해 수많은 사나이들 속에서 선발되었구나. 그런데, 내 죄가 무엇인가? 내 죄를 분명하게 해줄 증거가 어디 있나? 심판관들의 평결이 있은 다음, 까다로운 재판관에게 정식 보고되었는가? 아니면, 누가 이 가련한 클래런스의 사형을 선고했는가? 정식재판으로 유죄가 선고되지 않고, 죽음으로 나를 협박하는 것은 불법이 아닌가. 우리들 인간의 죗값으로 피를 흘리신 그리스도의 이름으로 너희들도 구제를 받고 싶으면, 나에게 손대지 말고 떠나라. 너희들이 지금 하고자 하는 일은 저주받을 일이다.

암살자 1 우리가 하는 일은 명령에 의한 것입니다.

암살자 2 우리에게 명령을 내린 사람은 임금님입니다.

클래런스 너희들은 오해하고 있다! 왕중왕이신 하느님은 그의 율법 속에서 살인을 하지 말라고 하셨다. 그런데 너희들은 하늘의 법을 어기고, 인간의 명령에 복종하려는가? 정신 차려라! 복수의 벌을 마음대로 하시는 하느님은 하늘의 법을 어긴 자의 머리 위에 천벌을 내리신다.

암살자 2 그 천벌이 당신 머리 위에 떨어지고 있소. 거짓 맹세의 죄, 살인죄 때문입니다. 당신은 랭카스터 가를 위해 목숨을 바쳐 싸우겠다고 거룩한 맹세를 했었죠.

암살자 1 그리고 하느님 이름을 배반한 반역자로서, 그 맹세를 어겼습니다. 당신의 배반의 칼은 군주이신 헨리 왕의 왕자 배를 찢어놓았습니다.

암살자 2 그는 당신이 감싸고 지키겠다고 맹세한 왕자입니다.

암살자 1 그런 당신이 무서운 신의 법을 우리에게 밀어붙이시네요. 스스로 그 율법을 깨면서 말입니다.

클래런스 아아, 누구 때문에 그런 죄를 내가 범했는가? 에드워드 때문에, 형 때문에, 왕 때문이었지. 그 죄 때문이라면, 왕이나 나나 죄의 깊이는 마찬가지이니, 왕이 나를 죽이라고 했을 리 없어. 만의 일, 하느님이 그 때문에 나에게 복수의 벌을 주신다면, 공개적으로 할 일이 아닌가. 그 권한을 인간이 하느님으로부터 마음대로 탈취해도 좋은가. 하느님은 그의 법을 어긴 사람을 이 세상에서 말살하는 데 있어서, 은밀하게 부정한 방법을 택했을 리가 없다.

암살자 1 그렇다면 누가 당신을 잔혹한 하수인으로 만들었어요? 아름답고 싱싱하게 꽃피고 있었던 플랜태저넷 가의 왕자를 당신 손에 가게 한 장본인이 누굽니까?

클래런스 형님에 대한 사랑, 악마 같은 마음, 그리고 나의 분노이다.

암살자 1 당신 형님에 대한 사랑과 충성심과 당신의 죄 때문에, 우리들은 당신을 죽이려 여기까지 왔습니다.

클래런스 형을 사랑하는 마음이 있다면, 나를 미워할 리가 없다. 나는 형의 동생이고, 형을 마음속으로부터 사랑하고 있다. 돈 때문에 이런 일을 청부 맡았으면, 즉시 돌아가라. 동생 글로스터에게 가서, 내 동생에게 내가 살아 있다는 것을 알리면, 형 에드워드에게 나의 죽음을 알리는 일보다 더 큰 보상을 받을 수 있을 것이다.

암살자 2 당신은 속고 있네요. 글로스터 공작은 당신을 미워해요.

클래런스 무슨 소리냐. 그는 나를 사랑한다. 그는 나를 아끼고 있다. 곧, 그에게로 가라.

암살자 1 그러겠습니다.

클래런스 가서 이렇게 전하라. 부친 요크 공작이 승리의 날 세 아들을 팔뚝에 끌어안고, 서로 아끼고 사랑하도록 당부했을 때, 지금처럼 형제가 서로 등을 돌릴 줄은 꿈에도 몰랐을 것이다. 글로스터에게 그 일을 생각하라고 말하라, 그는 눈물을 흘릴 것이다.

암살자 1 우리에게 눈물 대신 짓이기라고 했습니다.

클래런스 그를 중상하지 마라. 그는 따뜻한 사람이야.

암살자 1 그렇죠. 그건 가을의 눈발이죠. 보세요, 당신은 속고 있어요. 여기서 당신을 죽이라고 한 사람이 바로 그 사람이오.

클래런스 그럴 리 없어. 그는 내 형편을 슬퍼하며, 힘껏 나를 껴안으면서 나의 석방을 위해 힘쓰겠다고 흐느끼며 말했지.

암살자 1 그는 맹세대로 했죠. 이 세상 고통으로부터 당신을 구출해서 천당의 기쁜 나라로 보내니 말이죠.

암살자 2 하느님과 화목해지시구려. 죽을 수밖에 없으니 말이죠.

클래런스 하느님의 용서를 빌도록 나에게 권하는 신앙심이 있으면서 신의 법을 어기면서까지 나를 죽이는 죄를 너희가 범하는 것은 내 영혼을 보는 일에 눈이 멀었기 때문이지? 잘 생각해보라. 너희를 선동해서 이 일을 시킨 자는 이 일 때문에 너희를 증오하게 될 것이다.

암살자 2 그렇다면 어떻게 하란 말이요?

클래런스 뉘우치고, 영혼을 구하라.

암살자 1 뉘우치라고요? 안 돼, 그것은 비겁하고 계집애나 하는 짓이에요.

클래런스 회개할 줄 모르면, 짐승이요, 야만인이요, 악마다. 너희들 중 누구라도 좋다. 만약에 왕가에 태어나서, 지금의 나처럼 자유를 박탈당하고, 옥중에 갇혀 있을 때, 너희들처럼 두 암살자가 나를 죽이러 왔다 하자. 그렇게 되면 당연히 목숨을 살려달라고 애걸하겠지? (암살자 2에게) 당신의 표정 속에는 자비심이 있어, 아, 그 눈이 마음에도 없는 아양을 떠는 것이 아니라면, 내 편에 서서, 내 목숨을 구해다오. 무릎 꿇고 애걸하는 왕자를 보면, 거지라도 동정할 것이다.

암살자 2 뒤편을 보세요!

암살자 1 이것을 받아라! 이것도 받아라! (그를 찌른다) 이래도 안 죽으면, 너를 포도주 통에 처넣겠다. (시체를 끌고 퇴장)

암살자 2 잔인한 짓이로다. 인정사정없구나. 예수님을 처형한 빌라도 같은 처참한 살인으로부터 나는 손을 씻겠다. (암살자 1 다시 등장)

암살자 1 여보게, 어찌된 일이야? 도와주지 않네? 두고 보자. 공작님한테 자네의 우유부단을 일러바치겠어.

암살자 2 공작님에게 말하라. 형님을 살려주고 싶었다고 말이야. 보수는 너에게 주겠다. 내 말을 공작님께 전하라. 나는 클래런스 공작을 죽인 것을 후회하고 있어. (퇴장)

암살자 1 나는 후회하지 않는다. 비겁한 자는 꺼져라. 공작님이 매장의 지시를 할 때까지 나는 저 시체를 어느 구덩이에다 감춰 둬야지. 돈을 받으면 나는 사라질 것이다. 일이 탄로 나면, 나는 이곳에 있을 수 없어. (퇴장)

제2막

제1장 런던, 궁전

나팔 소리. 병상의 에드워드 왕, 왕비 엘리자베스, 도싯, 리버스, 헤이
스팅스, 버킹엄, 그리고 그레이 등장.

에드워드 왕 자아, 이것으로 오늘 하루의 중대한 일을 끝냈소. 경들은 이
화친을 깨는 일 없이 좋은 관계를 지속하시오. 나는 주님께서 속죄
의 부르심이 있기를 기다리고 있소. 이제 나는 경들 사이의 화친을
이룩했으니 편안한 마음으로 천당으로 갈 수 있겠소. 리버스, 헤이
스팅스 손을 잡으시오. 증오심을 감추지 말고, 서로의 사랑을 다짐
하시오.

리버스 하늘에 맹세코 원한은 씻어버렸습니다. 이 악수는 진심에서 우러
나온 우정의 표시입니다.

헤이스팅스 저도 똑같이 맹세합니다.

에드워드 왕 임금 앞이라 해서 함부로 얼버무리는 일은 용서할 수 없어. 왕
중왕이신 하느님 앞에서 숨기는 허위는 파멸이오. 맹세를 어기면
서로 죽이고 죽는 벌을 받게 되오.

헤이스팅스 진정한 마음으로 우애를 맹세합니다.

리버스 우애를 맹세합니다. 헤이스팅스 공을 존경합니다.

에드워드 왕 왕비도 예외는 될 수 없소. 당신의 아들 도싯도, 버킹엄도 마
찬가지요. 너희들은 당파를 만들어 싸웠다. 이젠 그만두어야 한다.
왕비여, 그 손에 헤이스팅스 공의 입을 맞추게 해요. 앞으로 무슨

일을 하든 거짓은 금물이요.

엘리자베스 헤이스팅스 공, 나는 물론 우리들 집안 모두가 과거의 증오심을 씻어버렸습니다.

에드워드 왕 도싯, 헤이스팅스, 서로 끌어안아라.

도 싯 이 우애의 끈을 내가 먼저 끊는 일은 없을 겁니다.

헤이스팅스 나도 같은 맹세를 합니다. (그들은 포용한다)

에드워드 왕 버킹엄 공작, 이 화해를 보다 견고히 하기 위해 왕비 집 사람들을 그 가슴에 끌어안아다오. 그렇게 결합되는 것을 보니 내 마음이 편안해진다.

버킹엄 이 몸, 버킹엄이 왕비마마와 그 가족들에게 증오심을 품는다면, 또는 왕비마마와 그 가족들에게 존경심을 잃게 되면, 즉시 신의 벌을 받아서, 사랑을 받아야 할 때, 미움을 사도록 해주십시오. 만약 왕비마마와 그 가족들에 대한 충성심이 변하면, 제가 친구의 도움을 필요로 할 때, 제가 가장 믿을 수 있는 친구라고 생각했던 사람이 뱃심이 음흉한 적이 되어 저를 속이고 배반해도 상관하지 않겠습니다. 하느님께 기도합니다. 맹세합니다. (그들은 포용한다)

에드워드 왕 버킹엄 공작. 경의 맹세는 병든 내 마음을 고치는 명약이다. 동생 글로스터만 여기에 합류하면, 이 화해의 만남은 완전한 것이 될 것이다.

리처드와 랫클리프 등장.

버킹엄 마침 때를 맞추어, 리처드 랫클리프 경과 공작께서 오십니다.

리처드 양 전하께서는 안녕하십니까. 경들 여러분, 좋은 날입니다.

에드워드 왕 참으로 즐거운 날을 보내고 있다. 글로스터, 우리는 경사스러운 일을 치렀다. 경들의 끓어오르는 원한과 증오심을 화해시켜 미움을 사랑으로 바꿔놨다.

리처드 폐하, 더없이 고마우신 노력입니다. 여기 모인 공들 가운데, 단 한 사람이라도 엉터리 소문이나, 엉뚱한 추측으로 이 사람을 적대시하는 사람이 있다면, 또는 본인이 무의식적으로, 혹은 홧김에 참을 수 없는 모욕을 여러분에게 주었다면, 제발 부탁입니다, 따뜻한 우정으로 껴안아주시오. 서로 적의를 품는다는 것은 나에게는 죽음이오. 나는 그것을 저주하오. 나는 모든 착한 사람들의 사랑을 받고 싶소. 우선 왕비마마, 진심으로 화해를 청합니다. 서로 좋은 관계 속에서 성심껏 봉사하겠습니다. 우리 집안 간인 버킹엄 공, 우리 둘 사이에 원한이 맺혀 있으면, 말끔히 씻어버립시다. 그리고 리버스 공, 그레이 공, 여러분 모두 적대시당한 것은 억울한 일이지요. 공작, 백작, 귀족, 신사 여러분 부탁입니다. 오늘 밤 갓 태어난 아기 같은 내가 영국 땅 천지에 어느 누구와도 반목할 리 없습니다. 겸손하고 온화한 성질을 내게 주신 하느님께 그저 감사할 뿐입니다.

엘리자베스 오늘의 거룩한 맹세가 오래가도록, 그리고 온갖 암투가 소멸되고 해결되도록 하느님께 기원하겠습니다. 폐하, 부탁입니다, 제씨 클래런스 공작을 용서해주십시오.

리처드 왕비, 무슨 망발이오, 제가 방금 맹세한 화해의 뜻이 임금 앞에서 희롱당하다니! 클래런스 공작이 돌아가신 것은 모두들 알고 있잖소. (모두들 놀란다) 형님의 시신을 욕보이는 일은 삼가시오.

리버스 모두들 안다고? 누가 알아요?

엘리자베스 전지전능하신 하느님, 세상 꼴이 왜 이렇습니까?

버킹엄 도싯 공, 남들처럼, 내 얼굴도 창백하오?

도 싯 물론이죠. 뺨에 홍조를 띠고 있는 사람은 한 사람도 없소.

에드워드 왕   클래런스가 죽었다고? 사형을 면제해주었는데!

리처드   가련하게도, 형님은 최초의 영장으로 사형되었습니다. 날개 돋친 머큐리 사신(使神)이 영장을 전했습니다. 취소하는 영장을 전달하러 간 것은 느림보 절름발이, 도착했을 때는 형님이 매장되고 있었습니다. 하느님도 너무하셔, 형님보다 더 비열하고 충성심이 없는 자들이, 왕의 혈통이 아닌 자들이, 잔혹한 피를 이은 자들이, 불쌍한 클래런스가 받은 부당한 벌을 받지도 않고, 죄의 의혹을 피하면서 활개치며 살아가고 있습니다! (더비 백작 스탠리 등장)

스탠리   폐하, 부탁 말씀이 있습니다. 들어주십시오. 평소 저의 충성을 헤아려주십시오.

에드워드 왕   진정들 하라. 내 마음은 슬픔으로 가득 차 있다.

스탠리   폐하의 윤허가 있기 전에는 일어날 수 없습니다.

에드워드 왕   할 수 없군. 소원이 무엇인지 어서 말하라.

스탠리   저의 부하의 생명을 제발 살려주십시오. 그는 오늘 한 사람의 괴한을 살해했습니다. 죽은 사람은 최근까지 노퍽 공작님께 봉사하고 있었습니다.

에드워드 왕   피를 나눈 동생에게 사형을 선고한 이 입술로, 노예 같은 자에게 사면령을 내리란 말인가? 동생은 아무도 죽이지 않았다. 그의 죄는 실행되지 못한 생각에 불과했다. 그런데도 형벌은 사형이었다. 누가 내 동생을 위해 탄원 한마디 했는가? 누가 노여움 때문에 이성을 잃은 임금의 발목을 끌어안고 간청을 했는가? 누가, 누가 형제의 정을, 육친의 사랑을 설득해주었는가? 누가 말해주었는가, 내 동생이 막강한 워릭을 버리고, 내 편에 서서 싸운 일을? 누가 말해주었는가, 동생이 튜크스베리 전투에서 옥스퍼드 백작에게 패배당하는 나를 구출해서 "형님, 살아남아서 왕이 되셔야 합니다"라고 외친 일을? 누가 말했는가, 둘 다 전쟁터에서 쓰러져 얼어 죽을 뻔했을 때, 동생이 자신의 옷을 벗어 이 몸에 입히고, 자신은 거의 벌거벗은 상태에서 뼛속을 파고드는 밤의 추위에 떨고 있었던 사실을? 이 모든 얘기를 나는 지독한 노여움 때문에 까맣게 잊고 있었기에 죄를 지은 것 같다. 그런데, 아무도 나에게 이 사실을 말해 준 사람이 없다. 그런데 자신의 마부나 하인배들이 취중에 살인하면, 하느님의 모습을 닮은 거룩한 인간 목숨을 파멸하면, 너희들은 황급히 뛰어와서 무릎을 꿇고 "용서하세요, 용서하세요"라고 마냥 간청하고 있었지? 나로서는 부당한 일인 줄 알면서 용서할 수밖에 없었다. 하지만 내 동생을 위해서는 아무도 탄원하지 않았다. 나도 또한 무자비하게도 가련한 동생을 위해 나 자신을 설득하려고 하지 않았다. 영화를 누리고 있는 너희들은 한때 살아 있을 때 동생의 은혜를 입었다. 그런데 아무도 동생의 목숨을 구하기 위해서 나서지 않았다. 아아, 정의로운 하느님은 나에게, 너희들에게, 나와 너의 가족들에게도 반드시 천벌을 내릴 것이다! 헤이스팅스, 나를 내 실로 안내하라. 아아, 가련한 클래런스! (왕과 왕비는 가신들과 퇴장)

리처드 모두가 경솔한 탓이다. 그런데, 눈치를 챘는가? 클래런스의 사망 소식을 들었을 때, 왕비 측근들이 죄지은 사람처럼 홱 안색이 변했어? 왕을 선동한 놈들이 그 녀석들이로구나. 하느님의 복수가 있을 것이다. 하여튼, 경들이여, 안으로 들어가 임금님 곁에서 위로의 말씀을 드리자.

버킹엄 가십시다. (일동 퇴장)

제2장 궁전

요크 공작부인이 클래런스의 두 아들딸을 데리고 등장.

소 년 할머니, 말해주세요. 아버지가 돌아가셨어요?

공작부인 아니란다.

소 년 그런데 왜 할머니는 울고 계세요? 가슴을 치시며, "아, 클래런스, 불쌍하다"라고 하시잖아요?

소 녀 할머니는 저희들을 보고, 머리를 흔들면서 몸 붙일 곳 없는 버림받은 고아라고 하시잖아요? 할머니, 우리 아버지 돌아가셨어요?

공작부인 불쌍한 것들, 너희들 잘못 생각했어. 내가 슬퍼하는 것은 왕의 병환이다. 내가 한탄스러운 것은 왕을 잃을까 염려해서지, 네 아버지 죽음 때문이 아니다.

소 년 그렇다면 아버지는 돌아가셨군요. 왕이 아버지를 죽였어. 난 알고 있어요. 하느님이 복수해주실 거야. 나는 매일 열심히 하느님께 기도하겠어요.

소 녀 나도 기도할래.

공작부인 입 다물어. 너희들, 왕은 너희들을 잘 돌보고 있다. 철부지들 같으니, 아무것도 모르고 누가 아버지를 죽였는지 추측하면 못써.

소 년 할머니, 알고 있어요. 글로스터 숙부님께서 말해주셨어요. 왕비가 왕을 선동하여 아버지 죄를 꾸며내서 아버지를 감옥에 넣으셨다고 했어요. 숙부님은 그렇게 말하면서 눈물을 흘렸어요. 그리고 나서 저를 껴안고 볼에 입을 맞췄지요. 숙부님을 진짜 아버지라 생각하라고 했죠. 숙부님도 저를 진짜 아들처럼 귀여워해주신다고 말했어요.

공작부인 아, 속임수가 양의 탈을 쓰고, 고결한 모습으로 마음의 추악함을 감추고 있구나! 그도 나의 아들이니, 나의 치욕이로구나. 하지만 이 기만은 나의 젖을 먹은 탓이 아니다.

소 년 숙부님이 우리를 속였나요, 할머니?

공작부인 그렇단다.

소 년 그럴 수가 없어요. 들려요, 저 소리는 무엇이죠?

　　　　왕비 엘리자베스, 머리칼이 흐트러진 채 등장. 리버스와 도싯이 뒤따르고 있다.

엘리자베스 아, 터져 나오는 탄식과 눈물, 괴로운 나의 운명을 저주한들 누가 말릴 수 있는가? 이렇게 된 이상 어두운 절망에 몸을 맡기고, 내 영혼을 배반하면서까지 나 자신을 원수로 삼아야겠다.

공작부인 인내심도 없이 울부짖다니 도대체 무슨 일이오?

엘리자베스 이 몸이 파멸되는 비극을 연기하기 위해섭니다. 내 낭군이며, 당신의 아들인 에드워드 왕이 서거하셨습니다. 뿌리가 말랐는데, 어찌 가지가 자랄 수 있겠습니까? 수액이 없는데, 어찌 잎새가 시들지 않고 있겠습니까? 살아가려면 비탄에 빠질 수밖에 없습니다. 죽으려면 빨리 끝내는 것이 좋습니다. 우리들 영혼이 날개를 달고 왕의 영혼을 따라잡기 위해서지요. 또는 충실한 신하로서 그의 뒤를 쫓아 영원한 안식의 나라로 가기 위해서죠.

공작부인 아, 당신의 슬픔은 나의 슬픔이오. 당신의 남편은 나의 아들이기 때문이오. 나도 남편의 죽음 앞에서 눈물을 흘렸어요. 하지만 그 이후에는 아들 속에서 남편의 모습을 보고 살아왔소. 그러나 지금 똑같이 닮은 두 개의 거울이 악의에 찬 죽음 때문에 산산조각이 났어요. 사는 위안으로 나에게 남은 것은 하나의 부실한 거울뿐이지.

그 거울에 비치는 것은 나의 수치뿐이죠. 볼 때마다 슬퍼져요. 당신은 미망인이지만, 어머니이기도 해서 위안이 되는 아이들이 남아 있어요. 하지만 나의 팔에서 남편을 빼앗아간 죽음은 내 가냘픈 손에서부터 두 개의 지팡이, 에드워드와 클래런스를 빼앗아갔어요. 당신의 슬픔은 나의 슬픔의 반에 지나지 않소. 내가 무슨 죄를 지었단 말인가, 그대의 통곡, 그대의 슬픔은 내 것에 비하면 어림도 없으니 말이오.

소 년 큰어머님, 아버지가 돌아가셨을 때는 울지 않으셨지요. 그래서 우리도 큰어머님과 함께 울지 않을래요.

소 녀 아버지를 잃은 슬픔에 우리는 눈물을 흘리지 않았습니다, 그래서 남편을 잃은 큰어머님의 슬픔에 눈물을 흘리지 않겠어요.

엘리자베스 남편의 죽음을 슬퍼하는 일에 도움을 청하고 싶지 않다. 슬픔의 눈물이 말라버릴 만큼 메마른 내가 아니다. 세상 모든 샘들은 내 눈에 눈물을 흘려보내고, 간만(干滿)의 조수를 지배하는 달님의 명령에 따라 눈물의 비를 쏟아부어 온 세상을 물바다로 만들라. 이 모두가 남편 때문이다. 에드워드 왕 때문이다!

아이들 아아, 아버지를 위하여, 클래런스 공작을 위하여!

공작부인 아아, 두 아들 에드워드와 클래런스를 위하여!

엘리자베스 에드워드밖에 기댈 곳이 없었는데, 그는 가버렸다.

아이들 아버지밖에 기댈 곳이 없었는데, 그는 가버렸다.

공작부인 두 아들밖에 기댈 곳이 없었는데, 그는 가버렸다.

엘리자베스 이토록 깊은 상처를 입은 미망인은 없다.

아이들 이토록 깊은 상처를 입은 고아들은 없다.

공작부인 이토록 깊은 상처를 입은 어머니는 없다. 나야말로 모든 슬픔의 어머니다. 그들의 슬픔은 하나이지만, 나의 슬픔은 한 다발이다.

왕비는 에드워드 때문에 운다. 나도 운다. 나는 클래런스 때문에 운다. 왕비는 울지 않는다. 손자들은 클래런스 때문에 운다. 나도 운다. 나는 에드워드 때문에 운다. 손자들은 울지 않는다. 오호라, 세 사람은 나에게 3배의 슬픔을 준다. 그래서 나는 3배의 눈물을 쏟아야 한다. 나는 세 사람의 슬픔을 키우는 유모이다. 우유 대신에 슬픔으로 키우고 있다.

도 싯　용기를 내세요, 어머니. 하느님이 하시는 일에 불평불만을 표시하면 하느님이 노하십니다. 이 세상살이에서도 매한가집니다. 친절심으로 빌려준 것을 언짢아하면서 좀처럼 돌려주지 않으려고 하는 사람이 있어서 우리는 그를 배은망덕한 자라 부릅니다. 하물며, 하느님을 배신하면 그 죄의 깊이는 헤아릴 수 없을 것입니다. 하늘에서 빌려온 임금님의 목숨은 하느님이 요구하면 기쁘게 응해서 돌려주어야 합니다.

리버스　누님. 아들을 생각하는 어머니로서, 어린 왕자 일을 생각하세요. 곧 사신을 보내 당장 왕위에 오르게 해야 합니다. 왕자 속에 누님의 위안이 있습니다. 깊은 슬픔은 죽은 에드워드 묘에 묻어둡시다. 기쁨의 꽃을 살아 있는 에드워드의 옥좌 위에 피어나게 합시다.

　리처드, 버킹엄, 더비 백작 스탠리, 헤이스팅스, 랫클리프 등장.

리처드　원기를 내십시오, 왕비마마. 우리 랭카스터 집안의 빛나는 별이 빛을 잃으면 우리 모두가 슬픈 것은 당연하지만, 아무리 눈물을 흘려도 가버린 것은 돌아오지 않습니다. 아, 어머니, 실례했습니다. 그곳에 계신 것을 몰랐습니다. 무릎 꿇고 이렇게 빕니다. 축복을 받으세요. (무릎을 꿇는다)

공작부인　하느님이 그대에게 축복을 주시도록 빌겠다. 그대 마음이 순해

	지도록 빌겠다. 사랑과 자비심, 복종심과 충성심을 갖도록 빌겠다.
리처드	아멘. 일어난다. (방백) 제가 천수를 다하도록 빌어주시오. 어머니 축복은 그렇게 끝나야지. 놀라운 일이로다. 어머니가 그 대목을 빼버리다니.
버킹엄	얼굴을 찌푸리며 슬픔에 잠겨 있는 고관대작들이시여, 서로 탄식의 무거운 짐을 나누고 있는 지금이야말로, 서로 우애로서 서로 격려하는 일이 중요합니다. 지금은 돌아가신 임금님의 업적이 거둔 수확은 소멸되었으니, 젊은 왕자가 거둘 앞으로의 수확을 기대해야 합니다. 여러분들의 마음은 증오심으로 갈기갈기 찢긴 한 그루 나무죠, 그 나무도 형편없어서 부목을 대고, 짜깁고, 이어야 합니다. 이 나무를 우리는 소중하게 키워야 합니다. 소수의 사신을 러들로로 보내 왕자를 모시고, 런던으로 오시게 해서 대관식을 올리는 것이 좋을 듯합니다.
리버스	소수로 모신다니 무슨 뜻입니까, 버킹엄 공?
버킹엄	그 뜻은 이러합니다. 다수를 동원하면, 아물던 상처가 다시 터질 염려가 있기 때문입니다. 그 위험은 오늘의 푸른 들판을 생각하면, 경작할 주인도 없으니 심각합니다. 이를테면 말 고삐를 말 자신이 쥐고 있는 형편이죠. 말들은 마음 내키는 대로 달려갈 판국입니다. 재앙이 닥칠 것은 분명한데, 그 재앙의 가능성이 티끌만큼 있어도 미리 피해두는 것이 상책인 듯합니다.
리처드	우리 모두가 임금님 은혜로 화해를 했으니, 그 맹세는 확고부동하고 진실이어야 하오.
리버스	그야 물론 나도 그렇고, 모두들 마찬가지겠죠. 이 나라는 아직도 처녀지이기 때문에 혼란의 위험이 있습니다. 이 일을 미리 예방해야 합니다. 다수가 가면 그 위험은 증가됩니다. 따라서 왕자를 모

시고 가는 일은 소수가 적절하다는 버킹엄 공의 의견에 나는 찬성

입니다.

헤이스팅스　나도 같은 의견이다.

리처드　그러면 그렇게 합시다. 러들로로 파견할 사람을 결정하기 위해 안

으로 들어갑시다. 왕비마마도 안으로 드십시오. 어머니도 안으로

드십시오. 이 중대사에 적절한 조언을 부탁합니다.

엘리자베스　그럽시다.

공작부인　그럽시다. (버킹엄과 리처드를 남겨두고 일동 퇴장)

버킹엄　공작, 왕자를 모시러 누가 가더라도, 우리 둘이 이곳에 남아 있으

면 안 됩니다. 이번 기회에 전일 의논했던 대로 그 계획에 따라 왕

비의 거만한 측근들을 왕자로부터 분리시켜야겠습니다.

리처드　그대는 나의 분신이요, 심복 상담역이로구나. 나를 인도하는 신탁

이요, 예언자요, 친척이다. 나는 어린이처럼 너의 지시를 따르겠

다. 자, 그러면, 러들로로 가자. 남아 있으면 안 돼. (두 사람 퇴장)

제3장　런던, 거리

두 시민이 별개의 문으로 등장.

시민 1　안녕하슈, 어디로 급히 가시나요?

시민 2　그걸 나도 모른단 말이오. 그 소식 들었어요?

시민 1　들었죠. 임금님이 돌아가셨다죠.

시민 2　나쁜 소식이죠. 사태가 심상치 않아요. 걱정입니다, 큰 걱정이오.

세상이 어지러워질 것 같아.

또 한 사람의 시민 등장.

시민 3 안녕하십니까.

시민 1 안녕하슈.

시민 3 에드워드 왕께서 돌아가신 게 사실이오?

시민 2 안타깝게도 그게 사실이랍니다. 큰일 났어요.

시민 3 그렇다면 시끄러운 세상이 될 것 같아요.

시민 1 괜찮을 거유. 왕자가 왕위에 오른답니다.

시민 3 어린 풋내기가 다스리는 나라가 오죽하겠어요.

시민 2 왕자가 나라를 다스려도 희망은 있어요. 성년이 될 때까지는 신하들이 보필할 것이고, 왕자가 성년이 되면 왕자 자신이 훌륭하게 나라를 통치할 수 있을 겁니다.

시민 1 그때도 그랬어요. 헨리 6세가 생후 9개월 때 파리에서 즉위했었거든요.

시민 3 그랬었던가? 아니야, 그땐 상황이 달랐어. 정치에 도가 튼 충신들이 배출된 유명한 시대였죠. 게다가 숙부들이 왕을 감싸고 있었지요.

시민 1 지금도 훌륭한 숙부들이 부모 양쪽 편에 가득 있습니다.

시민 3 그게 틀렸다는 거요. 숙부 쪽이 전부 부친 쪽이든가, 아니면 부친 쪽에 한 사람도 없는 것이 좋단 말씀이에요. 누가 임금님 가까이에 끼어들 것인가 하는 아귀다툼 때문에 우리들 모두가 화를 입을지도 몰라요. 글로스터 공작이 위험해. 왕비 쪽 아들이나 형제들은 오만불손하지. 나라를 다스리는 일도 바쁘지만 저희들 자신을 다스리는 일이 더 급하다고요. 그래야지 병든 나라가 건강을 되찾을 수 있어요.

시민 1 걱정도 팔자셔. 만사형통하리다.

시민 3 구름이 끼면 약은 사람은 코트를 걸치지요. 나뭇잎이 뚝뚝 떨어지면 겨울이 눈앞에 온 것을 알게 되죠. 태양이 지면, 누구나 밤이 온다고 생각합니다. 때아닌 폭풍우는 흉년의 징조죠. 만사 잘 풀릴지도 몰라요. 매사 하느님이 뜻에 따라 결정되지만, 내 걱정을 웃도는 재난이 밀어닥칠지도 몰라요.

시민 2 확실히 모두들 겁에 질려 있습니다. 말을 건네보면 알지만 너 나 할 것 없이 어두운 표정을 하면서 불안에 떨고 있어요.

시민 3 변혁이 일어나기 전에는 언제나 그래요. 하늘이 주신 본능 때문에 사람들은 닥쳐오는 위험을 재빨리 알아차리죠. 파도가 심해지면 폭풍이 온다는 것을 사람들은 경험으로 압니다. 만사 하느님에게 맡깁시다. 어디로 가슈?

시민 2 실은 법정에 출두하는 길입니다.

시민 3 나도 가는 길이오. 함께 갑시다. (세 사람 퇴장)

제4장 런던, 궁전

요크 대주교, 요크 공 리처드(에드워드 4세의 둘째 아들), 왕비 엘리자베스, 요크 공작부인 등장.

대주교 어젯밤 일행들이 스토니 스트랫퍼드에 머물고, 오늘 밤은 노샘프턴에 머물 예정입니다. 내일이나, 모래 일행들이 이곳에 당도할 예정입니다.

공작부인 하루속히 왕자 에드워드의 얼굴이 보고 싶다. 지난번 만났을 때보다 더 성장했을 것이다.

엘리자베스 그렇지도 않는 모양입니다. 여기 있는 동생 요크 쪽이 키가 더 크다고 들었습니다.

요 크 그렇습니다. 저는 그 일이 싫어요.

공작부인 무슨 소리냐. 커지는 것은 좋은 일이다.

요 크 하지만 지난번 만찬 때 리버스 숙부께서 제 키가 형님 키를 넘어섰다고 말씀하자, 글로스터 숙부께서는 "작은 꽃은 품위가 있지만, 잡초는 키만 큰다"라고 말씀하셨어요. 그때부터 저는 빨리 크는 일이 싫어졌죠. 아름다운 꽃은 천천히 크고, 잡초는 황급히 자라기 때문이죠.

공작부인 그럴듯하게 들리지만, 그 말은 너를 빈정댄 그에게는 해당되지 않는다. 그는 어릴 때부터 형편없는 몸매였어. 한참 클 나이에 키가 자라지 않았어. 그래서 지금 말대로라면 그는 품위가 있지.

대주교 왕비마마, 그 점에 대해서는 걱정하지 않으셔도 됩니다.

공작부인 그랬으면 좋으련만, 어머니로서는 염려가 됩니다.

요 크 그래요, 그때 생각이 나네요, 숙부 모양새가 나쁘다고 사람들이 흉을 보았죠. 나보다 숙부 쪽이 더 형편없다고요.

공작부인 귀여운 요크, 무슨 생각이 또 났지?

요 크 제가 들은 얘기는요, 숙부는 점점 커져서, 태어나서 두 시간 후에는 딱딱한 빵도 씹었다는 거죠. 저는 이가 나는 데 2년이 걸렸어요. 이 말을 농담삼아 해서 숙부를 꼬집어줄 걸 그랬어요.

공작부인 그런데 그 얘기를 너는 들었느냐?

요 크 숙부의 유모한테서 들었죠.

공작부인 유모라? 이상하다. 유모는 네가 태어나기 전에 죽었어.

요 크 그렇다면 누구한테 들었는지 모르겠어요.

엘리자베스 몹쓸 녀석, 농담이 지나치다.

대주교 내버려두세요. 어린애 말인데.

엘리자베스 하지만 벽에 귀가 있어요.

　　　　　사신 등장.

대주교 사신이 왔습니다. 무슨 소식이냐?

사　신 말씀드리기가 거북합니다.

엘리자베스 왕자는 어찌 되었는가?

사　신 원기 왕성합니다.

공작부인 그렇다면 너의 소식은 무엇인가?

사　신 리버스 공과 그레이 공이 폼프렛트 감옥에 수감되었습니다. 왕자의 시종 토머스 본 경도 갇혔습니다.

공작부인 누가 그런 명령을 내렸는가?

사　신 글로스터 공작과 버킹엄 공작 두 사람입니다.

엘리자베스 도대체 무슨 죄로 체포했어?

사　신 드릴 말씀은 모두 드렸습니다. 무슨 이유로, 무엇 때문에 그분들이 투옥되었는지에 대해서는 저로서 짐작할 수 없습니다.

엘리자베스 아, 저런! 우리 집안이 몰락하는 모습이 보인다. 호랑이가 나약한 암사슴을 제 발톱에 넣었어. 왕자가 어리고 무기력하다 해서 포악한 마수가 뻗어오는군. 파멸이여, 죽음이여, 학살이여, 오겠으면 오라. 나는 모든 사람의 몰락이 지도 보듯하다.

공작부인 불안에 떨던 저주받은 싸움의 나날을 나는 얼마나 오랫동안 지켜보았는가! 내 낭군은 왕관을 손에 넣으려다 목숨을 잃었다. 아이들은 운명의 파도에 희롱당하면서 흥하고 쇠퇴할 때마다 나는 웃고 울고 몸부림쳤다. 이제 겨우 수습되어 내란의 먹구름이 날아간

듯하던 순간에 승전의 용사끼리 물고 뜯는구나. 피를 나눈 자들끼리 피를 흘리고, 형제가 형제를 할퀴며, 자신의 목에 스스로 칼을 겨누고 있다. 아, 어리석은 광란이여, 저주받은 악의 불꽃을 꺼라. 아니면 나를 숨지게 하라. 죽음의 땅을 더 이상 보고 싶지 않다.

엘리자베스 가자, 요크, 성역으로 가서 몸을 숨기자. 어머니, 안녕히 계세요.

공작부인 아니다. 나도 함께 가겠다.

엘리자베스 어머니까지 가실 필요는 없습니다.

대주교 왕비마마, 서두르세요. 중요한 사물이나 귀중품을 챙기세요. 저도 맡아 둔 옥새를 되돌려드리겠습니다. 있는 힘을 다해 왕비마마와 가족을 지키겠습니다. 가십시다. 성역 안으로 안내하겠습니다. (일동 퇴장)

제3막

제1장

트럼펫 소리. 어린 왕자 에드워드, 글로스터 공작, 버킹엄, 부처 추기경, 캐츠비 경, 그리고 기타 사람들 등장.

버킹엄 잘 돌아오셨습니다. 왕자님, 고향 땅 런던이죠.

리처드 잘 돌아오셨습니다. 내 마음속에서 임금님으로 받들어온, 사랑하는 조카여, 오시는 행차가 고단한 듯 울적해 보입니다.

왕 자 아니오, 숙부님. 도중에 사고가 있었죠. 모처럼의 여행이 지루하고, 따분하고, 불쾌한 것이 되었습니다. 마중 나온 숙부들이 더 있을 줄 알았어요.

리처드 그렇게 말씀하시는 것도 무리가 아닙니다. 아직도 순진하셔서 세상 속임수를 모르고 계시니깐요. 사람 판단하실 때, 겉모양만 보시고 결정하시더라도 할 수 없어요. 헌데, 겉모습으로는 본심을 알 수 없어요. 지금 언급하신 숙부들은 위험천만한 존재들입니다. 그들의 감언이설에 귀가 솔깃하시겠지만, 마음속 독한 마음은 이해하지 못하셔. 하느님, 왕자를 그들로부터 보호하소서, 그 배반자들로부터!

왕 자 아멘. 하지만 숙부들은 배반자가 아닙니다.

　런던 시장 시종들과 함께 등장.

리처드 런던 시장이 인사드리러 왔습니다.

시 장 왕자님의 건강과 행복을 기원합니다!

왕 자 고맙소, 시장. 모두들 오셨군요. 어머니와 요크 공작이 좀 더 일찍 도중에 환영 나올 줄 알았는데, 어찌 되었을까? 헤이스팅스는 무엇 때문에 꾸물대고 있는가? 어머니 오시는 기별조차 알리지 않고 있다.

　헤이스팅스 공 등장.

버킹엄 땀들 흘리며 이제 막 들이닥칩니다.

왕 자 어서들 오게, 어머니는 오시는가?

헤이스팅스 어찌 된 영문인지, 소신도 잘 모릅니다만, 어머니 왕비님과 요크 공이 작은 성당에 몸을 숨겼습니다. 어린 요크 공은 소신과 함께 마중 나가신다고 하셨습니다. 왕비께서 허락하지 않으셨습니다.

버킹엄 왕비께서는 어찌 그토록 도리에 어긋나는 해괴한 짓을 하실까! 추기경, 왕비한테 가서 즉시 요크 공을 왕자이신 형님한테 보내도록 설득하시오. 헤이스팅스 공, 경도 동행하시오. 만약에 왕비가 거절하시면, 강제로라도 그녀의 의심 많은 팔에서부터 요크를 빼내시오.

추기경 버킹엄 공작, 나의 무력한 언설로 요크 공을 어머니로부터 떼어놓을 수 있다면, 곧 모셔오겠습니다. 그러나 만약에 점잖은 호소에도 듣지 않으시면 소신으로서는 해볼 도리가 없습니다. 성당의 특권을 짓밟는 일은 하느님이 용서 못 하는 큰 죄입니다. 비록 이 나라 전체를 준다 하더라도 소신은 응할 수 없습니다.

버킹엄 지각 없는 옹고집이로군. 지나치게 예절만 지키고, 관습에 얽매이고 있네. 이 난세의 상황을 감안하세요. 요크 공을 모셔온다 해서 성당이 더럽혀집니까? 원래 성당의 은혜는 일을 저지르고 그곳으로 피신한 사람이거나 그 장소의 안전을 요구할 만한 지혜가 있는 사람에게 한정되어 있소. 요크 공은 피신도 안전도 아니오. 내 생각으로는 해당되지 않소. 그곳에 있을 필요가 없는 분을 모셔온다 해서 성당의 특권을 짓밟거나, 더럽힌다고 생각지 않소. 성당으로 도망간 어른들 얘기는 들었지만, 성당으로 도망친 애들 얘기는 들은 적이 없어요.

추기경 그렇다면 이번 한 번은 분부에 응하겠습니다. 함께 가실까요?

헤이스팅스 그럽시다.

왕 자 급히 서두르시오.

추기경과 헤이스팅스 퇴장.

리처드 숙부, 동생 요크가 오면, 대관식 날까지 우리들은 어디서 지내죠?
왕이 되실 신분에 알맞은 장소가 될 것입니다. 소신의 의견을 말씀
드린다면 한 이틀쯤 런던 탑에 머무르는 것이 좋을 듯합니다. 그
후로는 건강에 좋고 소일하기에 알맞은 곳을 마음대로 택하시는
것이 좋겠습니다.

왕 자 런던 탑은 싫어요. 줄리어스 시저가 그것을 지었나요?

버킹엄 그렇습니다. 그가 지었습니다. 그 후 시대 변천에 따라 여러 번 새
로 지었습니다.

왕 자 시저가 지었다는 기록은 있습니까? 아니면, 시대가 바뀔 때마다
그가 지었다고 말만 바뀐 겁니까?

버킹엄 전하, 기록에 분명히 있습니다.

왕 자 하지만 비록 기록에 남아 있지 않더라도 진실은 대대손손으로 전
달되어 시대를 초월해서 살아남을 것입니다. 최후의 심판 날까지
요.

리처드 (방백) 속담에도 있지, 영특한 어린이는 오래 살지 못한다고.

왕 자 숙부님, 뭐라 하셨어요?

리처드 언어로 남지 않더라도 명성은 오래간다고 했습니다. (방백) 이렇게
해서 나는 옛날 연극의 악역처럼, 한 단어에 두 가지 뜻을 심어놓
는다.

왕 자 줄리어스 시저는 명성이 높은 분이셨어요. 그의 용감성이 그의 지
혜를 장식했지만, 그의 지혜가 그의 용감성을 적어놓고 오래 남도
록 했어요. 죽음도 이 정복자를 정복하지 못하고 있다. 그의 몸은
죽었어도 명성은 살아남았기 때문이다. 그런데 버킹엄 공 —

버킹엄　무슨 일이십니까, 왕자님?

왕　자　내가 어른이 될 때까지 살아남는다면, 프랑스의 옛 권리를 다시 찾
　　　겠습니다. 그렇지 않으면, 왕으로 살기보다는 병사로서 죽겠어요.

리처드　(방백) 조숙한 봄에는 단명한 여름이 따른다.

　　　　어린 요크 공, 헤이스팅스, 추기경 등장.

버킹엄　마침 좋은 때 요크 공이 오셨군요.

왕　자　요크, 건강하게 잘 있는가? 소중한 동생이여.

요　크　네, 위대하신 임금님, 이젠 그렇게 불러야지요.

왕　자　그렇다. 서로 슬픈 일이기는 하지만, 왕의 칭호를 가져야 할 분은
　　　돌아가시고, 그분이 가셨기 때문에 왕의 칭호도 위엄을 잃었다.

리처드　잘 있었나요, 조카 요크 공?

요　크　감사합니다, 숙부님. 숙부님은 언젠가 잡초는 자라는 것이 너무 빠
　　　르다고 말씀하셨지요. 보세요, 형님이 나보다도 키가 더 큽니다.

리처드　확실히 그렇군.

요　크　그렇다면 형님은 잡초인가요?

리처드　그런 말은 입이 비뚤어져도 할 수 없어요!

요　크　그렇다면 형님을 더 좋아하시네?

리처드　형님은 임금님으로서 나에게 명령을 내리는 신분이시지만, 요크는
　　　숙부 조카라는 혈연관계죠.

요　크　숙부님, 그 단검을 저에게 주세요.

리처드　이 단검을? 기꺼이 드리죠.

왕　자　언제부터 구걸이냐?

요　크　무엇이든 주시는 숙부님은 주어도 아깝잖은 장난감을 주시지.

리처드　그렇다면 그보다 더 큰 선물을 줄까요?

요 크 이보다 더 큰 선물? 그렇다면 그 장검을 주나요?

리처드 이 물건이 가볍다면 주지요.

요 크 알았어요, 숙부님은 가벼운 선물만 주는군. 더 무거운 것은 줄 수 없죠?

리처드 몸에 차기에는 너무 무거워요.

요 크 무거워도 가볍게 만집니다.

리처드 이 장검을 갖고 싶은 게로군. 작은 검투사여.

요 크 네, 그래야 작은 검투사가 작은 감사를 드릴 수 있죠.

리처드 어떻게?

요 크 작게.

왕 자 숙부님, 요크의 말장난을 용서하세요, 부담스럽지요, 숙부님.

요 크 부담스럽다고 생각하시네요. 숙부님, 형님은 저를 조롱하고 있습니다. 제가 어린 원숭이 같아서 숙부님이 저를 등에 짊어지고 다닌다고 생각합니다.

버킹엄 (방백) 따지는 말재주가 날카롭네. 곱사등이 숙부를 놀리면서, 그 모욕의 독기를 줄이느라 적당하게 자신에 대해서도 험담을 하네. 저 어린 나이에 영특함이라, 보통 일이 아니다!

리처드 그럼, 가보실까요? 나는 버킹엄 공과 어머니 왕비께 가서 런던 탑으로 왕자 만나러 오십사고 청원하겠습니다.

요 크 아니, 런던 탑으로 갑니까? 형님!

왕 자 섭정이신 숙부님이 그랬으면 좋겠다고 하셨어.

요 크 저는 그곳에서는 단잠을 이룰 수 없습니다.

리처드 아니, 무엇이 무서워서?

요 크 한 맺힌 클래런스 숙부님의 망령 때문이죠. 그 숙부님이 탑에서 살해됐다고 할머니가 말씀하셨어요.

왕　자　돌아가신 숙부님은 무섭지 않아.

리처드　살아 있는 숙부도 무섭지 않지?

왕　자　다른 숙부님들도 살아만 있으면 두려워할 것 없어. 가자, 요크. 숙
부님들을 생각하면서 무거운 마음으로 런던 탑으로.

　　출발을 알리는 트럼펫 소리. 왕자, 요크, 헤이스팅스, 도싯 등이 리처
드, 버킹엄 그리고 캐츠비를 남기고 퇴장.

버킹엄　어떻습니까, 저 수다쟁이 요크는 교활한 모친의 사주를 받고 숙부
를 바보 취급하며 조롱하고 있는 게 아닙니까?

리처드　그렇소. 안심할 수 없는 녀석이오. 대담하고, 민첩하며, 유능하고,
조숙하며, 재능이 있어요. 그 녀석은 머리끝에서부터 발끝까지 어
머니를 빼닮았어.

버킹엄　우선 저들 둘은 내버려두고, 캐츠비, 이리 와. 너는 우리들 얘기를
비밀로 부치면서 은밀하게 일을 수행한다고 맹세했지. 오는 도중
에 서둘러 설명한 것은 알고 있겠지. 어떻게 생각하나? 윌리엄 헤
이스팅스 공을 우리 편에 끌어들여 글로스터 공작을 빛나는 이 나
라 왕좌에 모시는 일 말이다. 이 일이 쉬운 일은 아니지?

캐츠비　경은 돌아가신 왕 때문에 왕자들을 사랑합니다. 왕자에게 도움이
안 되는 일은 설득력이 없습니다.

버킹엄　그렇다면, 스탠리는? 그 양반은 응낙할까?

캐츠비　그는 철두철미 헤이스팅스 사람입니다.

버킹엄　좋아, 얘기는 이것뿐이다. 곧 헤이스팅스 공한테 가서 슬그머니 얘
기를 건네보아라. 우리 계획에 대한 반응을 탐색하라. 그리고 내일,
런던 탑에서 대관식 관계 회의를 열 테니 꼭 출석해달라고 전하라.
우리 말에 기울고 있다고 판단되면 우리 계획을 털어놓고, 그를 부

추겨라. 만약에 얼음처럼 냉랭하고, 납덩이처럼 반응이 없으면, 이쪽도 그렇게 나가라. 얘기를 중단하고, 그의 동정을 알리기 위해 곧 돌아오라. 그렇게 되면 내일 회의는 두 동강 난다. 그럴 경우 네가 할 일이 태산 같다.

리처드 윌리엄 공에게 안부 전하라. 그리고 캐츠비, 공에게는 천추에 한이 맺힌 반대파 도당을 내일 폼프렛성에서 말끔히 처치한다고 전하라. 이 소식이 마음에 들면, 축하 삼아 쇼어 부인에게 달콤한 키스를 한 번 해주도록 부탁하게.

버킹엄 부탁이다, 캐츠비, 빈틈없이 해내라.

캐츠비 두 분의 명령, 철저하게 해내겠습니다.

리처드 결과를 내가 잠들기 전에 알려주게나, 캐츠비!

캐츠비 네, 알았습니다.

리처드 크로스비 저택으로 오게나. 우리 둘이 그곳서 기다리겠다. (캐츠비 퇴장).

버킹엄 그런데, 공작님, 만약에 헤이스팅스 공이 우리 계획에 가담하지 않는다면 어떻게 할까요?

리처드 목을 날려. 그냥 내버려 둘 수 없잖은가? 그건 그렇고, 내가 왕이 되면, 그대에게는 헤리퍼드 백작령과 형왕이 소유했던 재산을 몽땅 주겠다.

버킹엄 그 약속 공작님 손으로 처리되길 바랍니다.

리처드 물론 기쁜 마음으로 해내겠다. 기대하라. 그런데, 우선 저녁식사를 끝내자. 그 이후 천천히 우리들 계획을 숙고하고 마무리짓자.

제2장 헤이스팅스 공 저택 앞

사신 등장.

사　신　(문을 두드리며) 대감님, 대감님!

헤이스팅스　(안에서) 누구냐, 문을 두드리는 사람이?

사　신　스탠리 공의 사신입니다.

　　　　헤이스팅스 등장.

헤이스팅스　몇 시냐?

사　신　네 시를 쳤습니다

헤이스팅스　네 주인 양반도 잠 못 이루는 밤이로구나.

사　신　지금부터 말씀드리는 내용으로 짐작이 갈 것입니다. 우선 저의 어른의 안부를 전합니다.

헤이스팅스　무슨 얘긴가?

사　신　대감께 알리시라는 분부입니다. 어젯밤 꿈 얘기죠. 꿈속에서 글로스터가의 문장(紋章)인 멧돼지가 달려들어서 대감님 투구를 벗겨버리더라는 것입니다. 게다가 내일 회의는 두 군데서 열리게 되는데 한쪽에서 결의되는 내용이 또 다른 쪽에 나가시는 대감님과 저희 어른이 통탄해하실 일이라는 것입니다. 그래서 대감님께 여쭈어, 좋으시다면 저희 어른과 말을 몰고 전속력으로 북쪽으로 피난 가자는 것입니다. 저희 주인이 예상하시는 위험을 피하자는 것입니다.

헤이스팅스　됐어, 어른한테 가서 이렇게 전하라. 별개의 회의는 염려할 필요가 없다. 한쪽에는 스탠리 공과 본인이 출석하고, 다른 쪽에는 내 부하 캐츠비가 참석한다. 그러기 때문에 우리들 신상에 저촉되는 의제가 상정되면 어김없이 본인의 귀에 들어오게 되어 있다. 어른의 걱정거리는 따라서 근거도 내용도 없는 실체에 불과하다. 꿈얘기에 대해서는 이렇게 전하라. 잠 못 이루는 밤에 환상이 보인다고, 그것을 믿으시다니 어이가 없다고 말이다. 멧돼지가 오지도 않는데 도망쳐 보라, 그놈이 성이 나서 따라오게 되고, 애초에 대들생각도 없었던 멧돼지는 갑자기 덤벼들게 돼. 주인 양반께 즉시 우리 집으로 오시라고 전하라. 함께 런던 탑으로 가면 알게 될 거다. 그 멧돼지가 우리를 친절하게 대해줄 터이니 그리 알라고 전하라.

사　신　그러면 그 말씀 전하겠습니다. (퇴장)

　　　캐츠비 등장.

캐츠비　안녕하십니까, 헤이스팅스 공!

헤이스팅스　안녕, 캐츠비, 아침 일찍 왔구먼. 무슨 일이 있었는가, 흔들리는 이 나라에?

캐츠비　정말로 비틀비틀 쓰러지고 있는 이 나라 요즘 실정입니다. 다시 반듯하게 세우기가 힘들게 됐어요. 리처드 공작이 이 나라 화관(花冠)을 쓰게 되면 별문제지요.

헤이스팅스　무엇이라, 화관을? 왕관을 쓴다는 말인가?

캐츠비　그렇습니다.

헤이스팅스　천부당만부당이다. 그런 머리에 왕관이 얹히는 것을 보는 것보다는 차라리 이 목이 잘리는 게 낫겠다. 공작이 왕관을 노리는 것은 확실한가?

캐츠비　그렇습니다. 목숨 걸고 맹세합니다. 그래서 대감께 그 목적을 달성하기 위한 일에 가담하시라는 거죠. 그분은 대감님께 반가운 소식한 가지 전하라 하셨습니다. 대감님의 적수인 왕비 측근들이 바로 오늘 폼프렛성에서 모습을 잃게 된답니다.

헤이스팅스　그 소식을 듣고도 나는 슬퍼하지 않는다. 그들은 나를 항상 증오했던 원수였기 때문이다. 하지만 내가 리처드 편이 되어, 지금은 돌아가신 왕의 진정한 후계자들을 왕좌로부터 끌어내리는 행동은, 맙소사 하늘이 노할 것이다, 죽어도 못 한다.

캐츠비　그 충성심이 영원히 변하지 않도록 하느님께 기도합니다.

헤이스팅스　그건 그렇고, 앞으로 일 년 동안은 웃게 생겼구나. 나를 중상모략해서 임금님이 나를 미워하게 되었는데, 나를 모함한 그 일당들의 비극적 최후를 보게 되다니. 그런데, 캐츠비…….

캐츠비　무엇입니까?

헤이스팅스　두 주일 안으로 나는 몇 사람을, 그들은 상상도 할 수 없지만, 저세상으로 날려 보내겠다.

캐츠비　미처 생각도 하기 전에, 각오도 서지 않는데 죽는다는 것은 정말로 무서운 일입니다. 헤이스팅스 공.

헤이스팅스　그렇다, 참으로 그런 운명은 끔찍하다, 끔찍하다! 리버스, 본, 그레이가 그랬었지. 그런 일은 앞으로도 너나 또는 나한테도, 말하자면 안전하다고 생각하는 사람들에게 덮칠 것이다. 특히나 리처드와 버킹엄 공의 신임이 두터운 측근들에게 들이닥칠 것이다.

캐츠비　두 사람은 확실히 대감을 높이 평가하고 있습니다, (방백) 그 목을 런던 다리 위에 매달기 위해서지.

헤이스팅스　알고 있어. 당연한 일이야.

　　더비 백작 스탠리 공 등장.

　　어서 와요, 어서 와. 멧돼지잡이 창은 어떻게 되었소? 멧돼지를 겁내면서 무기도 안 갖고 가시나요?

스탠리 안녕하시오, 헤이스팅스 공. 캐츠비, 안녕. 여러분들은 나를 비꼬는 모양인데, 솔직히 말해서 회의가 두 동강 난 것은 찬성할 수 없소.

헤이스팅스 스탠리 공, 당신과 마찬가지로 나도 목숨이 아깝소. 그리고 분명히 말해두지만 내 일생 가운데서 지금 이 순간만큼 내 목숨이 중요하다고 생각되는 때가 없었소. 어때요, 내 신변의 안전이 확실하지 않으면, 이렇게 당당하게 가슴을 펴고 서 있을 수 있겠어요?

스탠리 지금 폼프렛에 있는 양반들도 런던으로부터 의기양양하게 출발할 때는 신변의 안전을 믿고 있었죠. 사실 그것을 의심할 이유가 전혀 없었죠. 그런데 생각해봐요, 삽시간에 먹구름이 덮쳤어요. 이와 같은 증오의 공격은 내 몸에도 일어날 수 있소. 나중에 괜히 겁먹었구나라고 생각하게 되면 다행이오. 런던 탑으로 갑시다. 시간이 다 되었소.

헤이스팅스 함께 갑시다. 그런데 알고 계십니까, 아까 언급한 그 녀석들이 오늘 목을 날린답니다.

스탠리 성실한 그분들의 목을 치는 것보다는 그들을 공격하는 자들의 목을 잘라야 합니다. 좋습니다. 가십시다.

　　　시종 등장.

헤이스팅스 먼저 가십시오. 나는 이 사람과 얘기가 있습니다. (스탠리와 캐츠비 퇴장) 어떤가, 요즘 어떻게 지내고 있는가?

시 종 행운이 깃들기를 빌고 있습니다.

헤이스팅스 나는 지난번 자네를 만났을 때보다 지금이 더 낫다고 말할 수 있지. 그때에는 내가 런던 탑으로 옥살이할 뻔했어. 왕비 일당의 모함에 빠졌었지. 그런데 어떤가, 지금은. 너만 알고 있어라, 그때 나를 모함한 자들이 오늘 살해될 운명이다. 그런데 나는 그 어느 때보다도 행복하다!

시 종 제발 그 행운이 오래 지속되도록 기원합니다.

헤이스팅스 고맙다. 받아두어라. (지갑을 던져준다)

시 종 신의 은총이 내리소서. (퇴장)

　　　신부 등장.

신 부 참으로 알맞게 만나뵙게 되어 기쁩니다.

헤이스팅스 제가 더 황송합니다. 신부님. 지난번 일 수고하셨습니다. 다음 안식일에 오십시오. 그때 보답하겠습니다. (신부의 귀에다 속삭인다)

　　　버킹엄 등장.

버킹엄 아니, 신부에게 말씀 나누는 중이시군요. 시종장 각하. 폼프렛성의 친구들이 신부가 필요하겠죠, 하지만 각하에게는 참회할 일이 있습니까?

헤이스팅스 사실은 이 신부님을 만나니 당신이 얘기하던 그 녀석들이 생각났죠, 지금 런던 탑으로 가시는 길입니까?

버킹엄 그렇습니다. 그러나 그곳에 오래 있지는 못할 듯합니다. 아마도 각하보다 일찍 떠나야 할 것 같습니다.

헤이스팅스 그런가요, 소신은 점심 때까지 있을 예정입니다.

버킹엄 (방백) 저녁식사 때까지도 돌아가지 못할 것이다. 모르는 게 약이지. 가실까요?

헤이스팅스 기쁜 마음으로 동행하리다. (일동 퇴장)

제3장 폼프렛 성

기사 리처드 랫클리프가 창을 든 형리들과 함께 등장. 리버스, 그레이, 본 등 3인을 형장에 끌고 가려 하고 있다.

랫클리프 여봐라, 죄수들을 끌어내라.

리버스 리처드 랫클리프, 분명하게 말해둔다. 오늘 네 눈으로 보는 건 한 사람의 신하가 성실과 의무와 충성심 때문에 죽어가는 모습이다.

그레이 하느님이 왕자를 너희들 악당으로부터 지켜주기를 기원하겠다! 너희 놈들은 무서운 흡혈귀들이군.

본 너희 놈들은 평생 이 일 때문에 후회의 눈물을 흘릴 것이다.

랫클리프 서둘라. 수명이 다 됐다.

리버스 아아, 폼프렛, 폼프렛! 피 냄새를 풍기는 감옥이여, 너는 왕후 귀족을 파멸시켰다! 너의 죄 많은 성벽을 쳐다보며 리처드 2세도 여기서 난도질당했다. 그토록 처참한 장소에 악명을 한번 더 날리기 위해 우리는 무고한 피를 흘리고, 너는 그 피를 마시고 있다.

그레이 마거릿의 저주가 지금 우리에게 쏟아지고 있다. 그의 아들이 리처드의 칼에 쓰러졌을 때 방관한 죄.

리버스 그때부터 그는 헤이스팅스를, 버킹엄을, 리처드를 저주했다. 아아, 신이여, 그 저주를 들으세요, 그들과 우리에 대한 저주를! 신이여, 부당하게 피를 흘려야 하는 우리들 운명, 우리들 성실한 피만으로도 보상을 충분히 했으니, 누님과 그 왕자들만은 살려주십시오.

랫클리프 꾸물대지 마라. 사형 시간이 지났다.

리버스 그레이, 본, 안아다오. 잠시 이별이다. 천당에서 다시 만날 때까지.

(퇴장)

제4장 런던 탑

버킹엄, 스탠리, 헤이스팅스, 일리의 사제, 랫클리프, 로벨, 기타 인물 등장해서 테이블에 착석한다.

헤이스팅스 여러분, 오늘 이렇게 모인 이유는 대관식 준비를 의논하기 위해서입니다. 발언들 해주십시오. 식은 언제쯤이 좋겠습니까?

버킹엄 대관식 준비는 다 되어 있겠죠?

스탠리 물론입니다. 날짜만 정하면 됩니다.

일 리 내일로 경사스러운 날을 정하는 것이 어떻습니까?

버킹엄 섭정의 의견을 아시는 분은 없나요? 글로스터 공작과 가장 절친한 분은 누굽니까?

일 리 버킹엄 공작입니다.

버킹엄 내가? 서로 얼굴은 알고 있소. 하지만 그 마음속 깊이는, 공작이 내 마음을 모르듯, 내가 여러분의 마음을 모르듯, 나도 알 수 없소. 여러분이 내 마음을 모르듯, 나는 알 수 없소. 헤이스팅스 공, 당신은 공작과 친한 사이시죠.

헤이스팅스 그건 그렇습니다. 하지만 대관식에 관해서는 내가 그분한테 물어본 적도 없고, 공작으로부터도 들은 적이 없어요. 그러나 여기 계신 대감들이 대관식 날을 정하시면, 공작님을 대신해서 소신의 의견을 말할 수 있습니다. 공작도 내 의견에 의의가 없을 겁니다.

리처드 등장.

일 리 마침 좋은 때에 공작님이 오셨군요.

리처드 여러분 안녕하십니까? 그만 늦잠을 자다 지참(遲參)했습니다. 출석

했으면 결론을 얻었을 중요 의제들을 부재로 인해 충분한 토론도 하지 못하고 방치된 것이 아닙니까?

버킹엄 제때에 오시지 않았으면, 헤이스팅스 공이 공작의 역할을 맡아 대관식 일정을 결정할 뻔했습니다. 글로스터 공작의 결정권을 행사할 뻔했습니다.

리처드 그것을 할 수 있는 사람은 헤이스팅스 공밖에 없다. 경은 나를 잘 알고, 아껴주신다.

헤이스팅스 황송합니다.

리처드 일리의 사제님!

일 리 네, 무슨 일이십니까?

리처드 지난번 홀본 댁에 갔을 때, 그 댁의 정원에 잘 익은 딸기를 보았소. 부탁합니다, 좀 보내줄 수 없습니까?

일 리 물론입니다. 기쁜 마음으로 보내드리죠. (퇴장)

리처드 버킹엄, 할 말이 있으니 이리 와주세요. (옆으로 끌고 간다) 그 일 때문에 캐츠비가 알아봤더니, 성깔 고약한 헤이스팅스 녀석이 발칵 화를 내면서 선왕의 피붙이들이라고 왕자를 떠받들면서 그를 영국 왕좌에 못 모실 바에는 차라리 죽는 게 낫다고 떠들어댄 모양이야.

버킹엄 잠시 저리로 나가실까요? (두 사람 퇴장)

스탠리 영광스러운 날을 아직도 결정을 보지 못하고 있는데, 내일 당장 식을 거행한다는 것은 너무 성급한 일이오. 실은 소신도 충분한 준비가 되고 있지 않아요. 좀 더 앞으로 연기하는 것이 바람직합니다.

　　일리 사제 다시 등장.

일 리 공작님은 어디로 가셨나요? 딸기를 보내왔는데.

헤이스팅스 오늘 공작님은 아주 기분이 좋으시네. 그토록 밝은 목소리로 안녕 인사를 나누는 것을 보니 틀림없이 즐거운 일이 있으셔. 기독교 나라 방방곡곡을 찾아봐도 저분만큼 사랑과 미움의 감정을 숨길 줄 모르는 사람도 없을 거야. 얼굴만 쳐다보아도 속마음을 곧 알 수 있거든.

스탠리   오늘 얼굴 보시고 어떤 속마음을 읽으셨나요?

헤이스팅스   이곳에 있는 누구에게도 악의를 품고 있지 않다. 한 사람이라도 있으면 얼굴에 나타나지.

스탠리   그랬으면 오죽 좋겠습니까.

　　　리처드와 버킹엄 다시 등장.

리처드   여러분에게 묻겠다. 흉측스러운 마술을 사용해서 글로스터의 죽음을 음모하고, 지옥의 주문을 외우며 이 몸이 불구가 되라고 소원한 자가 있다면, 그 악당들에게 어떤 앙갚음을 해야 하는가?

헤이스팅스   공작에 대해서 평소 품고 있는 존경심 때문에 여기 계시는 여러분에 앞서 한 말씀 드립니다. 저는 그들이 누구이든 처벌을 해야 한다고 생각합니다. 공작님, 죽음의 벌을 내려야 합니다.

리처드   그렇다면 이 범죄의 증거를 여러분 눈으로 똑똑히 보시오. 이처럼 내 몸은 마술에 걸려 있다. 보시오, 이 팔은 시들어버린 어린 나뭇가지처럼 오그라들었소. 이것은 형 에드워드의 처, 그 무서운 마녀가 한 짓이오. 악명 높은 창녀 쇼어 부인과 공모해서, 이토록 마술을 써서 내 몸에 불구의 낙인을 찍어놨소.

헤이스팅스   만약에 그런 짓을 했다고 한다면, 공작님……

리처드   만약에? 그 밉살스러운 창녀의 보호자격인 당신이 "만약에"라고? 이 배반자여! 이놈의 목을 쳐라! 그것을 내 눈으로 볼 때까지 나는 결코 식사를 하지 않겠다고 맹세한다. 로벨, 랫클리프, 처형은 너희들이 하라. 나머지 사람들, 나를 사랑하는 사람은 따라오시오.

헤이스팅스, 랫클리프, 로벨을 놔두고 일동 퇴장.

헤이스팅스 아, 슬프다, 슬퍼, 영국의 비극이다. 나는 끄떡없다. 어리석구나, 나는 이 비극을 막을 수 있었을 텐데. 스탠리는 멧돼지에게 투구를 뺏기는 꿈을 꾸었다고 말했어. 그것을 나는 묵살하면서 도망칠 생각을 하지 않았다. 오늘 세 번씩이나 장식 천을 감은 내 말이 런던 탑 앞에서 비틀거리고 기겁을 했다. 그놈은 내가 도살장에 가는 것이 싫었다. 아, 조금 전에 말을 건넸던 신부가 다시 필요해졌군. 이제야 내 시종한테 한 말이 후회스럽네. 나는 의기양양하게 말했지. 적들은 폼프렛성에서 무참히 학살되겠지만, 나는 호감을 사고 신임이 두터운 몸이라서 끄떡없다고 말했지. 아아, 마거릿, 마거릿, 너의 주문은 효험이 빠르구나. 벌써 이 헤이스팅스의 머리를 강타하고 있으니.

랫클리프 서두르자. 공작님은 저녁식사를 기다리고 계시다. 참회도 간단히 끝내시오. 공작님이 당신 대가리 빨리 보고 싶대.

헤이스팅스 아, 인간의 덧없는 은혜여. 신의 은총보다도 그것을 더 쫓고 쫓다니. 타인의 미소 진 얼굴에 희망의 공중누각을 짓는 자는 돛대에 올라 간 술 취한 선원과도 같다. 고개 끄덕일 때마다 흔들리고 흔들려 꼭대기에서 바다 밑으로 곤두박질친다.

로 벨 서둘러요, 서둘러. 한탄 개탄해봤자야.

헤이스팅스 아, 잔인한 리처드! 불행한 영국이여. 나는 예언한다. 어느 시대도 일찍이 본 적 없었던 무서운 날이 너에게 밀어닥칠 것이다. 단두대로 끌고 가라. 내 목을 갖다주라. 나를 보고 웃는 자도 곧 죽는다. (일동 퇴장)

제5장 런던 탑의 성벽

리처드와 버킹엄이 녹슬고 몸에 맞지 않는 낡은 갑옷을 걸치고 있다.

리처드 이거 봐, 자네 할 수 있겠나? 몸을 떨고, 안색을 바꾸고, 한마디 하고는 숨을 죽여, 그리고 다시 이었다가, 또 중단하면서, 마치 공포에 질려 이성을 잃은 사람의 연기야, 할 수 있겠는가?

버킹엄 할 수 있고말고요. 그런 비극 배우의 역할쯤은 떡 먹기입니다. 말하면서 뒤를 쳐다보고, 이리저리 사방을 살피면서, 지푸라기 하나가 움직여도 놀라 자지러지고, 몹시 의심하는 시늉을 하는 거죠. 공포의 표정도 짓고, 억지웃음도 마음대로 하는 겁니다. 어떤 일이든 작전상 필요하면 즉시 그 역할을 하는 겁니다. 그건 그렇고, 캐츠비는 어디로 갔습니까?

시장과 캐츠비 등장.

리처드 왔어. 보라고, 시장을 데려왔지.

버킹엄 시장님…….

리처드 도개교(跳開橋)를 지켜라!

버킹엄 들어라, 북소리다!

리처드 캐츠비, 성벽 주변을 살펴라!

버킹엄 시장님, 당신을 이곳에 모신 이유는…….

로벨, 랫클리프, 헤이스팅스의 머리를 들고 입장.

리처드 뒤쪽을 봐라! 버킹엄, 조심해, 적이다!

버킹엄 신이여, 죄 없는 우리를 지켜주소서!

리처드 걱정 마라. 우리 편 랫클리프와 로벨이었구나.

로 벨 이놈 대가립니다. 비겁한 배반자, 위험한 헤이스팅스, 아무도 의심치 않았던 녀석이죠.

리처드 내가 아꼈던 사람이다. 눈물이 나는군. 이 땅에 태어난 기독교도 가운데서 이토록 정직하고 믿음직한 사람을 본 적이 없어. 그는 이를테면 나의 수첩이었다. 나는 그 속에 나의 비밀을 남김없이 적어 놓았다. 그는 겉으로는 미덕을 가장하고, 속으로는 악덕을 숨기고 있었다. 세상이 다 아는 죄, 쇼어 부인과의 통정을 빼놓고는 단 한 가지도 사람들의 의심을 살 일이 없었다.

버킹엄 정말이지, 이놈만큼 사람의 눈을 속인 배반자는 없었어요. 이 일을 상상이나 할 수 있겠습니까, 믿을 수도 없겠죠. 하느님 덕택으로 이처럼 살아남아 얘기할 수 있는 행운을 타고나서 다행인데, 이 교활한 배신자는, 오늘 회의 석상에서 나와 글로스터 공작을 살해하는 음모를 꾸몄습니다.

시 장 아니, 이 사람이 그런 일을?

리처드 시장은 우리를 터키인이나 이교도쯤으로 생각하는가? 아니면 엄한 국법을 어기면서 이 악당을 경솔하게 처형한 것으로 생각하는가? 아니면 목전에 임박한 위기를 감지하고, 영국의 평화를 생각하고, 내 몸의 안전을 위해서, 어쩔 수 없이 결행했던 조치라고 생각하는가?

시 장 알겠습니다! 이 사람을 처치한 것은 잘하셨습니다. 두 분의 결단은 이 같은 음모를 하려는 배신자에 대한 경고가 될 것입니다.

버킹엄 그가 쇼어 부인과 교제한 다음부터 소신은 이 같은 일이 일어나지 않을까 걱정을 했습니다. 사실은 시장이 입회하시기 전까지는 이 사람을 처형할 생각이 없었습니다. 우리 부하들이 충성심이 지나쳐 급히 서두르다가 일이 여기까지 진전되었어요. 원래 우리 뜻은 아니었습니다. 우리는 시장이 도착한 후, 겁먹은 배신자가 모반의 목적과 방법을 실토한 후에 처형하려 했습니다. 그러면 시장께서 시민들에게 있는 그대로 소상하게 전달할 수 있어서, 시민들이 우리를 오해하거나, 이 사람의 죽음을 애석하게 여기는 일이 없을 거 아닙니까.

시 장 방금 들은 얘기만으로도, 실제로 배신자를 보고 들은 것과 같습니다. 두 분 다 안심하십시오. 본인은 이 사건에 관해서 두 분의 올바른 조치에 대해 시민들에게 충실하게 전달하겠습니다.

리처드 그 때문에 시장을 오시도록 했습니다. 말 많은 세상의 비난을 피하기 위해서죠.

버킹엄 우리들이 결행했던 시간에는 늦으셨지만, 귀로 들으신 우리들 충정에 대해서는 반드시 증인이 되어주어야겠소. 안녕히 가시오, 시장. (시장 퇴장)

리처드 버킹엄, 그의 뒤를 쫓아라. 시장은 황급히 길드홀로 달려갈 것이다. 그곳에서 열리고 있는 회의에서, 경은 적절한 기회에 에드워드의 아이는 모두 사생아라고 말하시오. 그리고 에드워드가 한 시민을 죽인 얘기도 하세요. 그 사람은 자기 집 간판이 "왕관"이라서 아들에게 "왕관"을 물려주겠다고 말했다가 변을 당했어요. 그리고 에드워드의 호색, 그 야수 같은 색정에 대해서도 말하시오. 하녀건, 처녀건, 유부녀건 색욕에 미친 눈이 닿고 마음이 동하면 닥치는 대로 집어삼켰다고 털어놓으세요. 필요하다면 나 자신에게 관계되는 것이라도 상관없소. 어머님이 음탕한 에드워드를 잉태했을 때, 아버님 요크 공은 프랑스에 출전 중이었소. 따라서 아무리 날수를 짚어봐도 형은 아버님 아들이 아니오. 그것은 형님 얼굴 모습에도 나타나 있소. 아버님의 수려한 모습과는 딴판이오. 이 얘기도 빼놓지 마시오. 하지만 완곡하게 먼발치로 말하시오. 어머니가 아직도 생존해 계시니깐.

버킹엄 걱정 마세요. 열변을 토하겠습니다. 사례로 받는 왕관이 내 것인 양 열성을 다해서 하겠습니다. 그러면, 공작님, 다녀오겠습니다.

리처드 일이 잘 풀리면 모두들 함께 베이너드 성으로 오시오. 거룩한 신부들과 학식 있는 사제들에 둘러싸여 있는 나를 그곳에서 발견하게 될 것이오.

버킹엄 가보겠습니다. 서너 시경에 시청의 소식을 들고 가겠습니다. (퇴장)

리처드 로벨, 급히 신학자 샤아 박사한테 가거라. (랫클리프에게) 너는 수도사 펜카한테 가라. 두 사람에게 곧 베이너드 성으로 오라고 말하라. (리처드를 남겨두고 두 사람 퇴장) 나는 안으로 들어가서 클래런스의 새끼들을 몰래 처치할 수단을 강구해야겠다. 왕자한테는 언제 어느 때건 개미 한 마리 얼씬거리지 못하게 손을 써야겠다. (퇴장)

제6장 런던, 거리

대서인 손에 서류를 들고 등장.

대서인 이게 바로 헤이스팅스 공의 기소장인데, 아주 깨끗한 글씨로 정리되고 있구나. 오늘 이것을 세인트폴 사원에서 낭독한다는 거지. 보란 말이야, 앞뒤가 척척 맞아떨어지네. 캐츠비가 이것을 가져온 것이 어제였는데, 청서하는 데 열한 시간 걸렸어. 초고 작성하는 데도 그만한 시간이 걸렸을 거다. 그런데 말이야. 헤이스팅스 공은 다섯 시간 전까지도 살아 있었어. 고소도, 심문도 받지 않고 자유롭게, 자유롭게 살아 있었다. 참으로 멋있는 세상이로구나! 이토록 뻔한 모략에 눈치 못 차리는 등신이 있단 말인가? 알았다고 대담하게 말할 사람도 없겠지? 이 세상은 암흑이야. 끝장이야. 이런 엉터리 수작을 보고도 입 다문 채 묵묵히 지나야 하니. (퇴장)

제7장 베이너드성

리처드, 버킹엄이 별개의 문으로 등장.

리처드 어떻게 되었는가? 시민들은 무엇이라고 말하고 있는가?

버킹엄 참으로 이상한 일입니다. 입 꼭 다물고 아무 말이 없습니다.

리처드 에드워드 아들이 사생아라고 말했는가?

버킹엄 했습니다. 레이디 루시와 약혼하고, 대리를 보내어 프랑스 왕의 여동생과 약혼한 일이며, 또한 색정에 눈이 멀어 시민의 유부녀를 겁탈한 얘기, 사소한 죄 때문에 잔혹한 벌을 준 얘기, 왕의 출생도 의심스럽다, 부친이 프랑스 원정 중에 생긴 아이로서 요크 공을 닮지 않았다, 이렇게 장황하게 늘어놓았습니다. 거기다가, 공작님의 용모도 언급했지요. 글로스터 공작은 모습이며, 고상한 심성이 부군을 그대로 닮고 있다. 그리고 공작님이 세운 스코틀랜드에서의 숱한 공훈이며, 전시 중에 보인 명장의 모습, 평화 시에 드러낸 현군(賢君)의 자태를 설명했습니다. 소신은 공작님을 관대하고, 덕망이 있으며, 인자한 분이라고 말했습니다. 얘기를 하면서 할 말은 빼놓지 않고 했는데, 강조할 점은 틀림없이 강조했습니다. 얘기를 끝내

려고 했을 때, 소신은 목청을 돋우며 말했습니다. 이 나라를 진정
으로 사랑한다면 "영국 왕 리처드 만세!"라고 부르자.

리처드 그들은 만세를 불렀나?

버킹엄 아니오. 그들은 한마디도 입 밖에 내지 않았습니다. 마치 벙어리
동상처럼, 숨죽인 돌멩이들처럼 서로 창백한 얼굴을 멍하니 쳐다
보고 있었습니다. 이 상황을 보고 저는 느닷없이 고함을 지르면서
완고한 이 침묵은 무엇 때문이냐고 시장께 윽박질렀지요. 그의 답
변은 시민들이 기록관을 통해서만 명령을 듣는다는 것이었습니다.
그래서 저는 기록관에게 제 얘기를 다시 한번 되풀이하라고 명령
했지요. 그것도 "공작님은 이렇게 말씀하셨다. 공작님은 이렇게
생각하신다"는 투였고, 절대로 기록관의 의견은 첨부하지 않았습
니다. 이 일이 끝난 다음, 회의장 말석에 앉아 있던 저의 부하들이
모자를 던져 올리면서, "영국 왕 리처드 만세!"라고 외쳤습니다.
그 몇 사람의 고함 소리에 이어 "감사합니다, 시민 여러분, 지금 터
져 나온 이 열렬한 박수와 환성은 여러분의 분별심과 리처드 공작
에 대한 존경심을 나타내고 있습니다"라고 말하고는 얘기를 중단
하고 돌아오는 길입니다.

리처드 병신들 같으니, 혓바닥도 없어! 아무도 입을 열지 않았다고?

버킹엄 네, 그렇습니다.

리처드 시장과 그 일당들은 이곳에 오지 않았는가?

버킹엄 시장은 곧 옵니다. 겁을 먹도록 태도를 취하세요. 그쪽에서 애원하
며 간청해야 만나주십시오. 기도서를 손에 들고, 양쪽에 신부를 거
느리고 나타나십시오. 그때를 맞춰 저는 성가를 부르도록 하겠습
니다. 그 사람들의 소원을 쉽게 받아들이지 마십시오. 여자아이처
럼, 싫어요, 싫어요 하면서 슬그머니 승낙하십시오.

리처드 그렇게 하자. 내가 싫다고 할 때마다, 너는 더욱더 열을 올려 전체를 대표해서 열렬하게 청원하는 거다. 그러면 틀림없이 좋은 성과가 있을 것이다.

버킹엄 그러면 급히 옥상으로 가세요. 시장이 문을 두드리고 있습니다. (리처드 퇴장)

시장과 시민들 등장.

잘 오셨습니다, 시장. 여기서 기다리고 있는데 공작님은 사람 만나는 것을 꺼려 하고 계시네요. (캐츠비 등장) 그래, 캐츠비, 뭐라 하시더냐?

캐츠비 미안한 얘기지만, 내일이나 모레 방문해달라는 전갈입니다. 공작님은 안에서 두 사람의 성직자와 경건한 명상에 잠겨 계십니다. 모처럼의 엄숙한 종교적 상념을 세속적 청원 때문에 방해받지 않겠다는 생각이십니다.

버킹엄 수고스럽다마는, 다시 한번 공작님한테 가서 이렇게 전해주지 않겠는가? 여기 나와 시장, 그리고 다수의 시민들이, 국민 전체의 운명에 관계되는 중대사에 관해서 공작님께 전할 말이 있어 모여 있다고 말이야.

캐츠비 알겠습니다. 그대로 전하고 오겠습니다. (퇴장)

버킹엄 보세요, 시장. 공작님은 에드워드 왕처럼 음탕한 침대 위에서 뒹굴고 있는 것은 아닙니다. 무릎 꿇고 엄숙하게 기도하고 있어요. 에드워드 왕처럼 두 창녀를 껴안고 희롱대고 있는 것은 아닙니다. 두 신부들과 거룩한 묵상에 잠겨 있어요. 잠을 자며 게으른 육체를 살찌우고 있는 것이 아닙니다. 부지런히 기도하며 영혼을 풍성하게 가꾸고 있어요. 영국은 번영과 영화를 누릴 것입니다, 만약에, 덕

망 높은 공작님이 왕위에 오르시기만 한다면요. 그러나, 안타깝게
도 이 일을 승낙하지 않습니다.

시　장　거절하시면 안 됩니다.

버킹엄　거절하실 거래요. (캐츠비 다시 등장) 오, 캐츠비, 뭐라 하시던가?

캐츠비　그런데, 공작께서는 말입니다, 무엇 때문에 여러분들이 아무 예고
도 없이 시민들을 모아놓고 나에게 청원하러 오는가, 의심스럽다
는 겁니다. 여러분들이 공작님에 대해서 좋지 않은 의도를 지니고
있는 것은 아닌지 의심스럽다는 겁니다.

버킹엄　친척인 공작님으로부터 불온한 의도를 지녔다고 의심받는 일은 섭
섭하다. 우리가 여기 온 것은 공작님에 대한 존경심 때문이다. 다
시 가서 전하라. (캐츠비 퇴장) 경건한 사람이 염주를 헤아리며 신에
게 기도를 올릴 때, 그 예배에서 끌어내는 일은 매우 어려운 일입
니다.

　　　　리처드, 두 신부를 거느리고 이층 무대에 등장. 캐츠비 뒤따른다.

시　장　두 신부 사이에 공작님이 나타나셨다!

버킹엄　신앙 깊은 공작님을 지탱하는 두 기둥이 있기 때문에 공작님은 허
영의 죄악에 빠지지 않습니다. 보세요, 손에는 기도서를 들고 계십
니다. 저것은 경건한 마음을 입증하는 표시입니다. 플랜태저넷 가
의 꽃이 되시는 공작님께 말씀드립니다. 우리들 청원에 제발 귀를
기울여주십시오. 기독교도로서의 성실한 기도행사를 방해한 것은
용서해주시기 바랍니다.

리처드　버킹엄 공, 용서를 빌지 않아도 된다. 용서를 비는 것은 오히려 내
쪽이다. 지금 이렇게 하느님에 대한 기도에 열중하느라고 친구들
이 찾아온 것도 잊고 실례했다. 그건 그렇고, 무엇인가, 청원의 내

용은?

버킹엄 다름이 아니라, 하느님께서도 좋아할 일입니다. 주인을 잃은 이 나라의 백성들이 또한 좋아할 일입니다.

리처드 내가 죄를 범한 듯하다. 일반 시민들에게도 그 일이 좋지 않게 비친 모양이군. 그래서 책망하러 왔는가?

버킹엄 그대롭니다, 공작님. 우리들 소원을 받아들여 그 죄를 뉘우치고 실수를 고치십시오.

리처드 죄라면 뉘우쳐야지. 기독교도인 이상.

버킹엄 그러면 말씀드리겠습니다. 공작님이 저지른 죄는 이러합니다. 이세상 최고의 왕좌를 버렸습니다. 조상으로부터 대대로 이어져 오는 통치의 대권을, 운명적으로 받으신 신분을, 태어나면서부터 물려받은 권리를, 면면이 이어져오는 왕가의 명예를 공작님은 버리시고, 더러운 피에 왕가가 오염되도록 방임했습니다. 공작님이 기분 좋게 명상에 잠겨 있을 때도 그 잠에서 깨어나십사 독촉하는 것도 나라를 생각해서입니다. 이 나라는 이제 손발이 잘리고, 아름다운 얼굴은 불명예스러운 더러운 손톱에 할퀴고, 왕가의 나무줄기에는 천한 잡목 가지가 엉키고 있습니다. 그대로 두면 깊고 검은 망각의 심연으로 빠져들게 됩니다. 이 나라를 구하기 위해서, 우리들은 진심으로 청원하는 겁니다. 공작님, 왕이 되어 당신의 나라를 통치할 대권을 받으세요. 지금은 섭정이나, 집사, 대리, 그리고 타인을 위해서 일할 때가 아닙니다. 왕권은 피에서 피로 이어지는 것이며, 타고난 권리요, 자신의 영토요, 재산입니다. 제가 이곳에 온 것도, 공작님을 존경하는 시민들과 얘기를 나누고, 그들의 열의에 감동되어, 정당한 청원을 들어주십사 공작님을 종용하기 위해서였습니다.

리처드 이대로 묵묵히 사라질 것인가, 아니면 엄하게 야단칠 것인가, 어느쪽이 서로 간의 지위와 신분에 알맞은 것인지, 나는 알 수 없다. 대답을 하지 않으면, 정권 야욕에 혀가 굳어 입을 다문다고 할 것이다. 마음속으로는 여러분이 지금 나에게 강요하고 있는 왕권 ─ 그황금의 명예를 쓰고 싶어 한다고 할 것이다. 한편, 여러분의 청원을 야단치며 물리친다면, 나에게 충실한 호의를 비난하는 일이 되고, 나에게 더없이 귀중한 우정을 비난하는 셈이 된다. 그러기 때문에 말을 하겠다. 말함으로써 여러분의 오해를 피하고, 말함으로써 여러분에게 예의를 다하고자 한다. 나는 분명히 다음과 같이 내입장을 밝혀둔다. 여러분의 호의에 감사한다. 그러나 나의 자격이여러분의 요구를 수락하는 데 방해가 된다. 첫 번째, 가령 온갖 장해물이 제거되고, 나의 재산이며, 타고난 권리 등을 감안할 때, 나의 길이 곧장 왕도로 통한다 할지라도, 나의 천성적 재능은 너무나빈약하고, 결점은 너무나 많으며, 크다. 나는 위대한 지위로부터몸을 숨기고 싶다. 이 몸이 개천은 건너가지만 큰 바다는 건너가지못하는 작은 배에 지나지 않는다. 바다에 나가면 자신을 잃고 영광의 물보라에 숨이 막힐 것이다. 다행히도 이 몸이 나갈 필요는 없을 듯하다. 필요한 일이 있다면 여러분의 요구에 응답하는 데 필요한 재능이 있을 뿐이다. 거룩한 왕가의 나무는 거룩한 열매를 남겨놓았다. 그 열매는 시간의 흐름에 따라 무르익어, 왕좌에 알맞은위엄을 갖출 것이다. 여러분이 내 머리에 놓으려는 그 왕관을 나는왕자에게 주고 싶다. 그것은 행운의 별이 그에게 주는 권리와 운명이다. 내가 새치기할 수 없다.

버킹엄 공작님의 말씀은 양심의 소리입니다. 그러나 국내 여건과 사정을생각해보면 거론한 문제는 보잘것없는 사소한 것들입니다. 예컨대, 왕자 에드워드는 형님의 아들이라 하지만, 형님 왕비의 아들은 아니잖습니까? 왜냐하면, 형님은 처음 레이디 루시와 약혼하시고, 자당께서 산증인이시지만, 나중에는 대리인을 통해서 프랑스 왕의 여동생 보나와 약혼을 맺었습니다. 이 일이 이행되지 않고 있는 동안에 정실(正室)을 맞는 것은 위법입니다. 그런데 양쪽이 파혼에 이르자, 울며 매달리는 여인, 자식들 키우느라 이미 심신이 피로해진 여인, 꽃다운 용모는 시들고 슬픔에 사그라진 과부, 그 여인이 어쩌다 형님의 음탕한 눈에 들어, 형님의 마음을 유혹하여 왕좌에서 타락의 구렁텅이로 끌어내려 가증스러운 중혼(重婚)의 죄를 범하게 했던 것입니다. 형님이 불의의 간음을 통해서 그 여인에게 아들을 낳게 한 것이 바로 에드워드 왕자입니다. 이 일 말고도 폭로할 일이 있습니다만 살아 계신 분의 명예를 더럽히는 일은 본의가 아닙니다. 이 정도로 끝내겠습니다. 공작님, 당신의 거룩한 몸에 드리는 왕관을 받아주세요. 우리들 국민이나, 이 나라를 동시에 행복하게 해주는 일이 설혹 아니라 할지라도, 자신의 숭고한 혈통을 부패와 타락에서 구해내어 왕정 본래의 길로 돌아가는 일이기 때문입니다.

시 장 공작님, 시민들도 그것을 원하고 있습니다.

버킹엄 받아주세요, 공작님, 우리들이 바치는 존경의 뜻을.

캐츠비 이들의 정당한 청원을 받아주시고, 그들을 기쁘게 해주십시오.

리처드 아, 왜 고통의 짐을 나에게 지우려고 하느냐? 나는 본래 국왕에는 어울리지 않는다. 부탁이다. 기분 나쁘게 생각지 마라. 여러분의 청원을 받을 수도 없고, 앞으로도 받지 않을 것이다.

버킹엄 사양하시는 뜻은, 형님 자식들에 대한 깊은 애정 때문이며, 그들의 폐위를 바라지 않기 때문이며, 우리 공작님의 인자하신 심성, 상냥

하고 친절한 마음 때문이라 알고 있습니다. 공작님은 친척은 물론
이거니와, 신분 고하를 막론하고 모든 사람에게 이 같은 마음을 안
겨주고 있습니다. 저희들의 청원을 만일 들어주지 않는다 할지라
도 형님의 아들을 왕으로 모시는 일만은 사양합니다. 다른 사람을
왕위에 모시는 일을 할 것입니다. 왕가의 명예가 이 때문에 더럽혀
져도 할 수 없습니다. 이 같은 결의를 전해드리고, 우리들은 물러
갑니다. 시민 여러분, 유감스럽지만 할 수 없소. 더 이상 사정해도
소용 없습니다.

리처드 버킹엄, 그렇게 속단해서 말하지 마라. (버킹엄은 시장, 시민들과 함께 퇴
장)

캐츠비 공작님, 일행을 불러들여 청원을 들어주십시오. 거절하면, 온 나라
가 슬픔에 잠깁니다.

리처드 태산 같은 근심 걱정을 왜 나에게 강요하는가? 할 수 없다. 불러들
여라. 나는 목석이 아니다. 진정에서 우러나오는 요청은 이 마음을
뒤흔들어놓는다. 나의 양심이 찔리고, 영혼은 아프지만. (버킹엄과
시민들 다시 등장) 버킹엄 공, 런던 시의 간부 원로들, 여러분이 운명
의 중책을 이 몸에 짊어지라고 한다면, 나는 그 일을 바라든, 않든
간에 그 무거운 짐을 견딜 수밖에 없소. 하지만 여러분의 강요에
의하여 왕위에 올랐을 때, 상스럽지 못한 소문이나 악의의 중상이
뒤따른다면, 그때에는 여러분이 시켜서 한 일이니 나의 누명과 오
점을 씻어주기 바라오. 이 일은 내가 바라는 것이 아니오, 그것은
여러분도 알고, 하느님도 알고 있소.

시 장 물론 알고 있습니다. 모든 사람에게 그렇게 전하지요.

리처드 그렇게 말해도, 시장은 진실을 그대로 말할 뿐이오.

버킹엄 그렇다면 이제 본인은 리처드 공작을 영광스러운 칭호로 인사드리

고 싶습니다. 영국 왕 리처드 만세!

시 장 만세!

시민 일동 만세!

버킹엄 폐하께서 좋으시다면 대관식은 내일로 정하겠습니다.

리처드 국민이 원한다면, 그렇게 하시오.

버킹엄 그럼 내일 뵙기로 하겠습니다. 저희들은 기쁨에 넘쳐 물러 가겠습니다.

리처드 자, 우리 예배 봅시다. 버킹엄 공, 시민 여러분 잘 가시오. (일동 퇴장)

제4막

제1장 런던 탑 앞

엘리자베스 왕비, 요크 공작부인, 도싯 후작 등이 한쪽 문으로, 글로스터 공작, 앤 부인이 클래런스 공작의 딸 마거릿 플랜태저넷과 함께 등장.

공작부인 이게 누구야? 손녀 플랜태저넷이 숙모 글로스터의 친절한 손에 끌려오는군. 저 애는 틀림없이 런던 탑으로 가는 길일 게다. 아름답고 깨끗한 마음씨로다. 귀여운 왕자를 만나러 가다니. 얘야, 잘 만났구나.

앤 두 분께서는 안녕하시옵니까?

엘리자베스 너도 원기왕성하니 다행이다. 지금 어디로 가는 길이냐?

앤 런던 탑에 온 길입니다. 두 분 모두 같은 생각이시겠지만, 여기 계시는 두 착하신 왕자님들께 인사드리러 왔습니다.

엘리자베스 친절한 마음씨로다, 고마운 일이지. 함께 들어가 보자.

　　　　 브라큰베리 등장.

　　　　 마침 알맞게도, 런던 탑의 간수장이 오셨네. 소식 좀 들읍시다, 왕자와 그의 동생 요크는 잘 있습니까?

브라큰베리 네, 잘 있습니다. 다만 황송한 말씀이오나, 저로서는 면회를 허락할 수 없습니다. 왕의 엄명이십니다.

엘리자베스 왕이라니요! 누구 애깁니까?

브라큰베리 섭정 리처드 공작입니다.

엘리자베스 뭐라고요! 그가 왕의 칭호를! 그리고 우리 모자 사이를 갈라놔? 나는 그들의 어머니요. 누가 감히 우리 사이를 막아요?

공작부인 나는 저들 아버지의 어머니다. 나는 손자를 봐야겠다.

앤 나는 법적으로는 그들의 숙모이지만, 애정으로는 그들의 어머니요. 그러니 만나게 해주지요. 책임은 목숨 걸고 내가 지지요. 당신 역할을 대신 해드릴게요.

브라큰베리 안 됩니다. 그렇게 할 수는 없습니다. 맹세한 몸입니다. 제발 용서해주십시오. (퇴장)

　　　　 더비 백작 스탠리 등장.

스탠리 부인들은 한 시간 후에 만나겠습니다. 요크 공작부인은 아름다운 두 분 왕비의 시어머니요, 후견인으로서 인사드립니다. (앤에게) 마님, 곧 웨스트민스터 사원으로 가셔야겠습니다. 거기 가셔서 리처드 왕비의 관을 쓰셔야겠습니다.

엘리자베스 아아, 이 가슴의 레이스를 갈기갈기 찢어라. 갇힌 가슴이 마음껏 고동치도록 내버려두라! 아니면, 난 이 무서운 소식에 숨이 막힐 듯하다.

앤 끔찍한 소식! 불쾌한 기별!

도 싯 어찌 된 일이십니까? 힘내세요!

엘리자베스 오, 도싯, 그런 말 하고 있을 때가 아니다. 어서 몸을 피하라. 죽음과 파멸이 너를 집어삼키려 하고 있다. 네 어미의 이름이 자식들에게는 재앙이 되고 있다. 죽음을 면하려면, 바다를 건너 리치먼드 댁으로 피신하라. 지옥의 사냥개도 그곳까지는 쫓지 못할 것이다. 자, 빨리, 서둘러 이 도살장을 빠져나가라. 너 때문에 죽은 자의 수가 늘면 안 돼. 나는 마거릿이 저주한 대로, 어머니도 아내도 아니다. 영국의 왕비가 아닌 존재로 죽을 것이다.

스탠리 지금의 충고 말씀 현명한 판단이십니다. (도싯에게) 지금은 한시바삐 도망쳐야 하오. 내 의리의 아들 리치먼드에게는 편지를 보내, 도중에 마중 나와 저택까지 안내하도록 수배하겠습니다. 지금은 늑장을 피우면 안 됩니다. 서두르세요.

공작부인 아, 불행의 씨앗을 뿌리는 바람이여! 저주받은 내 뱃속은 죽음의 씨앗을 품는 온상이구나! 그곳에서 태어났어, 보기만 해도 사람이 죽는다는 괴물 코카트리스가.

스탠리 자, 갑시다. 급한 호출입니다.

앤 그럼 갑시다. 무거운 발걸음으로 갑시다. 이마를 짓누르는 황금의 관이 벌겋게 달군 쇳덩이라면 좋겠다. 내 머리를 뇌수까지 지질 수 있을 테니. 이 몸을 바르는 성유가 독약으로 변해 대관식에 참석한 분들이 왕비 만세라고 고함치기 전에 죽었으면 좋겠다.

엘리자베스 가요, 당신의 영예를 부러워하지 않겠어. 나 때문에 재앙을 부르면 안 되오.

앤 안 된다니요? 왜요? 제가 헨리 왕의 관을 따라갔을 때 지금 내 남편이 되는 사람이 내 곁에 왔을 때, 그의 손에는 아직도 피가 묻어 있었습니다. 그 피는 나의 천사 같은 전 남편이 흘린 피였습니다. 내가 울면서 뒤따르던 성인 같은 남편이 흘린 피였습니다. 그때 나는 리처드의 얼굴을 쳐다보며 소원을 읊조리고 있었죠. "너는 저주받으라. 이토록 젊은 나를 이토록 늙은 과부로 만들었으니. 그리하여 네가 결혼하면, 너의 잠자리는 슬픔으로 가득 차라. 너의 아내는 — 아내가 되겠다는 미친 년은 없겠지만 — 남편의 죽음 때문에 고통받는 나 이상으로 평생을 두고 더 심한 괴로움을 받아라." 그런데, 어떻게 된 영문이냐, 저주의 말을 두 번 되풀이하기도 전에, 나의 마음은 그의 달콤한 말에 포로가 되어, 이 몸은 나 자신에 대한 저주의 먹이가 되었네요. 그 때문에 이 눈은 편안한 잠을 잃었습니다. 그를 남편으로 맞이한 이래로, 그 잠자리에서는 한순간도 황금 같은 단잠의 이슬을 맛본 적이 없어요. 악몽에 시달리는 그 사람 때문에 눈을 뜹니다. 더욱이나 아버지가 워릭이라는 이유 때문에 그는 나를 증오합니다. 언젠가는 나를 죽일 겁니다.

엘리자베스 가련하게도, 그대의 탄식에 내 마음은 괴롭소.

앤 그 이상으로 나의 마음은 당신의 불운을 슬퍼합니다.

엘리자베스 그럼 안녕히, 슬픔 속에서 왕좌에 오르는 그대여.

공작부인 (도싯에게) 너는 리치먼드한테 가거라. 행운이 너를 인도하도록 빌겠다. (앤에게) 너는 리처드한테 가거라. 하늘의 천사가 너를 보호해 주십사고 기원하겠다. (엘리자베스에게) 너는 성당으로 가거라. 기도로 세월을 보내라. 나는 무덤으로 가겠다. 그곳에는 평화와 안식이 있다. 나는 80년 남짓한 세월 속에서 계속되는 슬픔만을 보았다. 일시적인 기쁨의 순간이 기나긴 슬픔 속에 빨려드는 것을 보았다.

엘리자베스 한 번만 더 저 탑을 보아주세요, 저도 보고 있어요. 돌이여, 오래된 감옥의 벽이여, 저 불쌍한 아이들을 지켜주소서, 악독한 마음 때문에 갇힌 어린아이들을 동정해다오. 어리고 연약한 왕자들에게는 너무나 딱딱한 요람이여, 어린 왕자에게는 너무나 거친 유모여, 음산한 놀이 친구여, 따뜻하게, 부드럽게 대해다오. 내 아이들, 내 아이들. 돌이여, 돌담이여, 어리석게도 슬픈 어미가 작별을 고합니다. (퇴장)

제2장 런던, 궁전

왕의 등장을 알리는 트럼펫 소리. 성장을 하고 왕관을 쓴 리처드, 버킹엄, 캐츠비, 랫클리프, 로벨, 귀족들, 사동 기타 등장.

리처드 왕 모두들 물러서다오, 버킹엄 공!

버킹엄 네, 폐하!

리처드 왕 경의 손을 주게. (그는 옥좌에 오른다. 트럼펫 소리) 그대의 충고와 도움으로 나는 이렇게 높은 옥좌에 앉았다. 그런데 내가 왕으로서 이런 영광과 기쁨을 누리는 것은 하루뿐인가, 영속적인가?

버킹엄 오래, 오래 지속될 것입니다!

리처드 왕 그렇다면 버킹엄, 내가 시금석의 역할을 하지. 경이 진실로 순금인지 아닌지 판별하기 위해서요. 어린 에드워드는 살아 있다. 내가 하고자 하는 말이 무엇인지 경이 알아서 처리하게.

버킹엄　계속하십시오. 다음이 무엇인지, 폐하.

리처드 왕　모르겠는가, 버킹엄, 나는 왕이 되고 싶소.

버킹엄　모르겠습니다. 이미 왕이 되었는데요?

리처드 왕　무엇이라고? 내가 왕인가? 그런데, 에드워드는 살아 있어.

버킹엄　그렇습니다, 폐하.

리처드 왕　아, 괴로운 종결이로구나, 에드워드가 살아 있다니, 진정한 왕
자로서! 버킹엄, 경은 평소에 머리가 잘 돌아갔어, 어리석지 않았
어. 분명히 말할까? 나는 그 사생 아들이 죽었으면 좋겠어. 또한 그
일이 신속하게 처리됐으면 한다. 경의 답변은 무엇인가. 빨리, 간
단히 말하게.

버킹엄　폐하 마음대로 되시기를 비옵니다.

리처드 왕　맙소사, 이건 얼음덩어리로군. 경의 친절한 마음도 꽁꽁 얼어붙
었군. 그래, 죽여도 좋겠는가? 경의 의견은 어떻소?

버킹엄　잠시 숨 돌릴 여유를 주십시오. 생각할 시간이 있어야 합니다. 확
실하게 단정을 내리기 위해서는 말입니다. 곧 작심해서 말씀드리
겠습니다. (퇴장)

캐츠비　(방백) 왕이 화를 내셨어. 봐라, 입술을 깨물고 있다.

리처드 왕　(방백) 앞으로는 바보천치나 철부지들과 상의하겠다. 지혜를 굴
리며 의미심장하게 나를 쳐다보는 자는 쓸모 없어. 야심만만한 버
킹엄도 신중해졌군. 사동아!

사 동　네, 폐하?

리처드 왕　누구 없는가? 부정한 돈에 눈이 어두워져 남몰래 살인을 일삼는
자 말이다?

사 동　한 사람 알고 있습니다. 기고만장 뽐내면서도 돈이 없는 양반, 황
금이 이십 명의 웅변 목을 다하지요. 무엇이든 해냅니다.

리처드 왕 그 사나이의 이름은?

사 동 티렐이라고 부릅니다, 폐하.

리처드 왕 그 이름은 익히 듣고 있다. 불러오라. (퇴장) (방백) 버킹엄 녀석, 속으로 무슨 생각을 하는지 알 수 없다. 내 심복 자리에서 떨어져 나가라. 지금까지 오랫동안 지칠 줄 모르게 따라오더니, 숨이 차서 이젠 시간 여유를 달라는가! 좋아, 여유를 주지.

　　　스탠리 등장.

오, 스탠리 무슨 소식인가?

스탠리 들리는 바에 의하면, 도싯 후작이 리치먼드한테 도망가서 바다 건너 땅에 머물고 있답니다.

리처드 왕 캐츠비, 이리 오너라. 내 아내 앤이 중병에 걸려 죽게 되었다는 소문을 퍼뜨려라. 나는 왕비를 밖으로 나가지 않도록 연금하겠다. 그리고 어수룩한 신사 한 사람 구해다오. 그 녀석을 곧 클래런스 딸과 결혼시키겠다. 아들은 바보 같아서 걱정할 것 없다. 이것 봐, 왜 어리벙벙해졌나? 다시 한번 말한다. 내 아내 앤이 중병에 걸려 죽을 것 같다는 소문을 퍼뜨려. 지금 중요한 것은, 앞으로 나의 파멸을 초래할지도 모르는 모든 원인을 근원적으로 소멸시키는 일이다. (캐츠비 퇴장) 나는 형님의 딸과 결혼해야 한다. 그렇지 않으면 내 왕국은 유리 위에 서 있는 것과도 같다. 우선 저 왕자들을 죽이자. 그다음 나는 그들의 누님과 결혼한다. 불안한 줄타기와 같구나! 지금까지 피를 흘렸다. 이제 와서 벗어날 수 없다. 죄가 죄를 낳는구나. 내 눈에는 동정의 눈물이 없다. (티렐 등장) 자네가 티렐인가?

티 렐 제이스 티렐입니다. 충성심만은 누구에게도 지지 않습니다.

리처드 왕 정말인가?

티 렐 써보시면 압니다.

리처드 내 친구 한 사람 죽여주겠나?

티 렐 물론입니다. 가능하면 폐하의 적을 두 명 죽이고 싶습니다.

리처드 왕 잘 말했다. 실은 둘이 있다. 내가 미워하는 적이다. 내 편안한 잠을 설치게 하는 그놈들을 처치해다오. 알겠는가, 티렐, 런던 탑에 있는 두 사생아다.

티 렐 그곳에 접근하도록만 해주신다면, 즉시 걱정거리를 없애드리겠습니다.

리처드 왕 달콤한 음악이다. 이리 오너라, 티렐. 이것을 통행증 대신 가져가게. 귀 좀 빌리자. (그는 그의 귀에다 속삭인다) 그것뿐이다. 끝나면 끝났다고 말하러 오게. 너를 아껴주겠다. 출세시켜주마.

티 렐 가서 곧 처치하렵니다. (퇴장)

　　버킹엄 등장.

버킹엄 폐하, 얼마 전에 들려주신 그 건에 대해서 제 생각을 정리했습니다.

리처드 그건 내버려두라. 도싯이 리치먼드에게로 도망갔어.

버킹엄 그 소식은 들었습니다.

리처드 왕 스탠리는 네 아내의 아들이다. 조심하라.

버킹엄 폐하, 폐하께서 명예와 신의를 걸고 저에게 약속하신 포상을 받으러 왔습니다. 헤리퍼드의 백작령과 그 재산을 몽땅 저에게 주신다고 굳게 약속하셨는데요?

리처드 왕 스탠리다, 네 아내도 조심해야 한다. 리치먼드에게 편지를 보내면 경의 책임도 면하기 어려워진다.

버킹엄 저의 정당한 요청은 어떻게 되었습니까?

리처드 왕 맞다. 맞았어. 기억나네. 헨리 6세가 한때 예언했지. 리치먼드가 왕이 될 것이다. 리치먼드가 코 흘리는 어린아이일 때였어. 왕이 될 거라고…… 아마도 왕이 된다고……왕이…….

버킹엄 폐하!

리처드 왕 왜 그 예언자는 옆에 있었던 나에 대해서는 예언을 하지 않았는가? 내가 그놈을 죽인다는 예언 말이다.

버킹엄 폐하, 약속한 백작령입니다 — .

리처드 왕 리치먼드! 내가 엑서터를 방문했을 때, 시장이 성을 보여주었다. 성의 이름이 루주몽이라 해서 깜짝 놀랐다. 그전에 아일랜드 시인이 예언한 적이 있어. 리치먼드를 본 다음에는 오래 살지 못한다고 말이야.

버킹엄 폐하!

리처드 왕 지금 몇 시인가?

버킹엄 실례를 무릅쓰고 말씀드립니다. 제발 약속을 기억해주십시오.

리처드 왕 그래 몇 신가?

버킹엄 10시를 쳤습니다.

리처드 왕 치도록 내버려둬.

버킹엄 왜, 내버려둡니까?

리처드 왕 자네가 종치기 인형처럼 계속 때리고 있기 때문에, 내 명상이 너의 청원 때문에 깨지기 때문이다. 오늘은 청원을 들어줄 기분이 아니다.

버킹엄 그러면 언제 들어주시겠다는 약속만이라도?

리처드 왕 귀찮다. 그럴 기분이 아니라고 말했다. *(버킹엄 남겨두고 퇴장)*

버킹엄 일이 이렇게 꼬이는가? 나의 충성이 이런 모욕으로 끝나는가? 리처드를 왕으로 만들어준 보답이 이것인가? 헤이스팅스를 생각하자. 아슬아슬하게도 목이 붙어 있을 때, 브렉노크성으로 돌아가야지.

제3장 전 장과 같음

티렐 등장.

티 렐 잔학무도한 이 일은 끝났다. 영국 역사에 이토록 포악하고 무참한 학살은 없을 것이다. 내가 이 유혈참극에 끌어들인 다이톤과 포레스트 두 사람은 이름난 악당으로서 피에 굶주린 개이지만, 그들도 인간으로서의 애통함 때문에 가슴이 뭉클해져, 왕자들의 죽음 앞에서 슬픈 얘기 속의 두 아이들처럼 눈물을 흘렸다. 다이톤은 말했지, "이렇게 두 사람은 누워 있었다". 포레스트도 말했다. "이렇게 대리석 같은 하얀 팔을 서로 감고 있었다. 두 아이의 입술은 마치 한 줄기에 핀 네 송이의 빨간 장미꽃 같았고, 초여름 햇살을 받아 아름답게 피어 있듯이 서로 입 맞추고 있었다. 머리맡에는 한 권의 기도서가 있었다. 그것을 보니 결심이 흔들렸다." 포레스트는 계속했다. "결심이 흔들렸는데, 제기랄"이라고 말하면서 그 악당은 입을 다물었다. 그랬더니 다이톤이 계속했다. "우리들은 자연이 천지를 창조한 이후의 최고 걸작, 그 아름다운 작품을 목눌러 죽였다." 이렇게 말하고 나서, 두 사람은 양심과 회한으로 고통을 받으며 이야기를 중단했다. 나는 두 사람을 그곳에 두고 왔다. 잔인한 왕에게 소식을 전하러 간 것이다. 아, 여기 오시는군.

리처드 왕 등장.

안녕하십니까, 폐하.

리처드 왕 오, 충실한 티렐. 기쁜 소식인가?

티 렐 폐하 분부대로 일을 마쳤습니다. 기뻐할 일이시면, 기뻐하십시오. 일은 끝났습니다.

리처드 왕 죽음을 확인했는가?

티 렐 네, 그렇습니다.

리처드 왕 매장까지 확인했는가? 마음 착한 티렐?

티 렐 런던 탑의 신부 손으로 매장되었습니다. 그러나 솔직히 말씀드려 그 장소는 모릅니다.

리처드 왕 저녁식사를 끝내고 내게로 한 번 더 오라. 두 사람의 죽음의 상황을 자세히 듣겠다. 그때까지 어떤 포상을 받고 싶은지 생각해두라. 반드시 소원을 들어주겠다. 가거라. 나중에 보자. (티렐 퇴장) 클래런스의 아들은 가두어두었고, 딸은 어울리지 않는 상대를 만나게 해주었다. 에드워드의 아들은 저 세상에서 잠들고 있으며, 내 아내 앤은 이 속세를 떠나게 했다. 남은 것은 형 에드워드의 어린 딸 엘리자베스다. 브리튼에 있는 리치먼드도 그녀를 겨냥하면서, 왕관을 손에 넣으려 한다. 내가 먼저 가서 즐겁게, 힘차게 구혼해야지.

랫클리프 등장.

캐츠비 폐하!

리처드 왕 좋은 소식인가, 나쁜 소식인가? 왜 이리 급하냐?

랫클리프 나쁜 소식입니다. 모턴이 리치먼드한테로 도망갔습니다. 버킹엄

은 용맹한 웨일스인의 도움을 받아 병사를 집결시켰는데, 그 병력
은 날로 증가하고 있습니다.

리처드 왕 일리 사교와 리치먼드의 결합은 버킹엄의 병력 결집보다 더 위
험하다. 좋아. 우물쭈물 늦추면서 요모 조모로 생각하는 것은 무거
운 발에 납덩이를 다는 것과 같아. 지체하면 무력해져, 달팽이 걸
음의 구걸행세가 되지. 번개 같은 작전이여, 내 날개가 돼라. 주피
터의 사신 머큐리여, 왕의 전령이 돼라. 여봐라, 병력을 집결하라.
내 상담역은 나의 칼이다. 급히 서둘자. 반란군은 벌써 싸움터에
나와 있다. (퇴장)

제4장 궁전 앞

헨리 6세의 미망인 늙은 마거릿 왕비 등장.

마거릿 이렇게 해서 영화를 누리던 과실도 썩기 시작하고, 죽음의 아가리
속에 빠져들 날을 기다리고 있다. 내가 이 근처 사람의 눈을 피해
숨고 있는 것은 적들의 운명이 기울어지는 것을 지켜보기 위해서
야. 그 무서운 서막을 이 눈으로 목격했다. 이젠 됐다. 프랑스로 가
자. 이 다음부터는 음산하고, 흉측하고, 비극적인 종막이다.

요크 공작부인과 엘리자베스 등장.

가자. 가련한 마거릿은 가기로 했다. 누가 오는군.

엘리자베스 아, 나의 불쌍한 왕자들! 내 귀여운 아가들. 피어나지 못한 꽃
망울들, 두 송이 꽃! 너희들 착한 영혼이 지금도 하늘을 헤매고 있

다면, 아직도 영원한 안식처에 깃들이지 못하고 있다면, 너희들 가벼운 날개로 내 머리 위를 날아다오, 그리하여 어머니의 탄식 소리를 들어다오.

마거릿 (방백) 날아다니면서 이렇게 말하라, 너희들의 어린 생명의 아침을 늙은 밤 속에 갇히게 한 것은 정의의 판결이라고 말이다.

공작부인 거듭되는 불행은 내 목소리를 시들게 했다. 슬픔에 찌들고 피로한 혓바닥은 말을 하려 들지 않는다. 에드워드 플랜태저넷은 왜 죽었는가?

마거릿 (방백) 그 플랜태저넷은 나의 플랜태저넷의 보복이며, 그 에드워드는 나의 에드워드, 그 죽음에 대한 보복이다.

엘리자베스 아, 하느님, 당신은 얌전한 어린 양을 버렸습니다. 늑대 밥이 되도록 했습니다. 그렇게 내버려둬도 됩니까? 살해되었을 때, 당신은 잠들고 계셨습니까?

마거릿 (방백) 그랬어, 남편 헨리가 죽었을 때, 우리 아들 에드워드가 죽었을 때도.

공작부인 나는 무엇인가? 죽은 목숨, 보이지 않는 눈, 처량한 산송장, 비극의 무대, 이 세상 수치, 삶이 찬탈한 묘지, 괴로운 긴 날의 허무한 일순간의 기록. (앉으면서) 안식을 모르는 육체를 영국 땅에서 쉬게 하자. 순진무구한 피를 부당하게 삼킨 이 땅에.

엘리자베스 하느님, 음산한 왕비에게 안식처를 주신다면, 차라리 무덤을 주세요. 몸을 쉬게 할 것이 아니라, 뼈를 묻고 싶습니다. 아아, 나만큼 슬픔의 씨앗을 갖고 있는 사람이 또 있을까? (공작부인 옆에 앉는다)

마거릿 해묵은 슬픔이 존경을 받는다면, 내 슬픔은 가장 오래된 것, 그러니 내 눈물진 얼굴을 상좌에 두세요. 슬픔에도 교제가 있다면, 다시 한번 너의 슬픔이 나의 슬픔을 만나는 게 좋겠다. 나에게는 아들 에드워드가 있었는데, 리처드가 죽였다. 그리고 남편 헨리가 있었는데, 리처드가 죽였다. 너에게는 아들 에드워드가 있었는데, 리처드가 죽였다. 그리고 아들 리처드가 있었는데, 리처드가 죽였다.

공작부인　나에게는 남편 리처드가 있었는데, 당신에게 살해당했다. 그리고 아들 러틀랜드도 당신에게 살해당했다.

마거릿　당신의 아들 클래런스는 리처드가 죽였다. 사냥개 집 같은 당신의 태내에서 기어나온 지옥의 사냥개는 우리 모두를 죽음으로 쫓고 있다. 눈보다 먼저 이빨이 나와 어린 양을 할퀴고 죄 없는 피를 빨아먹는 잔인한 사냥개, 하늘이 만든 것을 더럽히는 징그러운 파괴자, 통곡으로 눈이 불어터진 모습을 보고 울분을 달래는 지상 최고의 폭군, 그 폭군을 당신은 낳고 우리를 무덤으로 쫓고 있다. 아, 공평하고 정의로운 하느님! 어떻게 인사를 드려야 할까요, 사람 잡는 사냥개가 같은 배에서 잉태한 자를 잡아먹고, 그 어머니가 타인과 똑같은 슬픔을 나누고 있으니.

공작부인　오, 헨리의 왕비여. 나는 당신의 불행을 보고 눈물을 흘렸는데, 당신은 내 불행을 보고 기뻐하는가.

마거릿　참으세요. 복수에 굶주린 내가, 이제야 그 복수가 이루어진 것을 보고 기뻐하고 있어요. 나의 에드워드를 죽인 당신의 에드워드도 죽었다. 내 에드워드의 보상으로 당신의 또 하나의 에드워드도 죽었다. 어린 요크의 죽음은 덤에 지나지 않아. 그 형제를 합쳐도 내가 잃은 보배에 이르지 못해. 내 에드워드를 칼로 찌른 당신의 클래런스도 죽었다. 그리고 이 비극을 구경했던 사람들, 호색한 헤이스팅스, 리버스, 본, 그레이 등도 수명을 다하지 못하고 살해되어 어두운 무덤 속에 있다. 리처드는 아직도 살아 있다. 지옥의 흉악한 첩자, 악마의 하수인, 사람의 영혼을 사들여 지옥으로 보내고 있는 그도 얼마 남지 않았다. 그의 비통하고 저주받은 최후도 닥쳐왔다. 땅은 입을 벌리고 있다. 지옥은 불타고 있다. 악마는 으르렁대고, 성자는 기도를 올리고 있다. 그를 순식간에 불러 죽이기 위해 기다리고 있다. 하느님, 그놈의 목숨을 끊어주소서. 내가 살아서 "그 개자식이 죽었다"라고 말할 수 있도록 하느님 죽여주소서.

엘리자베스 아, 당신은 언젠가 예언하셨어. 내가 배부른 독거미, 추한 꼽추의 두꺼비 놈을 함께 저주해달라고 부탁할 날이 올 거라는 것을.

마거릿 그때 나는 당신을 내 운명의 허황된 장식물이라고 말했지. 그때 나는 당신을 가련한 그림자, 그림 속의 왕비라고 말했지. 이전의 나를 흉내 낸 왕비, 비극적인 연극의 그럴듯한 서막, 높이 치솟다가 곤두박질 굴러떨어지는 여인, 귀여운 두 아기를 낳고도 늘 조롱을 받는 여인, 과거 속에 꺼져간 꿈, 위험한 표적이 되는 찬란한 깃발, 겉치장뿐인 위엄, 한숨, 물거품, 막간을 채우는 어릿광대의 왕비, 이것이 그대였다. 당신의 남편은 지금 어디 있는가? 형제는 어디 있는가? 두 아들은 어디 있는가? 그대의 기쁨은 어디 있는가? 그대에게 무릎 꿇고 애원하며 "왕비 만세" 외치던 자는 어디 갔는가? 그대에게 허리 굽실대며 아첨 떨던 군신들은 어디 갔는가? 그대 뒤를 졸졸 따르던 신하들은 어디 있는가? 뒤를 따르던 군중들은 어디 있는가? 이 모든 것을 살펴보면, 그대는 지금 자기 자신이 무엇인지 알게 된다. 한때 행복했던 아내가 아니라, 비참한 미망인이다. 한때 즐거웠던 어머니가 아니라, 어머니라는 이름을 개탄하는 여인이다. 청원을 받는 입장이 아니라, 청원을 하는 입장이 되었다. 한때의 왕비가 아니라, 고뇌의 관을 쓰고 있는 여인이 되었다. 한때 나를 조롱했던 여인이 아니라, 나로부터 조롱을 받는 여인이 되었다. 한때 사람들이 두려워했지만, 지금은 스스로 사람을 무서워한다. 한때는 만인의 지배자였지만, 지금은 아무도 복종하지 않는다. 이토록 정의의 여신이 가는 길은 원을 그리고 있으며, 버려진 그대는 시간의 먹이로 남아 있을 뿐이다. 과거의 일은 오늘의 고통을 더 심화시킨다. 현재의 처지가 그렇기 때문이다. 한때 나의 지위를 빼앗은 그대가 내 슬픔을 그대로 이어받지 않을 수 있는가? 지금 너의 거만한 목에 내 무거운 멍에가 걸려 있다. 내 피곤한 목을 빼고, 그 무거운 멍에를 너에게 주마. 그러면 안녕, 요크 집안 아내여, 비운의 왕비여, 영국은 눈물이었지만 프랑스는 웃음이다.

엘리자베스　기다려요, 마거릿, 저주의 명수여, 내 적들한테 저주를 퍼붓는 법을 가르쳐주시오.

마거릿　밤에 자지 말고, 낮에는 단식하라. 지난 행복을 오늘의 불행과 비교하라. 너의 아이들이 실제보다 귀여웠다고 생각하라. 너의 아이들을 죽인 살인마를 한량없이 더러운 놈이라 생각하라. 잃어버린 것을 좋게 생각하면 잃게 만든 놈을 더 나쁘게 생각하게 된다. 이토록 생각을 거듭하다 보면, 저주하는 법을 터득하게 된다.

엘리자베스　내 말은 무딘 칼날이야. 당신의 말로 날을 세워주시오.

마거릿　그대의 슬픔이 날을 갈아줄 것이다. 나처럼 날카롭게 말이야. (퇴장)

공작부인　왜 불행은 말을 많이 하게 하는가?

엘리자베스　말은 사람의 고통을 바람으로 날려주는 변호인이죠, 유산 상속의 기쁨이 없는 허무한 상속인, 비통함을 개탄하는 가련한 웅변가죠. 그 말이 자유롭게 터지도록 내버려 둡시다. 그런들 도움되는 일은 없어도, 기분만은 상쾌해집니다.

공작부인　그렇다면 가만히 있을 필요가 없다. 나를 따라와. 욕설을 실컷 내

뺄고, 귀여운 네 아이의 숨통을 막은 고얀 놈 우리 아이의 숨통을 누르자. 트럼펫 소리가 들린다. 마음껏 질러보자. (북소리와 트럼펫 소리와 함께 리처드 왕이 군대를 이끌고 등장. 캐츠비도 동행하고 있다)

리처드 왕　누구냐? 나의 출전을 방해하는 자가?

공작부인　저주받은 자궁 속에서 너를 눌러 죽여, 태어나는 일을 방해했어야 했던 네 어미이다. 그랬으면, 네가 범한 숱한 학살은 없었을 것이다.

엘리자베스　황금의 관으로 감춰진 그 이마에는, 정의가 살아 있다면, 낙인이 찍혀 있을 것이다. 당연히 왕관을 써야 되는 왕자를, 내 아들과 형제를 무서운 죽음으로 쫓았던 살인자의 낙인이 있을 것이다. 말하라, 이 악당아, 내 아이들은 어디 있느냐?

공작부인　이 두꺼비 놈아, 두꺼비 놈, 네 형 클래런스는 어디에 있느냐? 그의 귀여운 아들 에드워드 플랜태저넷은 어디 있는가?

엘리자베스　헤이스팅스는, 리버스는, 본은, 그레이는?

리처드　나팔을 불라! 북을 쳐라! 진격이다! 신의 성유를 바르고 왕이 된 이 몸을 향해 허풍쟁이 여자가 씨불여대는 것을 하늘이 들을 필요는 없다. 북을 쳐라! (트럼펫과 북소리) 점잖게 참으면서 청원을 하면, 들어줄 것이다. 그러나 그렇게 시끄럽게 아우성치면, 전투를 알리는 나팔과 북소리로 짓누를 것이다.

공작부인　네가 내 아들이냐?

리처드 왕　그렇소. 하느님과 아버지와 당신 덕택이오.

공작부인　네가 점잖게 참으면서 내 분노의 소리를 들거라.

리처드 왕　어머니, 저는 어머니의 성깔을 타고났습니다. 비난의 말은 참을 수 없어요.

공작부인　말을 해야겠다.

리처드 왕 말씀하십시오. 저는 듣지 않겠습니다.

공작부인 점잖게 그리고 부드럽게 말하겠다.

리처드 왕 그리고 간단하게 말이죠, 어머님, 저는 지금 바빠요.

공작부인 그렇게 바쁜가? 난 너를 기다리고 있었다. 고통과 슬픔 속에서 너를 기다렸다.

리처드 왕 그렇게 난산이셨습니까? 그래도 태어났죠. 어머니한테는 큰 위로가 되었을 겁니다.

공작부인 당치도 않는 소리. 네가 이 세상에 태어난 것은 이 세상을 지옥으로 만들기 위해서다. 나로서는 그렇다. 태어날 때부터 너는 나에게 고통이었다. 아기 때는 까다롭고 엉뚱했다. 학교 다닐 때는 사납고, 난폭하고, 억지 쓰고, 화를 잘 냈다. 청년 시절은 무엇을 할지 알 수 없는 용감성과 모험심으로 가득 차 있었다. 어른이 되니 오만하고, 민첩하고, 음흉하고, 잔인했다. 더 온화한 성격이 되었지만, 실은 더 무서웠고 증오심을 친절로 감싸고 있었다. 너는 할 말이 있으면 해도 좋다. 너와 함께 있을 때, 내가 맛볼 수 있는 어떤 위안이 있었는지 말하라!

리처드 왕 없었죠. 꼭 한 번 단식 중인 저를 놔두고, 어머니가 식사하러 가시던 때를 빼고는. 결국 제가 눈에 거슬리다면, 그냥 진군하게 내버려두세요. 어머니가 화내실 것 없어요. 여보게, 북을 쳐라!

공작부인 부탁이다, 내 말을 들어다오.

리처드 왕 그 말이 너무 지독합니다.

공작부인 꼭 한 마디만. 앞으로는 두 번 다시 너에게 말을 걸지 않겠다.

리처드 왕 그렇다면 해보세요.

공작부인 하느님의 심판에 의해, 이번 전투에서 네가 승리자로 개선하지 않고 죽든가, 또는 슬픔과 노령으로 너의 얼굴을 두 번 다시 보지 않고 내가 죽든가, 양단간에 어느 쪽이 될 텐데, 그러기 때문에 나는 아주 심한 저주의 말을 너에게 퍼붓겠다. 전투 중에는 네가 입을 완벽한 갑옷보다 이 저주는 더 무거운 부담이 될 것이다. 그리고 나의 저주는 너의 적 편에 가담해서 싸울 것이다. 전쟁터에서 에드워드의 아이들의 어린 영혼이 너의 적 한 사람 한 사람의 영혼에 속삭이면서 그들의 행운과 승리를 약속할 것이다. 잔혹한 너는 처참한 최후를 맞이할 것이다. 생존 시에 보여준 수치가 죽을 때도 따라다닐 것이다. (퇴장)

엘리자베스 저주의 말은 더 있지만 입 밖에 낼 기력이 없다. 어머니 저주에 아멘을 덧붙이겠다.

리처드 왕 기다려라, 할 말이 있다.

엘리자베스 나에게는 네가 살해하려는 왕가의 아들이 없다. 리처드, 딸들은 눈물의 왕비가 아니라 기도를 올리는 수녀가 될 것이다. 그러니 딸들을 노리지 말라.

리처드 왕 당신에게는 엘리자베스라는 딸이 있지, 덕이 있고, 아름답고, 위엄이 있고 자비로운 여인이야.

엘리자베스 그 때문에 죽어야 한다고? 제발 살려다오. 살기 위해서라면, 그 딸의 덕을 격하시키고, 아름다움을 더럽히고, 이 몸이 에드워드를 배신하여, 저 딸을 불의의 잠자리에서 얻었다고 말을 퍼뜨릴 수도 있다. 그 딸이 잔인한 살인자의 손에 닿지 않기 위해서는, 에드워드의 아이가 아니라고 천하에 밝힐 수도 있다.

리처드 왕 그 혈통을 더럽히지 마라. 엘리자베스는 왕녀이다.

엘리자베스 딸의 목숨을 살리기 위해서 말한다. 그 애는 왕녀가 아니다.

리처드 왕 왕녀라야지 그녀의 생명이 안전하다.

엘리자베스 그 안전성 때문에 그의 형제는 참살당했다.

리처드 왕   아니다. 왕자들은 불운한 별자리였다.

엘리자베스   아니다. 왕자들은 나쁜 적이 붙어 있었다.

리처드 왕   인간이라면 운명의 손을 벗어날 수 없다.

엘리자베스   그렇다, 악마인 리처드가 인간의 운명을 좌우할 때 말이다. 만약에 너 리처드가 아름다운 인간이었다면, 그 애들도 더 아름답게 죽을 수 있었다.

리처드 왕   내가 마치 조카들을 죽인 것처럼 말하네.

엘리자베스   조카라! 그렇다, 조카들은 삼촌에게 쫓기고 있었다. 그 조카들은 삼촌 때문에 행복, 왕관, 가족, 자유, 그리고 생명을 빼앗겼다. 두 가냘픈 아들의 목숨에 손을 댄 자가 누구이든 뒷전에서 조종하며 살인을 명령한 것은 너의 머리다. 둘을 죽인 칼은 무디고 뭉툭했다. 그 칼날을 돌 같은 너의 심장이 갈았다. 그 칼날이 어린 양 같은 아들의 배를 찢었다. 계속되는 슬픔에 익숙해져 격한 슬픔도 숨을 죽인다. 아니면 이 혓바닥이 네 귀에다 아이들 얘기를 하기 전에, 이 손톱이 네 눈을 후볐을 것이다. 나는 살 희망도 없는 죽음의 바다로 쫓겨났다, 지금은 닻도 밧줄도 잃은 작은 배 되어, 너의 바위 같은 가슴에 부딪쳐서 산산조각이 날 수밖에 없다.

리처드 왕   제발 들어다오. 내가 생사를 걸고 싸우는 전쟁의 신에 맹세하며 말한다. 지금까지 나는 당신과 그 가족들에게 심한 해독을 끼쳤지만, 지금은 그 일을 보상하며 당신과 가족들에게 좋은 일을 하려한다.

엘리자베스   보상한다고? 하늘이 어떤 호의를 나에게 베풀고 있는가?

리처드 왕   따님을 격상시키겠소.

엘리자베스   목을 치려고 단두대 위에?

리처드 왕   아니오. 최고의 명예로운 자리요. 이 세상에서 바랄 수 있는 가장 영광스러운 자리요!

엘리자베스 상중에 있는 나를 놀릴 셈이냐? 말할 수 있으면 말해보라. 너는 내 아이에게 어떤 지위와 명예를 줄 수 있는가?

리처드 왕 내가 소유하고 있는 지위와 명예 모든 것이다. 내 몸과 함께 그것을 주겠다. 만약에 당신이 망각의 강물 속에 과거에 내가 했다고 생각하는 온갖 악행의 기억을 씻어버릴 수만 있다면.

엘리자베스 간단하게 말하라. 너무 길게 자신의 호의를 얘기하다가, 호의 그 자체가 숨 끊어지겠다.

리처드 왕 그렇다면 말하겠다. 나는 당신 딸을 진심으로 사랑하고 있다.

엘리자베스 그 딸의 어미 생각과 같구나.

리처드 왕 생각한 대로라니?

엘리자베스 내 딸을 진심으로 사랑한다는 대목 말이다. 당신은 내 딸의 형제도 사랑한다 했어. 그러니 나는 당신한테 고맙다는 인사해야겠는데?

리처드 왕 내 말을 성급하게 오해 마시오. 나는 진정으로 당신 딸을 사랑하오. 그래서 영국의 왕비로 삼고 싶소.

엘리자베스 이 경우에 왕은 누구냐?

리처드 왕 왕비로 만드는 사람이죠. 그 밖에 누가 있겠소?

엘리자베스 뭐라고, 당신이?

리처드 왕 그렇소, 어떻게 생각하오?

엘리자베스 어떻게 감히 구혼할 수 있는가?

리처드 왕 구혼하는 법을 당신으로부터 배우고 싶소. 딸의 심정을 누구보다도 잘 알고 있을 터이니 말이오.

엘리자베스 나에게 배운다고?

리처드 왕 진정으로.

엘리자베스   내 아들을 살해한 자에게 심부름 시켜 피가 흐르는 두 개의 심장을 우리 딸에게 보내라. 그 심장에 적어라. "에드워드"와 "요크"라고. 딸은 눈물을 흘릴 것이다. 과거에 마거릿이 너의 부친에게 러틀랜드의 피가 묻은 손수건을 보여준 것처럼 딸에게 손수건을 내밀어라. 아들의 몸에서 흘러나온 붉은 피로 적신 것이니, 이것으로 눈물을 닦으라고 말해주어라. 그래도 딸의 사랑을 얻지 못하면 자신의 고상한 업적을 적어 편지로 보내라. 딸의 숙부 클래런스를 죽이고, 리버스를 죽인 사람은 자신이라고 고백하라. 착한 숙모 앤을 없앤 사람도 자신이라고 딸한테 말하라.

리처드 왕   나를 등신으로 아는 모양인데, 그렇게 해서 딸의 마음을 잡을 수 있겠나?

엘리자베스   달리 방법이 없지 않은가. 네가 타인의 모습으로 둔갑하여 그 일을 저지른 리처드가 되지 않으면 모를까.

리처드 왕   그녀에 대한 사랑 때문에 했다고 말하면?

엘리자베스   잔인한 행동으로 사랑을 얻으려 했으니 내 딸은 당신을 더 미워할 것이다.

리처드 왕   쏟은 물은 주워 담을 수 없다. 인간은 때로 무분별한 행동을 저지를 수 있다. 나중에 후회하게 된다. 내가 당신의 아들로부터 왕국을 탈취했다고 한다면, 그 보상으로 왕국을 당신 딸에게 드리겠소. 내가 당신의 아들 목숨을 빼앗았다고 한다면, 그 목숨을 되살리기 위해, 당신 딸에게 당신의 피를 이은 내 아들을 태어나게 합시다. 할머니라는 말은 어머니라는 정다운 말과 애정 면에서는 별 차이가 없어요. 손자라는 말은 아들보다 한 걸음 앞서간 아이일 뿐이오. 똑같은 당신의 성격, 당신의 피를 이어받지요. 거기 수반되는 고통도 같소. 다만 딸을 낳은 하룻밤의 고통을 이번에는 딸이 견디도록 한 것뿐이오. 당신의 아들은 당신에게는 젊은 날의 고통이었소. 나의 아이들은 당신 노후의 위로가 될 것이오. 당신이 잃은 것은 왕이 되는 아들이었소. 하지만 아들을 잃은 대신에 딸은 왕비가 되죠. 이제 와서 저지른 일을 되돌릴 수 없으니, 진정, 나의 호의를 받아주시오. 당신의 아들 도싯 후작은 무엇이 두려운지, 외지에서 불만의 세월을 보내고 있소. 하지만 이 경사스러운 혼사가 매듭 되면, 즉시 고국으로 불러, 높은 관직을 줍시다. 당신의 딸을 아내라고 부르는 왕은 당신의 아들 도싯을 절친한 동생이라 부른다오. 그리고 당신은 다시 국모가 되는 겁니다. 지나간 세월이 불행한 아픔의 상처를 남겼다면, 앞으로는 그보다 배가 되는 행복으로 상처가 치유될 겁니다. 그렇습니다, 우리들에게는 빛나는 앞날이 열리고 있습니다! 지금까지 당신이 흘린 눈물 한 방울, 한 방울은 빛나는 진주가 되어 당신에게 돌아올 것입니다. 투자한 돈이 행복이라는 이자를 불려, 십 배, 이십 배의 행운이 되어 돌아옵니다. 가시오, 어머니, 딸한테 즉시 가시오. 당신의 경륜으로서 딸의 수치심에 용기를 주시오. 그녀의 귀가 구애의 소리를 받아들이도록 준비하시오. 그녀의 작은 가슴에 왕비에 대한 동경의 불을 당겨, 결혼 생활의 달콤하고 고요한 기쁨을 알리시오. 그리고 내 힘으로 조무래기 악당인 얼빠진 배반자 버킹엄을 저세상으로 날려 보낸 다음, 즉시 영광의 화관을 이마에 얹고, 당신의 딸을 정복자의 침대로 모시겠소. 내가 쟁취한 승리의 영광은 그녀의 것이오. 당신의 딸이야말로, 진정한 승리자 시저가 됩니다.

엘리자베스 그 애한테 무어라 말하지? 네가 시집가는 사람은 아버지 동생이라고 해야 하는가, 숙부라고 해야 하는가? 동생들과 숙부를 죽인 사람이라 말해야 하는가? 어떤 이름으로 불러야 하느님과 법에 어긋나지 않으며, 내 명예와 그녀의 애정에 상처를 입지 않는가?
그녀의 어린 귀에 뭐라 속삭여야 좋아할 것인가?

리처드 왕 이 결혼이 영국에 평화를 준다고 말하시오.

엘리자베스 그 때문에 그녀는 영원한 전투를 계속하지 않으면 안 된다고 말이지.

리처드 왕 명령해야 하는 왕이 고개 숙여 간청한다고 하시오.

엘리자베스 왕중왕인 하느님이 그것을 금지한다고 말할까.

리처드 왕 그녀가 권력 최고의 왕비가 된다고 말하시오.

엘리자베스 어머니와 마찬가지로 그 칭호에 한이 맺힌다 할 것인가?

리처드 왕 그녀를 영원히 사랑한다고 말하시오.

엘리자베스 그 "영원"이 오래 계속될까?

리처드 왕 아름다운 그녀의 생명이 다할 때까지.

엘리자베스 하지만 그 생명이 언제까지도 변함없이 계속될 것인가?

리처드 왕 하늘과 자연이 주신 목숨이 다할 때까지.

엘리자베스 지옥의 사자 리처드가 수명을 허락할 때까지.

리처드 왕 딸의 임금인 내가 사랑의 신하가 된다고 말하시오.

엘리자베스 당신의 신하인 딸은 사랑의 임금님이 될 수 없어.

리처드 왕 나를 위해 화려한 언어를 사용해주시오.

엘리자베스 성실한 마음은 솔직한 언어 속에 있다.

리처드 왕 그렇다면 사랑하는 내 마음을 솔직한 말로 전해주시오.

엘리자베스 솔직하게, 그러나 거짓으로 말한다는 것은 어려운 일이오.

리처드 왕 당신의 주장은 너무 천박하고, 비약이 심하오.

엘리자베스 오, 그게 아니라오. 나의 주장은 너무 깊어 꼼짝 않소. 가련하게도, 아이들은 무덤 속에 깊이 파묻혀 꼼짝 않소.

리처드 왕 같은 말을 되뇌이지 마시오. 모두 지나간 일이오.

엘리자베스 목숨의 줄이 끊어질 때까지, 나는 그 일을 들먹거리며 되풀이하겠다.

리처드 왕 성자 조지와 훈장과 이 왕관에 걸어 —.

엘리자베스 더럽혀진 성자와 불명예스러운 훈장과 찬탈한 왕관을 위하여 —.

리처드 왕 나는 맹세한다 —.

엘리자베스 맹세해도 소용없다, 이것은 맹세가 아니다. 너의 조지는 더럽혀져서 성자의 빛을 잃었다. 훈장은 손상되어 기사의 덕망을 잃었다. 왕관은 강탈당해 국왕의 영광은 사라졌다. 어떻게 하든 맹세를 해서 설득하려 한다면, 나쁜 짓거리 말고 좋은 일을 내세우시오.

리처드 왕 그렇다면, 이 세상을 걸고 —.

엘리자베스 이 세상은 악행으로 가득 찼다.

리처드 왕 아버지의 죽음을 걸어 —.

엘리자베스 너의 인생이 그를 모독했다.

리처드 왕 그렇다면, 나 자신을 걸고 —.

엘리자베스 너 자신이 악용했다.

리처드 왕 그렇다면, 하느님을 걸고 —.

엘리자베스 하느님이 가장 오염되고 있다. 하느님을 걸고 맹세한 일이 두려워 네가 그 약속을 깨지 않을 사람이었다면, 너의 형이며 나의 남편인 선왕이 베푼 화해를 너는 깨지도 않았고, 내 동생들도 죽지 않았을 것이다. 네가 하느님의 맹세를 깨지 않을 사람이었다면, 지금 너의 머리를 감고 있는 황금의 관은 내 아들의 부드러운 머리를 감고 있을 것이다. 어린 몸으로 지금은 무덤 속에서 흙으로 변하고 있는 두 아들은 너의 거짓 맹세 때문에 벌레의 밥이 되고 있다. 그 맹세를 지켰으면 지금 내 옆에서 색색 숨 쉬고 있겠지. 이제 무엇을 두고 더 맹세할 게 있나?

리처드 왕 미래에 걸어 맹세한다!

엘리자베스 그것도 너는 과거에 이미 더럽혀놓았다. 앞날에 나는 숱한 눈
물을 흘려야 한다. 네가 더럽힌 과거 때문이다. 살해당한 아버지를
잃은 아이들은 젊은 날의 교육도 없이 늙어가는 일을 한탄하며 살
아갈 것이다. 살해당한 아이들을 잃은 부모들은 늙어 시들은 메마
른 가지가 되어 세월과 더불어 한탄하며 살아갈 것이다. 미래를 걸
어 맹세하지 마라. 미래의 시간이 오기도 전에, 너로 인해 오염된
과거 때문에 미래는 더러워졌다.

리처드 왕 모든 것을 참회하고 새롭게 행운을 잡으려는 이 마음에 거짓이
있으면, 이번 싸움에서 적군의 손에 쓰러져도 좋다. 만일에 깊은
마음에서 우러나는 맑은 사랑으로, 깨끗한 헌신과 하느님에게 떳
떳한 마음으로, 당신의 딸을 흠모하지 않는다면. 내 몸이 파멸되어
도 좋다! 하늘도 운명도 행복한 날을 주지 않아도 좋다! 낮의 빛과,
밤의 단잠을 이 몸에 주지 않아도 좋다! 행운의 별이 가는 길을 방
해해도 좋다. 나의 행복과 당신의 행운은 그녀 속에 있어요. 그녀
를 잃으면 이 나라도, 나도, 당신도, 그녀 자신도, 수많은 기독교도
들도, 죽음과 황폐, 파멸과 파괴를 면할 길이 없소. 그 재난을 피하
는 길은 단 하나, 그 재난을 앞으로 파할 수 있는 길은 단 하나, 이
것밖에 없소. 그러기 때문에, 사랑하는 어머니 ─ 나는 그렇게 부
르리다, 그녀에게 내 사랑을 전해주시오. 과거의 내가 아니라, 미
래의 나를 알려주세요. 과거의 공죄(功罪)가 아니라 미래의 공적을
호소하세요. 오늘의 나라 사정을 설득하세요, 국가대사에 잘못 가
지 않도록 인도하세요.

엘리자베스 나는 이렇게 악마의 유혹을 받아야 하나?

리처드 왕 악마가 좋은 일 하자고 유혹하면 받아야죠.

엘리자베스 내가 내 자신을 잊어야 하나?

리처드 왕 당신의 과거 기억이 당신을 괴롭히면, 잊어야죠.

엘리자베스 하지만 너는 내 아이를 죽였다.

리처드 왕 나는 당신의 아이를 따님의 태내에 매장하여, 그곳을 불사조의 보금자리 삼아 되살아나게 하렵니다. 다시 당신의 아들로, 당신의 기쁨이 되기 위해서죠.

엘리자베스 너의 마음을 따르도록 나는 딸을 설득해야 하는가?

리처드 왕 다시 행복한 어머니가 되기 위해서죠.

엘리자베스 그럼 가도록 하죠. 곧 편지 주세요. 딸의 심정을 알려드릴께요.

리처드 왕 내 마음의 키스를 그녀에게. (키스한다) 잘 가세요. (엘리자베스 퇴장) 정에 약한 바보, 변덕 많은 천박한 여인!

　　　랫클리프 등장.

무슨 일이냐?

랫클리프 황송하옵니다, 폐하, 서해안에 강력한 적함대가 나타났습니다. 그런데 우리 편은 미심쩍은 숱한 오합지졸입니다. 무기도 없이, 적을 무찌르겠다는 결의도 없는 병졸들입니다. 적함대 사령관은 리치먼드라 합니다. 불원간 해안에 닻을 내리고, 버킹엄의 상륙지원을 기다린답니다.

리처드 왕 발 빠른 놈을 노펅 공작 댁으로 보내라. 랫클리프, 네가 가도 좋고, 아니면 캐츠비 — 그는 어디 있는가?

캐츠비 여기, 대령했습니다.

리처드 왕 캐츠비, 공작 댁으로 날아가라.

캐츠비 온갖 수단을 동원해서 급히 가겠습니다.

리처드 왕 랫클리프, 이리 와. 너는 솔즈베리로 가라. 그곳에 도착하면 ― (캐츠비에게) 아직도 거기 서 있는가! 못난 놈! 왜 노퍽 공작 댁으로 안 가고 있는가?

캐츠비 폐하, 용건이 무엇입니까? 가서 뭐라 말하지요?

리처드 왕 그래, 맞다, 캐츠비! 이렇게 전하라. 즉시 강력한 군대를 모아, 솔즈베리에서 나와 합류하자고 말이다.

캐츠비 그럼 다녀오겠습니다. (퇴장)

랫클리프 솔즈베리에 도착하면, 나는 무엇을 합니까?

리처드 왕 나보다 더 일찍 가서 뭘 하겠다는 거냐?

랫클리프 폐하께서는 즉시 가라고 했습니다.

리처드 왕 마음이 변했어.

　　　더비 백작 스탠리 등장.

무슨 소식이냐?

스탠리 듣기 좋은 소식은 아닙니다. 말할 수 없을 만큼 나쁜 소식도 아닙니다.

리처드 왕 수수께끼로구나! 좋지도 않고, 나쁘지도 않다고! 왜 먼 발치로 쑤시느냐? 직언하라. 듣자. 무슨 소식이냐?

스탠리 리치먼드가 해상에 나타났습니다.

리처드 왕 거기서 침몰시켜라. 바다 밑으로 꺼지게 해! 겁쟁이 부랑자 녀석, 뭣하러 왔어?

스탠리 그 이유를 모르겠습니다. 그저 추측할 따름이죠.

리처드 왕 어떤 추측인데?

스탠리 도싯, 버킹엄, 그리고 존 모턴에 자극받아 영국에 왕관을 요구하러 온 겁니다.

리처드 왕　옥좌가 비어 있는가? 왕검은 장난감인가? 왕이 죽었는가? 왕국에 주인이 없는가? 요크 가의 왕위 계승은 나 이외에 누가 있나? 다시 한번 말하라. 그놈은 왜 바다에 나타났나?

스탠리　지금 말씀드린 것이 전부입니다.

리처드 왕　그놈이 너의 왕이 되기 위해 온다는 것 이외에는, 그 웨일스 놈이 왜 오는지 모르겠단 말이지. 너도 그 반란에 가담하고 싶은 모양이지?

스탠리　그렇지 않습니다. 저를 의심하지 마십시오.

리처드 왕　그럼 묻겠다. 그 반란군을 격퇴시킬 너의 군대는 어디 있는가? 너의 부하들은 어디 있는가? 지금쯤 서해안에 있는 것은 아닌가? 반란군이 탈 없이 상륙하도록 안내하고 있는 것은 아닌가?

스탠리　천만에 말씀입니다. 나의 동료는 북쪽에 있습니다.

리처드 왕　리처드에게는 냉담한 친구들이군. 북에서 무얼 하고 있나? 서쪽에서 임금을 도울 수 있는데?

스탠리　폐하의 명령을 받지 않고 있기 때문에, 대기하고 있습니다. 허락해 주시면, 북으로 가서 동지를 규합해서, 언제든지 폐하의 명령을 받고 그 장소로 가겠습니다.

리처드 왕　알고 있다. 리치먼드 곁으로 가고 싶지? 너는 믿을 수 없다.

스탠리　폐하, 저를 의심할 이유가 무엇입니까? 과거에도, 앞으로도 거짓은 없습니다.

리처드 왕　그렇다면 병력을 모으러 가라. 단, 너의 아들 조지를 놔두고 가라. 알겠는가? 조금이라도 너의 충성심이 흔들리면, 아들의 목은 보장할 수 없다.

스탠리　마음대로 하십시오. 충성을 맹세합니다. (퇴장)

사신 1 등장.

사신 1 폐하께 말씀드립니다. 동료의 정보에 의하면, 데본셔에서 에드워드 커트니와 그의 형 엑서터 신부가 많은 동지를 집합시켜, 무기를 들고 반란의 군사를 일으켰다는 것입니다. (사신 2 등장)

사신 2 폐하께 말씀드립니다. 켄트에 있는 길포드 일족이 군졸을 집결시켰습니다. 또한 우리 편이 계속해서 반란군에 가담해서, 병력이 증가하고 있다는 소식입니다. (사신 3 등장)

사신 3 폐하 버킹엄 공작의 병력이 ─ .

리처드 왕 닥쳐라, 이 올빼미 같은 것들아! 죽음의 노래뿐이냐? (그는 사신을 구타한다) 맞아라, 이놈, 좋은 소식을 갖고 오라.

사신 3 폐하께 말씀드리고자 하는 소식은, 버킹엄 공작의 군대가 갑작스러운 호우와 홍수에 밀려, 사방으로 흐트러졌다는 것입니다. 버킹엄 자신도 혼자 떠내려가다가 행방불명되었다는 것입니다.

리처드 왕 그런가, 미안하다. 이 돈을 받아라. 이것으로 아픔을 고치게. 그 배반자를 체포하면, 보상을 준다는 포고문을 누군가 머리 빠른 사람이면 내놓았겠지?

사신 3 포고문이 나갔습니다.

사신 4 등장.

사신 4 폐하, 토머스 로벨 경과 도싯 후작이 요크셔에서 반란군을 일으켰답니다. 하지만 좋은 소식도 있습니다. 브리튼 해군은 폭풍을 만나 지리멸렬되었답니다. 리치먼드는 도싯셔 해안까지 쓸려갔답니다. 그런 다음 그는 해안에 보트를 보내, 해안에 포진한 군대가 아군인지 탐문했답니다. 그는 그 군대가 버킹엄의 군대이고, 자기 편인

것을 알고도 믿지 못하고, 닻을 올리고 브르타뉴 해안으로 도망쳤
답니다.

리처드 왕 진격하라, 진격하라. 우리도 전투 준비는 되어 있다. 국외에서
오는 적을 상대할 필요는 없지만, 국내의 반란자들은 때려눕혀야
한다.

　캐츠비 다시 등장.

캐츠비 폐하, 버킹엄 공작을 체포했습니다. 아주 반가운 소식입니다. 한
편, 리치먼드 백작이 대군을 끌고 밀포드에 상륙했습니다. 귀에 거
슬리는 소식입니다만, 말씀드렸습니다.

리처드 왕 솔즈베리로 향해 출발이다! 여기서 왈가왈부하는 동안, 전쟁의
승패가 난다. 버킹엄을 솔즈베리로 끌고 오너라. 자아, 진군이다.
모두들 나를 따르라. (트럼펫 소리에 일동 퇴장)

제5장 스탠리 공의 저택

　스탠리와 크리스토퍼 어즈위크 경 등장.

스탠리 크리스토퍼 신부, 잔혹무도한 멧돼지 놈이 내 아들 조지 스탠리를
볼모로 구금했다고 리치먼드에 전해주시오. 내가 반기를 들면 아
들은 죽는다. 따라서 지금 당장 원군을 보낼 수 없다. 어서 가보시
오. 안부를 전하고 곁들여 말하시오. 왕비께서 따님 엘리자베스의
혼인은 쾌히 승낙하셨다고요. 그건 그렇고, 리치먼드는 지금 어디
있소?

크리스토퍼   웨일스의 펨브로크나 혹은 하포드웨스트입니다.

스탠리   소집에 응한 명사들은 누구입니까?

크리스토퍼   무공을 떨친 월터 허버트, 길버트 탤벗 경, 윌리엄 스탠리 공, 옥스퍼드, 펜브로크, 제임스 블런트 경, 용감한 부대를 이끌고 있는 라이스 앱 토머스, 그리고 그 밖의 명성을 날리는 용사들이 기라성처럼 집결되어 있소. 도중에 저항을 받지 않으면, 런던을 향해 일사 천리로 달릴 참이오.

스탠리   그럼 어서 가시오. 그에게 이 손의 키스를 전해주오. 나의 마음은 편지 속에 자세히 적어놓았소. 잘 가시오. (퇴장)

제5막

제1장 솔즈베리, 광장

형리, 버킹엄을 처형하려고 형장으로 인도한다

버킹엄   리처드 왕은 나와의 면담을 허락하지 않는가?

형 리   그렇습니다. 그러니 단념하십시오.

버킹엄   헤이스팅스, 에드워드의 왕자들, 그레이와 리버스, 성스러운 왕 헨리, 순진했던 왕자 에드워드, 본 그리고 그 밖에 음흉하고, 부정한 손에 쓰러진 사람들이여, 분노와 불만으로 허덕이는 그대들 영혼이 구름 사이로 이 광경을 목격한다면, 복수하는 심정으로 나의 파멸을 조롱하라. 그런데 오늘은 만령절(萬靈節)이로구나. 여보게, 그렇지?

형 리 그렇습니다.

버킹엄 만인의 영혼을 위로하는 날이 내 육체가 파멸하는 날이로구나. 그때가 바로 오늘이로구나. 에드워드 왕 생존 시에, 왕자와 왕비의 가족들을 배반하면 이 몸은 파멸하게 된다고 기원하던 날이로구나. 그런 일이 만일에 생기면 나의 절친한 친구로부터 배신당해도 좋다고 기도한 날이 바로 오늘이야. 이날 나는 겁먹은 나의 영혼이 집행유예의 기간이 끊겨 벌을 받지 않으면 안 된다. 나는 전지전능하신 신을 붙들고 장난질했다. 하느님은 모든 것을 보셨다. 나의 거짓 기원을 알고 내 농담으로 한 말을 진담으로 듣고 내 몸에 그것을 실현시켰다. 하느님은 악인들의 칼끝을 그 칼의 주인 가슴에 꽂게 만든다. 지금 마거릿의 저주가 내 몸에 벼락치누나. 그 여인은 말했다. "그가 너의 가슴을 슬픔으로 찢고 있을 때, 기억하라, 마거릿은 예언자였다는 것을." 자, 나를 끌고 가라. 굴욕의 처형대 위로. 악은 악으로, 죄는 죄로, 틀림없구나. (일동 퇴장)

제2장 탬워스 근처의 진지

리치먼드, 옥스퍼드, 블런트, 허버트, 그리고 기타 군기와 북을 들고 등장.

리치먼드 나의 친구들, 무장한 동지들이여, 폭정의 사슬을 끊고 우리는 일어섰다. 우리 군대는 이 나라 심장부에까지 깊숙이 진격했는데, 이

렇다 할 저항 없이 순조롭게 작전이 진행 중이다. 지금, 여기 우리
아버지 스탠리 공으로부터 위안과 격려의 편지가 막 도착했다. 그
편지에 의하면, 피도 눈물도 없는 잔악한 그 왕위 찬탈자 멧돼지
가, 여러분의 여름 밭을 짓밟고, 열매 익는 포도원을 망쳤으며, 여
러분의 뜨거운 피를 탐욕스럽게 빨아먹고, 내장을 찢어 발칵발칵
먹어 치웠다. 그 더러운 돼지는 지금 이 섬의 중앙부, 레스터 근처
에 진지를 치고 있는 모양이다. 이곳 탬워스로부터 그곳까지는 하
루의 행군으로 당도할 수 있는 지점이다. 용감한 친구들이여, 신의
이름으로 과감하게 전진합시다. 영원한 평화의 수확을 거두기 위
해서는 이 한 번의 가혹한 시련의 결전이 필요합니다.

옥스퍼드　우리 한 사람, 한 사람의 양심은 천만 적을 무찌르는 창칼이다.
그것을 휘둘러 저 잔인한 살인자와 싸웁시다.

허버트　그놈의 부하들도 반드시 우리들한테 투항할 것입니다.

블런트　그놈의 부하들은 협박 때문에 할 수 없이 가 있다. 그놈이 가장 필
요할 때, 도망칠 것이다.

리치먼드　모든 것은 우리들에게 유리하게 가고 있다. 자, 진격이다. 진정한
희망은 빠르다. 제비 날개를 타고 화살처럼 날아간다. 그래서 왕은
신이 되고, 왕 못 되는 천박한 놈이 왕이 된다. (일동 퇴장)

제3장　보스워즈의 평야

무장한 리처드 왕이 노퍽 공작, 랫클리프, 서리 백작, 기타 인물과 등
장.

리처드 왕　여기 이 보스워즈 평야에 천막을 치자. (리처드의 천막을 무대 한쪽

에 세운다) 서리 백작, 왜 표정이 침통한가?

서 리 제 마음은 얼굴 표정보다 열 배나 더 가볍습니다.

리처드 왕 노퍽 공.

노 퍽 네, 대령했습니다, 폐하.

리처드 왕 우리들은 공격을 받게 되는가? 그런가?

노 퍽 주거니 받거니 합니다, 폐하.

리처드 왕 내 천막을 치라! 오늘 밤은 여기서 야영이다. 내일은 어디냐? 그건 아무래도 좋다. 적의 병력은 얼마나 되는지 누가 알고 있나?

노 퍽 기껏해야, 육칠천 명입니다.

리처드 왕 그런가, 그렇다면 우리 병력은 세 배다. 게다가, 왕의 이름은 적군을 위압하는 힘이다. 반란군은 왕을 상대하는 약점이 있다. 나의 천막을 치라! 용감한 동지들, 미리 전쟁터를 조사해서, 지리의 혜택을 받아야 해. 이 근처 지형을 잘 아는 자를 불러주게. 전쟁 준비를 소홀치 마라. 우물쭈물 빈둥댈 여유가 없어. 경들이여, 내일은 바쁜 하루가 된다!

　　천막 준비가 완료된다. 한쪽 문으로 퇴장. 다른 문으로 리치먼드, 윌리엄 브랜던 경, 옥스퍼드, 그리고 허버트 등장, 블런트 외 기타 인물은 리치먼드의 천막을 친다.

리치먼드 지친 태양이 금빛 광선을 발산하면서 서산에 지고 있다. 붉게 타는 태양의 자취로 보아, 내일 날씨는 쾌청하다. 윌리엄 브랜던 경, 내 군기를 지키시오. 옥스퍼드 공, 윌리엄 브랜던 경, 월터 허버트 경은 내 옆에 머무시오. 펨브로크 백작은 자신의 부대에 있게 된다. 블런트는 그에게 가서 내 인사를 전해주게. 오늘 밤은 푹 쉬고, 내일 새벽 두 시에 내 천막으로 오도록 백작에게 전하게나. 아, 그

렇다. 한 가지 더 부탁이 있다. 스탠리 공의 진지는 어딘가? 자네,
알고 있는가?

블런트 제 눈이 그의 군기를 잘못 볼 리 없다면, 확실합니다만, 공의 군대
가 자리 잡고 있는 곳은 왕의 대군이 자리 잡고 있는 남쪽 약 반 마
일 지점입니다.

리치먼드 위험 없이 갈 수만 있다면, 블런트, 가서 공에게 나의 인사를 드
리고, 이 중요한 편지를 전해주게.

블런트 이 목숨 걸고 해내겠습니다. 편히 주무십시오.

리치먼드 잘 가게, 블런트. (블런트 퇴장) 내 천막에 잉크와 종이를 갖고 오
게. 내일 전투를 위해 작전 계획을 짜겠다. 각 지휘관에게 몇 개의
진격 임무를 한정시킨다. 우리의 소수 병력을 알맞게 나눠야 한다.
제군들, 내 천막으로 들게. 내일 전투를 협의하자. 들어가자. 바깥
공기가 차고, 이슬이 습하다. (리치먼드, 브랜던, 옥스퍼드, 허버트가 천막
으로 들어간다. 나머지 퇴장)

리처드 왕, 랫클리프, 노퍽, 그리고 캐츠비와 시종 군인들 등장.

리처드 왕 몇 시냐?

캐츠비 저녁 식사시간입니다. 아홉 십니다.

리처드 왕 오늘 밤은 식사를 안 한다. 잉크와 종이를 다오. 아니, 내 투구가
왜 이렇게 느슨한가. 갑옷은 천막 안에 준비되어 있겠지?

캐츠비 되어 있습니다, 폐하. 만사 준비 완료입니다.

리처드 왕 노퍽, 곧 자신의 부대로 돌아가게. 감시를 철저하게 하라. 믿을
수 있는 보초를 세우게.

노 퍽 폐하, 물러갑니다.

리처드 노퍽, 내일 아침은 종달새와 함께 일어나게나.

노 퍽 염려 마십시오. (퇴장)

리처드 왕 캐츠비!

캐츠비 폐하?

리처드 왕 무장한 전령을 스탠리 진지로 보내게. 해 뜨기 전에 그의 군사를 이끌고 이곳에 오라고 해. 안 오면, 아들은 영원한 밤의 구렁텅이에 매몰될 것이다. 그렇게 전하라. (캐츠비 퇴장) 술 한 잔 따라주게. 보초를 서라. 백마 서리에 안장을 놓아라. 내일의 전투에 대비하는 것이다. 창은 튼튼한가 살펴봐라. 너무 무거우면 안 돼. 랫클리프!

랫클리프 네, 폐하.

리처드 왕 울적한 공작 노섬벌랜드를 보았는가?

랫클리프 그분과 서리 백작 토머스는 해 질 무렵 부대를 순시하면서 병사들을 격려하고 있었습니다.

리처드 왕 그런가, 잘 됐다. 술을 따라라. 마음이 울적하다. 기운이 없다. 이런 일은 일찍이 없었다. 술잔은 거기 두라. 종이와 잉크는 갖고 왔는가?

랫클리프 여기 있습니다.

리처드 왕 내 호위병에게 보초 근무를 철저하게 하라고 전해. 가도 좋다. 랫클리프, 밤중에 내 천막으로 오지 않겠나? 갑옷 입는 일을 도와달라. 이젠 가도 좋다.

　　　랫클리프 퇴장. 리처드도 천막 속으로 들어간다. 시종과 군인들이 천막을 지킨다. 또 다른 천막. 리치먼드와 귀족들 그리고 시종들이 있는 곳에 스탠리 등장.

스탠리 그 빛나는 투구 위에 행운과 승리가 있기를 빈다!

리치먼드 이 캄캄한 밤이 줄 수 있는 모든 기쁨과 위로가 아버님 것이 될 수 있도록 기원합니다! 잘 오셨습니다. 어머님은 어떻게 지내십니까?

스탠리 이 아비가 네 어미를 대신해서 축복을 주겠다. 네 어미는 늘 너를 위해 기도하고 있다. 인사말은 이 정도로 해두자. 밤의 시간은 소리 없이 지나고, 동편 하늘의 검은 장막이 조금씩 거두어지고 있다. 간단히 말하마. 지금은 천천히 말할 시간이 없다. 날이 새기 전에 전투 준비를 완료하라. 그리고 나서 즉시 피가 피를 부르는 격전을 펼친 다음, 생사를 건 싸움에 네 운명을 맡겨야 한다. 나도 할수만 있으면 너를 돕겠다만, 마음대로 할 수 없는 입장이니, 주변의 눈을 속여 기회를 포착해서 이 우열백중의 전투에서 할 만큼은 해보겠다. 그런데, 네 편에 공공연하게 나설 수 없는 것은, 네 동생 조지가 아버지 면전에서 목을 날리는 위험이 있기 때문이다. 이젠 그만 돌아가야 한다. 급박한 사태 때문에, 오랫동안 떨어져 있었던 친한 사이끼리, 충분한 시간을 갖고 나누는 사랑의 다짐도, 즐거운 한담도 지금은 허락되지 않는구나. 사랑을 나누는 단란의 시간은 앞으로 올 것이다. 또 만나자. 너의 무운을 빌겠다.

리치먼드 제군, 아버님을 진지까지 호송해다오. 걱정할 일이 많지만, 잠시 잠을 청하겠다. 내일 전투에서 승리의 날개를 펴려는 이 몸에 납덩이 같은 졸음이 와서는 안 되기 때문이다. 그럼, 제군들, 잘 자오. (리치먼드를 남기고 일동 퇴장) (무릎을 꿇고) 신이여. 당신의 이름으로 병력을 모았습니다. 저의 군대를 자비의 눈으로 살펴 주십시오. 우리 장병들에게 불의를 쳐부수는 분노의 칼을 주시고, 찬탈자 편에 있는 적군의 투구를 가격해서 산산조각이 나도록 해주소서. 하느님 대신 우리가 악을 징벌하는 군대가 되게 하소서. 우리가 승리하여 하느님을 찬양케 해주십시오. 이제 눈 붙이기 전에, 눈 뜨고 있는

이 영혼을 당신에게 맡깁니다. 잠잘 때도, 눈 떠 있을 때도, 제발 이 몸을 지켜주소서! (잠든다)

헨리 6세의 왕자 에드워드의 망령 등장.

에드워드의 망령 (리처드 왕에게) 내일, 네놈의 영혼을 무겁게 눌러주겠다. 기억하라, 꽃다운 청춘이었던 나를 네놈이 튜크스베리에서 칼로 찔러 죽인 것을. 이놈, 절망하라, 죽어라. (리치먼드에게) 원기를 내라, 리치먼드, 참살당한 왕자의 넋이 네 편에서 싸우고 있다. 헨리 왕의 아들이 이렇게 너를 격려하고 있다.

헨리 6세의 망령 등장.

헨리의 망 (리처드 왕에게) 이 세상에 있을 때, 성유를 바르고 왕이 된 이 몸을 네놈은 온몸에 죽음의 구멍을 뚫었다. 기억하라, 런던 탑에 갇혔던 이 몸을, 이놈, 절망하라, 죽어라. 헨리 6세가 너에게 명령한다. 절망하라, 죽어라. (리치먼드에게) 후덕하고, 거룩한 너는 승리자가 될 것이다. 너를 미래의 왕으로 예언한 헨리가 이렇게, 잠자는 너를 격려하고 있다. 살아서 번창하라! (퇴장.)

클라렌스의 망령 등장.

클라렌스의 망령 (리차드 왕에게) 내일, 네놈의 영혼을 무겁게 눌러주겠다. 나는 네 놈의 간계(奸計)에 빠져 술통에 담긴 채 숨진 가련한 클라렌스다. 내일, 전쟁터에서 나를 기억하라. 너의 무딘 칼이 손에서 떨어질 것이다. 절망하라. 죽어라. (리치먼드에게) 랭카스터 집안 출신인 너를 위해, 부당하게 살해된 요크 가의 계승자들이 기원하고 있다. 천사들이 너를 도울 것이다. 살아서 번창하라. (퇴장)

리버스, 그레이, 본 망령 등장.

리버스의 망령 (리처드 왕에게) 내일, 네놈의 영혼을 무겁게 눌러주겠다. 폼프렛에서 죽은 리버스다. 절망하라. 죽어라.

그레이의 망령 (리처드 왕에게) 그레이를 기억하라. 절망하라. 죽어라.

본의 망령 (리처드 왕에게) 본의 일을 기억하라. 네놈이 저지른 죄악에 떨며 창을 놓쳐라. 절망하라. 죽어라.

삼인의 망령 (리치먼드에게) 눈을 뜨고 보아라. 리처드 놈의 가슴이 우리들의 저주에 무너지는 것을. 깨어나라, 그리고 승리를 쟁취하라.

헤이스팅스의 망령 등장.

헤이스팅스의 망령 (리처드 왕에게) 피와 죄로 찌든 놈, 죄악에 떨며 눈 떠라, 피에 물들어 네놈의 최후를 맞이하라. 헤이스팅스 공을 생각하라. 절망하라. 죽어라. (리치먼드에게) 고요히, 편안히 쉬는 영혼이여, 눈을 뜨고, 깨어나라. 영국을 위해 무기를 들라, 싸워라, 이겨라. (퇴장)

두 어린 왕자의 망령 등장.

왕자들의 망령 (리처드 왕에게) 런던 탑에서 죽은 조카를 생각하라. 리처드, 우리는 네 가슴속의 납덩이가 되겠다. 우리는 네놈을 파멸과 치욕과 죽음으로 몰겠다. 너의 조카의 영혼이 명령한다. 절망하라. 죽어라. (리치먼드에게) 편히 잠들라. 기쁨 속에서 깨어나라. 천사가 그대를 멧돼지의 이빨로부터 구하리라. 살아서, 행복한 왕가의 시조가 돼라. 에드워드의 불행한 왕자들이 부탁한다. 살아서 번창하라. (퇴장)

앤의 망령 등장.

앤의 망령 (리처드 왕에게) 리처드, 네 곁에서 한시도 편히 잠들지 못했던 네 아내 앤이 너의 잠자리를 불안하게 휘저어놓겠다. 내일 싸움터에서 나를 상기하여, 네 무딘 칼을 놓아라. 절망하라. 죽어라. (리치먼드에게) 편안한 영혼이여, 편안한 잠을 자라. 너의 꿈에는 행복한 승리만 나타나리라. 네 원수가 된 리처드의 아내가 이렇게 기원한다. (퇴장)

버킹엄의 망령 등장.

버킹엄의 망령 (리처드 왕에게) 네놈을 왕위에 오르도록 도운 사람이 나였다. 마지막으로 네놈의 폭정에 희생된 사람도 나였다. 아, 싸움터에서 버킹엄을 기억하라. 그리고 저지른 죄에 떨며 죽어라. 꿈꾸어라, 꿈꾸어라, 피맺힌 행동과 죽음을. (리치먼드에게) 그대를 돕겠다는 희망도 보람 없이 나는 죽었다. 원기를 내어라. 용기를 잃지 마라. 하느님도 천사도 네 편에서 싸울 것이다. 리처드는 자만심이 극도에 다다라 죽을 것이다. (퇴장)

망령들 사라지고, 리처드 왕 벌떡 잠에서 깬다.

리처드 왕 다른 말을 다오! 이 상처를 묶어라! 하느님, 자비를 베푸시오! 뭐야, 꿈이었구나. 오, 겁먹은 양심이여, 나를 괴롭히지 마라! 촛불이 파랗게 타고 있다. 한밤중이로구나. 떨리는 몸에 싸늘한 땀방울이 솟는구나. 무엇이 무서우냐? 나 자신인가? 옆에는 아무도 없다. 리처드는 리처드를 사랑한다. 나는 나다. 여기 살인자가 있는가? 확실히 있다. 그게 나다! 도망쳐라. 뭐야, 나로부터 도망쳐? 왜? 내

복수가 무섭기 때문이지. 내가 나에게 복수해? 하지만, 아아, 나는 나를 사랑한다. 왜? 내가 나 자신에게 좋은 일을 했기 때문인가? 천만에. 나는 나를 증오해. 내가 나를 미워할 숱한 죄를 지었기 때문이지. 나는 악당이다. 거짓말이야. 나는 악당이라고 아니다. 자신에게 악담을 하지 마라, 바보. 칭찬도 말라, 바보. 내 양심에는 숱한 혀가 있는 모양이다. 그 하나하나의 혓바닥이 제각기 멋대로 지껄이고 있다. 그 하나하나의 얘기가 나를 악당이라고 단정하고 있다. 위증죄, 그것도 용서할 수 없는 위증죄. 살인죄, 그것도 가장 가장 끔찍한 살인죄. 그 밖에 저지른 죄가 대소를 가리지 않고 한꺼번에 법정에 몰려 와서 "유죄다, 유죄다!"라고 아우성친다. 절망할 수밖에 없다. 나를 사랑하는 사람이 없기 때문이다. 내가 죽어도 나를 동정할 사람은 한 사람도 없기 때문이다. 당연하지. 내 자신도 나에 대해서 동정하지 않기 때문이다. 내가 죽인 녀석들 영혼이 한꺼번에 이 천막으로 몰려와서 협박하고 공갈쳤다. 내일 리처드는 복수를 당한다고 말이다.

　　랫클리프 등장.

랫클리프　폐하!

리처드 왕　엇! 누구냐?

랫클리프　접니다. 랫클리프입니다. 일찍 깨는 마을 닭이 새벽을 알리며 두 번 울었습니다. 우리 편 장병들이 일어나 갑옷을 걸치고 있습니다.

리처드 왕　랫클리프냐? 무서운 꿈을 꾸었다. 우리 편 군대가 배반하지 않겠지?

랫클리프　안 합니다.

리처드 왕　랫클리프, 나는 두렵다, 나는 두렵다!

랫클리프　폐하, 그림자 보고 겁내지 마십시오.

리처드 왕　그런데. 그 그림자가 간밤에 리처드를 영혼 밑바닥까지 오싹하게 만들었다. 그 천박한 리치먼드가 이끄는 무장 병사 일만 명이 실제로 나를 몰아치는 것보다 더 무서웠다. 일출까지는 아직 시간이 있겠지. 나를 따라오라. 우리 군사 천막을 돌며 엿들어보자. 겁먹고 도망칠 놈들이 있을지 몰라. (리처드와 랫클리프 퇴장)

　　리치먼드가 천막에 있는데 귀족들 등장.

귀족들　안녕하십니까, 리치먼드.

리치먼드　이거 안됐군, 여러분들 일찍 일어났군 그래. 내가 늑장부리는 것이 발각났군.

귀족들　푹 주무셨습니까?

리치먼드　이런 단잠, 이렇게 기분 좋은 꿈은 평생 처음이다. 어젯밤, 여러분들이 물러간 다음 잠이 들자, 꿈인지 현실인지 리처드에게 살해당한 망령들이, 이 천막에 찾아와 승리를 예언했다. 이토록 기쁜 꿈은 잠이 깬 다음에도 생생히 남아, 지금 보다시피 내 마음을 들뜨게 하고 있다. 그건 그렇고, 아침 몇 시쯤 되었나?

귀족들　네 시가 다 되었습니다.

리치먼드　무장하고 명령을 하달할 시간이 되었다.

　　리치먼드가 병사들에게 한 훈시.

사랑하는 동포 여러분, 다가온 위기를 접해, 이미 말한 바 있는 내용 이상을 지루하게 늘어놓는 일은 삼가겠습니다. 그러나 이것만은 잊지 마십시오. 하느님과 정의는 우리 편이라는 것입니다. 성인들의 기도와, 학대받은 사람들의 기도가 높이 솟은 성벽처럼 우리를 보호할 것입니다. 리처드 한 사람만 빼놓고는, 우리와 싸우는 저편의 군사들도 우리가 이겨주기를 바라고 있습니다. 도대체 그들이 따르고 있는 사람은 누구입니까? 동포들이여, 진실로 그는 피에 굶주린 폭군이요, 살인자입니다. 왕의 혈통을 받지 않고 피를 흘리며 왕이 된 사람입니다. 왕관을 수중에 넣기 위해서는 수단 방법을 가리지 않았고, 그나마 하수인들을 학살한 사람입니다. 조잡한 돌멩이에 불과한 놈이 부정으로 찬탈한 옥좌에 그 돌을 억지로 끼워 보석인 양 자랑하고 있습니다. 말하자면 그는 시종 여일하게 하느님의 적이었습니다. 만약에 여러분이 하느님의 적을 상대로 싸운다면, 정의의 신은 여러분을 신병이라 생각해서 지켜줄 것입니다. 만약에 여러분이 힘껏 싸워 폭군을 쓰러뜨리면, 폭군이 없는 세월의 평화가 여러분을 찾을 것입니다. 만일에, 여러분이 조국의 적을 상대로 싸운다면, 조국은 여러분의 노고에 따뜻한 보답을 할 것입니다. 만약에, 여러분이 여러분의 아내를 지키기 위해 싸운다면, 여러분의 아내는 여러분을 고향에서 승리자로 맞이할 것입니다. 만일에, 여러분이 여러분의 아이들을 창칼에서 구하기 위해 싸운다면, 여러분의 아이들의 아이들은 노후의 여러분에게 은혜를 갚을 것입니다. 그러니 여러분, 하느님과 이 모든 권리의 이름으로, 높이 깃발을 들고, 여러분의 용감한 칼을 뽑으시오. 운명을 건 이 싸움에 패하면, 그 책임은 본관이 지고 싸늘한 시체를 땅 위에 눕히겠습니다. 이 싸움에 이기면 이익은 여러분과 나누고, 병졸 한 사람, 한 사람에게 골고루 포상이 가도록 하겠습니다. 북을 치고, 나팔을 불라. 용감하고, 자랑스럽게. 하느님, 성 조지여! 승리를 리치먼드에게 안겨주소서! (일동 퇴장)

리처드 왕, 랫클리프, 시종들, 병사들 다시 등장.

리처드 왕   노섬벌랜드는 리치먼드에 대해서 뭐라 말했는가?

랫클리프   실전 경험이 전혀 없는 사람이라고 말했습니다.

리처드 왕   그렇다. 서리는 뭐라 말했는가?

랫클리프   생긋 웃으면서, "그만큼 우리에게 유리하다"라고 말했습니다.

리처드 왕   그가 말한 대로다. 확실히 그렇다. (시계 소리) 몇 시냐? 달력을 갖고 오라. 오늘 태양을 본 사람이 있는가?

랫클리프   아직도 본 적이 없습니다.

리처드 왕   그렇다면 하늘이 빛을 아끼고 있다. 이 달력에 의하면, 한 시간 전에 태양이 동편 하늘을 물들여야 한다. 오늘은 어느 누구에겐가 어두운 날이 되겠군. 랫클리프!

랫클리프   네, 폐하.

리처드 왕   오늘은 태양이 모습을 보이지 않을 모양이다! 하늘은 찌푸린 표정으로 우리를 쳐다보며 누르고 있다. 이윽고, 눈물의 소낙비가 내릴 것 같다. 하늘이 어둡지만, 그건 나나 리치먼드나 마찬가지 아닌가? 나에게 찌푸린 하늘은 그에게도 어둡고 슬프다.

노퍽 등장.

노 퍽   폐하, 전투 준비하세요. 적군이 싸움터에 넘쳐 있습니다.

리처드 왕   좋아. 말을 준비하라. 출진이다. 급히 서둘라. (리처드 무장한다) 스탠리 공에게 군대를 끌고 오라고 전하라. 나는 대열 선두에 서서 진격한다. 내 작전을 설명한다. 잘 듣거라. 우선 제일진 군대는 횡으로 전선을 펼친다. 이 부대에는 동수의 기병과 보병이 따른다. 활 부대는 중앙에 자리 잡는다. 노퍽 공작과 서리 백작이 기병대와 보병대를 지휘한다. 그 뒤를 본관이 본부 부대를 인솔하고 따라가며, 본부 부대 양쪽 날개에는 기병 주력 부대를 배치한다. 이 대형에 성 조지의 가호가 있기를 빈다. 어떠냐? 노퍽 공작?

노 퍽 훌륭한 작전입니다. 무공이 뛰어난 폐하답습니다. 그런데, 오늘 아침 소신의 천막에 이런 쪽지가 있었습니다. (종이 쪽지를 건넨다)

리처드 왕 "노퍽 공작, 안심할 수 없소. 너의 주인 리처드는 돈에 팔린 몸이다." 형편없구나. 적군의 모략이다. 자, 여러분 각자 부서에 가라! 헛 소리에 놀랄 것 없다. 양심이라는 말은 겁쟁이들이 쓰는 말이야. 강자를 놀라게 하기 위해 만든 말이야. 우리들의 억센 팔이 양심이요, 칼이 법이다. 자, 용감하게 전진하자! 여러분 용감하게 돌격. 닥치는 대로 해치우라. 천국에 못 가면, 손을 잡고 지옥으로 가자.

　리처드 왕이 병사들에게 한 훈시

이미 말한 것 이상 할 말이 없다. 다만 잊지 말라. 적이 누구인가를. 그놈들은 부랑자요, 깡패들이요, 조국을 버린 도망자들이다. 브리타니 지방의 인간 쓰레기, 비굴한 농부, 이 고장에서 토해낸 족속들, 죽는 줄 알면서도 무모한 싸움에 덤벼들며 파괴를 일삼는 자들이다. 너희들에게는 평화로운 안식이 있는데, 놈들은 그것을 뺏으려 한다. 너희들에게는 토지가 있고, 아름다운 아내가 있는데, 놈들은 그것을 약탈하고 유린하려고 한다. 이놈들을 인솔하는 자는 누구냐? 우리 모친 덕분에 오랫동안 브리타니에서 연명해온 졸작이다. 평생 추위라고는 눈 위에 신발 신고 걸어볼 정도의 나약한 인간이다. 이런 거지 녀석들은 바다 저쪽으로 처넣어야 한다. 건방진 프랑스의 누더기 녀석들은 굶주려서 지쳐 있는데 회초리 맛을 보여 쫓아내야 한다. 이 쥐새끼 같은 놈들은 이번 모험을 시도하지 않았으면, 옛날 옛적에 이미 목매달아 죽었을 것이다. 패배할 바에는 가치가 있는 떳떳한 사람에게 지고 싶다! 브리타니의 상놈들한테는 안 된다. 우리 조상들은 놈들의 나라를 정복하고, 때려눕히고, 짓밟고, 역사에 기록을 남긴 후, 사생아를 남겼다. 이런 놈들한테 이 나라가 유린당해도 좋은가? 아내를 강탈당해도 좋은가? 딸이 겁탈당해도 좋은가? (멀리서 북 치는 소리) 적의 북소리다. 싸우라 영국의 장병들이여. 충분히 용기를 보여주라! 활을 쏘아라. 힘껏 당겨라! 박차를 가하라. 말을 타고 돌격하라! 부러진 창대를 휘둘러 하늘을 갈라 놓아라!

　　사신 등장.

스탠리 공은 뭐라 했는가? 군대를 끌고 오는가?

사　신　폐하, 안 된다는 말씀입니다.

리처드 왕　즉시 아들 조지의 목을 쳐라!

노　퍽　폐하, 적군은 이미 늪을 지나 진격하고 있습니다. 조지 스탠리의 처형은 전투가 끝난 후에 하시죠.

리처드 왕　이 가슴속에는 천의 심장이 뛰고 있다. 깃발을 올려라. 적군은 눈앞에 있다. 싸우라! 옛날부터 내려오는 용기의 구호, 조지 성인이시여, 불꽃을 토하는 용의 분노를 우리 마음에 넣어주소서! 자, 덤벼라! 승리는 우리 머리 위에 있다. (퇴장)

제4장 다른 전쟁터

급박한 정세를 알리는 나팔 소리. 격전. 노퍽과 병사들 싸우면서 등장. 그곳에 캐츠비 등장.

캐츠비 살려다오! 노퍽 공작, 지원군이오, 지원군! 왕은 인간이 할 수 없는 맹활약이요, 온갖 위험을 무릅쓰고 적군과 교전 중입니다. 하지만 그의 군마가 쓰러져, 발로 서서 싸우고 있습니다. 죽음의 턱 앞에서 리치먼드를 찾고 있소. 제발 원군이오. 한시바삐 부탁이오. 그렇잖으면 패배합니다! (노퍽과 병사들 퇴장)

급박한 나팔 소리. 리처드 왕 등장.

리처드 왕 말을 다오! 말이다! 말을 주면 왕국을 주겠다!
캐츠비 철군합시다, 폐하. 제가 말을 구해보겠습니다.
리처드 왕 이놈아! 주사위는 던져졌다. 목숨을 걸었어. 이 판국에 나는 물러날 수 없다. 목숨 걸었어. 리치먼드 녀석 이 싸움터에 여섯 명 있어. 다섯 명은 내가 처치했어. 그놈의 대리인이야. 말을 다오, 말! 말을 주면 왕국을 주겠다! (퇴장)

제5장 전쟁터 다른 장소

위급을 알리는 나팔 소리. 리처드 왕과 리치먼드 등장. 그들은 싸운다. 이 싸움에서 리처드 왕 살해된다. 리치먼드 퇴장. 리처드 왕의 시체가 치워진다. 전투 종료를 알리는 나팔 소리. 화려한 트럼펫 소리. 리치먼드 다시 등장. 더비 백작 스탠리 왕관을 들고 있다. 귀족들 뒤를 따른다.

리치먼드 여러분, 신의 가호와 여러분의 선전 분투로, 승리는 우리들 것이 되었습니다. 잔인한 개는 죽었습니다.

스탠리 용감한 리치먼드여, 용케도 책임을 다했구나. (왕관을 드리며) 자, 여기 있습니다. 오랫동안 **빼앗겼던** 이 왕관을 그놈의 머리에서 **빼앗**아 왔습니다. 그대 머리에 얹기 위해서입니다. 이것을 받으십시오. 그리고 영원히 빛나는 임금이 되십시오.

리치먼드 하늘에 계신 신이여, 그렇게 되도록 도와주소서! 그건 그렇고, 조지 스탠리의 목숨은 어떻게 되었나?

스탠리 무사히 구출해서 레스터 마을에 있습니다. 괜찮으시다면, 그곳으로 갈 참입니다.

리치먼드 그보다 먼저, 양군의 중요한 사망자 명단을 알고 싶다.

스탠리 노퍽 공작 존, 페러스 공 월터, 로버트 브라큰베리 경, 윌리엄 브랜던 경.

리치먼드 각자의 신분에 어울리는 장례를 치러주도록 하라. 적의 장병들은 항복해서, 귀순하면 모든 것을 용서받을 수 있다는 포고문을 즉시 발표하라. 그리고 하느님 앞에서 맹세한 것처럼, 흰 장미와 붉은 장미 두 집안의 화해를 이루고자 한다. 오랜 세월 동안, 반목하며 다투던 두 집안에 미간을 찌푸리던 하느님도 이 통합에는 미소를 지을 것이다. 어떤 배반자도 이의가 없을 것이다. 영국은 오랫동안 광기 속에서 스스로 상처를 입었다. 형제들은 눈이 멀어 서로 다투며 피를 흘렸다. 무참하게도 아버지는 아들을 죽이고, 아들은 아버지 목숨을 빼앗았다. 이토록 오랫동안 반목, 갈등으로 생긴 요크와 랭카스터 두 집안의 분열을, 지금 왕가의 진정한 계승자인 리치먼드와 엘리자베스 양인의 이름으로, 하나로 결합시키려 한다. 이것은 신의 뜻이다. 신이여, 그대의 뜻이 그러하다면, 양가의 자손이 왕위를 계승하여, 오래도록 이 나라에 고요한 평화를 깃들이게 해주시고, 기쁨에 넘친 번영의 나날을 허락해주십시오. 싸움터 세상을 만들고, 이 땅에 피를 흘리며, 영국의 눈물을 자아내게 만들었던 배반자들의 칼을 분질러주십시오. 자비로우신 신이여. 이 아름다운 나라의 평화를 상처 내는 자들에게는 이 나라의 풍요한 생활을 맛보지 못하게 하소서. 이제 내란의 상처는 치유되었다. 평화여 다시 오너라. 신이여, 그 평화를 오래도록 지켜주소서. (일동 퇴장)

셰익스피어 사극의 이해
〈헨리 4세〉(2부작) 〈헨리 5세〉 〈리처드 3세〉를 중심으로

1. 셰익스피어는 왜 사극을 썼는가

셰익스피어가 쓴 8편의 사극은 열거된 순서대로 영국 15세기의 정치사를 차지하고 있다. 그중 〈리처드 2세〉, 〈헨리 4세〉(2부작), 〈헨리 5세〉, 〈헨리 6세〉(3부작), 〈리처드 3세〉는 내용 면에서 서로 밀접한 연관성을 지니고 있다. 나머지 사극인 〈존 왕〉과 〈헨리 8세〉는 이들 작품과 관련을 맺지 않고 있다.

셰익스피어 사극의 창작연도는 다음과 같다.

제목	창작 연도	제목	창작 연도
헨리 6세 1부	1509	헨리 6세 2부	1591
헨리 6세 3부	1591	리처드 3세	1593
존 왕	1594	리처드 2세	1595
헨리 4세 1부	1597	헨리 4세 2부	1598
헨리 5세	1599	헨리 7세	1599

헨리 4세는 리처드 2세로부터 왕관을 빼앗아 랭카스터 가의 시조가 되었다. 1455년 랭카스터 가와 요크 가 사이에 시작된 장미전쟁은 1485년 헨리 7세가 리처드 3세를 살해하고 전쟁에 승리함으로써 종막을 고했다. 플랜태저넷 왕조는 리처드 3세로서 막을 내리고 헨리 7세의 튜더 왕조가 시작된 것이다. 셰익스피어 사극에서 다루어진 통치자의 이름과 통치 시기는 다음과 같다.

작 품	통치 시기
헨리 2세 (플랜태저넷)	1154~1189
리처드 1세 (플랜태저넷)	1189~1199
존 왕 (플랜태저넷)	1199~1216
헨리 3세 (플랜태저넷)	1216~1274
에드워드 1세 (플랜태저넷)	1274~1307
에드워드 2세 (플랜태저넷)	1307~1327
에드워드 3세 (플랜태저넷)	1327~1377
리처드 2세 (플랜태저넷)	1377~1399
헨리 4세 1, 2부 (랭카스터)	1399~1413
헨리 5세 (랭카스터)	1413~1422
헨리 6세 (랭카스터)	1422~1471
에드워드 4세 (요크)	1471~1483
에드워드 5세 (요크)	1483(13세에 왕이 되어 2개월간 통치)
리처드 3세 (요크)	1483~1485
헨리 7세 (튜더)	1485~1509
헨리 8세 (튜더)	1509~1547

셰익스피어는 1580년대 말 장미전쟁에 관한 작품 구상을 하고 있었는데, 그가 주로 참고로 한 사서(史書)는 1587년 초판에 이어 두 번째로 출간된 『Raphael Holinshed's Chronicles of England, Scotland, and Ireland』이다. 이 책은 셰익스피어가 사극은 물론이고 〈리어 왕〉, 〈맥베스〉, 〈심벨린〉을 쓸 때에도 참고한 자료집이다. 셰익스피어는 홀린셰드가 그의 역사책을 엮는 데 도움을 받은 1548년에 출간된 장미전쟁에 관한 사서인 에드워드 홀(Edward Hall)의 저서 『The Union of the Two Noble and Illustre Families of Lancaster and York』를 참고했다. 이 책은 셰익스피어가 특히 「헨리 6세」를 집필할 때 크게 의존한 자료이다. 셰익스피어가 역사극 집필을 구상한 첫 번째 동기는 그의 관객들을 포함해서 튜더 시대 영국인들의 역사에 대한 깊은 탐구심 때문이라 할 수 있다. 엘리자베스 시대에는 이 경향을 반영해서 수많은 역사책이 발간되었다.[이 문제에 대한 흥미로운 자료는 다음과 같다. 베넷(H.S. Bennet)의 저서 『English Books and Readers, 1558~1603』(Cambridge, 1965) 가운데 pp. 214~220의 내용과 라이트(Louis B. Wright)의 저서 『Middle-Class Culture in Elizabethan England』(Chapel Hill, North Carolina, 1935) 가운데 pp.297~338의 내용을 참조하면 될 것이다]

셰익스피어 사극 창작의 두 번째 동기를 우리는 극작가의 예술적 포부와 그 당시 극장 경영의 측면에서 찾아볼 수 있다. 1615년 이전에 9개 공중극장이 런던에서 문을 열었다(The Theatre(1576), The Curtain(1577), Newington Butts c.(1579), The Rose(1587), The Swan c.(1595), The Globe(1599, 1614 재건), The Fortune(1600, 1621 재건), The Red Bull(1605), The Hope(1613)). 이토록 극장이 많이 생기다 보니 공연 횟수가 많아지고, 관객 수가 늘어났다. 그만큼 희곡작품의 수요가 급증했다. 작품 생산의 속도가 빨라지고, 연극 활동의 활성화로 발표되는 작품의 수가 늘어났다. 이를 입증하는 자료를 우리는 『Henslowe's Diary』(edited by R. A. Foakes and R.T. Rickert, Cambridge, 1961)와 『Documents of the Rose Theatre』(edited by Carol Chillington Rutter, Revels Plays Companion Library,

Manchester, 1984)에서 얻을 수 있다. 헨슬로의 기록은 당시 극작가들이 영국 역사 속에서 희곡 창작의 자료를 찾는 내용에 관해서 귀중한 자료를 제시하고 있다. 이 극작가들이 자료를 얼마나 섭렵했는지에 대해서는, 그 세기가 끝날 때쯤 되어서 노르만 정복부터 튜더 시대에 이르는 왕조에서 희곡작품으로 다루어지지 않는 통치자가 없을 정도가 되었다는 사례를 보면 당시 극작가들의 사극 집필 의욕을 짐작할 수 있다. 역사극에 대한 국민적 관심은 16세기 후반 영국에서 국민의 자의식과 긍지를 높이는 결과를 초래했으며, 영국 문예진흥의 활력을 제공하는 원천이 되었다. 국민들은 과거 역사를 알려고 했으며, 극작가는 그 욕구를 충족시켜주었다.

셰익스피어가 사극을 쓰게 된 세 번째 동기는 엘리자베스 시대 국민들의 정치적 관심 때문이다. 희극의 형식이 사회적 인간에 대한 관심에서 비롯되고, 비극의 형식이 도덕적이며 윤리적 인간에 대한 관심에서 생겨났다면, 역사극은 인간의 정치적 행위나 권력욕 또는 권력의 획득과 그 상실에 대한 인간의 반응을 다루는 데 적합하다고 할 수 있다.

영국사에서 권력은 왕위를 의미했다. 그것은 또한 권력의 확대와 인간 능력의 한계 사이의 어떤 관계를 의미했다. 셰익스피어는 사극을 쓰는 데 있어서 역사를 이용했다. 그의 이용 방법은 역사적 사실을 선택하고, 재구성하며, 축소하고 확대하는, 그리고 때로는 추가하는 일이었다. 그의 목적은 정치의 본질적 문제에 접근해서 정치가 인간에 미친 영향이 무엇인가를 탐구하는 일이었다. 셰익스피어는 그의 사극에서 끊임없이 묻고 있다. 역사란 무엇인가. 권력이란 무엇인가. 인간사회의 질서는 어떻게 유지되어야 하는가. 지나친 권력욕은 폭력과 배신과 잔혹한 죽음을 유발하는 온상이 아닌가.

2. 작품론

1) 리처드 3세

〈리처드 3세〉는 1471년 에드워드 4세가 왕위에 오르는 것으로 시작해서 요크 집안의 마지막 왕인 리처드 3세가 1485년 보스워스 전투에서 패배하는 것으로 끝난다. 〈리처드 3세〉는 1597년 10월 20일 작품등기소(Stationers' Register)에 등록되었다. 최초의 폴리오판(the First Folio) 이전에도 5개의 쿼토판 (Q2, 1598; Q3, 1602; Q4, 1605; Q5, 1612; Q6, 1622)이 출판되었는데 이 같은 연속 출판은 그 당시 이 작품의 인기도를 말해주고 있다. 이 작품으로 〈헨리 6세〉의 연작 희곡이 마무리된다. 〈리처드 3세〉는 1592년부터 1593년 사이에 집필되었을 것이라고 추정되고 있다. 이 작품은 1592년에 완성한 〈헨리 6세〉와 밀접한 연관이 있기 때문에 그 작품이 끝난 1592년 이후에 시작되었다고 추측하는 것이다. 〈리처드 3세〉는 리처드 3세가 집권한 전후 14년 동안의 왕조사를 치밀한 구성으로 압축해서 보여주고 있다. 극 초반의 헨리 왕의 장례식(1471), 앤 왕비에 대한 리처드의 구애(求愛)(1472), 런던 탑에서의 클래런스의 살해(1478), 에드워드의 죽음(1483), 버킹엄의 반란(1483) 등 역사적 사건들이 작품 내용으로 구성되어 있다. 다만 마거릿 왕비의 역할은 역사 외적 사실의 추가이다. 주요 소재는 홀린셰드의 영국사다.

극 첫머리에 독백의 방법으로 리처드의 악한 성격을 부각시키면서 셰익스피어는 리처드가 작품의 3분지 1을 차지하도록 만들고 있다. 셰익스피어는 극 초반에 리처드의 성격 창조를 위해서 중요한 사실을 재구성하여 도입하고 있다. 초반의 에피소드에서 그는 1471년 헨리 6세의 장례식, 1472년의 안 네빌과의 결혼, 1478년의 클래런스의 투옥, 1483년에 있었던 에드워드의 마지막 병환 등을 한꺼번에 압축해서 다루고 있다. 이 사건들을 끌어들이면서 셰익스피어는 리처드를 역사를 지배하는 주인공으로 부각시키고 있다. 에드워드 4세는 단 한 장면, 임종의 자리에만 나타난다. 그는 22년간 왕위에 있었는데 그의 이름을 딴 사극은 한 편도 없다. 그는 플랜태저넷 왕가에서는 치적이 많은 훌륭한 왕이었다. 1956년에 있었던 인터뷰에서 미국의 극작가 손튼 와일더는 역사와 극에 관해서 흥미 있는 얘기를 하고 있다. 그는 말한다. "소설은 과거의 얘기를 다루고 있지요. 역사책도 마찬가지입니다. 연극의 시간은 언제나 '지금'입니다. 작중인물은 과거와 미래 사이에 있는 현재의 면도날 위에 서 있는 것입니다." 셰익스피어는 에드워드 4세보다는 리처드 3세가 영국사의 페이지에서 벗어나 영원한 '현재' 속에서 관객과 호흡을 함께하도록 만들었다. 역사에서 뛰어나온 리처드가 역사의 테두리를 벗어나서 동시대적 인간으로 되살아나고, 추상화되고, 개념화되고, 상징화되는 경우이다. 셰익스피어는 정치의 본질적 의미를 해명하기 위해서 리처드라는 악마적 인간이 필요했던 것이다.

연극 〈리처드 3세〉의 자료가 된 역사적 사실의 기술은 이 시점에서 중요하다고 본다. 1450년대에 요크 공작 리처드는 사촌 헨리 6세의 왕권에 도전하고 있었다. 1460년 12월, 헨리의 왕비 마거릿은 과격한 성격의 인물이었는데, 군대를 모아 웨이크필드에서 리처드 공작을 패퇴시키고 그를 살해한다. 또한 이 전쟁에서 요크 가의 두 번째 아들 러틀랜드 백작이 사망했다. 요크 집안에는 나머지 세 아들이 살아남았다. 에드워드(18세), 조지(11세), 그리고 리처드(8세)가 그들이다. 웨이크필드의 싸움이 지난 3개월 후 1461년 3월 요크 일파의 워릭 백작 리처드 네빌 등의 충신들에 의해 에드워드가 왕위에 올랐다. 몇 주가 지난 다음, 에드워드와 워릭은 랭커스터 집안에 결정타를 가해 헨리와 마거릿을 쫓아내고 요크파의 왕관을 확고하게 만들어놓았다.

에드워드는 영국을 다스리게 되었고, 동생 조지와 리처드는 각각 클래런스 공작과 글로스터 공작이 되었다. 그는 또한 우드빌 출신의 아름다운 귀부인 과부 엘리자베스와 결혼했다. 워릭은 프랑스 왕의 처제와 에드워드의 혼사를 성취시키기 위해 노력하고 있었는데, 에드워드는 비밀리에 엘리자베스와 결혼을 했다. 왕의 결혼은 워릭을 당황하게 만들었고, 그를 괴롭혔다. 이 때문에 에드워드는 그의 최고 지지자 워릭을 경원하게 되었다.

왕비의 지원을 받은 그레이 가와 우드빌 사람들은 에드워드 궁전에서 영향력을 발휘하게 되었다. 에드워드는 외교정책에 관한 워릭의 충언을 묵살했다. 이것이 화근이 되었다. 1469년부터 1470년까지 에드워드 왕의 최고 참모가 그에게 반기를 들었다. 클래런스를 그의 장녀 이사벨과 결혼시키면서 그를 측근에 끌어들인 왕비 마거릿과 연합전선을 펴 에드워드를 추방하였다. 그는 유형의 길에 나서게 되었다. 워릭은 대부분의 시간을 런던 탑 속에 갇혀 있던 불쌍한 헨리 6세를 왕위에 오르게 했다. 헨리 6세의 복위는 단명으로 끝났다. 충실한 동생 글로스터 공작 리처드의 지원을 받은 에드워드는 클래런스 공작 조지와 합세해서 1471년 영국으로 돌아와서 왕국을 다시 차지했다. 워릭은 바넬 전투에서 4월 14일 패배하고 살해되었다. 5월 4일 마거릿은 튜크스베리에서 패배하고 포로가 되었다. 그 이후에 있었던 전투에서 헨리와 마거릿의 외아들 랭카스터의 에드워드가 사망했다. 튜크스베리 전투가 있은 지 며칠 후, 또다시 런던 탑의 죄수가 되었던 헨리 6세가 암살되면서 랭카스터 집안은 몰락하게 된다. 그의 암살에 대해서는 에드워드가 죽였다는 설과 글로스터 공작 리처드가 죽였다는 설이 있다.

1471년 5월, 에드워드는 편안하게 왕위에 다시 오르게 되었다. 그 이후 12년간 그는 왕국의 통치를 만끽했다. 그는 40세 때 신체적 발작으로 급사했다. 그는 미식가였고, 색한이었다. 명성을 떨친 런던 상인의 아내였던 그의 정부 제인 쇼어는 〈리처드 3세〉에서 언급되고 있다. 에드워드는 나라 경제를 잘 보살펴서 나라의 재정이 튼튼해지고 국력이 튼튼해졌다. 에드워드는 현실적인 사람이었다. 그의 통치 기간에 영국은 장미전쟁의 후유증을 말끔히

씻을 수 있었다. 나라의 질서도 회복되었다.

헨리 6세의 무능한 통치력으로 쇠퇴한 나라의 명예가 에드워드 왕에 의해 회복되었다. 그는 키도 늘씬하고, 미남인 데다, 사치스러운 옷을 즐겨 입었다. 그러나 왕권은 엄했다. 왕의 명령은 절대복종이었다. 그는 심지어 프랑스에 대한 불가침 공약 대가로 루이 11세로부터 조공을 받기도 했다. 리버스와 리처드는 왕에 대한 반란을 제압하는 막중한 임무를 성공적으로 수행하고 있었다.

에드워드가 아들이 성년이 될 때까지 살 수만 있었다면 문제는 없었을 것이다. 그의 측근들도 클래런스를 빼놓고는 모두가 충성을 맹세하고 있었다. 에드워드는 두 아들을 얻는 등 결혼생활은 안정되어 있었다. 그들은 태자 에드워드(1470년생)와 요크 공작 리처드(1473년생)였다. 딸은 다섯이었다. 이 가운데 가장 중요한 딸이 엘리자베스(1466년생)였다. 왕비 엘리자베스는 궁전에 친척들을 수없이 불러들였다. 형제자매는 물론이요, 그녀의 전 남편 사이에 낳은 두 아들도 그 속에는 포함되어 있었다. 이들은 관직을 얻고 부를 축적했다. 이들은 이른바 벼락치기 귀족들이었다. 에드워드가 임종을 맞이할 때, 이들은 막강한 권력을 휘둘렀지만 국민들의 신망은 얻지 못했다. 왕비는 물론이고, 이들 우드빌 일당 가운데서 유별나게 네 명의 귀족이 리처드 3세의 이야기 속에 개입한다. 한 사람은 엘리자베스의 동생 앤서니로서 1469년 리버스 백작이 된다. 또 한 사람의 형제는 에드워드 우드빌이었으며, 나머지는 왕비와 전 남편 사이의 아들인 토머스 그레이와 리처드 그레이였다.

궁전에서는 윌리엄 헤이스팅스가 중심 역할을 하고 있었다. 그는 1460년부터 에드워드와 고난을 함께했다. 그는 왕의 최고 상담역이요 절친한 친구였다. 리버스는 그를 질투하고 있었다. 도싯과 헤이스팅스는 개인적으로 암투를 벌였다. 우드빌 일파들은 전반적으로 헤이스팅스가 왕과 친밀한 관계인 것에 대해 불만이었다. 1482년 그들은 헤이스팅스를 곤경에 빠지게 해서 왕과 불화를 빚게 만들었다. 셰익스피어의 초기 작품에는 이 사건이 간혹 언급된다.

리처드는 궁전에 잘 드나들지 않았다. 그는 왕국의 북방지역을 책임지고 있었다. 그는 왕이 호출할 때만 런던에 왔다. 그는 에드워드가 40세에 타계하리라고는 전혀 예상하지 못했다. 따라서 그가 일찍부터 왕위를 넘보고 있었다는 튜더 쪽 얘기는 근거가 희박하다. 그는 유능한 행정가였다. 용감하고도 성공적인 장군이었다. 그는 주로 요크셔의 미들햄에서 그의 아내 앤 네빌과 살고 있었다. 그녀는 남편이 죽은 후 일 년째 되는 해인 1472년에 그와 결혼했다. 앤과 자매인 이사벨(클래런스의 아내)은 궁전에서 막강한 실세였다. 리처드는 한때 클래런스와 집안 재산 문제로 사이가 나빠졌지만, 1478년 클래런스가 처형될 때에는 그의 구명운동에 앞장서는 우애를 보여주었다. 리처드는 우드빌 일당이 클래런스를 죽였다고 생각했다. 리처드는 우드빌 일당을 증오했다.

클래런스는 리처드와 성격이 달랐다. 리처드는 왕의 신뢰를 얻는 충성심을 보였지만 클래런스는 왕권을 탐하는 야심에 불타고 있었다. 그래서 그는 한때 워릭의 반란에 가담하기도 했다. 에드워드가 왕권을 재장악했을 때에 살아남은 것만으로도 다행한 일이었고, 부귀영화를 누린 것은 행운이었다. 1470년대에 그는 리처드와 싸우면서 궁전을 어지럽히고, 1477년에는 여자와의 스캔들로 에드워드의 마음을 아프게 했다. 그는 또한 하인에게 이사벨 살해의 무고한 죄를 뒤집어씌워 처형하는 무분별을 보여주었고, 마술을 부린 죄로 그의 하인 한 사람이 에드워드에 의해 처형되었을 때에는 왕에게 노골적인 불만을 털어놓았다. 결국 그는 케임브리지셔에서 반란을 시도했다. 왕 에드워드는 그를 반란죄로 체포했다. 1478년 2월, 그는 사형선고를 받고, 열흘 후 런던 탑에서 처형되었다.

클래런스 죽음의 책임 문제는 논란의 대상이었다. 튜더 시대에는 리처드가 비난의 대상이 되었다. 셰익스피어는 리처드가 왕권욕에 사로잡혀 그를 체포하고 처형하는 묘사를 작품 속에서 하고 있다. 사학자들 간에는 셰익스피어의 묘사에 대해서 불만을 표시하는 측이 있다(Peter Saccio, *Shakespeare's English Kings*, 1976, p.168 참조). 우드빌 일당이 이 일에 개입했다는 설이 신빙성이 있다고 보는 견해가 우세하다. 에드워드 왕에 대한 도전은 그들에 대한 최대 위협이었기 때문이다. 그러나 확실한 것은 클래런스 죽음의 최고 책임자는 에드워드였다는 사실이다. 그가 일을 시작했다는 것이 가장 유력한 학설이다. 에드워드는 그의 반대파를 누구든 용서하지 않았다.

에드워드 4세는 1483년 4월 9일 죽었다. 일 년 후에 그의 장남이 왕권 계승자로 선포되었다. 그러나 삼 개월 후, 글로스터 공작 리처드는 웨스트민스터 성당에서 리처드 3세가 되고 그의 아내 앤은 리처드의 왕비가 되었다. 에드워드는 어린 왕자의 보호자 역으로 요크 가의 유일한 법통인 리처드를 선임했고, 동시에 어린 왕자를 우드빌 일가의 손에 맡겨놓았다. 두 집단 사이의 왕권 쟁탈전이 시작되었다. 리처드는 북방지역이 근거지였다. 버킹엄은 남쪽이었다. 12세 된 왕자는 리버스가 맡고 있었다. 이들은 지리적으로 분산되어 있지만 셰익스피어는 무대 위에서 왕자만 빼놓고 모두 런던에 있도록 했다.

리처드와 버킹엄은 4월 29일 노샘프턴에서 만나 리버스, 토머스 본, 리처드 그레이 등을 체포하고, 어린 왕자를 우드빌 일당으로부터 격리시켰다. 리처드의 작전이 알려지자 궁전에는 소동이 일어나고 우드빌 쪽 가신들은 웨스트민스터 사원으로 피란길에 올랐다. 헤이스팅스는 환희에 넘쳐 리처드가 5월 4일 런던에 입성할 때까지 런던 시를 다스렸다. 리처드는 자신의 권력을 다져나갔다. 그는 런던 시민과 왕자의 신임을 얻었다. 하지만 튜더 가의 신화에 의하면 리처드는 오랫동안 왕권을 탐내다가, 에드워드 4세가 죽자 즉시 왕권에 도전했다는 것이다. 리처드는 그에게 반기를 들기 시작한 헤이스팅스를 6월 13일 체포해서 재판도 하지 않고 그를 처형한다. 그는 또한 리버스, 본, 그리고 그레이에게 사형선고를 하고 처형한다. 헤이스팅스와 이들에 대한 사형은 법적 정당성이 없었다. 리처드 3세는 암살자를 동원해서 조카인 왕자들을 살해했다. 셰익스피어는 이 얘기를 놓치지 않고 극화하고 있다. 이들 왕자들의 운명에 대해서는 확실한 결론을 내릴 만한 역사적 증거가 현재까지도 확보되지 못하고 있다.

1483년 가을, 우드빌 일당, 엘리자베스 우드빌, 도싯, 모턴, 버킹엄, 헨리 튜더 등에 의해서 리처드 제거를 위한 반란이 시도되었다. 이것이 왕자 잔존설의 근거가 되었다. 적어도 이 시점까지는 왕자가 살아 있었기 때문에 그들은 왕자 옹립을 위한 반란을 일으킬 수 있었다는 것이다.

리처드의 왕권 승계자인 아들이 1484년 4월에 죽었다. 앤 왕비가 1485년 4월에 죽었다. 리처드가 아내를 독살했다는 소문이 퍼졌다. 리처드 3세를 두려워하는 피난민들이 튜더 가의 헨리 곁에 모이기 시작했다. 모턴, 도싯, 존 드 베어 장군, 제임스 블런트, 스탠리 공 등이 지원을 약속하며 모여들었다. 1485년 8월 7일 헨리는 웨일스 지방의 밀포드에 상륙했다. 그가 웨일스 지방을 행군할 때 추종자들이 계속 늘어났다. 월터 허버트, 길버트 델, 라이스 등 실력자들이 헨리 캠프에 참여했다. 리처드도 군사를 모았다. 두 군데는 8월 22일 영국 중부지방, 라이셔스터셔의 보스워스에서 만났다. 상식적으로 보아 리처드의 승리는 당연했다. 32세였던 리처드는 18세 때부터 전쟁터의 경험을 했다. 리처드의 군세도 우세였다. 문제는 리처드 편에 가담하기로 한 지지자들이 관망세로 돌아섰다는 것이다. 뿐만 아니라 리처드 3세의 심복인 노퍽 공작이 초전에서 전사해서 리처드 군대의 사기가 저하되고 동요가 극심해졌다. 설상가상으로 헨리 진영의 스탠리 공이 이끄는 기병대가 리처드를 측면으로 기습해서 그의 심복 장군들을 섬멸시켰다. 그 결과 리처드 3세는 이 싸움에서 참패하고 목숨을 빼앗겼다. 헨리는 튜더 왕조의 최초의 왕이 되었다. 그는 헨리 7세였다. 그는 요크 가의 엘리자베스와 결혼했다. 그리고 24년간 영국을 통치한다. 그의 왕조는 1603년까지 계속된다. 모턴은 캔터베리 대주교가 되었다. 그는 또한 토머스 모어의 절친한 친구가 되었다. 튜더 신화는 헨리 왕을 플랜태저넷 왕조의 혼탁한 정치에서 영국을 구한 현군으로 추앙하고 있다. 셰익스피어도 그를 하늘이 보낸 "징벌의 사자"라고 말했다.

헨리 7세에 이어 튜더가의 헨리 8세가 왕위에 올랐다. 헨리 8세는 모계 쪽이 플랜태저넷의 혈통을 잇고 있었지만, 한때 영국과 프랑스 그리고 웨일스 지방을 다스린 플랜태저넷 왕조의 혈통은 튜더 왕국에서는 사형선고나 다름이 없는 무용지물이 되었다.

플롯 시놉시스

1막 : 전쟁이 끝나고 평화로운 시대가 되었지만, 글로스터 공 리처드는 에드워드 4세가 왕위에 오른 것에 불만이었다. 그는 신체적인 불구였기 때문에 항상 열등감에 사로잡혀 있다. 그는 악인이 되어 악행을 저지르겠다고 결심한다. 그는 클래런스 공을 해칠 목적으로 'G'로 시작되는 이름을 가진 자가 에드워드의 후계자를 살해할 것이라는 유언비어를 날조해서 퍼뜨린다. 이 때문에 클래런스 공은 런던 탑에 갇힌다. 리처드는 헤이스팅스 공으로부터 왕이 중병에 걸린 사실을 알게 된다. 리처드는 왕권을 장악하기 위해 자객을 보내 클래런스를 살해한다.

리처드는 앤에게 구혼한다. 앤의 남편을 살해한 사람은 리처드였다. 앤의 남편 부친인 헨리 6세도 그가 살해했다. 그러나 리처드는 욕설을 퍼붓는 앤을 끝까지 설득해서 그녀에 대한 사랑 때문에 온갖 악행을 저지르게 되었다고 말한다. 앤은 설득당하고 그로부터 약혼 반지를 받아 곧 결혼이 가능해진다. 한편 궁정에서 리처드는 왕비와 리버스, 그의 아들 그레이 공과 말다툼

하며 사이가 나빠진다. 리처드가 고용한 두 자객은 감옥에 갇힌 클래런스를 살해한다.

2막 : 중병에 걸린 에드워드는 왕실의 화평을 위해 마거릿 왕비와 그의 친척들이 헤이스팅스 공과 버킹엄 공작과의 우의를 다지도록 맹세를 받아낸다. 리처드도 외면적으로는 이런 화해 장면에 가담하지만 클래런스가 살해당했다는 소식은 왕실의 분위기를 어둡게 만든다.

에드워드 왕이 서거하자, 두 진영의 화평이 무너지고, 왕위는 어린 태자에게 계승된다. 리버스, 그레이 그리고 토머스 본 경이 웨일스로 가서 태자를 런던으로 모셔올 예정이었는데 도중에 이들은 리처드와 버킹엄에 의해 체포당한다. 에드워드 왕의 미망인인 엘리자베스 왕비와 리처드의 모친은 이 소식을 듣고 깜짝 놀라서 가족들과 함께 피난처에 숨는다.

3막 : 에드워드 왕자는 리처드와 버킹엄과 함께 런던에 도착하지만, 그는 형제 요크 공과 함께 런던 탑 감옥에 연금된다. 리처드와 버킹엄은 윌리엄 캐츠비를 헤이스팅스에게 보내, 만일에 리처드가 왕위에 오르면 헤이스팅스는 어떤 태도를 취할 것인지 그 반응을 알아본다. 헤이스팅스는 캐츠비에게 리처드가 왕권을 잡는다면 죽는 것이 낫겠다고 말한다. 스탠리 공은 헤이스팅스에게 리처드를 조심하라는 경고를 한다. 그러나 헤이스팅스는 그의 충고를 무시한다. 그날, 늦게, 런던 탑에서 회의가 개최되었을 때, 헤이스팅스는 리처드의 비난을 받고 형장에 끌려나간다. 그때 비로소 헤이스팅스는 스탠리의 경고가 옳았던 것을 깨닫는다. 리버스, 그레이, 본 등이 처형된다. 리처드는 서거한 에드워드 왕이 부도덕한 색한이라고 비난하면서 그의 자손들이 사생아라고 말한다. 태자는 평민이라고 주장한다. 이 때문에 런던 시민들과 런던 시장은 리처드만이 왕위에 오를 수 있다고 믿는다. 그는 왕위에 오른다.

4막 : 앤은 웨스트민스터로 가서 왕비가 된다. 리처드 왕은 버킹엄에게 두 왕자들을 런던 탑에서 살해하라고 명령한다. 그가 차지한 왕권에 대한 위협을 제거하기 위해서였다. 버킹엄은 그의 제의에 반대한다. 그는 리처드에 반기를 든 리치먼드 군에 합류하기로 결심한다. 왕자의 살해 임무는 티렐이 맡고, 앤 왕비 살해는 캐츠비가 맡는다. 이 일은 리처드가 지시한 대로 수행되었다. 두 왕자는 살해되고, 앤 왕비는 죽음을 당한다. 리치먼드 군대가 밀포드에 진주한다. 리처드는 보스워스 들판에서 결전을 준비한다. 버킹엄은 불운하게도 체포되어 처형되었다.

5막 : 결전을 앞둔 전날 밤, 리처드에게 희생된 한 많은 망령들이 리처드의 꿈자리에 나타난다. 이들 망령들은 리처드의 패배를 예언한다. 리처드는 끝까지 대항해서 싸우지만 결국 리치먼드와의 결투에서 살해된다. 리치먼드는 헨리 7세가 되어 왕위에 오르며, 요크 집안의 엘리자베스와 결혼해서 장미전쟁은 종막을 고하게 된다.

작품 평가

해럴드 블룸(Harold Bloom)이 편찬한 『셰익스피어 사극론』에는 로시스터(A.P. Rossister)가 쓴 명논문 「뿔 달린 천사 : 리처드 3세론」이 실려 있는데, 그는 이 작품의 플롯 전개를 다섯 부분으로 나누고 있다. 그의 분석은 이렇다.

첫 부분인 제1막은 다섯 주제를 다루고 있다. 리처드 자신, 구혼의 주제, 리처드와 적수들의 관계, 마거릿의 저주, 그리고 클래런스의 몰락과 죽음 등이다. 둘째 부분은 제2막과 제3막의 1장부터 4장이 된다. 이 부분에서 다루어지고 있는 주제는 에드워드 왕의 비효과적인 평화 중재, 리버스, 그레이, 그리고 본의 몰락, 왕자들에 대한 리처드의 공격적 행동 등이 된다. 세 번째 부분은 제3막 5장에서 제4막 3장을 차지한다. 이 부분의 중요한 내용은 글로스터와 버킹엄이 왕관을 노리는 계략이 된다. 앤이 왕비가 되고, 리처드의 왕자 살해 종용에 대한 버킹엄의 거절과 이 때문에 그에 대한 리처드의 반감과 살의의 표명도 중요하다. 엘리의 도주에 대한 리처드의 우려는 이 부분의 종막이 된다. 네 번째 부분은 제4막 4장에서부터 제5막 1장으로 연결되는 내용이 된다. 이 부분은 전에 다루어진 주제의 반복이 된다. 왕비의 긴 비탄의 장면, 마거릿의 저주의 반복, 구혼의 주제, 버킹엄의 인과응보, 리치먼드의 진군 소식, 리처드의 지도력이 동요의 빛을 보이는 내용이 중요 부분이 된다. 마지막 다섯 번째 부분은 보스워스 전장에서의 리처드의 몰락이 주요 내용이 된다. 꿈속에 나타난 망령들의 예언은 리처드가 과거에 저지른 죄를 상기시키고 있다.

〈리처드 3세〉는 로시스터가 결론적으로 지적했듯이 영국사 밑바닥에 흐르고 있는 두 신화의 갈등을 표현하고 있는 듯하다. 그 "두 역사적 신화"는 영국의 튜더 왕국의 신화가 되는데, 역사는 신이 지배하고 있으며, 세계는 신의 뜻에 의해서 신이 지향하는 궁극적인 질서와 완성의 길로 가고 있다는 사상이 된다. 셰익스피어는 〈리처드 3세〉를 집필할 때, 이런 입장을 택하고 있었다는 것이다. 또 다른 신화는 악마의 왕 리처드로 대변되는 잔혹한 르네상스적 욕망의 분출이라 할 수 있는데, 그것은 반도덕적이며 비양심적인 문명파괴적 충동이 된다. 셰익스피어의 사극에 대해 역사적이며 철학적인 해석을 시도하고 있는 틸리야드(E.M.W. Tillyard)도 셰익스피어가 이 작품을 쓰게 된 목적이 영국사에서 신의 뜻이 어떻게 작용하고 있었는가를 입증하기 위해서였다고 말하고 있다. 이 작품은 분명히 신의 징벌과 그리고 분열된 영국이 신의 뜻으로 재결합된 과정을 주제로 다루고 있다. 그러나 이 작품에서 우리가 깊이 생각해야 되는 더 큰 주제는 리처드 3세로 표현되는 악의 문제와 잔혹한 죽음의 악순환으로 인식된 역사의 개념이 된다.

셰익스피어는 리처드 3세를 플롯 전개의 중심인물로 내세워 왕권 장악의 과정과 비극적 몰락이라는 상승과 하강의 드라마를 치밀하게 구축하고 있다. 그래서 우리는 그의 파란 많은 생애가 더 큰 역사의 질서, 즉 신의 뜻이

구현되는 과정의 한 부분임을 인식하게 된다. 이 점에서 〈리처드 3세〉는 〈리어 왕〉이나 〈햄릿〉, 〈오셀로〉, 〈맥베스〉 등 선과 악의 투쟁을 묘사한 셰익스피어의 비극작품에 어떤 근원을 마련한 원형적 작품이 된다. 악의 화신은 리처드이고, 선은 정의로운 인과응보의 역할을 맡은 리치먼드가 대변하고 있다.

악의 이미지 또는 상징적 인물로서의 리처드는 그의 동기와 상징적 의미에 대해서 수많은 의문을 제기할 수 있다. 리처드는 맥베스처럼 왕권에 대한 끝없는 야망 때문에 잔혹한 살인 행위를 거듭한 인물인가? 그의 신체적 불구와 인간 혐오증은 모든 잔학 행위의 원인이 되는 것인가? 그는 타인에게 군림함으로써 자신의 추악함과 소외감을 극복하고 있는가? 그는 미움을 사고 있기 때문에 반대로 모든 인간을 경멸하고 있는 것인가? 그는 인간 본연의 잔인성과 무분별한 지배욕을 상징하고 있는가? 그는 악독한 인물이기에 흉측한 몰골로 태어났는가?

르네상스 시대의 플라톤적 사상에 의하면 외관과 내용은 서로 상관관계에 있다. 절대적인 악과 절대적인 선은 서로 끝없는 투쟁을 벌이고 있다. 그래서 모든 인간의 행위와 사건은 신의 의미와 이유를 내포하고 있다. 리처드의 탄생도 신의 계획 속에 있다. 신은 영국사의 그 시점에서 리처드의 탄생을 명령한 것이다. 그의 외모와 마음은 이미 신에 의해서 예정되어 있었다. 리처드는 그의 운명대로 악의 사도가 되지만, 그 일도 신의 거룩한 목적의 일부분인 것이다. 그는 때로 〈오셀로〉의 이아고처럼, 또는 〈리어 왕〉의 에드먼드처럼 무동기의 악행을 서슴지 않는다. 그는 악행을 하도록 타고났기 때문이다. 콜리지(Coleridge)가 이아고의 성격에 대해서 말한 무동기의 악행(motiveless malignity)이다. 이런 해석은 리처드의 성격을 해명하는 데 도움을 주고, 장미 전쟁이라는 기나긴 고난의 역사에 대한 해명이 되기도 한다. 문제는 극작가 셰익스피어이다. 그는 역사를 극으로 보았다. 역사를 연대기적 서술로 본 것이 아니라 인간의 상황으로 보았다. 그래서 그는 역사적 사실보다는 역사 속의 인간, 그 상황의 진실의 묘사에 충실하려고 노력했다. 셰익스피어는 얀 코트(Jan Kott)가 말한 대로 "역사를 극화하는 것이 아니라" 인간의 심리를 극화하고 있는 것이다. "역사의 극적인 밤"을 그려내고 있는 것이다.

〈리처드 3세〉에서 왕국 전체의 운명이 결정되는 성에서의 회의가 진행 중인 그런 밤의 시간은 보통의 일상적인 밤의 시간이 아니다. 오전 4시. 모두들 런던 탑에 모였다. 국가 최고의 권력자들이 탁자를 둘러싸고 한 자리에 모였다. 리처드가 왕으로 옹립되는 결정적인 밤의 시간이다. "육체로 느낄 수 있는 역사의 움직임"이요, 역사에 대한 설명적 요소, 에피소드, 스토리를 전부 제거하고, 인간의 운명이 결정되는 순간의 드라마, 그런 역사의 암흑을 상징하는 극적인 시간인 것이다. 극적인 시간이란 셰익스피어가 시도한 대로 역사의 긴 시간을 몇 장면 속에 압축하거나 몇 시간 속의 긴장감으로 표현하는 일이 된다.

자연의 질서가 파괴되고, 악은 악을 낳고, 복수를 낳고, 죄악은 또 다른 죄악을 부르는 잔혹한 밤, 칠흑 같은 불안과 공포의 밤에 잔혹한 음모와 살인이 저질러진다. 권력투쟁의 긴 역사의 밤이다. 그 밤에 수많은 사람들이 희생물로 제단에 오른다. 〈리처드 3세〉에 등장하는 인간들은 어떤 희생을 치렀는가.

왕 에드워드 4세는 헨리 6세를 퇴위시키고, 런던 탑에 유폐시켰다. 왕은 에드워드의 동생들인 리처드와 클래런스에 의해 살해당했다. 이 일이 발생하기 몇 개월 전에 튜크스베리에서 헨리 6세의 외아들이 리처드에 의해 살해당했다. 에드워드 4세의 아들은 리처드의 명령으로 12세 때 런던 탑에서 살해되었다. 에드워드 4세의 또 다른 아들 요크 공작 리처드도 10세 때 리처드의 명에 의하여 암살되었다. 에드워드 4세의 동생 클래런스 공작은 리처드가 보낸 자객에 의해 런던 탑에서 살해되었다. 클래런스의 아들은 리처드가 왕위에 오르자 즉시 투옥되었다. 클래런스의 딸은 어린 나이에 평민과 결혼시켜 후손이 왕위에 오르지 못하게 했다. 헨리 6세의 미망인인 마거릿의 경우, 그녀의 남편은 런던 탑에서 살해되고, 아들은 전쟁터에서 죽는다. 리처드 3세의 아내인 앤은 부친과 남편을 리처드에 의해 잃게 된다. 그녀의 의부마저 리처드에 의해 살해되고, 결혼 후 그녀는 런던 탑에 유폐당한다. 버킹엄은 리처드의 오른팔 역할을 한 심복이었지만, 리처드에 의해 살해된다. 왕비 엘리자베스의 동생 리버스 백작, 왕비의 아들 그레이 공도 리처드의 명령으로 처형된다. 헤이스팅스도 처형당한다. 그의 심복 암살자 티렐도 그에 의해 처형당한다. 이들은 모두 리처드에 의해 희생된 사람들이다. 리처드도 리치먼드에 의해 결국 보스워스 전투에서 살해당한다. 역사의 비극은 권력을 위해 죽이느냐, 죽느냐의 싸움에서 비롯된다. 셰익스피어 사극은 14세기 말에서 15세기 말에 이르기까지의 영국사의 정권 쟁탈전을 다루고 있는데, 그의 사극을 읽으면 우리는 역사의 비극이 인류가 발전하기 위해 지불하는 희생의 대가이고, 신의 섭리이며, 정의 실현의 방편이라는 헤겔 등이 주장하는 역사철학에 쉽게 동의할 수 없게 된다. 역사적 비극의 경우, 역사는 아무런 의미가 없이 정지하고 있다는 비관론에 우리는 쉽게 빠지게 된다.

역사는 잔혹한 악순환일 뿐이라는 생각을 어쩐지 떨쳐버릴 수 없다. 셰익스피어도 이런 역사관을 지니고 〈리처드 3세〉를 완성했을 것이다.

2) 헨리 4세 1부

〈헨리 4세 1부〉는 1598년 2월 25일 작품 등기소에 등록되었다. 가장 권위 있는 판본은 1598년에 간행된 첫 번째 쿼토판(the First Quarto)이다. 창작 시기는 〈원저의 즐거운 아낙네들〉이 1597년 초에 집필되었기 때문에 1596년 후반기에 창작되었을 것이라는 주장이 가장 신빙성이 있다. 작품의 소재는 셰익스피어가 홀린셰드의 『Chronicles of England, Scotland and Ireland』(1587)와 새뮤얼 다니엘(Samuel Daniel)의 서사시 「The First Fowre Bookes of The Civile Wars between the two houses of Lancaster and York」(1595)에서 얻어왔다. 작가 미상의 희곡인 「The Famous Victories of Henry V」(1594)에서 셰익스피어는 할 왕자의 도에 넘치는 난폭한 행동에 관한 부분을 참고로 했을 것이라는 주장도 있다. 이 작품 속에 존 올드캐슬(Sir John Oldcastle)이라는 이름을 지닌 인물이 등장하는데, 그는 폴스타프의 전신(前身)이 된다. 이 이름의 흔적이 〈헨리 4세 1부〉에도 나온다("my old lad of the castle", I, ii, 47).

플롯 시놉시스

1막 : 헨리 4세의 성지 원정은 그가 리처드 2세와 싸울 때 지원한 북방 귀족들의 불만을 해소할 때까지 연기할 수밖에 없다. 특히 왕에게 괴로운 존재는 홋스퍼이다. 홋스퍼는 홈던 전투에서 포로로 잡은 스코틀랜드 군인들을 헨리 왕에게 인도하는 일을 거부하고 있다. 웨일스의 영주 오웬 글렌다워는 에드먼드 모티머가 이끄는 영국 병사들을 최근에 격파하고 모티머를 포로로 잡고 있다. 헨리 왕을 괴롭히는 이런 사건들 외에도 왕자 할이 폴스타프 일당과 왕자의 신분을 잊고 놀아나는 추태가 또한 큰 걱정거리가 되고 있다. 헨리 왕은 홋스퍼에게 절대 양보하지 않는다. 왕은 그를 반역자로 지칭하고 있다. 홋스퍼는 헨리 왕에게 군사적 반란을 일으킨다. 홋스퍼는 부친인 노섬벌랜드와, 우스터, 리처드 스크루프, 요크 대주교, 오웬 글렌다워, 스코틀랜드군의 지도자 더글러스, 에드먼드 모티머 등의 지원군의 협력을 얻는 데 성공한다. 한편 왕자 할은 폴스타프와 여행자의 돈을 훔치는 도적행위를 모의한다.

2막 : 할 왕자와 폴스타프 일당은 모의한 대로 여행자들의 금전을 탈취한다. 할 왕자와 포인즈는 변장을 하고 일당 곁을 빠져나온다. 폴스타프 일당은 이스트치프 주막집에 모여서 영웅적 도적질을 자랑하고 술을 마신다. 폴스타프의 영웅담은 그 자리에 온 왕자 할의 폭로로 거짓임이 밝혀진다. 이들의 광란적인 술타령은 사신이 와서 왕자에게 반란 사건으로 왕실의 위급함을 알리자 끝이 난다. 2막은 폴스타프와 그 일행이 펼치는 희극적 행동이 주 무대를 이룬다.

3막 : 반란군의 본부가 웨일스 북방에 설치된다. 이들 반란군은 헨리 왕에 대한 공격 준비를 서두르고 있다. 런던에 돌아온 할 왕자는 헨리 왕으로부터 심한 꾸중을 듣는다. 왕은 왕자를 홋스퍼와 비교해서 말한다. 할 왕자는 부왕에게 홋스퍼를 능가하는 전과를 올릴 것을 맹세한다. 할 왕자는 왕군의 일부를 지휘한다. 폴스타프도 왕자를 따라 종군한다.

4막 : 웨스트모어랜드, 랭카스터, 왕자 할에 의해 통솔된 왕실 군대가 반란군의 진지인 슈루즈베리로 향해 진군한다. 그곳에서 노섬벌랜드와 글렌다워에게 버림받은 홋스퍼는 왕실 군대와 싸우기 위해서 임전태세를 갖추고 있다. 요크 대주교는 반란군이 승산이 없다는 것을 눈치채고 헨리 왕을 만나러 간다.

5막 : 헨리 왕은 반란군이 무장을 해제하고 해산하면 사면할 것을 약속한다. 헨리 왕이 반란군을 의심한다고 생각한 우스터는 헨리 왕의 관대한 조건을 감추고 홋스퍼에게 헨리 왕이 완강한 자세로 양보하지 않는다고 보고한다. 홋스퍼는 이 소식을 접하자 즉각 전투에 나선다. 할 왕자는 홋스퍼에게 단독 결투를 요구한다. 전투 중에 왕자 할은 부왕을 더글라스의 수중에서 구출하고 홋스퍼를 살해한다. 폴스타프는 죽은 척하고 전쟁터에 누워 있다가 자신이 홋스퍼를 살해했다고 거짓말을 한다. 우스터와 버논은 체포되어 처형된다. 더글러스는 왕자 할이 사면해서 석방한다. 헨리 왕은 왕자 존을 보내 요크 대주교와 노섬벌랜드 토벌 작전에 참전토록 한다. 헨리 왕과 왕자 할은 합세해서 오웬 글렌다워군을 토벌하기 위해서 웨일스로 행진한다.

작품 평가

〈헨리 4세 1부〉는 "왕자의 교육", "우울한 왕실", "홋스퍼의 반란" 또는 "폴스타프"라는 부제가 붙는 작품이다. 이 작품의 역사적인 배경은 32세의 나이로 1399년 사촌인 리처드 2세의 왕관을 탈취한 랭카스터의 헨리가 1413년 자연사할 때까지의 왕국의 통치 상황이다. 셰익스피어가 묘사한 헨리 왕은 평생 왕관의 탈취를 고통스럽게 생각하며 지내고 있다. 실제로 헨리 4세의 말기 5년간은 국내적으로 평온한 시기였던 반면, 왕위에 오른 초기 8년 동안은 소란스러운 통치 시기였다. 1400년부터 1408년까지 웨일스는 해마다 여름이면 반란을 일으켰다. 이 시기 동안에 여러 모양의 반란 사건이 국내적으로 발생했다. 그러나 1409년 헨리 왕과 할 왕자의 노력으로 국내 사정이 안정되었다.

헨리 4세, 즉 볼링브로크의 헨리는 에드워드 3세의 세 번째 아들인 랭카스터 공작 곤트의 존이 첫 결혼에서 얻은 유일한 자손이었다. 그는 국내외적으로 명성을 떨친 현군으로 평가되고 있다. 그는 정력적이고 학식이 풍부하며, 경건한 생활을 하고 있었기 때문에 국민들의 신임을 얻었다.

노섬벌랜드와 그의 아들 홋스퍼는 영국 북방 최대의 영주로서 1399년 7월 유랑에서 영국으로 귀환한 볼링브로크가 왕권을 장악하도록 만든 공신들이었다. 그들은 막강한 군사력과 조직력 그리고 재정으로 웨일스에서 리처드 2세를 생포하고, 볼링브로크를 헨리 4세로 왕위에 오르게 한 공로자들이었다. 이들의 공로를 치하해서 헨리 왕은 막대한 수입, 광활한 토지, 풍부한 직책을 이들에게 하사했다. 그러나 1403년 이들은 헨리 왕에 대한 반란을 모의하게 되었다. 그 정확한 이유에 대해서는 사학자들 사이의 논란의 대상이 되고 있을 뿐, 확실한 원인을 알 수 없다. 그 원인 가운데 한 가지가 〈헨리 4세 1부〉에서 다루어지고 있는 스코틀랜드 군인 포로 문제이다. 포로 송환 문제로 퍼시 일가와 헨리 왕은 대립하고 있었다. 홋스퍼의 의형제인 에드먼드 모티머를 리처드 2세의 법적 왕권 계승자로 홋스퍼가 지목하고 있는데, 모티머가 웨일스 반군에 의해 체포되었을 때, 헨리 왕은 그의 석방금을 지불하지 않아 홋스퍼를 격노하게 만들었다. 이 때문에 생긴 불화의 원인도 이 작품에서 다루어지고 있다. 이 밖에도 왕권 탈취의 법적 정당성 시비, 금전상의 불화 등이 겹쳐서 두 집안의 반목이 심화되었는데, 셰익스피어는 두 집안의 주장을 작품 속에 공평하게 다루고 있다.

1403년 초여름 체셔에서 반란의 군사 작전이 시작된 이래로 7월 21일 슈루즈베리 북방 2마일에서 발생한 전투는 길고도 처참한 것이었다. 부상자는 속출했다. 왕실 군대 양 진영의 한쪽은 할 왕자의 지휘하에 있었고, 또 다른 쪽은 스태퍼드 백작이 지휘하고 있었는데, 그는 전사했다. 할 왕자도 얼굴에 화살의 상처를 입었지만 용감하게 싸웠다. 홋스퍼와 더글러스는 헨리 왕을 살해하려는 작전을 폈다. 이 작전은 성공하지 못하고 홋스퍼의 근위병들만 죽음을 당했다. 결국 우스터, 버논, 더글러스는 체포되고, 홋스퍼는 살해당했다. 셰익스피어 작품에서는 할 왕자가 죽인 것으로 되어 있지만 누가 죽였는지 역사는 밝히지 못하고 있다. 반군들은 도주했다. 전투가 끝나자 더글러스는 포로가 되었다. 1408년 그의 용맹성이 평가되어 할 왕자는 그를 석방했다. 우스터와 버논은 반역죄로 즉시 처형되었다. 홋스퍼 등의 시체는 그 당시 관습대로 광장 거리에 전시되었다.

3) 헨리 4세 2부

〈헨리 4세 2부〉는 1600년 8월 23일에 작품 등기소에 등록되었다. 같은 해에 쿼토판이 발행되었다. 같은 해에 이 텍스트는 초판에 삭제되었던 3막 1장이 추가되어 다시 간행되었다. 이 작품은 1623년 첫 번째 폴리오판이 발행될 때까지 더 이상 간행되지 않았다. 1600년의 쿼토판은 양질의 것이다.

폴스타프의 인기가 대단했던 〈헨리 4세 1부〉의 성공 때문에 셰익스피어는 두 작품이 무대 위에서 24시간 내에 연속되는 드라마가 되도록 2부를 쓰기 시작했다. 셰익스피어가 1597년 봄에 쓰인 〈윈저의 즐거운 아낙네들〉 이전에 2부를 썼다면, 이 작품은 1596년이나 1597년 초에 집필되었을 것이다. 2부는 에섹스 경의 추종자였던 찰스 퍼시 경(Sir Charles Percy)이 1600년에 쓴 편지 속에 언급되고 있다. 이 작품의 소재는 1부의 경우와도 같다. 그러나 셰익스피어는 역사적 사실과 폴스타프의 가공적인 이야기를 교묘하게 혼합시키고 있다.

플롯 시놉시스

1막 : 프롤로그는 1부와 2부를 연결시키는 기능을 하고 있다. 사신이 등장해서 홋스퍼의 죽음을 알리고, 반란이 진압된 사실도 전하고, 노섬벌랜드는 왕실 군대가 그에게 진격해 온다는 소식을 접하고, 요크 대주교와 연합전선을 펼치려고 한다. 폴스타프는 주막에서 동료들과 이별주를 마신다. 왕의 특명으로 노섬벌랜드의 군대에 대항할 지원병을 뽑는 일을 수행하기 위해서다.

2막 : 폴스타프는 왕의 특명을 수행하기가 어려워진다. 주막집 주인인 퀴클리가 그에게 빌려준 돈을 갚으라는 소송을 폴스타프에게 제기했기 때문이다. 그러나 폴스타프는 그녀를 설득해서 더 많은 돈을 빌리고, 저녁 초대까지 받는 데 성공한다. 할 왕자와 포인즈는 그의 정체를 규명하기 위해서 웨이터로 변장을 하고 주막집에 들어간다. 이들은 폴스타프가 할 왕자를 비방하는 소리를 직접 엿듣는다. 나중에 자신들의 정체를 폴스타프에게 밝히자, 폴스타프는 나쁜 놈들이 왕자를 끌어들이지 않도록 하기 위해서 왕자 험담을 했으며, 이 모든 일은 왕자를 보호하기 위한 우정 때문이라고 말한다. 이들의 주막 파티는 북방 반란군 소탕전에 모두 호출되었기 때문에 갑자기 중단

된다.

3막 : 웨스트민스터 궁전에서 왕은 워릭과 서리에게 자신의 근심 걱정, 불안감, 그리고 그의 신체적 불편함을 토로한다. 리처드 2세를 옥좌에서 밀어낸 일이 계속 그를 괴롭힌다. 글로스터셔에 도착한 폴스타프는 샐로 판사 댁에 머물면서 태평세월을 보내고 있으며, 왕실 군대를 위한 모병 업무를 보고 있다.

4막 : 요크셔에 있는 반란군 진영이다. 요크 대주교와 모브레이는 노섬벌랜드 군대가 그들의 군대와 합류하는 데 실패한 것을 알게 된다. 웨스트모어랜드는 건의문을 작성해서 랭카스터의 존에게 보낸다. 존은 그들의 건의문을 받아들이고 조속한 시일 내에 시정할 것이라고 약속한다. 반란군은 휴전이 성사되어 그들의 군대를 해산한다. 그러나 이들은 휴전 약속을 어긴 왕자에 의해 체포되고, 처형된다. 병든 왕은 왕자의 기만 행위에 관한 소식과, 그리고 노섬벌랜드 군대의 패배 소식을 접한다. 왕은 혼수상태에 빠진다. 이때, 왕자 할은 그가 죽은 줄 착각하고 왕관을 자신의 머리에 얹어놓는다. 왕이 갑작스럽게 깨어난다. 그는 처음에 아들의 행위를 의심하지만 곧 화해하고 예루살렘 방에 자신을 안치하라고 말한다. 왕은 성지 원정의 성업을 완수하지 못하고 서거한다.

5막 : 왕자 할은 헨리 5세가 되었다. 폴스타프는 급히 궁전으로 향한다. 왕은 폴스타프를 따뜻하게 응대하지 않는다. 거만하고, 위엄 있는 왕은 "나는 그대를 모른다"라고 문전 박대하면서 폴스타프와 그의 일당들의 추방을 명하고 폴스타프를 체포한다. 헨리 5세는 의회를 열어 프랑스 침공에 관한 대책을 세운다. 성공적인 프랑스 정벌은 헨리 5세를 영국사에 길이 남는 영웅적인 제왕으로 찬양받게 만들었다.

작품 평가

〈헨리 4세〉 1 · 2부의 구조적 특징은 정치 관계의 진지한 장면과 희극적인 일상적 생활 장면이 서로 교차되면서 서민 생활 속에서의 자유와 반항이 왕실 가족 간의 음모와 반란으로 대조를 이루면서 구성된 점이라 할 수 있다. 1부 1막 1장은 왕실과 반대파의 전쟁을 예고하고 있다. 1부 1막 2장은 폴스타프 일당이 개즈힐에서 저지르는 도적질의 모의를 다루고 있다. 이와 비슷한 예로서 2부를 보면, 영국 북방지역의 반란 사건으로 서막이 시작되는데, 다른 한편에서는 주막집에서 폴스타프에 대한 할 왕자의 반항이 시작된다. 셰익스피어는 폴스타프를 때로는 최악의 인물로 묘사하지만 근본적으로는 그가 정직한 사람이라는 성격을 확실하게 부각하고 있다. 이것이 폴스타프의 이중적 성격이다. 할 왕자는 왕자요, 임금이다. 그는 명예로운 인간이요, 능력과 지성을 갖춘 인간이요, 폴스타프를 한때 따라다녔던 자유인이었다. 그러나 결국은 간교한 정치가요, 위선자가 되었다. 극적 상황의 이중성은 인물의 성격적인 이중성을 바닥에 깔고 갈등 구조를 만들고 있다. 1부와 2부의 작품 분석에서 우리는 이 점을 중시해야 한다. 이것이 작품 해석의 초점이다.

2부에 묘사된 역사적 사건은 치밀한 체계를 이루고 있지 않다. 셰익스피어는 왕에 대한 노섬벌랜드의 북방 반란 사건을 마키아벨리적인 존 왕자를 주축으로 그리고 있으면서, 동시에 이 사건을 1569년 엘리자베스 여왕에 대한 북방 가톨릭교도들의 반란과 비교하고 있다. 이런 사건의 유사성이 당시 관객들을 즐겁게 만들고 있었다. 2부에서 중요한 부분은 폴스타프의 부인(否認)과 배척이다. 이 부분을 준비하기 위해서 셰익스피어는 치밀하게 작품 초반에서 폴스타프의 위신을 떨어뜨리고 그를 사기꾼이며 주정뱅이 색한으로 만들고 있다. 그러나 희극적인 폴스타프의 성격 창조는 2부에서도 놀라운 성과를 거두고 있다. 관객들은 그를 보고 웃고, 또 웃는다. 너무나 재미있는 폴스타프 때문에 웃음은 폭발적이다. 그 웃음이 그의 추방을 감싸고 있다. 즐거운 할 왕자 대신, 2부에서는 그의 단짝이 피스톨이 등장한다. 정부인 돌 티어시스트도 그의 동반자이다. 어리석고 이기적이고 부패한 섈로 판사는 과장된 폴스타프처럼 창조되고 있어서 폴스타프와 대조를 이루면서 이 작품의 희극적 효과를 배가시키고 있다. 5막 4장에서는 폴스타프의 두 동료가 범죄자로 낙인 찍히는 수모를 폴스타프 자신이 감내해야 한다.

셰익스피어의 비극에는 햄릿이 있다. 셰익스피어의 희극에는 샤일록이 있다. 그의 사극에는 누가 있는가. 우리는 폴스타프가 있다고 말할 수 있다. 폴스타프에게 붙여진 별명만 봐도 그가 어떤 사람인지 알 것만 같다. 악한, 기생충, 바보, 허풍선이, 군인, 타락한 폭식가, 색한, 거짓말쟁이, 겁쟁이 등이다. 새뮤얼 존슨(Dr. Samuel Johnson)은 그를 "존경할 만한 것이 하나도 없는 인간"이라고 말했고, 조지 버나드 쇼(George Bernard Shaw)는 그를 "얼빠진 못난 늙은이"라고 말했다. 그러나 오스카 와일드(Oscar Wilde)는 그를 "광범위한 총체적 의식"의 소유자라고 격찬했다. 나는 그의 의견에 동의한다. 그는 우리를 웃기지만, 자신은 눈물을 흘리고 있는지도 모른다. 아니면, 그는 시종 너털웃음을 발산하고 있지만 우리는 웃으면서도 사실은 울고 있는지도 모른다. 시인 오든(W.H. Auden)은 그에 대해서 날카롭고도 의미심장한 말을 하고 있다. "폴스타프는 초월적인 자비의 질서에 속하는 희극의 상징"이다. 폴스타프의 매력은 그를 통해 셰익스피어가 우리 모두를 포용하고 있다는 사실 때문이다. 우리는 폴스타프를 감싸지 못할 것 같다. 그는 아비규환 지상에 내려온 구세주인가라는 생각이 들 때도 있다. 할 왕자가 그를 부인할 때도 그는 왕자를 사랑했다. "어째서 폴스타프는 희극에 등장하지 않고 사극에 등장했는가?" 헤롤드 블룸은 그의 「셰익스피어 사극론」 서론에서 이런 의문을 제기하고 있다. 그의 답변은 작중인물에게 무한한 자유를 주기 위해서라는 것이다. 비극과 희극에서는 폴스타프 같은 인물이 자유로운 행동을 할 수 없다는 것이다. 사극은 왕이나 귀족들에게는 자유로운 장르가 되지 못하지만,

폴스타프 같은 희극적 인물에게는 가능하다는 것이다. 어떻게, 그리고 왜 그것이 가능한가? 헤롤드 블룸은 답변하고 있다. "폴스타프는 자신이 아버지요, 어머니인 것이다. 얼떨결에 그는 지혜 덩어리로 태어났다. 그는 관객만 원한다. 이것이 그의 이상이다. 그 관객을 그는 언제나 소유하고 있다." 헨리 5세가 된 할 왕자가 필요한 것은 그를 추종하는 사람들뿐이다. 폴스타프는 추종자가 될 수는 없는 성격의 인물이다. 폴스타프는 상류계급 사람들을 우롱하고 그들의 악을 폭로하고, 겁을 주면서, 하류계급 사람들의 온정에 기대며 살아간다. 그래서 하류계급 사람들은 그를 좋아한다. 그가 무대에 나타나면 환호성을 지른다. 그래서 드라이든(Dryden)은 그를 "최고의 희극적 인물"이라고 말했다. 낭만주의 비평의 선구자인 모건(Maurice Morgann)은 1777년에 「폴스타프의 성격론」을 발표했는데, 그는 폴스타프가 정직하고 용감한 인물이라고 주장하고 있다. 모건의 긍정적 성격론은 19세기 폴스타프론의 주조를 이루었다. 그의 영향을 받은 브래들리(A.C. Bradley)는 그의 논문 「폴스타프의 배척(Oxford Lectures on Poetry)」(1909)에서 폴스타프의 존재는 "유머에서 얻어진 자유의 축복"이라고 말하고 있다.

도버 윌슨(Dover Wilson)은 1943년 『폴스타프의 운명』을 출간해서 역사비평의 입장(E. E. Stoll의 「폴스타프론(Shakespeare Studies)」(1927)은 이 학파의 대표적 논문임)을 옹호했다. 그에 의하면 폴스타프는 중세 도덕극의 악의 상징을 발전시켜 표현하고 있다는 것이다. 엘리자베스 시대 관객들은 폴스타프를 도덕적 가치 기준의 맥락에서 받아들이고 있었다는 것이 윌슨의 주장이었다.

〈헨리 4세〉(2부작)는 셰익스피어 사극 가운데서 가장 학문적인 연구 분석이 활발했던 작품이다. 지난 400년 동안 진행된 이 작품의 쟁점 가운데서 가장 두드러진 주제가 폴스타프의 성격론이다. 그밖에도 성격 연구의 중요 대상은 홋스퍼와 할 왕자가 된다. 〈헨리 4세〉(2부작)와 타 역사극과의 비교, 역사적 사실과 희곡적 상상력, 작품의 구성 문제, 역사와 희극의 혼합적 구성의 문제, 할 왕자의 폴스타프 배척의 의미 등도 중요한 연구대상이 된다. 20세기에 들어와서 신비평주의(New Criticism)을 주창한 클리언스 브룩스(Cleanth Brooks), 로버트 헤일만(Robert Heilman), 엘리스 퍼머(Ellis Fermor), 트라버시(T.A. Traversi) 등과 셰익스피어 학자들은 역사학파의 이론에 이의를 제기하게 되었다. 이들은 〈헨리 4세〉(2부작)의 중심적 갈등 구조와 미덕, 선악, 허영심, 정치적 권위 등의 주제보다는 할 왕자의 개혁 의지와 이상적인 군주가 되려는 생각, 그리고 이 같은 욕망이 타 인물과 극적 상황에 미치는 영향이 무엇인가라는 주제가 더 중요하다고 말하고 있다. 역사학파의 주장에 반론을 제기한 두 사람의 비평가는 고다드(Harikd C. Goddard)와 헤밍웨이(Samuel B. Hemingway)이다. 전자는 낭만주의파와 반낭만주의파의 연구를 종합해서 셰익스피어는 두 사람의 할 왕자와 두 사람의 폴스타프를 창조했다고 주장하기에 이르렀고, 후자의 경우는 모건과 브라들리를 스톨과 도버 윌슨의 접근방법에 결합시키는 공적을 남겼다. 최근의 연구 방향은 틸리야드나 윌슨의 역사학파에서 벗어나서 희곡의 구조와 언어적 요소를 고찰하는 일에 집중하고 있는 것이 특징이다. 포터(Joseph Porter)나 펫처(Edward Pechter) 등이 이 같은 연구의 주류를 이루고 있다.[이들의 연구 성과를 고찰하기 위해서는 다음의 저작물을 참고하면 될 것이다. Joseph A. Porter, "'1 Henry IV'"와 "'2 Henry IV'", The Drama of Speech Acts: Shakespeare's Lancastrian Tetralogy, University of California Press, 1979: Edward Pechter, "Falsifying Men's Hopes: The Ending of 'Henry IV', in Modern Language Quarterly, Vol. 41, No 3, September, 1980]

4) 헨리 5세

〈헨리 5세〉는 1600년 8월 4일 작품 등기소에 인쇄업자 제임스 로버츠(James Roberts)에 의해 등록되었다. 1600년 첫 퀴토판이 발행되었을 때도 이 작품은 그 속에 수록되었다. 창작 연월일은 작품 속에 기록된 에식스 경의 아일랜드 토벌 때문에(5막 프롤로그 30-34) 정확성을 기할 수 있다. 에식스 경은 런던을 1599년 3월 27일에 출발했다. 그는 더블린을 4월에 도착했으며, 같은 해 9월 28일 토벌 작전에 실패하고 런던으로 귀환했다. 그러기 때문에 셰익스피어는 이 작품을 1599년 3월 27일에서 9월 28일 사이에 집필했을 것이다. 헨리 5세(1387~1422)는 1413년에 왕위에 올랐다. 셰익스피어는 1587년 판 홀린셰드의 연대기에서 그 소재를 얻어왔다. 〈헨리 5세의 유명한 승리〉라는 무명작가에 의한 희곡 작품이 등록된 것은 1594년 5월 14일이니 셰익스피어가 이 작품을 참고로 했을 것이라고 추측할 수 있다.

플롯 시놉시스

1막 : 헨리 왕은 선왕의 경우와 마찬가지로 국내의 소요를 막으려면 해외 원정의 수단밖에 없다고 생각한다. 캔터베리 대주교의 재정적 지원 약속은 헨리 왕에게는 큰 힘이 되었다. 대주교는 왕에게 프랑스가 영국의 영유권을 무시하는 것은 처가 쪽의 영토 소유권의 양도를 금지하는 살리크 법(Salic Law) 때문이라고 일러준다. 대주교는 영토 소유권을 주장할 것을 왕에게 종용한다. 왕은 프랑스로 원정의 길을 떠나겠다고 공언한다. 한편 프랑스 대사는 영국 왕에게 모욕적인 선물을 한다. 이 일 때문에 영국 왕은 격노한다.

2막 : 런던 시내의 길이다. 바돌프와 피스톨은 님 하사를 사귀게 된다. 님 하사는 퀴클리와 연관된 사랑싸움에 휘말리게 된다. 피스톨은 현재 퀴클리와 부부관계이다. 한 소년이 와서 폴스타프가 중병을 앓고 있다면서 퀴클리를 찾는다고 전한다. 피스톨과 님 하사는 화해를 하고, 바돌프와 함께 군에 입대해서 프랑스로 떠나겠다고 말한다. 퀴클리는 이들을 데리고 폴스타프한테로 간다. 폴스타프는 왕의 문전박대 때문에 상심하고 열병을 앓으며 죽어가고 있다.

사우샘프턴에서 왕은 세 궁신들 ─ 케임브리지 백작, 스크루프 공, 토머스 그레이 공 ─ 과 대화를 나눈다. 이들은 프랑스와 내통하면서 왕을 살해하는 음모를 꾸미고 있다. 왕은 이들의 체포를 명한다. 헨리 왕은 이들에게 사형 선고를 한다. 피스톨과 님 하사와 바돌프는 폴스타프의 죽음을 슬퍼한다. 프랑스 궁정에서는 영국 왕의 군세를 과소평가하고 있다. 이때 엑서터 공작이 도착해서 헨리 왕이 찰스 왕의 퇴위를 요구하고 있다고 전한다.

3막 : 찰스 왕은 헨리 왕의 감정을 누그러뜨리기 위해서 영토의 할양과 자신의 딸 카트린을 왕비로 삼을 것을 사신을 통해 알리지만, 영국 왕은 이에 동의하지 않고 프랑스 정벌의 항해를 시작한다. 영국군은 프랑스 땅 아르플뢰르를 포위한다. 그는 아르플뢰르 시장에게 도시를 초토화하겠다고 위협한다. 시장은 프랑스 왕의 지원이 불가능하다고 판단해서 항복한다. 영국군은 칼레로 진군한다. 아쟁쿠르 근교에서 프랑스군은 결전의 준비를 하고 있다. 프랑스군은 여전히 영국군의 전력을 과소평가하고 있다.

4막 : 헨리 왕은 전투 전날 밤, 군의 사기 진작을 위해 진영 내 막사를 순시하고 있다. 변장을 한 헨리 왕은 수많은 병사들과 대화를 나누면서 왕의 책임이 막중하다는 것을 통감한다. 그는 신에게 가호를 빈다. 그는 병사들에게 비록 병력은 열세지만, 승리의 영광과 보상은 크다는 것을 역설한다. 승리하면, 이들 병사들의 명예는 영국사에 길이 남을 것이라고 그는 웅변으로 강조한다.

왕의 순시와 격려는 효과적이었다. 전투에서 프랑스군은 사기가 떨어져 후퇴하면서 전열이 흐트러졌다. 헨리 왕은 전과에는 만족했지만, 충신 서퍽과 요크를 잃은 것을 몹시 슬퍼했다. 프랑스군은 다시 한번 반격해왔지만, 영국군은 이들을 용감하게 격퇴했다. 프랑스군은 귀족들을 포함해서 1만 명이 전사했고, 영국군은 29명의 사망자가 나왔을 뿐이었다. 헨리 왕은 신의 가호에 감사했다. 영국군은 칼레로 향해 진군하며, 개선의 날을 기다리고 있었다.

5막 : 헨리 왕은 의기양양하게 영국으로 귀환했다. 그는 다시 프랑스로 가서 샤를 6세와 평화 회담을 가졌다. 평화회담의 조건 가운데 하나가 공주 카트린과의 결혼이었다. 헨리 왕은 그녀의 손을 잡고 백년가약을 맺었다. 헨리 왕은 프랑스 왕의 후계자로 지명되었다.

작품 〈헨리 5세〉는 헨리 왕의 성공적인 치세와 생애를 요약하면서 대단원의 막을 내린다.

작품 평가

〈헨리 5세〉로서 셰익스피어는 플랜태저넷 왕조에서 튜더 왕조에 이르는 1백 년간의 역사극 집필을 종결지었다. 셰익스피어는 역사극을 통해 런던 시민들에게 이상적인 군주의 모습이 어떤 것인지 보여주었을 뿐만 아니라, 역사란 무엇인가라는 근원적인 문제에 대해서도 깊은 생각을 하도록 만들어주었다. 헨리 4세는 강한 군주였다. 그러나 그는 법통을 이은 왕이 되지 못했다. 리처드 2세는 법통을 이은 군주였지만, 강력한 왕이 되지 못했다. 헨리 5세는 현군이었고, 민주적인 군주였으며, 국민들이 숭상하는 이상적인 왕이었다. 그러나 한 가지 풀리지 않는 헨리 왕의 문제점은 왕자 시절의 동료들을 왕위에 오른 후에는 잔혹하게 추방했다는 사실이다. 그렇기 때문에 19세기 이후 현대에 이르기까지 〈헨리 5세〉의 핵심적인 논제는 헨리 왕의 성격 문제였다. 학자들은 헨리 왕이 이상적인 군주인지, 아니면 마키아벨리적인 위선적인 정치인인지, 이 문제를 놓고 수많은 논쟁을 펼치고 있다.

19세기에서 20세기에 걸쳐, 저명한 셰익스피어 학자들은 헨리 왕의 성격 규정 이외에도, 전쟁, 정치, 통치, 국민적 화합, 영웅주의, 감성과 이성의 갈등, 신하와 임금의 이상적 관계, 질서와 조화, 애국심, 코러스의 기능, 폴스타프의 죽음, 서사적 기법, 대주교의 프랑스 침공 이유, 헨리 왕의 결혼, 희극적 요소, 구성과 스타일의 문제, 플루엘렌의 성격 창조, 프랑스 귀족들의 문제 등이 중요한 연구 주제가 되었다.

헨리 왕의 성격에 관해서는 1947년에 발표된 윌슨(John Dover Wilson)의 논문(An Introduction to King Henry V by William Shakespeare, edited by John Dover Wilson, Cambridge at the University Press, 1947, pp.vii–xlvii 참조)이 도움이 될 것이다. 윌슨은 헨리 왕을 영웅적인 군주로 평가하고 있다. 그러나 찰턴(H.B. Charlton)은 1929년의 강연에서, 셰익스피어가 묘사한 헨리 5세는 〈헨리 4세〉 1부와 2부에서 묘사된 왕의 모습과 흡사하다고 지적하면서, 헨리 5세의 성격은 공적인 인간 헨리 왕과 사적인 인간 헨리로 분열되고 있다고 말했다. 이 때문에 헨리 왕의 행동에는 때로 이율배반적인 모순이 발생하고 있다는 것이다. 찰톤은 "정치 생활에서 좋은 것은 도덕적 생활에서는 정반대의 것이 된다"고 말하면서 헨리 왕이 이 경우에 해당된다고 말했다. 그러나 수많은 20세기의 셰익스피어 학자들은 헨리 5세야말로 셰익스피어가 몽상하고 있는 이상적인 군주라는 결론을 내리고 있다. 이와는 반대되는 의견으로서 브라들리는 헨리 5세가 겸손, 신중, 웅변, 탁월한 지도력 등 이상적인 군주로서의 미덕을 갖추고는 있지만, 이기심 때문에 자비심이 부족하다는 점을 지적하고 있다. 해즐릿(William Hazlitt)의 주장도 그의 견해와 비슷하다. 그는 헨리 5세를 "사랑스러운 악마"라고 말하면서 헨리 왕의 성격을 부정적으로 평가하고 있다 (William Hazlitt, 'Henry V', Characters of Shakespeare's Plays, 1817, Reprint by J. M. Dent & Sons Ltd., 1906, pp. 156–64). 나는 헨리 5세와 같은 복합적인 성격의 인물을 분석하는 경우에는 다원적인 측면에서의 종합적인 접근 방식이 필요하다고 생각한다. 셰익스피어의 주인공들은 모두가 다양한 심리와 외양(外樣)을 지니고 있기 때문이다.

반 도렌(Van Doren), 짐바도(Zimbardo), 비커스(Vickers) 등 현대의 셰익스피어 학자들은 이 작품의 언어적 요소를 면밀하게 연구한 학자들이다. 이들은 희곡의 구조, 서사적 요소와 희극적 요소의 혼합 문제 등을 집중적으로 연구해서 새로운 해석의 지평을 열었다. 그랜빌바커(Granville-Barker)는 이 작품에서 사용되고 있는 코러스의 기능에 관해 우수한 연구 성과를 올렸는가 하면, 체임버(E.K. Chamber)는 이 작품에 표현된 전쟁과 애국심에 관해서 탁월한 연구 성과를 올렸다(E. K. Chambers, "Henry the Fifth'," Shakespeare: A Survey, 1925. Reprint by Hill and Wang, 1959, pp.136-145).

이태주

연도	윌리엄 셰익스피어	시대 배경
1564 (0세)	4월 23일 출생. 4월 26일, 존과 메리의 장남으로서 세례 받음.	C. 말로 탄생. 갈릴레오 탄생. 미켈란젤로 사망.
1565 (1세)	7월 4일 존, 스트랫퍼드 시참사위원(alderman)으로 피선(被選). 9월 12일 임명.	『지혜의 보고』의 저자 프랜시스 미아즈 탄생.
1566 (2세)	10월 13일, 존과 메리의 차남 길버트 세례.	해군대신극단 대표배우 에드워드 아렌 탄생.
1568 (4세)	9월 4일 존, 스트랫퍼드 시장(bailiff)에 선출됨.	메리 스튜어트 폐위. 영국에서 유폐됨.
1569 (5세)	4월 15일, 존과 메리의 다섯 번째 아이 조앤(Joan) 세례.	여왕극단, 우스터백작극단 스트랫퍼드에서 공연.
1571 (7세)	이즈음 윌리엄은 문법학교 킹즈 뉴 칼리지에 입학. 9월 28일 4녀 앤 세례 받음.	윌리엄 세실 경, 벌리 경이 됨.
1574 (10세)	3월 11일, 존과 메리의 일곱째 아이 리처드 세례. 전염병으로 런던 공연 금지.	5월 10일 레스터경극단이 왕실의 후원을 받음.
1575 (11세)	존, 스트랫퍼드에 정원과 과수원이 있는 두 채의 집을 40파운드로 구입. 윌리엄은 아마도 케닐워스의 축제를 봤을 것이다. 〈한여름 밤의 꿈〉에 반영되어 있다.	7월, 엘리자베스 여왕, 케닐워스 성 방문.
1576 (12세)	존, 문장(紋章) 허가 신청. 이때부터 존은 마을 의회 결석이 잦음. 군비 의연금도 미납.	제임스 버비지의 상설극장 '시어터(The Theatre)'가 쇼어디치에 건립됨.
1577 (13세)	존, 이때부터 재정적 어려움 때문에 공식회의 불참.	커튼극장 건립. 홀린셰드, 『연대기』 초판 발행.
1578 (14세)	11월 14일, 존은 부인의 유산 일부인 윌름코트의 집과 토지를 담보로 의형 에드먼드 란바트의 돈 40파운드 차입.	8월 24일, 존 스톡우드가 설교 중에 극장 비난.
1579 (15세)	4월 4일, 4녀 앤 매장. 존, 스니타필드의 토지를 4파운드로 매각.	노스 역 『플루타르크영웅전』 출판. 존 플레처 탄생.

연도	윌리엄 셰익스피어	시대 배경
1580 (16세)	5월 3일, 4남(여덟 번째 아이) 에드먼드 세례. 존, 치안유지법 위반으로 20파운드의 벌금 지불.	『영국연대기』 출판.
1581 (17세)	8월 3일, 랭커셔에 사는 알렉산더 호턴의 유언장에 '배우 윌리엄 셰익스피어'에게 연금 2파운드를 남긴다는 기록이 있음. 윌리엄의 이름이 최초로 문서에 기록.	10월, 6세의 헨리 리즐리가 3대째의 사우샘프턴 백작이 됨.
1582 (18세)	11월 27일, 윌리엄, 8세 연상의 앤 해서웨이와 결혼.	버클레이경극단, 스트랫퍼드에서 공연. 에든버러대학 창립
1583 (19세)	5월 26일, 윌리엄과 앤의 장녀 수재나 세례.	옥스퍼드백작극단, 우스터백작극단 등이 스트랫퍼드에서 공연.
1585 (21세)	2월 2일, 쌍둥이 햄닛과 주디스 세례.	제임스 버비지, 커튼극장의 경영권 장악.
1586 (22세)	9월 6일, 존, 시위원에서 해임. 윌리엄, 런던행(?).	여왕극단, 레스터백작극단이 스트랫퍼드에서 공연.
1587 (23세)	6월 13일에 발생한 상해 사건으로 결원을 채우기 위해 윌리엄이 여왕극단에 가입한 가능성 있음.	헨슬로, 로즈극장 건립. 홀린셰드, 『연대기』 제2판 간행.
1588 (24세)	윌름코트 토지가옥 변제를 청구하면서 윌리엄이 란바트에 소송 제기.	레스터 백작 사망. 영국 해군, 스페인 무적함대 격파. 리처드 탈턴 매장(9월 3일).
1589 (25세)	윌리엄, 스트랑경극단과 해군대신극단이 합병해서 만든 극단에 관계함.	로버트 그린의 『Menaphon』에 쓴 토머스 내시의 서문에 〈원햄릿(Ur-Hamlet)〉이 언급됨.
1592 (28세)	윌리엄 그린의 책 『문(文)의지혜』(9월 20일 출판등록)에서 윌리엄을 비난하는 문구 '벼락출세한 까마귀(upstartcrow)' 발견.	6월, 극장 폐쇄. 9월 3일 그린 사망. 에드워드 알레인, 헨슬로의 양녀와 결혼해서 헨슬로와 동업자가 됨.

연도	윌리엄 셰익스피어	시대 배경
1593 (29세)	사우샘프턴 백작에게 〈비너스와 아도니스〉 헌정. 출판등록 4월 18일. 같은 해에 4절판으로 등록. 〈타이터스 앤드로니커스〉 집필. 〈말괄량이 길들이기〉 집필. 〈루크리스의 능욕〉 집필.	극작가 크리스토퍼 말로 살해당함(5월 30일). 전염병으로 윌리엄이 소속된 펜브루크백작극단이 어려움을 겪음.
1594 (30세)	윌리엄, 궁내대신소속극단에 단원으로 참가. 〈타이터스 앤드로니커스〉 출판 등록(2월 6일). 동년에 양(良)사절판으로 출판. 로즈극장에서 공연(1월 23일). 〈헨리 6세 2부〉 출판 등록(3월 12일). 동년에 악(惡)사절판 출판. 〈루크리스의 능욕〉 출판 등록(5월 9일). 동년 양사절판으로 출판. 〈실수 연발〉 그레이 법학원에서 공연(12월 28일). 〈베로나의 두 신사〉 집필. 〈사랑의 헛수고〉 집필. 〈로미오와 줄리엣〉 집필. 〈말괄량이 길들이기〉 공연(6월 13일).	1592년부터 이래로 폐쇄되었던 정규공연이 6월에 시작됨. 스트랫퍼드 대화재(9월 22일). 헨리거리의 셰익스피어의 가옥도 피해를 입음. 펜브루크백작극단 해체(12월 28일). 6월 7일에 유대인 의사 로더리고 로페즈가 여왕 암살 용의로 처형됨.
1595 (31세)	3월 15일에 전년 12월의 어전공연에 대한 지불명부에 20파운드의 액수와 간부단원 윌리엄의 이름이 기록됨.	9월, 스트랫퍼드 화재. 〈리처드 2세〉 또는 〈리처드 3세〉 공연(12월 9일). 프랜시스 랭글리, 펜브루크백작극단의 본거지인 스완극장 건립.
1596 (32세)	8월 11일, 장남 햄닛 매장(11세). 10월 20일에 존, 문장 사용 허가받음. 윌리엄, 비숍게이트의 세인트헬렌에 거주(10월).	스완극장에서 네덜란드의 관광객 한니스 드 위트가 관객을 3천 명으로 추산. 2월 4일에 제임스 버비지가 블랙프라이어즈극장을 600파운드로 구입.
1597 (33세)	5월 4일에 윌리엄, 스트랫퍼드에서 가장 아름답고 두 번째로 큰 '뉴 플레이스' 저택을 60파운드에 구입. 〈윈저의 즐거운 아낙네들〉 공연(4.22~23). 〈리처드 2세〉 출판등록(8.29), 동년 양사절판 출판. 〈리처드 3세〉 출판 등록(10.20), 동년 양과 악의 중간사절판 출판. 〈헨리 4세 1부, 2부〉 집필(1597~1598). 〈사랑의 헛수고〉 공연.	2월 2일 제임스 버비지 매장.

연도	윌리엄 셰익스피어	시대 배경
1598 (34세)	〈헨리 4세 1부〉 출판 등록(2.25). 출판. 〈베니스의 상인〉 출판 등록(7.22). 윌리엄, 벤 존슨의 〈각인각색〉에 출연(9.20 이전). 〈사랑의 헛수고〉 양사절판 출판(12월). 〈헛소동〉 집필(1598~1599). 〈헨리 5세〉 집필(1598~1599)	재상 윌리엄 세실 사망. 프랜시스 미어스의 수기 『지식의 보고』 출판(9.7). 이 책에는 윌리엄에 관한 여러 가지 언급이 있음.
1599 (35세)	2월 21일, 윌리엄, 주주의 한 사람으로서 글로브극장 건설 운영에 관한 계약서 작성. 세인트 헬렌에 보관된 세금 관계 서류에 윌리엄의 이름 있음. 글로브극장 개장. 〈줄리어스 시저〉 집필. 글로브극장에서 공연(9.21). 〈로미오와 줄리엣〉 양사절판 출판. 〈당신이 좋으실 대로〉 집필(1599~1600). 〈십이야〉 집필(1599~1600).	시인 에드먼드 스펜서 사망. 풍자문학 금지(6.1). 에식스 백작의 아일랜드 원정 실패.
1600 (36세)	〈당신이 좋으실 대로〉 등록(8.4), 출판 보류. 〈헛소동〉 등록(8.4). 양사절판 출판(10월). 〈헨리 4세 2부〉 등록(8.23). 양사절판 출판. 〈헨리 5세〉 등록(8.23). 악사절판 출판. 〈한여름 밤의 꿈〉 등록(10.8). 템스강 남안(南岸) 크린크 지구 납세자 리스트에 13실링 4펜스 미납 기록.	동인도회사 설립. 헨슬로, 520파운드를 들여서 포춘극장 건립.
1601 (37세)	부친 존 사망. 9월 8일 매장. 궁내대신극단이 에식스 백작 일당의 요청에 의해 왕위 찬탈극 〈리처드 2세〉 글로브극장에서 공연(2.7). 〈십이야〉 궁전에서 공연(1.6). 〈햄릿〉 집필(1601~1602). 〈트로일로스와 크레시다〉 집필(1601~1602).	2월 8일, 에식스 백작, 런던에서 반란 일으키다 체포되어 사형됨(2.25). 사우샘턴 사형 면함.
1602 (38세)	5월 1일 윌리엄, 스트랫퍼드에 107에이커의 토지를 320파운드로 구입. 윌리엄, 런던 크리플게이트에 하숙. 〈윈저의 즐거운 아낙네들〉 등록(1.18). 악사절판 출판. 〈햄릿〉 등록(7.26). 〈끝이 좋으면 다 좋다〉 집필(1602~1603).	

연도	윌리엄 셰익스피어	시대 배경
1603 (39세)	5월 19일, 궁내대신극단이 국왕극단이 되다 (5.19). 〈트로일로스와 크레시다〉 등록(2.7). 〈햄릿〉 악사절판 출판.	엘리자베스 여왕 사망(3.24). 튜더 왕조 끝남. 제임스 1세 즉위하여 스튜어트 왕조 출범. 3월 19일 전염병으로 극장 1년간 폐쇄.
1604 (40세)	〈오셀로〉 집필. 11월 1일 궁정에서 공연. 〈자에는 자로〉 집필(1604~1605). 12월 26일 궁전에서 공연. 〈햄릿〉 양사절판 출판. 〈원저의 즐거운 아낙네들〉 궁정에서 공연(11.4).	4월 9일, 극장 개관. 제임스 1세 스페인과 화평 체결.
1605 (41세)	국왕극단이 〈헨리 5세〉를 궁정에서 공연(1.7). 국왕극단이 〈베니스의 상인〉을 궁정에서 공연(2.10). 〈리어 왕〉 집필(1605~1606).	11월 15일, 가이 포크스의 의사당 폭파 음모사건(화약음모사건) 발각. 레드불극장 개관.
1607 (43세)	6월 5일 장녀 수재나, 의사 존 홀과 결혼(6.5). 〈리어왕〉 출판등록(11.26). 〈코리올레이너스〉 집필. 〈아테네의 타이몬〉 집필. 〈맥베스〉 아마도 햄프턴코트에서 덴마크 왕 크리스찬 4세 방문을 기념해서 공연(8.7). 〈햄릿〉 영국 함선 드래곤호 선상에서 공연. 12월 31일 윌리엄의 동생 배우 에드먼드 셰익스피어 매장(12.31).	7월~11월, 전염병으로 극장 폐쇄.
1608 (44세)	수재나의 장녀 엘리자베스 출생(2.8.세례). 모친 메리 사망(9.9. 매장). 〈안토니와 클레오파트라〉 등록(5.20). 〈리어왕〉 양과 악의 중간판본 출판.〈페리클레스〉 집필(1608~1609), 등록(5.20).	시인 존 밀턴 출생. 8월 9일, 국왕극단이 블랙프라이어즈 극장 임대권 매입.
1610 (46세)	윌리엄, 고향에 은퇴. 〈겨울 이야기〉 집필 (1610~1611).	2월, 제임스 1세 의회 폐쇄.
1611 (47세)	〈심벨린〉 관극(4월 하순) 기록(점성가 사이먼 포맨). 〈겨울 이야기〉 글로브극장에서 공연(5.15). 〈템페스트〉 집필(1611~1612). 동년 궁정에서 공연(11.1).	흠정(欽定)영역성서 출판.
1612 (48세)	〈헨리 8세〉 집필(1612~3).	태자 헨리 사망.

연도	윌리엄 셰익스피어	시대 배경
1613 (49세)	2월 4일 동생 리처드 매장. 런던 블랙프라이어즈 지구에 140파운드를 들여 게이트 하우스(Gate-House) 구입.	〈헨리 8세〉 공연 중(6.29) 글로브극장 소실. 곧 재건립 착수.
1614 (50세)	글로브극장 6월 준공(1400파운드 소요됨).	호프극장 건립.
1615 (51세)	〈리처드 2세〉(제5쿼토판) 출판(90월).	조지 채프먼이 호메로스의 『오디세이』 완역.
1616 (52세)	1월 26일경, 윌리엄 유언장 작성. 차녀 주디스가 토머스 퀴니와 결혼(2.10). 유언장 수정, 서명(3.25). 4월 23일 윌리엄 셰익스피어 사망. 스트랫퍼드 홀리 트리니티교회에 매장(4.25). 11월 23일, 토머스와 주디스의 아들 셰익스피어 세례. 『루크레스의 능욕』 출판.	1월 6일 헨슬로 사망.
1623	8월 6일, 윌리엄의 아내 앤 사망(67세). 11월 8일 윌리엄의 전집 첫 폴리오판이 셰익스피어의 동료배우들인 존 헤밍스와 헨리 콘델에 의해 출판.	

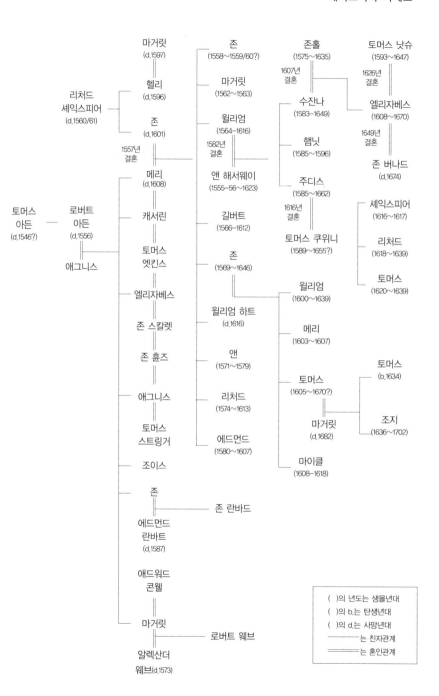

셰익스피어 가계도

마거릿
(d.1597)

존
(1558~1559/60?)

존홀
(1575~1635)

토머스 낫슈
(1593~1647)

헬리
(d.1596)

마거릿
(1562~1563)

1607년
결혼

1626년
결혼

리처드
셰익스피어
(d.1560/61)

윌리엄
(1564~1616)

수잔나
(1583-1649)

엘리자베스
(1608~1670)

존
(d.1601)

1582년
결혼

햄닛
(1585~1596)

1649년
결혼

1557년
결혼

앤 해서웨이
(1555-56~1623)

주디스
(1585~1662)

존 버나드
(d.1674)

메리
(d.1608)

길버트
(1566~1612)

1616년
결혼

셰익스피어
(1616~1617)

토머스
아든
(d.1546?)

로버트
아든
(d.1556)

캐서린

존
(1569~1646)

토머스 쿠위니
(1589~1655?)

리처드
(1618~1639)

토머스
엣킨스

윌리엄
(1600~1639)

토머스
(1620~1639)

애그니스

엘리자베스

윌리엄 하트
(d.1616)

존 스칼렛

메리
(1603~1607)

존 휸즈

앤
(1571~1579)

토머스
(b.1634)

애그니스

리처드
(1574~1613)

토머스
(1605~1670?)

조지
(1636~1702)

토머스
스트링거

에드먼드
(1580~1607)

마거릿
(d.1682)

조이스

마이클
(1608-1618)

존

존 란바드

에드먼드
란바트
(d.1587)

애드워드
콘웰

마거릿

로버트 웨브

알렉산더
웨브(d.1573)

( )의 년도는 생몰년대
( )의 b.는 탄생년대
( )의 d.는 사망년대
―――― 는 친자관계
━━━━ 는 혼인관계

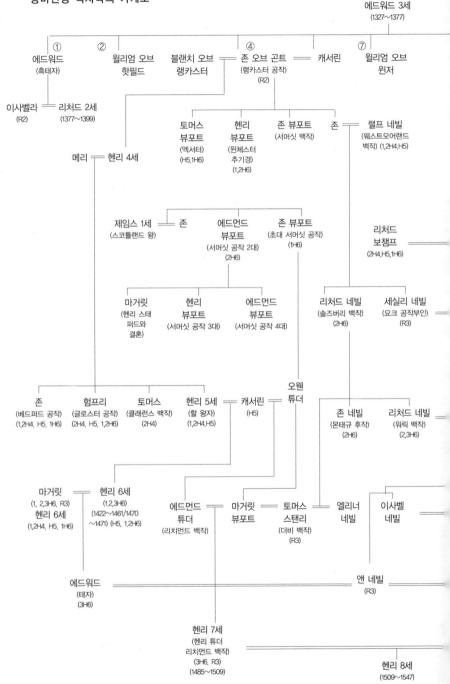

장미전쟁 역사극의 가계도

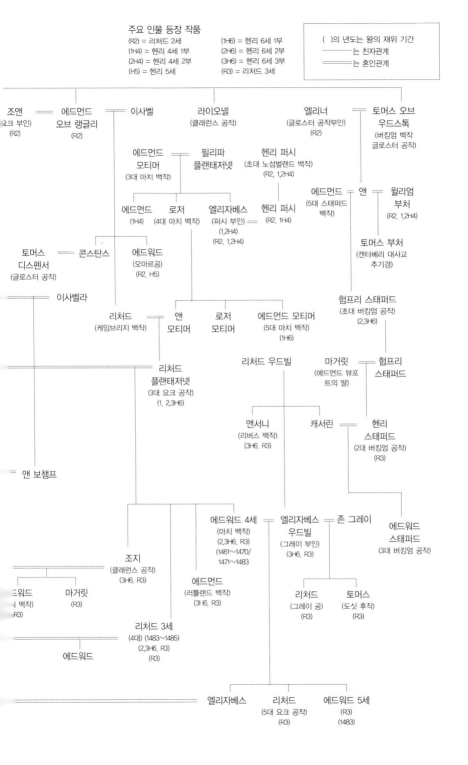

주요 인물 등장 작품
(R2) = 리처드 2세
(1H4) = 헨리 4세 1부
(2H4) = 헨리 4세 2부
(H5) = 헨리 5세

(1H6) = 헨리 6세 1부
(2H6) = 헨리 6세 2부
(3H6) = 헨리 6세 3부
(R3) = 리처드 3세

( )의 년도는 왕의 재위 기간
──── 는 친자관계
════ 는 혼인관계

조앤
(크 부인)
(R2)

에드먼드
오브 랭글리
(R2)

이사벨

라이오넬
(클래런스 공작)

엘리너
(글로스터 공작부인)
(R2)

토머스 오브
우드스톡
(버킹엄 백작
글로스터 공작)

에드먼드
모티머
(3대 마치 백작)

필리파
플랜태저넷

헨리 퍼시
(초대 노섬벌랜드 백작)
(R2, 1,2H4)

에드먼드
(5대 스태퍼드
백작)

앤

윌리엄
부처
(R2, 1,2H4)

에드먼드
(1H4)

로저
(4대 마치 백작)

엘리자베스
(퍼시 부인)
(1,2H4)
(R2, 1,2H4)

헨리 퍼시
(R2, 1H4)

토머스 부처
(캔터베리 대사교
추기경)

토머스
디스펜서
(글로스터 공작)

콘스탄스

에드워드
(오마르공)
(R2, H5)

험프리 스태퍼드
(초대 버킹엄 공작)
(2,3H6)

이사벨라

리처드
(케임브리지 백작)

앤
모티머

로저
모티머

에드먼드 모티머
(5대 마치 백작)
(1H6)

리처드
플랜태저넷
(3대 요크 공작)
(1, 2,3H6)

리처드 우드빌

마거릿
(에드먼드 뷰포
트의 딸)

험프리
스태퍼드

앤 보챔프

앤서니
(리버스 백작)
(3H6, R3)

캐서린

캐서린

헨리
스태퍼드
(2대 버킹엄 공작)
(R3)

에드워드 4세
(마치 백작)
(2,3H6, R3)
(1461~1470/
1471~1483)

엘리자베스
우드빌
(그레이 부인)
(3H6, R3)

존 그레이

에드워드
스태퍼드
(3대 버킹엄 공작)

조지
(클래런스 공작)
(3H6, R3)

에드먼드
(러틀랜드 백작)
(3H6, R3)

리처드
(그레이 공)
(R3)

토머스
(도싯 후작)
(R3)

워드
백작)
R3)

마거릿
(R3)

리처드 3세
(4대) (1483~1485)
(2,3H6, R3)
(R3)

에드워드

엘리자베스

리처드
(5대 요크 공작)
(R3)

에드워드 5세
(R3)
(1483)

영국 왕가 족보 (1)

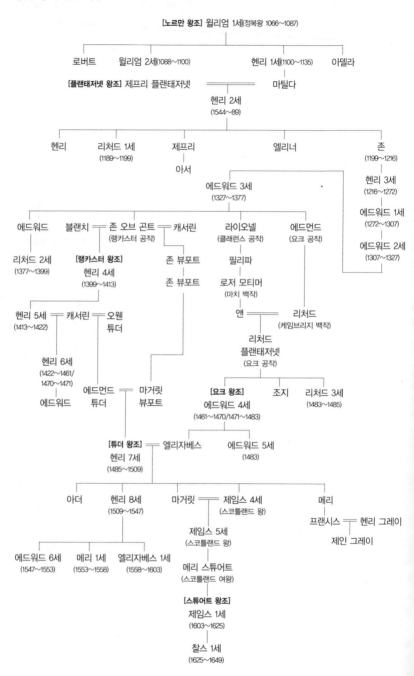

[노르만 왕조] 윌리엄 1세(정복왕 1066~1087)

로버트　윌리엄 2세(1088~1100)　　　　헨리 1세(1100~1135)　아델라

[플랜태저넷 왕조] 제프리 플랜태저넷 ＝＝＝＝ 마틸다

헨리 2세
(1544~89)

헨리　리처드 1세　제프리　　　　엘리너　　　　　존
　　　(1189~1199)　　│　　　　　　　　　　　(1199~1216)
　　　　　　　　　　아서

에드워드 3세　　　　　　　　헨리 3세
(1327~1377)　　　　・　　　(1216~1272)

　　　　　　　　　　　　　　에드워드 1세
　　　　　　　　　　　　　　(1272~1307)

에드워드　블랜치 ＝ 존 오브 곤트 ＝ 캐서린　라이오넬　에드먼드　에드워드 2세
　　　　　　　　(랭카스터 공작)　　　(클래런스 공작)　(요크 공작)　(1307~1327)

리처드 2세　**[랭카스터 왕조]**　존 뷰포트　필리파
(1377~1399)　헨리 4세
　　　　　　(1399~1413)　존 뷰포트　로저 모티머
　　　　　　　　　　　　　　　　　(마치 백작)

헨리 5세 ＝ 캐서린 ＝ 오웬　　　　앤 ＝＝＝＝ 리처드
(1413~1422)　　　튜더　　　　　　　　　　(케임브리지 백작)

헨리 6세　　　　　　　　리처드
(1422~1461/　　　　　　플랜태저넷
1470~1471)　에드먼드 ＝ 마거릿　(요크 공작)
에드워드　　튜더　　　뷰포트
　　　　　　　　　　　　[요크 왕조]　조지　리처드 3세
　　　　　　　　　　　　에드워드 4세　　　(1483~1485)
　　　　　　　　　　　(1461~1470/1471~1483)

[튜더 왕조] ＝ 엘리자베스　에드워드 5세
헨리 7세　　　　　　　　(1483)
(1485~1509)

아더　헨리 8세　　마거릿 ＝ 제임스 4세　　　　메리
　　(1509~1547)　　　　　(스코틀랜드 왕)　프랜시스 ＝ 헨리 그레이
　　　　　　　　　제임스 5세　　　　　　　제인 그레이
　　　　　　　　　(스코틀랜드 왕)

에드워드 6세　메리 1세　엘리자베스 1세　메리 스튜어트
(1547~1553)　(1553~1558)　(1558~1603)　(스코틀랜드 여왕)

　　　　　　　　　　　　　[스튜어트 왕조]
　　　　　　　　　　　　　제임스 1세
　　　　　　　　　　　　　(1603~1625)

　　　　　　　　　　　　　찰스 1세
　　　　　　　　　　　　　(1625~1649)

영국 왕가 족보 (2)

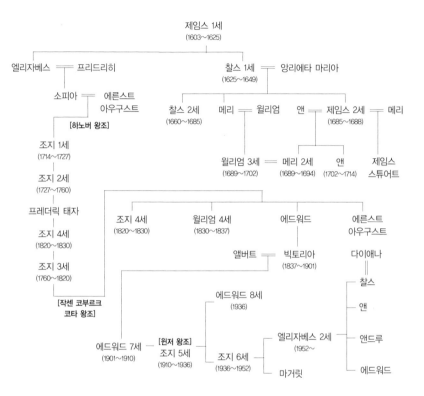

제임스 1세
(1603~1625)

엘리자베스 ══ 프리드리히

찰스 1세 ══ 앙리에타 마리아
(1625~1649)

소피아 ══ 에른스트
아우구스트
[하노버 왕조]

찰스 2세　메리 ══ 윌리엄　앤 ══ 제임스 2세 ══ 메리
(1660~1685)　　　　　　　　　(1685~1688)

조지 1세
(1714~1727)

윌리엄 3세 ══ 메리 2세　앤
(1689~1702)　(1689~1694)　(1702~1714)

제임스
스튜어트

조지 2세
(1727~1760)

프레더릭 태자

조지 4세
(1820~1830)

윌리엄 4세
(1830~1837)

에드워드

에른스트
아우구스트

조지 4세
(1820~1830)

앨버트 ══ 빅토리아
(1837~1901)

다이애나
══
찰스

조지 3세
(1760~1820)

[작센 코부르크
코타 왕조]

앤

에드워드 8세
(1936)

앤드루

에드워드 7세
(1901~1910)

[윈저 왕조]
조지 5세
(1910~1936)

조지 6세
(1936~1952)

엘리자베스 2세
(1952~)

에드워드

마거릿